VORAZ

A RENDIÇÃO

LANI QUEIROZ

AUTORA BEST-SELLER DA *AMAZON* E *REVISTA VEJA*

ELES VÃO

SE ENTREGAR

VORAZ

A RENDIÇÃO

1ª Edição

Santa Catarina - 2021

Qualis

Esta é uma obra de ficção. Nomes, personagens, lugares, datas e acontecimentos descritos são produto da imaginação da autora.
Qualquer semelhança com a realidade é mera coincidência.

Editora Responsável	Simone Fraga
Produção Editorial	
Preparação de Texto	
Revisão Ortográfica	Elaise G. Lima Simone Fraga
Capa	Renato Klisman
Projeto Gráfico	Qualis Editora
Diagramação	Marcos Jundurian
Imagens Internas	Shutterstock

DADOS INTERNACIONAIS PARA CATALOGAÇÃO NA PUBLICAÇÃO (CIP)

Q385v

Queiroz, Lani - 1975 -
Voraz III: a rendição / Lani Queiroz. — [1. ed.] —
Florianópolis, SC: Qualis Editora, 2021.
326 p. : il. ; 23 cm.

ISBN impresso 978-65-87383-69-9
ISBN digital 978-65-87383-70-5

1. Literatura Nacional 2. Romance Brasileiro 3. Drama 4. Dark
5. Ficção I. Título

CDD – B869.3
CDU – 821.134.3(81)

1ª edição – 2021

Qualis

Qualis Editora e Comércio de Livros Ltda
Caixa Postal 6540
Florianópolis - Santa Catarina - SC -
Cep.88036-972

www.qualiseditora.com
www.facebook.com/qualiseditora
@qualiseditora
@qualiseditora
contato@qualiseditora.com

PLAYLIST

(Não) Era Amor	–	Giulia Be
Não Olhe Pra Trás	–	Capital Inicia
Arcade	–	Ducan Lawrence
Together	–	The xx
Home	–	Michael Bublé
Play With Fire	–	Sam Tinnesz
Close Your Eyes	–	Michael Bublé
Feeling Good	–	Michael Bublé
Monster In Me	–	Little Mix
Summertime Sadness	–	Lana Del Rey
Young And Beautiful	–	Lana Del Rey
Eamed	–	The Weeknd
Way Down We Go	–	Kaleo
Gangsta	–	Kehlani
You Gotta Love Someone	–	Elton John

CAPÍTULO UM

Todo mundo é capaz de dominar uma dor, exceto quem a sente
(William Shakespeare)

Andreas

O helicóptero pousa e eu chuto a porta, pulando para fora. Corro pelo terreno irregular, me desviando dos pequenos arbustos, escorregando no cascalho, tornando a me equilibrar, em direção à cova. A visão me esmaga, me destrói. Isso irá me assombrar pelo resto da vida. Maya está lá embaixo por minha culpa. Atiro, gritando a minha dor. Os infelizes permanecem deitados no chão, as mãos na cabeça, sem que eu precise ordenar. Alvinho, Luigi e Guto se juntam a mim quando paro do lado do amontoado de terra fresca. Eu caio de joelhos, passando a cavar com as mãos.

— Me perdoe, meu amor! Me perdoe por te deixar sozinha. — Meu peito está rasgado, sangrando, minha visão borrada pelas lágrimas. — Eu te amo!

Berro a plenos pulmões, cego pela dor. Alvinho e meus primos começam a cavar junto comigo, usando as pás abandonadas pelos assassinos. Nossos seguranças cercam o local, mantendo os infelizes sob suas miras. Estou ofegando, sem ar, desespero sem medida se apossando de mim. Nunca senti agonia tão intensa. É a dor dilacerante de saber que a mulher que amo morreu por minha causa, que nunca mais a terei em meus braços por minha única e maldita culpa. Nunca mais verei seus lindos olhos de camaleoa mudando de cor. Nunca mais ouvirei suas juras de amor. E ela jamais ouvirá as minhas porque eu perdi essa chance. Ela jamais irá ouvir o quanto a amo e estou arrependido. Cavo mais e mais, minhas unhas já sangrando, até que alcançamos a madeira. A visão do caixão me aterroriza. Abro-o, rapidamente, mesmo sabendo que pode ser tarde e meu coração sofre um solavanco ao vê-la. Está nua, com os pés e mãos algemados.

— Ahhhhhhhhhh! — O grito horripilante sai da minha garganta para a mata, espantando os pássaros nas árvores mais próximas. Eu avanço para dentro da cova, puxando-a para fora. Seu corpo está gelado, mas tirando um olho roxo, não há outro ferimento em sua pele. Estendo-a no chão e me ponho a combinar respiração boca a boca e massagem torácica. — Acorde, Maya! Acorde, meu amor! — choro, tentando desesperadamente enviar oxigênio para seus pulmões. Ela não se mexe, não respira, seus olhos permanecem fechados. — Não! Volte para mim! Vamos, meu bebê, volte para mim! — As lágrimas não param de cair. — Não... — Eu tento e tento. Dou murros em seu tórax e nada. — Volte para mim. Não me deixe.

— And... Irmão, infelizmente chegamos tarde... Ela se foi. — Alvinho coloca uma mão sobre meu ombro. Sua voz é triste.

Retiro meu terno e a visto, pegando-a no colo. Seu rostinho está marcado por lágrimas secas, a expressão é de dor e desespero. Ela morreu achando que eu não a amava, que a abandonei, e esse é o meu maior castigo.

— Não... — Minha voz é apenas um fio, cansada, rouca. Corro os dedos sangrentos e sujos pelo seu rosto. — Me perdoe por não ter chegado a tempo, bebezinha. — Puxo-a contra meu peito, querendo morrer junto com ela, sentindo meu coração rasgando. — Eu te amo. Me perdoe por nunca te deixar saber disso — choro e choro, segurando-a bem junto de mim. — Me perdoe, meu amor.

Repito a declaração e pedidos de perdão mil vezes. Nada mais me importa. Mantenho-a no casulo dos meus braços, como devia ter feito todo o tempo, mas não fiz e a perdi. Meus lamentos e soluços quebrados continuam reverberando na clareira. Eu nunca mais serei o mesmo depois dessa perda. Sei no fundo do meu coração que jamais amarei outra mulher. Essa menina sempre será a única para mim. Eu a embalo, chorando, cobrindo seu rosto de beijos. Meu futuro será sombrio a partir desse momento. Estarei com um buraco aberto no peito, para sempre. Sinto as garras escuras se apossando de mim. Não posso viver sem ela. Soluço, acariciando seu rosto com desespero. A dor é tanta que penso que vou morrer aqui e agora.

— Ahhhhhhhhhhh! — torno a gritar com toda a força de meus pulmões. Olho para o céu, e completamente transtornado, eu brigo com Deus: — Eu sei que o Senhor quer me punir por fazer o contrário dos seus mandamentos! Sim, sou um ser humano de merda! Satisfeito? Mas não a tire de mim! — Ensandecido, a coloco deitada no chão de novo e recomeço a massagem torácica, soprando ar em sua boca. — Não se atreva a levá-la de mim tão cedo! Eu não vou deixá-la ir, porra! Não ouse tirá-la de mim! — berro, minhas faculdades mentais completamente obliteradas pelo desespero. Maya não reage e volto a chorar, então, apelo para a mendicância: — Não a tire de mim, eu te imploro. Eu a amo mais que tudo nessa maldita vida. Por favor, me deixe ter a oportunidade de dizer isso a ela. — Nada. Não volta, não respira. Passo a dar socos fortes em seu tórax como último recurso. — Me leve! Eu sou uma pessoa horrível, não ela! Minha vida pela dela! — grito para o alto. — Está me ouvindo, Deus? Leve a mim e me mande para o inferno, mas a traga de volta!

— And... Mano... — Alvinho torna a me chamar.

Eu paro as tentativas e meus ombros caem, sacudindo no mais dolorido dos choros. Ela se foi. Estou dilacerado, morrendo com essa perda. Não pensei que fosse possível sentir tamanha dor. Meu peito está rasgado, sangrando. Nunca mais a terei em meus braços. Arfo, minha respiração falhando. Ela se foi. Tenho que aceitar. Tenho que... O som fraco de engasgo entra em meu cérebro atormentado e minha atenção vai para ela no mesmo instante. Eu tenho certeza de que estou diante de um milagre. Maya está arfando em busca de ar. Meus olhos turvam e meu coração só falta arrebentar o tórax pela forma que começa a saltar. As exclamações surpresas e de alívio ecoam à nossa volta.

— Oh, Deus... — Avanço, levantando seu torso, amparando suas costas. Minha voz é um misto de alegria, choro, gratidão. — Sim, meu amor! Vamos, respire! — As lágrimas continuam brotando e caindo, agora por outra razão. — Respire, branquinha. Volte para mim. — Instigo-a, massageando seu peito. Seus olhos tremulam, seu tórax expandindo e, então, eu soluço alto quando consegue puxar a primeira respiração. — É isso. Faça de novo, vamos, Maya — rio e choro, trazendo-a para mais perto, aconchegando-a. Ela faz, respirando devagar até que vai ficando constante. Seus olhos se abrem diretamente para os meus. Toco seu rosto frio, minhas mãos trêmulas. — Você voltou para mim, meu bebê — murmuro entrecortado. Ela pisca devagar e percebo que parece atordoada. Não vejo qualquer emoção em seus olhos. Estão vazios. Acho que a palavra correta seria choque. Parece em transe. — *Ti amo così tanto, branquinha. Tanto, amore mio* — torno a sussurrar, encostando minha testa na sua. — *Sei tutto per me.*

Ela pisca de novo, mas sua mente parece estar em outro lugar. Não é para menos depois de uma experiência tenebrosa dessas. Dou um beijo suave em sua boca e espalho outros por toda a sua face fria e suja. Maya continua inerte em meus braços, sem reação. Preciso levá-la a um hospital. Mas, ainda estou abalado demais por tudo. Sua pequena morte. Sua volta. Permaneço agarrado a ela, apenas chorando e cobrindo-a de carinho. Não quero soltá-la nunca mais. Quero mantê-la aqui, protegida em meus braços. Nunca mais passará por algo assim, é uma promessa que pretendo cumprir com a minha vida. Vou destroçar qualquer um que tente machucá-la. O pensamento me faz levantar a vista na direção da causadora disso tudo. Isabeli nos observa, e ainda que seus olhos estejam cheios de ódio, está sabiamente calada. Não sei que tipo de morte seria a mais adequada para uma infeliz dessas. Tem que ser a mais dolorosa possível. Com ira desmedida inflamando minhas veias, eu peço a meu irmão:

— Pegue as chaves das algemas com esses mortos ambulantes, Alvinho.

Meu irmãozinho acena e vai até os dois seguranças de Isabeli. Dá um chute na cara de cada um. Luigi e Guto dão seus cumprimentos também, chutando os estômagos e costelas dos malditos. Os imbecis soltam grunhidos de dor e rio como um lunático, adorando o som das pancadas e seus lamentos miseráveis.

— Não são tão durões agora, não é? — Alvinho rosna, chutando-os com vontade. Ele está em cólera também.

Meu irmão e primos examinam seus bolsos e, não demora, Guto traz as chaves para mim. Eu abro a contenção dos pulsos de Maya e rosno de ódio ao ver que estão machucados. Massageio-os com delicadeza. Em seguida, abro a algema dos tornozelos, estão igualmente machucados. Esfrego com todo amor e cuidado. Então, a pego no colo e ordeno a meu irmão:

— Pegue a puta maldita e coloque dentro do caixão, Alvinho. — Os olhos da cobra se arregalam. Sua cara está toda machucada. Fico contente por ver que minha menina deixou sua marca.

— Não, And! Por favor, não me mate! — tem a ousadia de pedir. — Eu te amo! Tudo que fiz foi porque te amo! — chora, me deixando com mais ódio.

Alvinho, Luigi e Guto vão até ela, começando a arrastá-la para a cova.

— Eu não te amo, puta! Nunca amei e jamais iria amar! — explodo, gostando de ver a dor em seus olhos ao ouvir isso. Nem quero pensar nas humilhações que fez com Maya, além das que me manipulou para fazer ontem. — Morra sabendo que amo a Maya mais do que tudo nesse mundo. É somente ela que possui o meu coração. Ela é a mulher da minha vida. Apenas ela, porra!

— Maldita vagabunda! Tinha que morrer! — a cadela estala, sendo empurrada para dentro do caixão.

— Não, vadia, quem vai morrer é você — ranjo os dentes. — Algemem seus pulsos e tornozelos. Coloquem bem apertado e puxem para machucar bastante essa infeliz!

— Não! Por favor, não... — chora mais. O rosto tomado pelo pavor. O mesmo que Maya deve ter sentido. Alvinho e Luigi fazem o trabalho rapidamente e puxam as restrições, fazendo a puta traiçoeira gritar. — And, vamos conversar, por favor. — Seu tom ameniza, o olhar aterrorizado. — Sinto muito! Me perdoe! Eu não pensei no que estava fazendo. Só agi pela raiva, eu...

— Poupe suas energias, cadela miserável — interrompo-a. — Você vai morrer, não importa o que diga. Nem o maldito Papa pode te salvar da minha ira!

O choro de Lizandra é ouvido em segundo plano.

— Não, por favor! Nossas famílias são amigas próximas. Eu nunca mais irei fazer nada tão estúpido. Por favor, imploro clemência! — Isabeli se desespera, lágrimas escorrendo em suas faces. Ela é a imagem do terror, e me congratulo por fazê-la experimentar o mesmo desespero da Maya. Meu coração dolorido é um pouco aplacado. Apenas um pouco. Rio friamente, encarando-a.

— Sua família pouco me importa, vadia. Vou matar todos. Cada um vai receber uma bala na cabeça como cortesia — ameaço e ela se debate, berrando, implorando misericórdia, como a minha menina deve ter feito e ela não concedeu.

— Por favor, And, tenha piedade. — O choro da cadela mais nova se torna mais alto e horrorizado. Encaro-a, conferindo suas vestes. Foi ela quem entrou no clube disfarçada de médica e pegou Maya. Foi a puta que usou uma arma de choque tão potente em Gualberto que quase o matou.

— Piedade? Como você teve ao enganar uma garota que nunca tinha visto, apenas para fazer as vontades da sua maldita irmã? — sibilo e ela engole em seco. — Ou quando quase matou um de meus homens de confiança com um choque de voltagem absurda, sua putinha estúpida?

— Eu sei, nós erramos. — Cai no chão de joelhos. — Mas, por favor, não nos mate. Ficaremos fora do seu caminho. Aprendemos a lição.

Rio fria e sombriamente, encarando-a.

— Aprenderam? Como, se ainda nem comecei? — zombo e ela se prosta, implorando misericórdia.

Faço um som de escárnio e encaro a puta dentro do caixão.

— Vocês todos irão morrer — garanto com frieza. Ela chora ainda mais. — Você me fez humilhar a única mulher que já amei, sua infeliz invejosa. Armou tudo e ainda teve a coragem de enterrá-la viva! — Olho para Alvinho e meus primos, dando o aceno. — Fechem o caixão. Essa puta vai morrer exatamente do jeito que planejou matar a Maya.

— Não! Oh, meu Deus! Não, pelo amor de Deus! — Se desespera e rio, não perdendo nada de sua reação. — Não... — Seus protestos são abafados quando a tampa é lacrada.

Levo minha atenção para os dois defuntos, um passo atrás de Lizandra. A putinha está se descabelando nesse momento, implorando pela vida da irmã.

— Vocês, venham enterrar a infeliz! — Arregalam os olhos. Para todos os efeitos, é a sua patroa. Armas são engatilhadas em suas cabeças e eles se arrastam, vindo para perto da cova. — Rápido! — rosno.

Os homens pegam as pás e começam a jogar terra sobre o caixão. O som é música para os meus ouvidos. Pego o rosto de Maya e viro para a cena se desenrolando à nossa frente.

— Veja, meu amor — murmuro, minha voz abrandando enquanto beijo sua têmpora. — Isso é o que acontece com quem ousa machucar quem amo. — Ela suspira, seus olhos vítreos, observando o caixão sendo encoberto, os sons de socos vindos de lá de dentro são abafados. — Isso é o que irá acontecer com qualquer um que tentar te fazer mal de agora em diante. Você é a mulher da minha vida — sussurro, depositando um beijo suave em seus lábios frios. — A única, para sempre.

Torno a olhar a cova. Lizandra está desesperada, chorando copiosamente. Deixo os homens continuarem jogando a terra por mais um tempo, então, sorrio para Lizandra.

— Dói muito, não é, querida? — tripudio.

— Por favor... — Ela soluça, seu rosto a imagem do pavor absoluto.

Bufo e rolo os olhos. Vadia patética. Contudo, não vou matar sua irmã maldita agora. Não, seria muito fácil e rápido. Ela será presa na mesma cela onde Maya esteve, e quando a minha branquinha se recuperar, dará um fim nela.

— Parem. Podem tirar a puta do caixão — ordeno contrariado.

— Obrigada. Muito obrigada, And! — Lizandra soluça e chora mais alto, agora em agradecimento.

Os homens aceleram para retirar a terra. Não demora muito, estão abrindo a tampa. A visão de Isabeli puxando o ar, os olhos revirando, é bem satisfatória. Rio friamente, observando os seguranças, puxando sua patroa para fora do caixão. Me levanto com Maya nos braços e a entrego a Alvinho.

— Fique com meu irmão enquanto faço justiça em seu nome, bebezinha — murmuro, beijando sua testa.

Viro para Isabeli e os dois homens. Aproximo-me devagar e eles começam a se afastar para trás.

— And, por favor... — a vadia implora, recomeçando a chorar. Alcanço-a, dando um tapa forte na sua face direita, onde já estava machucado. Quero lhe causar dor já que não vou matá-la agora. Seus olhos arregalam e vejo a mágoa se espalhando.

— Você nunca me bateu antes.

— Cale a boca! Sua voz me deixa com mais vontade de te esfolar viva, maldita! Eu devia ter lhe dado uma surra quando te encontrei enforcando a mulher que amo — rosno, empurrando-a para o chão.

— Eu não vou mais fazer nada com ela, juro — Isabeli chora, mas posso ver o ódio por baixo da sua casca falsa.

— Não, você não vai — digo, puxando minhas pistolas e miro em sua testa. — É prisioneira da Maya de agora em diante, sua infeliz — anuncio e seus olhos ampliam. — É a Maya quem vai te matar. Ela merece isso depois de tudo que a fez sofrer.

— Não! Por favor, não faça isso comigo, And — a vadia implora, soluçando alto. Seu medo e lamento parecem mais verdadeiros agora. — Por favor.

— Levem a puta no outro helicóptero, primos — ordeno. Luigi e Guto se aproximam e a levantam, começando a arrastá-la em direção à aeronave de Alvinho.

Encaro os seguranças. Suas expressões estão resignadas nesse momento. Sabem que não irão escapar com vida daqui.

— Devia ter nos deixado arrombar a puta desse maldito! — Um deles rosna em direção à Lizandra. Eu congelo com essas palavras. Eles fizeram mal para Maya? — Garota estúpida!

Não pergunto nada, apenas atiro nos joelhos dos dois. Em seguida, nos braços. Tiros precisos. Eles berram, caindo no chão, me xingando de todos os nomes.

— Devíamos ter rasgado a infeliz antes de matá-la! — O outro sibila.

As sombras se apossam de mim e rio, andando em direção a uma pá perto da cova. Pego-a e volto devagar para os montes de merda. Seus olhos ampliam ao perceber minha intenção. Posiciono-me entre os dois. Eles gemem, rosnam, mas não podem se mexer.

— Vocês a tocaram? Tiveram a ousadia de tocar no que é meu? — Bato com as costas da pá na cara de cada um. Eles berram. Dou mais dois golpes.

— Eram as ordens da patroa. Mas, dona Lizandra nos impediu de ir até o final — um deles entrega, sibilando de dor. Meus ouvidos zumbem ao imaginar o terror de Maya na iminência de ser estuprada por esses infelizes.

— Bem, agradeçam à Lizandra. Graças a ela apenas vocês irão morrer hoje. Se tivessem estuprado a minha mulher, suas famílias iriam para o inferno também — digo, meu corpo tomado pela necessidade de ver sangue, de vingar a minha mulher. — Cada um deles iria ter uma morte dolorosa — rio friamente e levanto a pá, dessa vez com a ponta para baixo. — Exatamente como a que vão ter agora, montes de estrume!

Eu desço a pá com toda a força na cara de um. Seu grito de terror é cortado quando a lâmina atravessa seu crânio. Sangue espirra para todos os lados enquanto empurro mais forte, separando sua cabeça em duas partes. Em seguida, faço o mesmo com o outro verme. Sangue espirra em mim e me congratulo pela visão à minha frente. Jogo a pá de lado e viro para Lizandra. A garota parece em choque, os olhos presos aos homens mortos e suas cabeças cortadas ao meio. Quando seu olhar vem para mim, ela recomeça a chorar.

— Não vou te matar. Seu gesto de clemência para Maya a livrou da morte — asseguro em tom mais brando.

— Minha família... — sussurra.

— Sua família também. Não farei mal a nenhum, desde que se mantenham longe a partir de hoje — garanto. Ela olha para o helicóptero onde sua irmã foi levada. — Não há perdão para Isabeli. Maya irá lidar com ela quando se recuperar. Enquanto isso, será nossa prisioneira. — A garota chora, mas acena, sabendo que sua irmã cavou a própria cova. Literalmente. Ironizo. — Vá com eles — ordeno, indicando a aeronave. Ela se vira e anda um tanto trôpega para onde sua irmã já está.

Expiro e me viro para Alvinho. Maya está ainda com aquele olhar alheio quando a pego de volta nos braços.

— Acabou, branquinha — murmuro, aconchegando-a contra o peito. Olho para meu irmão e quase desmorono de novo. — Obrigado, maninho.

— Porra, isso pareceu a merda de um filme de terror. — Ele resmunga, mas seus olhos escuros estão satisfeitos com o desfecho. Toca meu ombro, seu semblante ficando mais brando. — Que bom que tudo ficou bem, mano.

— Sim. Embora Deus não vá muito com a minha cara, estarei em dívida eterna depois de hoje — resmungo e ele sorri, meneando a cabeça. — Venha conosco. Deixe os primos cuidarem do resto. Tenho que levar Maya para um hospital agora.

— Vou ligar para nossos velhos irem nos encontrar lá — avisa, já sacando o celular do bolso.

Andamos para o meu helicóptero. Jairo e dois seguranças de Alvinho nos acompanham. Em instantes estamos levantando voo e deixando o cenário sinistro para trás. Suspiro e olho para baixo, o rostinho de minha menina está menos assustado agora. Seus olhos estão fechados e me preocupo, abaixando meu ouvido para seu nariz. Alívio me toma ao sentir sua respiração regular. Deve ter apagado pela exaustão. O céu está quase todo escuro agora. As luzes de São Paulo ainda distantes, mas em breve ela estará sob cuidados médicos. Amanhã irá para a minha casa. Suspiro, tocando sua face delicada. *Para a nossa casa, meu bebê. Então, viverei para me redimir com você.*

No dia seguinte...

Eu cavo e cavo a terra, mas não consigo alcançar o caixão. Parece que estou sempre cavando no mesmo lugar. Estou em completa agonia. Não! Ela não pode morrer! Não... Continuo cavando. Como num passe de mágica, alcanço a caixa de madeira e com desespero abro a tampa. Maya está lá dentro. Pálida, toda machucada. Há marcas de tiros em seu corpo inteiro.

— Nãooooooooooooo! Oh, meu Deus, não... — eu grito, a dor mais intensa dilacerando meu peito. — Não me deixe, bebezinha. Por favor, não me deixe. — Eu choro, meus ombros caindo em completa impotência. — Não... Me perdoe, branquinha — peço em agonia. — Me perdoe.

— Me perdoe, me perdoe. — Eu me sobressalto, abrindo os olhos. Minha respiração está ofegante, meu coração doendo. Remexo-me, notando que estou numa poltrona. Hospital. *Maya.* Meu peito dá um solavanco ao olhar na direção do leito. Está vazio. Pulo do local onde apaguei depois que a trouxe para cá. Passo as mãos pelo rosto, tentando clarear os pensamentos. — Maya? — chamo, correndo os olhos pelo quarto.

Meu velho está perto da janela. Seu rosto continua transtornado. Ele e minha mãe chegaram quase junto conosco ontem no começo da noite. Maya estava em choque, muito fraca e desidratada. Nosso médico de confiança a recebeu, iniciando os procedimentos de praxe em casos de sequestro. Submeteu-a a uma bateria de exames. Seu tórax estava arroxeado das pancadas que dei para lhe ressuscitar. O quadril tem uma marca também, os pés machucados e com alguns cortes, provavelmente dos cascalhos pontiagudos daquela região. Contudo, os testes mostraram não haver traumas internos. Ela estar viva é um verdadeiro milagre. Não sou e nunca serei um homem que segue os preceitos divinos, mas estarei eternamente em dívida com o Criador.

— Acalme-se, *figlio*. Sua mãe está ajudando a *bambina* com o banho — papai informa. Expiro, encarando-o. — Seus artigos de higiene estão na bancada da pia. Jairo trouxe tudo ainda há pouco.

Aceno e sigo para o banheiro. Dá para ver através do box, o corpo nu de Maya, debaixo da água do chuveiro. Minha mãe está do lado de fora, como uma leoa guardando o filhote. Seu olhar encontra o meu e ela não me diz nada, talvez para não chamar a atenção de Maya, que está de costas. Eu sigo até a pia e lavo meu rosto, escovando os dentes em seguida. Preciso de um banho, porém, isso pode esperar. Estou louco para ver a minha branquinha e levá-la para casa, se estiver bem. Espero que esteja porque não vejo a hora de ficar a sós com ela para me desculpar. Termino e saio sob o olhar silencioso de minha mãe.

Alvinho está no quarto quando retorno. Carrega três embalagens gigantes de café. Ando até ele e papai, perto da janela.

— Como ela está, mano? — pergunta, me entregando uma.

— Ainda não sei. Acabei de acordar. Está no banho agora — respondo, tomando um grande gole da bebida.

— Não me recordo de outra vez que tenha sido tão injusto com uma pessoa. — Papai torce a boca em desgosto e toma um gole do seu café também.

— Quem podia imaginar que a garota que queria se vingar de And fosse a *nostra* Siena? — Alvinho abana a cabeça. É inacreditável mesmo. A descoberta de nossa mãe me chocou até os ossos. — Agora meio que faz sentido. Os olhos de Maya sempre me pareceram familiares — revela. — Só não comentei com você porque não achei que fosse importante, mano.

— Eu também senti isso desde a primeira vez que a vi — compartilho. — De qualquer forma, jamais conseguiríamos associar porque, para todos os efeitos, Siena havia morrido na Itália há dezoito anos.

— Sim. Não havia como associar mesmo — concorda, tomando sua bebida.

— Você irá se casar com ela, And. Precisamos reparar todo o mal que fizemos à filha de Adriano e Caterina. — Meu pai respira fundo, visivelmente abatido. — Eu traí meus queridos amigos. Ofendi sua filha tantas vezes.

Aproximo-me, tocando seu ombro. Meu velho é durão, mas não gosta de cometer injustiças com os seus. Siena/Maya é da nossa família. Deve estar sendo duro para ele.

— *Si, papà*, é claro que me casarei com ela — garanto. A minha culpa ardendo no peito. — Passarei o resto da vida me redimindo. Minhas dúvidas e orgulho maldito colocaram sua vida em risco e nunca irei me perdoar por isso.

— Que bom que nunca irá se perdoar. Tenha certeza de que eu também não irei. — A voz fraca e rouca me faz girar rapidamente. Meu coração salta quando meus olhos ansiosos pousam sobre a sua figura pequena parada na porta do banheiro, vestida numa bata verde de hospital. Minha mãe está por perto, mas acredito que ela não aceitou sua ajuda para caminhar. Seus cabelos estão molhados e soltos sobre os ombros. Subo o olhar para seu rosto e ver o olho direito inchado e roxo me faz sentir ainda mais culpa e raiva da minha estupidez. Nossos olhares se encontram. Um flash de mágoa passa em suas íris. Estão azuis essa manhã. Ela ofega baixinho, então, respira fundo, tentando dar um passo. Seus lábios apertam, mostrando que está sentindo dor. Contudo, não geme, não emite qualquer som. Avanço, precisando ajudá-la, tocá-la. — Não chegue perto de mim. — Estende a mão, sua voz é fraca, todavia, a expressão é de aço.

— Maya... Sinto muito, bebezinha. Fui um cego tolo e estúpido — lamento, depositando o café no aparador e tentando retomar meu caminho até ela.

Estende a mão novamente. Lágrimas brilham em seus olhos magoados e ela engole em seco, levantando o rosto da forma desafiadora que conheço bem.

— Eu nunca mais quero ver você, Andreas — atira e meu peito aperta dolorosamente pelas palavras e a forma contundente que as lança. Sua expressão é de devastação completa, mas resoluta. — Nunca mais irá colocar as mãos sobre mim.

Porra. É a minha vez de engolir em seco. Seu olhar não desvia do meu, enquanto respira agudamente, a expressão em suas íris me dizendo o quanto minhas ações cegas e impensadas a feriram. Respiro fundo e, deixando meu orgulho de lado, faço algo que jamais fiz para alguém: eu ajoelho. Seu rosto mostra surpresa, contudo, isso não abranda seu semblante. Ela limpa as lágrimas antes que escorram pelas faces pálidas e derrotadas.

— *Perdonami*, meu amor — imploro, meus olhos ardendo pelo medo de perdê-la, agora de outra maneira. — Eu te amo, branquinha. — Ela soluça, abanando a cabeça, sua expressão tão quebrada que me assusta. — É verdade. Eu amo você. Me perdoe por não te deixar saber disso antes. Me perdoe por tudo que fiz no clube.

Puxa uma respiração ruidosa com a menção do clube. Chora e tenta andar de novo, mas não consegue pelos machucados nos pés. Levanto-me para ajudá-la e mais uma vez me para.

— Não! — Seu rosto está banhado de lágrimas agora. — Não vou suportar sentir seu toque. Não entende isso? — Soluça, me olhando com uma mistura de asco, mágoa e desprezo. — Não quero estar perto de você nunca mais.

Meu coração se parte em mil pedaços ao testemunhar o quanto lhe fiz mal.

— Por favor, deixe-me ajudá-la chegar até a cama — peço, sabendo que terei um longo caminho a percorrer para conseguir o seu perdão. — Apenas isso, Maya. Você está fraca e machucada ainda. Por favor, deixe-me ajudar.

— Não — nega, drenada. — Não quero mais nada que venha de você. Nada.

É como um punhal perfurando meu coração estúpido.

— *Bambina*, se apoie em mim. Vamos, *amore mio*. — Minha mãe tenta com voz suave. Está fungando, evitando me encarar. Decepcionei-a muito no que diz respeito a sua afilhada. Se eu tivesse dado ouvidos a ela sobre não ter visto a maldade em Maya, talvez não tivesse feito tanta merda.

— *Figlia*... Precisa de repouso. Venha se deitar um pouco. — Meu pai se coloca do meu lado.

A atenção de Maya vai para ele e seu rosto torce em mais mágoa e desprezo.

— Filha? Eu não sou filha, senhor — retruca acidamente. — Sou a putinha infeliz que teve a ousadia de entrar na vida de seu precioso primogênito, lembra?

Meu pai faz um som angustiado e eu também. Porra. Ele a chamou disso? Passo as mãos pelo rosto outra vez, arfando em pesar, culpa e vergonha. Eu também fiz isso. Também a tratei pelos nomes mais vis quando achava que era uma rata querendo ferrar com meus negócios.

— *Perdonami, figlia mia* — papai diz, abaixando a cabeça envergonhado como poucas vezes presenciei. Então, choca a todos ao ajoelhar-se também. — Eu não tinha ideia de quem você era. Como poderia saber que era a *nostra* Siena?

— Siena, como assim? Do que diabos está falando? — Maya encara meu pai com a testa franzida. Minha mãe ofega, fulminando papai pela falta de tato.

— Alvinho, venha me ajudar com a *bambina*, *tesoro* — mamãe chama. Meu irmão se adianta até elas.

— Não brigue comigo, estou apenas cumprindo ordens — ele resmunga e levanta Maya nos braços. Ela não reluta, mas também não abranda o rosto. Alvinho a coloca sentada sobre a cama. — Prontinho.

— Obrigada — murmura a contragosto.

Minha mãe a cerca, ajeitando seus cabelos, acariciando seu rostinho triste. Meu coração aperta de inveja. Eu queria poder fazer o mesmo. Mas, diante da sua reação, isso pode demorar a acontecer.

— Era para lhe contarmos quando estivesse melhor e mais forte, *piccola mia* — mamãe murmura. O amor pela menina, que por dezoito anos pensou estar morta, brilhando em seus olhos verdes. — Você não é quem acredita ser, Maya.

— Como assim? Do que está falando, Gio? — questiona, desconfiada.

Minha mãe respira fundo.

— Sua mãe adotiva era sua babá na Itália, Sicília, para ser mais exata — revela em tom suave para não assustar, mas mesmo assim Maya se afasta um pouco do seu toque.

— Como é que é? Não, não, meus pais eram brasileiros — afirma com toda convicção.

— Não eram, *figlia mia* — mamãe rebate e, então, seus olhos se enchem de lágrimas antes de completar: — Você é filha de Adriano e Caterina De Cantábria, duques de uma região próspera na Sicília.

— O-o quê... Não, de jeito nenhum. — Maya abana a cabeça freneticamente. — Está havendo um engano enorme aqui.

— Não há engano nenhum, *caríssima* — dona Gioconda continua paciente. — O único engano foi há dezoito anos, quando achamos que tinha morrido junto com seus pais num incêndio criminoso em seu palácio de veraneio.

— Incêndio criminoso? Palácio de veraneio? Que loucura é essa? — Maya está descrente.

— *Si*, para alguns pode parecer loucura, reconheço. — Minha mãe sorri entre lágrimas e toca o rosto de Maya de novo. — Mas para mim é um milagre, *bambina mia*. Você é minha afilhada e de Gian Lucca. — Maya torce o nariz com a menção de meu pai. O velho está fodido junto comigo na mendicância pelo seu perdão.

— Não pode ser... Sou brasileira... Sou...

— Não é. And me contou que fala o italiano como uma nativa. Agora entendemos a razão — mamãe diz e o rosto de Maya se fecha ao ouvir o meu nome. Porra. — Você é Siena De Cantábria, uma duquesa de sangue e de direito.

— Deus do céu... Não pode ser. — Maya continua meneando a cabeça em descrença.

— *Si*, minha viagem à Sicília foi para investigar a fundo. Todavia, antes da viagem eu já sabia que você era a *nostra* duquesinha — mamãe embarga. — Dentre as joias que estão sob a tutela de Henrique e Madalena, encontrei várias que havia presenteado minha querida amiga Caterina. Aquelas joias não eram de sua avó paterna, como a fizeram acreditar, Maya. — Ela para de abanar a cabeça, mas seus olhos ainda são incrédulos. — Você é a filha única de meus queridos amigos Adriano e Caterina. Você é a menina que ela gerou para se casar com o meu And. — Novamente vejo o desgosto no semblante de Maya nessa parte. Fiz uma burrada sem tamanho. — Recorda que lhe falei que seus olhos me lembravam de uma pessoa muito querida? — Maya acena. — Era a sua mãe, *amore mio*. Você tem os olhos de sua mãe. — Pega o celular e mostra algo, provavelmente uma foto. Maya leva as mãos à boca e ofega.

— Vê? Você herdou a cor de olhos, pele e cabelo de sua mãe. Mas, há traços de seu pai também. Eles eram tão bonitos. — A voz de mamãe embarga e ela soluça.

— Deus, é o mesmo casal que meus pais adotivos me mostraram quando criança. — Maya revela. Seu rosto ainda mais cheio de surpresa. — Eles disseram que eram meus pais biológicos.

— Ah, *Dio, si*, está vendo, *tesoro*? — Minha mãe sorri em meio ao choro. — Eles te amavam tanto, *bambina*. Tanto.

Mamãe passa a contar os detalhes do fim trágico de seus queridos amigos e a maneira como Siena foi salva pela babá e seu marido. Maya parece confusa ainda, entretanto, seu semblante já indica aceitar as descobertas de suas origens, ao ver que tudo se encaixa.

— Então, a senhora é minha madrinha também? — pergunta roucamente, levantando a mão e tocando o rosto de mamãe. Novamente me sinto enciumado por não poder chegar perto dela.

— *Si, carissima*. Eu sou a tua madrinha também — mamãe sussurra entre lágrimas.

— Por isso me senti tão bem em sua presença — Maya murmura, os olhos se enchendo de lágrimas. — Senti-me segura e não sabia explicar a razão.

Engulo em seco, odiando-me por não a fazer se sentir dessa forma.

— E eu me senti ligada a você, querida. Não entendia, mas sentia que devia cuidar de você — dona Gioconda murmura. — Tão forte, mas ao mesmo tempo tão delicada — sorri e se inclina, dando um beijo na bochecha de Maya. — Você é como a sua Jane, *tesoro*.

— *Si*, exceto por um detalhe... — Um sorriso triste curva a boca da minha branquinha. Não sei do que estão falando, parece algo só delas. No entanto, sinto que esse *detalhe* tem a ver comigo e a forma como a tratei. — *Mia cara madrina...* — Maya sussurra e minha mãe se desmancha em choro, puxando-a para um abraço afetuoso. Elas choram abraçadas por alguns instantes. Quando se afastam, as duas limpam o rosto uma da outra. — *Grazie di tutto* — soluça. — Prometo manter contato com a senhora.

Essas últimas palavras me fazem prender a respiração. O que está...

— *Bambina...* O que...

— Eu vou embora, Gio. Quero voltar para São Carlos, para o meu verdadeiro lar — completa e ofego, percebendo que suas palavras iniciais de repulsa não eram apenas mágoa de momento. Ela quer ir para longe de mim. Está me deixando. Meu peito volta a doer diante da iminência de perder a mulher que amo.

— Não, por favor, branquinha. Sei o quanto errei, mas eu te amo — entro na conversa, passando as mãos nervosas pelo cabelo. Ela me encara, o semblante não mostrando nenhuma reação positiva. Os olhos mortos e tristes, a luz apagada. A luz que eu apaguei de forma cruel e covarde. — Eu te amo. Sei que não consegue acreditar depois da forma estúpida como agi, mas é a verdade. Me dê uma chance de mostrar como estou arrependido, meu amor.

Ela abana a cabeça, duas lágrimas grossas escorrendo pelas suas faces, agora um pouco mais coradas.

— Não ama.

— Sim, amo. Não sabe o terror que vivi quando a encontrei naquele... — paro, minha voz embargando. — Pensei ter te perdido para sempre e me senti a pior pessoa do mundo por não ter acreditado em você. Por nunca ter dito que te amava também, nas muitas vezes em que se declarou.

— Espera mesmo que eu acredite? Isso tudo é por causa de quem eu sou? — Seus olhos escurecem de desprezo quando diz: — Eu o libero do acordo. Nada disso tem validade agora.

— Como não? É a nossa maneira de reparar o erro, *bambina*. Você é a primeira escolhida — meu pai ousa dizer e ela o fulmina.

— Sério? E por que será que continuo me sentindo a segunda? — Seus olhos duros e magoados vêm para mim de novo. — Não tem vergonha de mentir só porque descobriu que sou essa tal de Siena? — Abro a boca para negar, mas ela me corta: — Eu me anulei em nome do meu amor por você, Andreas. Me senti tão culpada por te trair que aguentei todas as atrocidades que fez comigo. — Seus olhos continuam mortos. — Você arrancou sangue das minhas costas, ameaçou a vida dos meus padrinhos, as únicas pessoas que pensei que me restaram na vida. — Nessa parte, sua voz treme. — Aguentei tudo e meu coração estúpido justificou cada uma de suas ações cruéis porque eu o amava. Continuar sendo sua era a coisa mais importante para mim. Mas não mais. — Um flash de dor passa em seus olhos. Meu coração comprime ao ver a destruição que causei nela. — Aceitei ser a segunda em sua vida. Só uma pessoa muito apaixonada para aceitar vir sempre em segundo plano. Deus, consegue imaginar algo mais humilhante?

— Maya... Sim, eu sei que te feri muito — assumo, desolado, me sentindo a pior pessoa sobre a face da terra. — Me perdoe, branquinha — sussurro, meus olhos ardendo com lágrimas arrependidas.

— Eu achei que você me amava — sua voz falha, os olhos turvando de novo. — Acreditei como uma menina estúpida e tola, sonhei com o seu amor. Achei que... — respira tremulamente. — Mas aí você me mostrou o quanto pode ser cruel. Sua imagem se pegando com a nova sub não vai sair da minha cabeça tão cedo e nem quero que saia. — Seu tom endurece. Meu corpo gela com a menção do maior erro que cometi. Deus, eu a obriguei me ver com outra mulher. — Quero continuar lembrando o tipo de homem tóxico que é. Quero continuar lembrando para nunca mais permitir que tripudie sobre mim.

— Sinto muito, bebezinha. Eu fui um escroto maldito, sei disso — murmuro com pesar, as lágrimas ameaçando transbordar. Não tenho vergonha da minha família. Estou além desse tipo de vaidade e orgulho no momento. Estou perdendo a mulher da minha vida. — Me dê uma chance para mostrar que tudo não passou de um plano sórdido de minha maldita ex-noiva.

Ela enxuga o rosto e sacode a cabeça em negativa.

— Você me colocou em perigo duas vezes. Me jogou nas mãos assassinas de sua preciosa noiva por duas vezes! — range os dentes. — Ela quase me matou por duas vezes porque você nunca se importou comigo! Eu era nada para você! Nada!

— Sim, eu fui estúpido e orgulhoso, mas a salvei nas duas vezes, eu...

— Meu maior erro foi me sentir protegida com um homem como você — interrompe-me, sua sentença como ácido jogado sobre o meu coração. — Jamais serei tão estúpida de novo. O que sinto por você nesse momento é medo, repulsa e desprezo. Jamais me sentirei segura perto de você de novo. É a pessoa que mais me feriu nesse mundo, Andreas. — Mesmo destruída, levanta a cabeça em altivez e rosna: — Então, me mate, faça o que quiser, mas não estarei com você de bom grado, nunca mais.

— Não... Por favor, me escute — eu imploro, engasgado de tristeza por tê-la feito se sentir abandonada, traída. Minhas faces são banhadas pelas lágrimas quentes e cheias de remorso. — Eu te amo.

— Saia. Não quero te ver nunca mais — retruca e eu perco a compostura, avançando, tentando chegar até ela.

— Mano, está louco? — Alvinho se interpõe, segurando meus ombros, me impedindo de alcançá-la.

— Eu te amo! Fui orgulhoso e cego, mas eu te amo! — repito, completamente fora de mim. — Te amo, bebezinha!

— And, pare com isso, *figlio*. — Meu pai ajuda a me conter. — Vá para casa e procure se acalmar.

— Saiam todos! — Maya se altera, com desgosto. — Quero apenas Gio aqui.

— Branquinha, não faz assim — tento usar um tom mais brando. — Por favor, vamos conversar. Vamos...

— And, faça o que seu pai está dizendo. Vá para casa e se acalme — minha mãe diz em tom reprovador, os olhos verdes me mandando uma mensagem silenciosa. Eu sei, não vai adiantar ficar aqui gritando meu amor para uma garota que feri absurdamente há apenas poucas horas. — Mas antes vá pegar as roupas dela em sua cobertura. É lá que estão, não é?

— Sim — respondo, meus ombros caindo em derrota. — Farei isso, *mamma*.

Eu saio do elevador direto na sala da cobertura. Meu peito arde ao ver o ambiente familiar. O *nosso* lugar. Posso vê-la em cada canto. Sorrindo. Feliz em nossos últimos dias antes de eu me deixar ser a marionete de uma puta invejosa e vingativa e esmagar seu coração. Jairo e Gualberto me seguem. Este último ainda está se recuperando do susto de ontem, mas é teimoso e não quis usar o atestado do médico. A primeira coisa que fez ao acordar foi perguntar se Maya estava bem. Me pediu mil perdões por ter falhado em sua proteção. Eu o tranquilizei, dizendo que eu, apenas eu, falhei com Maya. Ele não teve culpa. Meu estúpido orgulho a colocou em risco. Ela tem toda razão em não me querer por perto. Fui um escroto maldito.

Atravesso a sala e meu nariz torce com o odor impregnando o recinto. Cheiro de... Comida estragada. Viro a cabeça em direção à cozinha e meu coração recebe um tiro com a visão da mesa posta para dois. Um arranjo de rosas vermelhas está murchando no centro da mesa. Ando devagar até lá, meus olhos voltando a ficar borrados de lágrimas arrependidas. Ela fez o jantar para mim. Usou a melhor porcelana, até mesmo castiçais, onde as velas queimaram, sobrando apenas a cera. Minha atenção pousa numa rosa solitária sobre uma folha timbrada da empresa. A letra feminina faz meu coração doer absurdamente. Sei que o que está escrito lá vai me matar de remorso.

Estico a mão, pegando a rosa murcha e a folha.

> *"Duvides que as estrelas sejam fogo, duvides que o sol se mova, duvides que a verdade seja mentira, mas não duvides jamais de que te amo."*
>
> *Ousei pegar emprestado os versos de Shakespeare esta noite... Estou me sentindo terrivelmente romântica e a culpa é sua. Estou louca para estar em seus braços, meu amor. Cada segundo que passamos longe é como se estivesse morrendo.*
>
> *Ti amo così tanto, And. Tanto.*
>
> *Grazie por acreditar em mim. Grazie por me perdoar.*
>
> *Tu sei tutto per me. Sei l'amore della mia vita.*

Engasgo. Minhas lágrimas rolam pelas faces. Oh, Deus... Ela escreveu a mais bonita declaração de amor para mim poucas horas antes de eu quebrar seu coração.

— Me perdoe, meu bebê — sufoco, embargado. Trago a rosa murcha ao nariz e inalo o perfume ainda presente. — Sinto muito por te machucar tanto. Sinto muito, meu amor.

Eu choro diante da mesa posta, das comidas estragadas, do amor destroçado da única que possui meu coração, e que agora me odeia.

CAPÍTULO DOIS

O diabo pode citar as Escrituras, quando isso lhe convém.
(William Shakespeare)

Maya

No dia seguinte...

Respiro fundo e encosto a cabeça na janela da limusine. O veículo deixa o estacionamento da clínica particular na qual estive internada desde a noite que vivi os momentos mais horripilantes da minha vida. O som da terra caindo sobre o caixão ainda está fresco na minha mente. Não posso dormir que tenho pesadelos, a sensação de claustrofobia ao ser jogada naquele caixão maldito, é bem vívida. A sensação de completo abandono ao ser enterrada naquela mata sinistra. E, claro, a dor dilacerante da traição do homem que acreditei ser o amor da minha vida. Tudo isso está reverberando dentro de mim, formando um coquetel amargo e indigesto. Observo o percurso, mas não vejo nada realmente. Minha cabeça está cheia. Para completar, ainda tem a revelação surpreendente de minhas origens. Sou italiana, siciliana, para ser mais específica. Meus pais adotivos, Marieta e Leonardo, eram funcionários de meus pais biológicos. Sou a única filha de Adriano e Caterina De Cantábria. Meus pais biológicos eram duques na Sicília. Dá para acreditar numa coisa dessas?

Pois é, eu fiquei estupefata, todavia, as informações batem. A investigação de Gioconda desvendou como vim parar no Brasil. Minha mãe adotiva era a minha babá e, junto com seu marido, fugiram comigo para cá por medo de a família de meu pai me matar também. Os malditos provocaram um incêndio na residência de meus pais e mataram os dois. Era para eu estar lá, mas eles haviam me entregado para Marieta naquela tarde. É uma história muito triste. Meu coração se partiu pelo casal bonito na foto que Gio me mostrou. Era o mesmo que meus pais adotivos tinham me mostrado uma vez. Só que não entraram em detalhes sobre a sua morte, apenas me disseram que eles me amavam muito e que foram obrigados a me deixar. Me pareço com Caterina, tenho os mesmos olhos, a cor da pele e cabelos. Mas tenho a expressão de Adriano. Gioconda, que também é minha madrinha, me disse que herdei a coragem e petulância de meu pai.

Suspiro, me remexendo no assento e gemo ao firmar os pés no assoalho. Estou descalça devido aos cortes e machucados nas solas dos meus pés. Estão um pouco inchados também, o que me irrita por ter que precisar da ajuda dos outros para me locomover. Odeio parecer fraca.

— Está sentindo dor, *tesoro*? — A voz afetuosa de minha recém descoberta madrinha me faz virar a cabeça em sua direção. Seus olhos verdes estão cheios de amor por mim e isso me faz sentir menos miserável depois de tantos eventos ruins.

— Não, *madrina*. Fique tranquila — forço um sorriso. Seu rosto bonito se ilumina ao me ouvir chamando-a dessa maneira. Sua mão estende e pega a minha sobre o meu colo, entrelaçando nossos dedos.

— Logo estaremos em casa e poderá descansar, *figlia* — murmura. Assinto. Não gostei da ideia de ir para a sua casa. Queria ir imediatamente para São Carlos, para a minha verdadeira casa. Contudo, ainda estou debilitada, além dos machucados nos pés, tenho um olho roxo pelo soco que levei de um dos capangas daquela assassina maldita. Gio me informou que Andreas jogou Isabeli na mesma cela em que estive. Arfo, apenas lembrar deles dois me enche de ódio. Meus olhos estão secos. Não há mais lágrimas depois de dias chorando. Mas a dor aguda no peito, essa permanece e sei que vai demorar a ir embora. Talvez nunca vá. Eu amei aquele homem de uma maneira tão intensa que soterrou meu amor-próprio. Sua traição vai ser difícil de ser esquecida. Não quero mais vê-lo, porém, a vaca dos infernos, eu quero e vou. Assim que me recuperar, irei lhe fazer uma visitinha de cortesia. Vou socar sua cara até que não esteja mais respirando.

— Você está bem mesmo? — A voz de Gio me puxa dos pensamentos. Deve estar vendo em meu rosto os sentimentos obscuros me envenenando. Nesse momento, meu coração está preto. Quero a vadia morta!

— Sim, apenas cansada — minto e olho à frente para que não veja através de mim.

O aperto suave em minha mão me diz que ela sabe como me sinto. O carro segue pela avenida movimentada e toma uma rua à direita, entrando no bairro chique onde fica a mansão dos Montanaro. Sem que possa controlar, meu estômago dá voltas em apreensão. A única vez que estive na propriedade, fui escorraçada, espancada pela infeliz da Isabeli e depois açoitada até que minhas costas sangraram. E eu perdoei tudo. Recordar como fui estúpida e tola é como uma bola de ácido em meu estômago. Perdoei cada crueldade de Andreas em nome de um amor suicida. Quase morro por causa desse amor. Embora não esteja animada de estar na mesma casa que Gian Lucca Montanaro, aceitei o convite de Gio. Ela garantiu que terei privacidade e só verei quem eu quiser. Além disso, eu realmente precisava me recuperar antes de voltar para São Carlos. Meus padrinhos Henrique e Madalena iriam surtar ao ver o estado em que me encontro. Levantaria suspeitas desnecessárias. Eles não precisam saber da enorme confusão em que me meti na cidade grande.

— Eu vou cuidar da minha duquesinha — Gio murmura, alisando a minha mão.

Não tem como não a olhar de novo. Seu carinho aquece meu coração pisoteado. Ela é a melhor coisa que me aconteceu em meio ao caos que se tornou a minha vida. Eu não sabia a razão para gostar tanto dela e me sentir protegida em sua presença. É minha madrinha também. Me pegou nos braços quando nasci. Amou a minha mãe como a uma irmã, e a mim como a uma filha.

— *Grazie, madrina* — sussurro de volta e me aproximo mais, encostando a cabeça em seu ombro. Sua mão suave vem para meu cabelo e fecho os olhos, me deixando ser cuidada por ela.

— O céu voltará a ser azul, *amore mio*, eu prometo — diz baixinho sem parar a carícia suave em meu cabelo. Eu quero tanto acreditar nela, mas a dor em meu peito me diz que meus dias continuarão cinza.

— Chegamos, Maya.

Abro os olhos. Devo ter cochilado porque o carro está contornando um jardim imenso, parecendo desses de palácio. Ajeito-me no banco enquanto volteamos uma fonte ostentosa e paramos na frente de uma escadaria. O vidro da janela desce e meus olhos arregalam ao ver a frente da construção em tons branco e creme em estilo romano. Retiro o que disse antes, não parece, *é* um verdadeiro palácio. Sei que possui três alas. Os filhos também moram aqui. Andreas me contou sobre como são paranoicos com segurança, preferindo morar no mesmo lugar. Inclusive, no outro extremo da propriedade, está a mansão de Ângelo Montanaro, único irmão de Gian Lucca. Na noite em que fui descoberta como uma impostora, não tive tempo para observar nada sobre o lugar. Eu estava na ala do meu carrasco, ele confirmou depois. Então, é a primeira vez que estou diante da construção de quatro andares. Não deve nada para o palácio de Nikolai e Yuliya, em Moscou. Nunca vi ou soube de nada parecido com isso aqui no Brasil. Nada. Nem mesmo em revistas dos ricos e famosos. Engasgo diante da opulência do lugar. Fico tão embasbacada que me espanto com a porta sendo aberta do meu lado.

— Não force os pés, eu vou levá-la, senhorita. — Jairo se adianta, me impedindo de pisar no chão de concreto. Olho por sobre seus ombros e meu coração aperta ao ver seu patrão, parado, o rosto torcido, parecendo angustiado. Não firmo a atenção nele, evito nossos olhares cruzarem porque é como uma punhalada no meu peito cada vez que o vejo. A humilhação e depois as horas de horror a que fui submetida por sua causa fazem com que a tarefa de olhar para ele seja bem dolorida. Na saída da clínica, foi Jairo quem me empurrou na cadeira de rodas até o carro. Recusei a ajuda do algoz e depois de Gian Lucca, farinha do mesmo saco. Não quero ter contato com nenhum dos dois escrotos. Trataram-me feito lixo.

Alvinho está trabalhando hoje. Eu preferiria que estivesse aqui. Ele não me fez mal, não o odeio. Então, sobrou para Jairo.

— Obrigada. — Seguro nos ombros do loiro alto e encorpado. Ele me levanta nos braços, me tirando do carro.

— Não há de quê, senhorita — responde um tanto sem jeito.

Sei que está desconfortável por me carregar na frente de seu chefe. Sobretudo, porque o homem em questão está com os punhos cerrados e cara de poucos amigos quando passamos por ele. Eu não me importo. Nada relacionado a ele me importa mais. Jairo começa a subir a escadaria e não olho para trás, porém, sei que Andreas está nos seguindo. Depois que saí do banho ontem de manhã, o encontrei no quarto do hospital e o mandei embora, não nos falamos mais. Me recusei a recebê-lo todas as vezes, e foram muitas. Acampou do lado de fora do apartamento, mas não cedi. Se pensa que suas desculpas de merda irão me fazer perdoá-lo e seguir como a imbecil tola que estava sendo, terá uma grande surpresa. Não quero estar em nenhum lugar perto dele. Nunca mais. Entramos num *living* requintado e depois numa sala enorme. Os móveis são em estilo vitoriano.

— Por aqui, Jairo. — Gio toma a frente. Gian Lucca se coloca de lado, apertando o botão do elevador. Sim, eles têm um elevador. Evito olhar o patriarca. Não quero suas desculpas de merda também. Não é porque descobri que é meu padrinho que vou perdoar cada ofensa que me lançou desde que me conheceu. A única pessoa com quem manterei contato de coração aberto será Gioconda.

Entramos no elevador e quando olho para fora, Andreas está lá, me fitando como se não suportasse me ver nos braços de outro. Sem poder me segurar, meu olhar encontra o seu. Engole em seco, os olhos verdes-musgo parecendo tristes e arrependidos. Desvio a vista, olhar para ele dói demais. As portas se fecham e, em instantes, a caixa está abrindo num corredor de carpete vinho, as paredes ricamente decoradas com quadros e esculturas. Gioconda abre uma porta de madeira escura com detalhes dourados. Jairo entra comigo e atravessa o aposento luxuoso em direção à cama. É uma king size coberta com lençóis bege. O segurança me deposita sobre o colchão com cuidado.

— Obrigada, Jairo — murmuro, me aconchegando recostada contra os travesseiros e almofadas.

— Fique boa logo, senhorita — o homem diz e abaixa a cabeça para a matriarca. — Senhora.

Ele vira as costas fazendo seu caminho de volta para fora do quarto. Gioconda se aproxima, ajeitando meus travesseiros. Eu estico minhas pernas, gemendo um pouquinho porque ainda sinto dor no quadril onde bati contra as pedras quando os capangas da assassina me empurraram do helicóptero. Meu tórax também está muito dolorido e com marcas arroxeadas. O médico disse que foi graças às tentativas de ressuscitação de Andreas que voltei à vida. Eu não me lembro. Tem um período que foi apagado da minha mente. Entre o tempo que desmaiei dentro do caixão e o acordar na cama da clínica na manhã seguinte, não me recordo de nada. É um branco total. Alvinho me contou como seu irmão escroto ficou desesperado quando o viu me interrogar sob o efeito do soro da verdade. Sim, ele confirmou. O bandido autorizou que me drogassem porque minha palavra não era suficiente. Na verdade, nunca seria suficiente.

— Quer alguma coisa? Um suco, chá, água? — Gio pergunta. Seu tom é ansioso para me agradar.

— Um pouco de água está ótimo, obrigada — murmuro. Ela se dirige a uma bandeja sobre a cômoda do lado direito da cama e serve um copo com água. Volta e me entrega, o olhar expectante se intensificando. Eu tomo um bom gole e devolvo o copo. Gio guarda de volta na bandeja. — A senhora não tem que ficar pisando em ovos comigo. Com um bom repouso ficarei novinha em folha — brinco, querendo descontrair, mas ela sabe que estou forçando um estado de espírito que estou longe de sentir.

— Ah, minha menina, você não tem que ser forte o tempo todo — comenta, se sentando na borda do colchão. Está linda num vestido de linho bege. Os cabelos soltos sobre os ombros. Sua mão estende tocando meu rosto delicadamente, colocando as mechas do meu cabelo atrás das orelhas. — Tudo bem se deixar ser cuidada de vez em quando.

— Eu não sou forte o tempo todo. — Meu rosto racha numa tentativa de sorrir. — Só não gosto do papel de vítima. Nunca gostei.

— Tão seu pai, *bambina*. — Oferece-me um sorriso terno. — Adriano era assim, destemido — se cala um pouco. — Lamento tanto que não se lembre deles, *cara mia*.

— Eu também, *madrina*. Queria poder lembrar — digo com tristeza. Eu realmente sinto. Pelos relatos de Gio dá para experienciar que me amavam. — Conte-me mais sobre eles — peço, afastando para o meio da cama, dando-lhe espaço.

Seus olhos se iluminam e ela vem para o meu lado, mantendo os pés para fora da cama. Puxa-me para os seus braços e eu vou, como se fosse uma menininha sob os seus cuidados. Fecho meus olhos e aprecio um beijo suave no topo da minha cabeça.

— Este era o quarto que ficavam sempre que vinham nos visitar — relata e abro os olhos, esperando por mais. Sua mão desliza em minhas costas de maneira reconfortante. — Você era uma menina linda, *tesoro*. Nos visitávamos a cada três meses. Nunca passávamos mais do que isso sem nos vermos — compartilha e sorri com amor. — Você enchia essa casa de alegria quando chegava. Todos nós a amávamos muito.

Me reteso um pouco com essa afirmação.

— As coisas não podem ser como eram antes, *madrina*. Muita coisa aconteceu nesses dezoito anos... — murmuro. Não posso me casar com Andreas apenas por causa de um acordo entre seus pais e os meus.

Ela fica em silêncio por um instante, então, puxa o ar lentamente, voltando a afagar minhas costas e cabelo.

— Eu sei, *bambina*. Eu sei — assente numa voz triste. Pigarreia. — Me deixe falar sobre seus pais. Caterina era uma moça simples, filha de um soldado da máfia. Seu prospecto de casamento não era muito animador pela pouca influência de sua família. — Sua voz adquire um tom nostálgico. — Mas Adriano a viu certa noite numa das festas do vilarejo e se encantou por ela.

— Quantos anos ela tinha? — pergunto com interesse genuíno. Quero saber tudo sobre eles.

— Dezenove. Seu pai tinha trinta e um — responde e seu tom suaviza uma nota ao completar: — Ela era tão linda.

Meu coração machucado aquece um pouco ouvindo sobre aqueles que me deram a vida.

— Eles começaram a namorar poucos dias depois porque foi amor à primeira vista. No entanto, a família De Cantábria tinha outros planos para o duque. — Sua voz fica triste. — Havia outra moça escolhida para esposa, uma de família influente. Caterina não era digna aos olhos deles.

Como eu não era digna aos olhos dos Montanaro. Gian Lucca me disse isso nas duas vezes em que tive o desprazer de vê-lo. Para a família e para o escroto do Andreas, não passava de uma puta que viria sempre em segundo plano em sua vida. E eu me resignei a esse papel aviltante porque o amava com todo o meu coração. Um soluço dolorido me escapa, tudo ainda é muito fresco em minha mente.

— Infelizmente, o jogo de influência é a arma dos poderosos, *figlia*. Desde que o mundo é mundo, os casamentos são tratados como alianças entre os muito ricos — explica com pesar, claramente percebendo o que estou pensando.

— Eu sei — respondo simplesmente. — Mas meu pai parece ter amado a minha mãe de verdade, escolhendo-a em primeiro lugar — aponto com amargura. — Eu nunca viria em primeiro na vida de Andreas. Nunca.

Gio emite um som profundamente desgostoso.

— Sinto muito, *figlia*. — Seu tom é entristecido. — Não sabíamos quem você era. Se soubéssemos...

— Eu queria ter sido escolhida acima de tudo, como meu pai escolheu a minha mãe. — A interrompo, minha voz magoada. Ela me abraça mais forte e torna a beijar o topo da minha cabeça.

— *Si, amore mio*. Você está certa. Nenhuma mulher merece ficar em segundo na vida do seu homem — sussurra com pesar. — Só quero que saiba que independente de sua situação atual com o And, aqui é a sua casa também. Gian Lucca e eu...

— Não quero ter contato com seu marido — a corto novamente. — Não dá para esquecer a forma truculenta como me tratou, infelizmente, Gio.

— Ele é um homem bom, Maya — garante. Duvido muito disso. — Defende a família ferrenhamente, como todo bom siciliano. Está sofrendo por tê-la ofendido, querida. Saiba disso.

— Manterei contato apenas com a senhora — insisto, não cedendo. Estou machucada demais para conceder o perdão a quem quer que seja nesse momento.

— Tudo bem, não vamos falar desse assunto agora. — Seu tom fica mais suave e compreensivo. Se senta e toca meu rosto, deslizando os dedos ternamente. — Vou descer para orientar a governanta sobre o jantar. O que gostaria de comer, *piccola*?

Posso ver em seus olhos a expectativa e felicidade.

— Siga o seu cardápio normalmente, *madrina*. Não quero alterar a rotina da casa.

— Você ainda não entendeu, não é, *tesoro*? — Sorri com afeto. — Tê-la aqui em nossa casa, depois de dezoito anos achando que estava morta, é um verdadeiro milagre. — Seus olhos se enchem de lágrimas e os meus ardem testemunhando sua emoção genuína. — Você é a filha que não tive. A minha Siena, minha menininha amada, então, sim, eu vou mimá-la bastante a partir de agora, esteja ciente disso.

Eu assinto e ela se debruça, beijando minha testa.

— Qualquer prato que envolva camarão, eu vou amar — respondo em meio a um bocejo.

Seu rosto fica iluminado com a informação.

— Nada mudou, então. Você amava camarão quando criança — revela com outro sorriso suave e se levanta. — Descanse agora. — Seus olhos ficam mais brilhantes ao murmurar: — *Ti amo così tanto, mia piccola duchessa.*

Meus olhos marejam e meu peito vibra ao ouvi-la me dizendo isso pela primeira vez. Eu a amo também. Sinto no fundo do meu coração que a amava quando criança.

— Ti amo anch'io, madrina.[1]

Ela funga um pouco e se debruça, dando mais um beijo suave em meu cabelo antes de se virar para sair. Suspiro e viro de lado, acompanhando-a atravessar o cômodo. Sempre me fascina vê-la andando com sua graça e elegância. Agora entendo que essa fascinação vem de longa data. Eu realmente devia ser apaixonada pela minha madrinha amorosa quando criança. Não me recordo nada daquele período devido à minha pouca idade, mas olhar para ela faz meu coração aquecer e sentir um pouco de paz em meio ao caos.

Quando abre a porta do quarto, meu coração sofre um solavanco ao ver Andreas do lado de fora. Está recostado à parede do outro lado do corredor. Mesmo à distância seus olhos encontram os meus e a sensação é a pior possível. A dor crua e absurda da traição, e humilhação, arde em meu peito. Ele parece devastado, andando para perto de Gio.

— Por favor, me deixe entrar, bebezinha — implora, olhando diretamente para mim.

— And, deixe-a descansar, *figlio* — sua mãe diz em tom descontente. — Prometi a ela que teria privacidade aqui.

Respiro fundo, buscando forças onde não tem mais. Ele levou tudo. Tudo de mim eu dei a esse homem. Mas é preciso encerrar esse ciclo para que eu possa seguir em frente. Ainda que doa olhar para ele, preciso lhe dizer adeus de uma vez por todas.

— Deixe-o entrar, *madrina* — concedo, forçando minha voz firme.

— Tem certeza, querida? Ele pode esperar. — Ela vira para mim, seu olhar preocupado. Sabe o quanto seu filho me fez mal.

— Tenho. Deixe-o vir — garanto, me arrastando em posição sentada novamente, o sono espertando.

— Está bem. Se precisar de algo é só me chamar. — Gio assente, ainda com o semblante preocupado. Com um olhar significativo para Andreas, minha defensora se vai.

1 Também te amo, madrinha – em italiano.

Ele entra e fecha a porta. Está bem alinhado em um de seus ternos escuros, mas seu rosto denota angústia. A ruga entre as sobrancelhas bem pronunciada, os cabelos um pouco revoltos, como se tivesse enfiado os dedos por eles muitas vezes. Nossos olhares se encontram quando para a poucos passos aos pés da cama. Como sempre acontece, as íris verdes-musgo me sugam para suas sombras. O amor ainda está aqui dentro de mim. Só que agora faz parte de uma mistura tóxica que não quero mais digerir. Ela se provou mortal. Sua beleza morena e soberba sempre irá me abalar, eu sei. Mas, nesse momento, as imagens suas tocando a outra garota, se deleitando com ela, ferindo-me além da reparação, estão presentes também. Nunca mais conseguirei olhar para ele e não me lembrar daquilo, de como foi capaz de me ferir. Eu pisco, abaixando o olhar para a cama, meu coração doendo tanto que ofego.

— Você está sentindo dor? — pergunta, soando preocupado. O som, o timbre da sua voz fazem a dor intensificar em meu peito. — Me diga onde estão os remédios, eu vou pegar.

Abano a cabeça, levantando a vista novamente, me obrigando a ser forte na sua frente uma última vez.

— A dor que estou sentindo nenhum remédio pode curar — respondo e vejo seu semblante ficar ainda mais transtornado. Seus olhos brilham e sua mandíbula trinca enquanto ele engole com força.

— Eu sinto muito — diz numa voz grossa e aparentemente triste. — Por favor, acredite em mim — passa as mãos pelo rosto. — Eu sei que está magoada com tudo que fiz, a maneira irresponsável como a coloquei em perigo. Isabeli está presa naquela cela agora. É sua prisioneira. Pode fazer o que quiser com ela — informa como se isso fosse capaz de reparar o que foi quebrado entre nós.

— Não me importa mais, Andreas. Não há mais nada entre nós. Você disse que tudo não passou de um plano para que se vingasse de mim por tê-lo enganado a primeira vez.

— Aquela merda não era verdade, Maya — abana a cabeça veemente. — Nada do que disse e fiz naquela maldita noite foi verdade. Eu menti porque queria te ferir. — Sua voz falha um pouco e ele respira agudamente, os olhos ficando mais brilhantes. — Isabeli armou tudo para que eu a machucasse. Ela armou tudo, porra!

— Isabeli é uma puta maldita. Eu a odeio, mas ela não é a única culpada da minha ruína — digo com ódio dele também. — Mesmo que esteja sendo sincero agora, o que duvido muito, tudo aconteceu porque você não confiou em mim, não me deu uma chance de verdade. — Ele torce o rosto, contrariado. — Você nunca me perdoou, Andreas. O seu orgulho maldito o impediu de ver o que estava bem na sua cara.

— Sim, eu fui um imbecil total, reconheço. Mas agora acredito em você, branquinha — afirma com voz suplicante.

— Acredita? Depois de saber das minhas origens e, claro, não esqueçamos que pediu que me aplicassem o fodido soro da verdade — estalo com dentes cerrados. — Você acredita agora porque teve provas contundentes de que eu falava a verdade. Sua maldita confiança de nada serve agora. Você me destroçou de maneira irreparável, saiba disso.

Seu rosto despenca e ele tenta vir para o lado da cama.

— Fique aí mesmo. Não chegue mais perto ou vou gritar por socorro — ameaço.

— Não... Por favor, tem de haver algo que eu possa fazer. Por favor, me perdoe, bebezinha. — Seu tom quase é convincente. Se eu não soubesse o quanto pode ser cruel e dissimulado, acreditaria em seu arrependimento.

— Não há nada que possa fazer. Nós estamos acabados. Case com a infeliz da Isabeli. Vocês dois se merecem. Case com a maldita e me deixe em paz! — ranjo, meu peito doendo absurdamente.

— Eu te amo — ele murmura com voz e expressão derrotadas. — Devia ter falado antes de tudo, mas fui orgulhoso demais. Eu te amo, Maya, acredite em mim.

— Não, não ama. Isso é porque descobriu quem sou e algum senso ridículo de responsabilidade, bem fora de hora, está te fazendo sentir remorso pelo que me fez quando pensou que eu não era nada.

— Não, está errada! Aceitei que te amava quando a vi sendo interrogada pelo Alvinho. Pergunte a ele — rebate com veemência. — Eu decidi que a queria como minha esposa, a única na minha vida. Eu te daria isso, mas você foi levada pela infeliz da Isabeli e agora não acredita em mim.

— Está mentindo. Eu te escolhi, Andreas, mas você nunca me escolheu! — eu rosno, irritada que continue pensando que vai me enrolar com essa conversinha. — Se eu tivesse aceitado a oferta de Gioconda e não agisse como uma mentecapta, sem amor e vontade próprios, não teria passado por tudo o que passei. — Meus olhos ardem com a dor fresca e minha voz embarga. — Eu quase morri por causa desse amor doentio. Nunca mais quero sentir isso. Nunca mais irei me entregar de forma tão cega e completa para outra pessoa.

— Eu amo você — repete e vejo com total estupefação, que está chorando. Suas lágrimas estão descendo pelo rosto. Ele fez isso na clínica também. É um show perfeito, mas não me deixarei ser tocada. Nunca mais terá poder sobre mim.

— Acha mesmo que irei acreditar nisso? A puta patética que vivia ansiosa para fazer cada vontade sua, morreu — embargo de novo, e lágrimas queimam meus olhos. São poucas, mas elas estão ainda aqui para mostrar que estou sangrando por dentro. —Realmente morreu, só que foi bem antes de ser colocada naquele caixão. Ela morreu ao ser humilhada por você no clube. Ela morreu ao descobrir que o homem que acreditou que a amava de volta, não passa de um ser cruel.

— Não... Eu te amo, branquinha. Amo tanto que pensei que fosse morrer quando a vi naquele caixão — ele ofega, tentando vir novamente. Abano a cabeça, parando-o.

— Você enfiou a mão em meu peito e arrancou meu coração, Andreas. Sem nenhuma piedade. Eu jamais te darei esse poder outra vez — choro, irritada que consiga me fazer fraquejar em sua frente de novo. O odeio por isso. — Você não confiava em mim antes, agora sou eu quem não confia mais em você. Eu nunca mais serei capaz de dormir do seu lado porque o medo de acordar para um filme de terror está dentro de mim agora.

Ele enfia as mãos pelos cabelos. Se eu não o conhecesse bem acharia que seu desespero é mesmo real.

— Deus, não... Não diga isso. Me deixe mostrar que pode confiar em mim, que pode se sentir segura do meu lado de novo.

Meus olhos se enchem com mais lágrimas. Eu soluço alto.

— Não posso mais. Você levou tudo que havia para dar. Eu não tenho mais nada — abano minha cabeça, as lágrimas caindo pelas faces.

— Me perdoe — ele soluça também. — Me perdoe por te fazer tanto mal.

— Eu vou embora e gostaria que não insistisse mais — aviso numa voz dolorida.

A expressão de devastação em suas íris verdes-musgo me deixa mais miserável. E irritada porque ele não tem o direito de vir aqui depois de tudo de ruim que me fez.

— Não me corte da sua vida, por favor, branquinha — implora.

— Você me cortou da sua. A dor de te ver com aquela garota jamais irá sair do meu coração, tenha certeza. Você realmente matou a Maya que te amava acima de tudo naquela noite.

— Não... Eu não transei com ela, se é isso que está pensando. Não consegui ir adiante...

Sua mentira só me deixa mais magoada.

— Eu não me importo. Você fez praticamente tudo na minha frente. Acho difícil alguém me machucar tanto quanto você fez — declaro desolada. — Saia e não volte mais. Nossa história acabou naquela noite. Voltarei para a minha casa e esquecerei que um dia te amei. — Ele faz um som tão quebrado que eu viro a cabeça para o lado. Não quero mais vê-lo. Por alguns instantes apenas os sons de nossos soluços são ouvidos no quarto. — Vá — digo sem encará-lo.

— Eu vou, mas saiba que essa não será a nossa despedida. — Sua voz adquire o tom confiante e determinado que me acostumei a ouvir. Contra a minha vontade, eu volto a olhá-lo. — Vou lutar por você. Como fez comigo, também não vou deixar que me esqueça — murmura, seus olhos intensos passeando pelo meu rosto. — Eu te amo, bebezinha. Amo muito. — Abano a cabeça, me recusando a acreditar nisso. — Você será a minha esposa, e passarei o resto da vida te mostrando que meu amor é verdadeiro.

— Saia — ranjo e me viro para o lado da sacada, dando-lhe as costas.

Posso sentir seu olhar ainda sobre mim por alguns instantes. Quando ouço a porta se fechando, aperto meus olhos com força. Me enrolo numa bola, lamentando ter entrado na vida desse homem que me machucou tanto.

Uma semana depois... São Carlos/SP, Brasil

O carro passa pelo portão simples e entra no jardim da casa de meus padrinhos Henrique e Madalena. Eu respiro fundo, olhando tudo, meu coração quebrado tendo um pouco de alegria. Estava com tanta saudade disso aqui. Miguel para o carro na frente da casa de dois andares. Eu viro a cabeça, encarando meu amigo querido. Ele tem um sorriso enorme em seu rosto. Está feliz comigo retornando para casa. Ficou assim desde o momento que liguei pedindo a ele que fosse me buscar em São Paulo. Tive que lhe contar que meu chefe era o mesmo que jogou Breno na prisão. Para a minha surpresa, Miguel não pareceu tão revoltado quanto pensei que ficaria. Afinal, Breno era como um irmão para ele. Pensei que fosse me recriminar por ter me entregado ao homem que indiretamente foi o culpado pela morte de seu primo querido, mas não. Na verdade, acho que a alegria por me ter perto dele a partir de agora, soterrou tudo o mais.

— Eu ainda não acredito que a minha garota voltou para mim — murmura, estendendo a mão e tocando meu rosto. Já não tenho mais nenhum hematoma. Estou completamente recuperada. Bom, pelo menos no aspecto físico. O emocional vai levar um tempo ainda. Um longo tempo, tenho certeza.

— Seu bobo. Até parece que não nos falamos quase todos os dias desde que me mudei para a capital. — Rolo os olhos. Suas iris azuis se iluminam e ele se debruça, a boca vindo para perto da minha.

— Não é a mesma coisa. Não tem ideia de como sofri por não ver esse rosto lindo todos os dias — sussurra e antes que recue, seus lábios pousam nos meus. É um beijo breve, mas carinhoso.

Quando se afasta, sua expressão está mostrando que sente tesão por mim. Merda. Não estou em condições de ouvir suas declarações nesse momento. Abro a boca para falar, mas seu polegar me cala, passando suavemente sobre meus lábios.

— Eu sei, meu amor. Vou te dar todo o tempo que precisar para esquecer aquele imbecil — diz e a forma como suas íris escurecem ao mencionar Andreas, me assusta um pouco. — Você é minha agora. Vou cuidar e proteger a minha garota, eu prometo.

— Obrigada, Miguel — vejo-me respondendo de volta porque tirando essa loucura de falar que sou sua, ele é o meu amigo querido. Preciso me cercar de pessoas que me amam para conseguir me reerguer de novo. Ele abre a sua porta e sai do carro, um modelo caro, mas Miguel me disse que está investindo no mercado de ações e está tendo um bom retorno. Um excelente, eu diria, já que também comprou uma cobertura em São Paulo no mês passado. Ele abre a minha porta e me ajuda a descer. Eu saio e inspiro o ar familiar. Lar, doce lar.

— Maya?!

A voz de minha madrinha vem da pequena varanda frontal. Eu viro a cabeça e ela está lá, boquiaberta. Meu padrinho sai atrás dela, a espanto tomando seu rosto também. Eu lhes disse que viria só amanhã.

— Surpresa! — Abro um sorriso verdadeiro por ver as duas pessoas que me acolheram com tanto amor desde que me vi sozinha no mundo. Eles descem os dois degraus para o terraço de concreto e eu corro em seu encontro.

Minha madrinha me agarra primeiro, me cobrindo de beijos. Ela sempre foi muito expansiva.

— Ah, minha filha, como é bom ter você em casa — expressa, me apertando contra si. Eu fecho os olhos por um instante, amando receber seu carinho. Quando se afasta um pouco para me olhar, eu sorrio, me inclinando e beijando suas bochechas. É uma mulher bonita, loira de olhos azuis. Breno se parecia muito com ela. Tem quarenta e três recém-completados.

— É tão bom estar em casa, madrinha — murmuro e minha atenção vai para meu padrinho.

— Ei, menina, você demorou dessa vez. — Ele me puxa para seus braços e me dá um beijo no topo da cabeça. — Sua madrinha estava impaciente já.

— Só ela? — eu rio, me inclinando e beijando sua bochecha barbuda. Ele também é um homem bonito, no final dos quarenta. Moreno de olhos escuros.

— Todos nós, querida. — Ele sorri com afeto. Madrinha chega para perto de novo e os dois me espremem num abraço coletivo. Fazíamos muito isso, mas está faltando uma peça nessa engrenagem. Meu coração aperta. Breno. De alguma forma, sempre sentirei sua falta. Não importa em quais circunstâncias tenha morrido, sua morte foi precoce. O menino que amei desde adolescente sempre estará dentro do meu coração de alguma maneira. Assim como seus pais.

— Ei, tia, tio. — A voz de Miguel os faz me soltar.

— Ei, rapaz, você tem andado sumido. — Padrinho sorri para o sobrinho.

— É mesmo. O que está aprontando, menino? — Madrinha sorri também. Miguel vem até nosso círculo e beija os dois.

— Trabalho. Muito trabalho nesses tempos — responde em tom de desculpas. — Mas agora virei com mais frequência.

— Claro, Maya estará aqui, não é? — madrinha resmunga e nós todos rimos.

— Deus, a senhora parece a minha mãe! — Miguel zomba. Na verdade, é uma provocação porque elas são gêmeas idênticas.

— Espertinho. — Madrinha ri, abanando a cabeça.

— Vá com sua madrinha, Maya. Vou ajudar Miguel com a bagagem — padrinho instrui.

Ela entrelaça seu braço no meu e seguimos para dentro. Quando passamos pela porta, meu coração aquece. Inspiro de novo, me sentindo amada, querida. Não que não estivesse sentindo amor e cuidado por parte de Gioconda. Ela me apoiou e defendeu mesmo antes de saber quem eu era. Mas aqui é diferente. Aqui todos me querem bem. Nós subimos direto para o meu quarto e meu peito aperta ao passar na frente do quarto de Breno.

— Está tudo como você gosta, filha — madrinha diz ansiosa, abrindo a porta e me dando passagem. Eu entro e jogo minha bolsa sobre a cama *queen size*. O quarto é singelo comparado ao enorme que Gioconda disse que é meu em seu palacete, porém, meu coração se enche de paz do mesmo jeito. Aqui tenho memórias lindas da minha adolescência ao lado do menino mais bonito do bairro. Aqui dei meu primeiro beijo. Aqui sonhei em me tornar a sua mulher e ser feliz para sempre do seu lado.

— Obrigada, madrinha. Não precisava se incomodar, eu mesma limparia. — Aponto e ela abana a cabeça, vindo para perto de mim de novo.

— Pare com isso. Eu e Henrique estamos felizes demais com a nossa menina de volta — murmura, tocando meu rosto. — Se prepare que seu padrinho vai querer mostrar tudo da nova oficina — diz em tom conspiratório. Eu rio, meneando a cabeça.

Padrinho mexe com oficina desde pequeno, como seu pai. Passou três meses ampliando suas instalações, que fica há um quarteirão daqui. Será inaugurada na próxima semana e ele está alegre porque vou poder participar.

— Eu vou amar ver tudo — garanto, me deixando ser preenchida pelo carinho deles por mim e do meu por eles. — E as suas encomendas? Como estão? — pergunto interessada.

— Muitas, graças a Deus! — informa com satisfação.

Madrinha organiza festas de casamento, batizados, coquetéis em pequenas empresas. Ela e sua irmã gêmea, Fabíola, estão nesse ramo desde que eram solteiras.

— Quanto tempo vai ficar, filha? — pergunta. Seu tom é ansioso como o de Gioconda na minha saída. Minha outra madrinha espera que eu volte. Eu não sei o que farei. Tudo que sei é que não quero, não posso estar perto de seu filho.

— Muitos dias. — Tento soar animada. — Tirei um período de folga!

— Isso é tão bom, querida! Como prêmio pelo negócio que conseguiu fechar no exterior? — ela sonda.

Não lhe disse sobre o meu rompimento com Andreas. Ainda não tive coragem. Então, por enquanto, estou aqui para uma visita apenas.

— Sim — concordo com falso entusiasmo.

— E quando iremos conhecer o homem que fez seu coração bater de novo, filha? — torna a sondar.

— Ainda não sei, madrinha. Ele está com a agenda muito cheia pelos próximos dias — respondo evasiva. — Mas, e as festas? Conte-me mais. Eu quero ajudar, já que ficarei por muitos dias dessa vez.

Seu rosto ilumina e respiro aliviada pelo assunto espinhoso ter sido adiado. Ela me arrasta para a cama e nos sentamos. Me coloca a par de tudo o que está acontecendo no bairro. Em poucos minutos, meu padrinho e Miguel entram com as minhas malas.

— Vou começar a preparar o jantar, filha — madrinha avisa.

— Vou só tomar uma ducha e já desço para ajudar — prontifico-me.

— Nada disso. Eu sou o ajudante hoje — padrinho replica, indo para perto da esposa. Eles trocam um selinho amoroso.

Eu amo vê-los juntos. Sonhava em ter esse mesmo amor duradouro com Breno.

— Está bem. Amanhã eu assumo. — Sorrio e os dois saem, fechando a porta do quarto.

Miguel se aproxima, o olhar percorrendo meu corpo. Minha calça skiny escura é bem colada e uso apenas uma regata curta, mostrando um pouco da barriga. Nos pés, uma rasteirinha confortável.

— Eu sei que já disse, mas você está linda demais — sussurra, seu olhar de desejo me deixando incomodada.

— Obrigada. Você também está ok — eu brinco e ele ri, avançando e me pegando pela cintura. — Miguel, me larga! — grito, rindo ao ser jogada em cima da cama e ele começa a fazer cócegas em minha barriga. — Pare com isso, seu idiota! — reclamo, esperneando. — Pare!

Ele gargalha e se inclina, depositando um beijo em minha barriga nua. É incrível como não sinto nada com sua carícia. Andreas Montanaro me ferrou para todos os outros homens e o odeio ainda mais por isso. Miguel fica sério e escala meu corpo, ficando parcialmente em cima de mim. Arfo ao sentir seu pau duro, roçando minha coxa.

— Sou completamente louco por você, Maya — declara com a voz engrossada de tesão. — Me custa muito estar perto de você e não poder te ter como eu sonho desde adolescente.

— Miguel, já falamos sobre isso. Não estou em condições de me abrir para ninguém — digo com pesar, tocando seu rosto. — Se eu pudesse, te amaria desse jeito que precisa, juro que faria.

Pega minha mão e beija cada dedo.

— Está bem, meu amor. Eu vou esperar pelo seu tempo — pondera, seu rosto ficando mais suave. — Vou adorar você, Maya. Quando me permitir ser o seu homem, vou te venerar. É isso que merece, ser amada, venerada — torna a beijar minha barriga com ternura. — Linda. Minha garota, meu amor.

Me incomoda, quero pedir que pare de me beijar. Seu celular toca e respiro aliviada. Salva pelo gongo!

— Merda — range os dentes e se afasta, sentando-se na cama, puxando o aparelho do bolso do jeans. Quando vê o número, seu semblante muda. Se levanta da cama, indo para a porta da pequena varanda. — Sim, o serviço está feito.

Ouço-o dizer antes mesmo de cumprimentar quem está do outro lado. Rolo de bruços e fico olhando-o através da porta de vidro. É um cara bonito. Se parece com Breno. Por que não sinto atração por ele? Seria tão mais fácil se tivesse cedido aos seus avanços e lhe entregado a minha virgindade em vez de dá-la ao homem que me arruinou sem nenhuma piedade.

Miguel encerra a ligação e volta da sacada.

— Eu tenho que ir — anuncia com uma cara insatisfeita.

— Já? — inquiro, decepcionada.

— Trabalho, meu amor — esclarece, parecendo feliz com a minha carranca por ficar sem ele tão cedo. — Volto depois do jantar.

— Está bem. Obrigada por tirar um tempo e ir me buscar — murmuro com afeto.

— Não há nada que eu não faria pela minha garota — afirma com seus olhos muito brilhantes. — Fique bem. Até daqui a pouco.

Ele se vai e eu me deito de barriga para cima, olhando o teto. Fecho os olhos, a imagem de Andreas povoando minha mente. Por mais que lute, ele sempre está aqui. Não falamos mais depois da nossa última conversa. Todavia, o vi pela mansão muitas vezes, inclusive no corredor, acampado diante da porta do meu quarto. Quando voltou a trabalhar, aproveitei para vir embora. Precisava sair de lá. Precisava me distanciar geograficamente também para começar a me curar. Amá-lo me destruiu. Abro os olhos e me viro para a sacada, o coração tão destroçado que tenho minhas dúvidas se algum dia conseguirei juntar todos os pedaços novamente. Mas, o pior de tudo, a minha maior desgraça, é ainda amá-lo tanto. Mesmo tendo sido humilhada, pisoteada, ainda o amo com desespero. Eu o odeio, mas o amo. O amor ainda está aqui.

— Me ajude a esquecê-lo, meu Deus — imploro, desolada. — Ajude-me a arrancá-lo de dentro de mim.

CAPÍTULO TRÊS

Todos os profetas armados venceram, e os desarmados foram destruídos.
(O Príncipe - Nicolau Maquiavel)

Maya

Três semanas depois... São Carlos/SP, Brasil

Eu reduzo a velocidade do meu Sandero ao entrar em nosso bairro. Sintonizei na rádio local e a música *Não Era Amor*, de Giulia Be, me faz torcer o nariz. Letra perfeita para a minha vida amorosa. Viro a esquina para a rua de meus padrinhos e arregalo os olhos ao me deparar com uma verdadeira comitiva de veículos pretos na frente da casa. Gualberto trouxe o meu para mim e informou que ficaria na cidade para me proteger, a mando de seu chefe. Bufo. Como se Andreas se importasse com a minha segurança. Fiquei possessa, lhe disse para ir embora que não precisava de nada que viesse daquele bandido, mas o homem não arredou o pé. Liguei para Gioconda e, para a minha decepção, ela ficou do lado de seu filho nesse assunto e, inclusive, enviou mais um de seus seguranças para ficar à minha disposição. Isso foi apenas no meu segundo dia de volta a São Carlos. Nem preciso dizer que meus padrinhos ficaram curiosos sobre os dois brutamontes acampados na frente da casa e me seguindo por toda parte pela cidade. Não tive outra opção, abri o jogo com eles. Criei coragem e contei que fui para São Paulo atrás de vingança contra o advogado que tinha jogado Breno na cadeia. Eles ficaram estupefatos, como sabia que fariam. Afinal, na cabeça deles, sua menina doce jamais seria capaz de algo assim.

Depois que fiquei sabendo minhas origens, compreendi melhor meu ímpeto de querer vingar meu noivo. Foi a herança biológica falando mais alto. Meus pais também tinham a infração nas veias, como os Montanaro. Foi tão natural orquestrar essa vingança, que nunca permiti minha ética e moral atrapalhar meus planos. Eu só precisava fazer justiça a todo custo. Voltando ao assunto, contei que o homem por quem me apaixonei é Andreas Montanaro. Tive que enfiar mentiras em meio à verdade porque eles não podem saber quão perigosa é a família em que me meti. Contei-lhes sobre as minhas origens, claro que deixando de fora o fato de as famílias de meus pais estarem ligadas ao crime na Sicília. Quero que continuem me amando como a sua menina doce e inofensiva. Então, disse que me precipitei em acreditar que Andreas era o culpado pela morte de Breno. Tive que mentir que seu filho foi vítima de brigas de gangues dentro da prisão e acabou morrendo. Meus padrinhos também não precisam saber que seu único filho havia se tornado um bandido. Não merecem saber sobre esse mundo feio que Breno e eu conhecemos.

Eles acreditaram. Me sinto mal por não poder contar tudo, todavia, é o melhor. Quanto menos souberem, mais estarão longe de problemas.

Dois homens em ternos pretos estão do lado de fora do portão. Noto mais alguns espalhados ao longo da rua. Os vizinhos estão curiosos, se esgueirando nos portões para saber do que se trata. Nosso bairro é humilde. Carros chiques como esses nunca passam por aqui. *Ele* está aqui? Me pergunto. Ainda que odeie, meu coração começa a saltar ante a possibilidade de vê-lo. São três semanas em que me obriguei a ficar longe. O bloqueei em meu telefone, pois, me ligava mil vezes por dia quando ainda estava com Gioconda. Enviou inúmeras mensagens as quais nunca li. Apaguei todas, sumariamente. Nada que ele diga me fará mudar de ideia. Estaciono atrás de uma Range Rover preta reluzente e respiro fundo, minhas mãos suando de apreensão. Pego minha bolsa e saio do veículo. Tenho ajudado a madrinha com as locações dos eventos desde que cheguei. Temos um casamento no fim de semana e o trabalho de organização tem vindo a calhar para ocupar a minha mente.

Nos primeiros dias, a vontade era de ficar prostrada na cama, lambendo minhas feridas. Mas não me permiti. Aquele homem já me fez mal demais. Preciso me manter firme e de pé, mesmo que a ferida em meu coração esteja sangrando ainda. Embora tenha me esforçado para sair e sorrir na frente de todos, a madrinha percebeu que algo não estava bem. Contei que eu e Andreas estamos brigados e que usarei esse tempo longe para pensar sobre o meu futuro. Não é totalmente mentira. Ela me incentivou a sair mais com Miguel, que nem preciso dizer, adorou a intimação da tia para me tirar de casa. Na primeira semana havíamos apenas visitado o túmulo de Breno. Levei flores frescas e fiquei horas por lá, conversando com aquele que foi o meu amor por tanto tempo. Sua foto na lápide, tão jovem, tão bonito, me fez chorar. Sobretudo, por não o amar mais como antes. Tudo mudou. Não sou mais a *sua* Maya. Miguel se sentou do meu lado, porém, se manteve calado. Talvez seja difícil para ele conversar com alguém que não está mais entre nós. Fiquei com a impressão de que foi um tanto frio com aquele que era seu primo-irmão.

Talvez seja só uma coisa de homem mesmo. Por que eles têm que ser uns escrotos quando se trata de demonstrar sentimentos? Resumindo, passei bastante tempo com Miguel. Fomos ao cinema algumas vezes e numa choperia com a minha turma da faculdade. Foi bom rever o pessoal, mas a verdade é que nunca tive amigos fora do meu ciclo familiar. Meus amigos eram Breno e Miguel. Ponto. Os outros eram, no máximo, colegas de escola. Miguel tem sido incrível comigo nesses dias e sua presença tem me ajudado a me sentir menos miserável. Ah, eu também, em um momento de rebeldia, procurei um estúdio de tatuagem e fiz uma enorme nas costas. Estou celebrando meu renascimento. Tenho certeza de que cada passo meu nessas saídas está sendo reportado a Andreas e em minha mágoa e raiva, cheguei a pensar em namorar meu amigo. Dar a chance que tanto deseja, me esforçar para tirar aquele homem cruel da minha cabeça e coração. Talvez eu deva lançar mão do expediente que a maioria usa em casos de decepção amorosa: fazer a fila andar. O que está me travando é que não quero ser egoísta com Miguel, usando-o para esse fim. Ele me ama de verdade e merece ser amado da mesma forma. Não posso brincar com seus sentimentos.

— Bom dia, senhorita. — Os homens, que reconheço como seguranças de Gioconda e Gian Lucca, cumprimentam, abrindo o portão quando me aproximo.

— Bom dia. Obrigada — retribuo, passando para dentro e meus olhos correm pelo pequeno jardim.

Não há ninguém aqui. Atravesso o estreito caminho de concreto até a varanda da frente da casa. Uso jeans comum, camiseta baby look azul-claro e tênis confortáveis. Cabelo preso num rabo de cavalo e rosto limpo. Aqui posso ser eu mesma, sem as roupas e maquiagem requintadas que comprei para impressionar o fodido. O carro de meus padrinhos não está na garagem, e respiro aliviada que ainda não chegaram do supermercado. Maria, a diarista que cuida da casa três vezes por semana, deve ter atendido a *comitiva* e deixado entrar. Paro diante da porta e respiro fundo, meu coração disparando, minhas mãos suando e tremendo sem controle. Isso só quer dizer uma coisa: a minha ruína está aí dentro. Andreas veio. A sensação é muito forte. Não sei como explicar, só sei que o imbecil sem coração está aí dentro, eu sinto. Pego a maçaneta e empurro a madeira escura. Meus olhos ansiosos recaem sobre os sofás no canto oposto da sala. Gioconda está lá, mas não veio sozinha, seu marido escroto está sentado do seu lado. Em seguida, minha atenção é captada pela figura alta de pé perto da janela.

Sim, ele veio. Andreas gira a cabeça em minha direção e meu coração estúpido dispara com força quando os olhos verdes-musgo encontram os meus. Oh, Deus... Minha respiração engata, minhas mãos suando mais frio. Foram apenas três semanas sem vê-lo, mas parece que se passou um ano. Seus olhos cintilam, fixos, me encarando intensamente. Então, desce, passeando pelo meu comprimento lentamente. Seu belo rosto moreno denota fome e saudade. Estou horrível, eu sei. Todavia, meu traje simples ou a falta de maquiagem não parece lhe importar. Observa-me com o mesmo interesse e tesão de antes. Entretanto, Andreas Montanaro é muito bom em fingir. Não posso me esquecer disso jamais ou serei iludida outra vez. Puxo uma respiração profunda e me forço a quebrar o contato visual para recobrar o meu controle. Desço o degrau para a parte da sala onde estão. Minhas pernas foram transformadas em geleia, mas ninguém precisa saber dessa merda e me obrigo a agir naturalmente. É um espaço pequeno comparado ao requinte de seu palacete nos Jardins. Gio se levanta, vindo me encontrar no meio do caminho.

— Ah, *bambina mia*, senti tanto a sua falta — murmura, beijando meu rosto com afeto, seus braços me envolvendo.

— Também senti a sua, *madrina* — derreto-me, abraçando-a de volta.

Ela me balança como uma menininha por um instante, depois se afasta um pouco. Seus expressivos olhos me sondam atentos e saudosos. Toca meu rosto.

— Tão linda, *piccola mia* — elogia com seus olhos brilhantes.

Eu rio sem jeito, meneando a cabeça. Ela está sendo gentil.

— A senhora que é — murmuro, me inclinando e beijando-a na bochecha.

— Desculpe ter vindo sem avisar, querida. — Sua voz abaixa um pouco ao completar: — Era minha intenção vir sozinha, mas seu padrinho e And insistiram para vir junto.

Franzo a cara ao ouvi-la chamando o homem estúpido de meu padrinho. Está bem, ele é, mas não gosto disso. Dificilmente teremos uma boa relação algum dia.

— Não se preocupe com isso, *madrina* — tranquilizo-a, embora não goste nada de ter as duas visitas indesejadas na minha sala depois que lhes disse com todas as letras que não quero nenhum contato com eles. No entanto, não vou desagradar a minha madrinha. Em respeito a ela, vou tolerar os fodidos. — Maria lhes serviu alguma coisa? — pergunto, notando a bandeja com café sobre a mesinha de centro.

— *Si*, acabamos de chegar, praticamente. — Gio sorri, enlaçando o braço no meu, começando a me levar para perto dos sofás.

Sou obrigada a fazer contato visual com Gian Lucca. O homem se levanta. Está usando um terno escuro de caimento perfeito. Elegante, bonito. Sim, ele é bonito. Andreas e Alvinho possuem os seus traços. São traços aristocráticos, mas também sombrios, perigosos. Seus olhos escuros me fitam com pesar e o que parece ser remorso. Seu rosto carrega uma expressão suave em meio à angústia. Quem diria que veria esse homem me olhando de outra maneira que não fosse desprezo ou ameaçador. O mundo dá muitas voltas. Ainda é estranho para mim as coincidências dessa história. Eu sou Siena, a primeira prometida de Andreas. É incompreensível como essa família voltou para a minha vida depois de dezoito anos. Ou eu voltei para eles. Não sei qual sentença é a mais verdadeira, mas a questão é: nossas vidas se cruzaram novamente.

— *Bambina mia*... — A voz grossa de Gian Lucca é branda também.

Cerro a mandíbula para me impedir de retrucar que não sou a sua criança. Ele não tem o direito de me chamar assim. No entanto, me limito a apenas cumprimentar, inclinando levemente a cabeça:

— Senhor.

— Venha sentar-se conosco. Desculpe invadir a casa de seus padrinhos e...

— A minha casa. Esta é a minha casa, senhor — corrijo em tom respeitoso, porém, firme.

Seu rosto torce um pouco e ele respira fundo.

— Claro. Nós compreendemos perfeitamente a sua ligação com esta cidade e casa, *figlia* — responde em tom conciliador.

Quero bufar para o termo afetuoso mais uma vez, mas me seguro. Não preciso parecer uma menina imatura e birrenta.

— Como você está, branquinha?

A voz do meu algoz faz minha respiração alterar e meu coração saltar novamente. Ah, Deus... Essa voz tem o poder de abalar meu âmago. Travo uma luta para não olhar em sua direção, mas terei de fazer isso ou serei a sua marionete outra vez. Não posso olhá-lo. Não posso estar perto dele. Por sua causa meu coração jamais será inteiro de novo. Lágrimas querem minar em meus olhos, mas eu pisco, forçando-as para dentro.

— Eu agradeceria se me dissesse logo o que quer e me deixasse a sós com a minha madrinha, senhor — me dirijo a Gian Lucca, ignorando seu filho por completo.

Ouço um som desgostoso, contudo, não olho na direção de Andreas. Seu pai aperta a boca, sua expressão descontente também.

— Eu sinto muito, *bambina* — lamenta. — Falhei com você e mereço seu desprezo. Mas há uma razão para a nossa visita indesejada, lhe garanto.

— Você precisa voltar para casa, Maya. — A voz de Andreas tem uma nota tensa agora. Ainda não respondo, nem mesmo o olho. — Não faça isso, bebezinha. Olhe para mim, por favor.

Sua voz, seu pedido me deixam irritada. Giro a cabeça, fuzilando-o com meu olhar.

— Casa? Quando diz isso está se referindo à cobertura, onde me mantinha escondida do resto do mundo como sua prostituta estúpida e obediente? — Minha voz treme um pouco, cheia de mágoa. Ouço Gio ofegar do meu lado. O rosto de Andreas despenca, sua mandíbula trincando. — Ou a sua residência oficial, onde fui agredida covardemente pela sua noiva e depois humilhada e enxotada nua por você?

— Deus... — ele faz um som dolorido em sua garganta. — Sim, eu fiz coisas cruéis com você, sou um escroto fodido. Mas estou tentando me desculpar desde o momento em que descobri a verdade. — Passa uma mão pelo cabelo, com exasperação. Seus olhos estão angustiados, correndo pelo meu rosto. — Eu sei o quanto te machuquei e não houve um só segundo nesse mês em que não tenha lamentado profundamente.

— Não, você não sabe o quanto machucou. — Cerro os dentes, lutando com todas as forças para não fraquejar para esse homem outra vez. — Você não tem coração para saber que destroçou o meu. Não quero suas malditas desculpas, Andreas. Já disse que elas não me servem para nada agora. — Lágrimas picam meus olhos, mas continuo encarando-o. — É tarde. Vá procurar outra *legítima Siciliana* para noiva e pare de me importunar, porra — altero-me.

— Por favor, me ouça, me...

— Não! E respondendo à sua demanda, eu já estou em casa — aponto com rispidez. — Vou ficar aqui com meus padrinhos Henrique e Madalena.

— *Figlia*, vamos nos sentar um pouco — madrinha intervém, me conduzindo para um dos sofás. — Realmente há coisas que precisamos discutir com você para adotarmos o melhor curso de ação.

Ela se senta junto comigo. Andreas não toma um assento, mas vem para trás do sofá onde seu pai está acomodado. Endureço o coração para não apreciar a graça felina do seu andar, ou a forma imponente que veste o terno azul-marinho de três peças. Apoia as mãos grandes e tatuadas sobre o encosto. Odeio-o por me fazê-lo amar com tanta intensidade que mesmo depois de tudo que me fez, ainda me sinta abalada com sua presença, ainda o ache o homem mais bonito do mundo. Escroto fodido! Minhas entranhas se revolvem de raiva dele, de mim, de tudo. Coloco minha bolsa no assento do meu lado e apoio as mãos sobre os joelhos.

— O que há para ser discutido? — inquiro encarando minha madrinha e Gian Lucca. Ignoro Andreas.

— Seu nome legal é o primeiro ponto — o patriarca responde, seu tom ainda ridiculamente brando. — Precisa decidir se quer entrar na justiça para voltar a usar seu nome e sobrenome italiano.

Eu franzo a testa. Não havia parado para pensar sobre o aspecto legal da descoberta de minhas origens. Na verdade, não parei para pensar em nada além do homem que arruinou a minha vida. Estive magoada demais para agir racionalmente. Porém, depois de saber que meus pais me amavam, é claro que vou querer usar o nome e sobrenome que me deram. É a maneira de mantê-los vivos, comigo, sua descendência.

— Sim, eu quero voltar a usar o meu nome e sobrenome — informo e eles me encaram parecendo surpresos. Talvez pensassem que teriam trabalho em me convencer. — Contudo, vou querer uma mudança na certidão. Maya é o nome que recebi de Marieta e Leonardo. Tanto quanto os biológicos, meus pais adotivos merecem estar perto de mim de alguma forma — explico e minha madrinha acena, os olhos brilhantes e satisfeitos. — Siena Maya, ou Maya Siena Pinheiro De Cantábria... — dou de ombros. — Tenho que ver a sonoridade para escolher...

— Maya Siena — Andreas opina. Levanto a vista, encontrando seu olhar intenso sobre mim. Meu peito vibra com esses malditos olhos bonitos e sombrios me encarando como se penetrasse minha alma. — Tem uma sonoridade perfeita.

Sim, concordo com o cretino. Mas não lhe digo isso, apenas desvio a vista para Gian Lucca, esperando-o continuar. De repente me dou conta de mais uma coisa: não pensei ou perguntei sobre a família de meus pais na Sicília.

— Minha família? Acabo de me dar conta de que não perguntei sobre eles ainda — digo e a expressão de Gian Lucca se fecha. — Da parte de minha mãe, de meu pai. Tenho familiares na Sicília?

— Da parte de Caterina há muitos familiares, *amore mio*. — Madrinha pega a minha mão, dando um aperto suave e a encaro. Ela tem uma expressão tensa agora.

— Da parte de Adriano estão todos mortos, *bambina*. — A revelação baixa de seu marido me faz olhá-lo de novo.

— Todos mortos? Como assim? — questiono, incrédula.

— *Si*, eu matei todos, dois dias depois do assassinato de seus pais, *figlia* — Gian Lucca revela com a maior naturalidade, como se não estivesse falando sobre dizimar uma família inteira. Deus... Até mesmo crianças? — Todos — responde à minha pergunta silenciosa. — Eu precisava vingar seus pais e em casos assim não se pode deixar ninguém vivo.

Fico calada ante a revelação. Ele vingou meus pais. A família de meu pai planejou assassiná-lo junto com a esposa e filha pequena, então, mereceram o fim que Gian Lucca lhes deu. É incrível como não sinto pena. Nada. Para ser sincera, me sinto vingada e agradecida. De repente, minha respiração trava ao me dar conta de um fato assustador, porém, incontestável... Eu sou como eles. Sou como os Montanaro. Levanto a vista para Andreas e as íris verdes-musgo estão com um brilho satisfeito e ainda mais penetrante, me encarando. É como se soubesse a conclusão que acabei de chegar. É como se me dissesse: *sim, bebezinha, você é uma de nós.* Me obrigo a quebrar o contato visual pela milésima vez.

— *Grazie* por vingar meus pais — murmuro e, pela primeira vez, minha voz não sai ríspida para o patriarca. Vejo o brilho fugaz de reconhecimento tingindo seu olhar. — Eu quero visitar a minha terra em algum momento, e saber que não vou encontrar nenhum dos assassinos *maledetos*[2] por lá, é um alívio.

— Nós protegemos os nossos, *bambina* — afirma e limpa a garganta, prosseguindo: — O segundo ponto é a herança de seu pai. Parte do dinheiro está preso em um banco em Palermo. Não é muito, infelizmente seu pai estava afundado em dívidas, *cara mia.*

— Eu não me importo com o dinheiro. Preferia mil vezes tê-los aqui comigo do que dinheiro, pode ter certeza — afirmo com veemência.

Os olhos escuros do homem ficam mais suaves com minha declaração.

— Nós já sabemos disso, *figlia* — pondera e continua: — Como ia dizendo, eram pouco mais de cinquenta milhões de Euros que Adriano tinha em conta. Meu amigo faliu e não me disse nada, uma lástima.

O quê?! Eu engasgo com sua informação. Como meu pai estava falido com malditos cinquenta milhões de Euros na conta? Meu Jesus Cristo! Isso soma mais trezentos milhões de Reais com a atual desvalorização da nossa moeda.

— Está brincando, não é? — inquiro, meneando a cabeça. — Cinquenta milhões de Euros?

Gian Lucca franze as sobrancelhas, desgosto claro em seu rosto.

— Sinto muito, *figlia*. Devia ter percebido e ajudado seu pai financeiramente. Você receberia uma herança digna de uma duquesa agora — seu tom é genuíno. O homem louco continua repetindo que meu pai estava falido.

Deus do céu!

— *Papà*, Maya não está lamentando o valor da herança. — A voz de Andreas soa levemente divertida. — Provavelmente está pensando que o senhor é louco por dizer que seu pai estava falido com essa soma em conta.

Gian Lucca gira a cabeça encarando o filho. Ele está com uma cara engraçada de confusão.

— Olhe em volta, *Lucca* — madrinha pede ao marido e sorri, olhando para mim. — A *nostra bambina* não foi criada com luxos, *vita mia*. Cinquenta milhões de Euros convertidos em Reais, dá mais de trezentos. Certamente é uma boa quantia para alguns. — Ela toca meu rosto com ternura. — Mas, não para uma duquesa, *amore mio*. Você vai investir esse dinheiro, deixá-lo render e não se preocupe com

2 Malditos – em italiano.

mais nada porque eu e *tuo padrino* vamos cuidar dos seus gastos de agora em diante, *vá bene*?

Eles querem me transformar numa dondoca, é isso? Meneio a cabeça.

— *Madrina*, é muita generosidade, mas não posso aceitar — nego com firmeza. — Gosto de ter o *meu* dinheiro, entendem? — Olho entre ela e o patriarca, que não parece satisfeito nesse momento. — A herança de meu pai é mais do que eu sonharia, senhor, acredite. Com esse dinheiro posso fazer muita coisa tanto para mim, meus padrinhos Henrique e Madalena, quanto para organizações que cuidam de pessoas realmente necessitadas. É muito dinheiro!

Exclamo ainda sem acreditar que vou herdar essa bolada toda.

— É uma ninharia, indigna de uma duquesa. Vamos ter que entrar em acordo sobre seus gastos. Eu e tua *madrina* fazemos questão de arcar com tudo.

— Não posso aceitar, senhor — torno a negar a oferta. Ninharia? Ele é louco. Me pergunto em quanto está avaliado seu patrimônio para estar desdenhando dos meus mais de trezentos milhões. Deus, quero nem pensar. — Gosto do meu dinheiro. E quando digo *meu*, quero dizer ganho com trabalho. Tenho proposta do antigo escritório em que fui associada aqui na cidade e talvez volte a advogar logo.

— Você não precisa trabalhar em outro escritório, Maya. — A voz grossa e que faz coisas estúpidas comigo, me faz olhar para seu dono. — Seu pai era nosso parceiro e sócio. Tinha ações na Montanaro. — Seus olhos ficam mais escuros ao acrescentar: — Na Montanaro e também em nosso outro ramo de negócios...

— O-o quê... — engasgo com mais essa revelação. Minha nossa...

— Volte para o escritório. Venha fazer parte da *organização*. Assuma sua herança e lugar de direito. — Sua voz e olhar suavizam antes de murmurar: — Você é uma de nós, branquinha.

Quero negar, dizer que não. Mas estaria mentindo, eu sou como eles. Por isso, me deixei ser corrompida tão facilmente por esse mundo obscuro. Ver Andreas matando aqueles homens em Zurique não me assustou tanto quanto deveria e agora sei a razão. Eu sou como eles. Sombria. A descoberta de que possuo uma herança e um legado, mexe comigo. Quero assumir minha identidade e honrar o sobrenome de meus pais. Todavia, estar perto do homem que me destruiu está fora de cogitação. Jamais lhe darei poder para me massacrar de novo.

Andreas

Três semanas sem vê-la. Deus, eu pensei que fosse morrer tamanha a falta que senti. Ela me bloqueou, cortou todo o contato. Não quer estar perto de mim e isso dói como o inferno. Observo-a, bebendo de cada detalhe que esteve apenas em meus sonhos nesses longos dias que ficamos distantes. Maya engole em seco, seus belos olhos de camaleoa brilhando enquanto me encara. Eu sei que o amor que sentia por mim ainda está dentro dela. Vejo isso, mas agora há dor e desprezo rivalizando em seu rostinho de anjo sempre que me olha. Eu a machuquei muito. Cada palavra de raiva e decepção que lança em minha direção, é merecida. No entanto, não vou desistir. Não vou deixar que me esqueça. Farei tudo ao meu alcance para não a perder. Vou lutar por ela, como fez por mim. Essas três semanas longe dela foram terríveis. Nos dias que passou na casa de meus pais, ela não queria me ver, porém, eu sabia que estava lá. Podia ir e acampar na porta de seu quarto, ainda que não tenha me recebido em nenhuma das vezes depois de nossa conversa quando teve alta da clínica. Está irredutível, com razão. Mereço seu desprezo. Todavia, vou usar todas as armas disponíveis para levar a minha branquinha de volta a São Paulo e para a minha vida.

Para começo, serei seu advogado no processo de reivindicação da herança e mudança de nome nos registros legais. Teremos de viajar juntos para Palermo e, como na outra viagem, vou estender por mais tempo do que o necessário. Só que desta vez a situação inverteu e sou eu quem precisa recuperar a sua confiança. Sou eu quem precisa do seu perdão. Ela disse que nunca mais será capaz de dormir do meu lado de novo, pois, o medo de acordar para um filme de terror está presente. Meu peito comprime ao recordar essas palavras e, principalmente, a expressão massacrada em seu rosto quando as disse. Preciso fazê-la se sentir segura em meus braços de novo. Expiro, a mistura de dor, remorso, amor, esperança reverberando dentro de mim. Eu não posso perder a mulher que amo. Não vou, porra!

— Eu não vou voltar, Andreas — Maya responde, finalmente, levantando o queixinho altivo. Agora que conheço suas origens, entendo de onde vem sua empáfia. Carrega o sangue nobre e valente de seu pai. É uma duquesa. Foi por isso que ficou tão linda com aquela tiara em Moscou. Era sua linhagem aristocrática falando mais alto. Meus pais estão certos, ela merecia uma herança mais digna. Mas isso não terá importância quando for a minha esposa. Terá o mundo a seus pés.

— Seja racional, Maya. Eu sei que está magoada comigo, mas é seu direito estar no escritório, e também na *organização* — aponto, indo com muito cuidado para não afrontá-la, ou será pior. — Prefere ser uma mera empregada em um escritório medíocre a voltar para casa?

Ela bufa e se levanta, caminhando para perto da janela, onde estive antes. Eu me deleito, cobiçando seu pequeno corpo delicioso numa calça jeans surrada cintura baixa e uma camiseta azul simples. É a primeira vez que a vejo em trajes tão simplórios. Não há nenhuma maquiagem, ainda assim continua linda. Os hematomas foram embora do seu rostinho de anjo. Eu a devoro com meu olhar em cada curva perfeita. Eu a quero, amo-a demais. Meu corpo está queimando de desejo reprimido desde que ela passou pela porta. A pele linda e branquinha da barriga reta, braços e pescoço, tentam o dominador sombrio. Quero amá-la, protegê-la de todos os perigos de agora em diante, porém, meu lado escuro também necessita ser alimentado. E só ela consegue aplacar tão bem a minha escuridão. Somos iguais.

— Eu sei que lá já foi a minha casa de certa forma, mas isso foi há dezoito anos — replica, abraçando a si mesma. Seu olhar procura minha mãe e Maya faz uma cara de pesar. — Vou ficar aqui em São Carlos, *madrina*. Mas prometo visitar a senhora com frequência.

— Não vamos forçá-la a nada, *tesoro*, eu prometo. Tudo a seu tempo — mamãe garante com seu olhar apaixonado para a menina. Está feliz em ter sua afilhada de volta, então, é claro que vai fazer todos os caprichos de Maya nesse momento.

Eu estava meio que contando com a minha mãe para convencê-la a voltar para nós. Já que com meu velho também não posso contar. Ele está tomado pela culpa e vai fazer o que sua afilhada quiser, é óbvio. Faço um som frustrado.

— Porém, é bom que agilize o processo da herança e mudança de nome, *bambina* — mamãe complementa.

Boa, *mamma*! E é aqui que eu entro.

— Já adiantei isso para você. Entrei em contato com o escritório de advocacia que trabalhava com seu pai em Palermo e marquei de irmos até lá na próxima semana — informo e vejo a desconfiança e desprezo no semblante de Maya.

— Quem o constituiu meu advogado? — pergunta à queima-roupa. — Não o quero me representando. Vou pedir a Alvinho que o faça e me acompanhe na viagem a Palermo.

Porra. Seu golpe é duro e certeiro. Tê-la me olhando dessa maneira é como uma adaga perfurando meu peito. Será que era assim que se sentia quando a desprezava no mês passado? Ela pediu perdão e disse que me amava inúmeras vezes. Por orgulho estúpido, não lhe dei uma chance real em nenhuma dessas vezes. Maya está certa quando diz que não a perdoei de fato. Meu ego ferido por ter sido enganado uma vez, me fez caminhar direto para a maldita armadilha da cadela da Isabeli.

— O processo já está adiantado e...

— Eu não quero você me representando, Andreas. Esta é a minha vontade, respeite-a — corta-me, sua mágoa se torna evidente em seu semblante. — Consegue fazer isso, respeitar a minha vontade pelo menos uma maldita vez desde que nos conhecemos?

Porra... Expiro, fechando meus punhos sobre o encosto do sofá. Seguro-me para não socar a madeira com força. Dói pra caralho não ter mais o olhar de pura adoração e devoção que me dava antes. Eu destruí o que tínhamos.

— Sim, consigo. Alvinho irá representá-la — capitulo, ainda que contrariado. Meu cérebro dá voltas, tentando encontrar uma maneira de convencê-la a me aceitar como seu advogado. Estava contando com essa viagem para voltar a estar perto. Sem a proximidade, ela vai conseguir seu intento: me esquecer. Somente pensar sobre isso faz meu coração apertar dolorosamente. Ela não pode me esquecer. Somos um do outro. Preciso fazê-la entender isso.

— Ótimo. Eu gostaria de ficar a sós com a minha madrinha agora, por favor — ela nos dispensa sumariamente. Meu velho se levanta, sua expressão culpada se intensificando. Ele, como eu, sabe que vai precisar trabalhar muito para ter a confiança e simpatia de Maya.

Eu termino de tocar meu sax e o coloco na espreguiçadeira do lado. Pego minha cigarreira sobre a mesinha de centro e acendo um cigarro. Puxo uma tragada longa, soltando a fumaça devagar. Fecho os olhos recostando a cabeça na espreguiçadeira, então, repasso tudo da nossa visita a São Carlos, no final da tarde. Minha mãe iria sozinha, mas meu pai descobriu e me contou. Insistimos até que nos deixou ir junto. Ela nos driblou nas muitas vezes que foi visitar Maya nessas três semanas. Na verdade, era preciso discutir o aspecto legal das origens de Maya. Lembrar disso, faz com que me sinta uma merda. A minha branquinha recusou meus serviços e pediu para Alvinho a representar. Desde que exigiu que respeitasse a sua vontade, tenho quebrado a cabeça para encontrar uma solução. Preciso ir nessa viagem com ela, ninguém mais. Só nós dois. É a minha chance de mostrar que não sou um escroto total. Bem, eu sou um escroto total, mas não o serei mais com ela. Deus, estava tão linda. Mesmo no traje simples, estava linda demais e meu coração sangrou por não ter mais o direito de tocá-la.

Depois que conversou com a minha mãe, eu e papai entramos para nos despedir. Os velhos foram para o carro na frente e aproveitei para tentar convencer Maya a voltar para São Paulo. Ela segurou a porta aberta para mim e eu parei na sua frente, perto, mas não o suficiente. Nos olhamos fixamente. A minha menina tem mais culhões que muito marmanjo por aí. Ela não gosta de abaixar a cabeça. A não ser quando está sendo a minha submissa. Amo-a tanto que meu peito está em agonia por não poder senti-la como preciso. Eu não sabia que amar doía assim. Fechei meus punhos com força para me impedir de tocá-la. Embora esteja sentindo sua falta como um louco, quero respeitar seu espaço.

— Volte para o escritório, bebezinha. Você disse que queria treinar para ser como nós... Venha, assuma sua herança — pedi em tom suave. — Trabalhe e treine com Alvinho. Se estar perto de mim te incomoda tanto, pegue uma sala em outro andar na Montanaro.

Tentei desesperadamente fazê-la ao menos pensar na proposta. Seus olhos estavam verdes. Ela estava afetada com a minha presença e proximidade. Fiz um esforço hercúleo para não a puxar para mim e beijar seus lábios rosados.

— Você tem direitos. Aja racionalmente e usufrua deles — continuei instigando-a. — Se precisar flexibilizar seus dias e horários, posso arranjar isso. Com as comodidades da internet pode vir visitar seus padrinhos mais vezes e trabalhar home office.

Ela ficou balançada. Se tem uma coisa que salta aos olhos em minha menina é a inteligência. Minha proposta foi irrecusável. Então, eu usei a carta que faria seus olhos lindos brilharem ainda mais.

— O caso Magalhães virá para nós — disse e suas íris cintilaram com interesse. Ela é como eu, nunca dispensaria um bom caso. O caso em questão trata da esposa de um famoso jogador de futebol que apanhou do marido até perder os movimentos das pernas. Ele me procurou para defendê-lo, mas recusei porque a esposa já havia feito contato e me comprometi a jogar o infeliz atrás das grades. Vou dar o comando desse caso para Maya. Deixará de ser coadjuvante e irá brilhar como protagonista no tribunal. Eu sei que vai. E, é claro que espero estar por perto, como seu mentor. — Você será a advogada principal, bebezinha.

Ela ofegou e me deixou duro quando a língua deslizou pela boquinha carnuda e rosada. Eu estava a ponto de rosnar e pegar seu pescoço e beijá-la. Matar a saudade dilacerante que sinto dela.

— Não me dê uma resposta agora. Pense com calma. É a sua chance de provar seu valor no tribunal, Maya. — Banquei o compreensivo quando a minha vontade era pegá-la, jogar por cima do ombro e obrigá-la a voltar para mim. Mas não é assim que a terei de volta. É preciso planejamento minucioso depois das humilhações que a fiz passar.

— Eu não vou voltar — garantiu, seu semblante resignado. — Minha vida é aqui agora.

Sua negativa abalou meu já parco controle e eu meti os pés pelas mãos.

— Isso tem algo a ver com aquele infeliz que vive babando atrás de você? — Rangi os dentes, não segurando o meu ciúme. O tal Miguel está entalado em minha garganta. Tenho relatórios atualizados de Gualberto diariamente e em quase todas as fotos de Maya, o imbecil apaixonado está junto.

— E se for? O que você tem a ver com isso? — retrucou, os olhos inflamados em sua famosa petulância.

— Você é a minha mulher — estalei, perdendo a calma. — Está querendo me provocar ciúmes com aquele infeliz, é isso? Eu vou matá-lo — ameacei. — Se deixar o imbecil te foder, ele já era, está me entendendo? Qualquer um que ousar tocar em você, é um homem morto!

— Não tem nenhum direito de me impedir de ver quem eu quiser. Você não é mais meu dono — declarou, sua voz cheia de desprezo. — Nunca mais será.

Eu caí em mim e passei as mãos pelo rosto. Porra. Porra! Preciso controlar meu temperamento.

— Maya, branquinha.... Porra, eu não quis...

— Vá embora, Andreas — ela rangeu, me encarando friamente. — Eu não quero mais te ver, entenda isso de uma vez por todas.

Expirei alto, exasperado e acenei, mesmo que meu coração estivesse comprimido. Era preciso recuar naquele momento.

— Está bem, eu vou. Mas prometa que vai pensar na proposta que lhe fiz. O caso Magalhães é seu, nos seus termos — insisti.

Ela me lançou um olhar fulminante, sabendo exatamente a minha estratégia.

— Se eu aceitar e isto é um grande se, quero trabalhar com Alvinho — tripudiou. — E claro que pegarei uma sala em outro andar, bem longe de você.

Eu sei que sua sentença era para me deixar mal, mas um pouco de esperança se infiltrou dentro de mim com sua afronta.

— Será tudo da maneira que você quiser, branquinha, eu prometo — garanti, lutando para não sorrir e afugentá-la.

— Saia — exigiu, com os olhos cheios de desprezo por eu ter usado o termo carinhoso.

Encarei-a, meus olhos passeando pelo rostinho de anjo. A mágoa cintilou em seus olhos. Sim, terei um longo caminho para me redimir com ela. Obriguei-me a sair e a porta foi fechada na minha cara. Apoiei as mãos no batente e abaixei a cabeça, meu coração doendo pela rejeição. Doendo pelo grande erro cometido. Todavia, há esperança. Ela vai morder a isca e pegar esse caso. Seu desejo de fazer seu nome no meio jurídico será mais forte do que o desprezo por mim nesse momento.

Eu solto outra baforada, voltando das lembranças recentes. *Venha para mim, meu bebê.* Peço silenciosamente, olhando o céu estrelado. Meu celular toca sobre a mesinha de centro, me tirando da névoa apaixonada. Me estico pegando o aparelho e o nome na tela me faz sentar, colocando os pés no chão. É Vlad. Atendo-o no segundo toque.

— Vlad — cumprimento, puxando mais uma tragada do meu cigarro. — Como tem passado?

— Andreas — responde no tom firme de chefe da máfia. — Muito bem, e você?

— Ótimo. Alguma novidade da vadia Ramazotti? — corto a porra do traquejo social e vou direto ao ponto. O homem ri do outro lado.

— Sim, a localizamos na Chechênia, tentando se aliar à máfia georgiana — informa e me levanto, a adrenalina começando a correr em minhas veias.

— Diga que a capturaram, Vlad, e os portos do Brasil se abrirão para você no instante em que a puta pisar em meu calabouço — garanto com sede de vingança.

— Sua eficiência e influência são algo que aprecio muito, Cobra — ele diz com seriedade e um toque de admiração em seu tom. — Posso lhe chamar dessa forma agora que seremos aliados, não?

Geralmente não gosto que me chamem pelo codinome. Não os peixes pequenos, pelo menos.

— Essa é uma linha segura, podemos falar sem receios — respondo. — Porém, saiba que nunca poderei ser visto com você, Vlad. Não é nada pessoal, eu apenas prezo por manter minha reputação de advogado honesto ilibada — digo cinicamente.

— Eu entendo e aceito — o homem bufa. — Te invejo, meu amigo. Você tem o melhor dos dois mundos.

Não sou seu amigo, mas ele tem razão em uma coisa, tenho o melhor dos dois mundos. É exatamente por isso que não posso me juntar à máfia.

— A vadia está dentro de um jato para o Brasil nesse exato momento — informa e um sorriso assassino se abre em meu rosto. Finalmente, porra!

— Excelente, Vlad. Eu aprecio homens que cumprem com seus acordos — elogio, puxando a última tragada do meu cigarro e o esmagando no cinzeiro sobre a mesinha. — A puta estava com alguém? — pergunto. A informação do mercenário que esfolei em Zurique, era de que havia um homem junto com a vadia quando os contrataram para perseguir a mim e a Maya. Desde então, tenho tentado descobrir quem pode ser esse fodido que a está ajudando, mas não tenho nada ainda.

— Não. Estava com uma equipe de homens fortemente armados — revela. — Não foi uma tarefa fácil capturar a puta. Espero que seja realmente grato, Andreas.

— Eu serei, tem a minha palavra — asseguro.

— Me empenhei pessoalmente nesse caso para lhe agradecer por ter me avisado sobre a traição de meu primo — adiciona.

— Não foi nada. Ratos não podem proliferar em nosso ramo de negócios — respondo com seriedade.

— Sim. Não o matei, como gostaria — resmunga. — Felizmente, para Bojan, sua mãe é a única irmã de meu pai, e uma tia muito querida para mim. Não o matei, mas o rebaixei e cortei os dedos restantes da mão direita.

Porra. Eu rio com seu relato. Isso foi bom também.

— Vejo que é um homem de família, Vlad. Eu também sou — concedo, de chefe para chefe.

— Vamos nos dar bem, Andreas. E, claro que faço questão de lhe dar uma comissão pela abertura dos portos para mim.

— Não. Guarde seu dinheiro — recuso.

— O que você quer então, além da cabeça dessa vadia? — ele inquire, parecendo ansioso em me agradar. Isso é bom. Eu vou aproveitar sua ansiedade de outra forma.

— Lealdade, Vlad. Eu quero a sua lealdade — respondo em tom firme. — Quando ou *se* eu precisar de ajuda no leste europeu, quero poder contar com você e seus homens.

— Você a tem, Cobra — responde sem um segundo de hesitação. — Eu e meu clã seremos seus olhos no leste europeu, fique tranquilo.

Tranquilo? Alguém na minha posição não pode se dar a esse luxo. Mas estou apostando que a abertura dos portos lhe deixará feliz o suficiente para cumprir com sua promessa.

Nos despedimos e desligamos. Faço uma chamada conjunta para Alvinho, Guto e Luigi, para compartilhar a novidade.

— Mano, o que houve? — A cara suada de meu irmãozinho surge na tela. Reconheço seu calabouço no fundo. Uh. — Sua sorte é que a sessão já acabou e minha garota está na banheira agora.

— Não precisa me dar tantos detalhes, caralho — resmungo, irritado com meu jejum de sexo desde que Maya me deixou.

O idiota ri.

— Foi mal, maninho. — Seu tom não parece nada arrependido.

— Ei, primo. Algo urgente? — Luigi aparece no outro canto. — Minha mulher está na cama nesse exato momento e...

— Me poupe dos malditos detalhes você também, cara — rosno. — Será que todo mundo combinou de foder hoje, porra?

— Eu não entrei nessa, infelizmente, primo — Guto reclama, completando o quadro na tela.

Guto levou a cabo o plano de Alvinho de sequestrar Rafaela, a irmã mais nova de Bianca. Mas, como meu irmãozinho fez as pazes com a mais velha, nosso primo teve que devolver a menina.

— Para onde você foi agora à noite, mano? — Luigi franze o cenho, interrogando seu irmão mais velho.

— Eu? Ah, eu tive que fazer uma viagem rápida. Amanhã estarei de volta — Guto responde evasivo.

— Espero que não tenha ido perseguir a minha cunhada, primo. — Alvinho faz cara de poucos amigos. — Essa história encerrou quando a devolveu para casa. Deixe a menina em paz.

Guto rosna.

— Você não devia ter me pedido para raptar a porra da menina. A culpa é sua, Alvinho — tem a cara de pau de dizer.

— Porra, você comeu a garota, é por isso que está tão fodido indo visitá-la sem nos avisar? — entro na conversa.

— Ele não está indo visitar, And. Não é a primeira vez que o *stronzo* vai perseguir a menina como um maldito tarado — Luigi entrega e Guto faz uma carranca para seu irmão.

— Vai ter volta, mano — ameaça Luigi, que sorri satisfeito. — O que aconteceu entre a Rafa e eu não é da conta de vocês, *stronzi*[3] — retruca.

— Porra, ele comeu mesmo, primos. — Luigi amplia a risada com sua cara de lunático.

Eu rolo os olhos.

— Resolva o que tiver que resolver com a tal garota e volte na primeira hora da manhã, Guto. Precisamos de você aqui — intimo.

— Farei isso, And. Mas o que é tão urgente? — ele inquire, franzindo as sobrancelhas.

— Vlad capturou a puta Ramazotti e já a está transportando para cá — informo e eles rosnam, suas expressões provocadoras mudando para assassinas. — Vamos esperar nossa convidada e lhe dar a verdadeira recepção Montanaro...

— Pode apostar que sim, porra! — Alvinho rosna. Ele está ainda mais louco para colocar as mãos sobre a vadia depois de tudo que ouviu sobre a forma como a sua bastarda era tratada.

— Há outra coisa, o fodido *Escorpião Negro* tentou roubar nosso mais novo cliente na Espanha, outra vez — ranjo os dentes. O tal escorpião é o codinome de um traficante agressivo que tem tentado tomar nosso território desde o ano passado. O infeliz havia recuado e fazia tempo que não aparecia, mas ontem, nossos homens foram emboscados na entrega da carga. Houve tiroteio e dois dos nossos foram atingidos. A carga foi entregue sem danos, mas, sempre fico muito puto quando um dos nossos é abatido no cumprimento da sua função.

---

3 Idiotas – em italiano.

— Porra, vamos ter que intensificar as investigações para cercar esse filho da puta, mano — Alvinho rosna.

— Vlad está muito satisfeito com sua entrada no Brasil e ansioso para me agradar. Vou pedir a ele que nos ajude a descobrir quem é o fodido por trás do codinome — endosso contundente.

— Boa, And. Vlad e seu clã tem muita influência na Europa também — Guto acena.

— Não vejo a hora de esfolar esse palhaço — Luigi resmunga.

Continuamos conversando sobre a emboscada de ontem e os procedimentos para compensar financeiramente as famílias dos homens perdidos em combate. Me despeço de meus primos alguns minutos depois e continuo apenas com Alvinho. Pego meu copo de Bourbon sobre a mesinha e volto a saborear a dose.

— Maya quer que você a represente no processo da herança, Alvinho — informo, contrariado.

— Eu sei, And — ele expira, seu olhar sondando meu estado de espírito. — Você está bem com isso?

— Não, porra, não estou bem com isso — resmungo. — Ela é a minha mulher — afirmo como se isso fosse suficiente para trazê-la de volta para mim. — Você vai fazer todos os trâmites, mas na viagem sou eu quem irá acompanhá-la.

— And, não posso trair a confiança da minha cliente. — Faz uma careta. Nós realmente levamos a sério os princípios éticos da advocacia.

— Invente uma doença, faça qualquer merda, mas não ouse aparecer no aeroporto, caralho — ameaço.

— *Stronzo* — ele tem a ousadia de sorrir. — Mas, como você é meu irmão e sua garota está jogando duro, vou te dar uma colher de chá — conspira com ar sabichão. — Maya me ligou mais cedo, mano.

Isso faz meu coração disparar. Ela virá para cá na segunda?

— O que ela disse? — pergunto ansioso.

— Perguntou se podia representá-la no caso da herança e...

— O que mais? Desembucha — peço impaciente.

— Disse que irá ficar com o caso Magalhães e que gostaria de contar comigo para auxiliá-la.

Eu viro minha dose na garganta. A franguinha se acha muito esperta tentando me tirar do *meu* caso. Terá uma surpresa.

— Não sei se fico irritado ou orgulhoso da manobra trapaceira da minha branquinha — rio cínico. — O que a menina petulante não sabe é que ela só entrará no caso se for comigo.

Alvinho ri e eu faço uma carranca.

— Eu disse isso. O caso é seu. Se quiser trabalhar nele terá que ser com você — meu irmão assente.

— O que a menina abusada disse? — pergunto insatisfeito.

— Que você é um escroto fodido. — O sorriso do idiota amplia. Eu faço um som irritado, mas acabo rindo a contragosto.

Sim, sou um escroto fodido, mas sou completamente louco de amor por ela.

— Vamos planejar algo para que eu viaje com ela na segunda — volto à pauta.

— Vamos, mano. — Ele sorri com cumplicidade de irmãos dessa vez. — Vamos trazer a sua duquesinha de volta.

Conversamos por mais um tempo e quando nos despedimos, eu abro a galeria de fotos no celular. Há uma pasta só da minha branquinha. Muitas tiradas em nosso passeio de iate. Eu passo cada uma, namorando cada traço lindo do seu rosto e corpo. Em algumas está nua sobre a cama, a pele de porcelana marcada pela minha posse. Paro numa apenas do seu rosto. O cabelo loiro emoldurando suas faces rosadas. Seus olhos são uma mistura de azul e verde. Tínhamos acabado de foder duro na proa do iate, sob o céu estrelado. Ela virou em minha direção e eu tirei a foto porque estava linda demais.

Meu dono. Meu amor.

Ela sussurrou, os olhos cintilantes, seu amor estava todo ali e meu estúpido orgulho não me deixou ver. Eu traço seu rosto com a ponta do dedo.

— Eu vou te mostrar que pertencemos um ao outro, meu bebê — murmuro para a tela. Quero ver esse olhar de novo. Mais do que isso, quero ser digno de receber esse olhar de novo.

CAPÍTULO QUATRO

Eu converso com os meus inimigos, e às vezes até os respeito,
mas isso não quer dizer que confie neles.
(Don Corleone – O Poderoso Chefão)

Andreas

Dois dias depois... São Paulo

Saio do elevador, ladeado por Alvinho, Luigi, Guto e nossos seguranças. Tomamos o corredor para os calabouços e celas onde trancafiamos os ratos. Valéria Ramazotti acaba de ser entregue para nós e estou ansioso para mostrar à puta o quanto foi burra de se meter conosco. Além disso, quero saber quem é o seu comparsa, já que está claro que não estava agindo sozinha. Nem acredito que finalmente teremos a vadia em nossas mãos. Paro na frente da cela, e antes de entrar, o som de saltos em passadas apressadas me faz olhar para o caminho que acabamos de fazer. Meu fôlego fica preso nos pulmões com o que vejo.

— Porra — murmuro, surpreso e feliz.

Maya está avançando em nossa direção, acompanhada por dois seguranças. Dois homens da guarda de minha mãe, uma vez que minha branquinha ainda está puta comigo e não quer ter contato com nada que venha de mim, inclusive meus seguranças. Pediu à mamãe que mandasse Gualberto de volta e deixasse apenas os seus em São Carlos. Óbvio que minha velha acatou imediatamente. Ela quer agradar sua afilhada de todas as maneiras, talvez na esperança de que volte para a sua casa. Meu pai também não fica atrás, ansioso para ser perdoado por Maya.

Alvinho e meus primos soltam exclamações estupefatas ao ver a garota também. Meus olhos saudosos passam por ela, a fome feral invadindo meu sistema. Está maravilhosa num vestido vermelho-vinho justo e um casaco branco, de aparência cara, jogado sobre seus ombros. Dona Gioconda lhe fez algum mimo pelo visto. Os sapatos pretos são altos pra caralho, deixando-a ainda mais elegante. O cabelo loiro está preso numa trança no alto da cabeça. O rosto bem maquiado, o batom na cor do vestido. Fico tão duro que dói, e ela nem mesmo chegou perto de mim. Eu viro completamente o corpo para recebê-la quando diminui os passos. Maya para à minha frente, nossos olhares se encontram e se prendem por alguns instantes. Quero estender a mão e agarrar sua cinturinha, trazê-la para mim. Tanto tempo sem sentir seu corpo colado no meu. Sua pele macia em meus dedos. Minha boca na sua, meu corpo dentro do seu. Ela sabe o que estou pensando, pois, pisca e levanta o queixo insolente.

— Maya... O que faz aqui? — pergunto, entre confuso e surpreso.

— Eu também quero participar do interrogatório dessa miserável — declara com raiva.

— Branquinha... — recuo um pouco, atordoado. Não será algo bonito para ela ver. Embora saiba que o sangue dos De Cantábria corra em suas veias, Maya ainda não está familiarizada com o lado mais feio de nossos negócios... — não sei se esta é uma boa ideia.

— Parece excelente para mim. Não foi você quem disse para eu assumir a minha herança? — retruca em tom duro. — Essa mulher me enganou, me usou como a uma estúpida. Me fez ser cúmplice de assassinato de inocentes. E é claro que está mancomunada com a sua querida noiva — cospe a última sentença.

— A cadela não é mais a minha porra de noiva e você sabe muito bem disso — rebato em tom baixo, tentando não me irritar. — Sim, as duas obviamente estão mancomunadas, porém, Isabeli ainda não foi interrogada. É sua prisioneira, você decide o que fazer com ela.

Seus olhos de camaleoa cintilam com mágoa e raiva pela menção da mulher que quase a matou.

— Irei visitar a puta depois que sair daqui — diz com dentes cerrados. Dá para sentir a ira emanando dela. — Não se preocupe, ninguém que me machucou ficará impune.

O ódio e desprezo em seu rostinho lindo são escancarados. Meu coração aperta sabendo que parte é destinada a mim também.

— Bebezinha... Nós vamos torturar a vadia aí dentro e...

— Acho que minha presença aqui diz tudo: eu vou participar da tortura — a menina me choca ao afirmar. — E pare de me chamar por esses apelidos carinhosos. Me trate por doutora Maya de agora em diante.

Eu quero rosnar para essa exigência descabida, porém, mereço seu desprezo. Vou aceitar tudo. Sua presença aqui dois dias depois da nossa visita à casa de seus padrinhos só pode significar uma coisa: ela está de volta. Embora a situação não esteja totalmente a meu favor, meu coração se alegra. A terei perto de mim de novo. Pelo menos irei vê-la todos os dias. Eu estava morrendo pela sua falta.

— Você aceitou. — Minha voz sai suave e não me importo de estarmos na frente de meu irmão, primos e seguranças. — Vai ser como você quiser, branquinha, eu prometo.

— Tenha certeza de que sim, será do *meu* jeito. — Ela ergue ainda mais o queixo desafiador.

— Em qual andar vai querer a sua sala? Vou providenciar tudo...

— Vou ficar no mesmo da presidência. — Seus olhos adquirem um brilho frio e duro ao completar: — Vou redecorar a sala que era da vaca da Isabeli. — Franzo o cenho. Essa é bem do lado da minha. — Isso mesmo, não irei para outro andar. Nunca fui covarde e não vou começar agora. Não fiz nada errado para sair correndo. — Expira, seu rosto torcendo um pouco. — Quero dizer, já paguei pelas más decisões que tomei. — Seus belos olhos ficam mais brilhantes. — Um preço muito alto.

Engulo em seco. É nítido em seu rosto a dor que lhe causei. Ela não dissimula seus sentimentos em relação a mim, o que aprecio.

— Se tenho o direito de estar na Montanaro, e na *organização*, estou assumindo o meu lugar, nesse exato momento — garante, seu tom voltando a ser controlado. — Então, quem estiver incomodado com a minha presença que se mude.

Tem a audácia de dizer. Deus, eu senti falta dessa sua empáfia e coragem. Meu peito vibra, salta, tanto amor e orgulho por essa menina. Minha franguinha abusada. Seguro o riso pateta querendo se abrir em meu rosto. Não sei se ela percebe, mas sua insolência está me dando alguns pontos em nossa disputa.

— Por que me incomodaria estar do lado da mulher que amo? — murmuro e seus olhos azuis cintilam, a mutação da cor indo para o verde pouco a pouco. Eu amo ver isso acontecendo. — Bebezinha... — torno a sussurrar, não resistindo e estendo a mão. Antes que toque seu rosto, ela se afasta.

— Vamos começar o interrogatório. Tenho outra cretina para visitar antes de ir para o escritório — intima com petulância.

Alvinho e nossos primos disfarçam seus risos baixos com pigarreios. *Stronzi*. Lanço um olhar feio para cada um. A atenção de Maya vai para a nossa plateia.

— Bom dia, Alvinho, Augusto, Luigi — cumprimenta-os e encara meus seguranças. — Jairo, Gualberto.

— Bom dia. Bem-vinda, irmãzinha! — Alvinho saúda com um sorriso afetuoso e divertido.

— Bom dia, Maya. É bom vê-la bem — Luigi diz amistoso.

— Bom dia, Maya. É bom vê-la bem e com tanta disposição — Guto complementa com ironia divertida.

Eu bufo. Meus seguranças a cumprimentam também e aceno para Jairo abrir a porta. Olho para Maya, estendendo a mão à minha frente.

— Primeiro as damas — convido-a num misto de ironia e curiosidade. Estou ansioso para presenciar seu *batismo* no submundo.

Ela passa por mim e eu inalo seu cheiro de rosas. Trinco os dentes. Como amo esse cheiro. Seguro-me para não me inclinar e enfiar o nariz em seu cabelo. Cada nervo do meu corpo dói pela sua falta. Meu corpo inteiro clama pelo seu. Sigo atrás, meus olhos caindo para a bundinha arrebitada no vestido justo. Flexiono meus punhos, a vontade de tocá-la é tão grande que faço um som baixo e engrossado na garganta e ela me olha por cima do ombro. Vejo um flash de conhecimento passando em seus olhos, um brilho perverso vai tomando suas íris, mas logo me dispensa, encarando a prisioneira à nossa frente. Minha atenção vai para a Ramazotti também. Seus olhos arregalam ao ver a movimentação na cela. Está nua e presa à parede, correntes em seus tornozelos e pulsos. Hematomas em sua cara, informam que lutou para não ser capturada. Eu não esperaria menos da cadela. É corajosa, tenho que admitir.

Em instantes todos estão na cela, incluindo nossos seguranças.

— Me ajudem aqui, por favor.

A voz rouca e baixa me faz olhar de lado. Maya está retirando o casaco e os seguranças ajudando-a com solicitude. Mas que porra é essa? Ela lhes entrega a bolsa também e a vejo retirar luvas pretas de dentro. Observo-a com fascinação enquanto as coloca, o olhar cravado na mulher presa. Minha atenção vai para a maldita outra vez.

— Vejam se não é a prostituta burra que tentou nos ferrar — debocho na voz fria que o momento exige. — Diga-me, querida, pensou mesmo que ficaria livre por muito tempo?

Os olhos castanhos da mulher se enchem de ódio enquanto me encara.

— Vejam se não é o Cobra — bufa, cuspindo perto do meu sapato. — Diga-me, infeliz, como foi ser enganado por uma putinha que mal saiu da adolescência?

Meu sangue ferve com sua ofensa à Maya e a infeliz ri, satisfeita. Avanço, pronto para iniciar meu tratamento especial, porém, Maya toma a minha frente com agilidade. Em seguida, o som do riso de Valéria é cortado com um tapa tão forte que faz seu rosto virar para o lado.

— A única puta aqui é você, sua vaca estúpida! — brada colérica e pega um punhado do cabelo da prisioneira, forçando-a a encará-la. Com mais um som irado, Maya desfere um soco no estômago da outra.

— Te odeio! Te odeio! — A puta engasga e recebe mais golpes. As pancadas são fortes, impiedosas e estou estupefato. Volta a socar a cara da vadia e os homens no recinto também não escondem os sons baixos de surpresa.

— Ah, então, você me odeia? — Maya abre um sorriso estranho e frio. Está despeitada porque a outra era amante daquele bandidinho de quinta? Fecho meus punhos, o ciúme se infiltrando dentro de mim. — Não sabe como quis te encontrar assim, sua mentirosa maldita! — A branquinha está fora de si, distribuindo socos e mais socos com a mão direita, a maioria na cara da sua antiga comparsa. — Você me envenenou de tal forma que me obrigou a fazer coisas que eu não queria.

— Como se transformar na puta desprezível do seu inimigo, você quer dizer? — Valéria debocha, sangue espirrando da boca machucada pelos golpes de Maya. — Sim, eu fiz isso. Ri muito da sua cara de virgem patética indo para o abate!

— Cale a boca, miserável! Saia daí, Maya, eu vou esfolar essa infeliz viva! — ameaço, chegando perto.

— Afaste-se, Andreas! Isso é comigo, porra! — Maya me olha por cima do ombro e meu coração é atingido pelas lágrimas que vejo em seus olhos. Odeio vê-la exposta dessa forma.

— Está assim porque descobriu que sua boceta virgem não foi suficiente para fazê-lo te amar, não é? — A maldita torna a tripudiar, e Maya lhe dá mais um soco na boca. É forte, o som é alto, enraivecido, reverberando no recinto. — Você é uma porra de garota patética! Como Breno pode ter te amado? Como?

Maya solta o cabelo da vadia, empurrando sua cabeça violentamente contra a parede e se afasta, vindo para perto dos seus seguranças. Volta a cavar na bolsa e todos no recinto soltam exclamações baixas ao ver a pistola em sua mão enluvada. Minha garota durona estica a coluna e anda devagar, como uma linda felina enfurecida.

Meus olhos correm pelo corpo perfeito. Tenho certeza de que neste momento cada homem aqui está admirando a sua coragem. Espero que seja só isso da parte deles ou estarão em sérios problemas. Resmungo internamente. Valéria tem a ousadia de sorrir. Sua cara inchada e machucada. A puta é realmente corajosa. Maya aponta a arma para a sua cabeça.

— O que, vai atirar em mim? — a mulher tenta zombar, mas posso sentir o toque de medo em sua voz agora.

Maya torna a abrir o riso frio e estranho que nunca tinha visto em seu belo rostinho antes. Faz um gesto para seus seguranças. Meus olhos arregalam ao ver um deles retirando uma maçã de dentro de sua bolsa e andando até Valéria. Nós todos arfamos incrédulos ao ver o homem empurrar a cabeça da puta rente à parede, colocando a maçã em cima.

— Que diabos vai fazer? — O medo na voz da rata é mais nítido.

— Treinar tiro. Estou precisando — Maya responde numa voz indolente e jocosa que também nunca a ouvi usar. Levanta a arma, fazendo um show na tentativa de mirar a maçã na cabeça da mulher. — Me desculpe se errar o alvo, você sabe que estive muito ocupada nesses quase dois meses — sua voz treme um pouco pela raiva. — Sendo humilhada, trancafiada em celas sujas e frias e depois... — Ela respira fundo, os olhos se enchendo de lágrimas outra vez. Então, percebo que não é raiva, é a mágoa, dor tomando seu rosto, desolação pela maneira que a tratei desde que descobri sua traição. — sendo enterrada viva porque confiei nas pessoas erradas, a começar por você, sua puta infeliz!

Berra e dá o primeiro tiro. Valéria grita e todos nós soltamos sons estupefatos na cela ao ver a maçã sendo estraçalhada pela bala certeira.

— Sua prostituta louca! Ele nunca vai te amar! — a puta esbraveja ensandecida. Maya não conta história, atira novamente, dessa vez acertando o ombro da mulher, que guincha de dor.

— Se abrir essa boca nojenta outra vez, eu vou usar toda a minha munição em sua cara, sua vadia de merda! — ameaça e torna a fazer um gesto para o segurança. De novo o cara pega uma maçã e coloca sobre a cabeça de Valéria. Dessa vez é uma fruta bem menor. Maya ri friamente e levanta a arma. — Talvez eu erre essa... Estou um pouco enferrujada, como já disse.

Mais um tiro reverbera no pequeno ambiente. Mais um grito horrorizado de Valéria. Mais uma vez a maçã é estraçalhada.

— Porra — murmuro, incrédulo. Os outros também soltam suas exclamações. Eu olho a minha branquinha, orgulho e posse enchendo meu peito. Ela é... Meneio a cabeça, atordoado e completamente fascinado. Maravilhosa! Simplesmente maravilhosa!

— O que diabos você quer de mim, sua maldita? — Valéria grita, mas seu rosto está mostrando seu medo. Seu corpo sofre pequenos espasmos, não sei se frio por estar nua, ou por medo de Maya errar o alvo e acertar sua testa. — Diga logo!

— O que eu quero de você? Deixe-me ver... — Maya põe uma mão enluvada no queixo e finge pensar. — Nada, querida. Só me divertir mesmo, porque adivinhe

— com um olhar maquiavélico faz o gesto para o guarda-costas de novo —, agora eu posso.

O homem enfia a mão na bolsa e dessa vez pega um pequeno limão.

— Caralho, mano... — Alvinho assovia.

— Primo, quero a minha mulher sendo treinada pela sua — Guto diz com admiração e divertimento.

— Você não tem mulher, *stronzo* — lembro-o.

— Um pequeno detalhe que pode ser corrigido. — Ele ri como uma hiena.

— Ela é boa — Luigi murmura com admiração também.

Eu estufo o peito com orgulho, ainda que não a tenha treinado. Não sabia que era tão boa em pontaria. Maya torna a levantar a pistola. Valéria ergue a cabeça orgulhosa, mas está tremendo claramente.

— Vá para o inferno, vadia! — a menina berra e atira. Valéria dá um grito horripilante. Todos se alvoroçam no recinto. Emito um som agudo por medo de a puta morrer antes de nos revelar tudo que sabe. Então, o alívio me toma ao ver as partículas do limão caindo no chão.

Caralho. Maya acertou de novo. A encaro com orgulho, amor, cobiça, tesão. Uma mistura louca de sentimentos fervendo em meu corpo. Ela nasceu para mim. Minha linda menina sombria. Minha alma gêmea.

— Sua ordinária — Valéria resmunga, seu tom entre aliviado e irado pelo blefe de Maya.

Minha menina ri satisfeita consigo mesma e sopra o cano da arma.

— Ainda estou em forma — se gaba com arrogância e isso deixa o meu pau duro. Eu quero fodê-la. Agora. Com força. Chego a ranger os dentes para controlar o tesão animal queimando em meu corpo. Maya se vira e me olha de frente. — A puta é toda sua agora. Não a mate ainda — pede e relanceia um olhar e sorriso perversos para a mulher tremente. — Quero treinar amanhã de novo.

Absolutamente magnífica! Uma perfeita esposa do chefe. Volta a me olhar e não me seguro, estendo a mão, tocando seu rosto. Suas íris estão num azul vítreo pela adrenalina e ela arfa com meu toque.

— Maya... — sussurro. É apenas seu nome, mas contém mais do que isso. Infinitamente mais e ela sabe pelo brilho tomando seus olhos de camaleoa.

— Nos vemos no escritório. — Seu tom é ríspido. Se afasta e deixo minha mão cair, a observando ir em direção aos homens da sua guarda.

Pega o casaco branco e imaculado, jogando-o por cima dos ombros. Antes de andar para a saída, seu olhar procura o meu uma última vez. Está linda, altiva, perfeita. Mas a desolação por ter sido tão machucada também está lá, no fundo das íris azuis. Ela quebra o contato visual e marcha para a porta. Minha vontade é correr atrás dela, mas não vai adiantar nesse momento. Ainda está muito magoada. É preciso lhe dar tempo.

Puxo uma respiração aguda e volto a minha atenção para a mulher que estivemos caçando por dois meses. Sua cara está toda inchada depois dos socos de Maya.

O corpo nu é bonito, mas não faz nada para mim. Ela e sua maldita família são tudo que mais odeio nesse mundo. Nosso trabalho agora é quebrar a insolência da rata. Ela precisa abrir o bico e nos contar quem é o seu comparsa. A exemplo de Maya, retiro meu terno, gravata e camisa, entregando-os a Jairo e Gualberto. Ando calmamente até a mesa onde estão os mais variados instrumentos de tortura e pego uma de minhas facas prateadas. Alvinho, Guto e Luigi, pegam bisturis. Os olhos da mulher se enchem de pavor quando nos aproximamos, cercando-a.

— Bem, chegou a nossa vez — digo com frio deboche.

— Não vão arrancar nada de mim, Montanaros *maledetos*! — Valéria rosna, com ira, mas o medo é claro em sua postura. Ela sabe que está completamente fodida em nossas mãos.

Rio cruelmente.

— Eu nunca esfolei uma mulher antes, e vocês, mano, primos? — zombo da infeliz, que volta a tremer, batendo os dentes, puxando as restrições ligadas às correntes.

— Eu tenho prática em esfolar as senhoras, mas usando outro instrumento, mano... — Alvinho se gaba e nossos primos bufam. Eu acabo rindo, meus olhos nunca desviando da prisioneira.

— É hora de falar, rata de esgoto — murmuro ameaçador, aproximando minha faca do seu rosto. Ela encosta a cabeça na parede.

— Maldito Montanaro! Fodido do caralho! Não chegue perto de mim! — esbraveja.

Meu sorriso aumenta e desço a lâmina, fazendo um risco superficial na pele, até parar debaixo de suas costelas do lado esquerdo. Alvinho faz o mesmo com o bisturi do outro lado. A respiração da mulher fica presa, rangendo os dentes, para conter o desconforto. Ela é durona. Mas nós não teremos piedade. Sua fodida família não teve nenhuma para minha linda prima Bea. Esfolar cada um deles é o meu propósito nesta terra.

— Quem está com você, puta? — Alvinho range.

Ela aperta a boca, os olhos mortais para nós.

— Vão para o inferno, seus doentes do caralho! — Continua mantendo a pose afrontosa.

— É melhor abrir a porra do bico ou esses homens vão te arrombar inteira, sua prostituta de merda! — Luigi rosna.

Um lampejo de medo cintila em suas íris. Eu rio cruelmente, endossando:

— Não vão te matar imediatamente. Não, eles vão te foder todo maldito dia por um, dois, três, muitos meses, sua puta estúpida!

— Vão para o inferno! — Cerra os dentes.

— Vários deles, todos os dias. Seu sofrimento não terá um fim breve, a não ser que abra a porra da boca! — rosno na sua cara.

— Vamos, comece a falar, rata maldita! — Guto exige.

— Vocês nunca saberão! — A mulher tem a ousadia de sorrir. — Quando se derem conta já será tarde.

— Do que diabos está falando, vadia? — ranjo, pegando um punhado do seu cabelo, puxando com força. Ela sibila. Geralmente não damos esse tipo de tratamento a mulheres. Mas esse caso é diferente. A mulher em questão é nossa inimiga mortal. Ela não hesitaria em nos matar se tivesse novamente a chance. Mas não terá. Nem ela nem seu comparsa.

— *Ele* observa vocês há tempos. — A puta ri, um brilho doente invadindo suas íris. — O sequestro e estupro da sua pirralha foi ideia *dele*. — Seu sorriso é cortado quando empurro a lâmina em sua carne, perfurando duas camadas.

Ela grita alto, a respiração saindo em rajadas. Meu irmão e primos a xingam dos piores palavrões.

— Quem é ele? — pergunto baixo e frio. Ódio puro me invade sempre que mencionam a monstruosidade que fizeram com a minha prima inocente. Ódio, dor e impotência. — Pensei que a ideia daquele ato monstruoso tinha partido de vocês, ratos imundos.

— Bem que eu queria ser a autora. — Sorri como uma psicopata e só escuto o grito de dor que emite. Olho para baixo, vendo o bisturi de Guto enterrado na coxa direita da puta, o sangue descendo pela perna.

— Conte, prostituta imunda. Quem é esse defunto? — exijo.

A cara da vadia está retorcida de dor nesse momento. Meu lado sombrio se alegra ao ver que seu sorriso afrontoso foi embora.

— Não terão nada de mim, *maledetos* — geme de dor.

Irritado eu empurro mais a minha lâmina, pela minha experiência, faltando bem pouco para perfurar completamente as camadas. Ela ofega, range os dentes.

— Diga, maldita! Agora — ranjo, minha paciência por um fio.

Valéria ri em meio à agonia. Que vadia do caralho!

— Agora ele também sabe sobre a origem da sua putinha — revela entre arfadas. — *Ele* a quer e não há nada que possa fazer para impedir.

Eu paro, a informação me deixando intrigado e alerta.

— Diga logo quem é esse infeliz, vagabunda de merda! — ordeno. — O fim dele será exatamente esse, está sentindo? — Giro a faca em sua carne e ela berra de dor. — Quem é o maldito que acha que pode ter a minha mulher?

Torno a exigir, mas a infeliz rola os olhos e desmaia.

— Acorde, sua filha da puta! — berro em sua cara. A vadia apagou. Puxo a lâmina de seu interior e Alvinho e Guto fazem o mesmo. — Jairo, chame o doutor Fausto para medicar a infeliz. Precisamos dela viva até que revele o nome do comparsa.

Jairo saca o celular. O médico, contratado apenas para esse fim, está no bar, um andar acima de nós, nesse momento. Sempre o chamamos quando não vamos matar um rato. Quando pretendemos matar, nós ligamos para uma empresa especializada em sumir com os corpos, o serviço de *entrega de pizza*.

Sigo para o pequeno banheiro no canto da cela e me lavo. Encaro o espelho preso à parede. Quem diabos é esse infeliz? E por que ele quer Maya? Terei de falar com meus pais para aumentarmos a segurança. Maya só aceitará alguma iniciativa se partir da minha mãe, a única entre nós que ela confia. E também precisamos aprimorar suas habilidades, tanto em luta como em tiro. Eu farei isso. Como irei convencê-la, ainda não sei. Todavia, não posso deixar que mais coisas ruins aconteçam com ela.

Não fui capaz de protegê-la das armações da cadela da Isabeli, mas, desta vez, ninguém fará mal à minha menina. Eu mato qualquer filho da puta que ouse tentar.

Maya

Eu tropeço pelo corredor e me recosto um instante à parede. Foi um esforço enorme o que acabei de fazer. Arfo, puxando o ar para meus pulmões, devagar. Meu corpo, minhas emoções ainda estão em ebulição, tanto pelo que fiz com a puta infeliz como por ter estado perto de Andreas. Fecho os olhos. Deus, por que me fez amar esse homem? Por que me fez amá-lo tanto? Sua aparência no terno caro, os cabelos escuros bem penteados. Seu rosto, seus belos olhos intensos e sombrios cravados nos meus. Tudo mexeu muito comigo. Por mais que eu queira parecer durona, com ele nunca funciona. Ele tem um magnetismo desleal que me deixa quebrantada, fascinada, ainda que o odeie nesse momento.

— A senhorita está bem? — Pietro, um dos seguranças que Gio me enviou ontem, pergunta com preocupação. Abro os olhos encarando o moreno grande e bonito. É italiano. Ele e seu irmão, Enzo. Os dois estão na minha guarda. Pedi a minha madrinha que trocasse Gualberto por um dos seus. Nada contra Gualberto, ele é sempre um *gentleman* comigo, o problema é o escroto do seu patrão. Não quero nada que venha dele.

— Sim, só um minuto — peço, puxando uma respiração profunda.

Eu sei que isso acaba com a minha pose durona, mas ainda preciso ir visitar a puta que mais odeio nesse mundo. Precisarei de toda a minha força, calma e frieza. Estive protelando vir aqui. Uma das razões é que a miserável saiu de certa forma vitoriosa. Não estou com Andreas. Mesmo sabendo que ele não me ama, que suas ridículas declarações de amor de agora não passam de conveniência, eu ainda queria que fossem verdade. Queria entrar lá e poder jogar na cara da mulher maldita que venci, que eu, apenas *eu* tenho o amor dele. Contudo, é apenas um sonho da menina tola que fez tudo pelo amor de um homem feito, experiente em todo tipo de jogo cruel.

Depois que esteve em São Carlos há dois dias junto com Gio e Gian Lucca, eu tive que repensar minhas ações. Fiquei sabendo que meu pai me deixou uma herança gorda e que também era sócio, possuindo ações da Montanaro e na *organização*. Sendo assim, tenho direitos legais de assumir meu lugar em ambos os negócios. Passei um dia inteiro pensando sobre isso e na proposta de Andreas para assumir um caso de repercussão nacional, que pode colocar meu nome e carreira em evidência. O escroto fodido sabe como mexer comigo, tanto na cama como no trabalho. Sabe que amo advogar e que jamais deixaria passar uma oportunidade dessas. Eu aceitei. Meu coração ainda está sangrando por ele? Sim. Porém, não sou e jamais serei uma covarde. Colocarei o meu nome no mais alto escalão jurídico desse país. Vou treinar e me tornar letal no submundo também. Essa é a minha herança e estou abraçando-a.

Me afasto da parede e respiro fundo mais uma vez. Pego a bolsa, conferindo o conteúdo. Ontem passei o dia tomando algumas providências para retornar a São Paulo hoje. Acabei de chegar praticamente. Gio enviou um helicóptero para mim. Além de uma loja inteira de roupas sofisticadas para eu provar. Mesmo que tenha dito que não quero essas coisas dela ou de Gian Lucca. Por falar no homem, minha raiva diminuiu um pouco. Não sei que tipo de relacionamento teremos, mas tenho ponderado algumas coisas. Uma delas é o fato de ele ter vingado a morte cruel de meus pais. Serei sempre grata por isso. Talvez possamos nos aproximar em algum momento no futuro. Voltando aos preparativos para a minha chegada, contatei Alvinho, constituindo-o meu advogado para todas as questões legais de herança. Ele se prontificou a cuidar de tudo, inclusive, negociou uma cobertura localizada nos Jardins e já poderei me instalar hoje.

Pedi outro favor especial. Um que o deixou estupefato e sem fala por alguns instantes. Porém, providenciou e um de seus homens me entregou quando cheguei ao Voraz, há cerca de uma hora. Sorrio tocando a seringa na bolsa e tomo a direção da cela onde estive e que agora está sendo habitada pela mulher que tentou me matar da maneira mais cruel que alguém poderia imaginar. Avisto a cela e meu corpo volta a sofrer espasmos de antecipação. Pietro empurra a porta, me dando passagem e eu entro. O ambiente frio e terrivelmente familiar me faz estremecer. Me mantenho ereta e ando com passos firmes até a jaula no canto oposto. É com prazer absoluto que paro na frente, vendo a minha inimiga levantar a cabeça para me olhar.

Está vestida. Suja, mas vestida. Sua cara de psicopata faz meu sangue ferver de ira. Eu a odeio com todas as minhas forças. Quero-a morta! Todavia, haverá tempo para isso. Hoje vou apenas tripudiar sobre a puta, porque posso. Eu também venci, de certa forma. Não tenho o homem que amo, mas não morri naquele matagal, longe da minha família. Ela não conseguiu me matar. Agora é a minha vez de fazê-la pagar por cada maldade que fez comigo. Apenas nos encaramos nos primeiros instantes. Me regozijo por vê-la jogada na jaula, como eu fui obrigada a ficar por suas maquinações diabólicas.

— Vejam só o que o gato trouxe... — repito a frase que usou naquela tarde sinistra. Ela ofega, seu corpo ficando tenso. Seus olhos castanhos me percorrem dos pés à cabeça e encontram os meus. São poços de maldade. Dá para ver o despeito pelo meu novo guarda-roupa. — Gostou? Foi minha madrinha quem me deu — meu tom sai triunfante.

— Você ainda é uma prostituta de quinta, não importa as roupas caras — sibila com despeito.

— Deve ser muito difícil para você admitir que perdeu todo o prestígio com os *meus* padrinhos, não é? — escarneço, tentando manter o ódio e a vontade de matá-la sob controle. — No final das contas era você a segunda escolha. Isso não é surpreendente?

Ela se arrasta para a frente das grades, rangendo os dentes.

— E do que adianta isso agora? Ele não te ama também — diz venenosa. — Provou quando te fez vê-lo se pegando com a nova puta.

Eu arfo, meus olhos ardendo com o tiro certeiro da vadia. Aquelas imagens nunca irão sumir da minha mente. Isabeli ri alto.

— Se agora ele quer se casar com você é por pura conveniência. Se cair na conversa dele é porque é mesmo uma vagabunda sem amor-próprio — tripudia.

— Tirem-na da cela! — ordeno a meus seguranças e eles se apressam em cumprir.

— O que vai fazer comigo? — a vaca covarde berra, se debatendo, mas Pietro e Enzo a arrastam para fora.

— Pendurem-na naqueles ganchos. — Aponto o local onde fui presa e açoitada como um animal.

— Não! Me soltem, malditos! Me soltem! — berra, tentando se desvencilhar em vão.

Em questão de segundos, está presa nas algemas que pendem de correntes do teto. Ando devagar, colocando minha bolsa sobre a mesa e retiro meu casaco outra vez. Enzo vem prontamente segurar para não sujar o tecido. Ando até a parede onde os chicotes mais horrendos estão pendurados. Pego um de couro duro e com as pontas em nós. Vamos ver o que isso pode fazer. Rio, as sombras se apossando de mim nesse momento. Faço o percurso de volta e fico na frente da vadia.

— Rasgue o vestido dela — ordeno a Pietro.

Ele o faz imediatamente e a vaca volta a berrar:

— Meu pai vai te matar se fizer algo comigo! Meu pai vai...

Dou-lhe um soco na boca, calando-a na mesma hora. Outro e mais outro. Pego um punhado do seu cabelo e puxo com força. Ela range os dentes de dor. Eu não paro, socando toda a sua cara odiosa. Rosno como um animal enfurecido, querendo seu sangue.

— Seu pai? — rio friamente na sua cara machucada, sangue escorrendo em sua boca. — Ele não pode te salvar. Ninguém pode, vadia. Você é minha prisioneira, creio que já lhe disseram isso. — Engole em seco, medo se espalhando em seu semblante. — Não tem muito tempo você queria me açoitar aqui nessa mesma cela, até a morte — sibilo. — Como seus planos deram todos errados, chegou a minha vez, querida — debocho. — Eu vou te açoitar até o meu braço cansar, então, passarei para os meus seguranças. — Com um sorriso cruel acrescento: — Talvez eu deva deixá-los te foder, te rasgar inteira, como queria que os seus capangas fizessem comigo. Que tal?

Ela engasga, o rosto empalidecendo.

— Nada como um dia após o outro, sua puta. Agora sou eu quem decide se vive ou morre — lhe dou mais um sorriso frio. — Na verdade, decido *como* você morre. Daqui você não sai com vida, esteja certa disso.

Eu giro para suas costas e descarrego o primeiro golpe com toda a força do meu braço. Ela dá um grito tão alto que meus tímpanos entopem por um instante. A marca vermelha em sua pele faz uma coisa estranha se espalhar em minhas veias. Uma sensação de poder. Poder total sobre a minha prisioneira. Talvez por isso o escroto aprecie tanto esse ato. Jogando tudo o mais para o fundo da mente, eu desfiro outro açoite. Isabeli torna a berrar, me xingar dos piores nomes. Eu não paro, desferindo golpe em cima de golpe. Vejo sangue brotando em alguns vergões e isso só me deixa mais ensandecida por agredi-la. Lágrimas enchem meus olhos quando percebo que a dor que está em meu coração não pode ser aliviada por nada. Nem mesmo a surra nessa infeliz, que tanto me fez mal. Apenas o amor de Andreas me faria inteira de novo. Mas ele não me ama. Nunca amou. É tudo mentira. Não passo de conveniência para ele. Eu bato mais e mais, até que escuto a voz tensa de Pietro.

— Senhorita, ela desmaiou.

Volto da névoa sombria em que estava e vejo o estrago nas costas da puta. Não sinto um pingo de arrependimento. Gosto de ver o sangue, os machucados. A voz de Andreas reverbera em minha mente na frase que gostava de sussurrar em meu ouvido em meio as nossas sessões de sexo e dominação obscura. *Minha linda menina sombria.* Resfolego. Sim, sou isso. Sombria. Vingativa. O crime corre em minhas veias, agora sei disso.

— Vadia fraca. Nem cheguei a usar minha encomenda especial... — desdenho e jogo o chicote no chão. Respiro fundo. Minha pele está um pouco suada pelo esforço. — Coloquem a infeliz de volta na jaula e peçam ao médico para cuidar dos machucados — oriento. Quero-a pronta para a minha próxima visita.

Entro na sala de reunião no fim da tarde. O dia transcorreu bem. Me instalei em minha antiga sala até que a nova esteja pronta e Andreas colocou a entojada da Mônica à minha disposição enquanto não faço seleção para secretária. Não o vi o dia todo, graças a Deus nossas agendas só estão ligadas para esse encontro com Marcelo Linhares. Mônica me avisou no começo da tarde que ele atendeu ao pedido do cliente para uma reunião extraordinária às 18h. Como não iria sair mais cedo mesmo, acabei concordando. Troquei de roupa no horário do almoço. Minhas atividades do começo da manhã me deixaram pegajosa. Estou usando um vestido verde-escuro, saia levemente plissada. A gola alta, com um laço elegante do lado direito, me fez ficar encantada por ele quando o provei ontem. O casaco preto que o acompanha, deixei na minha sala.

Apenas Marcelo está na sala. O loiro bonito se levanta e vem imediatamente me encontrar. Seus olhos castanhos passeando pelo meu corpo de forma descarada. Odeio o fato de não sentir nada, absolutamente nada diante do interesse do homem.

— Maya — pronuncia meu nome em voz baixa, estendendo a mão.

Antes que aceite o cumprimento, a porta se abre e meu coração dispara ao ver Andreas entrando. Ele também trocou seu terno. Ambos tivemos atividades extracurriculares nesta manhã... Os olhos verdes-musgo passeiam pelo meu corpo, de maneira sutil, o brilho se intensificando quando sobe para o meu rosto. Antes que nossos olhares se encontrem, eu debando, voltando a atenção para o nosso cliente.

— Marcelo, é um prazer vê-lo de novo — uso um tom mais baixo e aceito sua mão. Os olhos do homem ampliam um pouco, em seguida ficam estreitos e um arremedo de sorriso curva os cantos de sua boca.

— O prazer é todo meu, linda Maya — cantarola e beija minha mão, galantemente.

— Marcelo. — A voz de Andreas é mais grossa pela tensão. Ele chega perto e seu perfume penetra em meus sentidos.

— Andreas. Obrigado por aceitar a reunião tão em cima da hora. — O homem aceita o cumprimento e os dois trocam um aperto de mão firme.

— Não por isso. — O tom de Andreas é polido, porém, seco.

Sua atenção vem para mim e sou obrigada a olhar nos olhos verdes-musgo. É como um baque na boca do estômago. Eu me dei inúmeros discursos nesses dois dias. Repeti milhões de vezes que não sou uma covarde. Não sou fraca. Nunca serei. Todavia, me sinto morrendo cada vez que o olho, sabendo que não é mais meu. Ele nunca foi meu.

— Maya. — Seu tom abranda, assim como a expressão em seu belo rosto e olhos intensos.

— Doutor Andreas. — Eu pisco e dou um aceno leve de cabeça. — Vamos começar? — convido e me congratulo por conseguir entrar no papel profissional.

— Sim, vamos — ele assente.

Eu não espero, viro-me e ando para a mesa. Posso sentir seus olhos sobre mim e isso faz meu estômago ficar agitado. Não sei como farei, mas tenho que descobrir uma maneira de endurecer a casca. Se vou ficar tão perto do homem que destruiu meu coração, preciso de algo que não me faça parecer uma garotinha estúpida e apaixonada cada vez que o ver. Sento-me e começo a retirar os documentos das pastas. Marcelo se acomoda à minha frente e, como já era esperado, o insensível senta bem do meu lado. Seu cheiro de macho escroto e sofisticado invade minhas narinas outra vez e meu corpo traiçoeiro estremece. A reação é involuntária, visceral. Não consigo controlar. Esse é o único homem que me conhece intimamente, me possuiu e que também me arruinou para todos os outros.

Nós conversamos informalmente com Marcelo. O homem tomou posse como CEO dos hotéis Linhares há duas semanas e está voltando os olhos cobiçosos para a aquisição hostil de uma cadeia de pousadas no Chile. Antes de tudo ruir entre mim e Andreas, deixei várias anotações e estratégias sobre o caso. A reunião flui muito bem e quando nos damos conta já passa das 19h. É a minha primeira noite na casa nova, quero ter um tempinho para me ambientar e relaxar um pouco. O dia hoje foi atípico e cansativo. Marcelo sugere viajarmos para o Chile na segunda e antes que responda, Andreas se antecipa:

— Ela não pode ir. Maya já tem uma viagem programada para a segunda.

Giro a cabeça, olhando-o. Sua mandíbula está tensa, sua cara de poucos amigos. Não posso evitar, a necessidade sombria de me vingar das humilhações sofridas, me invade. Não pensando muito a respeito, eu rebato:

— Meu compromisso pode ser adiado. Eu vou com Marcelo para o Chile — informo e os olhos verdes-musgo escurecem, ficando duros.

— Você não vai. — Seu tom é baixo, porém, intimidante. — Mas não vamos discutir sobre isso na frente de nosso cliente.

Minhas narinas inflam de raiva do imbecil fodido.

— Sim, eu vou. Está decidido — repito, erguendo meu queixo.

Seu olhar estreita e ele meio que rosna, então, se levanta, abotoando o terno.

— A reunião está encerrada. Maya enviará tudo por e-mail — avisa, estendendo a mão para Marcelo.

— Obrigado, Andreas — Marcelo diz, mas seu tom não é contente. Traz a atenção para mim e seu semblante se abre num sorriso charmoso. — Vou oferecer um jantar em minha cobertura amanhã. Me daria o prazer de contar com a sua presença, Maya?

Em outros tempos eu debandaria em nome da ética profissional. Mas aquela Maya morreu pisoteada por um homem cruel. Eu abro meu melhor sorriso de flerte e murmuro:

— O prazer será todo meu, Marcelo. Estarei lá — asseguro e posso sentir a raiva de Andreas nesse momento. Os homens são uma raça escrota. Mesmo quando não amam uma mulher, não querem perder o brinquedo.

— Perfeito. Mando um motorista buscá-la. Onde é seu endereço? — Marcelo abre um sorriso de lobo.

— Vou lhe encaminhar por mensagem — assevero. Seu sorriso alarga, acenando.

— Maya, nos dê licença. Quero discutir algo com Marcelo. — A voz tensa de Andreas me faz olhá-lo. Seu rosto tem uma expressão que só pode ser descrita como ameaçadora.

Despeço-me do sorridente Marcelo e os deixo. Sigo direto para a minha sala, pegar minhas coisas e ir para casa. Acabo me distraindo com e-mails para enviar e enrolo mais alguns minutos. Ao conferir a hora no notebook, levo um susto percebendo que já é perto das 20h. Levanto-me, fechando as cortinas na parede envidraçada. Guardo meus pertences nas duas bolsas e estou pronta para sair quando as luzes se apagam. Oh, meu Deus! Eu dou um passo atrás, batendo na mesa. Minha respiração começa a ficar errática imediatamente. A sala no puro breu. Tento manter a calma e procuro meu celular na bolsa de lado. Minhas mãos ansiosas, minha respiração ficando cada vez mais pesada. Não encontro. Como sempre acontece em situações como essa, o desespero de não poder ver nada faz cortar minha respiração. Eu caio sentada no chão, ofegando. Me livro das bolsas e me arrasto em direção à porta. Não ando muito, ela se abre com um supetão.

— Maya, onde está você? — a voz desesperada de Andreas penetra em minha mente entrando rapidamente em colapso. Quero responder, mas minha língua já está enrolada no céu da boca. Quando a luz do celular espoca na minha cara, eu ofego, me deitando no chão. — Porra! — ele pragueja e em instantes estou sendo levantada nos braços. Minha cabeça encosta no peito largo e familiar. — Respire, branquinha, vamos — pede, me carregando e se sentando comigo no chão. O som da cortina abrindo me faz olhar através da vidraça. Puxo a respiração, o som ruidoso, meus olhos vidrados nas luzes abaixo de nós. Uma rajada de vento sopra em meu rosto. Ele abriu uma fresta da janela. Aconchega-me mais para cima do seu colo e eu fecho os olhos, amando a sensação dos braços quentes e fortes à minha volta. — Vamos, meu bebê, respire.

Arfo, meus olhos se enchendo de lágrimas quando meu cérebro começa a raciocinar com clareza. Puxo o ar com dificuldade, mas consigo respirar.

— Isso, meu amor — ele sussurra, depositando beijos suaves em minha têmpora. — Fiquei com medo de você estar em um dos elevadores sozinha. Tanto medo.

Sua mão pega meu queixo delicadamente, o rosto perfeito se aproxima, ficando bem perto do meu. Vou respirando devagar, trazendo o ar de volta para meus pulmões, o desespero da crise passando. Seus dedos traçam meu rosto num toque tão suave que me arranca um soluço. Seus belos olhos verdes-musgo estão intensos e muito brilhantes enquanto me fita.

— *Sei tutto per me,* Maya — murmura, sua boca soprando na minha. — *Torna da me, amore mio.*[4]

Minhas lágrimas trasbordam, descendo pelas faces. Porque ainda me sinto estupidamente protegida em seus braços? Era para eu odiar essa sensação. Mas, Deus, não odeio. Longe disso. Eu amo. Com todo o meu coração dolorido. Eu amo estar em seus braços.

— And... — murmuro, não me contendo, levantando a mão direita tocando seu rosto.

Seus olhos ficam mais brilhantes e ele expira, encostando a testa na minha.

— Sim, branquinha. Eu estou aqui — diz com voz emocionada. — Vamos resolver nossas coisas juntos. Vamos ser o que nascemos para ser, meu amor. Pertencemos um ao outro.

Eu choro, soluçando, querendo que ele arranque a dor do meu peito.

— Dammi la tua bocca, amore mio[5]— pede em mais um sussurro.

Ele não espera a resposta, seus lábios encostando nos meus. E é como sentir o céu depois de passar longos dias no inferno. Eu agarro sua nuca e abro a boca, ansiosa pelo contato. Ele geme rouco, apertando-me mais contra si, sua boca sugando a minha num misto de saudade e cuidado. Mesmo que no fundo da minha mente saiba que estou dando um tiro no pé, eu não o impeço.

---

4 Volta para mim, meu amor – em italiano.

5 Me dê a sua boca, meu amor – em italiano.

CAPÍTULO CINCO

Um coração partido é tudo que tenho agora.
Eu ainda estou consertando todas as rachaduras.
(Arcade – Duncan Lawrence)

Andreas

— Branquinha... — gemo com desespero e rendição a ela e ao amor imensurável dentro de mim. Eu a aperto mais em meus braços e seguro sua nuca, aprofundando o beijo, passando a chupar sua língua com mais fome. Maya geme em minha boca, o som reverberando em meu corpo inteiro, inflamando cada célula, fazendo o sangue correr todo para a virilha. Ela ofega, recebendo meu beijo, retribuindo com a mesma paixão e fome. — Sinto tanto a sua falta, meu bebê. Tanto.

— And... — geme meu nome, chupando a minha língua, me mordendo gostosamente. Eu faço o mesmo, nossas respirações estão cada vez mais alteradas, nossos gemidos são um misto de fome e saudade, ressoando na pequena sala. — Eu também. Tanto, tanto — confessa.

Eu gemo, pegando-a pela bunda e estou no meio do movimento para virá-la e escarranchá-la em mim, quando a sala se ilumina. Maya enrijece no mesmo instante em meus braços. Abro os olhos, já encontrando os seus arregalados, alarmados. Ela faz um som desgostoso e afasta a boca da minha, empurrando meu peito.

— Não, por favor — imploro em agonia ao perceber que nosso breve momento foi quebrado. — Converse comigo, bebezinha. Por favor, me dê uma chance.

— Me solta! Me solta! — Me empurra com mais força, sua voz trêmula, os olhos cheios de lágrimas. — Me deixe ir, porra!

Expiro longamente e sou obrigado a soltá-la. Maya se levanta com rapidez, ajeitando a saia do vestido. Corre para suas bolsas, pegando-as do chão. Me levanto, ajeitando meu terno, contrariado e com uma ereção incômoda dentro das calças. Vejo-a respirar fundo e se vira para me encarar. A expressão durona se espalha em seu rosto, mas seus olhos me dizem tudo: nosso breve momento mexeu com ela.

— Obrigada por vir aqui. — Sua voz sai tensa.

— Por nada. Entrei em desespero imaginando que tinha tomado o elevador sozinha. — Embora esteja chateado por não a ter mais em meus braços, minha voz sai suave.

— Você não tinha o direito de me beijar, no entanto — acrescenta em tom raivoso. — Você não vai mais me tocar, está claro?

Enfio as mãos nos bolsos, me segurando para não avançar sobre ela, debruçá-la sobre o meu colo e dar uns tapas em sua bunda petulante. Em vez disso, rio, encarando-a fixamente.

— Por que, Maya? — sussurro. — Porque não consegue se conter quando te toco?

— Cale a boca! — Seus olhos inflamam, sua postura gritando afronta. — Não ouse me tocar outra vez, estou avisando!

— Você me quer como eu te quero, porra, admita! — retruco, minha paciência por um fio.

Ela faz um som irritado, os olhos lindos me fuzilando.

— Eu vou para casa. — Aponta o dedo em minha direção. — Fique bem longe de mim.

— Vou te levar em casa — declaro em tom que não admite recusa e avanço pegando minha pasta que havia deixado sobre a sua pequena mesa.

— Ah, não vai não — rebate, erguendo a cabeça.

Eu seguro um riso. Essa sua atitude afrontosa sempre me excita.

— Vou segui-la, então. Não há nada que possa fazer a respeito, branquinha — aviso em tom firme. Bufa e se vira, mas a seguro pelo pulso. Maya volta a me olhar. Deus, como quero essa garota. Observo-a em silêncio por um instante. Ela lambe os lábios rosados e inchados do nosso beijo cheio de paixão. — Outra coisa que precisa saber é: você não vai viajar com o fodido Marcelo Linhares.

Suas narinas inflam e vejo a raiva turvar seus olhos.

— Eu já disse que vou. Não há nada que possa fazer a respeito, senhor *Cobra* — devolve a minha frase, tentando se soltar em vão.

Rio sombriamente, a mantendo sob o meu domínio e aproximo meu rosto do seu. Ela arfa, sua respiração alterando um pouco com nossa proximidade.

— Se quiser ser culpada por um assassinato, então vá nessa viagem, Maya — lanço a ameaça. — Na verdade, também está proibida de ir à porra do jantar amanhã. Se eu notar qualquer conversinha mole da sua parte para o infeliz, ele é um homem morto!

— Escroto fodido — range os dentes. — Marcelo é um cliente altamente rentável para o escritório e...

— Tenho milhares desse calibre — declaro com arrogância. — Posso matá-lo sem prejudicar meus negócios, se é com isso que está preocupada — completo com cinismo.

Minha menina atrevida levanta o queixo.

— Não sou do tipo que aceita ultimatos — replica com afronta.

— Então, o assassinato de Marcelo Linhares será colocado em sua conta — afirmo em tom e olhar duros. — Não pense nem por um segundo que não irei matá-lo. Eu não blefo, Maya.

Ela me atira um olhar de morte.

— Foda-se, seu cretino! — estala. — Está bem. Não irei na merda da viagem. Satisfeito?

Eu rio, encarando-a com fome e paixão.

— Não, meu bebê, estou longe de estar satisfeito. Mas em breve estarei. — Minha voz sai engrossada pelo desejo frustrado. Ela bufa em desdém. — Por enquanto, obrigado por acatar o meu pedido.

— Você não pediu — me fuzila. — Ameaçou matar um homem inocente.

Isso me faz sorrir ironicamente e ela me lança mais um olhar feio.

— Nosso cliente é tudo, menos inocente, Maya.

— Não estou me referindo aos negócios dele. Falo da sua territorialidade ridícula e fora de hora — ela aponta com sua língua afiada, tentando mais uma vez se soltar. Eu aperto o domínio em seu pulso. — Me solta, seu escroto — sibila.

— Você é a minha mulher. Minha territorialidade é bem oportuna — afirmo, enrolando um braço em sua cintura, puxando-a firmemente para mim.

— Me solta, seu fodido! — esbraveja, me dando murros no peitoral. — Socorro! Socorro!

A menina abusada passa a gritar. Eu coloco a mão livre sobre a sua boca, meus olhos nunca desviando dos seus.

— Não importa o que diga ou quanto tempo leve, estaremos juntos de novo, Maya — afirmo e ela pisca, ofegando. — Você me pertence e eu te pertenço. Infelizmente você voltou para a minha vida da maneira errada e acabamos nos magoando. — Pauso um instante, sondando seus olhos de camaleoa. — Sua traição me cortou profundamente, branquinha. Eu já te amava quando descobri suas motivações para estar perto de mim. Por isso, doeu tanto, não era só orgulho ferido, agora consigo compreender tudo que senti. — Vejo lágrimas se reunindo em seus olhos bonitos. — Você era a coisa mais pura e perfeita na minha vida. Consegue imaginar como me senti ao descobrir que tudo que vivemos não passou de um plano de vingança? — expiro longamente. — Eu queria acreditar no seu amor, que fosse verdade tudo que vi em seus olhos quando se declarou a primeira vez. Mas tudo que fez para me prejudicar depôs contra você. Não há compaixão em meu mundo. Eu sou o chefe, não posso mostrar fraqueza ou serei motivo de chacota.

Sinto a luta indo embora do seu corpo e retiro a mão de sua boca. Seguro sua nuca, mantendo nossos rostos próximos.

— Morri de ciúmes por saber que você amou aquele fodido. Era para ter sido eu desde o começo, apenas *eu* — sussurro asperamente. — Saber sobre a sua traição maculou a imagem perfeita que eu tinha de você e isso me deixou fora de mim. Contudo, ainda odiando o fato de você não ser a menina pura e inocente que imaginei, eu nunca a quis morta. Entenda que se fosse qualquer outro a me trair, teria sido executado imediatamente. — Ela arfa baixinho. — O amor que sinto por você me impediu de matá-la, branquinha. Se realmente quisesse, minha mãe não teria me impedido, acredite.

— Quer que agradeça pelas crueldades que fez comigo? — Sua voz sai um pouco embargada. — Você pode não ter me matado, mas me feriu de maneiras que, acredito, ainda não tenha compreendido — declara com mágoa e torna a empurrar meu peito. — Me solte.

Expiro frustrado, mas a libero. Ela não se afasta como pensei. Continua perto, olhando-me cara a cara.

— Eu não vou voltar para você, é bom que entenda isso de uma vez por todas — afirma com resolução.

— Minhas atitudes com você depois que recebi as gravações falsas foram abomináveis, eu sei disso. A expus a tantos perigos e vou levar essa culpa para o resto da vida.

Maya pisca e desvia o olhar para a parede de vidro. Quero abraçá-la de novo, sentir seu corpo junto ao meu. Estou morrendo a cada segundo que sou obrigado a ficar sem ela. Observo cada detalhe do rostinho de anjo, fascinado, apaixonado.

— Me dê uma chance, meu bebê — murmuro. Seus olhos se fecham brevemente, permitindo-me ver o conflito em seu semblante. — Me deixa mostrar que estou dizendo a verdade. Eu te amo, Maya.

Ela respira fundo e volta a me encarar.

— E se no futuro alguém quiser nos prejudicar e forjar provas contra mim de novo, And? Esse amor que diz sentir agora será maior do que a sua maldita desconfiança? — pergunta, seus olhos brilhantes de lágrimas. Meu coração se enche de esperança ao ouvi-la me chamar pelo apelido. Sempre amei a maneira como o pronunciava antes. Era cheia de expectativa, submissão. E em nossos últimos dias antes da merda colossal, havia uma nota de devoção quando me chamava assim.

— Sim. Claro que sim — afirmo sem pestanejar, percebendo uma pequena rachadura em sua casca de defesa. — O que eu posso fazer para mostrar que estou falando sério, branquinha? Peça, apenas peça. Faço qualquer coisa.

Seus olhos estreitam um pouco e uma expressão perversa e desafiadora cintila em suas íris.

— O soro da verdade — propõe com petulância e raiva. — Eu quero que se submeta ao soro da verdade, como mandou que fizessem comigo.

Sua exigência me toma de surpresa. É a minha vez de estreitar os olhos. Porra de menina abusada. Maya me lança um olhar triunfante. Pensa que estou mentindo sobre meus sentimentos e não aceitarei sua proposta. Abro um sorriso lento e perverso, olhando-a de cima a baixo.

— Depois disso você vem morar comigo e vai parar com essa merda. Não haverá mais desconfianças entre nós — digo em tom baixo e dominante.

— O-o que... — ela meneia a cabeça, seu rostinho de anjo tomado pela surpresa.

— Sim, eu aceito ser submetido ao fodido soro — declaro, encarando-a fixamente. — Vou chamar Alvinho agora mesmo para providenciar e me interrogar.

Maya faz um som desdenhoso na garganta.

— Acha mesmo que vou deixar seu irmão lhe interrogar? — a menina topetuda levanta a cabeça com afronta. — *Eu* vou fazer isso. Vou aplicar e interrogar. Não sou nenhuma covarde — alfineta.

Eu torno a sorrir como uma hiena. Quando eu a tiver em meu calabouço outra vez... Menina topetuda.

— Tudo bem, bebezinha, será como você quiser — concordo na voz branda e indolente que costumo usar em nossas sessões. Maya ofega, seus olhos cintilando com a centelha de submissão que é própria à sua natureza. — Pode correr o quanto quiser, mas não pode escapar porque foi, é, e sempre será a minha submissa. Você nasceu para ser o meu lindo bichinho de estimação — rosno, louco para colocar minhas mãos sobre ela. — Vamos resolver isso agora mesmo.

Maya pisca e se afasta, quebrando o contato visual e meu domínio sobre suas emoções.

— Não. Eu vou para casa agora. Estou cansada — contrapõe, a expressão afrontosa voltando em seu rosto. — Não tente me manipular. Já conheço seus truques fodidos de dominação — bufa.

— Não estou tentando manipulá-la. Apenas quero resolver isso logo. — Passo uma mão pelo rosto, frustrado. — São mais de trinta dias sem ter você, bebezinha — sussurro numa voz mais calma e pacificadora. — Por favor, pare de me afastar.

Seu rosto amolece um pouco enquanto nos encaramos. Então, algo passa em seus olhos e sua expressão se fecha.

— Vá trepar com a sua nova sub — sibila com raiva e tristeza na voz.

Só agora compreendo sua relutância. Ela acha que estou com aquela garota do Voraz.

— Eu não tenho uma nova sub. Tudo foi uma maldita encenação e apenas naquele momento na sua frente — esclareço.

— Você gozou na boca da garota. Aquilo também foi encenação? — pergunta com dentes cerrados.

Eu fecho os olhos por um instante. Sim, aquilo deve ter sido bastante doloroso para ela ver. Porra, eu fodi tudo.

— Foi o que pensei. — Lança-me um olhar de desprezo. — Não tente me convencer de que não trepou com ela. Eu não sou mais aquela garota boba que queria te agradar a qualquer custo.

— Eu não fodi a maldita garota! Acredite, porra! — explodo, irritado ao ver que estou perdendo terreno outra vez. Parece que estamos andando em círculo.

— Eu não me importo, porra! Não mais! — ela brada.

Puxo uma respiração longa, tentando me acalmar. Esse é apenas o seu primeiro dia aqui de volta. É preciso montar nova estratégia para convencê-la da veracidade dos meus sentimentos. Porra, fiz muita merda.

— Tudo bem, então marque um dia para o soro e...

— Não vou marcar merda nenhuma — rebela-se, mas posso ver o receio em seu semblante. Ela sabe que depois de me submeter a isso, terá que ceder. — Vou para casa. Boa noite.

— Só para recapitular, sem jantar estúpido com o Marcelo amanhã, sem viagem e, sem mais olhares e sorrisinhos de flerte. Estamos entendidos? — recordo-a, em tom firme e Maya me lança um olhar de raiva e desprezo.

Ficamos medindo forças por um instante, então, novamente a expressão perversa se espalha em seu rosto.

— Tudo bem — dá de ombros. — Vou convidar o Miguel para passar o fim de semana comigo na minha cobertura nova.

Meu sangue volta a ferver com a menção do amiguinho apaixonado. Está fazendo isso para me irritar. Sabe que tenho ciúmes dela com esse fodido também. Abro um riso frio e ameaçador.

— O mesmo vale para esse infeliz apaixonado. Se realmente quer que seu amiguinho tenha uma vida longa e plena, não o use para me fazer ciúmes — aviso em tom duro. — Eu o mato. Você vive esquecendo quem sou. — Olho-a fixamente e sussurro: — Não confunda o amor que sinto por você com fraqueza. Eu sou um vilão, bebezinha.

Seu rosto passa por uma transformação. De petulância a magoado.

— Está enganado, sei exatamente do que é capaz. Eu sei que é um vilão. — Seu tom é cansado agora. — Estou indo embora. Por favor, não me siga.

Vira as costas e dessa vez deixa a sala, com passos apressados. Fico olhando para a porta aberta, a sensação de impotência e derrota amargando em minha boca.

— Porra! — ranjo de frustração para o recinto vazio.

Respiro fundo para controlar a vontade de correr atrás dela, jogá-la por cima do meu ombro e levá-la para a minha casa. Eu sou a porra do vilão! Não devia me importar com nada além da minha satisfação. Mas o que diabos estou pensando? Já machuquei demais essa menina. Preciso que volte e fique do meu lado não por que a forcei, mas porque me ama. Maya não é qualquer uma, é a mulher da minha vida, a única que possui meu coração. Preciso ir com calma. Concordei com a porcaria do soro da verdade, porém, parece que isso a afugentou em vez de trazê-la mais rápido para mim. Preciso de um plano. Com urgência!

Cerca de uma hora depois, Jairo estaciona na garagem da minha casa e eu desço. Tomo o elevador que dá direto no meu quarto. Estou com um humor de cão depois de mais um fora da minha branquinha. Eu a segui. Ela pediu que não fizesse, mas foda-se, não vou relaxar com sua segurança. Alvinho escolheu seu endereço provisório numa elegante cobertura num dos prédios residenciais mais caros de São Paulo. Meu irmãozinho quis primar pela fidelidade com sua cliente e não me contou que Maya estaria de volta. Para o inferno com a ética profissional! Nós somos família, e em nosso mundo, família vem antes de tudo. Faço uma nota mental para quebrar a cara do idiota em nosso próximo treino. Eu me livro das roupas e sigo para o banheiro. Tomo um banho demorado, lavando o cabelo. As atividades da manhã voltam em minha mente. A puta Ramazotti desmaiou antes de revelar a identidade do seu comparsa. Nosso médico de confiança a atendeu e a vadia está bem.

Rio sombriamente. Pronta para outra. Seu fim está próximo. Amanhã iremos fazer mais uma visitinha. Iremos no final da tarde. Vamos deixá-la passar o dia inteiro sob tensão, esperando nossa chegada. Segundo a segundo de pura tortura psicológica. Quando estiver se sentindo aliviada, pensando que está livre por um dia, nós entramos. Meu riso amplia. Eu amo jogar com os meus ratos. O predador em mim se alimenta com esse jogo. A sensação de prender meu inimigo e torturá-lo até o último suspiro é um vício. Saio do banho e me enxugo. Visto apenas uma calça de pijama e vou em busca de comida. Meire avisou que deixaria um assado com batatas me esperando. Ainda está quente, o que significa que minha governanta ficou até mais tarde. De novo. Ela é uma mulher teimosa e, claro, deve estar seguindo as ordens de dona Gioconda. Minha mãe não perde a mania de monitorar minha alimentação e de Alvinho, mesmo que não moremos no mesmo espaço. Janto sobre a ilha da cozinha, repassando o dia de hoje. Embora tenha batido na trave de novo com a minha branquinha, fiz algum progresso.

Rio, recordando o beijo que me permitiu lhe dar. Mais do que isso, o beijo que se permitiu retribuir. Se a porra da energia não tivesse voltado, teríamos transado no chão de sua sala. Sei que sim, não iríamos parar. Só de lembrar do seu cheiro, o sabor da sua boca macia na minha, meu pau engrossa. São muitos dias sem ela. Sinto uma falta excruciante. É mais do que o sexo, sinto falta de dormir com ela em meus braços. Sinto falta de enterrar meu nariz em seu lindo cabelo loiro. Eu sou doente por aquela garota. Ela vai ceder. Ela tem que ceder, ou posso cometer uma loucura, como arrastá-la e prendê-la aqui comigo. Gemo em desgosto. Não posso fazer isso, infelizmente. Tenho que ser a porra de um *gentleman* de agora em diante. Minha bebezinha merece isso. Jantares românticos e rosas. Toda essa merda patética pra caralho, mas não vou me importar em fazer porque é para ela. Termino o jantar e lavo as vasilhas que usei. Pego meu celular sobre a bancada e ando pela casa enorme. Era para ela estar aqui comigo se eu não tivesse sido um completo imbecil. Inspeciono os cômodos do térreo, para ter uma ocupação, e subo de volta para meu quarto.

Pego uma cerveja *long neck*, saindo em direção à varanda, tomando um gole no caminho. Nunca me incomodou estar sozinho numa sexta-feira à noite. Não sou do tipo que precisa de companhia para me sentir bem. Sempre apreciei ter um tempo só comigo mesmo, mas desde que conheci Maya, isso mudou. Rio e sacudo a cabeça. Correção: desde que o meu anjo loiro voltou para a minha vida, não aprecio mais estar sozinho. Me debruço sobre a balaustrada de vidro e inspiro o ar puro da mata à minha frente. Tomo o líquido gelado, meus pensamentos preenchidos por ela. Esbravejou quando desci e a segui até seu novo e provisório lar. Bem provisório mesmo, espero. Vou quebrar sua resistência em breve. Entrei junto com meus homens e fizemos uma inspeção. Aproveitei para me familiarizar com o ambiente. É uma cobertura luxuosa, bem mobiliada, à altura dela. Mas, quando nos despedimos e entrei no elevador privativo, a culpa por obrigá-la a se instalar longe de mim, me corroeu. Ela virou as costas antes de as portas se fecharem, mas eu já havia visto o brilho triste em seus olhos. Sei que não deve estar sendo fácil para ela. Minha menina é durona, contudo, até os durões precisam ser apoiados uma vez ou outra. E nós apoiamos os nossos. Minha mãe está descontente com a recusa de Maya ao convite para passar uns tempos com ela e meu pai. A branquinha ainda não está em bons termos com o meu velho. Estou no fim da garrafa quando meu celular toca. Puxo o aparelho do cós da calça, olhando a tela. Por falar no velho. Rio, atendendo.

— *Papà*, o que houve?

— Você não fez uma atualização sobre o interrogatório da Ramazotti *maledeta* — reclama.

Merda. Expiro longamente. É verdade. A volta de Maya me pegou de surpresa. Tudo o que tenho pensado é em como a farei dar mais alguns passos e vir morar comigo, e em mais nada.

— *Me scusi, papà*[6] — desculpo-me, prontamente. — Maya voltou hoje para o escritório, também iniciou na *organização*, tomando parte na tortura da vadia Ramazotti. A mamãe lhe contou?

— *Si*, tua madre tem me atualizado — ele suspira. Posso sentir sua tristeza em não poder retomar a boa relação que tinha com a sua querida afilhada. Recordo-me de como a menina era apegada a ele e minha mãe. — Alvinho me contou sobre o susto que a *bambina* deu na *puttana* Ramazotti. — Seu tom adquire uma nota orgulhosa agora. — O sangue fala mais alto, sempre.

— Sempre — repito, o orgulho voltando a se espalhar em mim também. — Ela é uma perfeita De Cantábria, pai. Uma duquesa de sangue quente, mas fria e calculista quando necessário.

Meu velho ri satisfeito.

— Tal como seu pai. — Seu tom soa nostálgico. — Você precisa honrá-la, *figlio*. Agilize esse casamento.

Eu quase bufo. Casamento? Ela não quer nem chegar perto de mim, porra.

— Maya está ainda muito magoada, pai — desabafo, relutante. — O que mais quero é fazê-la me perdoar, mas acredito que pode demorar mais do que pensei a princípio. — Faço um som frustrado. — Ela é teimosa, petulante como o inferno.

Meu velho torna a rir.

— Experimentei sua afronta nas duas vezes em que conversamos antes de sabermos quem era. A menina não demonstrou nenhum medo — revela com um orgulho pateta na voz.

— Essa é ela — rio também. — Minha branquinha odeia parecer fraca. Ela jamais irá deixar alguém saber que está com medo.

— Então, resolva logo suas diferenças. — Meu pai respira fundo do outro lado. — Seria pedir demais que se acertassem até o próximo sábado? *Tua madre* iria ficar tão feliz em anunciar seu casamento em nossas bodas.

Rio ironicamente do seu otimismo. Meu velho definitivamente não conhece a sua afilhada.

— Pai, não é assim que funciona com Maya. Garanto que casamento é a última coisa que está em sua cabeça depois de tudo que a fiz passar.

— Gio está triste com essa situação entre vocês, *figlio* — compartilha, sua voz abaixando um tom. — Dê um jeito e se acerte com a *bambina*. Dê esse presente para *tua madre*.

6 Me desculpa, papai – em italiano.

Ele joga pesado. Respiro fundo, pousando a garrafa sobre o topo da balaustrada e passo a mão pelo rosto. Ainda que não tenha ideia de como conseguir, eu me vejo prometendo:

— Farei isso, *papà* — murmuro. — Não prometo para seu jantar de bodas, no entanto. Maya e eu precisamos passar por cima de todas as merdas que fiz e não foram poucas.

Ele fica um instante em silêncio.

— *Vá bene, figlio.* Quem sabe se acertando com você, *mia bambina* me dê uma chance também — diz com desalento e percebo que o presente não é só para minha mãe.

— *Papá*, já tentou conversar com ela? — indago.

— Não. Depois da rejeição veemente no hospital, não tive coragem ainda...

É estranho ouvir esse tom derrotado vindo de meu velho. Para mim ele sempre foi a personificação da força.

— O senhor deve tentar se aproximar dela. Não apenas com a mamãe — aconselho e quero rir da minha ousadia. Parece tão fácil quando é com os outros. — Experimente convidá-la para um almoço em algum lugar neutro. Um restaurante no centro, talvez.

— Acha que devo, And? — pergunta ansioso. — E se ela não aceitar?

— Convide-a de novo, e de novo... — rio da sua e da minha miséria. — Ela ama frutos do mar, especialmente camarão.

— Farei isso, *figlio* — meu velho garante. Seu tom soa mais animado. — *Grazie* pelo incentivo.

— Não por isso, velho — rio e ele bufa. — *Buona fortuna, papà.*[7]

— *Anche per te, figlio mio.*[8] — Ele limpa a garganta e muda bruscamente o assunto em seguida: — Genaro está fora da cidade. — Franzo o cenho esperando-o elaborar. — Ele mentiu para mim.

— Sobre o que, pai? — Fico alerta.

— Sobre o destino da viagem. Disse que iria passar uma semana com Elza em Monte Carlo, mas descobri que estão na Sicília.

Por que diabos o infeliz do Genaro mentiria sobre isso?

— O que está pensando a respeito? — pergunto. Meu velho é amigo de infância de Genaro Valente. Odiaria ter uma surpresa ainda mais desagradável com sua família. Já basta o que a sua maldita filha fez com Maya.

— Não sei, And. — Seu tom é insondável e um tanto frio nesse momento. — É estranho que ele tenha mentido sobre algo aparentemente despretensioso — pausa um instante. — A não ser que não seja algo tão despretensioso como imagino.

— Eles têm família por lá, pai. Não é absurdo estarem visitando. — Tento ponderar.

---

7 Boa sorte, papai – em italiano.

8 Para você também, meu filho – em italiano.

— Não é o destino da viagem que está me incomodando, And. É a mentira — papai aponta. — Não havia necessidade da mentira. A não ser que *mio vecchio amico*[9] esteja me escondendo algo.

Paro um instante, analisando a desconfiança de meu pai.

— Vamos investigar — proponho. — Prometo tomar o cuidado e o devido respeito com Genaro. O senhor me autoriza?

Ele expira do outro lado. Meu pai realmente tem apreço pelo amigo de infância.

— *Si*. Espero que não encontre nada. — Torna a respirar fundo. — Mas se encontrar, mate-o.

— Considere feito, *papà*. — Obedeço como um bom filho siciliano.

Nos despedimos e desligamos. Eu entro para pegar outra cerveja, meus pensamentos em outra direção agora. Genaro Valente não seria estúpido para trair meu pai. Não, não, ele o conhece bem demais para cometer suicídio dessa forma. Então, por que diabos mentiu? É aquela história... Onde há fumaça, há fogo.

Vamos ver se o velho esconde algum esqueleto no armário.

Maya

Uma semana depois...

— Caia rolando no chão e atire no primeiro alvo.

Alvinho instrui, fazendo uma demonstração em seguida. Eu fico boquiaberta, vendo a rapidez e agilidade com que faz isso. Uau. Parece uma cena de filme de ação.

— Sua vez! Vamos! — exige.

Merda. Como vou fazer? Empunho a arma e caio desajeitadamente, batendo meu ombro, ainda bem que estamos sobre um acolchoado. Eu faço um giro horrível e atiro, errando o alvo. Me coloco de pé, bufando, desdenhando de mim mesma. Para seu crédito, ele não ri. É um bom instrutor.

— Observe meus movimentos. Pule como se fosse mergulhar, e faça o giro no ar. — Alvinho faz de novo e parece tão fácil com ele.

Olho em volta do enorme salão de tiros. Estamos no centro de treinamento da *organização*. Fica no subterrâneo do Voraz. Um espaço gigantesco ao qual nunca tive acesso porque eu era apenas a puta de Andreas Montanaro. Era um nada, um zero à esquerda. Mas as coisas mudaram e agora tenho direito de estar aqui e saber de tudo sobre qualquer operação fodida. Eu busco a mágoa e tristeza dentro de mim e as canalizo para atingir meu objetivo. Quero ser forte, letal, para nenhum macho escroto ousar pisotear meu coração outra vez. Respiro fundo e me lanço com determinação. Ainda é um movimento feio, mas a coordenação melhorou. Consegui acertar a borda

---

9 Meu velho amigo – em italiano.

do alvo. Já é um começo. Ironizo-me, ficando de pé, prontamente. Alvinho cruza os braços e me encara, passando a apenas observar. Já estou toda suada pelas outras atividades praticadas. Lutei artes marciais combinadas com Jairo e Gualberto. Odeio admitir, mas sempre que os vejo, uma parte muito estúpida dentro de mim espera ver o chefão também. Ele não apareceu em nenhuma das vezes.

Está treinando em outro horário para me evitar? Minha viagem para Palermo foi adiada devido ao caso de Ceila Magalhães, uma pobre mulher vítima de um macho escroto da pior espécie. O imbecil é um famoso jogador de futebol de um dos grandes clubes, figurinha carimbada na seleção brasileira. Se acha o próprio Deus, mas eu vou acabar com aquele verme, em breve! Voltando ao escroto da minha vida, visitei Ceila no hospital, na segunda-feira, para conhecer a mulher e me inteirar do caso. Bem, na verdade, era minha intenção me livrar de Andreas e ficar com Alvinho como mentor. Mas, é claro que o cretino não deixou. Estava conversando com a cliente e ouvindo suas queixas, muitas, diga-se de passagem, do infeliz do ex-marido, quando fui surpreendida pela chegada de Andreas.

— Meu coração está esmagado, junto com a minha coluna. — A mulher morena de vinte e sete anos chorou na minha frente. Estava prostrada na cama, tinha passado pela segunda cirurgia para correção da lesão grave em suas costas, devido à surra que recebeu de Donizete Magalhães, seu marido e pai de seus dois filhos pequenos. Eu engoli em seco e me levantei da poltrona, impelida a oferecer conforto. Toquei sua mão livre da intravenosa e seu rosto, até então, virado para a parede, virou para mim. Seus olhos castanhos estavam cheios de lágrimas tristes. Segurei sua mão e apertei, meus olhos turvando em empatia e solidariedade feminina. — Você sabe o que é apanhar de alguém que você ama? É o pior tipo de dor.

Ofeguei com sua pergunta. Meus olhos picaram com mais lágrimas. Sim, eu sabia.

— Sim, eu sei — confidenciei e seus olhos mostraram surpresa. Talvez por eu ser uma advogada e esclarecida sobre a lei. Todo esse conhecimento não me livrou de agir como uma tola ao me apaixonar por quem não devia. — O coração dói junto. É a pior sensação do mundo. Eu também fui machucada pelo homem que eu amava.

Os olhos de Ceila foram para a porta e olhei por cima do ombro. Andreas estava lá, parado, sua expressão atormentada indicando que tinha ouvido nossa conversa.

— Me desculpe o atraso, senhora Ceila. — Ele entrou, os olhos verdes-musgo me fitando com angústia. Eu saí de perto da cama e virei as costas, indo tomar um pouco d'água na mesinha do outro lado da sala. — Como se sente hoje?

Ouvi a voz muito suave de Andreas às minhas costas. A mulher lhe ofereceu um boletim sombrio. Suas chances de voltar a andar são remotas.

— Vejo que já conheceu a doutora Maya. Ela será a sua advogada principal. — Ele continuou e sua voz ganhou um tom orgulhoso ao completar: — Está em mãos competentes, eu asseguro.

Meu coração tolo saltou dolorosamente ao ouvir a maneira como falou sobre minha capacidade profissional. Respirei fundo e voltei para perto deles.

— Obrigada pela sensibilidade, doutor Andreas. — A mulher olhou para mim. — É reconfortante saber que estou sendo representada por uma mulher que entende como me sinto. — Ela torna a encará-lo e me choca ao perguntar: — O homem que a machucou foi punido?

Andreas engoliu em seco antes de responder.

— Sim, mas não pela lei — murmurou numa voz tensa. Pigarreou e mudou o assunto. — O seu ex-marido será punido exemplarmente, fique tranquila.

Nós conversamos um pouco mais com ela e saímos para lhe deixar descansar. Andamos em silêncio pelo corredor do hospital, sendo seguidos pelos nossos seguranças. Quando pisamos no estacionamento, fui direto para o meu carro, que não é mais o Sandero, é um Range Rover Velar, preto. Presente de Gio e ela não me permitiu recusar, como também não fez com o mundaréu de roupas de estilistas famosos que enviou para a minha cobertura. Estendi a mão para abrir a porta, mas uma grande e bem conhecida segurou meu pulso.

— O que você quer, Andreas? — sussurrei, fechando meus olhos, evitando virar para encará-lo. Eu ainda não sou forte o suficiente para tê-lo tão perto e não sentir nada. Pelo contrário, eu sinto tudo. Tudo.

— Eu nunca te pedi perdão por aquela surra — disse às minhas costas, sua voz parecia culpada. Eu ofeguei, tentando me manter durona. — Foi errado. Eu não tinha o direito. Me perdoe, bebezinha.

— Passou. — Forcei minha voz firme e dura.

— Não, porra, não passou — ele rangeu, o tom exasperado. Ainda não o encarei. — Você está cada dia mais distante de mim por causa das merdas cruéis que fiz.

— Isso não importa mais. Vamos nos ater ao caso. Eu quero aquele infeliz na cadeia, acabado. — Rangi os dentes, a imagem de Ceila presa à cama, martelando em minha mente.

— Olhe para mim — ele sussurrou e sua voz grossa viajou pelo meu corpo fodido. Mesmo sabendo que não devia, me virei, olhando-o. Seu belo rosto estava muito próximo para a minha sanidade. — Estudando o caso, lendo sobre o assunto, dei-me conta dos dados alarmantes, das muitas Ceilas existentes em nosso país. — Respirei fundo. Que jogo ele estava jogando? Aquilo tudo era encenação para eu voltar a ser sua putinha patética? — Não sou um bom homem, e nunca serei, mas quero fazer justiça para essa mulher. — Sua mão estendeu, tocando meu rosto. Seus olhos ficando mais intensos enquanto me fitava. — Só queria que soubesse que me arrependo.

— Nos falamos no escritório. — Eu me virei e entrei rapidamente no carro. Tentei segurar as lágrimas, mas acabei perdendo a batalha quando peguei a avenida de volta à Montanaro.

Eu volto das lembranças daquela tarde. Desde então, senti como se o escroto estivesse me evitando. Ele falou a verdade sobre estar arrependido? Está realmente sensibilizado com Ceila? Perguntas são tudo o que tenho. Rolo novamente e meu giro sai perfeito, mas o tiro, não. Eu ainda acerto só a borda do maldito alvo.

— Seus pulsos estão ficando muito baixo no giro.

A voz profunda, que estive secretamente querendo ouvir, soa em algum lugar acima e atrás de mim. Eu levanto a cabeça, virando o pescoço e meu coração estúpido salta descompassado. Andreas está debruçado sobre o parapeito na parte superior, que dá acesso a outra sala de tiros. Está suado também e engulo em seco ao ver seu peitoral e abdome nus. Quando subo os olhos para o seus, noto-o devorando meu corpo na calça justa e top curto que estou usando. As íris verdes-musgo ficam quentes ao focar em meus seios. Não posso evitar, meu núcleo pulsa, minha calcinha umedecendo diante de seu olhar predador.

— Tente de novo, levantando mais os pulsos — orienta com voz engrossada, os olhos queimando-me com fome.

Quero resmungar que não é meu instrutor, mas ele tem razão. Ainda não estou conseguindo coordenar meus braços na queda. É tudo muito rápido. Eu respiro fundo e meu corpo está em chamas agora, sabendo que está me olhando. Eu pulo e giro, levantando os pulsos num movimento rápido, e atiro. Um som de satisfação sai da minha boca ao conseguir acertar a barriga do alvo. Quero olhar para trás e agradecer a dica, mas meu orgulho e mágoa me impedem. Então, eu levanto, mergulhando em quedas e giros, atirando na fileira de dez alvos à frente. Quando aterrisso no último, estou pingando suor, a adrenalina a mil porque acertei todos os restantes. Levanto-me e me assusto, vendo alguns seguranças, incluindo Jairo, Gualberto e os meus, Pietro e Enzo, aplaudindo meu desempenho. Eu rio, uma alegria se espalhando em meu corpo como há muito não sentia. Agora que estou pegando o jeito, acredito que vou gostar muito desse treinamento.

Eu levanto a vista para onde Andreas está e, ao contrário dos outros, não está aplaudindo. Está sério, os olhos intensos sobre mim, então, ele se afasta do parapeito e me dá as costas, voltando para o seu treino. A naja me olha ameaçadora, lembrando-me das muitas vezes em que o vi assim, sem camisa. Das muitas vezes em que fomos íntimos e agora não somos nada além de parceiros de negócios. Meus olhos picam, enxugo o suor da testa, me obrigando a parar de olhar e desejar um homem que me fez tanto mal.

— Chega por hoje, maninha. — A voz de Alvinho tem uma nota branda. Eu o olho e ele sorri, enxugando seu suor com uma toalha branca. Gosto cada vez mais dele.

— Obrigada, Alvinho — agradeço, ofegante.

— Não há de quê. Nos vemos amanhã no jantar dos velhos. — Ele pisca e se vai.

Eu olho para o jardim iluminado, a grande mesa em formato retangular para abrigar toda a *famiglia*. A orquestra tocando uma melodia linda e romântica. É o jantar de bodas de esmeralda de Gio e Gian Lucca. Essa é a segunda vez que estarei diante de toda a família e estou tremendo por dentro. Embora desta vez as coisas sejam muito diferentes, ainda me sinto nervosa. Minhas mãos suam. Ainda bem que tenho luvas até os cotovelos. O vestido é vermelho-vinho, colado ao corpo, uma abertura frontal indo até o meio das minhas coxas e a saia se abrindo progressivamente, a cauda se arrastando atrás de mim. Meu cabelo preso num rabo de cavalo alto. Meu rosto bem maquiado. Uso um conjunto das joias de minha mãe biológica, um deslumbrante colar e brincos de rubis. Sandálias são Saint Laurent. Caríssimas! Pego-me ainda me assustando com o preço das coisas. Vai demorar a me acostumar ao fato de que agora tenho muito dinheiro. Noto que já tem muita gente ocupando algumas cadeiras da mesa, outros, dançando na pista montada perto do palco.

Respiro fundo, reunindo coragem e começo a descer os degraus para a parte do jardim onde está acontecendo a recepção. Alvinho se ofereceu para ir me buscar, mas recusei. Eu não preciso de muleta. Detesto mostrar fraqueza. Levanto a cabeça e continuo descendo com a dose certa de elegância e soberba, como Gio me ensinou.

— Você é uma duquesa, bambina mia. É nobre. Aja como se o mundo lhe pertencesse. — Ela sorriu, seus olhos verdes cheios de amor e orgulho de mim. — Com esse rosto e inteligência, o mundo certamente será seu, amore mio.

Sorrio levemente, recordando as palavras de minha madrinha em nosso almoço de ontem. Ela tem me dado algumas dicas de etiqueta. Temos mantido contato próximo, nos falamos todos os dias. Com Gian Lucca ainda estou reticente. Contudo, espero que possamos passar por cima das diferenças. Farei esse esforço por Gio. Eu piso na grama e ando devagar, tentando não deixar transparecer que minhas pernas estão tremendo. O desconforto aumenta quando sinto muitos olhares sobre mim. Percorro a área, aquela parte estúpida dentro de mim, antecipando vê-lo. A razão me manda esquecê-lo a qualquer custo, mas meu coração ainda se nega. Mesmo pisoteado, o órgão idiota ainda bate enlouquecido quando o vejo, chega perto de mim. Viro a cabeça para a direita e tudo que acabei de pensar é confirmado. Meu estômago espirala, meu coração saltando com força quando meu olhar já encontra Andreas me observando. Está perto de uma mesa com diversos tipos de bebidas. Seu copo parado a caminho da boca, os olhos queimando, passeando devagar pelo meu comprimento. Está rodeado pelo irmão e primos.

Contra a minha vontade, aprecio-o no smoking preto. Ele fica lindo em trajes de gala. Poderoso, imponente. Tão logo o pensamento se completa, me recrimino e quebro o contato visual. Respiro fundo, seguindo meu caminho, procurando pelos donos da festa. Localizo-os conversando com um casal idoso, na ponta da grande mesa. Marcho para lá, ouvindo burburinhos conforme avanço. Sei que estão falando sobre mim, ou *de* mim, dada forma como voltei para a vida deles. Madrinha me nota primeiro ao virar a cabeça em minha direção. Seu rosto se abre num sorriso feliz que a deixa ainda mais bonita. Usa um longo verde-escuro, o cabelo preso num coque sofisticado. Gian Lucca está muito bonito também em seu smoking preto.

— Boa noite — cumprimento tão logo os alcanço. Percebo o casal torcendo o nariz, sutilmente. — Parabéns, Gio, Gian Lucca!

— *Grazie*, minha menina. — Ela vem me abraçar e suspiro. Como é bom sentir seu amor e carinho. — Você está deslumbrante, querida — elogia quando se afasta.

— *Grazie, figlia.* — Gian Lucca agradece e puxa a gravata, denotando seu desconforto. Sim, vai demorar o mal-estar entre nós ir embora. Palavras depois que são ditas, não dá para recolher. Muitas vezes, machucam mais do que socos.

— Por nada — respondo, igualmente sem jeito. Olho em volta. — Está tudo maravilhoso!

— Venha conosco, *tesoro*. Vamos apresentá-la adequadamente à *famiglia*. — Gio enlaça meu braço, um sorriso amplo estampado em seu rosto.

Ela me leva e Gian Lucca segura sua cintura enquanto andamos para o primeiro grupo de Montanaro. Um casal e dois filhos adolescentes. Eles me recebem bem, mas os sinto frios, um contraste com a alegria de minha madrinha. Depois que passamos em todas as rodas, Gian Lucca me olha com a boca apertada.

— Alguns ainda estão chateados pela bomba. — Abro a boca para me defender, mas ele continua: — Todos já sabem que você foi enganada pela *maledeta* Ramazotti, *bambina*. Com o tempo e a convivência tudo se ajeita.

Fico tocada pela sua preocupação comigo.

— *Grazie*. Eu cometi um erro, é compreensível que alguns ainda não tenham superado — tranquilizo-o, mas no fundo, percebo o quanto tudo o que fiz foi fodido. Agora, uma família que me amava quando criança, me olha atravessado.

Nos dirigimos para a ponta da mesa e nos acomodamos. Eu tomo uma taça de champanhe, bem rápido, tentando ainda controlar meus nervos. Eu não sabia que a família era tão grande. Em dado momento, Andreas e Alvinho se aproximam.

— Oi, maninha, você caprichou, hein? — Alvinho sorri, se inclinando e me dando um beijo no rosto.

— Oi, branquinha. Você está linda. — A voz grossa me abala, ameaçando penetrar minhas camadas de resistência.

— Oi, Alvinho, Andreas — saúdo-os, drenando o conteúdo da minha taça. Os olhos verdes-musgo acendem, provavelmente notando meu desconforto.

— Dança comigo? — Andreas pede num murmúrio, estendendo a mão. Eu lambo os lábios, meu coração saltando dolorosamente. Dançar é um contato muito íntimo. Por outro lado, se eu o recusar, Gio ficará triste. Estreito meus olhos sobre o homem ardiloso. Ele fez de caso pensado, para não me dar a chance de recusar seu pedido.

— Claro. — Forço uma voz plana e coloco minha mão sobre a sua, me levantando.

Seu rosto sombrio se ilumina fugazmente e me leva devagar pela grama. Os burburinhos do público aumentam aos nos ver juntos. E, ainda que me sinta uma imbecil, eu gosto da sensação de estar com ele, mostrando-nos livremente. Eu quis tanto isso. Tanto. Mas agora tudo tem um gosto amargo também porque ele não me ama. Sou sua conveniência. Mesmo se eu aceitasse me casar com ele, dificilmente seria fiel a mim. Iria procurar subs novas quando se entediasse.

Paramos no meio da pista de madeira escura e ele faz um gesto para a orquestra. Em seguida, seu braço direito enrola em minha cintura, me puxando suavemente para si. Coloco minha mão esquerda sobre seu ombro enquanto segura a minha direita. Não consigo segurar um arfar quando nossas frentes se moldam. É desleal o que esse homem me faz sentir. Ele abaixa a cabeça, seu rosto perfeito ficando bem perto do meu.

Quero me afastar, mas não tenho forças quando me captura para as profundezas de seu olhar sombrio. Eu ainda o amo com loucura. A submissa em mim ainda pertence a ele. Essa é a minha triste verdade. Provavelmente irei amá-lo por muito tempo, mesmo que não fiquemos juntos. Talvez nunca consiga esquecer completamente porque ele foi meu primeiro homem. A introdução da melodia bonita me faz arfar de novo. Eu conheço a música. É *Home*, de Michael Bublé. Quando o cantor começa a entoar a letra, meu coração aperta. É como uma analogia da nossa situação. Andreas me gira para o lado direito e deslizo. Meus olhos ardem na sensação agridoce que é dançar com ele diante da família. Eu queria isso em seu aniversário, há dois meses. Eu quis isso a cada maldito dia em que mendiguei o seu perdão. Mas tudo que tive foram momentos clandestinos, escondidos dos olhos do público porque eu não era nada. Tudo bem ser usada e mantida em privado. Eu me dei a esse homem da maneira mais completa que alguém pode se dar a outro, e no fim, fui traída.

Estou cercado por um milhão de pessoas,
ainda me sinto sozinho,
deixe-me ir para casa,
sinto sua falta você sabe...

Ele me gira mais duas vezes e me segura bem apertado contra seu corpo de novo. Seus olhos me devoram intensamente. Lindos, sombrios, me chamando de volta.

— Nós somos isso, Maya — sussurra com aspereza e nesse momento percebo o esforço que está fazendo para não me pressionar. — Pode levar o tempo que for, mas você é a minha casa, e eu sou a sua. Essa é a maior verdade entre nós. Nos pertencemos.

Meus olhos picam com essa declaração e a forma contundente que a pronuncia. Eu quebro o contato visual e respiro fundo, me forçando a endurecer. Nunca mais serei machucada. Nunca mais.

CAPÍTULO SEIS

O curso do amor verdadeiro nunca fluiu suavemente.
(William Shakespeare)

Andreas

Quatro dias depois... Província de Bassaiev, Leste Europeu

Olho pela janela do jato, as montanhas verdejantes e pontiagudas, características próprias da região localizada entre a Chechênia e Geórgia, me saúdam. Estivemos em Palermo na segunda e boa parte da terça, resolvendo as questões burocráticas da herança e nome legal de Maya. Minha branquinha agora é Maya Siena Pinheiro Rossi De Cantábria, a duquesa De Cantábria. Ela quis juntar os dois nomes e sobrenomes dos pais biológicos e adotivos. Em breve terá *Montanaro* acrescentado também, estou me esforçando para isso. Minha linda menina é uma duquesa agora, de sangue e de direito. Meus olhos vão para ela, sentada na poltrona do outro conjunto na parte da frente. Está maravilhosa na roupa de gala, pronta para a sua primeira participação em nossos negócios escusos. Seu rosto virado para a janela mostra deslumbramento com a paisagem. São quase sete da noite, mas o sol demora a se pôr nesse período do ano. Recordo-me da nossa viagem no mês passado. Seu rostinho de anjo se iluminando com cada coisa nova que via. Sua primeira viagem internacional e estive quase o tempo inteiro resistindo e sendo um imbecil com ela. Arrependimento e remorso, meus companheiros desde que a verdade veio à tona, me corroem. Observo-a, bebendo cada detalhe da menina que amo com loucura e que agora me despreza.

Dói como o inferno receber seu tratamento frio. Mesmo trabalhando juntos em três casos no escritório, não há realmente proximidade entre nós. Maya tem sido estritamente profissional em cada contato. Me aceitou nessa viagem, contudo, pouco tem falado comigo. Sempre se dirige a Alvinho. Sim, meu irmão veio também. Essa era a única maneira de ela não me enxotar para fora do avião. Me lançou um olhar gelado e cheio de desprezo quando subiu a bordo em São Paulo e me encontrou já acomodado. Guto e Luigi também vieram porque temos assuntos de negócios a tratar aqui no Leste Europeu. Uma carga será entregue daqui a pouco em Bassaiev, a Província que já avisto aqui de cima, e outra no Cazaquistão. Essa região é uma bomba-relógio do caralho. É preciso sempre muito cuidado ao transitar por aqui. Então, sempre usamos força máxima nas entregas e, além disso, estou aproveitando para fazer uma reunião com nossos principais aliados na Europa e Euroásia. Nossa reputação se mantém ilibada no Brasil, por essas e outras precauções. As reuniões do submundo sempre são realizadas fora do nosso país.

Amanhã voltaremos ao nosso continente para mais um encontro com funcionários e aliados no México. O compromisso coincidiu com o casamento de nosso parceiro de longa data, Alejandro Martinez. Ele sequestrou a filha do seu maior inimigo na Colômbia e está se casando com a garota dentro de dois dias. Encerraremos nosso tour em Medelin, nos reunindo com o novo cartel no comando da cidade. O avião aterrissando, dispersa meus pensamentos. Em instantes, estamos parando e desprendo o cinto, levantando-me, ajustando meu smoking. Alvinho e meus primos fazem o mesmo. Tomamos banho e nos trocamos durante o voo mesmo para não perder tempo.

— Vamos passar a noite na fortaleza de Makhmud. Não é seguro pernoitar nas pousadas modestas da vila — aviso a eles.

— Ainda bem que é só por uma noite, mano. Essa região é sinistra pra caralho. — Alvinho faz uma carranca, conferindo suas pistolas nos coldres e abotoando o smoking.

— Também não me sinto à vontade, primo — Luigi resmunga, conferindo suas armas também. — A sensação que tenho é que a qualquer momento algum louco extremista irá surgir do nada e enfiar uma faca nas minhas costas.

— Vocês não vão chorar, vão, maninho, primo? Somos grandes para nos encolher debaixo das camas, *stronzi* — Guto zomba, enfiando suas facas nos coldres dos tornozelos. Somos exímios atiradores de faca. Nossos velhos nos ensinaram manuseá-las desde muito cedo.

— Vai se ferrar, *stupido*. — Alvinho olha feio para nosso primo, que ri de volta. Guto é tão idiota. Eu me vejo rindo. Apesar da tensão pairando no ar nesse lado do globo, eu aprecio estar em ação com esses *stronzi*. Tinha um tempo que não viajávamos os quatro.

— Cala a boca, *stronzo*. — Luigi dá um soco no ombro do irmão.

— Estão na porra da quinta série? — os alfineto, conferindo minhas armas e levanto a vista, encontrando Maya fazendo o mesmo. Minha garganta vibra, reprimindo um rosnado ao ver a extensão da fenda do vestido preto de tecido brilhante. Está toda aberta, mostrando a perna direita, linda e torneada, toda lisinha, tonificada pelas atividades físicas que pratica. — Porra — resmungo, meu corpo inflamando de imediato.

Está entretida, ajustando a pistola atrás da coxa. Ela aprendeu rápido a esconder armas debaixo da saia. Vê-la treinando em nossa central, no subterrâneo do Voraz, me deixou louco de tesão. Sim, eu acompanhei cada um de seus treinos. Não quis me mostrar no começo, para não a chatear, mas vi tudo e fiquei rachando de orgulho com seu empenho, sua força e coragem. Eu ri, vibrei com cada golpe, cada artimanha que a minha menina destemida aprendeu. No entanto, após a euforia, a realidade sempre cai sobre a minha cabeça como um balde de água fria. Eu perdi a minha Maya. Aquela menina que me olhava com total deslumbramento, não existe mais. Ela disse que morreu no clube, quando me viu com a sub naquela porra de encenação. Eu sei que ver a pessoa que você ama numa cena daquelas deve ser doloroso como o inferno. Cada vez que recordo, tenho vontade de matar Isabeli. A puta maldita conseguiu seu intento, me separou da garota que amo.

— Mano, limpe a baba antes de sair para encontrar nossos parceiros. — A voz zombadora de Alvinho me tira do transe. Eu pisco e olho meu irritante irmão mais novo.

— Foda-se, cara — estalo, rabugento.

Ele e meus primos idiotas riem baixinho antes de rumarem para a saída. Eu levo minha atenção de volta para a razão da dor permanente em meio peito. Maya está de costas para mim, pegando a estola preta de pele sintética sobre a poltrona. Eu assobio ao ver o decote traseiro, descendo bem perto da bundinha arrebitada. Meu pau engrossa dentro das calças, enquanto meu olhar faminto sobe pelas costas esguias e um arfar deixa a minha boca ao encontrar algo que não estava lá antes. Uma tatuagem. Ela fez uma tatuagem! Uma fênix com asas abertas bem no meio das omoplatas, pegando até a nuca. A ave está saindo do fogo e cinzas, pegando voo, uma expressão feroz e obstinada nos olhos em brasa. Rosas pretas e vermelhas rodeiam a parte de cima. Caralho. Linda. Absolutamente magnífica. Como a garota que a está ostentando.

Sem poder me conter, eu vou até ela, devagar. Seguro a estola, impedindo-a de cobrir a obra de arte. Fico bem perto e traço o indicador pela linha superior da tatoo. Sua respiração engata, sua linda pele arrepiando com meu toque. Me congratulo pela sua reação. Tem sido tão malditamente difícil me manter longe, respeitando seus limites e lhe dar tempo para me aceitar de volta. Nunca fui comedido. Sempre tomei o que quis. Se fosse outra, eu a forçaria a ficar comigo, mas não essa menina. Não a minha linda menina. Eu a quero me olhando com a adoração de antes. Eu preciso tanto disso, porra.

— É magnífica — murmuro com voz engrossada de tesão acumulado. Traço o restante da ave resiliente, imponente e corajosa como a minha branquinha. Ela estremece. Quero me inclinar e beijar toda a extensão, mas não faço. Serei respeitoso. Trinco os dentes e ajudo colocar a estola sobre os ombros delicados, cobrindo a tatuagem. Não quero que os imbecis lá no cassino a vejam. Não resistindo, aproximo meu nariz do seu cabelo e inalo como um viciado cheirando uma carreira de cocaína. O cheiro delicioso de rosas me entorpece e gemo em deleite.

— Obrigada — Maya responde numa voz rouca e baixa. Me fita por cima do ombro, os olhos de camaleoa estão verdes. Eu sei quando isso acontece. Está excitada pelo meu toque. Seu cabelo está preso em um penteado sofisticado no alto da cabeça. O pescoço aristocrático à mostra. Usa uma pequena tiara de diamantes brancos na frente do coque e brincos do mesmo conjunto, em forma de lágrimas. Deus, como é difícil não pegar seu queixo e trazer sua boquinha vermelha e suculenta até a minha. Salivo, meu corpo inteiro chegando a tremer no desejo feral que essa menina me desperta.

— Porra, como sinto a sua falta, branquinha — ranjo, não conseguindo me calar.

Ela enrijece e se afasta no mesmo instante, virando de frente, ajeitando a estola. Prende as pontas com um broche da mesma pedra da tiara e brincos. São joias de sua mãe e Maya as tem usado com orgulho.

— Vamos pernoitar na casa de nosso anfitrião, Makhmud — informo, me sentindo infeliz. Nosso momento se foi.

— Certo — ela assente, me olhando de frente, o queixo erguendo.

— Você adicionou as facas ao coldre? — pergunto, mal podendo me conter, sentindo seu cheiro delicioso de rosas.

— Sim — responde sucinta.

— Não se afaste de nós lá dentro. Esses homens são nossos aliados, mas não deixam de ser perigosos — advirto-a, preocupação genuína me assolando. Talvez seja cedo demais para introduzi-la nos negócios.

— Não sou nenhuma dondoca, Andreas, você já comprovou isso. — Seu tom é debochado, mas sua respiração ainda é um tanto ofegante. Ela não é imune a mim como quer que acredite. Nunca foi, nunca será, porque me pertence. É minha. Quero rosnar isso, mas me controlo. Estou tentando ser a porra do cavalheiro que ela merece depois de tanta merda que deixei acontecer.

— Eu sei o quanto é destemida, bebezinha — sussurro em tom conciliatório. — Contudo, precisa dosar isso para não correr riscos desnecessários e...

— Eu fui enterrada viva, há exatos quarenta dias. — Seus olhos ficam muito brilhantes, porém, frios. — Seu aviso e preocupação chegaram tarde para mim.

Eu engulo em seco, apertando minha mandíbula. É sempre uma dor absurda ouvi-la mencionar o terror a que foi submetida por minha causa. Geralmente fico sem argumentos. Nessas horas chego a pensar que não vai me perdoar. Ela ficou encantada com o palácio de seus pais na Sicília. Mamãe e papai o restauraram há uns cinco anos, mais ou menos, pagando um staff para mantê-lo. Os jardins também foram reaproveitados e tudo está como se nunca tivesse sido consumido pelo incêndio criminoso, há dezoito anos. Escutei Maya comentando com Alvinho que gostaria de passar uma temporada por lá. Espero que consiga o seu perdão antes que tome alguma decisão precipitada só para ficar longe de mim.

— Sei que não acredita, mas me preocupo com você — retruco, segurando meu temperamento. Ela me lança um olhar descrente e passa por mim, indo para a porta da aeronave.

Eu expiro longamente e saio atrás da menina teimosa. Descemos a escada e entramos na limusine blindada que nos aguarda. Jairo e Gualberto estão na frente, como de costume. Os outros quinze seguranças da comitiva se dividem nos outros carros alugados. Deixamos a pista de pouso particular e tomamos a estrada sinuosa até o topo da montanha, onde fica a fortaleza de Makhmud Kiev, líder do movimento revolucionário, que fundou a Província de Bassaiev, há mais de vinte anos. Antes, essa região era domínio da Rússia, a exemplo da Chechênia. Gosto do cara. Ele é tanto um cliente como um aliado.

Quando os carros param no pátio do grande palácio, os seguranças da propriedade nos cercam. Todos armados com fuzis, e, porra, Alvinho e Luigi têm razão quanto ao clima nervoso. Todavia, Guto também tem seu ponto, nós somos os Montanaro. Tocamos a nossa quota de terror o tempo todo. Um sorriso arrogante se abre em minha boca. O medo é bom. É isso que nos impõe limites. Esses filhos da puta também estão apreensivos, atentos aos meus movimentos, de meu mano e primos. Nós também somos os vilões. Saio do carro e o chefe da equipe se aproxima.

— Boa noite, senhor Montanaro, o chefe os aguarda no cassino. — O brutamontes loiro cumprimenta em tom de respeito, falando um inglês com sotaque carregado.

Eu lhe dou um aceno de cabeça e me viro para ajudar Maya a sair da limusine, mas ela já está fora. Faço uma careta ao vê-la colocando a mão no antebraço de Alvinho. Meu mano me oferece um olhar de solidariedade, mas não posso fazer nada. Melhor que a teimosa fique com ele do que achar que pode transitar sozinha nesse lugar. Seguimos os seguranças até novos carros e entramos, deixando-nos conduzir por outra estrada estreita, a mata fechada quase invadindo o asfalto, tornando o trajeto mais escuro e um tanto sinistro. Nosso anfitrião mantém o espaço em sua propriedade, onde recebe alguns dos figurões da política e majoritariamente do submundo. O carro em que estamos entra num túnel e seguimos mergulhando no subterrâneo onde o cassino está construído.

Não demora muito, estamos deixando o veículo e andando pela garagem rumo ao elevador. Já saímos direto no salão de reuniões, que fica um andar abaixo dos ambientes dos jogos e danceteria. A mesa de madeira oval está apenas com os nossos lugares vazios. Resisto ao desejo de olhar para trás e conferir Maya. Nesses ambientes quanto menos emoções mostrar, melhor. Ninguém pode saber o quanto ela significa para mim. Ando sem pressa, acenando aqui e ali para os aliados, até alcançar Makhmund na ponta. O homem moreno de olhos escuros se levanta abrindo um amplo sorriso. Está elegante em seu smoking também. Está na casa dos quarenta. Ruslan, seu irmão mais novo e braço direito, se coloca ao seu lado.

— Bem-vindo, Cobra! — O anfitrião estende a mão e a pego, recebendo o aperto firme. Ele desvia o olhar para Alvinho, Luigi e Guto. — É sempre uma honra ter os donos da América Latina para uma noite de negócios.

— Obrigado, Makhmund. É bom vê-lo de novo — saúdo-o com um sorriso cordial.

— Olá, Makhmund, é bom voltar aqui — Alvinho cumprimenta.

— Clima agradável demais. Cara, sua região é magnífica! — Guto tem a cara de pau de dizer. Nós sabemos que está sendo sarcástico, mas isso não transparece em seu tom e semblante.

— Sempre um prazer fazer e celebrar negócios em sua casa, Makhmund — Luigi endossa.

— E é claro que nesta noite estamos muito mais honrados pela presença da jovem e bela duquesa De Cantábria. — Makhmund sorri simpático para Maya. Ela se adianta, ficando do meu lado e o cheiro gostoso de rosas flutua em meu nariz novamente. Tortura requintada do caralho.

— Obrigada. É um prazer conhecê-lo, senhor Kiev. — Minha menina aceita o cumprimento, abrindo um sorriso contido e profissional. Ela é especialista nisso, sendo uma advogada excepcionalmente talentosa.

— Cobra, Álvaro, Luigi, Augusto — Ruslan nos saúda também. — Faço minhas as palavras de meu irmão, é sempre uma honra tê-los em nossa casa. — Nós aceitamos sua mão num aperto igualmente firme. Então, seus olhos escuros pousam sobre Maya e seu rosto inteiro se transforma. A expressão antes fria dá lugar a uma que conheço bem: interesse masculino. — Concordando mais uma vez com meu irmão, é uma honra maior ainda recebê-la em nossa casa, vossa graça.

Eu quero rosnar e em seguida arrancar o olhar estúpido que o infeliz está dirigindo à minha mulher com um soco. Contudo, forço-me a manter o controle e expressão de traficante frio, que domino bem nesses ambientes.

— Obrigada, é muita gentileza, senhor Kiev. — Maya não titubeia, aceitando a mão estendida do imbecil, que a leva à boca, depositando um beijo.

Filho da puta! Resisto à vontade de fechar meus punhos, no entanto. Denunciaria meu estado de espírito. Em vez disso, estendo a mão direita, pousando na cintura de Maya. Sinto-a ficar tensa, mas me aproveito do poder conferido a mim nesse momento. Eu sou o chefe, o que a impede de retirar a minha mão e me envergonhar diante de nossos aliados. Com um aceno de cabeça para Ruslan, eu a conduzo para a cabeceira da mesa, onde a minha cadeira está. Ajudo minha branquinha a se acomodar do meu lado direito. Alvinho, Luigi e Guto tomam seus assentos, ladeando-me também. Os anfitriões voltam para seus lugares e iniciamos a reunião.

— Boa noite, senhores associados. É sempre um prazer estar de volta ao Leste Europeu — saúdo no tom firme de chefe. Os homens me olham atentos e respeitosos. Há apenas uma mulher além de Maya, a filha de Anzor Vainikh, um bom amigo e velho aliado. A garota, uma loira bonita, está me encarando com cobiça. A comi algumas vezes em visitas anteriores. Tenho certeza de que Maya irá perceber isso, mulher tem radar para essas merdas. Dispenso a garota e sigo fazendo contato visual com cada membro da mesa. Isso os faz se sentirem importantes.

— Bem-vindo de volta, chefe! — eles exclamam em uníssono.

— Obrigado. — Levanto a mão, pedindo silêncio e olho para Maya. Ela está observando tudo atentamente, mas a expressão em seu rosto é blasé, neutra, como eu e Alvinho a orientamos. Meu peito incha de orgulho dela. Minha mulher. Minha parceira destemida. — Quero que conheçam a nova integrante da organização. — Sua cabeça loira vira para mim e os olhos lindos e azuis me fitam. Porra, ela parece uma princesa do crime nesse momento. Linda, altiva, corajosa. — Esta é Maya Siena, a duquesa De Cantábria. Ela está assumindo a herança de seu pai, nosso antigo parceiro.

— Bem-vinda, senhorita!

— Bem-vinda, vossa graça!

— Bem-vinda, duquesa!

As boas-vindas soam entre os presentes. Quando o burburinho cessa, ela ergue ligeiramente o queixo e se pronuncia:

— Obrigada. Tenho certeza de que faremos uma excelente parceria, senhores. — Sua voz sai firme e a menina corajosa olha cada um nos olhos, como fiz antes.

A seguir, os aliados iniciam as apresentações e defesas de seus relatórios bimestrais. Eu, Maya, meu irmão, primos e nossos analistas financeiros já realizamos a leitura minuciosa de todos. O último aliado, Anzor Vainikh, um senhor da idade de meu pai, acompanhado pelo primogênito e pela filha caçula, a loira, que continua me comendo com os olhos, apresenta um excedente equivalente a três milhões de Reais.

— Use-o para as despesas do casamento de sua filha, Anzor — declaro e há uma comoção em volta da mesa. Sua filha do meio vai se casar. Como fiquei sabendo? Eu sempre estou a par da vida dos meus aliados e inimigos declarados. O velho me encara com uma expressão estupefata no rosto. Eu gosto de fazer algo inesperado e benevolente para meus bons aliados de vez em quando. Isso os mantém leais e empenhados em me dar mais lucro.

— Obrigado, senhor. Vamos devolver no próximo acerto — o homem agradece, mostrando que tem brios.

— É um presente da minha família para a sua. Aceite — insisto e ele assente, abaixando a cabeça em respeito.

Tratamos de outros assuntos, como os novos carregamentos para o fim do mês, e encerramos tomando champanhe, confraternizando, e aproveito para andar entre os parceiros, conversando mais intimamente, mostrando que me preocupo com eles. A estratégia de que falei antes. Quando alcanço Anzor e seus filhos, eles me recebem com amplos sorrisos, especialmente Yryia, a caçula. A garota continua me encarando com seus olhos azuis pálidos. É muito bonita, admito, mas não sinto porra nenhuma ao ver seu interesse. Antes de nos afastar, a garota me entrega um papel dobrado. Eu o pego e o coloco no bolso para não fazer uma cena em público. Me preocupo com Maya vendo essa merda e tirando suas conclusões, mas vou me livrar da coisa na primeira oportunidade.

— Hora da diversão, caros associados! — Makhmund abre um sorriso malicioso e avisa: — Lindas garotas estão esperando por vocês tanto no cassino como na boate.

Procuro o rosto de Maya, tentando ler seu estado de espírito. Ela não me olha, virando o resto do conteúdo de sua taça. Seguimos nossos anfitriões. Atravessamos o ambiente movimentado até a entrada para a boate. Fomos levados até a maior área vip. Meu corpo retesa ao ver que foram instalados vários postes de pole dance no meio do espaço, no qual tem sofás de couro preto, rodeando as paredes e parapeito. Garotas usando apenas fios dentais vermelhos estão fazendo piruetas em volta da haste de metal.

— Separei as melhores para você, Cobra. — Makhmund faz um gesto para mais algumas loiras seminuas e é com horror que as vejo se aproximando.

Porra. Mais do que depressa, eu olho de lado, para Maya. Seu rosto está tenso e ela pisca, passeando o olhar pelo corpo das dançarinas e o traz para o meu. Há desprezo nítido em seus olhos verdes, mas há também a dor e a mágoa cintilando lá no fundo. Ela pega um copo de uísque do garçom que está passando por perto e toma um grande gole.

— Maya, eu não pedi essa merda. É só a maneira que...

— Esse é o seu *modus operandi*, não perca tempo tentando negar o óbvio — cospe friamente. — Trepe com quem quiser, eu não me importo.

As garotas chegam perto de mim, uma de cada lado. Maya me lança um olhar de morte e me dá as costas, afastando-se.

— Ouçam, não estou interessado — digo, empurrando as putas de perto de mim. Volto a olhar Maya, que está na frente de Jairo, lhe entregando a carteira e estola. Rapidamente se dirige para a escada, descendo os degraus de acesso à pista de dança. Cada homem no maldito local crava os olhos cobiçosos em suas costas, totalmente à mostra pelo decote indecente. Estou mudando o passo para ir atrás, mas Alvinho segura meu antebraço.

— Deixe-a, mano. Vamos ficar de olho nela daqui de cima — adverte em meu ouvido.

Respiro fundo. Eu sou o chefe, não posso mostrar sinal de fraqueza andando atrás de uma mulher como um maldito cachorrinho. Aceno, pegando um copo de uísque também. As garotas tornam a chegar perto e abano a cabeça. Seus rostos ficam decepcionados por não divertirem o chefe hoje. Ando até o parapeito e cravo meus olhos na única que detém a minha atenção. A música é agitada e a massa dança animada lá embaixo. Maya atinge o centro do salão e, então, fico estupefato ao vê-la movimentando os quadris sinuosa e sensualmente. Tomo um gole do meu copo, meus olhos grudados em seu corpo lindo. Está de costas para mim, a mão livre levantada sobre a cabeça. Esquadrinho o salão e noto os olhares de predadores dos homens ao redor, mas sei que já perceberam que ela não é para o seu maldito bico. Estão apenas cobiçando de longe. Relaxo e volto minha atenção para ela, que gira de frente agora. O decote frontal é indecente também, mal contendo os peitinhos lindos e firmes. Ela seca o copo e um garçom surge do seu lado, prontamente.

Cerro os dentes quando ela pega outro e o vira quase todo na garganta. Seu olhar encontra finalmente o meu e, mesmo à distância, vejo o desafio nas íris verdes. A porra da menina insolente quer me castigar por achar que pedi garotas ao Makhmund. Seus movimentos vão ficando mais ousados e ela desce a mão livre por entre os seios, passando pela barriga reta, bem devagar, os dedos parando a centímetros da boceta. Torno a ranger os dentes e ela toma o resto da bebida. O garçom novamente vai até ela, solícito, e respiro aliviado vendo-a negar mais álcool, descartando o copo vazio na bandeja. Então, Maya se joga na dança. Eu olho cada movimento, embasbacado. Não sabia que podia dançar assim. Meu pau está duro, pulsando dentro das malditas calças, enquanto a devoro em sua dança sinuosa e provocadora do caralho. Desvio a vista por um instante, conferindo o espaço atrás de mim, notando Alvinho e Luigi dispensando as garotas que vão para eles. Guto, por outro lado, está sentado na ponta do sofá, sorrindo maliciosamente para uma loira no pole dance.

Quando meus olhos voltam para o salão, Maya não está mais sozinha. Está dançando com Ruslan. Meus punhos se fecham, tentando me segurar a todo custo e manter a pose inatingível. Mas, porra, é a minha mulher lá embaixo, deixando outro homem a segurar pela cintura. Tomo uma golada raivosa, que desce queimando a garganta. Maya sorri e gira, ficando de costas para o homem, seu olhar desafiador encontrando o meu de novo. Passa a esfregar a bunda na virilha do infeliz, que sobe as mãos pelas laterais do seu corpo e é como um trem desgovernado a cena a seguir. Ela gira a cabeça e puxa a nuca de Ruslan, oferecendo a boca desavergonhadamente. O imbecil sorri e aceita a oferta, mergulhando a sua na dela e minha respiração trava. Fico sem ar, sem ação por um instante, é como levar um tiro no peito ver a garota pela qual sou capaz de dar a vida se pegando com outro homem bem na minha frente.

Com um rugido alto, eu atiro meu copo no chão, os cacos voando por todo lado. Foda-se, porra! Eu sou o Cobra, e por isso mesmo não vou admitir que essa franguinha me faça de palhaço! Arranco minha pistola do coldre por baixo do smoking e desço os degraus de três em três. O público começa a gritar ao me ver empunhando uma arma e rasgando meu caminho em direção ao centro do salão. Maya para o beijo quando percebe a agitação à sua volta. Seus olhos arregalam ao cruzar com os meus. Minha expressão é assassina. Sem contar história, pego seu pulso e a puxo dos braços do infeliz, já metendo minha Glock na cara dele.

— Saia da minha frente agora mesmo se não quiser levar uma bala na cabeça, filho da puta! — rosno, pouco me importando com a porra da diplomacia com aliados neste momento. O infeliz ri, mas levanta as mãos em rendição.

— Calma, Andreas, eu não sabia que ela era sua, cara — defende-se. Makhmund chega do lado do irmão, obviamente temendo pela vida do infeliz. Minha arma ainda permanece na cara do imbecil.

— Agora você sabe — cuspo friamente, tentando a todo custo me controlar para não meter uma bala no maldito. — Se ao menos olhar na direção dela outra vez, vou te esfolar vivo.

— Andreas, calma, amigo. Meu irmão não sabia. — O anfitrião abre um sorriso tenso. — Eu também não sabia que você e a duquesa...

— Me solta. Você não tem o direito de agir assim! — Maya tenta soltar seu pulso, mas não deixo.

— Ela é minha. Agora sabem — declaro, ameaçador. Os dois assentem freneticamente. Medo estampado em suas caras.

— Não sou não! Foda-se, Andreas! — Maya torna a protestar. A encaro com raiva dela nesse momento. Louco de ciúmes. O coração dolorido por vê-la beijar e se esfregar em outro homem.

— Cale a boca, porra! — ranjo, muito puto e a pego pela bunda, jogando-a sobre o meu ombro.

— Seu escroto fodido! Me larga! — ela brada, esperneando, batendo os punhos nas minhas costas. Eu apenas continuo rosnando e marcho em direção aos fundos do salão, de onde sai uma fumaça densa, compondo o cenário com o jogo de luzes multicoloridas. Há um corredor comprido ali. Sou familiarizado com essas instalações, pois, conheço a planta. É uma precaução que tomo mesmo com os aliados para o caso de precisar escapar às pressas. Nunca se sabe.

Maya

Esperneio, grito, bato nas costas largas do escroto, que mais parece uma montanha de músculos duros.

— Eu tentei ser a porra do cavalheiro, juro que tentei. Mas você passou dos limites me provocando com esse fodido! — A voz grossa e irritada me diz que minha rebeldia com Ruslan o tirou do sério. Estou um pouco zonza pelas duas doses de uísque que tomei muito rápido. Resfolego, me tornando consciente de tudo, seu cheiro, o jeito possessivo que me segura. Sou carregada para a parte do salão onde há fumaça, e imediatamente tomamos um corredor lateral. A névoa está na cavidade estreita também e Andreas me coloca no chão, me empurrando grosseiramente de costas contra uma parede. Arfo com a mão grande pegando meu pescoço pela frente, apertando do seu jeito dominante, perverso, que me deixa ensandecida de tesão. Meu coração salta loucamente enquanto me prende em seu olhar verde-musgo. Sua proximidade, seu cheiro másculo, gostoso, embriagador mexem com cada célula do meu corpo.

Ele me fez passar por coisas terríveis, contudo, basta vê-lo, estar perto para eu desejar ser sua de novo. Seus olhos são poços sombrios me chamando, hipnotizando e arquejo, lambendo os lábios. Uma garrafa de água gelada é empurrada em minha boca. Porra, de onde ela saiu? Certamente Jairo ou Gualberto providenciou. Afinal, ele é o chefão, não é? Ironizo, irritada com ele, comigo, com tudo. Especialmente por ainda me sentir tão fraca e patética a ponto de sentir ciúmes dele com a vadia filha do tal Anzor, que o estava comendo com os olhos toda a reunião, e depois das loiras seminuas que nosso anfitrião separou especialmente para o fodido Cobra.

— Abra a boca e beba tudo. — Sua voz é tensa, irritada. Ele está puto pela cena no salão. Rio internamente. Toma, cretino!

— Você não é mais meu dono — sibilo, tentando reunir minhas forças e driblar o tesão esmagador e estúpido inflamando meu corpo.

— Você está agindo como uma cadela vingativa e irresponsável, bebendo e se esfregando com qualquer um, porra! — Seus olhos estão duros.

— Mas quando é você, tudo bem, né? Por que não volta lá no camarote e pega a tal Yryia e as outras putas loiras, seu cretino? — eu brado, irritação e o álcool me deixando com vontade de bater nele. Recrimino-me pelo ciúme que estou sentindo. Meu coração tolo doeu lá fora ao antecipar vê-lo se pegando com outra ou outras mulheres na minha frente de novo. Eu ainda não sou tão forte.

Ele range os dentes e aperta mais meu pescoço, encostando o corpo inteiro no meu, o pau duro, cavando em meu ventre. Arfo, minhas paredes pulsando e molhando mais ao sentir o comprimento, a espessura.

— Elas não me importam, porra. Nenhuma. Apenas você — declara em tom baixo e duro, os olhos me perfurando. — Você me pertence. É minha submissa, minha mulher. — Vou rebater, mas empurra o gargalo em meus lábios, a água fria descendo em minha garganta, me fazendo engasgar. — Beba, Maya. Agora — ordena.

Quero discutir, porém, estou precisando de água mesmo. Deixo-o despejar o líquido em minha boca. Nossos olhares travados enquanto engulo gole a gole até drenar a garrafa em poucos instantes. Seus olhos cintilam com perversão sombria.

— Boa menina — murmura com indolência, o polegar esfregando meus lábios. Tenho que me segurar para não o lamber, sugar. Ele sabe disso porque um canto de sua boca sobe malvadamente. — Chupe, meu bichinho — atiça na voz aveludada que costuma usar no calabouço e meu corpo enlouquece, meus seios arrepiando. — Vamos, eu sei que você quer — sussurra e meu lado doentiamente louco por esse homem fica descontrolado. — Tire a calcinha. Vai parar a merda e me dar essa boceta agora mesmo — ordena em tom áspero.

— O quê? Está louco? Não vou — nego, entretanto, minha voz é mais um arquejo do que protesto e a expressão cínica e dominante preenche seus olhos.

— Não? Então, diga a palavra segura, *branquinha* — murmura zombeteiramente. — Se sua boceta não está latejando e toda molhada para mim, diga a porra da palavra segura, Maya — atiça e com rapidez, enfia a mão livre por baixo da minha saia, entre minhas pernas, pegando meu monte em cheio. Choramingo de forma vergonhosa. Ele ri cruelmente ao sentir o tecido da calcinha todo encharcado. Afasta a borda para o lado e esfrega os dedos em meus lábios melados, para cima e para baixo. — Vamos, diga a palavra segura — rosna, começando a meter um dedo em minha vulva.

— Ah, porra... Seu escroto fodido — sibilo antes de gemer, recebendo-o todo.

— Essa não é a palavra — ri sombriamente e esfrega meu clitóris com o polegar. — Mas o meu bebê não quer realmente pronunciá-la. Nós dois sabemos que não — murmura, aproximando a boca da minha. Respiro entrecortado, salivando para senti-la. — Estou morrendo para te beijar — confessa, roçando os lábios cheios e exuberantes nos meus. *Sim, por favor, sim.* Como se lesse minha mente, o brilho escuro toma suas íris —, mas não vou. Esse é o seu castigo por beijar aquele imbecil lá fora.

— Vai se foder — retruco e ele sorri, passando a massagear meu ponto G repetidamente, para me punir. — Cretino — gemo com dentes cerrados.

— Não, meu bichinho, eu prefiro *foder* você — zomba e puxa o dedo do meu canal.

Lágrimas picam meus olhos pela minha total impotência contra esse homem. Por ainda o amar com tanto desespero mesmo depois de tudo que me fez. Num gesto ágil, eu puxo a minha pistola do coldre da coxa e encosto o cano em sua testa. Seus olhos ampliam, surpresos, mas em seguida, ficam ainda mais sombrios, intrusivos nos meus. Como que me desafiando a puxar o gatilho. Ele não diz nada, apenas sua mão aperta mais meu pescoço. Empurra mais uma vez seu pau duro entre as minhas coxas, me fazendo respirar de forma errática.

— Me deixe em paz. Afaste-se, ou te dou um tiro, porra! — ameaço.

— Atire, bebezinha. Só assim ficará livre de mim — sussurra com aspereza e minha visão turva. Não posso atirar nesse escroto fodido porque o amo. Eu ainda sou doente por esse homem.

— Você não pode, não é? — As íris verdes-musgo cintilam com esse conhecimento também. Ele pega meu pulso da arma e levanta acima da minha cabeça, prendendo contra a parede. — Não pode porque me ama. Está magoada, mas o amor ainda continua aí dentro. — A mão da garganta desce para meus seios e ele amassa o direito. Seus dentes raspam em meu pescoço e estremeço. Ele faz um som bruto, mordendo na veia lateral perto do ombro. Eu grito, tremores perversos percorrendo minha pele, meu núcleo latejando, mais umidade se reunindo de forma humilhante em meu canal. Todo pensamento racional me abandona.

— Talvez essa cena com o infeliz tenha sido apenas para me fazer perder a paciência e te pegar assim... Está sentindo falta disso, Maya? — Me dá um tapa na cara, me fazendo ofegar, minha boceta terminando de encharcar, pulsando com força. — Você não se apaixonou pelo mocinho, não é, meu bebê? — Sua voz tem a dominação indolente que conheço bem e que para a minha vergonha e azar, excita-me sobremaneira.

— Você se apaixonou pelo vilão — afirma, seus olhos intrusivos e possessivos dentro dos meus. — Então, eu vou te dar isso, meu lindo bichinho. — Engasgo com a forma obscura como pronuncia isso. — Você precisa do vilão. Não há mais para onde fugir.

Meu coração salta no peito. Meu corpo inteiro enlouquecendo de expectativa. Por mais que eu tente negar, ele está certo. A parte sombria e insana que habita em mim precisa do vilão. Abre o zíper das calças, puxando o pau grande e grosso para fora. Um som esganiçado escapa da minha garganta. Ele sorri, perverso, sombrio. Lindo.

— Tire a calcinha para mim, minha cadela — exige em tom baixo e engrossado e sou traída pela ganância da submissa em mim. Ela ainda pertence a ele. Andreas retira a arma da minha mão e joga no chão. Eu me abaixo e puxo a peça íntima pelas coxas, ele me firmando porque minhas pernas estão tremendo, tudo em mim enlouquecido de necessidade esmagadora para senti-lo dentro do meu corpo de novo. Ele pega o tecido de seda preta e o cheira, os olhos queimando nos meus. Em seguida, guarda no bolso das calças e sem mais conversa, puxa as alças do meu vestido para baixo, desnudando meus seios, seu olhar queima sobre meus montes. — Ah, Deus, meu lindo bebê... — o som que sai da sua garganta me deixa ainda mais molhada e latejante.

A necessidade estampada no belo rosto moreno é feral. Sua boca abaixa para os meus peitos, as mãos grandes e tatuadas, junta os dois e mama gostoso, com força. Eu choramingo, perdida para o resto do mundo, vendo-o devorar-me com fome. Então, suaviza a sugada, lambendo e mordiscando delicadamente os mamilos. O prazer viaja pela minha barriga indo até a boceta. Fica ereto e agarra a minha coxa direita, puxando-a para seu quadril. Resfolego ao sentir a cabeça bulbosa esfregando entre meus lábios melados e clitóris.

— Estamos num maldito corredor... — resmungo, tentando raciocinar.

— Diga a palavra segura e me pare. Vamos, diga, bebezinha — zomba, seus olhos são poços escuros, me levando por um caminho que jurei nunca mais voltar. Mas não falo a palavra segura porque minha obsessão por esse homem sempre soterrou a razão. Seus olhos ficam mais obscuros e possessivos e ele se abaixa um pouco, procurando a minha entrada. — É minha — ruge e começa a meter. Resfolego, me firmando em seus ombros, relaxando para facilitar a penetração porque tem muitos dias que não sou esticada assim. Eu grito, doendo, latejando, pingando à sua volta. Sua cabeça abaixa, a boca sensual vem para perto da minha. — Vamos, abra para mim, Maya. Você é minha, porra.

Ordena e choramingo, relaxando mais e mais. Ele cerra os dentes, seu rosto torcido por estar se contendo para não me machucar nessa primeira penetração. Nossas bocas respiram bem perto uma da outra, nossos olhares travados. O som da música eletrizante do salão chega até nós. Porra, estamos num lugar público. Andreas empurra tudo e nós gritamos, sem o menor decoro, nossos corpos convulsionando juntos pelo prazer de estarmos ligados outra vez.

— Maya... Porra, porra... — ele geme guturalmente, apertando a minha bunda e estocando com força, batendo no fundo da minha boceta.

— Ahh, And... — estremeço inteira, a dor se misturando com o prazer absoluto de tê-lo me preenchendo de novo. Seu rosto parece atormentado enquanto me olha e passa a me comer, indo e vindo com golpes fundos e fortes.

— Não vê que estou morrendo sem você, branquinha. — Seus olhos estão mais brilhantes, parecendo verdadeiramente emocionados. — Não vê que você é o amor da minha vida, porra! — rosna, metendo furiosamente em mim.

— Cala a boca e me come, porra — retruco, não querendo abrir essa caixa agora. Aperto meu canal em volta do seu eixo e uso as técnicas para terminar de foder com o cretino. Mamo seu pau com força e Andreas uiva como um lobo. Dá um tapa na minha cara. Forte. Eu ranjo e dou um na sua também. Seus olhos inflamam de tal forma que me assusta e me dá mais um do outro lado. Eu choramingo, palpitando à sua volta.

— A melhor putinha... — ri sombriamente, o pau grosso entrando sem pena, machucando meu canal, mesmo com o cuidado no começo da penetração. Todavia, a dor aumenta a minha excitação, eu molho mais, gemendo em luxúria. Ele sabe disso porque seu sorriso sombrio aumenta. — Isso, minha menina obscura, me deixa machucar essa bocetinha apertada — rosna, me comendo sem trégua e eu grito, convulsionando, o gozo me arrebatando em ondas devastadoras. — Eu vou gozar. Você está protegida? — murmura com voz engrossada de luxúria e mais ondas quentes e eletrizantes se espalham em meu baixo ventre. Aceno, incapaz de responder. Sim, eu tomei a injeção quando estava em São Carlos ainda. Eu sou uma garota fodida. No fundo esperava isso, ser dele de novo. — *Cazzo, così perfetta*[10]. Toma a minha porra,

10 Porra, tão perfeita – em italiano.

meu bebê. — Sinto mais líquidos vazando em meu canal e arquejo alto. Ele urra gutural e assustador, então começa a gozar dentro de mim. Gemo extasiada, adorando a sensação suja e viciante de tê-lo me enchendo com seu sêmen.

Sua mão grande prende o meu pescoço e aperta, comendo-me bem fundo, jorrando em abundância, gemendo rouco. Minhas mãos sobem para seu cabelo denso e macio e soluço, querendo ficar aqui, em seus braços, para sempre. Ele ruge, os olhos mais verdes pelo prazer, e sua boca finalmente esmaga na minha. Eu soluço novamente, recebendo-o com ânsia. Nos chupamos, lambemos, mordemos. Sinto gosto de sangue, pela fome com que nos devoramos.

— And... — gemo seu nome, meu corpo saciado, mas meu coração ainda machucado.

— *Ti amo così tanto*, branquinha. *Così tanto* — ele diz com um toque de desespero. Nossas bocas nunca se deixam e nos agarramos mais forte, gananciosos, esfomeados um pelo outro.

Eu te amo tanto. Por que me traiu? Meus soluços irrompem e ele para o beijo, encostando a testa na minha. Não diz nada, apenas me observa. A respiração entrecortada, seus olhos brilhantes e atormentados.

— Por favor, me dê uma chance — implora, suas mãos segurando meu rosto dos lados.

Eu abano a cabeça devagar, minhas lágrimas banhando as faces.

— Eu não posso mais — murmuro, drenada de energia. Ser dele de novo me encheu de euforia e prazer, mas agora a realidade caiu sobre a minha cabeça.

— Pode. Por favor, ainda temos cinco dias juntos — aponta, com os olhos cheios de desespero. — Me deixe ter você ao menos nessa viagem. Sinto tanto a sua falta, bebezinha.

Meu coração tolo dói. Tudo em mim quer acreditar nele e nesse amor que afirma sentir agora. Contudo, é muita conveniência me amar depois de descobrir quem sou. Forço-me a endurecer e empurro seus ombros.

— Retire-se, por favor — imploro e ele expira com tristeza, então, puxa devagar do meu interior. Eu mordo o lábio, segurando um gemido pelo prazer da ação. Está duro ainda e o quero de volta com uma ânsia doentia. Me ajeito e ele também se recompõe. Meus olhos correm por sua figura grande e imponente. Lindo no smoking. Deus, o amo tanto. Quero-o tanto. Quando vou parar de sentir essa necessidade esmagadora? Decidida a conter seus ataques de agora em diante, visto que o deixei me comer na porra da primeira tentativa, eu digo a primeira coisa que vem à cabeça: — Não é amor o que sinto por você. É síndrome de Estocolmo. Já ouviu falar? Quando a vítima desenvolve sentimentos pelo seu algoz. — A expressão invadindo seu rosto me faz arrepender de dizer a merda.

— Isso quando a vítima é realmente uma vítima — ele range, as narinas fremindo. Está com raiva, mas seus olhos cintilam, magoados pelo que falei. — Diga que falou isso apenas para me machucar. — Sua voz tem uma nota cansada, seu rosto abatido agora. — Diga, porque não suporto pensar que você não me ama.

Antes que eu responda, a música agitada é interrompida e uma rajada de tiros ecoa, vindo do salão. Meu coração começa a saltar, agora de uma forma ruim. Andreas se coloca à minha frente no mesmo instante. Vejo-o puxar suas pistolas rapidamente.

— O que é isso? — ouso perguntar, abaixando-me e pegando a minha do chão.

— Eu não sei, mas fique atrás de mim — responde baixo e tenso. Estou abrindo a boca para retrucar que não sou uma inválida quando ouço passos no corredor. Meu Deus. Meu coração salta com mais força. A fumaça ainda é um pouco densa e o fato de não saber quem está vindo para nós é assustador. — Fique pronta para atirar, Maya — murmura quase inaudível.

— Não atirem, sou eu, Ruslan!

Vem a voz conhecida. Isso não me tranquiliza em tudo. Eu não conheço esse homem. E o sentimento de completa estupidez me assola ao me dar conta de que beijei um desconhecido apenas para causar ciúmes no homem que me machucou. Continuo espreitando de onde estou. O braço de Andreas enrola por trás, em minha cintura. É um sentimento agridoce notar sua preocupação com o meu bem-estar. Ainda que seu sentimento de proteção seja para a sua preciosa Siena, não para a Maya sem eira nem beira, eu ainda gosto. Bufo internamente. Sim, eu sou fodida.

— O que diabos está acontecendo? — Andreas exige, no tom de chefe. Porém, a imagem que vai ficando clara conforme se aproximam, parando a poucos passos, me faz ofegar. Ruslan está ladeado de homens fardados. Muitos. E, Deus, todos eles estão armados com fuzis. Nossas pistolas são brincadeira de criança perto disso.

— And... — eu chamo involuntariamente, minha mão apertando a pistola, o medo percorrendo minha coluna. — Não podemos abrir fogo ou vamos morrer.

— Fique calma, bebezinha. Nós não vamos morrer aqui — sussurra para mim, sua voz tão firme e convicta que o invejo. — Continue empunhando sua arma. Você é garota mais corajosa que conheço.

Meus olhos ardem ao ouvi-lo dizer isso.

— Eu finalmente tomei o poder das mãos do banana do meu irmão. — Minhas entranhas revolvem ao ouvir isso. O rato de merda deu um golpe no próprio irmão?

— Eu vejo — Andreas diz num tom blasé, nem parece que estamos encurralados num corredor com a porra de um exército apontando fuzis para nós. — Onde estão meu irmão e primos? Não me importa se está dando um golpe na porra do Papa, tudo que precisa saber é: se mexer com um de nós, é um homem morto.

Ruslan ri, mas é um som tenso. Ele sabe com quem está mexendo.

— Corajoso, Cobra. Eu não esperaria menos. — Quem fala agora é o homem que está do lado do traidor. Esse é moreno, com olhos cinzentos, frios de dar medo. E num piscar de olhos, ele dá um tiro na cabeça de Ruslan. Eu mordo a minha mão para evitar sair algum som, dada a minha estupefação. Eles pareciam aliados. Minha nossa...

Andreas fica tenso, mas também não emite nenhum som, nenhuma reação.

— Só há uma cadeira de líder — o homem justifica, abaixando sua pistola. — Sou Bozn Zukhnir. Seu irmão e primos estão lá fora, a salvo, fique tranquilo. — Seu olhar me encontra e desce, me avaliando com interesse. — Quem é a putinha que esteve claramente comendo aqui nesse beco?

Eu ofego, cerrando meus dentes pela ofensa. Filho da puta! Aperto o bíceps de Andreas, com medo de sua reação nos matar aqui e agora. Seu corpo fica tenso, porém, não responde de imediato.

— É a minha esposa, sugiro que tenha mais respeito. — Eu prendo a respiração com sua resposta firme. Sua esposa? Que diabos é isso?

— Sua esposa? — O homem não parece acreditar. — Mostre-a. Quero vê-la.

Andreas fica mais tenso, mas me puxa pela cintura, levando para o seu lado, mantendo-me colada a ele. O olhar glacial do homem fardado me percorre dos pés à cabeça. Ele deve ser o comandante, seu quepe é diferente e sua farda tem muitas estrelas e medalhas espalhadas nas lapelas e divisas sobre os ombros.

— Mostre a certidão de casamento — o homem intima. — Do contrário, vocês seguem viagem e ela fica. Estou precisando de uma prostituta jovem e bonita assim para aquecer minha cama.

Miserável! Eu rosno, não segurando meu temperamento. Um sorriso frio curva a boca do homem. Andreas ainda está obviamente usando a máscara de chefão e, claro, estamos em desvantagem absurda. Qualquer palavra ou passo em falso, eles dilaceram nossos corpos com seus fuzis.

— Não é hábito meu andar com a porra da certidão de casamento em viagens — declara. Seu tom permanece duro e firme e o orgulho borbulha dentro de mim. Eu amo vê-lo em seu elemento, sem fingimentos. Nu, cru. Brutal. — Mas posso providenciar em alguns minutos.

O quê?! Ele vai providenciar uma certidão de casamento? Como?

— Eu vou lhe dar isso, até porque é minha intenção que Bassaiev continue sendo sua aliada. — O infeliz sorri. Andreas não retribui. — Venham, vamos levá-los para a sala onde estão seu irmão e primos.

Andreas me aperta contra si e andamos. O exército se abre, nos dando passagem. Eles são em um número muito maior do que supus. O salão está todo tomado. Há gente morta por todo lado. O cheiro forte de sangue me faz embrulhar o estômago, mas permaneço firme. Os que ficaram vivos, estão rendidos, deitados no chão. Avisto Makhmund deitado de bruços, seus pulsos e tornozelos presos. Sua cara está irreconhecível. Deve ter apanhado muito. Me entristeço pela traição do seu estúpido irmão. Seu próprio sangue o traiu. Desvio a vista, andando ereta, mas minha boceta está dolorida e minhas coxas pegajosas, o esperma de Andreas escorrendo a cada passo. Que situação humilhante. Ainda bem que a abertura do vestido é do lado da perna direita, não mostrando meu estado enquanto ando. Somos escoltados até uma sala à direita do grande salão. Um som aliviado sai da minha boca ao ver Alvinho, Luigi e Guto a salvo. Nossos seguranças estão todos aqui também. Entramos e nos viramos para encarar o tal Bozn.

— Você tem vinte minutos, Cobra. — O miserável avisa e se vai com seu exército, a porta sendo trancada.

— Merda, era disso que eu falava no jato — Alvinho resmunga, passando as mãos pelo rosto.

— Porra, primo, Bozn tomou o poder. Essa merda não é boa para a região — Guto diz com uma cara preocupada.

— Finalmente parou de fazer piada, *stupido*. — Luigi faz cara feia para o irmão.

Andreas me vira de frente para si e levanta meu queixo. A expressão em seu rosto é apreensiva, mas há algo que não consigo identificar.

— Você precisa se casar comigo, Maya. Essa é a única maneira de levá-la conosco — murmura e engasgo. — Aquele cara lá fora e seu exército são os mais sanguinários dessa região. Há tempos estavam tentando tomar o poder, mas os aliados de Makhmund na Geórgia dificultavam. Isso obviamente mudou com a estupidez de Ruslan.

— C-como vamos fazer isso agora, And? — pergunto, aturdida.

Os olhos verdes-musgo cintilam e ele segura meu rosto com as duas mãos.

— Você só tem que dizer sim e eu peço a um dos primos que ficaram no escritório para providenciar a certidão.

— Deus do céu! Fácil assim? — balbucio, então, franzo o cenho. — Isso é real? Uma certidão real? — questiono, ressabiada. Ele acena.

— Quando chegarmos ao Brasil pedimos a anulação — garante. — Agora, diga sim diante de todos os presentes. Nós não temos muito tempo, Maya.

Deus do céu...

— Maya Siena Pinheiro Rossi De Cantábria, você aceita se casar comigo por livre e espontânea vontade?

Ele pergunta e não posso evitar, meu coração de repente salta com o inusitado da situação. Eu engulo em seco, olhando em seus belos olhos sombrios. Ainda que seja temporário, serei a esposa dele.

— Sim, eu aceito — respondo e o brilho em seus olhos fica mais intenso.

— Eu, Andreas Giordano Rizzi Montanaro, te aceito como minha esposa por minha livre e espontânea vontade — murmura, o polegar deslizando em minha face. Suas narinas inflam e ele inspira, seus olhos vão ficando possessivos, provavelmente sentindo o cheiro do sexo que acabamos de fazer no corredor. — Está feito, bebezinha.

CAPÍTULO SETE

Se você sabe explicar o que sente, não ama.
Pois, o amor foge de todas as explicações possíveis.
(Carlos Drummond de Andrade)

Andreas

Dois dias depois... Cidade do México/México

Eu puxo uma tragada do meu cigarro, liberando a fumaça pelo nariz. Debruço-me sobre o parapeito da sacada da ala em que fomos hospedados na casa de Alejandro. Chegamos há três horas e daqui a pouco será nossa reunião com a cúpula mexicana. Estou aguardando Maya ficar pronta para irmos ao local, um clube noturno de nosso anfitrião. Porra, Maya. Meu corpo inteiro ainda está vibrando pelo prazer de senti-la ontem, gozar dentro da minha mulher de novo. Minha mulher, de fato e de direito. Ainda estou atordoado pelo rumo que os eventos tomaram em Bassaiev. Todavia, para mim o desfecho foi o melhor possível. O psicopata do Bozn mostrou interesse em Maya e só a liberaria para seguir conosco, mediante a comprovação da mentira que contei. Falar que ela era a minha esposa foi a única saída que encontrei para o infeliz tirar seus fodidos olhos de cima dela. Estou a par das atrocidades que faz com as mulheres. Ele usa até enjoar e as mata, sumariamente. Contudo, sua psicopatia me foi útil.

Giulio, um primo de segundo grau, agilizou a certidão de casamento com data retroativa de trinta dias. Isso é legal, você me pergunta? Para os reles mortais, não. Para os Montanaro, perfeitamente possível, porque nós estamos no topo. Maya é a minha esposa agora. Estou pouco me importando que foi praticamente forçada a aceitar o acordo, tudo o que me importa é que sua linda boquinha disse sim. Isso me obriga a tomar um novo curso de ação. Preciso implorar para que não peça a anulação quando voltarmos ao Brasil. Tem de haver algo que eu possa fazer para continuarmos casados. Não posso perdê-la. Esse casamento caiu no meu maldito colo como um presente dos deuses, porque vamos ser sinceros, a branquinha jamais me daria uma chance tão cedo. Está irredutível. Mesmo depois de fodermos gostoso pra caralho naquele corredor, e sairmos da província casados, ela ainda se mantém distante e fria. Tanto é que pediu quartos separados quando chegamos aqui. Eu não objetei para não abusar da sorte.

Terei mais três dias para convencê-la de que meu amor é verdadeiro, que serei a porra do homem mais fiel que já pisou sobre esta terra. É a mais pura verdade.

Eu não quero outra mulher. Apenas ela. O que diabos é preciso fazer para lhe provar essa merda? Puxo outra tragada e algo acende em meu cérebro. O soro da verdade. Preciso convencer a garota teimosa a aceitar finalmente me submeter ao seu interrogatório. Por que diabos ela está protelando? Para me punir, pisotear a porra do meu coração? A angústia por não ter ainda o seu perdão ofusca um pouco a minha alegria pela vitória inesperada de ontem.

— Então, qual a história com a bela duquesa?

A voz de Alejandro me lembra de que ele veio há pouco tomar uma bebida comigo. Olho-o do meu lado direito. O homem moreno está recostado ao parapeito, as sobrancelhas franzidas.

— Um tanto complicada — respondo evasivo. Tomo mais um gole do meu Bourbon. O homem ri, compreendendo minha cautela. Nesse meio não podemos compartilhar vida pessoal ou estamos fodidos. Rio também. — A sua com a filha do seu inimigo é a trama da vez.

O rosto duro dele suaviza um pouco. É sutil, mas está lá, o brilho patético nos olhos, com o qual estou bem familiarizado, desde que Maya voltou para a minha vida. Nesse momento, percebo que meu parceiro não está se casando apenas para punir seu inimigo, ele quer a tal garota.

— Micaela se transformou na minha maior obsessão. — Alejandro me surpreende ao confessar. — Sou louco por aquela garota e se tiver que matar seu pai para poder viver livremente com ela, o farei.

Puxo mais uma tragada do meu cigarro, assentindo e me identificando com seus sentimentos. Se a questão comigo e minha branquinha fosse apenas matar alguém, eu já tinha feito essa merda.

— Estou indo para o clube agora. Espero vocês por lá — avisa, se afastando da grade. Seu rosto franze um pouco antes de emendar: — Os ataques do fodido Escorpião Negro às suas cargas voltaram a acontecer ontem. Vamos falar sobre isso em particular ou na reunião, Cobra?

Fico ereto, a notícia me deixando em alerta. Então, o infeliz voltou a atacar. O que diabos esse imbecil quer? E quem é o fodido por trás do codinome?

— Em particular. Não vamos deixar os outros parceiros alarmados — pondero.

— Esse cara parece ter algo específico contra você ou sua família, Andreas. — Alejandro observa em tom de alerta também. — Ele não ataca carregamentos de outros fornecedores. Parece estar focado apenas nos seus.

— Estou investigando. Vou pegar esse maldito em breve e, como nossos amigos asiáticos, fazer espetinho de escorpião — ranjo, irritado como o inferno por não ter nenhuma pista ainda. Pedi ajuda ao Vlad, que prometeu investigar, mas nada novo surgiu até o momento.

Ele abre o sorriso de assassino frio.

— Eu não quero estar na pele desse cara quando você chegar a ele.

— Ele vai aprender qual é o seu lugar e que o veneno do Cobra é muito mais potente — declaro com arrogância.

Gargalha e estende seu copo, tocando no meu.

— É sempre bom fazer negócios com você, Cobra — garante, com uma expressão de admiração genuína. Por essas bandas, ele é em quem mais confio.

— É bom tê-lo como aliado, Alejandro — afirmo e viro o restante da minha dose.

Ele vira a sua também. Informa que vai buscar sua garota e se vai. Expiro, puxando uma tragada longa do meu cigarro.

— Mano, ela vai arrancar suas bolas. — A voz de Alvinho me faz olhar para o lado esquerdo. Meu irmãozinho está se debruçando no parapeito, carrega um cigarro e um copo de uísque também. Encaro-o, levantando uma sobrancelha e ele elabora:

— Quando chegarmos ao Brasil e você não aceitar o pedido de anulação.

Eu bufo, puxando meu cilindro na última tragada e o esmago no cinzeiro sobre o parapeito.

— Estava pensando justamente nisso, o que fazer para que ela não peça a anulação, mano — confesso. Meu irmão me oferece um olhar solidário.

— Bem, é uma situação ruim, mas se levarmos em conta a anterior, é preferível essa. — Puxa uma tragada do cigarro e solta a fumaça pela boca e nariz. — Você está casado com a sua garota. — Expira, torcendo a boca ligeiramente. — Quanto a mim, não posso casar com a minha. Ainda que a cadela da Celine morra, a *famiglia* nunca aceitaria uma Ramazotti para primeira esposa.

— Você pelo menos tem o perdão da sua bastarda, mano — resmungo e ele me lança um olhar feio. Rio cinicamente. Meu irmãozinho está todo fodido com essa garota. — Sua garota — corrijo.

Seu rosto fica sério.

— Maya quer passar uma temporada na sua casa em Palermo, And — joga a bomba sobre a minha cabeça. — Me pediu para tomar o lugar dela nos três casos em que estão trabalhando juntos.

Meu coração salta de forma dolorosa ao confirmar o meu medo. Sei que deve estar me odiando por ter forçado a barra naquele corredor. Não posso deixá-la ir para longe de mim. Ela vai me esquecer. Deus, como dói não poder fazer nada para provar o meu amor. A angústia e impotência se misturam ao remorso. Olho para o meu lado direito e é no exato momento em que ela surge, vindo de dentro, passando pelas portas da sua suíte. E, porra, meu coração aquece no mesmo instante, apenas por vê-la. Está maravilhosa num longo vermelho-sangue, de alças finas, colado ao torso. O tecido abraça os quadris arredondados, se abrindo numa fenda frontal, com babados na barra. Usa sandálias altíssimas, o que me faz babar em suas pernas. Meu olhar sobe e encontro o seu me percorrendo inteiro também. Quando me olha assim, a esperança cresce dentro de mim. Ela ainda me quer, isso é nítido nas íris mudando de cor, denunciando sua apreciação. O cabelo está preso numa trança no alto da cabeça. O rosto bem maquiado, a boquinha vermelha faz a minha salivar, recordando seu gosto delicioso.

Meu corpo esquenta, inflamando pela necessidade absurda que sinto dela. Tê-la ontem só me deixou mais insano. Nossos olhares se encontram e ela arfa levemente, deve estar vendo a fome escancarada em meu rosto. Puxo a última tragada e esmago a bituca no cinzeiro sobre o parapeito.

— Vou apressar Guto e Luigi — Alvinho avisa e sai, mas nenhum de nós desvia o olhar.

Maya para a alguns passos, pousando a mão esquerda sobre o corrimão. Tem a carteira na esquerda.

— Estou pronta — avisa sucinta, em vez de uma saudação normal, deixando claro que não quer conversa fiada.

E lá vamos nós de novo.

— Oi, branquinha. Conseguiu se recuperar do fuso? — *e da nossa foda dura contra a parede?*, quero acrescentar, mas com essa menina tenho que ir com cautela.

— Sim. Dormi bem no jato — responde, seus olhos estreitando, lendo bem a outra pergunta em meu semblante. — Obrigada por me salvar daquele psicopata. A tensão não me deixou agradecer antes.

— Por nada — respondo. Na verdade, foram momentos tensos até meu primo enviar a certidão de casamento, com todos os carimbos oficiais, para meu celular. Mas o motivo de ela não me agradecer antes é que se trancou em um dos quartos tão logo voltamos ao jato, e ficou lá até perto do pouso aqui no México. Sua intenção era me evitar. Encaro-a fixamente, lhe deixando saber que não vou facilitar sua vida. Me aproximo devagar e a vejo prender a respiração, os olhos de camaleoa ampliando em alarme. Me aproximo mais, nossas frentes quase encostando e abaixo a minha cabeça, olhando-a de perto. Ela não se afasta porque é uma garota durona e não tenho a menor vergonha de me aproveitar disso. — Você está maravilhosa — elogio com voz engrossada.

— Obrigada. — A sua é apenas um arfar, ela lambe os lábios, sua respiração, seus olhos, delatando-a. Ergue o queixo e sei que vem teimosia. — Quando chegarmos a São Paulo, darei entrada no pedido de anulação do casamento.

Quero rosnar, estender a mão e pegar seu lindo pescoço, subjugá-la, mostrar que continuo sendo seu dono e não adianta espernear. Mas me controlo. É preciso calma para atingir meu objetivo.

— Temos quatro dias juntos ainda — murmuro, prendendo seu olhar. — Durma comigo, no meu quarto. — Sua respiração engata e adiciono em tom mais baixo: — Estaremos casados por quatro dias ainda. — Não perco a maneira como seus olhos cintilam quando digo que estamos casados. — Seja a minha mulher na cama também. Eu não lhe neguei sexo quando me pediu em nossa viagem anterior.

Ela pisca, então, seus olhos adquirem um brilho duro e defensivo. Sua armadura voltando ao lugar.

— Você não tinha sido enterrado vivo por minha causa — retruca secamente.

— Não, mas uma bomba tinha explodido em minha porra de festa de aniversário, eu e minha família podíamos ter morrido ou nos ferido seriamente — rebato no mesmo tom.

— Por que está insistindo tanto? Somos dois fodidos que fizeram muito mal um ao outro — pergunta, uma expressão triste cruzando seu rosto.

— Porque te amo. Não vou desistir de ter o seu perdão. Eu preciso dele — declaro em tom firme. Ela tenta se afastar, mas sou rápido e seguro seu pulso. — Eu quero, preciso de você.

— Não estou pronta para o perdão — murmura, porém, seus olhos acendem com desafio e petulância ao perguntar: — Mas, se quiser só sexo, posso dar. Quando quer me comer? Agora? Mais tarde?

Eu perco o parco controle com seu deboche. Agarro seu pescoço pela frente. Maya arfa, um gemido baixo e esganiçado deixa sua garganta. *Onde está a bravata, bebezinha?*

— Todo dia. Quero te comer todo dia — rosno bem perto da sua boca. Enrolo um braço em sua cintura, puxando-a para mim. — Me dê você por quatro dias. — Ela arfa, reconhecendo suas palavras. A situação inverteu agora. — Uma trégua. Por quatro dias não me olhe com ódio ou desprezo. — Meu tom abranda e subo a mão do pescoço para o seu rosto, deslizando meus dedos suavemente. — Eu sei que você lembra o quanto éramos bons juntos, bebezinha.

Ofega, seus belos olhos completamente verdes, denunciando suas emoções. Ela limpa a garganta e empurra meu peito, a petulância voltando em seu semblante.

— Quatro dias. Apenas sexo — concorda e porra, quero soltar rojões, em vez disso, esboço um pequeno sorriso. — Tire a porra desse sorriso do rosto. Não vamos voltar, vamos anular a porcaria desse casamento ridículo dentro de poucos dias.

Não vamos, querida. Não sei o que diabos farei para evitar, só sei que farei. Você vai continuar sendo a minha esposa. Continuo olhando-a fixamente e aceno.

— Claro, meu bebê. Apenas sexo — sussurro, deslizando o polegar sobre seus lábios cheios.

— Sem beijos — ela replica, mas seu olhar cai para a minha boca e o brilho de fome tinge suas íris.

Franguinha abusada. Quero rugir, mas novamente me contenho. Eu sei que quando estivermos fodendo ensandecidos, não há como parar nossa paixão e vamos nos beijar, como foi ontem. Como foi praticamente desde o começo do nosso envolvimento. A química é poderosa demais para qualquer um de nós tentar contê-la.

— Claro. Sem beijos — concordo com um toque de indolência e ela estreita os olhos. Eu pego sua mão direita, entrelaçando-a na minha. — Já que acordamos uma trégua como dois adultos civilizados, depois da reunião, vou lhe mostrar um pouco da cidade.

Maya abre a boca para negar, mas coloco o indicador sobre eles.

— Sem brigas, sem ódio, sem desprezo — murmuro, fitando-a com determinação. — Você é minha por quatro dias, branquinha. — Não evito a possessividade em meu tom e tenho certeza de que está vendo em meus olhos também, pois, sua respiração acelera. Todavia, a garota teimosa disfarça em seguida e abre o sorriso perverso que já me é familiar.

— Talvez eu abra seleção para um novo amo quando anularmos o casamento — murmura docemente e meu sangue esquenta. — O que acha? Vou precisar de conselhos de alguém experiente como você.

Porra de menina atrevida do caralho. Torno a pegar seu pescoço. Ela geme involuntariamente. Aproximo a boca do seu ouvido e ranjo perverso:

— Você pode fazer mil seleções do caralho, mas o prazer sombrio que te satisfaz, só vai encontrar comigo. — Mordo seu lóbulo, sugando-o depois. Seu corpo estremece. — No meu calabouço. — Me afasto para olhá-la nos olhos. — Você me pertence, só é teimosa demais para aceitar.

Ela expira.

— Vamos? Estou ansiosa para ver a cidade — chama, desvencilhando a mão da minha e começando a andar de volta ao quarto. Eu fico para trás intencionalmente para babar em sua bundinha linda, bem delineada pelo modelo do vestido, as costas nuas e meus olhos encontram a fênix. Desde que vi a tatuagem, tenho delirado, imaginando-me comendo-a por trás. Caralho.

Cerca de duas horas depois, saímos da sala de reunião. Tudo correu dentro da normalidade. Margem de lucro crescendo, clientes e aliados satisfeitos. Os filhos da puta ficaram encantados, só faltando colocar as malditas línguas para fora quando lhes apresentei Maya como a nova associada. O filho de um dos chefões em Sinaloa não tirou os olhos cobiçosos de cima dela toda a porra da reunião. Fiquei puto de ciúmes. Estou puto desde Bassaiev, na verdade. Ruslan morreu antes de eu lhe arrancar todos os malditos dedos e a língua por ter tocado a minha mulher. Essa frustração pode estourar por aqui, caso algum imbecil ouse tentar algo. Olho de lado e minha raiva acalma um pouco, recordando que vou fodê-la mais tarde. Porra, nem acredito que a teimosa concordou. Anda altiva do meu lado e, não podendo me parar, pouso a mão direita na parte baixa de suas costas.

Maya se retesa, mas não diz nada, continua andando, certamente para não fazer uma cena diante de nossos parceiros. Seguimos pelo corredor até o elevador. Conduzo-a para o primeiro vazio dos três. Alvinho, Guto e Luigi tomam o segundo, com intenção clara de nos dar privacidade. Alejandro toma o outro. Sua noiva o está esperando na ala vip da boate pelo que falou antes da reunião. Encaro a parede espelhada e não posso parar a satisfação borbulhando em meu peito. Tê-la esta noite sem brigas, sem alfinetadas e olhares de desprezo, me enche de esperanças. Será a primeira vez que estaremos juntos em público e isso também está me deixando emotivo. Porra. Patético. Ela me olha um pouco na defensiva, mas ao mesmo tempo não conseguindo disfarçar o quanto a afeto também.

— Você sente falta das sessões? Me deixe tê-la amanhã. Conheço alguns clubes interessantes na cidade e...

— Aposto que conhece. — Seu tom e olhar ficam afiados.

Merda. Isso não saiu muito bem.

— Sou um dominador, Maya. Gosto do jogo pesado — digo com cautela para não fazê-la recuar da nossa trégua. Seus olhos cintilam, mostrando as sombras que existem nela e que me chamaram desde o começo. — Uma sessão, aqui ou em São Paulo. Eu sei que você sente falta, bebezinha — sussurro, nossos olhares travados através do espelho. — Eu vou dar o que o meu lindo bichinho precisa.

Ela arfa e pisca, desviando o olhar para o painel. A caixa para no segundo andar e sorrio arrogante ao vê-la saindo na frente. *Você é minha. Nada irá mudar isso. Nunca.* Eu saio também, acompanhando-a, colocando a mão em suas costas novamente e rumamos para a escada que dá direto na ampla área vip. Está bem movimentado. Vejo alguns figurões da política, celebridades locais. Garotas seminuas circulam com bandejas de bebidas. Sinto-a tensa do meu lado. Arriscando a sorte, enrolo o braço em sua cintura. Maya prende a respiração, mas não me olha. Paro um instante, procurando por meu irmão e primos. Localizo-os no sofá de couro marrom perto do parapeito do camarote. Levo-nos para lá. Os *stronzi* olham entre mim e Maya, os sorrisos maliciosos se insinuando em suas caras de merda. Sabiamente se mantém calados sobre isso. Maya se desvencilha do meu braço cedo demais. Eu só não reclamo porque a menina anda para perto do corrimão e se debruça, olhando para a agitação da pista de dança lá embaixo.

Eu rosno baixo com o decote, beirando seu lindo traseiro. Nossos seguranças logo se acercam do perímetro da mesa. Eu me aproximo abrindo o champanhe e servindo duas taças. Pode parecer estúpido e patético pra caralho, mas essa noite pode ser encarada como a comemoração do nosso inusitado casamento.

— Vai lá, Romeu. — Guto não perde a chance, o *stupido.* Está puxando uma tragada do seu cigarro.

— Cara, você foi rápido. — Luigi ri, tomando um gole do seu Bourbon. Eles pediram garrafas lacradas. Essa é uma precaução nossa em eventos públicos.

— Falem baixo, *cazzo* — resmungo, pegando as taças. A Salsa está tocando em volume alto, mas não quero que Maya fique constrangida diante de meu irmão e primos.

— Boa sorte, mano. — Alvinho pisca e levanta seu copo num brinde à distância.

Eu vou precisar, mano. Aceno, indo para a minha mulher. Ela ainda está entretida com o movimento, a dança sensual dos casais no ritmo da Salsa. Eu tenho quatro dias para fazê-la descongelar o amor dentro do seu peito e lembrar o quanto somos perfeitos juntos. Quatro dias para fazê-la sentir o quanto a amo.

Maya

Olho o movimento dos casais serpenteando no amplo salão de dança e sorrio. Acho que é o primeiro sorriso genuíno tocando meus lábios desde que saímos nessa viagem. Nosso primeiro destino foi Palermo, a minha terra natal. As questões legais sobre a minha herança e mudança de nome foram concluídas rapidamente. Andreas já tinha cuidado de praticamente tudo. Ele é assim, odiosamente competente, e, claro, tinhoso também. Usou justo essa semana para cuidar dos outros negócios. Tive que aceitar sua presença, porque faço parte da *organização* agora, e o escroto fodido é o chefe. Nos hospedaríamos no vilarejo onde ficava a residência de verão de meus pais e onde tiveram seu fim trágico. Imaginei que encontraria a construção em ruínas, mas me surpreendi ao passar pelos portões e dar de cara com o lindo bosque e jardim bem cuidados. Os Montanaro não exageraram quando disseram que era um palácio. Fiquei confusa, contudo, Andreas e Alvinho me explicaram que Gio e Gian Lucca mandaram restaurar o lugar há alguns anos e pagam um staff para manter tudo em ordem. Minha madrinha é uma mulher maravilhosa, eu já sabia. Mas me surpreendi positivamente com Gian Lucca. Me emocionei ao ver tudo, o jardim esplendoroso no qual meus pais devem ter brincado comigo. Chorei pelo fim que eles tiveram. E chorei por não conseguir me lembrar deles.

Entretanto, à medida em que o dia foi passando e fui conhecendo cada cômodo da imensa construção, eu podia sentir sua presença. Pequenos flashes aqui e ali. Risadas. Um som masculino e profundo. Uma feminina e alegre. E aos poucos, o aperto no peito foi dando lugar à ânsia por saber tudo sobre eles. Alguns dos funcionários novos conheciam os De Cantábria. E à noite, quando adormeci no quarto que segundo Andreas e Alvinho era o meu antigo, eu sonhei com meus pais.

— Você está em casa de novo, tesoro — o homem moreno e bonito me disse. Estava como na foto antiga que tenho comigo. — Nunca esqueça que o sangue que corre em suas veias é poderoso, figlia mia.

— Você se transformou numa moça tão linda, amore mio. — A mulher loira, com os olhos idênticos aos meus, sorriu suavemente, suas lágrimas transbordando. — Nostra bella duchessa — murmurou e estendeu a mão, tocando meu rosto.

Sorrio levemente, voltando da lembrança. Foi tão nítido que quando despertei ainda podia sentir o toque, a presença, o amor deles no ambiente. Fico ereta e uma mão tatuada surge à minha frente, segurando uma taça de champanhe. Eu amava essa tatoo de fênix com cara de caveira. É linda e sombria, como seu dono. Respiro fundo, me preparando para o baque familiar no estômago, ainda assim, o sinto. Meu tormento está do meu lado direito, perto demais, pecaminosamente cheiroso, sexy demais. Está lindo num smoking preto. Os olhos verdes-musgo me prendem, intensos, possessivos. O cabelo denso penteado para trás o deixa com um aspecto ainda mais sombrio e perigoso. E isso mexe comigo de uma maneira visceral. Pego a taça e antes de levá-la à boca, Andreas toca a sua na minha.

— A nós. — Sua voz sai baixa, mas como está perto, ouço perfeitamente. Leva a taça à boca e toma um gole, os olhos nunca deixando os meus. Engulo em seco com a fome que vejo em seu rosto. Ele quer sexo pelo resto da viagem. Usou o mesmo subterfúgio que usei em nossa viagem anterior, quando eu ainda era a garota tola e estúpida que o amava acima de tudo. Passei grande parte daquele período mendigando um perdão e amor que nunca vieram.

— É sexo — me vejo lembrando-o. O sorriso arrogante, que quase não tem usado esses dias, curva sua boca. Ele tem sido mais suave comigo, mas eu sei exatamente quem esse homem é e do que é capaz.

— É claro, meu bebê — murmura no tom indolente e perverso que me deixa molhada e latejando. Cretino.

Tomo um gole da minha bebida, sustentando seu olhar por cima da borda também. Eu aceitei a trégua. Estupidamente aceitei foder com ele de novo. Onde estava com a cabeça quando dei esse tiro no pé? A mão tatuada segura meu queixo e desliza os dedos delicadamente em minha pele, os olhos intensos nos meus. Merda. Meu corpo inteiro estremece com o toque e olhar. Ele não diz mais nada, nem eu. Ficamos tomando nosso champanhe e observando a agitação na pista. Em dado momento, ele chega mais perto, prendendo-me contra a balaustrada, sua frente pressionando minhas costas. Seguro um gemido ao sentir o corpo grande, os músculos duros, cultivados com treinamento intenso. Ele é letal. Eu o vi treinando uma vez, um dia antes de embarcarmos. Tiros perfeitos, lançamento de facas sem margem de erros. Os seguranças, quatro, isso mesmo, ele treina com quatro oponentes e dá trabalho para todos.

Fiquei no mesmo lugar que ele no dia anterior quando me orientou sobre a posição dos braços para acertar o alvo. Estava saindo da minha sessão de lançamento de facas. Ele pediu a Alvinho que me ensinasse também. Fiquei lá, bebendo da sua beleza morena e letal. Quando percebeu que estava sendo observado, sua cabeça girou por cima do ombro largo e cravou os olhos selvagens sobre mim. Desafio e algo mais sombrio cintilou em suas íris e ele entortou o indicador, me chamando para o combate. Engoli em seco, surpresa. Eu não queria ter contato próximo com ele, por outro lado, o salão estava lotado de homens e não sou nenhuma covarde. Então, retirei a camiseta que já tinha colocado e rumei para a escada. Eu podia sentir cada olhar masculino sobre o meu corpo, especialmente o dele. Alcancei o tatame e andei devagar. Os olhos verdes-musgo estavam mais escuros, as narinas levemente expandidas enquanto percorria lentamente minhas curvas. Sou tão fodida que apreciei aquele momento. Cada momento do nosso embate.

Ataquei-o e ele se defendeu, me dando um chute leve no quadril. Me irritei por seu olhar condescendente e pulei, girando no ar, acertando meu pé em seu queixo. Andreas cambaleou para trás, seus homens indo rapidamente para perto. Ele fez um sinal para se afastarem e passou as costas da mão na boca. Seu lábio cortou, minando um pouco de sangue. Meu coração apertou ao ver que o machuquei, mas a mágoa foi mais forte e me coloquei em posição de combate outra vez. Ele sorriu. Um sorriso lento e perigoso curvou sua boca sensual e se colocou na posição de luta também. Ficamos nos rodeando, um avaliando o outro, esperando uma brecha na guarda. Fui tentar outro chute, mas estava esperto e pegou meu pé no ar. Eu caí, batendo o quadril. Andreas apertou a boca ao ver meu desconforto, mas não me ajudou a levantar. Ele sabe que jamais aceitaria ser rebaixada na frente dos homens. Me coloquei de pé com agilidade e aquele sorriso perigoso curvou sua boca de novo.

E nós lutamos por cerca de trinta minutos. Estávamos suados, ofegantes e não apenas por causa da luta. Depois de um tempo o escroto levou o combate para o chão e tive que aguentar seu corpo grande e suado em cima do meu, sua pele morena deslizando na minha. Saí de lá com um tesão e raiva gigantes. Onde estava com a cabeça por aceitar lutar e me atracar com ele? A transa de ontem foi consequência daquela bendita luta. Eu o senti duro grande parte do tempo em que me imobilizou no tatame, o cretino. Merda. Tomo mais um gole. Agora não adianta lamentar. Drenamos nossas taças e um garçom vem prontamente nos servir mais, da mesa que estamos ocupando. Tomo mais, precisando me entorpecer para não usar a razão esta noite. Vou recorrer a esses quatro dias para me despedir dele e de tudo o que vivemos, de uma vez por todas. Não serei a sua conveniência, nem de homem nenhum. A Maya que aceitava migalhas morreu. Mas isso não me impede de desfrutar de sua proposta de sexo.

— Estamos indo sacudir o esqueleto, vocês não vão? — A voz grossa de Alejandro traz a minha atenção de volta ao camarote. O moreno bonito está no canto da balaustrada, seu braço enrolado firmemente na cintura de uma garota morena. Corpo miúdo e grandes olhos amendoados. Micaela. É filha de um dos inimigos declarados, o chefe aqui na Cidade do México. Alejandro sequestrou a garota para punir seu pai, mas, ao que parece, acabou se apaixonando. Ele tem trinta e seis e ela tem vinte.

— Não sei — Andreas fala bem no meu ouvido, me arrepiando. — Vamos, branquinha?

Engulo em seco. Ele não está jogando limpo.

— Olá, Maya, está gostando? — Micaela sorri em saudação. Conversamos um pouco quando chegamos no começo da tarde. Eu estava com muito sono por causa do fuso horário. Espero podermos falar mais em outra oportunidade já que amanhã é seu casamento e certamente estará muito ocupada.

— Oi, Micaela. É maravilhoso o ambiente, a música — elogio sinceramente.

Ela sorri amplo e vira o rosto para seu noivo. O olhar que os dois trocam me faz invejá-los. No mesmo instante, vem a consciência de que estou casada com Andreas. Nos casamos ontem da maneira mais inusitada possível. Ainda assim, sempre que lembro, sinto um baque na boca do estômago. Sou a sua esposa há vinte e quatro horas. A mão tatuada espalma a minha barriga, como que para confirmar o meu pensamento. Andreas conversa com Alejandro enquanto puxo papo com Micaela. Tomamos mais uma taça de champanhe e dividimos uma dose dupla de uísque. Já estou um pouco zonza quando ele fala no meu ouvido:

— Vem dançar, minha linda esposa.

Eu sei que é por apenas quatro dias, mas a parte loucamente apaixonada ainda está dentro de mim. Eu amo ouvir isso da sua boca. Amo o timbre baixo e grosso da voz. Meu coração faz pirueta no peito e expiro antes de virar o rosto e assentir. Não consigo falar nesse momento. Andreas me conduz pelo camarote movimentado. As garçonetes seminuas circulam, sorridentes, solícitas demais, colocando as bandejas em sua frente. Para seu crédito, ele não olha para nenhuma, apenas cortando caminho, seu braço enrolado em minha cintura. Nesse momento, me permito ser a sua esposa. Descemos a rampa para a pista e ele me carrega para a parte menos iluminada no canto oposto do salão. Há uma grande parede de vidro, mostrando a agitação das avenidas próximas ao clube, e, ao longe, o Zócalo, uma enorme praça erguida em memória à civilização asteca. Me gira em seus braços. Sua mão direita pega minha cintura e a outra a minha direita. Seguro seu ombro com a esquerda. Me puxa firmemente contra seu corpo, seu rosto abaixando, a boca ficando perigosamente perto da minha. Seus olhos cintilam com uma emoção que não sei nomear, mas eu gosto. *Conga*, de Glória Estefan, começa a tocar e me vejo abrindo um sorriso. Eu amo essa música. Ele ri também. E meus olhos ardem, meu coração dolorido balançando. Eu o amo, não há contestação sobre isso. Não acho que exista outro homem no mundo capaz de me fazer sentir isto aqui. Essa emoção esmagadora apenas por estar em seus braços, olhando em seus olhos.

— *La perfezione* — ele sussurra. Então, começa a se mover e me carregar junto.

Nos primeiros passos, apenas sondamos as habilidades do outro porque nunca dançamos esse ritmo juntos antes. Na verdade, só dançamos baladas românticas e sempre foi em privado. Nossa primeira dança em público foi no jantar de seus pais. Ele me gira para a direita. É rápido e me assusto, mas consigo ir sem problemas. Gira para a esquerda e rio quando me joga para trás, manobrando-me lentamente, sinto meu rabo de cavalo arrastando na pista. Devagar, me puxa de volta, colando a testa na minha enquanto nos movemos em círculos pelos fundos do salão. Seus olhos estão intensos, fixos nos meus. Sinto-me fraca, hipnotizada. Ele sempre me lança esse feitiço. O sorriso perverso e perigoso que me deu naquele tatame está curvando sua linda boca nesse momento. Me inclina para o lado direito, fico pendurada em seus braços. Sua boca desce bem perto da minha e ofego, salivando para beijá-lo. Ele sabe disso pelo brilho arrogante tingindo suas íris. Me levanta e torna a deslizar comigo por toda a parte dos fundos do salão. Eu estico a perna, enfiando-a entre as suas, imitando passos de tango.

Andreas ri, aprovando, e me gira para a frente, uma, duas, três vezes. Seus braços me soltam no último giro e vou para longe. Me sentindo leve, solta como há muito não acontecia, viro de costas e rebolo, girando sensualmente os quadris. Rebolo até o chão, o champanhe e o uísque me dando a coragem porque desenvoltura eu tenho. Madrinha Madalena me matriculou em aulas de dança de salão quando eu era adolescente. Isso me ajudou com muitas coisas, inclusive com a depressão que quase me pegou após a morte de meus pais adotivos. Viro de frente e a expressão no rosto de Andreas é ao mesmo tempo faminta e orgulhosa. Ele sorri, começando a bater palmas. Sorrio também, girando meu rabo de cavalo. Seguro as partes da abertura frontal do vestido, mostrando minhas pernas e volto, dançando para ele, apenas ele. Seus olhos queimam, passeando por mim inteira.

Quando me alcança, levanta-me pela cintura e gira comigo suspensa. Seguro seus ombros fortes e ele me escorrega pelo seu corpo. Sinto-o duro quando minha pelve esfrega na sua. Sem aviso, ele segura a minha bunda, me obrigando a enrolar a perna direita em seu quadril. Gemo desavergonhada ao sentir o cume duro, pressionando entre minhas coxas. Uma mão grande segura a minha nuca e a outra aperta a minha bunda, colando-nos e passa a aproveitar o ritmo *caliente* para me foder a seco, em pleno salão. Subo as mãos para a sua nuca também e me movo, em sintonia. Nossas bocas estão ofegando uma na outra, nossos olhares travados. Eu o quero desesperadamente. Aqui e agora.

— Porra, branquinha, onde aprendeu a dançar assim? — rosna, abaixando a boca para meu pescoço, levanto o queixo lhe dando acesso. Ele chupa gostoso bem na minha garganta, mordiscando e lambendo. Molho sem controle, me esfregando sem qualquer vergonha em seu pau duro. Ele está rosnando e eu gemendo. Leva a boca para a minha orelha e raspa os dentes no lóbulo. — Gostosa — sussurra asperamente no meu ouvido.

Dá um tapa forte na minha bunda e me gira de costas contra seu peito. Suas mãos se abrem sobre a minha barriga e passamos a nos mover de maneira sinuosa e indecente. Levo minhas mãos para trás do seu corpo, pegando seu traseiro e ele ri no meu ouvido. A risada cínica, perversa, escura que sempre derrete a parte sensata do meu cérebro. Sua mão direita sobe e a esquerda desce, pegando meus seios e boceta ao mesmo tempo. Estamos de frente para a parede de vidro, de costas para o resto do salão, ainda assim, me sinto sem vergonha por gostar que me pegue assim em público. Ele enfia a mão por dentro do decote agarra o seio direito, sovando gostoso. Mergulha os dedos pelo cós da calcinha e agarra meu monte nu. Estremeço, querendo-o com desespero. O escroto sabe porque apenas massageia meus lábios melados. Estou a ponto de implorar que me penetre com o dedo, então, ele o faz.

— Ahh, And... — choramingo, afastando mais as pernas. Ele ri no meu ouvido e empurra o dedo todo, enquanto puxa meu mamilo, torcendo-o malvadamente. Seu polegar passa a esfregar meu clitóris e minha barriga se agita, as ondas quentes vibrando, espiralando, levando mais líquidos para o canal vaginal. Ele geme rouco e abaixa a boca, chupando meu pescoço com força, me deixando marcada, abocanha a junção com o ombro e morde forte. Eu grito, meu lamento se perdendo no volume alto da música. Meu corpo inteiro fica em brasa, exigindo o gozo. Andreas não me dá. Com um sorriso indolente, puxa o dedo do meu canal e retira a mão do seio.

— Não. Volte — protesto e ele sorri, dando uma lambida suave onde mordeu.

— Vamos dançar mais uma e, então, vou te levar num passeio — diz no meu ouvido.

Gemo em lamento. Ele me gira de frente, as mãos grandes pegando minha bunda novamente. Outra salsa inicia e recomeçamos nossa dança *caliente*. Quando termina, estou suada, minha calcinha arruinada, doida para ficarmos logo a sós. Andreas segura a minha mão, entrelaçando nossos dedos e deixamos o salão. Não nos leva de volta ao camarote, me conduz por um corredor escuro até sairmos numa garagem. Jairo, Gualberto e outros seis seguranças estão nos aguardando, perto do SUV preto. Jairo se aproxima trazendo duas garrafas de água. Andreas pega as duas e me oferece uma. Eu abro-a, bebendo avidamente. Ele faz o mesmo. Isso vai expulsar o resto do álcool em nossos sistemas. A dança ajudou bastante. Andreas detesta abusos com bebida, é uma das coisas que admiro nele. Ele sempre mantém o controle. Quando drenamos nossas garrafas, Jairo as pega de volta. Seu chefe me olha de esguelha e me puxa pela mão, contornando o carro. Minha respiração trava na garganta ao ver uma moto preta, enorme e imponente. Uau. Nunca andei numa dessas. Na verdade, não sou simpatizante de motos. Contudo, essa me deixa excitada.

— É linda! — exclamo baixinho. Andreas ri e me leva para o lado da coisa enorme. Tem dois capacetes pretos e estilosos sobre os guidões. Ele pega um e se vira para mim.

— Linda é você, meu bebê — murmura com voz engrossada, os olhos intensos e possessivos prendendo os meus. Arfo levemente, meu coração vibrando, querendo desesperadamente se fazer inteiro de novo. Ele ajeita a proteção sobre a minha cabeça. Em seguida, coloca o seu. A cena é inusitada. Está trajado de smoking, prestes a pilotar uma moto. E eu usando um vestido de festa. Sobe na moto e a liga, o motor ronrona sedutoramente. Ele me olha de lado e com o coração aos saltos, levanto meu vestido, subindo atrás. Meus braços enrolam automaticamente em sua cintura e Andreas aprova pela forma como seu corpo relaxa. Espera os seguranças entrarem nos carros, então, coloca a máquina potente em movimento.

Em instantes, estamos saindo para o ar livre da noite, pegando a avenida larga. Suspiro, observando tudo. Os seguranças nos acompanham e nos engavetam entre os dois carros. Avisto o Zócalo se aproximando e Andreas contorna a praça, reduzindo a velocidade, deixando-me absorver a beleza dos monumentos. Encosto a cabeça em seu ombro e, por esta noite, me permito sonhar que somos um casal recém-casados em lua de mel. Ele passeia comigo em volta da praça, bem devagar. Quando tomamos uma rua do lado esquerdo, acelera mais, testando a potência. Eu grito, apertando-o mais. O som da sua risada vibra por todo o meu corpo. É o momento mais descontraído que tive nos últimos quarenta e um dias. Arrisco a dizer que é o momento mais descontraído que já tivemos juntos. Os carros da segurança ficam um pouco para trás devido à potência da moto. Andreas nos leva para outra avenida larga. Essa tem pouco tráfego, mas é toda iluminada. O exibicionista acelera mais e deliro, sentindo o vento batendo em nós.

A segurança está afastada devido a velocidade que estamos. Sei que é perigoso, mas é excitante demais.

— Porra, porra! — A voz de Andreas me puxa do deslumbramento e é com horror que vejo um SUV preto, pulando por cima da divisória das duas pistas, vindo na contramão, a toda velocidade, em nossa direção.

Oh, meu Deus!

CAPÍTULO OITO

Me aperte um pouco mais, até não podermos respirar.
O que eu posso fazer? Querido, o que eu posso fazer?
O monstro em mim ama o monstro em você.
(Monster in Me – Litlle Mix)

Maya

— And! Oh, meu Deus! — eu grito, meu coração a ponto de sair pela boca. Ele diminui um pouco a velocidade e passa para a outra pista. O carro faz o mesmo, deixando claro que o objetivo é nos atropelar. A próxima coisa que vejo é Andreas puxar uma arma de dentro do smoking e abrir fogo contra o carro. O veículo é blindado, como já era de se esperar. Eu puxo a minha do coldre da coxa, com alguma dificuldade, mas consigo. A adrenalina espirala em minhas veias e atiro. Não consigo enxergar direito, mas miro à frente e mando bala.

— Não! Segure-se bem forte em mim! — Andreas repreende e arranca, pilotando só com uma mão e atirando com a outra. Os ocupantes do carro abrem as janelas e passam a atirar também. — Filhos da puta! — And grita e torna a pegar o guidão com as duas mãos, manobrando rapidamente em direção à divisa com a outra pista. — Segure-se, Maya! — ruge e então, levanta o pneu dianteiro da moto. Minha alma falta sair do corpo ao perceber que estamos saltando para o outro lado. Sons de tiros e balas zinindo em nossos lados. A moto aterrissa no asfalto e me agarro tão forte na cintura de Andreas que posso matá-lo asfixiado. Ele acelera. Olho para trás, vendo os perseguidores tentando pular a divisa novamente.

Solto meus sapatos, deixando-os cair no asfalto. Agradeço por não usar sandálias hoje.

— Diminua a velocidade e me puxe para a sua frente, And! — grito, meu coração batendo como um tambor. — Vou pegar uma de suas pistolas e atirar com as duas mãos de frente para esses fodidos!

— Bebezinha, isso não é a porra de um filme do Tom Cruise! — ele rosna. — Eu também não devia ter me distanciado tanto da segurança — lamenta.

Ergo-me, segurando em seus ombros e enrolo as pernas em sua cintura. Reteso meu corpo para me dar o equilíbrio suficiente para conseguir girar para a sua frente.

— Faça, And! Agora! Eles estão atravessando a divisa! Vão nos alvejar de novo! — exijo, vendo que os malditos conseguiram atravessar.

Ele fica tenso, mas rosna e diminui a velocidade, retirando a mão direita do guidão. Me apegando com Deus e, todos os santos de plantão, eu giro o corpo rapidamente, enrolando meus braços em seu pescoço. A moto fica instável, ziguezagueando na pista no primeiro momento, mas Andreas volta a firmá-la com as duas mãos. Seus olhos estão estupefatos atrás do capacete. Eu só tenho um segundo para apreciar a sensação de estar escarranchada sobre seu colo. Enfio a mão em seu smoking e puxo outra pistola. Então, eu mando bala na direção dos perseguidores, sem pena.

— Acerte os pneus! Vamos, faça os filhos da puta capotarem! — ele range. Meu peito incha por saber que confia em minha capacidade de agir em uma situação crítica como essa.

— Farei isso! Eles vão para o inferno! — brado, me erguendo um pouco e miro um dos pneus dianteiros. Eles voltam a atirar.

— Porra, onde diabos está a segurança? — Andreas range. — Se proteja na minha frente, Maya. Esconda a cabeça, porra! Não os deixe pegar você! — seu tom é desesperado. A avenida é reta, não há sequer uma rua ou viaduto para nos escondermos. As balas cessam por um instante, eles estão recarregando, suponho. Ergo-me novamente e grito, atirando pra valer nos dois pneus dianteiros. Um estoura. Eles voltam a atirar, porém, seu veículo já está fora de controle pela velocidade em que estavam. Me arriscando mais, eu esgueiro a cabeça de lado e miro o pneu do lado esquerdo. Dou um grito tão alto quando acerto que até eu me assusto. Então, é como em câmera lenta que vejo o carro rodar e rodar atrás de nós.

— Eu acertei, And! — vibro, mal sabendo lidar com toda a carga de emoção e adrenalina. Andreas desvia a moto para o acostamento, o carro dá uma pirueta, duas, o barulho da lataria batendo com força no asfalto, enche nossos ouvidos. É assustador saber que fui eu que provoquei isso. Mas me sinto orgulhosa também. Merda. Eu acabei de tombar um carro! And para a moto e pulamos os dois para o chão. Gemo ao tocar o asfalto áspero com meus pés descalços.

— Fique atrás de mim — ele diz em tom baixo, antes de rumar para o carro capotado. Fumaça está saindo do capô arrebentado. O vidro da frente estourado e, ofego ao ver os dois ocupantes dos bancos da frente jogados através do para-brisa. Suas cabeças estão arrebentadas, sangue jorrando e escorrendo pelo capô. Eram só dois? Pergunto-me confusa. And deve estar se perguntando a mesma coisa porque se esgueira na lateral e puxa a maçaneta da porta do meio, abrindo-a grosseiramente. Tem mais dois estirados no assoalho, as cabeças ensanguentadas. Um está com o pescoço em ângulo estranho, claramente quebrado com o impacto da capotagem. — Esses filhos da puta estão mortos. — Vira o rosto para mim, seus olhos são do assassino frio que já vi algumas vezes. — Você fez bem, bebezinha — murmura, seu semblante ainda selvagem e alerta.

— Obrigada. — Engulo em seco, a adrenalina ainda vibrando em meu corpo.

Andreas saca o celular e chama alguém, provavelmente a segurança. Eu me afasto em direção à divisa de concreto e olho a outra pista. Alguns carros passam, mas não diminuem a velocidade, talvez com medo de problemas. Vamos ter que ir embora logo, antes que a polícia apareça. Quando volto a olhar na direção de Andreas, meu sangue gela. Um dos infelizes ensanguentados da parte traseira está se arrastando atrás dele, uma faca em punho.

— And, atrás de você! — grito, levantando a minha pistola, meu coração saltando tão forte que fico tonta. Minha mão treme diante da percepção de que terei de abater esse homem. Meu Deus, até pouco tempo eu era apenas uma garota comum do interior. Agora faço parte de uma organização criminosa.

— Filho da puta! — And rosna, desviando rapidamente da investida. Mostrando que não está tão ferido como pensamos, o homem dá um chute na mão que And está segurando a arma. A pistola cai no chão e então, o homem investe de novo. And torna a se esquivar e num giro ágil, se abaixa, pegando a faca do coldre no tornozelo direito. — Acha que pode me vencer, hein? — zomba do oponente, jogando a faca de uma mão para a outra. Eu sei o quanto é ágil com facas, mesmo assim meu coração salta apavorado. Não quero que se machuque.

Minha mão treme mais. Eu posso acabar com essa angústia agora, basta dar um tiro na cabeça do infeliz. Treinei para isso. Faço parte desse mundo, essa é a minha herança. Antes que eu faça alguma coisa, And salta e num piscar de olhos, está cortando a garganta do inimigo. Deus do céu... Engasgo, vendo o sangue espirrando para todo lado. A imagem é grotesca. Com um rugido feral, And toma a faca do agressor, que está caindo com as mãos segurando a garganta. Sem piedade, ele a empurra em seu peito, até o cabo. Minhas pernas tremem com o impacto da cena. And gira a cabeça, seus olhos estão ainda mais selvagens agora. Seu rosto e camisa branca estão salpicados de sangue. Ele limpa sua faca com um lenço branco, todo o tempo me encarando. Eu devia ficar horrorizada de ver o homem que amo matando com tanta facilidade, mas não fico. Sua escuridão fez aflorar a minha. Vem para perto e pega meu pulso.

— Vem, precisamos dar o fora daqui, branquinha. — Sua voz está grossa e escura, como sua vibe nesse momento. Eu o sigo, tomando cuidado para não pisar nos cacos de vidro pela pista. — Jairo informou que também foram emboscados, há mais ou menos dois quilômetros daqui. Tiveram sucesso e conseguiram pegar dois dos filhos da puta. Estão levando para o clube de Alejandro, para interrogatório — avisa e aceno.

Recolocamos os capacetes e, em instantes, And está dando a volta, acelerando a moto a toda velocidade. Passamos pelo carro destroçado, o homem estirado no asfalto. Meu olhar encontra os dois jogados sobre o para-brisa e só agora a ficha cai. And matou aquele do chão, mas os outros fui eu. Ofego com essa constatação. Eu acabo de matar três homens! Não importa se não puxei o gatilho propriamente. Eles morreram no acidente que provoquei. And parece sentir o meu conflito e solta a mão esquerda do guidão, agarrando a minha em sua cintura. Seguimos assim por todo o trecho da avenida. Ele toma uma rua estreita quando chegamos perto da praça e, então, solta a minha mão, passando a manobrar por ruas pouco movimentadas. Está evitando chamar atenção para a sua roupa suja de sangue. Não vejo muito do caminho, continuo assimilando o fato de que tenho três mortes nas costas numa tacada só.

Ele deve conhecer bem a cidade, pois, em poucos minutos, estamos diante do portão leste da propriedade de Alejandro, onde ficamos hospedados. Os guardas nos dão passagem imediatamente e And segue pela estrada de pedra, contornando o jardim, entrando direto na garagem. O portão desce, nos isolando do mundo lá fora. Ele desliga o motor e estende a mão para trás.

— Venha aqui, Maya — chama e franzo o cenho, sem entender. — Sente no meu colo, como fez lá fora. — Sua voz está áspera.

Não discuto, apenas o envolvo com as pernas e giro para a sua frente, com mais facilidade, agora que estamos parados. Ele retira meu capacete, jogando-o no chão e em seguida, o seu. A fraca iluminação deixa seu rosto ainda mais sombrio, salpicado de sangue. Levanto a saia do meu vestido e o limpo, delicadamente. And enrola um braço em minha cintura, a mão grande descendo para a minha bunda, apertando-me sobre sua virilha. Está duro e arfo ao sentir a coluna grande e grossa direto em minha calcinha.

— Eu quero você, bebezinha. Aqui e agora — exige, segurando meu pescoço pela frente e aperta, seus olhos obscuros me hipnotizam.

— Então, me tenha — murmuro ofegante. Meu centro palpitando, o tesão que senti durante a nossa dança se misturando ao tesão por vê-lo em ação. Ruge em aprovação e puxa as alças do meu vestido para baixo. É tão forte e urgente, que o tecido rasga. Passa a rasgá-lo, agora propositalmente. Em instantes fico apenas de calcinha sobre seu colo. Seu olhar corre pelos meus seios, barriga, coxas. É faminto, possessivo e ele agarra meus seios com as duas mãos, amassando gostosamente. Firmo-me em seus ombros e meus olhos reviram de prazer quando abaixa a cabeça, a boca morna começando a chupar o direito. — And... — gemo seu nome e ele morde o bico com um pouco de pressão, depois lambe com delicadeza. Isso vai direto em meu clitóris.

Faz o mesmo no outro. Mama com força, em seguida com suavidade, deixando-me cada vez mais molhada e latejante.

— Deite-se no tanque e segure no guidão lá atrás — ordena e obedeço imediatamente. Ele abre bem minhas coxas e pega minha calcinha dos lados, rasgando-a com força. Eu arfo, sentindo os líquidos vazando entre meus lábios vaginais. And se afasta e se abaixa, deslizando o nariz em minhas dobras. Estremeço inteira quando começa a me lamber, depois enfiando a língua em minha vulva. Arreganha meu clitóris da capa e o chupa com pressão. A necessidade de ser preenchida me deixa insana. Ele para as preliminares, abre seu zíper e puxa o pau da boxer preta. Um gemido involuntário e ganancioso escapa da minha garganta, seu olhar sombrio encontra o meu. Ele se levanta um pouco, a ponta grossa pressionando minhas dobras, passando a deslizar de cima a baixo. Respiro entrecortado, seu olhar prende o meu sombriamente antes de se alinhar na minha entrada e meter em mim. And rosna alto, como um animal quando se enterra até o punho. Estou bem molhada e entra fácil, mas estou dolorida de ontem. A dor misturada ao prazer me faz convulsionar, meus olhos revirando na sensação absurdamente gostosa. — Ahh, porra — sibila, retirando-se e voltando mais devagar.

Ele combina uma estocada funda e forte com outra bem lenta. Passa a me comer, me olhando nos olhos o tempo todo. Meus seios sacodem, minhas coxas enroladas em seu quadril, enquanto o encaro também, recebendo seu eixo grande e grosso cada vez mais forte. Segura a minha cintura e me puxa de encontro a seu pau, enfiando-se perversamente. Seus olhos intensos nos meus, me possuindo para além do sexo.

— Diga que não precisa disso, e te deixo ir — desafia, as mãos subindo e pegando meus seios, sovando, torcendo os mamilos. Eu molho e latejo mais à sua volta e sua expressão fica mais intensa, possessiva. — Você. Me. Pertence — declara, acelerando os golpes, os sons de foda reverberando na garagem. Estou quase gozando. Sim, eu preciso disso. Eu ainda sou uma viciada, jogada no limbo. Não consigo perdoá-lo, mas também não consigo não querer isso: a sua posse. Bruta. Crua. — Diga, porra — exige, pegando meu pescoço com uma mão e a outra passa a dar tapas em meus seios. — Vamos, diga que não deseja isso todo maldito dia!

— Sim, porra! Eu quero, desejo isso todo maldito dia! — resmungo e ele ri. É o sorriso mais sombrio que já vi em seu rosto. Seus golpes ficam mais duros, fundos, esfomeados.

— Vire-se de bruços — ordena depois de um tempo, já se retirando e me ajudando. Na verdade, ele muda de posição também. Ficamos virados para a traseira da moto. Ele me levanta pela cintura. — Escarranche as coxas sobre as minhas — sussurra e faço, sabendo o que ele quer. Essa é a sua posição preferida. Estendo minhas mãos por trás da sua cabeça, arqueando-me e sinto a ponta grossa cavando minha vulva de novo. Sua respiração está ofegante e ele aperta minha cintura. — Vamos, toma meu pau todo — exige e gemo, descendo devagar, a sensação de esticamento me faz estremecer, choramingando, deitando a cabeça em seu ombro. Ele geme guturalmente, trincando os dentes enquanto vou levando-o. Então, para enlouquecê-lo, eu desço com força, tomando todo, até o fundo.

— Ahh, ai... — choramingo e ele estremece também, as mãos passeando pela minha barriga, subindo para os seios, pegando-os com posse e fome.

— Meu lindo bebê sombrio... — geme em meu ouvido, raspando os dentes em meu lóbulo, descendo para o pescoço. Amassa meus seios e passa a estocar suavemente, de baixo para cima. — Gostosa — sussurra contra meu pescoço e me arrepio inteira. Uma mão desce para o meu monte e pega umidade em meus lábios, passando a esfregar meu feixe de nervos. A posição é ainda mais incômoda em cima da moto porque tem o medo de cair a qualquer momento. — Relaxe, bebezinha, eu não vou te deixar cair — garante e acelera os golpes, me comendo bem fundo, gostoso, viciante.

Estou quase gozando, mas ele para de esfregar meu clitóris. Protesto. And sorri e, sem sair de mim, me debruça sobre o banco de couro. Ainda bem que é largo e me seguro com firmeza dos lados. Ele afasta meu rabo de cavalo para o ombro direito e as mãos sobem pelas minhas costas, vagarosamente. Se inclina, os lábios cálidos depositando beijos suaves em cada centímetro, subindo até minhas omoplatas. Gemo de boca aberta. Seus dedos desenham na minha pele, traçando a minha fênix, suponho. Estou orgulhosa de ostentá-la. Representa a minha nova vida. Ele volta a estocar, segurando meus ombros, metendo bem fundo.

— *Sono completamente pazzo di te*[11] — sussurra, aproximando a boca do meu ouvido de novo. Meus olhos ardem, meu peito vibra ao escutar sua declaração, o timbre grosso e lindo de sua voz em italiano. — Completamente.

Eu também sou por ele. Seguro um soluço, de prazer, de amor, de dor por não poder passar por cima de tudo ainda. Fico calada e ele não diz nada por um tempo, apenas me comendo em silêncio. Meu clitóris arrasta no couro a cada metida profunda e arquejo, o orgasmo vindo. Ele sente a mudança em meu corpo e se debruça mais, pegando algo em seu tornozelo. Ofego ao ver o brilho prateado de uma de suas facas.

— Essa é indigna da minha duquesa, mas terá que servir por agora. — Sua voz é tão escura que me faz respirar entrecortado. Então, passa a lâmina em meu ombro, devagar a princípio, aumenta a pressão junto com suas estocadas. Quando corta a pele, sua boca gostosa está rapidamente sugando a ferida e eu berro, gozando com força.

— Oh, Deus... sim! Sim... — choramingo, perdida pelo prazer obscuro que só esse homem consegue me dar.

Ele rosna e pega meu pescoço pela frente, me comendo vorazmente agora. A boca nunca deixando de sugar meu ombro. Um urro animalesco sai da sua garganta e And goza, batendo dentro de mim, sem trégua, forte, profundo. Nossos sons de prazer não são contidos. Parece uma represa se rompendo e não ligo mais em contê-la. Fecho os olhos, recebendo os jorros mornos. Ele me esmaga sobre o banco, mas não reclamo, a sensação dele todo enterrado e me enchendo com seu sêmen é a mais corruptora e perfeita que existe.

Ele sussurra mais coisas em italiano, beijando minhas costas, estocando até os golpes irem perdendo o ímpeto. Gemo baixinho, esmagada, minhas pernas dormentes pela posição. Sai com cuidado e em seguida desmonta da moto.

— Vem, vamos tomar um banho, branquinha. — Sua voz é ofegante, todavia, um tom mais suave. Deixo-me me levantar e pegar nos braços. — Alvinho e meus primos estão no clube, interrogando os imbecis — esclarece. Eu realmente estava preocupada em andar nua pela casa com mais três homens hospedados.

And me carrega direto para o elevador e subimos para o andar dos quartos. Não é surpresa quando entramos no seu. Leva-me para o banheiro, não me dando escolha, na sua arrogância. Nos banhamos em silêncio e depois ele me depositou na cama, onde acabou me possuindo de novo. Foi sem pressa, suave. Era minha intenção ir para o meu quarto quando acabasse a sessão de sexo, mas apaguei. Aguentar a sua intensidade dois dias seguidos depois de tanto tempo sem tê-lo, me deixou esgotada.

Eu acordo, remexendo-me e gemo ao sentir a dorzinha gostosa em minha vagina. Abro os olhos imediatamente, sentando-me na cama. O lugar de Andreas está

11 Sou completamente louco por você – em italiano

vazio. Droga, estou no seu quarto. *Não era para ter desmaiado assim e dormido com ele, Maya.* Me recrimino. Toda essa ideia de sexo com alguém que você ainda ama é a porra de um tiro no pé. Nunca vou superá-lo se continuar com essa merda. Me arrasto para a borda do colchão e levanto. Há um robe preto e enorme sobre a poltrona. Deve ser dele. Visto-o porque não tenho outra opção, e olho em direção às portas da varanda. A fumaça flutuando de lá, denuncia onde ele está. Ando devagar até localizá-lo na ponta esquerda da balaustrada. Está usando apenas a calça do pijama, as costas largas e nuas, a naja olhando para mim, ainda é ameaçadora. Contudo, agora já não me assusto mais. A única coisa que me assombra nos dias de hoje é o quanto ainda amo esse homem, o quanto gostaria de esquecer a imagem dele com aquela sub, o quanto a necessidade que sinto dele é esmagadora e dolorosa.

Andreas

Eu fecho os olhos e repasso cada momento dessa noite com a minha menina linda e teimosa. Ainda não acredito que topou fazermos sexo sem cobranças pelo tempo que durar a viagem. Minha mente já está correndo sobre minha próxima estratégia. Ela não vai poder pedir a anulação porque consumamos o casamento. Um sorriso arrogante curva meus lábios. Bem consumado, diga-se de passagem. Também não vai poder me enquadrar nos requisitos que o código civil brasileiro estabelece em relação à anulação. Minha reputação é ilibada, nenhum juiz irá acatar esse pedido, esqueci de lhe avisar sobre esse detalhe. Espero conseguir convencê-la a me dar pelo menos seis meses para mostrar que posso ser o homem para ela.

Puxo uma tragada do meu cigarro e solto a fumaça. Sinto-a atrás de mim. Não sei explicar como, mas é muito forte a conexão com essa menina. É quase uma ligação de almas. Olho por cima do ombro e ela realmente está lá, parada nas portas da varanda. Seu rostinho de anjo denunciando seu conflito interior. Sei que quer me perdoar, mas o medo não a deixa. A cadela da Isabeli conseguiu nos foder. Expiro. Não só a puta. Infelizmente, fui uma toupeira total. Parte da culpa por tudo de ruim que aconteceu à mulher que amo foi por minha maldita causa. E é por isso que continuarei aqui, pronto para beijar seus pés, se isso a fizer me perdoar. Viro-me de frente para ela, recostando-me ao corrimão e a olho. Está linda no meu robe. A cascata loira e despenteada caindo sobre os ombros delicados. A expressão sonolenta e desgastada faz meu corpo vibrar recordando o prazer que me proporcionou nas três vezes em que a tomei.

Ela adormeceu em meus braços depois da segunda rodada e não acreditei na minha sorte. Fiquei acordado por um tempo, olhando-a descansar, como um fodido bobo. Consegui dormir e acordei pouco depois das três da manhã, louco por ela de novo e a tive mais uma vez. Então, eu perdi o sono ao lembrar do ataque que sofremos. Alvinho me ligou e disse que os homens interrogados disseram estar a mando de Terêncio Gonzalez. Esse é o pai da noiva de Alejandro. Não tenho nenhum desafeto com esse homem. Fiquei intrigado. Algo não está batendo. Isso é mentira. Começo a pensar que pode ser obra do fodido Escorpião Negro. Eu vou trucidar esse infeliz quando descobrir sua identidade.

Maya lambe os lábios e anda devagar para fora, os pés descalços, as unhas pintadas de rosa-pink fazem um pequeno sorriso brincar em minha boca. Ela ama essa cor de esmalte.

— Algum problema? — pergunta com voz rouca de sono.

— Não e sim — respondo, dando de ombros. — Há um problema, mas ainda não sabemos quem o está causando. Por enquanto, não podemos fazer nada sobre essa merda.

Ela acena e parece um tanto sem jeito agora.

— Estou voltando para o meu quarto. Não era minha intenção dormir aqui, mas apaguei...

Quero ser um idiota e lhe lembrar o quanto foi gostoso fodermos depois de tanto tempo longe. Contudo, serei a porra do cavalheiro. Ela merece por não me negar em nenhuma das vezes.

— Somos adultos, Maya — murmuro, puxando mais uma tragada, soltando a fumaça pelo nariz. — Dormíamos juntos mesmo quando era apenas a minha submissa, bebezinha. Lembra?

— Isso foi antes — replica, tentando se afastar. Eu pego seu pulso e ela para.

Esmago o cigarro no cinzeiro sobre o corrimão e enrolo um braço em sua cintura. Me congratulo quando não oferece resistência, embora seu rosto ainda esteja em conflito.

— Fique, por favor — sussurro, aproximando meu rosto do dela. Seus belos olhos cintilam. Animado por essa reação, eu seguro seu queixo, deslizando meus dedos suavemente. — Me dê mais tempo, meu bebê — imploro, sem conseguir me conter. — Eu cometi um erro terrível, mas meus sentimentos são verdadeiros, me deixa provar isso.

Ela ofega, seus olhos se enchendo de lágrimas.

— Você me ama. Não é síndrome de Estocolmo, é amor — afirmo. Suas palavras em Bassaiev me deixaram angustiado. Sei que falou para me ferir, ainda assim doeu muito.

— Eu não posso, And — murmura, abanando a cabeça. — Agora eu sei que é capaz de me machucar, de ser cruel comigo também.

Ouvir isso é como levar um soco no estômago. Eu seguro seu rosto, o desespero crescendo dentro de mim. Não posso perdê-la. Não vou perdê-la.

— Seis meses. Me dê seis meses, branquinha — peço e ela resfolega. — Se nesse tempo não conseguir te convencer que sou o homem para você, está livre para pedir a anulação. — Ela abana a cabeça e decido ir para o tudo ou nada. — Eu tenho o soro da verdade na minha bagagem. Use-o em mim, Maya. Comprove que estou sendo sincero.

Seus olhos ampliam ligeiramente, sua respiração ficando um pouco alterada. Demora a responder e começo a pensar que vai debandar.

— Está bem. Pegue-o — murmura e meu coração falta sair do peito. Sim, porra!

— Eu volto já — asseguro contendo o sorriso do Coringa querendo se abrir em minha cara.

Apresso-me para dentro do quarto, indo até o closet. Pego o pequeno pote de vidro dentro de um dos bolsos internos da minha mala, junto com uma seringa nova. Volto à varanda. Maya está com o rosto levantado para o céu, os olhos fechados. A exemplo de mim antes, ela me sente, virando a cabeça para me olhar. Sim, é uma ligação de almas. Uma poderosa conexão que não podemos deixar de lado por erros estúpidos que cometemos. Levanto o soro e seringa, mostrando que estão dentro do plástico ainda. Seus olhos estreitam ligeiramente e, então, seu queixo ergue.

— Vamos para aquela mesa — aponta a mesinha de duas cadeiras na extremidade da sacada.

Passa por mim, não esperando minha resposta. Novamente seguro um riso. A Maya durona está entrando em ação. Sigo-a e me sento, colocando o material sobre a mesa. Ela abre os lacres, examina atentamente o pote com o soro, lê as letras miúdas e quando se dá por satisfeita, pega a seringa, retirando o plástico. Em instantes está com a coisa pronta para me injetar. Estendo o braço e, sem titubear, ela pega a minha veia. Me preparo para algo agressivo, mas a picada é bem suave. Ela andou treinando com seringas também. Alvinho está impressionado com a entrega da menina. Injeta o líquido das drogas combinadas e se senta na cadeira à minha frente. Ficamos em silêncio, nos olhando. Em poucos minutos sinto a coisa começar a fazer efeito. Quero dizer o quanto é linda, que daria a minha vida por ela, se preciso for. Deus, quero dizer toda merda patética e sentimental, bem aqui e agora.

— Eu amo seus olhos, bebezinha — murmuro, não me contendo. A garota levanta uma sobrancelha altiva e ri. Isso mesmo, a porra da franguinha ri.

— Acho que já podemos começar, senhor Cobra. — Seu tom é um misto de deboche com acidez. Seu rosto fica sério e ela respira fundo. — Seu nome é Andreas Giordano Rizzi Montanaro. Confere?

— Sim, confere — respondo, começando a sentir minha boca seca pela reação da droga.

— Você amava sua noiva, Isabeli Valente, confere? — pergunta, cruzando os braços sobre o peito.

Estreito meus olhos sobre a menina abusada. Estou drogado, não louco.

— Não. Nunca amei Isabeli. Era pura conveniência — respondo sem titubear.

Gosto do brilho tomando seus olhos com a minha resposta.

— O que sentiu quando me conheceu? O que pensou? — vai direto ao ponto.

— Eu pensei que aquela menina com cara de anjo e olhos de camaleoa era a coisinha mais linda que já tinha visto — murmuro e seus olhos bonitos tornam a cintilar. Eu rio perverso, acrescentando: — E eu quis te foder. Duro.

Maya ofega e lambe os lábios, remexendo-se um pouco na cadeira.

— Em nossas primeiras sessões você não gemia. Eu quero saber exatamente o que sentia — pergunta com um brilho triunfante e malvado nas íris azuis. Porra de menina esperta.

— Você é tão fodida quanto eu, bebezinha — sussurro, prendendo seu olhar. — Por isso, sou tão louco por você. — Ela ergue as sobrancelhas, esperando a resposta. Torno a rir da sua audácia. — Eu fiquei insano quando rasguei sua virgindade e depois gozei nu em sua bocetinha gostosa e apertada. — Ela arfa pelas palavras cruas. Sim, meu bebê, dois podem jogar esse jogo. — Quer saber se queria gemer? Sim, porra, eu queria gemer, urrar, uivar para a maldita lua! Você se transformou rapidamente na minha obsessão.

— Mesmo assim continuou trepando com a sua noiva — range os dentes, me fuzilando. Seus olhos acendem com algo e ela rosna: — Trepou com outra além dela depois que começamos a foder? — Sua linguagem chula denuncia a sua raiva.

— Cada vez que comi a cadela depois que você voltou para a minha vida, eu pensava em você — declaro e isso a pega de surpresa. Engole, piscando rapidamente. — E não comi outra, eu não sentia tesão por outra, só por você.

Seus olhos ficam turvos de lágrimas e sei no que está pensando agora. Naquela cena que a obriguei a assistir no Voraz. O meu maior erro.

— Eu vi você com aquela garota — sua voz treme. — Suas mãos e boca estavam sobre o corpo dela. Você a beijou, gozou na boca da vadia. — Suas lágrimas transbordam e ela as limpa com raiva.

— Eu sei que aquilo foi doloroso para você, branquinha — digo com a culpa voltando a pesar sobre mim. — Mas tudo o que me viu fazer com aquela garota foi mecânico. Eu não a queria. — Meus olhos ardem por vê-la chorando na minha frente. — Tudo que disse foi para te machucar porque meu coração estava dilacerado. Eu pensei que tinha me traído de novo e a dor era tanta que precisava te machucar de volta. — Ela soluça. — Eu amo você, Maya. Não quero outra mulher, não sinto tesão por outra mulher. Aquilo foi a porra de uma encenação que me custou muito realizar.

Ela se levanta e vira as costas para mim. Levanto-me também e a puxo pela cintura, forçando-a a me olhar nos olhos.

— Consegue dizer que não é tudo muito conveniente agora, And? — Seus olhos voltam a turvar. — Consegue dizer que esse seu amor todo não é porque descobriu que sou a sua preciosa Siena?

— Eu sei que parece isso — respondo em tom brando. Seguro seu queixo, aproximando nossos rostos. Dói-me ver suas dúvidas mesmo comigo estando sob o soro da verdade. Eu fiz isso com ela. — Mas não é. Eu decidi me casar com você e torná-la a única na minha vida antes de saber sobre a sua origem. — Ela pisca, tentando se soltar, mas não permito. — Você é Siena sim, o lindo anjinho loiro que está em minhas lembranças. Mas eu me apaixonei pela Maya, a minha menina sombria, linda, perfeita, que realiza todas as minhas fantasias, inclusive as mais obscuras. — Abana a cabeça. — Sim, estou sob a porra do soro da verdade, você tem que aceitar que meus sentimentos são reais.

— Eu preciso de tempo — murmura. — Eu te amei sem qualquer ressalva, And. Entreguei-me completamente, sem nunca pensar em nada. Não posso voltar àquilo — chora mais. — Não vê que somos doentes? Nossa relação não é saudável. Veja o que fizemos um com outro? Precisamos de uma porra de soro para poder confiar. Isso é tóxico.

Expiro. Ela está com medo, isso é nítido em seu rostinho atormentado. Mas não vou deixá-la se esconder mais.

— Você é tão corajosa, bebezinha — digo, deslizando meus dedos pela face perfeita. — Perdoe-me por colocar esse medo dentro de você.

— Eu não tenho medo de nada — estala, suas lágrimas rolando nas faces desmentem a sentença. Puxo-a mais, colando nossas frentes e encosto a testa na sua. Meu coração aperta e meus olhos picam por todo o mal que lhe causei.

— Tem. Todos nós temos medo, branquinha — murmuro, limpando suas lágrimas com delicadeza. — É o medo que nos impõe limites — continuo, como se estivesse conversando com uma criança nesse momento. — Está com medo de me dar uma chance e eu magoá-la outra vez. — Engole audivelmente, mas não nega. É exatamente isso. — Já o meu medo é de a mulher que amo não me dar uma chance de consertar a burrada que fiz ao duvidar dela.

— Somos tóxicos — ela murmura, mas posso ver sua resistência caindo.

— Somos perfeitos, porra. Sentimos um puta tesão um no outro e nos amamos. Apenas uma pequena porcentagem do globo sente isso pela mesma pessoa — rosno baixo. Ela engole, não negando novamente. Respiro fundo, tentando controlar minha ânsia de resolver tudo nesse momento. — Seis meses, meu bebê. Continue sendo a minha esposa por seis meses — torno a pedir, traçando sua boca linda.

Ela fecha os olhos brevemente e respira fundo. Quando os reabre, as mãos delicadas pousam em meu peito. Estremeço com seu toque. Sobe pelos meus ombros e cinge os braços em meu pescoço.

— Está bem. Continuarei sendo sua esposa por seis meses — murmura e meu coração falta sair do peito. Porra, nem acredito nisso. — Com uma condição — adiciona, e merda, eu sabia que tinha sido rápido demais. — Não vamos contar a ninguém e não vamos morar juntos. Acabei de me mudar e quero ter o meu espaço por um tempo.

Quero ranger os dentes, mas aceno. Minha vitória hoje foi gigantesca. Morarmos separados será apenas uma porra de detalhe que aos poucos irei corrigir.

— Fechado — minha voz ainda sai um rosnado. Eu afasto as lapelas do robe, empurrando o tecido pelos seus ombros. Maya arfa, linda, nua, minha. Pego sua nuca e trago sua boca perto da minha, meus olhos fixos nos seus. — Eu quero todos os beijos negados, minha esposa. Agora — sussurro asperamente e não espero a resposta, mergulho minha boca na sua. Faminto. Exigente.

Ela se pendura em meus ombros, abrindo a boca, gemendo, estremecendo. Seu prazer ao me beijar é um reflexo do meu. Nos agarramos, sedentos, famintos um pelo outro. Eu a levanto pela bunda, fazendo-a me abraçar com as pernas. Rosno ao sentir seus peitinhos macios e firmes pressionando em meu torso nu.

— Tóxicos o caralho! Somos perfeitos! — resmungo, mordendo seus lábios juntos, devorando sua boca gostosa. Então, carrego-a de volta para o quarto e para a cama, onde tomarei de volta tudo o que me pertence.

CAPÍTULO NOVE

Toda ação é designada em termos do fim que procura atingir.
(Nicolau Maquiavel)

Andreas

Duas semanas depois... São Paulo/Brasil

Eu ando pelo corredor do subterrâneo no Voraz, a caminho de uma reunião de emergência com os homens da *famiglia*. As mulheres têm voz também, mas esta convoquei apenas os homens. Acabei de aterrissar, voltando de uma viagem para os Emirados Árabes. O príncipe Malik Al-Nassir, regente de um rico país naquela região, fechou conosco, é o nosso mais novo cliente. Fiz questão de ir selar o negócio pessoalmente. Ele tem ambições de dominar seus vizinhos e, claro, encontrou o melhor fornecedor para a empreitada. Foram quatro dias proveitosos, porém, estou estressado e irritado porque dois carregamentos de Ivan Orlov foram interceptados e, novamente, perdi homens do meu staff. Não conseguiram roubar, mas, a intenção, acredito que é essa, tocar o terror. Liguei para Vlad tão logo soube do acontecido, mas ele ainda não tem novidades sobre quem possa ser a pessoa por trás do codinome Escorpião Negro.

Resumindo, estou estressado pelo fuso e irritado como o inferno. Sobretudo, porque Maya não quis ir comigo na viagem. Alegou que precisava estudar o caso da Ceila e ia aproveitar minha ausência para tal. Tudo bem que não tenho lhe dado folga desde que nos entendemos no México, há mais de uma semana. Devorei-a sem trégua desde então, e acredito que aproveitou minha viagem para respirar um pouco. Ela ainda está comedida em nossas interações. Temos feito muito sexo, porém, ainda não a sinto minha por completo. Tanto é que não disse que me ama em nenhuma das vezes em que lhe falei isso. Sei que já avancei muito e devo ir com calma, mas dói confessar que a amo e não ouvir a mesma coisa de volta. Sempre recordo das palavras magoadas e quebradas que proferiu quando a humilhei naquela noite com a sub. Ela afirmou que eu jamais ouviria suas tolas declarações de amor de novo. Porra, nunca imaginei que fosse me importar tanto ouvir as três palavras.

Mas importa. Importa porque é a mulher que amo com todo o meu coração sombrio. Eu não sou uma boa pessoa e jamais serei. Todavia, para a minha menina, quero ser a porra do melhor homem. Eu quero merecer ouvir aquelas três palavras de novo. Eu preciso ouvir. Jairo me segue de perto e outros quatro um pouco mais atrás.

Gualberto ficou para cuidar de Maya. Me atualizou de tudo que a minha mulher fez na minha ausência. Fiquei puto quando ligou na quarta à noite, dizendo que ela estava num bar junto com Bianca e que as duas estavam bem *alegrinhas*. Nisso que dá essa merda de morar em casas separadas. Pela programação, só voltaria amanhã, mas quis fazer uma surpresa para a minha esposa rebelde. Ela vai me dar uma sessão hoje. Não a dominei como preciso desde que voltamos e sinto falta disso. As sombras dentro de mim estão a ponto de explodir. Preciso de uma sessão decente com ela, e de hoje não passa.

— Boa noite, chefe!

Os homens montando sentinela na entrada me saúdam. Eu os cumprimento com um aceno de cabeça e eles empurram a grande porta de madeira, me dando acesso à sala de reuniões. Entro, andando com passadas largas e decididas até a cabeceira da mesa. Estão todos aqui, conforme pedi. Sento-me do lado de meu pai, que já está acomodado em seu lugar de patriarca da *famiglia*. Coloco a pasta sobre a mesa e abro alguns botões do terno.

— *Buona notte, famiglia* — cumprimento, incorporando a voz do chefe. — Desculpem a rapidez com que os convoquei, mas o assunto merece ser tratado logo. — Os homens acenam. — Essa é a terceira vez que interceptam e apenas tentam roubar nossos carregamentos. — Abano a cabeça. — Isso não faz qualquer sentido para mim. Alguém está tentando nos atingir de uma forma que ainda não consegui entender.

— Acha que o Escorpião Negro está por trás desse novo ataque? — pergunta tio Afrânio, um parente de terceiro grau.

— Não deixaram nada dessa vez — informo. Quando é um ataque orquestrado por ele, o infeliz deixa um escorpião negro dentro de um saco plástico no local. É a sua marca registrada. — Mas, talvez seja apenas uma estratégia dele para despistar — rosno irritado por estar com pés e mãos atados por enquanto. — É preciso ligarmos o alerta máximo. Tomem muito cuidado em suas casas, saídas, evitem festas públicas — advirto-os.

— Desde Bea nenhum Montanaro foi atacado aqui no Brasil — tio Paolo, de segundo grau, comenta e lança um olhar de solidariedade para tio Ângelo, Luigi e Guto, sentados do meu lado esquerdo. É sempre doloroso mencionar Bea e seu triste fim. Eu daria tudo para que ela ainda estivesse viva e entre nós.

— Não, aqui não. Contudo, Maya e eu fomos emboscados no México — recordo-os.

— Já prestou atenção que as cargas recomeçaram a ser interceptadas depois que resolveu perdoar essa garota, And?

A voz fria de tio Antônio me faz girar a cabeça rapidamente para encará-lo. Está na ponta da mesa oval, sua cara de poucos amigos. Ele é um dos que ainda não confiam inteiramente em Maya.

— O que está insinuando, tio? — Meu tom abaixa, mas não escondo meu desagrado pela insinuação de que Maya continua me traindo.

— Entendo que tenha todo o apelo do fim trágico de Adriano e Caterina, mas essa menina não é a Siena que esteve entre nós há dezoito anos, sobrinho — ele continua. — Ela voltou para nos ferrar.

— É um disparate sem tamanho o que está dizendo, tio. — Não me altero, mas fuzilo-o com meu olhar. — Maya é a minha mulher. Respeite-a.

— Sua mulher? Terá coragem de dormir tranquilamente do lado de uma mulher que te traiu uma vez, And? — ele insiste e meu pai rosna.

— Não vou permitir tamanho desrespeito com a minha afilhada, Antônio — sua voz é de aço. — Maya é uma de nós. Ela não sabia quem éramos quando quis nos prejudicar.

Tio Antônio aperta a boca, descontente.

— Espero estar errado, Lucca, And — diz ainda com acidez. — Espero que não dê poder demais para essa garota tentar nos ferrar de novo.

— Antônio — meu pai resmunga, o tom de advertência.

— *Va bene. Va bene.* — O infeliz levanta as mãos, numa tentativa de pacificar. — Sei que não é agradável de ouvir, mas são preocupações minhas.

— Tem todo o direito de se mostrar preocupado com as questões da *famiglia* — pondero, porém, não abrando meu tom. — Desde que isso não envolva levantar calúnias contra a minha escolhida.

Ele acena, sua cara não ameniza, no entanto.

— Certo. Mas se quer meu conselho, case-se com a garota e tome uma segunda esposa. As alianças são sempre necessárias em nosso mundo. Deixar essa menina posar de senhora absoluta é dar poder demais a alguém que já te traiu.

E é a gota d'água. Eu fecho meus punhos sobre a mesa, encarando-o firmemente.

— Essa *garota*, essa *menina*, é a mulher que amo — declaro friamente. — É a única que escolhi. Eu jamais irei tomar uma fodida segunda esposa porque a amo e respeito, será que entendeu agora, tio?

Um silêncio desconfortável se instala em volta da mesa depois da minha explosão.

— Tio Antônio tem razão, é preciso ficar de olho nessa garo... Em Maya, por um tempo — Osvaldo, um primo de terceiro grau, ousa concordar com o insano Antônio. — Coloque-a em seu lugar e escolha uma segunda esposa. Mostre quem é que manda.

— Eu vou mostrar quem é que manda. Agora — estalo, encarando o fodido. — Está suspenso das reuniões até segunda ordem, Osvaldo. — Os burburinhos soam na sala. Levo minha atenção para tio Antônio e completo: — O senhor também, tio. Os dois, se retirem.

Eles ficam estupefatos, seus olhares incrédulos. Então, se levantam e ajeitam seus ternos.

— Quero os dois no escritório na primeira hora da manhã — intimo e lhes dou a permissão para saírem. Encaro cada um dos presentes e mando o recado alto e claro: — Vou me casar com Maya em breve. — Troco um olhar com Giulio, o primo que providenciou tudo quando estávamos encurralados em Bassaiev. Ninguém mais sabe. Maya ainda não quer contar e estou respeitando sua vontade. — Ela será a minha única esposa. Foda-se as alianças por meio de casamento. Eu não preciso disso. Nós não precisamos disso — asseguro com veemência. — Precisamos é nos manter juntos, nos protegendo, defendendo os interesses da *famiglia* a todo custo.

— Estamos com você, And — tio Ângelo afirma e o olho.

— *Grazie*, tio — agradeço com um aceno.

Em seguida, todos vão aderindo. Preciso conversar com Antônio e Osvaldo e saber o que diabos deu neles para tumultuar a reunião com insinuações absurdas. A reunião dura em torno de quarenta minutos. Discutimos estratégias de segurança dentro e fora de casa. E Danilo ficou de fazer uma garimpagem nas redes e linhas privadas da *organização*. Ele acha pouco provável alguém ter conseguido furar seu sistema de *firewall*. Eu não duvido de nada, quero a identidade do fodido Escorpião revelada, para eu fazer espetinho desse imbecil.

Levanto-me, ajeitando meu terno e pegando a pasta. Agora eu só preciso me enterrar profundamente no corpo da minha menina. Estou completamente insano de saudade.

— Você está com uma cara horrível, mano — Alvinho comenta e lhe atiro uma carranca. — Mas foi bem com Antônio e Osvaldo. Eles passaram dos limites.

— *Stronzo* — resmungo, descontraindo, uma vez que estamos sem a plateia.

— Como foi a viagem, *figlio mio*? — Papai se aproxima depois que a maioria se vai.

— Excelente, *papà* — respondo. — Malik tem planos ambiciosos e nós vamos ajudá-lo a realizar.

— Estou orgulhoso de você, And. Era preciso pulso firme com aqueles dois para inibir tal comportamento — papai elogia em tom sério. — Precisamos conversar mais com os membros que ainda estão resistentes à presença de Maya tanto na organização como na sua vida.

— *Grazie, papà* — meu tom é mais brando. — Sim, vamos fazer isso.

Tio Ângelo, Luigi e Guto contornam a mesa, vindo para perto também.

— São poucos que ainda estão reticentes, And — meu tio garante. — Você agiu corretamente hoje, *figlio*.

— Eu vou conversar com os dois também, primo — Guto diz, me fazendo encará-lo. Seu cenho está franzido. — Se tem um inimigo lá fora e que ainda não sabemos quem é, precisamos nos unir.

— Também farei isso, And — Luigi assegura. — E quanto às próximas cargas?

— Já mudei as rotas. Amanhã passo os dados para vocês comunicarem aos clientes — informo e eles acenam.

Eles me chamam para tomar uma bebida no bar, um andar acima dos calabouços, mas eu debando. Nada irá tirar o meu estresse e irritação nesse momento. Apenas a boceta apertada de Maya me fará relaxar da maneira que preciso. Em alguns minutos estou dentro da limusine, tomei banho no jato antes de pousar porque não queria perder tempo indo até a minha casa antes. Só de pensar na menina, um sorriso estúpido e patético se abre em minha boca.

Maya

Eu ando pelo corredor espaçoso e ladeado de esculturas elegantes. A cobertura veio mobiliada. Se não tivesse sido tudo em cima da hora, pensaria que foi decorada especialmente para mim. Só que Alvinho não me conhece tão bem. Por outro lado, Bianca, sim, sabe dos meus gostos. Apesar de termos convivido por pouco tempo, nos tornamos íntimas. Por falar na minha amiga, as coisas estão bem entre ela e o Montanaro mais novo. Ele a instalou em uma cobertura chique em outro prédio residencial perto daqui. Ela está de volta ao escritório também. Temos conversado bastante tanto no trabalho como fora dele. Jantamos juntas duas vezes nessa semana e temos fortalecido a nossa amizade. Sorrio com a lembrança de nossa noite de meninas na quarta-feira. Bebemos num bar aqui próximo de casa, o local tomado por nossos seguranças. Brincamos que parecíamos duas mafiosas com tanto guarda-costas cuidando de nós.

— Estou tão feliz que você resolveu voltar, amiga. — Ela me abraçou, seus olhos azuis brilhantes de emoção. Já estava um tanto embriagada. Nós enfiamos o pé na jaca sabendo que seríamos levadas para casa em segurança.

— E eu por te ver fora do calabouço. Que bom que o Alvinho perdoou você, amiga — murmurei, beijando seu rosto.

Seus grandes olhos me sondaram por um instante em silêncio.

— Nem acredito que Alv me perdoou. Ele estava tão irado e magoado comigo, Maya — disse com desgosto. — Fiz tanta coisa ruim para a família dele. — Seus olhos encheram de lágrimas. — Para você também. Eu fui horrível.

— Nós duas cometemos erros terríveis — concordei. — Mas, fico feliz que tudo deu certo, ao menos para você.

Ela fez cara de pesar.

— Eu sei que Andreas foi um escroto total, mas realmente não há chance de perdoá-lo, amiga? Estou feliz por mim, mas triste por você. Eu queria ser a sua irmã — murmurou e me desfiz, meus olhos enchendo de lágrimas também.

— Não seja boba, nós somos amiga-irmãs independentemente de estarmos com os fodidos irmãos Montanaro — resmunguei. Ela meio que riu. — Eu ainda o amo, Bi. Meu coração dói cada vez que o vejo e não posso tê-lo como antes. Ele foi o meu primeiro homem, me fez sentir coisas que eu jamais imaginei existir... — abanei a cabeça. Eu ainda não contei a ela sobre o casamento inusitado. And está certo. Estou com medo de lhe dar uma chance real. Não consigo me livrar desse peso, infelizmente. — Vamos ver o que o futuro nos traz. Quem sabe não haja alguma esperança para nós?

— Eu sei que não vai gostar de ouvir isso, mas ele parece estar falando a verdade quanto a seus sentimentos, Maya. Alv garante que...

— Não vamos falar deles. Esta é uma noite de meninas! — Peguei minha taça de Manhattan e toquei na sua sobre a mesa. — Clube da Luluzinha!

Ela riu e pegou a sua taça. Nós tomamos um bom gole e passamos a falar de sua decisão de destrancar a faculdade de Direito. Bianca e eu deixamos o bar praticamente carregadas. Gualberto me trouxe para casa em segurança.

Volto das lembranças com a minha querida amiga. Incrível como parece que a conheço há anos. Estou feliz que tudo tenha se ajeitado. Bianca merece uma segunda chance. Eu disse isso para Alvinho quando estávamos em Palermo. Ele aproveitou para me afirmar que seu irmão também merecia. Eu bufei. Porém, aquela viagem provocou não uma, mas duas mudanças em meu nome. Agora sou Maya Siena Pinheiro Rossi De Cantábria Montanaro. Deus, eu amo como isso soa. Embora ainda esteja lutando bravamente para que a Maya tola e apaixonada por Andreas Montanaro, acima de tudo, não volte, tem sido uma tarefa quase impossível. Paro no topo da escada larga. A sala é lindíssima, com sofás brancos e creme. Os aparadores já estão preenchidos com porta-retratos meus, de meus pais, meus padrinhos e de Breno. Aos poucos vou deixando o ambiente com a minha cara. Ainda há algumas caixas para desempacotar, mas farei isso aos poucos conforme a necessidade. Miguel chegou hoje à tarde e me convenceu a dar uma pausa no trabalho de casa, prometendo que me ajudaria. Ele vai passar o fim de semana e só irá embora na segunda. Queria dormir aqui, mas não achei certo dado o meu novo status. Sou uma mulher casada. Em segredo, mas casada.

Além disso, os seguranças estão atentos às suas visitas, especialmente Gualberto, que está plantado na minha porta. Tenho certeza de que seu chefe já sabe que Miguel chegou e que, pela sua aparência, vamos para um rolê na noite paulista. Decidi que vou dançar e beber com meu amigo hoje. Tenho vinte e um anos e não vou ficar mofando em plena noite de sábado. Preciso me distrair, com urgência. Principalmente depois que baixei a guarda e voltei a fazer sexo com Andreas. Gemo baixinho. Deus... Tem quatro dias que viajou para os Emirados a negócios, mas ainda posso sentir seu cheiro, seus braços fortes à minha volta. Sua boca gostosa sugando a minha enquanto metia em mim na nossa despedida em sua sala. Ia pegar o jato à noitinha e me chamou com o pretexto de discutir algo sobre Ceila. Não tive como recusar. Mal entrei e ele veio pra cima de mim. Não resisti. Como não o fiz em nenhuma vez na semana inteira desde Bassaiev. O rosto moreno e perfeito bem perto do meu. Aqueles olhos verdes-musgo, lindos e sombrios que tanto mexem comigo, me hipnotizando, fazendo-me sua estúpida e apaixonada submissa de novo.

Meus olhos ardem, meu coração dói, de amor e da falta que sinto dele. Sinto tanta falta dele, *de nós*. Como éramos, sem essa carga pesada de agora, as mentiras, as traições criaram um abismo entre nós e estou tendo dificuldade para saltá-lo. Por outro lado, amo aquele homem de uma maneira tão intensa que não tenho forças para deixá-lo. Respiro fundo, expulsando as angústias da mente. Ele só chegará de viagem amanhã. Deixarei para lidar com toda a carga pesada do nosso relacionamento amanhã.

Localizo Miguel perto do aparador onde tem as minhas fotos com Breno. Ele está pegando algo do chão. Começo a descer os degraus. Estou usando um vestido de cetim preto. É frente única, colado ao busto até a cintura, a saia se abrindo amplamente. O comprimento é na metade das coxas e as botas pretas de cano curto completam o luxo do visual. Gio não economizou nos presentes enviados para mim. Preciso retribuir minha madrinha por tanto carinho. Vou passar o próximo fim de semana com ela na mansão. Ainda estou chateada com Gian Lucca, mas não posso punir a única pessoa que me acolheu quando tudo ruiu. Alcanço o piso de mármore do amplo vão da sala e ando devagar. Meu amigo é um belo exemplar masculino e esta noite percebo que deu uma caprichada no visual. Usa camiseta preta de mangas compridas e calça jeans esporte fino. É alto, musculoso na medida certa. Seu cabelo loiro-areia está molhado e bem penteado para trás. O barulho de meus saltos o faz olhar de lado e seus olhos azuis cintilam com nítida apreciação.

É bom ver o brilho de interesse em seus olhos, porém, infelizmente, não sinto nada mais empolgante. Uma merda. Ele é bonito, mas não é Andreas. Simples assim. A competição chega a ser desleal. Me aproximo e, então, um som desgostoso sai da minha boca ao ver o porta-retrato que tem na mão. É a foto que mais gosto de mim e de Breno. Foi tirada poucos dias antes de ele morrer. O vidro está quebrado.

— Como o quebrou? — pergunto, avançando e retirando o quadro de suas mãos.

— Foi um descuido estúpido, Maya. Acabou caindo da minha mão. Me desculpe — se explica apressado, tentando pegar de volta. — Eu vou consertar, querida, fique tranquila.

Olho o quadro mais uma vez. O vidro está esmagado justamente sobre o rosto de Breno. O meu lado está intacto. Franzo o cenho intrigada.

— Me dê isso, não vá se cortar. — Miguel pega o objeto de volta, delicadamente. Coloca-o sobre o aparador. — Amanhã levarei para o conserto — garante e seus olhos passeiam novamente pelo meu corpo. Estica as mãos, segurando minha cintura, puxando-me para mais perto. — Meu Deus, você está absolutamente incrível — sussurra, subindo uma mão para o meu rosto.

— Obrigada. Não é para tanto — brinco. Sua boca curva num meio sorriso charmoso e seu rosto abaixa, ficando bem perto do meu.

— É sim, você é a coisa mais perfeita desse mundo, meu amor — murmura, o polegar avançando atrevidamente perto da minha boca. — Diga que será minha, Maya. Eu morro para ter você.

Expiro em desalento porque não posso lhe dizer isso. Não posso lhe dar isso. Mesmo com a cabeça toda fodida, eu pertenço a Andreas.

— Eu ainda não estou pronta, Miguel. Sinto muito — murmuro.

Seu rosto torce em decepção, mas acena.

— Está bem. Já estou feliz que tenha me chamado para passar esses dias com você — diz com suavidade. — Terei de fazer uma viagem que talvez leve um mês, mas quando voltar quero que vá conhecer a minha cobertura e passar alguma noite comigo.

— Irei sim, mas não poderei dormir por lá, como você também não pode dormir aqui — apresso-me em dizer, fazendo uma careta.

Seu rosto é tomando por uma expressão de cólera. Ele já sabe que estive envolvida com Andreas Montanaro, o advogado que prendeu Breno. Sabe também sobre as minhas origens. Eu confio na sua lealdade.

— Esse maldito criminoso matou Breno, Maya — range, sua raiva transbordando.

— Miguel, ele não matou Breno. — A defesa pula para fora da minha boca no mesmo instante. Ele me olha surpreso. — Seu primo estava metido com as pessoas erradas e foi isso que o levou à morte.

— Deus, você ama mesmo aquele infeliz, não é? — A reprovação é nítida em seu tom e expressão.

— Não vamos estragar nossa noite — expiro. — Chamei você porque preciso me distrair, Miguel. Estava com saudades do meu amigo.

— Merda. Está bem. Estou sendo um idiota. — Respira fundo, a raiva deixando seu semblante. — Vamos, meu amor. Eu vou levar a minha garota na melhor casa noturna de São Paulo.

— Eu tenho dinheiro — ofereço. Além dos meus mais de trezentos milhões de Reais, Gian Lucca transferiu um milhão para a minha conta. Levei um susto no horário do almoço quando fui fazer uma transação pelo aplicativo do meu banco. Fiquei irritada na hora. Mesmo que eu dissesse com todas as letras que não queria, ele insistiu, dizendo que é para as minhas despesas. Ele quer que eu aplique o outro. O homem é teimoso como uma mula. Bufo. Seu filho tem bem a quem puxar. Eu estava ligando para ele e avisar que iria estornar o valor absurdo para a sua conta quando Gio me ligou antes. Depois de uma queda de braços, argumentos do lado de lá e de cá, fui vencida. Minha madrinha me convenceu a aceitar o dinheiro. — Se precisar, ajudo com os gastos.

Seus olhos são preenchidos com uma expressão que não consigo decifrar.

— Quem diria que a garota por quem sempre fui apaixonado era uma duquesa — murmura, o brilho imperscrutável intensificando nas íris azuis.

— Isso não muda muita coisa. — Rolo os olhos.

— Claro que muda. Você é uma nobre italiana, Maya — diz com orgulho na voz e sussurra: — Você é ainda mais perfeita.

— Pare de ser bobo, Miguel — bufo. Ele ri, meneando a cabeça.

— Apesar de estar montada na nota agora, eu jamais permitiria que gastasse seu dinheiro comigo. A minha garota será tratada como uma rainha, faço questão — recusa minha oferta com uma arrogância recém-adquirida. Ele deve estar ganhando mesmo muito dinheiro com seus investimentos na bolsa de valores. Pondero. — Vamos?

Aceno e andamos para o elevador privativo. Em instantes, saímos na garagem do condomínio. Quando paramos diante do carro de Miguel, me surpreendo com um modelo da Audi. Meus seguranças surgem do nada, como malditos agentes secretos, indo para o Range Rover preto. Gualberto passa por mim com o celular colado no ouvido. Não é preciso ser um gênio para saber com quem está falando. Vou me preparar para ouvir as ameaças de Andreas para meu amigo quando chegar amanhã. Ele precisa parar com isso.

Cerca de quarenta minutos depois, estamos na casa noturna. Eu observo tudo entusiasmada. O lugar é realmente chique, percebe-se pela fachada. É toda iluminada por arandelas alaranjadas e verdes. É uma construção moderna de quatro andares. Mais adiante pode-se avistar o Estádio do Morumbi. O bairro é um dos mais sofisticados da capital. Miguel coloca a mão em minhas costas e me guia por um caminho estreito, cortando um pequeno jardim ostentoso na frente da construção. Há uma fila gigantesca de pessoas aguardando entrada. Estou abrindo a boca para perguntar se não temos que aguardar a nossa vez, quando Miguel se aproxima dos seguranças e enfia a mão no bolso, puxando um cartão preto, mostrando-o. Os seguranças não dão nenhum trabalho, pelo contrário, abrem o cordão de isolamento imediatamente, nos dando passagem. Pietro, Enzo e Gualberto nos seguem de perto.

É horrível me sentir vigiada e tolhida, porém, sorrio, gostando de ter saído esta noite. Eu precisava ver gente. Puxo uma respiração profunda, olhando em volta, sentindo-me ao menos um pouco livre. Vou aproveitar hoje, bebendo e dançando, amanhã volto a pensar na minha vida e na bagunça que acabei de aumentar ao decidir continuar casada com o homem que já me machucou tanto. Entramos no prédio e suspiro, meus olhos passeando ávidos pelo ambiente. O luxo é gritante, por todos os lugares. Possui três pisos, bares estrategicamente dispostos. Há camarotes suspensos nas laterais do salão. A casa está lotada com gente bonita e bem vestida por todos os lados. Nesse ambiente, está tocando um dance agitado. A pista, que fica dois degraus mais baixo das outras partes do salão, está tomada pelo público dançante. Meu corpo começa a entrar no ritmo da música. Eu amo dançar. De repente as imagens de mim e Andreas naquele clube no México preenchem a minha mente. Estava lindo demais. Nossa dança foi perfeita, sensual e acho que foi bem ali que ele me ganhou para lhe dar os fodidos seis meses.

— Quer tomar algo antes de ir para a pista? — Miguel inclina, sussurrando em meu ouvido. Aceno. Um pouco de coragem líquida é sempre bem-vinda para quebrar o gelo.

— Shots de tequila, para começar — respondo com empolgação e Miguel franze a testa, surpreso. Eu não sou muito de tequila. Sou mais de coquetéis e uma boa cerveja. Porém, depois de Andreas, tomo champanhe e a marca do Bourbon caro que ele gosta. — Quero me divertir sem pensar em mais nada hoje, Miguel. Foi para isso que saí de casa. Posso confiar em você para me levar de volta em segurança?

Ele sorri, amplo e satisfeito.

— Nem precisa perguntar, meu amor. — Algo passa fugazmente em seus olhos. — Eu vou cuidar da minha garota. Beba o quanto quiser. Você está segura comigo.

— É por isso que te amo. — Sorrio, inclinando-me e lhe dando um beijo na bochecha. Seus olhos queimam e ele torna a sorrir satisfeito. Seu braço enrola em minha cintura e me deixo ser conduzida pelo ambiente requintado, desviando das mesas até um dos bares no canto. A música alta e o burburinho no local fica maior à medida que nos aproximamos do bar.

— Diga que vai fazer isso comigo mais vezes — murmura com um sorriso charmoso, me ajudando a sentar em um dos bancos vazios no centro do balcão. Pede uma garrafa de tequila ao *barman* e minha excitação aumenta. O moreno corpulento, de olhos castanhos, nos atende prontamente. Em instantes, a bebida, o sal e as fatias de limão são colocadas numa travessa dourada sobre a bancada. Uau. Me sentindo uma celebridade, com tanto privilégio, deslizo a língua no dorso da minha mão e salpico sal, lambendo-o. Pego o shot, tomo-o inteiro, chupando uma fatia de limão em seguida. — Linda — elogia, seu olhar aquecido, caindo para a minha boca. — Você fica sexy pra caralho tomando shots, não me culpe por ficar parecendo um idiota cobiçando-a. — Ele ri meio de lado e toma seu shot.

Novamente me pergunto porque não posso amá-lo do jeito que merece. Seria tão mais fácil. O rosto lindo e moreno do meu marido estala em meu cérebro, mesmo contra a minha vontade. Uma comparação desleal com os reles mortais. Viro outra dose. A quentura gostosa do álcool começa a se espalhar em minha corrente sanguínea e rio, apreciando a sensação. Tomamos mais dois shots e noto meus seguranças parados nas proximidades, os olhares atentos sobre mim e meu amigo. Gualberto está com a boca apertada quando o encaro. Confere algo em seu celular e digita rapidamente, então volta a ficar na posição ereta e atenta.

— Estou pronta para agitar! Vamos? — convido Miguel com o entusiasmo recém-adquirido pela tequila.

Seu sorriso se alarga e ele torna a enrolar minha cintura com um braço, nos afastando do bar. Aproveito que tenho minha própria frota de guarda-costas e deixo minha carteira com Gualberto. Miguel me leva para os degraus de acesso à pista e descemos, entrando na massa agitada. Um dance do DJ Alok começa e os acordes me contagiam. Amo as músicas dele! Miguel não solta a minha cintura quando começo a remexer os quadris. Seguro sua cintura também e rio, deixando a magia do som penetrar em mim. O DJ engata uma boa sequência de Alok e dou um grito animado, agradecendo. Miguel me puxa mais perto e dançamos juntos. Me jogo, expulsando tudo o mais para longe. Canto junto cada música, rebolando, gingando e Miguel me acompanha, mostrando que é muito bom nisso.

Algum tempo depois, estou suada e com sede. Faço sinal para darmos uma pausa e meu amigo assente, levando-me de volta ao bar. Bebemos mais shots, rindo, dançando perto dos bancos. De repente, sinto um arrepio em minha nuca. Meu cabelo está preso numa trança e rabo de cavalo no topo da cabeça. Gosto desse penteado. O decote do meu vestido deixa as costas inteiras de fora. Viro rapidamente, procurando por Andreas. Eu sei que é ele. Ninguém mais causa esse tipo de reação em meu corpo. Apenas ele. Vasculho as proximidades com meus olhos. Quero vê-lo. Meu coração dispara em expectativa, a garota boba e apaixonada ainda está dentro de mim e ela gosta de pensar que está aqui por mim, para me buscar, que está aqui porque me ama verdadeiramente. Olho tudo e a excitação se transforma em decepção quando não o vejo. Continuo observando, levando minha atenção para os camarotes vips. Não está em nenhum do lado direito.

— O que está procurando? — A voz de Miguel penetra em minha mente confusa. Ele tem um shot em sua mão quando o encaro.

— Nada — minto para despistar.

— Aqui. Beba mais um antes de voltarmos para a pista. — Traz o copo para a minha boca e eu viro tudo. Seu sorriso e olhar estão quentes sobre mim, com apreciação.

— Preciso de um pouco d'água agora — confesso, sentindo minha cabeça rodar. — Não quero cair tão rápido.

— Não se preocupe, meu amor. Beba o quanto quiser. Eu cuido de você. — Ele ri de uma maneira enigmática e roça o polegar em meu rosto. — Nada de água por enquanto.

— Está bem. Eu preciso mesmo adquirir resistência aos destilados — rio na alegria induzida pelo álcool. — Vem, vamos voltar para a pista!

Arrasto-o de volta. Quando passamos perto de Gualberto, ele tem um olhar nada amistoso em seu rosto. Quase pergunto a ele estupidamente se Andreas está aqui. No momento em que piso no primeiro degrau para a pista de dança, torno a sentir como se estivesse sendo observada. Olho em volta novamente, a expectativa ridícula tomando conta de mim. Não vejo nada, ou a pessoa que meu coração estúpido quer encontrar. O som de Alok continua a agitar o público. A introdução de *Fuego* soa e a galera grita. Miguel me puxa mais perto, escorregando uma mão perto da minha bunda e a outra pegando minha nuca. Sei que devia pará-lo e não incentivar seus avanços, mas de repente quero provocar Andreas, se ele realmente estiver aqui. Então, eu roço meu corpo no de Miguel. Ele geme, me apertando contra si.

Um grande fluxo de fumaça sai de vários locais nas laterais do salão e os gritos ganham mais entusiasmo. Rapidamente o recinto é tomado pela névoa densa e as mãos de Miguel são arrancadas de cima de mim.

— Miguel! — chamo-o, girando no lugar à sua procura, mas não vejo nada. — Miguel! Onde você está? — O pânico começa a se instalar em mim.

Engasgo ao sentir um braço forte enrolar em minha cintura e minha trança sendo puxada com força.

— Acabou a paciência e a porra do cavalheirismo, minha esposa. — A voz grossa e irritada no meu ouvido faz meu coração saltar descompassado.

Ah, Deus, era mesmo ele.

CAPÍTULO DEZ

Há vários motivos para não amar uma pessoa, e um só para amá-la.
(Carlos Drummond de Andrade)

Maya

Antes que possa falar alguma coisa, meus pulsos são puxados para trás e algo os restringe. Uma braçadeira. Meu coração salta com mais força.

— And... — chamo-o, não vendo nada através da névoa. Ele provocou isso? Não responde, só me arrasta às cegas, não sei para onde.

Posso sentir seu humor sombrio através da tensão em seu corpo. Deus, ele está cheiroso. Estou tonta, a boca seca. Não era para ele chegar só amanhã? Meu cérebro embriagado tenta raciocinar.

— Você chegou mais cedo, por que não me avisou? — pergunto. Nenhuma resposta, apenas um ranger de dentes. Ok, ele está puto. — Para onde está me levando?

— Você está bêbada, porra? — vem a pergunta raivosa e em vez de ficar com medo, fico excitada. Sua voz grossa, seu cheiro, a maneira possessiva como está me levando.

— Eu só queria me divertir com um amigo — me defendo, tropeçando um pouco nos saltos. Ele rosna e me sustenta pelo cotovelo. Enfim, saímos num corredor livre da névoa e, logo à frente, vejo a limusine familiar. Gualberto abre a porta. Jairo está na direção. — Ei, Jairo! — cumprimento alegremente.

— Boa noite, senhora — ele diz todo sério. Os seguranças sabem que estou casada com seu chefe. Eles estavam presos conosco naquela sala quando And providenciou tudo.

And me empurra para dentro e caio pesadamente sentada no banco. Ele se senta do meu lado e abre o frigobar, pegando uma garrafa de água. Com cara de poucos amigos, torce a tampa e segura meu queixo, forçando o gargalo na minha boca.

— Beba tudo e trate de ficar sóbria — ordena, seus olhos intrusivos nos meus. — Você me deve algo e vou cobrar hoje.

Quero perguntar do que está falando, mas ele despeja o líquido na minha garganta e eu bebo com avidez. Dreno o conteúdo e seus olhos cintilam com satisfação.

— Odeio exageros com bebidas, você sabe disso — diz seriamente. — Por que está se embriagando? Soube que na quarta não conseguiria ir sozinha para casa se não fosse Gualberto — range.

— Eu não sei — murmuro, de repente me sentindo ridícula por agir assim. Eu não sou irresponsável.

Ele segura meu queixo, olhando-me fixamente, tentando ver além do que quero mostrar. Seus dedos acariciam minha pele suavemente. Seus olhos queimando nos meus.

— Eu vou te ajudar a descobrir, bebezinha — sussurra, no tom brando e indolente de dominador. Ofego, lambendo os lábios. Retira algo do bolso e minhas entranhas se agitam ao ver uma mordaça. — Abra a boca — ordena, e é inexplicável como apenas obedeço. Seus olhos cintilam, apreciando minha submissão. Passa a correia pela minha cabeça e encaixa a bola em minha boca. Em seguida, retira uma venda de seda preta do outro bolso. Estreito meus olhos. Ele veio preparado. Um riso lento e obscuro curva seus lábios sensuais e ele sussurra: — Sim, minha cadela, seu dono veio preparado.

E meu corpo entra em ebulição, já não é mais meu. É dele. Ele vai me levar para uma sessão. Não tivemos ainda depois que estamos nesse limbo em que nos colocamos. Arfo, antecipando os prazeres escuros e perversos que só esse homem pode me dar. Observo-o sem pestanejar, presa no transe que os olhos verdes-musgo sempre me lançam. Desliza os dedos suavemente pela minha face e me seguro para não fechar os olhos e gemer em deleite. Seu rosto suaviza um pouco enquanto nos encaramos. Em seguida, o dominador volta e ele desce o tecido sobre meus olhos, privando-me da visão. Vai me levar ao calabouço? Meu corpo inflama ante a possibilidade, mesmo que aquele lugar tenha sido a minha prisão por algum tempo. Eu sabia que ia chegar o momento em que iria querer a submissa. Somando-se a isso, a tequila elevou o meu tesão e necessidade de ser dominada por ele a níveis que não podem ser contidos esta noite.

O veículo começa a se movimentar. Não fala mais nada, apenas pega minha mão e entrelaça nossos dedos sobre o espaço no banco entre nós. Não sei quanto tempo se passa. Me oferece outra garrafa d'água e bebo avidamente. Quando termino, o carro finalmente para. Ele me ajuda a descer e vai me guiando, avisando sobre dois degraus, em seguida, que estamos entrando em um elevador. Não estamos no Voraz. O percurso foi mais silencioso e o cheiro aqui é diferente. Meus outros sentidos entram em alerta.

— Estamos subindo — é tudo que diz, sua voz grossa no meu ouvido, fazendo-me arfar através da mordaça. Eu amo esse jogo. Amo ser dominada, não saber o que me espera. Estar à sua mercê. É fodido que ainda me sinta assim depois de tudo, mas não posso negar. A necessidade que sinto do meu dominador sombrio é visceral. Não dá para controlar. Eu preciso. Puxo uma respiração entrecortada e sua boca desce pela lateral do meu pescoço. Lambe a minha pele, raspa os dentes bem devagar. — Respire, meu lindo bichinho. Eu sei o quanto precisa foder com o seu dono. Foram longos dias para mim também.

Deixamos o elevador e emito um som abafado ao ser levantada nos braços. Deus, eu amo seu cheiro, a firmeza dos músculos do peitoral, braços. Percebo-o empurrando uma porta e entramos num ambiente com ar-condicionado. Anda alguns passos e me coloca no chão. Seus braços se vão e fico atenta, procurando-o, ativando meus outros sentidos. Sinto cheiro de velas e alguma essência agradável impregnando o ambiente. Em instantes a introdução de uma de suas músicas instrumentais sombrias soa pelo recinto. E é tão fodido, mas até a música me deixa ofegante, minha calcinha pegajosa. O cheiro gostoso e masculino chega até minhas narinas novamente e inspiro. Ele deve estar à minha frente, me olhando com o tesão e fome animal com os quais já estou familiarizada. Posso sentir seu olhar.

— Linda — murmura com voz enrouquecida e suas mãos pousam sobre meus ombros nus. Eu gemo com a sensação. Acaricia minha pele, sem pressa, subindo, segurando meu pescoço com as duas mãos. Arfo. Seus dedos giram, indo para a nuca e com precisão cirúrgica, abre o fecho do vestido frente única. O ar frio arrepia meus seios, os bicos ficando duros. — Esse modelo foi providencial, bebezinha. — Seu tom é zombeteiro fazendo alusão a meus pulsos presos na braçadeira. Aliás, já começa a incomodar, sinto a pele repuxar e machucar.

Deixo-o me despir, empurrando o tecido pelos meus quadris. Arrepio-me inteira com as mãos quentes e grandes apalpando meu corpo no processo. Quando enfim fico só de calcinha, ele faz um som satisfeito na garganta, pegando meus seios, sem rodeios, sem me punir, como pensei que faria. And geme, amassando a minha carne, rolando os mamilos com firmeza. Gemo alto quando a boca morna engole meu seio direito, chupando-o com ganância. Passa um braço pelas minhas costas, me forçando a arquear e sua boca me tortura com sugadas fortes, mordidas suaves nos bicos. Esfrego as pernas uma na outra, meu sexo latejando com força, precisando dele para preenchê-lo. São apenas quatro dias, mas parece uma eternidade. Estou oca, pingando para senti-lo dentro de mim e morrendo. Ele rosna e passa a mamar no seio esquerdo, mordendo, lambendo, soprando o bico. Quero que me toque lá embaixo, mas ele não vai. Sei que vai me punir de alguma maneira. Seus dedos ficam passeando pelo ventre, chegando à borda da calcinha, então, sobem de novo. Estou babando na bola da mordaça, precisando gozar. Ele para de chupar meus seios, a mão pegando grosseiramente meu rabo de cavalo.

— Andando, cadela — range, me arrastando não sei para onde. Tropeço em meus saltos, deixando-me ser levada. — Deite-se de bruços — ordena, me empurrando numa superfície plana e acolchoada. Parece um de seus bancos adaptados com algemas. Fico confusa quando libera meus pulsos. Em seguida, fico alarmada quando a frente da coisa se movimenta e escorrego. — Segure-se aqui, bem forte. — Coloca minhas mãos sobre uma barra de metal, percebo pela frieza. Fecho meus dedos em volta. — É uma gangorra. Comprei especialmente para a minha putinha submissa. — Sua voz é escura e perversa e, Deus, eu amo o tom e palavras degradantes nesse contexto. — Visitei uma feira BDSM recentemente e adquiri coisas novas para usar com a minha cadela. — Suas mãos traçam minhas costas, o toque suave me alertando que o sádico está louco para acabar comigo numa sessão.

— Relaxe o corpo — ordena e logo sinto tiras de couro sendo passadas por baixo da minha barriga, entrelaçando em minhas coxas, levantando minhas pernas. Faço um som de protesto através da mordaça ao ser completamente arreganhada, as coxas abertas e amarradas em direção à bunda. Fico esperando seu toque em meu sexo. And não o faz, mas posso senti-lo me olhando. Me assusto com suas mãos em meu rabo de cavalo, desfazendo-o e o trança habilmente. Gemo, babando, sentindo seus dedos correndo pelas mechas. Ele também geme e, em seguida, se debruça em minhas costas, enfiando o nariz em meu cabelo. — Deus, como amo esse cabelo, bebezinha. — Seu tom é engrossado com tesão e reverência.

Está com o torso nu, percebo apenas o tecido da calça jeans roçando minha bunda. Sem dizer mais nada, afasta-se e pega as laterais da minha calcinha, rasgando-a com brusquidão. Arfo, o ar frio penetrando minhas partes íntimas. Suas mãos percorrem meu corpo inteiro, costas, ombros, braços e pernas, evitando meu sexo, que pulsa mais, o creme vazando por entre os lábios. Quando finalmente enfia a mão entre minhas coxas, esfregando minha carne molhada, eu choramingo de prazer. Ele ri e, então, enfia a cara em minha boceta, passando a lamber e chupar meus líquidos. Dois dedos me penetram e me reteso um pouco pela ardência. Enfia tudo e os gira, indo e vindo gostosamente, passando a chupar meu clitóris. Sobe um pouco e lambe meu ânus, rodando a língua no orifício. Convulsiono pelo prazer sujo e gostoso. Me come com os dedos enquanto sua língua trabalha na minha entrada traseira, o polegar massageando meu montículo inchado.

Para de me chupar e enfia um dedo no pequeno anel. Entra ardendo, apertado. Respiro entrecortado e relaxo, deixando-o ir fundo. Não demora, insere um segundo e gemo ao ser penetrada nos dois lugares. Os dedos da vagina passam a massagear meu ponto G e o orgasmo se constrói rápido e impiedoso. Minha pele arrepia, meu ventre incendiando na sensação vertiginosa que é gozar com ele. Não consigo mais segurar, faço um som esganiçado, engasgando, o prazer lavando minhas entranhas. Estou gozando ainda quando o sinto alinhando a cabeça grossa em minha vulva. Segura minha cintura e mete em mim, numa estocada só. Berro, gemo, estremeço, sendo arreganhada em seu tamanho e espessura.

— Ohh, sim, meu bebê — geme guturalmente, pulsando e se enfiando até o fundo. — Maya... Porra, porra — murmura com aspereza, todo atolado. Eu choramingo, a sensação dolorosa e sombria de tomar todo o seu grande volume é perfeita demais. A venda é puxada e pisco, meus olhos encontrando a parede de espelho à nossa frente, os olhos verdes-musgo já cravados nos meus. — Vamos, toma mais. Quero ir mais fundo — ordena, me puxando para trás, estocando com força. Eu grito através da mordaça, sentindo suas bolas baterem em meu clitóris. A gangorra é acionada e acho que vou cair quando pende para a frente. — Segure-se, Maya. Você andou relaxando com seu treinamento e bebendo álcool como uma cadela — range, os olhos duros nos meus.

Então, vejo-o levantar o chicote de um compartimento na lateral do acolchoado. Sem pena, ele começa a açoitar minhas costas enquanto me fode com força. Eu grito, o som sai abafado. É a primeira vez que come e me surra assim, e meu corpo convulsiona pelo prazer obscuro. Me surra nas costas, descendo para bunda e fica alternando. Continuo gritando, recebendo suas estocadas fundas e duras e chicotadas perversas. Minha pele arde, vibra. Dor e prazer reverberando em cada célula do meu corpo. Ele rosna, parando as estocadas e me surrando com vontade. Choramingo, pendurada, tentando ao máximo não cair de cara no concreto.

Cretino fodido! Xingo-o, mas nesse momento, ele volta a me comer. Estoca com tudo, rasgando-me sem pena, me batendo na bunda, meus globos já ardendo, doendo. And tem a expressão escura que tanto me fascina em seu belo rosto e olhos. Estou aberta, recebendo suas estocadas profundas, gemendo, choramingando, amando ser usada dessa forma. Amando apanhar do meu dono enquanto sou fodida.

— Meu brinquedinho de foda — diz zombeteiramente. Minhas paredes encharcam e latejam à sua volta, famintas, com seu termo degradante. Seus olhos ficam ainda mais obscuros e perversos e sua linda boca curva nos cantos. — Tão perfeita minha menina sombria — sussurra. — Gostosa demais... Amo essa bocetinha pequena em volta do meu pau. — Faz um som rude em sua garganta, me balançando na gangorra, retirando-se quase todo e me puxando de volta, metendo até o punho. Volto a gritar, minha boceta já ardendo por ser esticada grosseiramente no pau longo e grosso. Ele puxa a mordaça finalmente e respiro aliviada, engolindo a saliva.

Me puxa da gangorra, minha bunda ficando em seu colo, aberta, a posição incômoda, dolorosa e acelera, me comendo com fome. Estendo meus braços para trás, segurando sua nuca. Suas mãos passeiam pelo meu torso, enchendo em meus seios, nossos olhares travados no espelho. Aperta meus mamilos ao ponto da dor, estocando profundamente em mim.

— Diga, Maya! Eu quero ouvir você dizendo, porra! Diga! — exige, ensandecido, me rasgando sem dó. Não é preciso elaborar, eu sei o que quer ouvir. Resisto, não querendo me render, mas ele rosna e dá um tapa forte em meu rosto. Arfo, minhas sombras e luxúria abraçando as dele de vez. And ri cruelmente e me bate do outro lado. — Vamos, diga o que nós dois sabemos! — intima, metendo tão profundo que fico sem ar e me desmancho, o gozo vindo como uma avalanche.

— Meu dono! — berro, entrando em convulsões, transformando-me numa boneca de pano em seus braços. Com um urro animalesco, ele crava os dentes em meu ombro numa mordida forte e começa a gozar também quase que imediatamente. — Ah, ai, ahhh... meu dono, meu dono — choro, convulsionando com a dor da mordida e o prazer inenarrável do seu sêmen jorrando em meu canal dolorido. Seus braços se fecham ao meu redor enquanto mete e goza em mim. Meus olhos reviram de prazer. Quando termina, me empurra na gangorra de novo, minha bunda ficando exposta. Seu pau ainda está duro e ele encosta a cabeça em meu ânus.

— Segure-se na barra. — Seu tom é ofegante e tenso. — Muito tempo sem foder a minha cadela numa sessão, não vai sair daqui antes de eu matar a minha vontade — range, segurando meus quadris, puxando-me para si e não posso fazer nada. Estou imóvel e choramingo quando a cabeça entra, abrindo meu esfíncter. Arde, respiro entrecortado, mas relaxo, deixando-o meter, esticando-me. Choramingo, sendo sodomizada em seu eixo grande e espesso. Está quase lá, então, eu grito ao ser penetrada com força o resto do caminho. — Caralho! — ele geme longo e rouco, suas unhas cravando em minha cintura. Fica parado um instante para eu me adaptar e depois volta a se movimentar devagar. Eu gemo, relaxando o quanto posso para recebê-lo. — Assim, bebezinha. Me deixa entrar bem fundo nesse cuzinho apertado e gostoso — elogia, passando a ir e vir, pegando ritmo. Vejo seu lindo rosto moreno através do espelho. Está concentrado estocando e olhando seu pau entrar em mim. — Me toma todo... Vamos, leva mais... — rosna e abre bem minhas bochechas, socando fundo.

— Ahh! — berro, estremecendo, sendo fodida com força agora. — And... — balbucio, perdida em nosso jogo luxurioso. — Sim, por favor... Me come assim, meu lorde — incito-o e ele rosna, me devorando com ferocidade. Enfia uma mão por baixo do meu corpo e encontra meu clitóris, esfregando-o tão gostoso que rolo os olhos.

— *Delizioza...* — sibila, pegando um punhado do meu cabelo como uma rédea, não parando de estocar profundamente. Ele me fode, me usa como bem quer por tanto tempo que minha boca fica seca, meu ânus pegando fogo. A forma feroz com que mete em minha bunda e a carícia suave em meu feixe de nervos me desfaz novamente. Arquejo, meu corpo inteiro arrepiando, o baixo ventre sendo tomado pelas ondas escaldantes. Eu gemo, ganindo em absoluta entrega. — Isso, goza bem gostoso no meu pau... Branquinha. — rosna rouco e então, se debruça sobre as minhas costas, jorrando em meu anel castigado. Pega o meu queixo, virando meu rosto para o seu. Nossas bocas respiram uma na outra. Suas íris verdes-musgo estão escuras enquanto mete e goza em minha bunda. — *Baciami, amore mio.*[12]

Aceno, ofegante, abalada, apaixonada, ainda que não esteja pronta para devolver a declaração.

— *Sei tutto per me* — murmura e mergulha a boca na minha. Eu soluço ao sentir o seu gosto perfeito. — Você é minha e eu sou seu — murmura, me apertando contra si, sua língua penetrando minha boca como seu pau em meu ânus. Nossas línguas entrelaçam e nos chupamos, sugamos com desespero sôfrego.

— Diga, por favor, diga — eu imploro, soluçando, chorando. Ele para o beijo, seus olhos intensos dentro dos meus. Não é preciso elaborar também. Ele sabe do que se trata. — Diga — choro mais.

— Eu te amo, meu bebê — sua voz treme um pouco ao dizer isso. Seus dedos são trementes também quando tocam meu rosto. — Te amo tanto, branquinha.

Eu soluço mais alto. Querendo retribuir, mas ainda travada.

— Não. Não se distancie de mim quando ainda estou dentro de você, porra — pede em tom angustiado.

— Eu estou aqui — rebato.

---

12 Me beije, meu amor – em italiano.

Ele bufa e, apesar da tensão em seu corpo, sai com cuidado do meu interior. Vejo-o se dirigir a uma porta lateral e aproveito para olhar ao redor. É um calabouço, porém, esse parece mais sofisticado do que o do Voraz. Olho para o teto e a vista do céu estrelado através de uma enorme claraboia me faz ofegar. É simplesmente lindo. Ouço-o voltando e quase gemo novamente ao sentir a toalha molhada e morna entre minhas pernas. Me limpa gentilmente. Sei que estou toda inchada pela sua fome bruta. Em seguida, as restrições são retiradas das minhas coxas e as mãos grandes e firmes passam a massageá-las para o sangue voltar a circular. Quando me puxa até colocar meus pés no chão, eu cambaleio, tendo que firmar as mãos em seu peitoral. Seus braços me rodeiam prontamente, impedindo-me de cair.

— Nós precisamos conversar — murmura, seu tom sério, livre da indulgência e arrogância do dominador.

— Não, não precisamos. Apenas me leve para casa — rebato, me desvencilhando. Ele cede a contragosto. Eu vasculho o grande espaço, localizando meu vestido perto da porta. Me afasto na direção, meus passos vacilantes. Minha vagina e bunda estão doloridas conforme me movimento. Alcanço a peça de roupa e a coloco apressada. Ele rasgou minha calcinha, vou ter que voltar sem mesmo. Puxo uma respiração profunda e me viro para enfrentá-lo. Está vestindo a camisa preta de mangas compridas. — Onde estamos?

— Na nossa casa — responde, parecendo inabalável com a minha relutância. Abotoa os botões com gestos lentos, os olhos intensos e penetrantes sobre mim. — Fiz uma reforma e redecorei tudo para quando você parar de besteira e vir morar comigo.

— Nós combinamos casas separadas — recordo-o, passando as mãos pelo meu cabelo bagunçado.

— Quando é que vai parar de ser orgulhosa e aceitar que nos amamos, branquinha? — pergunta e sei que está forçando um tom mais brando para não começarmos a discutir. — Porra, eu estou tentando! — expira com uma expressão magoada em seu rosto.

Lágrimas picam meus olhos e desvio o olhar para o outro lado do salão. Nós nos perdemos em meio a tanta coisa feia.

— Como está tentando? Me comendo em cada oportunidade? — acuso-o, voltando a encará-lo. Seu rosto fica duro.

— Não sou a porra do mocinho dessa história, Maya — rosna. — Costumo pegar o que quero sem muita frescura. Então, sim, estou tentando respeitar seu maldito tempo. Se dependesse de mim você já estaria de volta à minha casa e cama há dias.

Eu bufo, limpando meus olhos.

— Foda-se! Eu quero morar sozinha, por enquanto! — brado.

— Morar comigo não, mas trepar você quer, não é, meu bichinho? — rebate com raiva. — Seu orgulho não é tão grande quando se trata do meu pau.

Escroto! Ranjo os dentes pra lá de irritada.

— Foi meu primeiro e único homem, é claro que gosto de trepar com você, seu fodido!

— Não fale assim, não resuma essa porra a sexo — ele rosna, andando para mim. — Você me ama, caralho! Me ama, mas é teimosa demais para nos dar uma chance real.

Parece que estamos tendo a mesma conversa, só que com os papéis invertidos agora. Eu lhe disse exatamente isso quando estava pisoteando meu coração no Voraz. Pisco, afastando-me ainda mais dele.

— Peça a Jairo ou Gualberto para me levar em casa — murmuro, drenada do esforço físico em me submeter depois de muito tempo.

Ele expira longamente, então, abaixa a cabeça, o rosto ficando bem próximo do meu.

— Eu vou te levar — sussurra, os dedos traçando suavemente meu rosto. — Venha passar o dia comigo amanhã.

— Tenho dados novos no caso Ceila que preciso ver e... — minto, tentando me afastar, mas segura meu pulso.

— Você está sendo covarde. — Ele perde a paciência, seus olhos duros. — Sabe que vamos terminar juntos. Você é a minha mulher, porra!

— Por favor, eu te dei seis meses! — sibilo.

Uma expressão cruel se espalha em seu rosto.

— Me deu seis meses de sexo. Prefere ser a minha puta, em vez de esposa? Porque é isso que está fazendo, você me deixa te comer e depois vai embora, porra — esbraveja. — Se eu soubesse que podia te comer assim fácil, teria deixado seguir com o pedido de anulação.

Minha raiva transborda e acerto sua face perfeita com um tapa forte. Vou dar outro e ele rosna, segurando meus pulsos com força. Suas palavras são como tapas na minha cara porque são reais. Eu sou patética, doente por esse homem e ele sabe disso. Não consigo deixá-lo. Meus olhos turvam.

— Te odeio — choro. A raiva por ter levado um tapa escoa do seu rosto.

— Não. Odeia o que fiz com você, não a mim — declara e para a minha surpresa, me solta, virando as costas. Vejo-o passar as mãos pelo cabelo escuro e denso, os ombros largos flexionando por baixo da camisa preta. É lindo. Uma parte do meu coração quebrado quer perdoá-lo completamente. Eu abraço a mim mesma, engolindo o choro, tentando entender que bagunça é essa que estou fazendo.

— Eu quero ir embora — repito, precisando correr para longe. Ele se vira devagar, o rosto torcido, a ruga entre as sobrancelhas indicando que seu humor azedou.

— Fuja o quanto quiser, branquinha. Mas a verdade é uma só: você e eu somos feitos do mesmo material. O mais sombrio, obscuro possível. Nos completamos. — Quero desviar o olhar dele, mas não vou lhe dar esse gostinho. — Você me amou mesmo sabendo quem eu sou, e eu te amei mesmo que não fosse aparentemente confiável. — Ficamos em silêncio por alguns instantes, medindo forças até que ele expira com nítido desgosto e acena: — Vem, eu vou te levar para casa.

A viagem de volta para o meu condomínio foi rápida, uma vez que ficamos em bairros vizinhos. Não falamos mais nada. Andreas estava taciturno, conferindo mensagens em seu celular. Quando entramos na garagem, pareceu-me mais escura do que nas outras vezes que passei aqui à noite. A limusine para e ele desce, estendendo-me a mão. Aceito-a, é grande e morna, meu corpo acendendo como uma árvore de Natal apenas com esse simples toque. É estúpido, mas continuo relacionando-o à proteção. É uma sensação de completude inexplicável tê-lo segurando a minha mão. Passo para fora e ele percebe o meu conflito, seu rosto suaviza um pouco. Me recosta à lateral do carro, a boca vem para perto da minha. Arfo, lambendo os lábios, cada célula do meu corpo já querendo-o de novo. Seus dedos tocam meu rosto, os olhos verdes-musgo preenchidos com uma emoção quente.

— Me deixe dormir com você — pede, o outro braço enrolando em minha cintura. — Sinto falta de dormir com você em meus braços. — Seus lábios cálidos descem nos meus, sugando sensual e delicadamente. Estou a ponto de ceder, mas decido seguir com nosso acordo. Casas separadas.

— Obrigada por me trazer. Não é necessário subir comigo — ignoro seu pedido, lutando para não agir como a garota tola que quase se ferrou completamente por amar esse homem acima de tudo. Ele não aprecia, mas balança a cabeça. Eu começo a andar para o elevador privativo e, nesse momento, o som de pneus cantando no concreto da garagem soa bem perto. Olho para o lado, um carro preto está vindo em minha direção a toda velocidade. É com absoluto pavor que vejo a janela sendo aberta e uma arma apontando para fora, para mim.

— Maya! Não! — A voz de And soa desesperada ao mesmo tempo que dois disparos soam. Seu corpo grande pula em cima do meu, empurrando-me da frente do carro, evitando o atropelamento. Não sei como aconteceu, mas caio por cima dele, o impacto no concreto tão forte que o sinto através do seu corpo. Sons de tiros ecoam na garagem. Gualberto e Jairo berrando palavrões ao acertarem os pneus do furgão.

Eu rolo de cima de Andreas, ele está gemendo baixinho. Meus ossos gelam ao notar a mancha vermelha em seu ombro. Foi atingido! Meu coração salta de forma dolorosa e arregaço a camisa, vendo a ferida da bala em seu ombro. Oh, meu Deus! Meus olhos turvam de lágrimas, a realização caindo sobre a minha cabeça. Ele se jogou na minha frente. Se jogou na frente das balas para me proteger.

— And, oh, meu Deus... — Seguro seu rosto, estranhando seus olhos estarem fechados. Então, passo a mão em seu cabelo e meus dedos saem sujos de sangue. Mais terror me engolfa, ele bateu a cabeça. — Não, não! Por favor, me perdoe — eu choro, puxando seu torso para o meu colo. — Me perdoe, meu amor, me perdoe — repito, desespero me varrendo por inteiro. — Acorde, And! Acorde, meu amor! — berro, cobrindo seu rosto de beijos, mas ele não abre os olhos, até o gemido baixo cessa. — Ajudem aqui! Oh, meu Deus! And...

Eu abro os olhos para um quarto estranho, azul-claro. Mexo-me e a dor no ombro esquerdo irradia em todo o braço. Porra. Observo o curativo. Gemo, as memórias da garagem do prédio da Maya, voltando. Levei um maldito tiro no ombro! *Maya*. Meu coração salta com força. Não me lembro de nada depois que pulei sobre ela, empurrando-a da frente do carro e da mira dos fodidos que abriram fogo. Ela se machucou? Pergunto-me atordoado e levo a mão direita à cabeça, encontrando uma faixa. Merda. Também bati a cabeça no concreto. Senti meu cérebro chacoalhando com a maldita pancada. Ajeito-me em posição semiereta e observo o quarto. Reconheço a clínica particular que sempre usamos quando nos machucamos em nossas atividades ilegais. Os médicos daqui não fazem perguntas idiotas, são bem pagos para manterem as bocas fechadas.

Não há ninguém aqui? A constatação faz meu peito apertar em decepção. Na verdade, eu esperava encontrar a minha branquinha por perto. Deus, ela continua me desprezando. O que mais posso fazer para que me perdoe? Gemo em desgosto. Minha boca está seca. Água, preciso de água. Está escuro lá fora, noto através das persianas da janela. Que horas são? Quanto tempo fiquei apagado? Tento me levantar, só que minha cabeça dói e fico tonto.

— Porra — resmungo, voltando a sentar no leito. Nesse momento a porta se abre e um médico entra. Mesmo em meu estado atordoado, percebo que nunca o vi antes.

— Deite-se, senhor Montanaro. Não está em condições de sair dessa cama ainda. — O tom do homem é brando, embora capte algum tipo de tensão. Me deito, gemendo e acompanho seus movimentos ao preparar uma injeção.

— O que é essa merda? — pergunto, ranzinza pela dor na cabeça e ombro.

— É para a dor. Vai ajudá-lo a dormir — informa, seus olhos escuros encontrando os meus e, nesse momento, a suspeita me deixa ainda mais alerta. São olhos sem alma... Iguais aos meus. Olhos de um assassino.

— Quem é você? Mostre o prontuário e a porra do crachá. Agora! — exijo, tentando me sentar outra vez, mas minha cabeça dói como o inferno.

Ele não responde e começa a injetar o líquido da seringa no meu soro. Num reflexo rápido eu arranco a intravenosa da mão esquerda, o sangue espirrando para todo lado.

— Quem te mandou aqui? — ranjo, tentando sair da cama, mas ele me empurra de volta.

— Eu não esperaria menos do *Cobra*. — O infeliz sorri sombriamente e tenta enfiar a agulha em meu braço. Reunindo forças, seguro seu pulso, impedindo-o de me furar e dou um soco em sua cara com a mão livre. Ele grunhe e recebo um de volta, pegando em cheio meu maxilar. Minha cabeça é lançada contra o leito. — Filho da puta! Me disseram que você era mesmo difícil de matar — sibila, colocando mais força, a agulha se aproximando do meu pescoço agora. Seguro seu pulso com toda minha força, lançando mão da minha última reserva de energia, meus braços tremendo com o esforço que preciso fazer. Onde diabos estão Jairo e Gualberto? Percebendo que vou gritar, o maldito empurra um travesseiro em minha cara, impedindo-me de respirar. — Porém, eu nunca perco um alvo. Esse é o seu fim — se vangloria. Continuo segurando seu pulso, embora saiba que minhas forças estão acabando. Minha respiração sendo cortada pelo travesseiro sobre o meu nariz e boca.

Não, eu não posso morrer aqui, assim. Não posso morrer sem sentir a mulher que amo nos braços mais uma vez. Eu nunca me casarei com ela? Uma cerimônia de verdade, com nossas famílias presentes? Pergunto-me, me recusando a aceitar esse fim indigno e medíocre. Eu não quero morrer agora. Ainda há tantas coisas que quero fazer para ela. Tantas coisas para mostrar a ela. Tento levantar a perna e dar um chute no maldito, mas não consigo, estou ficando sem ar.

— Vá para o inferno, Andreas Montanaro! — ele range.

Quando penso que fui vencido, um tiro estoura no quarto, o infeliz grunhindo de dor. Em seguida outro disparo.

— Você é que vai, seu covarde de merda!

A voz... Tento respirar... Maya. Ela está aqui? Como? Questiono-me entre atordoado e feliz.

— Deixe-o! Agora! — Mais um disparo soa e dessa vez a pressão do travesseiro em minha cara se vai, assim como o pulso que eu estava segurando.

— Porra, o que diabos está acontecendo aqui?

Soa a voz de Gualberto.

— O senhor está bem, chefe?

Jairo vem para perto da cama. Puxo o ar desesperadamente de volta para meus pulmões, aliviado, meus olhos procurando ansiosos por Maya, confirmando que sim, ela está aqui. O falso médico está sentado, recostado contra a parede, uma mancha de sangue em seu ombro e duas em ambas as pernas. Maya está apontando sua pistola para ele, não relaxando com a chegada de reforços. Seus olhos estão cheios de lágrimas, mas sua postura e olhar são intimidantes para sua presa.

— Quem te mandou aqui, defunto? — range, chutando a perna bem em cima da ferida do infeliz, que cerra os dentes.

— Você não tem ideia, vadia — o homem estala. Agora que a adrenalina está diminuindo, reconheço seu sotaque. É italiano.

— Não, não tenho, mas aposto que vai me dizer tudo, covarde maldito! — minha menina brada e atira novamente, bem do lado da cabeça do imbecil. — Você é muito estúpido e mal preparado se acha que vai pegar o meu marido assim tão fácil.

Minha respiração trava nessa parte. Ela disse *o meu marido*?

— Vai se foder, puta! — ele rosna e é a gota d'água.

Levanto-me, mesmo cambaleando e pego a arma de Gualberto. Aponto para a testa do defunto. Seus olhos mostram medo agora. É fugaz porque tipos como esse são bem treinados para não mostrar alarde em caso de serem capturados. São assassinos treinados para não entregar seus chefes. Para seu azar, eu também sou um desses assassinos.

— Peça desculpas à minha mulher — ordeno. — Agora!

Os olhos do infeliz cravam em Maya e tem a ousadia de sorrir.

— Sua mulher? — repete, caindo na gargalhada. — Ela pertence a outro.

Aproximo-me mais, suas palavras me intrigando.

— Do que diabos está falando, monte de merda? — estalo. — Quem te mandou aqui? Você está ligado com os outros malditos que abriram fogo contra nós?

— Não terá nem mais uma palavra de mim, *maledeto*! — range, confirmando que é mesmo italiano.

— Abra a porra do bico e diga quem é o fodido por trás desses ataques! — brado, minha cabeça doendo ainda mais pelo esforço. — Fala, filho da puta!

— Nunca. Pode me matar. — Levanta a cabeça.

Eu rio friamente, mirando no meio de sua testa.

— Isso é fácil para mim. Poderia fazer agora — zombo, embora esteja tomado pela dor excruciante no ombro e cabeça. — Mas aí não teria graça nenhuma. Eu gosto de matar arrancando o couro do meu inimigo ainda vivo. — Seus olhos ampliam um pouco, mostrando seu medo e torno a rir. Ah, o cheiro do medo. Inspiro longamente. Eu me alimento disso. — Não te contaram esse pequeno detalhe sobre o *Cobra*? — meu riso vai sumindo. — Eu gosto de ver a luz se apagando nos olhos dos fodidos que se metem em meu território.

— Rendemos os três infelizes que estavam no furgão, chefe — Jairo informa, mas minha atenção permanece no defunto abatido no chão. — Matamos dois no local e, como é de praxe, levamos o menos ferido para interrogar. O senhor Álvaro cuidou disso junto com seus primos Luigi e Augusto.

— Ótimo, Jairo — relanceio minha atenção nele e em Gualberto. — Fizeram um bom serviço — elogio e volto a encarar a minha presa.

— Não desconfiamos desse defunto porque ele transitou pelos corredores da clínica vestido de médico desde o momento em que chegamos, chefe — Gualberto se justifica.

— Um profissional dedicado é o que temos aqui — debocho. — Vamos ver se resiste ao tratamento Montanaro, verme.

Estou abrindo a boca para ordenar que Gualberto se encarregue de levar o infeliz para uma das celas no Voraz quando um aparelho de celular começa a tocar. É do imbecil, constato, notando o visor iluminado dentro do bolso do jaleco verde. Jairo se adianta, pegando o aparelho antes que eu lhe peça e me entrega. Não tem nome salvo, apenas um número, mas aposto todas as minhas fichas que o autor da chamada é o mandante dos ataques. Atendo-o e trago o aparelho ao ouvido.

— Está feito? — é a única saudação. A voz é modificada por computador, engrossada, me lembrando *Darth Vader*.[13]

Em vez de responder, eu rio sombriamente. Ouço a respiração do interlocutor alterando. Volto a mirar a testa do infeliz no chão, que percebe a minha intenção.

13 Vilão da saga Jornada nas Estrelas.

— Houve uma pequena alteração no plano — sibilo em tom baixo e letal, então, puxo o gatilho, a bala abrindo um buraco na testa do homem. — O próximo será você. Tic, tac — zombo e desligo. Entretanto, minha atuação de *o poderoso chefão* é comprometida quando cambaleio, o quarto rodando. — Porra, minha cabeça parece que vai explodir.

— And! Me ajudem! — A voz alterada de Maya penetra meu atordoamento. Imediatamente muitas mãos estão me amparando, impedindo a minha queda. — Coloquem-no na cama — ela orienta em tom mais brando. Em instantes estou encostando a cabeça de volta no travesseiro. — Arrastem esse *maledeto* para o banheiro. And precisa ser examinado agora. Depois, livrem-se dele — instrui.

— Sim, senhora — meus homens dizem em uníssono.

— E chamem o helicóptero. Assim que And for medicado, o levarei para casa. Aqui não é seguro esta noite — Maya diz em um tom altivo, como se de fato estivesse assumindo seu lugar: a mulher do chefe.

— Farei imediatamente, senhora — Jairo garante.

— Branquinha... — chamo, tentando manter meus olhos abertos. O quarto continua rodando. Meu coração aquece quando sua mão pequena e macia segura a minha, entrelaçando nossos dedos. Seu rosto abaixa, entrando em minha linha de visão e suspiro fitando seus belos olhos preocupados. Estão verdes nesse momento. — Eu te amo — murmuro em meio à tontura.

— Shh, não fale. Já toquei a campainha. O neurocirurgião deve vir logo — garante numa voz tão suave que nem parece que ainda me despreza. Então, sua mão livre vem para o meu rosto e eu fecho os olhos com o toque delicado. — Me desculpe por deixá-lo sozinho. Você teve uma concussão. Só saí para pegar um café porque precisava ficar acordada para o caso de precisar de mim. — Ela esteve aqui comigo o tempo todo? Porra, a dor na cabeça e ombro pouco me importa com essa notícia.

De fato, não demora nada o médico está entrando no quarto e pedindo espaço ao lado do leito para me examinar. O cinquentão ruivo informa que é preciso repouso de uma semana das atividades intensas. Ele não sabe da missa a metade... Penso levianamente. Ele injeta medicação para dor direto na minha veia. Examina meus pontos onde a bala foi retirada, suponho.

— Se a náusea continuar e vir a vomitar, deve trazê-lo de volta. — Ouço a voz do médico, mas ele está falando diretamente com Maya.

— Faremos isso, doutor. Obrigada — ela agradece.

Em poucos minutos, o helicóptero está aterrissando em minha casa, no heliponto do pátio superior, próximo ao meu quarto. Estou grogue, a dor arrefecendo e, em seu lugar, uma sonolência se apossando de mim. Meus homens guiam Maya, que está me amparando, até a escada lateral que dá acesso à minha suíte. Entramos e Jairo e Gualberto se despedem, garantindo que ela pode chamar a qualquer hora.

Sou levado até o closet e Maya me ajuda a mudar a roupa para uma das minhas calças de pijama. Vejo-a mudar para uma de minhas camisetas, a coisa fica enorme em seu corpo pequeno. Observo-a fascinado por tê-la aqui de novo. De repente, fico sem saber o que dizer. Ela está aqui por culpa? Talvez esteja superestimando a sua presença no hospital e esteve lá apenas porque a salvei daquele furgão. A possibilidade faz um pouco da minha alegria escoar pelo ralo. Deixo o recinto, andando de volta para o quarto, as portas da sacada estão abertas, a visão da faixa de floresta do parque à frente desobstruída.

Paro no limiar das portas e respiro fundo. A dor passou completamente, apenas as escoriações e contusões permanecem incomodando. Estou quase me virando quando braços delicados envolvem a minha cintura por trás. Meu coração salta com esse gesto. Ela fazia muito isso antes de eu foder tudo e colocar sua vida em risco. Meu coração salta, enchendo-se de esperança porque ela jamais me abraçou assim desde que entramos nesse ensaio ridículo de casamento. Seus lábios suaves começam a depositar beijos em minhas costas nuas. Expiro, a alegria voltando a invadir meu peito. Ela está aqui por mim, por nós. Pego suas mãos nas minhas, trazendo-as até a minha boca e beijo cada um dos dedos, reverenciando essa menina.

— Eu sinto muito — murmura, não parando os beijos suaves como plumas. Me viro em seus braços, ficando de frente. Envolvo sua pequena cintura com o braço direito, já que o esquerdo está numa tipoia. Aproximo nossos rostos. Ela tem lágrimas em seus olhos. — Eu amo você, And — declara e meu coração quase para ao ouvi-la dizendo isso depois de tanto tempo, tanta mágoa, tanta dor. Minhas narinas inflam, meus olhos picando pela emoção. — Eu ainda amo você. — Ela soluça, seu rostinho de anjo, atormentado. — Nunca deixei de te amar. Por mais que meu coração tenha sido machucado, você nunca saiu dele.

Arfo, absorvendo sua declaração angustiada.

— Branquinha... — pronuncio em tom reverente, levantando a mão para o seu rosto lindo. — Eu pensei que nunca mais fosse ouvir isso da sua boca.

Ela funga, suas mãos trêmulas vindo para o meu rosto.

— Eu ainda sinto medo — confessa, seus olhos nadando em lágrimas. — Tira isso de dentro de mim. Faça meu coração inteiro de novo, por favor. Não quero mais a mágoa, dor ou medo. — Eu abano a cabeça, agoniado com sua angústia, conseguindo entender agora a razão de não ter me perdoado completamente. — Me faça inteira de novo. Só você pode, And. Só você.

Fecho os olhos, encostando minha testa na sua e respiro profundamente. É como se um caminhão tivesse sido retirado das minhas costas.

— Eu vou tirar toda a angústia e medo, meu bebê, prometo — garanto com suavidade, mas firme. — Só haverá espaço para o amor que sentimos um pelo outro. — Levanto seu queixo, fitando-a dentro dos olhos. — Então, você está voltando para mim? De verdade?

Ela acena em meio às lagrimas. Eu desço a boca na sua num beijo lento e apaixonado. Sua boca se abre para a minha exploração, em seguida, chupa a minha língua. Nos beijamos entregues, nossos sons de apreciação reverberando no ambiente. Eu sei que ainda temos uma batalha para enfrentar, cujo inimigo nem sequer foi declarado, mas com ela do meu lado, já me sinto vitorioso.

CAPÍTULO ONZE

É um vício comum a todos os homens o não se importar com a tempestade no perdurar da bonança.
(NICOLAU MAQUIAVEL)

MAYA

Eu abro os olhos, tentando me mexer, mas sou impedida por um braço forte e familiar enrolado em minha cintura. Gemo, a quentura do corpo grande me cercando, o cheiro masculino enchendo meus sentidos. O cheiro do meu homem. Como senti falta disso. Suspiro, meu peito leve pela primeira vez em quase dois meses. Acaricio sua mão, que está aberta em minha barriga sobre a camiseta enorme que uso. Deus, ele tomou uma maldita bala por mim. Lembrar daqueles momentos faz meu coração ficar aflito. Queriam me matar? Quem? Me pergunto, assustada. Agora que estamos em sua casa, fora de perigo, pelo menos por enquanto, essas perguntas estão martelando em minha cabeça. O som de mensagem apita em meu celular sobre a cômoda e estico o braço, conseguindo pegar. Levo um susto ao ver a hora, são quase onze da manhã! Desbloqueio a tela, vendo o nome de Gioconda. Abro o áudio:

Gio: Bom dia, amore mio. Estamos aqui embaixo, na cozinha de vocês... Ah, figlia, você e meu And juntos de novo... Ele está bem? Alvinho já ouviu bastante esta manhã por não ter nos avisado...(expira). Tomem seu tempo e desçam quando quiserem, eu e Meire estamos cuidando do café, está bem?

Gemo. Ela está lá embaixo, provavelmente com Gian Lucca. Pensei em levantar antes de And e preparar seu café da manhã, como ele fez tantas vezes para mim. Contudo, compreendo a presença de seus pais nesta manhã. Alvinho deve ter avisado do incidente com o irmão mais velho apenas hoje. Ele e os primos Luigi e Guto estiveram na clínica nas primeiras horas à chegada de And. Quando perguntei por Gioconda, Alvinho me disse que ele e And têm um trato de só chamarem os pais em situações graves, pois, não gostam de preocupar sua mãe por nada. *Por nada!? Seu irmão levou um tiro e teve uma fodida concussão!* Eu retruquei. Ele apenas riu e disse: *meu mano é durão, não se preocupe, maninha.*

Eu bufei, mas constatei isso em primeira mão mais tarde, quando o dia estava perto de amanhecer. Um novo ataque, dessa vez direcionado a And. Um assassino disfarçado de médico tentou matá-lo quando saí do quarto por ínfimos minutos para buscar um café. Deus, minha alma parece que saiu do corpo quando abri a porta e vi o homem asfixiando And com um travesseiro enquanto tentava empurrar uma seringa em seu pescoço. A sorte é que agora sempre ando com a minha pistola dentro da bolsa. Saquei imediatamente e meti bala no infeliz. Rendi o homem e acabaria com ele, tamanha a ira que estava sentindo por encontrá-lo tentando assassinar aquele que nunca saiu do meu coração. Se já estava decidida a perdoá-lo pelos eventos na garagem do meu prédio, quando o vi sendo atacado daquela forma covarde, a última barreira que o estava mantendo afastado caiu por terra. Ele não podia morrer sem me ouvir dizer que ainda o amava, que eu nunca deixei de amá-lo, mesmo em meio à mágoa e raiva, o amor continuou dentro mim.

Quem está querendo dar cabo de sua vida? É a mesma pessoa que atentou contra mim? Volto a me perguntar. Então, meneio a cabeça, expulsando essas questões por enquanto e respondo minha madrinha por escrito para não acordar And.

Eu: Bom dia, madrina. Sim, And e eu estamos juntos de novo. Ele está bem agora. Estou descendo para ajudar a senhora e Meire.

Envio e retiro o braço pesado de cima de mim, com cuidado para não o acordar. Ele dormiu bem o resto da noite, não teve náuseas, um bom sinal, de acordo com o médico. Não gemeu com dor também. Pouco dormi, vigiando seu sono com medo de ele sofrer algum tipo de reação e morrer sufocado. Deus, os eventos dessa noite foram traumáticos. Me arrasto sentada na cama e olho para o grande corpo moreno estendido sobre os lençóis de seda cinza-escuro. Seu peitoral amplo, subindo e descendo em respirações regulares. O rosto belo e relaxado no sono, a boca de lábios cheios, me convidando a beijá-lo. A faixa enrolada em sua cabeça não diminui em nada seu magnetismo de macho alfa. Mesmo relaxado e desprotegido, ainda exala perigo e poder, para quem o observa. Eu o amo tanto. Estou deixando tudo para trás agora. A mágoa e a dor precisam ir embora para que eu seja feliz. E só posso ser feliz com ele. Meu coração e corpo pertencem a este homem. Estendo a mão, tocando seu rosto com delicadeza. Ele se mexe, gemendo baixinho, é um som lindo e másculo que me deixa arrebatada.

— Bebezinha... — murmura.

Meus olhos ardem com lágrimas felizes ao ouvi-lo me chamando em seu sono. Ele me ama. Realmente me ama, agora sei disso, com toda certeza.

— Descanse, meu amor — sussurro, me debruçando e depositando um beijo suave em sua boca. — Meu dono — volto a sussurrar. — Fique bem logo.

And torna a gemer, mas seus olhos permanecem fechados. A dosagem da medicação para dor foi alta e o nocauteou. Dou-lhe mais um selinho e me afasto, descendo da cama. Meus olhos correm por toda a enorme suíte. Ele fez mesmo uma reforma. Está bem diferente daquela única e fatídica noite em que estive aqui antes de tudo ir pelos ares a primeira vez. Ando para o lado direito, localizando uma porta que presumo ser o closet e banheiro. Entro e não é surpresa encontrar o shampoo e sabonete que uso, em seu armário. Meu arrogante dominador estava mesmo me esperando. Um sorriso bobo se abre em minha boca. Eu escovo os dentes, tomo banho, lavando o cabelo e volto ao closet. Estou sem roupa e... Merda, sem calcinha também. O armário é enorme e vou abrindo cada porta para ver se encontro uma camiseta e uma calça de pijama que não sejam enormes. Terei que me virar com isso enquanto não pego minhas roupas em meu apartamento. Então, arfo ao abrir as próximas portas. O interior está lotado de roupas femininas.

No primeiro momento a lembrança da vaca da Isabeli invade a minha mente. Como odeio a maldita mulher. Fiz-lhe mais duas visitas no decorrer dessa semana. Tenho adquirido um gosto obscuro por torturar pessoas. A sensação de poder absoluto sobre a vida do inimigo é como uma droga poderosa. Assim, torturei a puta nas duas vezes. Na última, ordenei a Gualberto que a prendesse na mesa de madeira. Injetei um veneno mortal em sua corrente sanguínea e fiquei lá, vendo-a estrebuchar.

— Ele nunca será seu, vagabunda estúpida! Nunca irá te amar! — esbravejou, espumando pela boca. — Prostituta! Não adianta me matar! — berrou, então, começou a chorar como a criatura patética que ela é.

O tempo para aplicar o antídoto era de cinco minutos. Mas é claro que não lhe dei essa informação. Ela pensou que ia morrer naquele momento. Essa é a beleza da coisa, entendem? Eu me forcei a rir. A maldita sabia como ferir. Eu não tenho medo de nada que venha dela, mas Andreas Montanaro é o meu ponto fraco. Mais precisamente a necessidade que eu sentia do seu amor. Isso me deixava fraca de certa forma diante da vaca. Eu pensava que não era amada e ela sabia, usando isso para tripudiar sobre mim a cada vez que a torturei.

— Eu não me importo, vadia. O que importa é que você é o meu rato. — Andei até ela, olhando-a friamente. — Vou brincar com você até me entediar e te matar. — Os olhos da vadia mostraram medo e eu inspirei, absorvendo, alimentando-me disso. — Eu vou te matar, não pense que irá escapar daqui com vida — garanti e comecei a preparar a seringa com o antídoto.

— O-o que está fazendo? Mais veneno? Sua doente de merda! — engasgou, começando a convulsionar, os olhos revirando.

Sem dizer nada, peguei seu outro braço e apliquei a sua cura. Bem, ao menos naquele momento. Ela se debateu, me xingou de todos os nomes e eu cruzei os braços, esperando o antídoto fazer efeito. Não demorou muito, a vaca se acalmou e respirando agudamente, seus olhos escuros encontraram os meus. Ela é inteligente. Vi o entendimento tomando suas íris. Eu ri sombriamente.

— Sim, eu só queria me divertir com a sua vida miserável hoje — zombei, guardando minhas coisas na bolsa. Joguei-a sobre o ombro e olhei para a minha inimiga derrotada. — Eu tenho que ir, mas prometo que volto em breve, querida.

Fecho os olhos, sacudindo a cabeça, mandando a puta para bem longe. Alívio me enche ao ver que há etiquetas em todas as peças. Tem de tudo, jaquetas de couro, casacos e terninhos chiques para o escritório. Vestidos deslumbrantes de marcas e valores que me deixam nervosa apenas olhando. Ainda não me acostumei ao fato de que sou rica agora. Confiro tudo. São do meu tamanho. Ele comprou para mim, a constatação faz meu coração aquecer. Procuro uma peça mais informal para ficar em casa num dia de domingo e vejo alguns vestidinhos soltos. Retiro um verde-escuro do cabide e abro as gavetas para ver se comprou lingeries também. E, novamente, meu sorriso se abre ao ver pilhas e pilhas de calcinhas e sutiãs de seda. Escolho um conjunto branco e coloco-o, em seguida, o vestido. Penteio o cabelo, olhando meu reflexo cansado, mas feliz no espelho. Volto a vasculhar a última porta do closet e encontro os calçados. Muitos, muitos deles, para todas as ocasiões. Calço uma rasteirinha de dedo e volto ao quarto. And ainda dorme profundamente.

Ando para perto da cômoda, pegando os comprimidos que ele precisa tomar quando acordar. Ajeito-os do lado da garrafa de água que coloquei aqui quando deitamos. Observo-o por mais um tempo, bobamente apaixonada. Com um suspiro contente eu deixo o quarto.

Ouço as vozes animadas quando piso fora do elevador. Sim, há um elevador aqui também. A suíte de And fica no quarto andar e a cozinha no térreo. Jairo me enviou um mapa da casa por mensagem hoje de manhã. Escuto mais vozes, algumas que não reconheço de imediato e franzo o cenho. Parece que não são apenas Gio e Gian Lucca visitando. Ando devagar, meus olhos percorrendo tudo, cada detalhe e requinte da decoração. É bem parecido com a da ala de Gio, porém, com o toque e personalidade de seu dono. As cores são mais escuras, contrastando com tons de branco e cinza. Uma parede toda de vidro mostra uma parte do jardim a perder de vista. Quando dobro a esquina, entrando no cômodo da cozinha, estaco no mesmo estante. Jesus Cristo! Há muita gente aqui. A conversa cessa completamente ao me notarem. Gio abre um largo sorriso e contorna a bancada da grande ilha no meio da cozinha chique e espaçosa. Ângelo Montanaro, único irmão de Gian Lucca, está sentado ao lado de uma senhora morena e bonita, Antonieta, sua esposa. Alvinho, Luigi e Guto estão aqui também.

— *Bambina mia* — minha madrinha murmura amorosamente ao me alcançar, puxando-me para um abraço que diz mais do que essa simples saudação. Ela está feliz por eu e seu filho termos resolvido nosso conflito.

— *Madrina.* — Sorrio levemente, beijando-a na bochecha. Ela se afasta, seus olhos verdes brilhantes de lágrimas.

— Desculpe praticamente invadirmos, mas a *famiglia* ficou preocupada com And e depois, ficamos todos radiantes com a notícia que *nostra* escolhida está voltando e finalmente assumindo o seu lugar de direito — declara, suas palavras e expressão mostrando seu contentamento.

— Como ficou sabendo? — inquiro, confusa. Não comentei nada com Alvinho ou os primos de And.

Ela ri com ar experiente.

— Ah, querida, Alvinho nos contou que você passou a noite com And na clínica — abaixa a voz. — E que estava chorando e repetindo que o amava enquanto ele estava desacordado. — Eu olho na direção de Alvinho, que me oferece uma piscada, dando de ombros. Estreito meus olhos. *Que linguarudo.* — Vem, *tesoro.* Todos estão ansiosos para falar com você.

Deixo-me ser levada para perto da ilha. Gian Lucca é o primeiro que se levanta, ficando na minha frente. Sua expressão é ao mesmo tempo feliz e apreensiva. Eu fui muito dura e vingativa com ele também. Agora consigo perceber isso. Tenho sido uma cadela. Deixei a mágoa tomar conta de mim e rejeitei todas as tentativas de desculpas e aproximação por parte desse homem, que em algum momento da minha vida foi muito importante para mim.

— Você está bem, *figlia*? — pergunta na voz branda que tem usado comigo desde que a verdade sobre minhas origens veio à tona.

— *Si*, agora estou — murmuro, meu coração terminando de ficar leve. É hora de me livrar de todo o fardo. Expulsando a última centelha de mágoa, eu proponho: — O senhor gostaria de almoçar comigo qualquer dia desses?

Ouço o ofego de Gioconda do meu lado. Os olhos escuros de Gian Lucca são tomados pela surpresa, depois, ficam muito brilhantes. Agora que o sentimento ruim se foi, consigo sentir a familiaridade em seus olhos, seu rosto. A Maya criança deve tê-lo apreciado como padrinho, como à Gio.

— Eu gostaria disso, *bambina mia* — assente, a voz engrossada, mostrando sua emoção.

Aceno, abrindo um pequeno sorriso. Ele sorri de volta, meio sem jeito. É estranho ainda, mas é a interação mais desarmada que já tivemos até o momento.

Em seguida, Ângelo e a esposa levantam, vindo para perto também.

— Incrível a semelhança com Caterina e Adriano — o homem comenta, me observando atentamente. — Bem-vinda de volta à *famiglia, bambina*! — exclama, me surpreendendo ao dar dois beijos de cada lado do meu rosto.

— *Grazie*, senhor — respondo, sem jeito. — É um prazer tê-lo aqui.

— *Bellissima*! — Antonieta toma o lugar do marido, segurando meu rosto dos lados, os olhos azuis brilhantes. — Isso explica *nostro* And ter ficado louco por você, mesmo sem saber quem era.

Eu rio, sentindo meu rosto corar com o elogio da senhora elegante. Seu sorriso é largo, mas seus olhos guardam dor. Sua filha caçula foi brutalmente assassinada há apenas um ano. Acredito que algo assim não seja esquecido nunca. Meu coração aperta por ela.

— *Grazie*, senhora — murmuro, recebendo seu carinho também. — Prazer tê-la aqui também.

— O prazer é nosso, *bambina* — a mulher murmura. — Que belo reencontro.

— Ei, prima. Desculpe invadir. — Luigi acena de onde está, tomando uma caneca de café. Sua expressão não é culpada, no entanto. Ele e Guto começaram a me chamar de *prima* depois do meu casamento às pressas com And.

— Oi, Luigi. — Sorrio levemente.

— Venha tomar café conosco, prima. Não fique aí acanhada como se não fosse da família — Guto convida, levantando sua caneca.

— Ei, Guto. — Sorrio. Ele é o mais divertido da turma. Seu humor é sarcástico, claro. Acho que é o melhor que se pode esperar de um criminoso do seu calibre.

— Vem, irmãzinha. Não banque a tímida. Nós já te vimos em ação, esqueceu? — Alvinho endossa e olho meu cunhado.

— Você se provou um linguarudo, Álvaro Montanaro — bufo e ele sorri. Eu gosto dele. Sobretudo, depois que perdoou a minha amiga. — Mas, tudo bem. — Olho cada uma das pessoas que, de certo modo, também são a minha família, e sorrio levemente, completando: — Família é sempre bem-vinda. *Grazie* por estarem aqui.

Eles acenam e Gio segura meus ombros, me fazendo encará-la. Se já estava feliz antes, agora seu rosto está resplandecente.

— *Ti amo tantissimo, mia piccola duchessa* — murmura, seus dedos acariciando meu rosto.

— *Also, carissima madrina* — murmuro de volta, recebendo um beijo suave na têmpora.

Ela sorri e vai se sentar do lado do marido. Eu ando até a senhora esguia, trajando um conjunto de calça e blusa escura. É branca, na casa dos cinquenta, acho. Está derramando cobertura em um bolo de chocolate sobre a bancada espaçosa da pia.

— E a senhora deve ser a Meire — digo e ela vira a cabeça de lado, abrindo um sorriso receptivo. — Prazer em conhecê-la. — Estendo a mão.

— O prazer é meu, senhorita Maya — responde, aceitando meu cumprimento num aperto firme. — É bom vê-la finalmente aqui — declara e franzo o cenho. Ela abaixa um pouco a voz em tom de confidência: — O patrão estava ansioso à sua espera.

Sorrio, meu coração ficando quente ao ouvir suas palavras. Assinto.

— Obrigada. Agora, por favor, me mostre onde ficam as coisas — peço. — Vou preparar uma bandeja para And — adiciono e a mulher abre um sorrisão satisfeito.

Meire me oferece um tour rápido pelos armários, freezer e despensa. Voltamos à cozinha e me ponho a preparar um suco de morangos naturais. É um bom cicatrizante. Perguntei ao médico quais alimentos dar a And para potencializar sua recuperação. A conversa está animada na ilha à minha frente e sorrio, não esperava essa agitação toda nesta manhã, mas me vejo apreciando a alegria e os sotaques italianos. Eu sou um deles. Essa constatação está cada vez mais clara. Passo a arrumar uma bandeja com tudo que And gosta. Bolos, croissants, preparo ovos Benedict. Mergulho na tarefa, correndo para lá e para cá. Então, eu ouço o seu nome sendo chamado por sua mãe e pai e meu coração salta, minha atenção sendo levada para a entrada da cozinha. Os olhos verdes-musgo já estão sobre mim e borboletas começam a fazer festa em meu estômago. Meu corpo inteiro reage ao olhar que está me dando. Lambo os lábios e um arremedo de sorriso curva sua boca linda, antes de sua atenção ser desviada para Gioconda e Gian Lucca, que o envolvem em um abraço cuidadoso.

Ele retirou a faixa da cabeça e seus cabelos escuros estão levemente revoltos. Usa apenas uma calça de moletom preto. Essa cor o deixa muito sexy. Na verdade, é difícil algo ficar feio nesse homem. Observo-o interagir com seus familiares. Seu tio e tia também já estão abraçando-o. Em seguida o irmão e primos. Eu fico aqui, parada como que hipnotizada. Sua beleza morena e imponente me mantém cativa. Ele sorri de uma provocação de Alvinho. Foi dito em tom baixo, não consegui ouvir. Mas sei que tem a ver comigo porque os olhos intensos vêm para mim outra vez. And se afasta do pequeno grupo e começa a andar em minha direção. Engulo em seco, meu olhar caindo para o peitoral nu, o abdome definido que me dá água na boca. A tipoia em seu braço esquerdo lembra que está ferido, porém, sua postura é firme, indicando que está bem melhor esta manhã. Ele contorna a ilha e para na minha frente. Meu coração gagueja com sua proximidade, tudo nesse homem me arrebata.

— Branquinha... — murmura, sua voz um tanto suave, mas está engrossada, seus olhos quentes, passeando por mim inteira.

— And... — Arquejo e cubro a pequena distância, abraçando-o pela cintura, enfiando meu rosto em seu peito. Seu braço livre enrola em minha cintura imediatamente e nos abraçamos por um tempo em silêncio. Eu inalo seu cheiro, precisando disso, me impregnar de tudo, cada pequena coisa sobre ele e que quase me matou de saudade. Sim, senti saudade porque não me permiti me entregar completamente em nosso arranjo. Eu senti falta disso. Poder abraçá-lo e deixar meu coração transbordar de amor por ele. And geme baixinho e deposita beijos no topo da minha cabeça.

— Você está aqui mesmo — murmura. Eu levanto a cabeça para olhá-lo. — Quando acordei sozinho na cama pensei que tivesse alucinado — explica meio que rindo de si mesmo.

— Estou aqui. Estive com você toda a noite — sussurro, levantando minhas mãos para seus ombros, então, vejo o curativo, lembrando-me de que levou um tiro. — Como se sente? — pergunto, tocando em volta do local, meu coração pesando de culpa.

— Muito melhor em quase dois meses, bebezinha — declara, as íris verdes-musgo ficando um tom mais claro enquanto me observa. Sua mão sobe para o meu rosto e gemo pelo toque terno.

— Você se feriu por minha causa. Sinto muito... — minha voz embarga um pouco. — Deus, você se jogou na frente de uma maldita bala, And. Eles queriam me matar. Você tem ideia de quem possa estar por trás disso?

Seu semblante se fecha um pouco.

— Não tenho ideia ainda. Mas tenha certeza de que irei triturar o infeliz quando o encontrar — garante na voz fria de chefe do crime que já conheço bem. Então, seu rosto vai suavizando outra vez e ele sussurra: — Quanto a se jogar na frente da bala, não prometo não fazer novamente. — O olhar de pura devoção que está me dando agora me faz derreter em seus braços. — Há muitas pessoas pelas quais eu mataria, Maya. Mas, por você, branquinha — murmura asperamente, seu polegar passando a acariciar minha boca —, eu morro.

Eu engasgo com sua declaração. Meus olhos se enchem de lágrimas e arfo, deslizando meus dedos pelo rosto bonito desse homem que me faz sentir fraca, mas ao mesmo tempo tão forte. Tenho certeza de que faria o mesmo por ele. Meu coração salta com força ao constatar isso. Eu morreria por ele.

— *Amore della mia vita* — sussurro, puxando sua nuca, aproximando nossas bocas. Nossos olhares estão presos, nos devorando, nos amando. Sem máscaras, sem receio. — Eu farei o mesmo por você. Eu mato e morro por você, And.

Seus olhos ficam ainda mais aquecidos, brilhantes, lindos. Agora consigo ver claramente o amor cintilando nas íris verdes.

— *Sei tutto per me, Maya. Assolamente tutto, amore mio*[14] — declara e seus lábios tocam nos meus. Nossas bocas se abrem uma na outra, num beijo apaixonado e gostoso. Nossas línguas se entrelaçam numa dança lenta e sensual. Meu corpo inteiro arrepia ao sentir seu sabor, seu cheiro, seu desejo por mim. Nosso beijo vai ficando mais quente, intenso. Noto seu pau endurecendo entre nós, pulsando contra a minha barriga. Ele ri e eu também. Sua boca fica mais exigente, sugando a minha com fome e posse.

— And, sua família... — lembro-o num sussurro, entre beijos. Ele ri baixinho e me dá pequenos selos antes de separar nossas bocas.

Nos olhamos cheios de paixão, amor e essa necessidade inexplicável que sentimos um pelo outro. Posso ouvir os risos baixos e provocações de seu irmão e primos, já acomodados de volta nos bancos da ilha.

— Você não tomou café ainda — aponta. Não provei nada enquanto preparava, portanto, minha boca ainda tem o gosto da pasta de dente.

— Estava preparando uma bandeja para você — digo, acariciando sua nuca. Ele aprecia ouvir isso pela forma como seus olhos bonitos brilham. — Ia levar na cama para o meu lindo amo.

— Sempre romântica, bebezinha. — Sua boca curva num sorriso provocador. Eu rolo os olhos.

— Era só hoje. Não espere esse tratamento todos os dias — retruco. O sorriso vai se espalhando e iluminando seu rosto inteiro. Ah, Deus, ele é lindo demais.

— Vem, vamos nos juntar à nossa família — chama, me dando mais um beijo breve na boca. — Eles a estão assustando? — pergunta, franzindo as sobrancelhas escuras e bem desenhadas.

— Foi mais uma surpresa do que susto. — Sorrio e acrescento: — Eu queria estar sozinha com você em nossa primeira manhã em sua casa...

— Nossa casa, Maya — ele me corta. — Não pense que vai sair daqui.

— Ei, você não pode se alterar. O médico recomendou repouso absoluto de atividades físicas e mentais por uma semana — repreendo-o.

Seus olhos acendem com malícia e ele se inclina, sussurrando no meu ouvido:

— E quanto a foder, bebezinha?

Meu corpo inteiro estremece com o tom safado e o hálito quente soprando em minha pele. Ainda não matamos completamente a saudade porque só sexo não conseguia dar conta. Nossa conexão é mais profunda, exige mais do que a simples relação carnal. Eu estava morrendo de saudade da nossa camaradagem.

— Bem, considerando que o sexo é uma atividade física está fora da sua lista também, meu querido lorde. — Divirto-me com a cara de poucos amigos que ele faz agora.

Desliza o polegar pelo meu pescoço, os olhos ficando sombrios e perversos voltando para os meus.

---

14 Absolutamente tudo, meu amor – em italiano.

— Eu posso esperar — murmura com a suavidade indolente do dominador. — O calabouço que preparei para a minha duquesa merece uma inauguração à altura... — Seu sorriso malvado se amplia lentamente. Aproxima a boca da minha, sussurrando com perversão: — Ontem foi apenas um aperitivo, meu lindo bichinho.

Jesus... Eu choramingo com a promessa de prazer sombrio nos olhos verdes-musgo.

— And, terá muito tempo para assediar sua mulher, mano. Venha se juntar a nós.

Vem a voz de Alvinho, quebrando nosso clima. Rimos. And pega a minha mão, entrelaçando nossos dedos e seguimos em direção a seus familiares. Puxo um banco para ele e o ajudo a se acomodar. Sento no meu e Gio está nos encarando com um sorriso de orelha a orelha do outro lado da bancada. Meire coloca a bandeja de And à sua frente. Sirvo-lhe café preto inicialmente. Ele gosta de tomar assim a primeira xícara. Depois, reabasteço, acrescentando o leite. Me sirvo e começamos a comer. A conversa gira em torno de coisas amenas. Gian Lucca e Gio estão radiantes, olhando entre seu primogênito e eu.

— Grazie, figlia mia. Você nos deu o melhor presente — meu padrinho diz. Meu padrinho. Sim, é isso que ele é.

— Fico contente por fazê-lo, *padrino* — respondo e todos na mesa silenciam. A expressão no rosto bonito do patriarca é atônita. Sinto a mão de And pegando a minha e apertando suavemente, em gratidão, acho. — Eu disse a And que não quero mais mágoa ou medo entre nós. Isso se aplica ao senhor também — declaro e ele expira. Acho que o peguei totalmente desprevenido. Gioconda pega sua mão, dando apoio como seu filho está fazendo comigo. — Eu defendo os meus ferrenhamente, e sei que o senhor também o faz. Então, vamos nos dar bem.

— *Dio*... É como se ouvisse *tuo padre* falando, *bambina*. — Os olhos escuros do homem a quem também julguei com severidade, marejam. — *Si, figlia*, vamos nos dar bem. *Tuo padrino* defenderá a tua honra até o último suspiro — garante em tom solene e sério, lembrando-me de seu filho.

Assinto e, quando olho de lado, And está me encarando como se eu fosse a coisa mais perfeita sobre a Terra. Não diz nada, apenas levanta nossas mãos unidas, depositando um beijo reverente no dorso da minha. Eu fiz bem. Chega de fardos pesados. Só quero amor. Bem, isso e encontrar o filho da puta que atentou contra nós e enviá-lo para o inferno!

Andreas

Cinco dias depois...

Eu atravesso o hall da recepção do prédio da Montanaro, minha mão firmemente entrelaçada na de Maya. Poderíamos ter tomado o elevador privativo direto da garagem, mas quero assumir a minha branquinha como a minha mulher, publicamente. Eu devo isso a ela depois de submetê-la a tantas humilhações. Posso sentir um pouco de tensão emanando do seu pequeno corpo, mas quando olho de lado, seu rostinho de anjo está iluminado com um sorriso feliz.

— Todos estão olhando para nós — diz baixinho, virando o rosto para mim.

— Essa é a intenção. De hoje em diante todos saberão que você pertence a mim — declaro com arrogância e possessividade.

Ela rola os olhos, mas o sorriso em sua face linda permanece.

— Eu sei que devia protestar contra essa *mijada* na minha perna. — Meneia a cabeça, seus olhos de camaleoa indo do azul para o verde. — Mas esperei tanto por isso, andar com o meu homem de mãos dadas publicamente. Eu quis tanto ter você só para mim, And.

Meu coração aperta e aquece ao ouvi-la confessar isso.

— Eu sei, meu bebê — assinto, nossos passos diminuindo ao chegarmos à catraca de acesso aos elevadores. Enlaço sua pequena cintura, trazendo-a para mim. — Então me beije e mostre a todos que pertenço a você também — peço com voz engrossada.

Ela ri, segurando as lapelas do meu terno e levanta a boca deliciosa, pintada de vermelho, quase tocando a minha. Seguro sua nuca com o braço esquerdo, já livre da tipoia. Ainda dói movimentar, mas não sou do tipo que aceita ser limitado por qualquer merda. Nossas bocas se encontram lentamente e sorrimos antes de nos beijar. O intuito era mostrar publicamente que somos um casal agora, todavia, nosso tesão reprimido por esses dias sem sexo acaba aflorando e nos devoramos num beijo intenso e apaixonado bem no meio do saguão movimentado. Obrigo-me a parar e separar nossas bocas, meus olhos se abrindo direto para os seus.

— Acho que fomos bem convincentes, meu senhor — ela ronrona, o brilho malicioso tingindo suas íris, sua boca ofegando na minha.

Eu rio, assentindo, meu peito preenchido da melhor sensação enquanto fito a minha branquinha. Cinco dias desde que ela me perdoou e foi viver comigo. Embora não tenhamos feito sexo, foram os dias mais incríveis que tive em um longo tempo. Em parte, porque agora estamos diante um do outro sem máscaras, sem medo, sem mágoas. Nunca fui tão bobo perto de uma mulher, mas essa menina despertou esse meu lado. Me pego admirando-a, fascinado, ainda não acreditando que é minha de novo. Completamente minha. Está linda em um dos vestidos e casacos elegantes do guarda-roupas que montei esperando por ela. O conjunto é verde-água. Seu cabelo maravilhoso está solto, caindo pelos ombros e costas. Nos pés, sapatos de saltos altíssimos que trouxe de seu apartamento.

— Vem, o trabalho nos chama. — Não respondo a sua provocação.

Ela ri e passamos pela catraca, nos dirigindo para o primeiro elevador vago. Digito o nosso andar no painel e a caixa começa a subir. Nos observo através da parede espelhada, gostando do que vejo. Nunca houve esse brilho em meus olhos antes de Maya. Por mais que eu tenha me acostumado à cadela da Isabeli, era apenas conveniência. Me contentei com menos porque não sabia que era possível ter tudo: sucesso em meu ramo de negócios e uma mulher que fizesse meu coração doer de tanto amor. Tudo se resumia a negócios para mim. Maya vira de frente, as mãos delicadas de unhas rosa-pink alisando meu terno azul-escuro, subindo para a minha gravata.

— Tem certeza de que não está sentindo mais nada hoje, amor? — pergunta, seus belos olhos sondando meu rosto. — Você é tão teimoso. Podíamos ter feito *home office* — reclama.

Eu a puxo pela cinturinha, colando nossas frentes. Ainda não me acostumei com ela me chamando dessa maneira. Fico parecendo um retardado cada vez que ouço o termo carinhoso saindo da sua boca.

— Absoluta, amor — murmuro de volta. Ela suspira baixinho, seus olhos ficando quentes ao me ouvir usando o fodido termo também. Esse negócio de estar apaixonado nos deixa com uma cara tão patética, porra. Ironizo a mim, a ela, mas não trocaria essa sensação por nada nesse mundo. — Se sentir algum mal-estar no decorrer do dia, aviso e voltamos para casa — recito sua exigência quando insisti em voltar ao escritório hoje. Estava estressado pra caralho, além disso, ficar com ela vinte e quatro horas por dia preso em casa sem poder foder estava me matando.

— Bom menino. — A garota petulante me provoca, ajeitando minha gravata.

— Não provoque um homem privado de fazer o que mais ama — advirto-a, descendo a mão para a bundinha arrebitada e firme.

— O trabalho ainda continuará aqui, And. Sua saúde é mais importante — sussurra.

— Estou falando de foder você, bebezinha — murmuro, um riso lento e perverso se desenhando em minha boca. — Não poder comer sua boceta é o que está me incomodando.

Ela arfa, seu rostinho corando. Mas se recupera e abre um sorriso sexy, levantando o rosto para o meu, a boca vermelha ficando bem próxima da minha.

— Meu corpo também estará aqui, esperando pelo meu dono para usá-lo de todas as formas que lhe agradar... — declara, me fazendo ranger os dentes.

Meu pau sofre um espasmo com a ousadia da franguinha. Dou um tapa forte em sua bunda e ela geme baixinho. O elevador para e seguro sua mão, saindo para o corredor na frente de nossas salas.

— Eu vou ligar para o médico. Ele vai ter que me liberar hoje — resmungo. Maya dá uma risadinha linda, em seguida, seus olhos vão ficando suaves.

— Prometo fazer algo especial quando estiver completamente recuperado, *amore mio* — murmura. — Não há pressa. Estamos morando juntos agora e...

— Não há pressa o caralho — retruco e ela ousa sorrir mais da minha miséria. — Ele vai liberar, nem que seja a porra de baunilha, hoje você não me escapa, branquinha.

Seus olhos ficam completamente verdes e ela se inclina, roçando a boca na minha.

— Mmmm, baunilha saindo para meu lindo amo esta noite... — me provoca e estou tentado a bater em sua bunda atrevida outra vez.

— *Cagna... Espetta solo che mi rimetta in forma*[15] — ameaço, mordendo seu lábio inferior, puxando-o entre os dentes.

Seus olhos ficam tão bonitos quanto intensos ao murmurar:

— Vivo per servire il mio proprietario.[16]

Caralho. E agora meu maldito pau está duro de novo.

— Mano, vai com calma. Até onde sei o médico ainda não liberou esse tipo de atividade...

A voz debochada de meu irmãozinho soa atrás de mim. Maya ri e me dá um beijo suave antes de nos virarmos. Alvinho está com a sua bastarda, digo, sua mulher também. A garota ainda está toda sem graça perto de mim.

— Ei, mano, que tal cuidar da sua maldita vida? — bufo e ele ri, o deboche claro nos olhos escuros.

— Não tenho culpa por estar sem foder, *stronzo* — aponta, com o maldito sorriso na cara.

— Senhor, quero dizer, Andreas, que bom vê-lo bem — Bianca murmura, o desconforto claro em seu rosto.

Eu lhe disse há três semanas, quando voltou para o escritório, que podia me chamar pelo primeiro nome. Está claro que irá continuar na vida de meu irmão. Além disso, Maya é apaixonada por essa garota também. Farei um esforço para relevar seu fodido sobrenome por amor a Alvinho e a minha branquinha.

— Obrigado, Bianca — respondo cordial.

— Ei, Bi, Alvinho — minha menina os cumprimenta com um sorriso gigante. — Vocês estão livres no sábado? — indaga, me olhando de lado em seguida. Encaro-a e ela propõe: — Podíamos jantar juntos, amor. O que acha?

Meus planos eram fodê-la sem trégua no sábado, mas acabo assentindo. Na verdade, acho bom que minha mulher e de meu irmão se deem bem. Isabeli e Celine não se suportavam, tornando os encontros de casais uma tarefa complicada com as duas cadelas.

— Por mim tudo bem — oralizo.

— Por mim também — Alvinho diz, seus olhos encontrando os meus. Há um agradecimento silencioso lá. Ele sabe o quanto é difícil para um Montanaro estar perto de um Ramazotti, mesmo que o caso da sua garota seja diferente. Seu rosto fica sério quando pergunta: — Não era para estar em casa, And? Dona Gioconda vai encher seus ouvidos, se prepare.

— Porra, eu não aguentava mais ficar com a bunda no maldito sofá — ranjo. — Estou bem. Desde segunda que não sinto mais nada de dor ou enjoo. Estou novo em folha!

— Eu não consegui mais segurá-lo em casa — Maya resmunga.

---

15 Cadela... Espera só até eu recuperar a minha boa forma – em italiano.

16 Eu vivo para servir meu dono – em italiano.

Sou teimoso, mas ela tem razão em estar com marcação cerrada. De domingo para segunda, tive que ser levado de volta à clínica, sentindo náuseas fortes e vomitando. Passei a noite sob observação e tomando medicação no soro. Desta vez isolamos um andar inteiro só para nós e uma equipe grande de seguranças, espalhada nos demais para ficar atenta à movimentação. Colocamos um dos nossos junto ao controle de câmeras, para captar cada pessoa que entrava e saía. Cada vez que acordei, vi a minha menina do meu lado, sua mão firmemente entrelaçada na minha. Ela mal cochilou por duas noites seguidas. Quando tive alta na manhã seguinte, fomos direto para casa e dormimos praticamente o dia inteiro. Me levou comida na cama e assistimos filmes de comédia. Não gosto, mas ela não me deixou ver outros gêneros, alegando que minha atividade cerebral não podia ser sobrecarregada com suspense ou cenas violentas, minha preferência.

— Vou ficar de olho nele, não se preocupe — Maya garante e Alvinho abre um sorriso satisfeito.

— Fico aliviado, Maya — ele diz e, em seguida, muda o assunto. — Como está o caso Magalhães?

— Vamos tentar uma reunião de conciliação com aquele monstro, que infelizmente o Brasil ainda insiste em idolatrar. — Maya desabafa com desgosto.

Donizete Magalhães (Doni), famoso jogador de futebol, ídolo de um grande clube e da Seleção Brasileira, é o nosso caso. O homem simplesmente esmagou a coluna da esposa após uma briga. Ceila está se recuperando da terceira cirurgia, com poucas esperanças de voltar a andar. O ex casal tem dois filhos pequenos, que o infeliz está querendo tirar da mãe também. Nós vamos trucidar esse palhaço. Maya está muito empenhada e colocando em prática sua inteligência afiada e, por que não dizer, perversa, em ação. Ela visivelmente tomou as dores da cliente, o que já era de se esperar, sendo uma mulher.

— Infelizmente, as leis de proteção à mulher ainda são falhas nesse país. — Bianca me surpreende ao soltar essa. Encaro-a. — Destranquei a faculdade. Meu avô não queria que eu estudasse Direito — esclarece e Alvinho a puxa mais perto, beijando sua têmpora. Porra, nós dois estamos tão patéticos. Zombo. — Vou retomar a minha vida de agora em diante.

Alvinho puxa seu rosto para encará-lo.

— Você fará tudo que quiser, ruivinha — garante e então um sorriso perverso torce sua boca ao completar: — Bem, desde que seu dono aprove, claro.

A garota fica corada, da cor do cabelo.

— Ao trabalho — meu irmãozinho diz com uma cara arrogante. — Mano, não force muito hoje ou terei de ligar para a mamãe.

— Irmãos mais novos — bufo, então, fico sério. — Eu vou ficar bem, Alvinho.

Ele acena e gira nos calcanhares, dirigindo-se para a sua sala com a ruiva em seu braço. Eu abro a porta da minha e faço um gesto galanteador, dando passagem à Maya. Ela entra, andando à minha frente, o gingado dos quadris me hipnotizando. As pernas deliciosas em meias fumê.

— Bianca parece bem submissa a meu irmão fora do calabouço. Você também devia ser assim — comento quando alcançamos a minha mesa, colocando nossas pastas sobre o tampo polido. Maya levanta uma sobrancelha linda e altiva, recostando-se na borda, cruzando os braços sobre o peito. — Dócil, sempre obediente — digo cinicamente, apenas para provocá-la. Minha branquinha bufa, revirando os olhos.

— Você não teria se apaixonado por mim — garante com um ar presunçoso tomando seu rostinho de anjo. Estica a mão pegando a minha gravata, raspando as unhas no tecido, os olhos presos aos meus. — Gosta da minha petulância fora do calabouço. — Seu tom abaixa, a mão descendo pelo meu abdome. — Meu dono gosta de saber que só ele tem o poder para me submeter, ninguém mais. Meu lorde sabe que mesmo mantendo a minha liberdade fora das cenas, pertenço a ele.

— Sim, meu lindo bichinho — ranjo, pegando seu pescoço pela frente, prensando meu corpo no seu contra a borda da mesa. — Essa sua personalidade naturalmente altiva e afrontosa me deixou louco para te dobrar. Foi isso que faltou todo esse tempo para mim — assumo asperamente, esfregando o polegar sobre seus lábios cheios e deliciosos. — Seu fogo, branquinha. Eu precisava de fogo até mesmo nos momentos de submissão e você me deu isso — murmuro, aproximando minha boca da sua. — Você está além da perfeição, meu bebê.

Seus olhos cintilam e ela arfa levemente, as mãos passeando pelos meus ombros e nuca.

— *Oltre la perfezione sei tu*[17] — declara de volta, sua voz lindamente rouca.

Nossas bocas mergulham uma na outra num beijo cálido. Aproveitando que não temos plateia, eu desço a mão para seus seios, amassando um e outro através do vestido. Maya geme em minha boca e passo a esfregar os biquinhos já salientes. Meu pau está em riste, esfregando entre suas coxas.

— And, meu amor, não temos permissão do médico — alerta num choramingo necessitado.

— Eu preciso de você — resmungo, escorregando a mão, enfiando entre suas pernas, pegando sua bocetinha em cheio. — Preciso gozar em você ou vou esfolar um vivo, porra.

Ela geme e agarra meu pau por cima da calça.

— O médico deve liberar baunilha — choraminga entrecortado quando começo a esfregar os lábios de sua boceta molhada através do tecido fino da calcinha. — Prometo dar muito prazer para meu dono hoje à noite.

— Gostosa — ranjo, louco para comê-la aqui e agora. Porém, o meu ramal começa a tocar sobre a mesa. — Merda.

— Trabalho, senhor Montanaro — ela tem a ousadia de brincar, mas sua voz está ofegante, os olhos escuros de tesão. Estica a mão, pegando o telefone, colocando-o em meu ouvido.

---

17 Além da perfeição é você – em italiano.

— Bom dia, senhor Montanaro. — Soa a voz da Mônica, minha secretária. — O senhor Genaro Valente e sua esposa Elza estão aqui para vê-lo, o senhor irá recebê-los?

Meu cenho franze, meu humor azedando. Que diabos esses dois estão fazendo aqui? Deixei claro que não quero mais ter contato com nenhum membro fodido dessa família.

— Não. Diga-lhes para irem embora — respondo rispidamente.

— Senhor — a voz de Mônica abaixa um tom —, a senhora está chorando e parece um tanto... Debilitada.

— Então, que vá procurar um médico, porra — rosno e desligo.

— O que eles podem querer? — Maya inquire, franzindo a testa.

Expiro longamente.

— Espero que não seja interceder pela sua filha estúpida e covarde — respondo contrariado, inclinando-me e beijando o topo da sua cabeça. Me afasto um pouco para encará-la. — Por falar no assunto, o que pretende fazer com a cadela? — inquiro curioso.

Não estou entendendo porque ainda não matou a infeliz. Eu mesmo queria matá-la. Odeio Isabeli Valente com todas as minhas forças por suas tramoias e manipulações para que machucasse a mulher que amo, mas principalmente pela sua covardia em enterrar a minha menina viva. Deus, a visão de Maya dentro daquele caixão, parecendo estar perdida para sempre, ainda me assombra. Não há perdão para aquela infeliz.

— Eu vou matá-la — Maya garante, seus olhos sendo preenchidos com ódio e outra emoção que conheço bem. As sombras que habitam nela estão saindo, honrando o sangue De Cantábria. Suas mãos sobem para o meu rosto e acaricia minha barba, seu toque delicado destoa da expressão obscura em seu rosto. — Mas protelei porque eu achava que não tinha você ainda. Ela havia vencido até então, nos separando — assinto, compreendendo sua linha de raciocínio. — Quero enviá-la para o inferno depois do nosso casamento. Quero que me veja vestida de noiva, que saiba que sou a sua escolhida.

— Você é, bebezinha. Sempre foi, mesmo quando ainda era a segunda, você foi a única que meu coração escolheu — garanto com veemência.

— Aquela mulher me humilhou demais, And. — Seus olhos se enchem de lágrimas, adquirindo uma expressão de dor. A mesma que estava em seu rosto quando a retirei daquele maldito caixão. — Jogou-me na cara tantas vezes que eu era apenas sua prostituta.

— Porra, ela é uma cadela miserável. — Trinco os dentes. — Vamos nos casar no religioso logo, meu amor. Vamos oficializar de vez nossa união — proponho, segurando seu rosto dos lados, fitando-a dentro dos olhos. Seu semblante se ilumina um pouco. — Hoje, amanhã. — Ela ri levemente, a expressão atormentada sumindo em seus olhos de camaleoa. — Quando, meu bebê? Apenas me diga e serei o homem mais feliz do mundo.

Ela abre a boca para me responder, mas meu celular toca em meu bolso do terno. Faço um som frustrado e o pego. Esse é o toque do meu velho. Atendo-o.

— *Papà* — saúdo.

— *Figlio*. — Seu tom está tenso, percebo. — Genaro e Elza estão aí?

— Sim — assinto, intrigado.

Um silêncio desconfortável se faz na linha.

— Elza está doente, filho. Muito doente — ele revela em tom de pesar. — A viagem que fizeram à Sicília era para se... Despedir.

— O que... Como se despedir? O que ela tem? — inquiro, ressabiado.

— Câncer, And. Em estágio avançado pelo que *mio amico* me contou. — Seu tom é ainda mais pesaroso.

— Caralho — murmuro. Não é porque não quero ter contato com eles que desejaria essa doença maldita para a mulher, que nunca me fez nada de mal.

Novo silêncio e meus instintos se afiam indo numa direção que gostaria de evitar, mas meu pai confirma quando diz:

— Genaro está nos implorando para que deixe Isabeli voltar para casa, filho, passar os últimos meses que ainda restam do lado de sua mãe.

CAPÍTULO DOZE

Me deixa ir para casa... Estarei em casa esta noite. Estou voltando pra casa.
(HOME – MICHAEL BUBLÉ)

ANDREAS

Aciono o Home Teather através do controle remoto e a pasta de músicas instrumentais começa a soar no ambiente. O som do sax se sobressaindo. Trouxe o meu instrumento para baixo, vou tocar para a minha menina esta noite. Arrumo o arranjo de rosas vermelhas no centro da mesa e me vejo apreciando o visual. Já era minha intenção fazer algo especial para Maya. Depois do encontro desagradável com Genaro e Elza logo no começo da manhã, minha branquinha merecia algo mais. Quando encerrei a ligação com meu velho, aceitei receber os pais da cadela da minha ex. Minha mente volta àquele momento:

Levei um susto ao ver que Mônica não estava exagerando, Elza tinha uma aparência bem debilitada mesmo quando entrou na minha sala, amparada pelo marido. Mandei-os se sentarem nos sofás do outro lado e me acomodei com Maya à frente do casal. Nossas mãos unidas sobre a minha coxa atraiu os olhares dos dois, que não pareceram felizes.

— Figlio, grazie por nos receber. Eu entendo o quanto está irritado com Beli e...

— Irritado nem chega perto de descrever como me sinto sobre a sua filha depois de tudo que aprontou para cima de mim e da Maya, Genaro — cortei o velho amigo de meu pai.

— Sabemos que Beli passou dos limites, And — Elza se antecipou, sua voz e aparência me deixando mal por ter cogitado que estavam mentindo sobre a doença. Sim, eu pensei. Em meu mundo você confia desconfiando. — Mas estou... — Seus olhos se enchem de lágrimas e soluça. Genaro a ampara pelos ombros, seu rosto torcido em tristeza. — Estou morrendo. Permita que minha filha passe comigo esse tempo que ainda me resta, eu imploro a sua misericórdia.

Trinquei o maxilar. Embora estivesse comovido pela aparência deteriorada da mulher, que sempre foi amável comigo e meu irmão enquanto crescíamos, a decisão estava nas mãos de Maya. Eu não lhe tiraria isso, não depois de toda a merda que a cadela da Isabeli tinha feito para ela.

— Sinto muito que esteja doente, Elza — disse com pesar verdadeiro. — Mas essa decisão é da Maya, não minha. Foi ela quem Isabeli enterrou viva — completei com calma fria.

Os semblantes de Genaro e Elza ficaram ainda mais transtornados com a menção do maior delito de sua filha. Os dois respiraram fundo e encararam Maya. Senti a tensão emanar de seu corpo. Era insano e injusto o que estavam pedindo, eu a entendia perfeitamente. Apertei sua mão com firmeza e olhei de lado. Seu rosto virou para me encarar também. A raiva da minha ex e tudo que a maldita fez estava fervendo nas íris azuis.

— Estou do seu lado, branquinha. Qualquer decisão que tomar, eu apoio — declarei. Ela piscou e fechou os olhos por um instante, sua respiração aguda, mostrando seu estado emocional abalado.

— Per favore, eu sei que suas duas mães já não estão mais aqui e sinto muito por isso. Se tivesse a chance de estar mais tempo com elas, não o faria? — Elza apelou, já entre soluços. Maya abriu os olhos encarando a mulher magra e com um lenço sobre a cabeça, alguns poucos cabelos escapavam para fora. — O médico me deu poucos meses... — respirou entrecortado. — No máximo dois. Eu imploro, liberte a minha filha para que eu vá em paz.

A mão de Maya estava suada e fria segurando a minha. Merecia a sua vingança e isso estava sendo tirado dela.

— Está bem, senhora. — Seu tom foi baixo. Uma mistura de comoção e raiva nublou seu rosto quando completou: — Sim, eu daria tudo para ter as minhas mães de volta. Sua filha será libertada.

— Oh, Dio mio... Grazie, grazie! — Elza chorou ainda mais.

— Grazie, signorina[18] — Genaro engasgou também, visivelmente emocionado.

— Sinto muito pela sua doença. Terá a sua filha perto da senhora nesse período — minha menina disse numa voz mais branda. — No entanto, não a estou libertando realmente. Será uma cortesia para a senhora, não para ela — Maya esclareceu com firmeza. Elza arregalou os olhos, o choro cessando um pouco. Expirando alto, Maya adicionou: — Eu não perdoo Isabeli. Nem agora, nem nunca.

— Você fala exatamente como seu pai, menina. — A voz de Genaro me fez olhá-lo. Sua cara estava mostrando seu desagrado nítido naquele momento. É claro que não deve estar gostando do fato de que sua filha não será mais a esposa do chefe, coisa que sua família já havia dado como certa.

— Vou considerar um elogio, senhor. — Maya lhe dirigiu um olhar afiado. — Sua filha será libertada no domingo — avisou e Genaro fez uma carranca. — Vou ter uma última conversinha com ela antes de soltá-la.

Vi o esforço que o homem fazia para parecer compreensivo, afinal, eles estavam conseguindo seu intento.

— Grazie, grazie — ele agradeceu, virando o rosto e beijando a têmpora da esposa.

Aquilo foi uma merda. Expulso os Valente da minha cabeça e ando até a cozinha, pegando o balde com dois champanhes ao gelo, levando-o para mesa. Chegamos

18 Obrigado, senhorita – em italiano.

do escritório por volta das cinco da tarde e me lancei na preparação do jantar. Depois da tensão no começo da manhã, decidi que não ia esperar nem mais um dia ou o momento perfeito para fazer o pedido oficial. Foda-se! Maya já devia estar com uma aliança de casada em seu lindo dedo, talvez grávida do nosso primeiro filho, se a tragédia com seus pais biológicos não tivesse nos separado. Dessa noite não passa. Depois faremos um jantar maior para toda a família, mas hoje estou bem egoísta, quero a minha menina apenas para mim, aproveitando que já estou recuperado. Certo, recuperado é um exagero, meu braço ainda dói quando movimento, contudo, nenhum nervo ou tecido importante foi atingido.

Sinto-me novo em folha. Bem o suficiente para foder a minha esposa hoje. Todavia, não é só em sexo que estou interessado esta noite. Aquele jantar perdido que Maya preparou para mim em nossa cobertura ainda me enche de remorso sempre que me recordo. As coisas desandaram e depois foi tanta humilhação para ela. Não sou o cara mais romântico do mundo, longe disso, porém, para a minha branquinha eu não me importo em ser de agora em diante. Ajeito os castiçais de ouro e acendo as velas. Meire se aproxima com a última travessa da refeição que me ajudou a preparar. A mulher está com um sorriso gigante no rosto.

— Está tudo tão lindo! Do jeito que a senhora merece — exclama. — Eu já vou indo. Tenham uma boa noite, senhor.

— Obrigado, Meire. Boa noite. — Dou-lhe um sorriso agradecido.

Minha governanta se vai e tateio o bolso do terno. Eu subi e tomei banho enquanto Meire dava os últimos retoques no cardápio. Separei um vestido branco e longo, frente única, e coloquei em cima da cama para Maya, que esticou o pescoço de onde estava trabalhando, no outro lado da suíte. Embora tenha ficado curiosa, ela apenas sorriu ao me ver separando uma sandália dourada com pequenos diamantes incrustados, colocando sobre a cama também. Em seguida, desci para terminar de organizar tudo. Eu abro a pequena caixa de veludo vermelho. O anel de uma de minhas tataravós está lá dentro. É de ouro e prata, com o desenho do brasão dos Montanaro nas laterais, e um grande diamante azul esverdeado, digno da minha duquesa, me cumprimenta. É uma joia secular, mas em perfeito estado. Além disso, pedi ao ourives da família que cuidasse do polimento ainda no mês passado. Queria estar preparado para quando Maya me perdoasse. Fecho a caixa e coloco sobre a mesa. Pego o papel de carta que pedi a Gualberto para comprar na hora do almoço. Ele franziu o cenho, intrigado, todavia, foi lá e comprou. Puxo a caneta do outro bolso, é folheada a prata e ouro, presente de Maya em meu aniversário. Começo a escrever a minha primeira nota de amor em trinta e cinco anos:

> *Maya,*
>
> *Essa é a primeira nota romântica que escrevo em toda a minha vida. E embora ache patético, continuarei fazendo porque você me faz querer lhe propiciar todas as coisas que julguei tolas por tanto*

tempo. Agora vejo que não eram tolas, branquinha. Eu só não tinha a mulher certa para me inspirar. Então, você veio, voltou para a minha vida e meu mundo sombrio de repente se transformou na porra do arco-íris.

Prometo cuidar do seu coração para sempre. E sei que você fará o mesmo com o meu. Roubando sua ideia, descaradamente, também peguei emprestado alguns versos de Shakespeare:

"Se eu pudesse descrever a beleza dos teus olhos e enumerar teus atributos em épocas vindouras... Diriam: o poeta mente! A terra jamais foi acariciada por tal toque divino."

Ti amo così tanto. Così tanto. Tu sei la donna della mia vita.

Me dê a honra de chamá-la de minha esposa, oficialmente, meu bebê.

Sempre seu,

And

Rio de mim mesmo ao reler tudo. *Caralho, homem, quem diria.* Ironizo-me. Coloco a nota perto do seu prato e retiro um botão de rosa do arranjo, depositando-o sobre o papel vermelho-vinho. Em seguida, faço o mesmo com a caixinha de veludo. Expiro longamente, catalogando cada detalhe. Está perfeito, como a minha menina merece. Confiro o relógio. Faltam dez minutos para ela descer. Eu a proibi de vir ao térreo antes das oito. Atravesso o cômodo, indo até o bar perto da parede de vidro na sala de estar. Sirvo-me de uma pequena dose de Bourbon e acendo um cigarro, indo para a frente da parede, olhando uma parte do imenso jardim que circunda a propriedade. Inevitavelmente a tensão dos dois ataques sofridos por mim e Maya na mesma noite, bem como as perguntas não respondidas, voltam a martelar em meu cérebro. Desde quando estivemos em Zurique e também fomos atacados, tenho tentado, junto com meu irmão e primos, descobrir a identidade do homem mancomunado com Valéria Ramazotti. Isso se juntou ao cerco do fodido Escorpião Negro. A puta abriu o bico sobre haver um mandachuva por trás de tudo, mas não contou mais. É bem treinada e mais resistente do que muitos marmanjos que já torturei, admito.

Nada me agradaria mais do que matá-la logo. Ramazotti bom é Ramazotti morto, porra. No entanto, não podemos matar a vadia sem antes arrancarmos tudo que sabe. Depois desse último ataque decidimos parar a brincadeira de gato e rato com ela e drogá-la com o soro da verdade. Todavia, as drogas estão em falta em nosso estoque. Um novo carregamento chega amanhã, então, iremos aplicar uma dosagem alta na filha da puta, quero ver se não vai cantar como um fodido passarinho. Temos torturado a vadia com frequência e enviado as fotos para Claudio Ramazotti, seu fodido pai. O infeliz chegou até mesmo a ligar, pedindo uma reunião comigo em busca de uma trégua. Eu lhe disse que uma trégua nunca mais será sequer cogitada do lado de cá.

A conversa ressoa em minha mente:

— Há coisas que vocês maledetos Montanaro não sabem. — O velho usou o mesmo tom insinuante da sua filha no calabouço. — Soltem a minha filha e lhes entrego um dossiê que tenho sobre...

— Vá para o inferno com seu dossiê de merda, infeliz! — rosnei. Com quem o imbecil pensava que estava lidando? — Suas vísceras serão adubo para as minhas plantas e suas malditas cabeças estarão empaladas no meu jardim! Em breve!

— Vai se arrepender de não me dar ouvidos agora. Lembre-se disso, seu infelice arrogante! — o homem rosnou do outro lado.

— Sua cabeça numa estaca, filho da puta, essa é a única coisa que me interessa — sibilei em tom baixo e mortal e desliguei.

Sacudo a cabeça, tornando a expulsar a merda que envolve meus negócios ilícitos para longe. Esta noite é de Maya. Foda-se o resto do mundo. Tomo um gole da bebida e puxo uma tragada longa do cigarro. Fico perdido em pensamentos sobre a minha branquinha, sobre nós e o futuro que quero construir com ela. Nasceu para reinar ao meu lado, tanto na advocacia quanto no crime. Juntos vamos conquistar ainda mais territórios. Juntos seremos imbatíveis. Ouço o barulho suave dos saltos tocando no piso atrás de mim e levanto a vista, encontrando o seu reflexo na parede de vidro. Meu coração começa a saltar em completo arrebatamento e júbilo à sua dona.

Eu acertei ao escolher o vestido e sandálias. Está maravilhosa no modelo longo, duas aberturas frontais, mostrando as pernas lindas conforme se movimenta. Tomo mais um gole e me viro devagar, para olhá-la de frente. Caralho. Minha respiração trava, encontroando-a a poucos passos. Meu olhar ganancioso passeia por ela inteira, subindo devagar pela cinturinha, seios firmes sob o decote profundo do vestido. Subo mais e meu pau acorda ao ver uma das muitas coleiras que comprei para ela junto com o novo guarda-roupas. Essa é grossa, dourada e tem uma argola na frente. É para as nossas sessões, mas a garota petulante a usou hoje. Seu cabelo está solto, penteado meticulosamente para o lado direito, uma presilha de ouro e diamantes brancos segura o lado esquerdo, num penteado elegante.

— And... — Sua voz é cheia de urgência, me fazendo interromper o *tour* pelos cabelos loiros fascinantes e finalmente focar em seu rosto. Há surpresa e alegria em seu semblante. Seus olhos lindos estão verdes, cintilando com lágrimas não derramadas. Levanta a mão esquerda e vejo o brilho do anel em seu dedo anular. Está segurando a rosa também. A nota. Ela já leu. Observo que está segurando o papel na outra mão. Anda devagar os passos restantes, ficando na minha frente, sua respiração entrecortada. — Você... Isso foi tão lindo — murmura, sua voz embargando um pouco, seus olhos amolecendo enquanto desliza pelo meu rosto inteiro.

Esmago o cigarro no cinzeiro sobre o aparador próximo. Deposito o copo também, ficando livre para enlaçar sua pequena cintura, puxando-a para mim.

— Bebezinha... — sussurro, me deleitando com seu corpo colado no meu. Então, me lembro de algo que não fiz e desço rapidamente sobre o joelho direito.

— And, não precisa... — ela ri, meneando a cabeça, os olhos lacrimosos ainda mais bonitos.

Retiro a nota e a rosa de seu domínio, depositando-as sobre o aparador também. Tomo suas mãos nas minhas.

— Precisa sim, Maya. Eu ia voltar lá e pegar o anel, mas acabei me distraindo enquanto bebia — rio de mim mesmo.

— Não tem problema. Não somos convencionais — aponta, seu rostinho de anjo radiante.

— Sim, branquinha, estamos longe de sermos convencionais — concordo. — No entanto, eu ainda quero fazer as coisas aparentemente desnecessárias e patéticas, mas que no final colocam esse brilho e sorriso lindos em seu rosto — sussurro e sua expressão enternece. — Eu amo você, Maya Siena Pinheiro Rossi De Cantábria Montanaro. — Ela arfa, suas lágrimas transbordando ao ouvir minha declaração. — Eu prometo amar e ser fiel a você pelo resto de nossas vidas. — Minha voz vai ficando mais grossa de emoção e completo: — Vai me deixar fazer isso? Me dá a honra de ser o seu marido, meu bebê?

Ela já está usando o anel. Já estamos casados no civil, mesmo assim, as lágrimas descem pelo seu rosto, desnudando sua emoção. Desnudando seu amor por mim. Agora é real, estamos nos dando um para o outro de livre vontade. Constatar isso faz meus olhos arderem também. Eu a amo demais. O fodido Shakespeare não daria conta de explicar o turbilhão de emoções e sentimentos vibrando em meu peito, com toda a certeza. Eu não menti quando lhe disse que morreria por ela. Não há nada que eu não faria por essa garota.

— Sim, meu amor, é claro que sim! — exclama, entre lágrimas. Eu beijo ambas as mãos e sobre o anel. — Levante-se daí agora. — Ela me puxa.

Eu rio, erguendo-me. Seus braços cingem meu pescoço e a pego pela cintura, colando-nos bem gostoso. Subo a mão direita para a nuca de Maya, levantando seu rosto para o meu, aproximando nossas bocas. Nos olhamos fixamente por um instante de mútua admiração antes de nos beijarmos, gemendo em deleite na boca um do outro. Suas mãos suaves acariciam meu cabelo da nuca, ombros, me puxando com fome ao mesmo tempo em que me deixa chupar sua língua com sofreguidão. Nos agarramos mais apertado, nos devorando calidamente. Não sei quanto tempo se passa, apenas ficamos assim, nos beijando, nos pressionando, esfregando nossos corpos cada vez mais quentes. Meu pau está tão duro que as bolas doem.

— Você está com fome? Eu preciso entrar em você... — digo asperamente, pegando sua bunda em cheio e esfregando meu pau entre suas coxas. Adoro quando está de saltos e nossas pelves ficam niveladas.

— Não — choraminga, enfiando uma mão entre nós, pegando meu pau por cima das calças. — Eu quero servir ao meu dono primeiro.

Eu mordo sua boca inteira, rosnando com essa resposta.

— Vamos tomar pelo menos o champanhe, como manda a porra da tradição — resmungo, sugando seus lábios deliciosos. Ela ri e morde meu lábio inferior gostosamente. — Vem. Quanto antes cumprirmos a etiqueta, estarei livre para foder a minha linda esposa.

— Tão romântico, Andreas Montanaro. — Seu tom é de zombaria, mas o sorriso em seu rosto é deslumbrante.

Eu rio e lhe dou um selinho, nos virando em direção à sala de jantar. Coloco-a à minha frente, meus braços enrolados em sua cintura, meu nariz mergulhando em seu cabelo macio e perfumado. Alcançamos a mesa e abro o champanhe, nos servindo duas taças. Entrelaçamos nossos antebraços, tomando a bebida como manda o figurino. Tomo um gole e aproximo minha boca da sua. Ela entreabre os lábios, deixando-me despejar o líquido e geme, engolindo com avidez. Em seguida, toma um gole também e faz o mesmo comigo. Eu recebo seus fluídos, engolindo tudo com a mesma ganância. Nos beijamos de novo, nossas línguas se lambendo numa carícia lasciva. Com relutância, paramos para beber todo o conteúdo de nossas taças. Deposito-as sobre a mesa, mas quando tento enlaçar a cintura de Maya, ela já está se afastando de costas. Um brilho atrevido nos belos olhos e um sorriso insinuante curvando os lábios inchados dos meus beijos.

— O que está fazendo? Venha aqui. — Estendo a mão. Ela abana a cabeça, o riso se ampliando devagar.

— Eu também tenho algo preparado para o meu lindo marido — murmura e porra, meu coração acelera ao ouvi-la me chamando assim. Como o casamento civil foi um arranjo grotesco da minha parte, ela relutou muito em me chamar de "marido". — Sente-se ali, amor — pede e olho na direção indicada. Uma das poltronas em estilo vitoriano está bem no meio dos dois ambientes, entre uma sala e outra, só agora percebo. Ela deve ter colocado lá enquanto eu estava distraído com a bebida e minhas preocupações. Em outro momento, lhe diria que não é a dominante nessa relação, mas pelo brilho em seus olhos, sinto que vou gostar de obedecer a esse comando. Ando devagar até o local e me acomodo. — Bom menino — a franguinha ronrona.

— Não abuse da sorte, branquinha — advirto. Ela ri, virando as costas, indo em direção ao *Home Teather*. Eu a observo, expectante, loucamente apaixonado por essa menina linda. Interrompe a música instrumental e seleciona outra pasta, os acordes de *Feeling Good*, na interpretação de Michael Bublé, preenchem o recinto. Sorrio bobamente com a nossa sintonia. Preparei uma desse cantor para tocar para ela no sax. Merda, isso me lembra que queimei algumas etapas. Era para eu pedir sua mão, bebermos champanhe, tocar o sax, e só depois foder. Eu rio novamente, meneando a cabeça, depreciando a mim mesmo. No entanto, meu fluxo de raciocínio é cortado ao vê-la levantar os cabelos, mostrando as costas completamente nuas pelo decote profundo do vestido. A fênix estilosa e destemida saúda-me em suas omoplatas. Começa a mover os quadris para um lado, depois para o outro. Minha boca fica seca, antecipando ver seu corpo lindo sendo desnudado para mim. Me olha por cima do ombro, um risinho safado tingindo seu rosto. Suas mãos vão para o fecho na nuca e lambo os lábios, minha boca salivando agora. Com um sorriso e expressão perversas, Maya meneia a cabeça. — Fique nua para mim. Agora — exijo.

Ela dá uma risada baixa, rouca, insinuante e vira de frente, as mãos percorrendo seu corpo inteiro, enquanto se move no ritmo sensual da música. Deus do céu! Maya começa a andar em minha direção, os passos como se estivesse numa passarela. Rebola, gira os quadris, abrindo os joelhos, abaixando-se lentamente até o chão. Porra. Minha respiração trava ao ver sua boceta depilada através da renda fina da calcinha branca. Se levanta, girando, rebolando e então, sobe as mãos pelo ventre, indo direto para os seios. Ela os puxa para fora do decote, esfregando os mamilos, apertando-os.

Eu salivo, flexionando meus punhos, segurando-me para não ir lá e agarrá-la. A garota safada sabe disso pelo sorriso provocador em sua boquinha linda. Suas mãos sobem pelo colo, tocando a coleira no pescoço. O dominador ruge dentro de mim, meu pau pressionando o zíper das calças. Noto que está abrindo o fecho do vestido na nuca e ofego, esperando, ansiando. Quando enfim o tecido cai, deixando os peitinhos firmes e redondos livres, rosno alto. Maya sorri, olhando-me com uma sensualidade que me nocauteia enquanto empurra o tecido pela cinturinha fina, os quadris arredondados sendo revelados, cada centímetro da pele de porcelana ficando nu para apreciação do seu único dono. O tecido cai e ela sai elegantemente da ilha, rebolando mais, acariciando seu corpo nu. Gemo guturalmente quando enfia uma mão pelo cós da calcinha e pega sua boceta, passando a esfregar a si mesma. A calcinha possui laços nas laterais. É sensual, combina com o corpo sinuoso que a está usando.

Com mais um sorriso sacana, ela puxa um laço bem devagar, a bocetinha sendo revelada para meus olhos famintos. Em seguida, desfaz o outro laço, puxando o tecido grudado nos lábios, indicando o quanto seu pequeno show a deixou molhada para mim. Estou a ponto de levantar e arrastá-la pela coleira, mas minha menina me conhece muito bem, ela me faz gemer de satisfação sombria quando fica de quatro no chão. Abaixa a cabeça, submissa, mansa, como sabe que me fascina.

— É isso, minha cadela. — Minha voz sai rude de tanto tesão. — Venha foder com seu dono. — Ela choraminga, levantando a cabeça, seus olhos estão completamente verdes, as pupilas amplas, mostrando sua excitação. Começa a rastejar para mim. Eu retiro meu terno, jogando-o no piso do meu lado. Abro o zíper das calças, puxando meu pau furioso para fora da boxer. Maya lambe os lábios, acompanhando meus movimentos lentos de masturbação enquanto a espero. Ela me alcança e abro as pernas, dando espaço para chegar mais perto. Rasteja, ficando entre meus joelhos, na posição submissa que tanto me agrada. Sem que precise ordenar, segura meu eixo e se inclina, a boca engolindo a cabeça numa chupada lenta e gostosa. — Ah, sim, mama meu pau, meu bebê — sibilo com indolência dominante, enfiando o indicador na argola da coleira, a outra mão, pegando sua nuca num aperto firme.

Ela geme e obedece, arreganhando os lábios, me permitindo empurrar meu eixo longo e grosso até a sua garganta. Maya respira pelo nariz, minha menina conhece bem a técnica e tudo que agrada o seu homem. Rosno alto quando começa a me chupar bem forte. Seus belos olhos presos aos meus, me hipnotizando, fascinando. Nesse momento, ela me domina completamente. Continuamos nos olhando enquanto mama com avidez, seus lábios esticados à minha volta, deixando-me louco. Eu fodo sua boca firmemente, meu corpo inteiro se preparando para gozar. Maya acelera as sugadas, lambendo minhas veias em todo o eixo, gemendo por saber que agrada seu dono. Passa a acariciar minhas bolas enquanto me chupa gulosamente. Choques de prazer absurdo percorre minha pelve, explodindo nas bolas e eu urro, empurrando tudo em sua garganta, começando a gozar. Ela engasga um pouco, mas não se afasta, recompõe-se e continua chupando, engolindo meus jorros. Gemo rouco e puxo da sua boca, meu pau ainda sofrendo espasmos.

— Vem sentar no meu colo, bebezinha. — Minha voz sai áspera. Ela serpenteia seu corpo delicioso e nu, escarranchando meu colo. As pernas ficando em cima dos braços da poltrona. Rosno ao ver a boceta delicada toda melada, o creme vazando por entre os lábios rosadinhos. Pego-a pela nuca, trazendo sua boca para a minha, beijando-a com fome, reverência, amor, tesão, uma mistura louca de sentimentos e sensações que só essa menina me faz sentir. Desço a mão livre pela sua barriguinha plana, pegando sua carne encharcada em cheio. Seus braços enrolam em meu pescoço, os peitinhos duros implorando pela minha atenção. Acaricio suas dobras e empurro um dedo bem fundo em sua vulva, bebendo seus gemidos em minha boca. Nossas línguas duelam em chupadas, lambidas obscenas. A mordo suave, ela devolve a caricia lasciva. Colocamos mais pressão nas chupadas, enquanto a fodo, acrescentando outro dedo. Separo nossos lábios e a encaro, a mão da nuca indo para seus montes firmes e lindos, amassando um bem forte, depois o outro. Ela arqueia, rebolando em minha mão e começo a esfregar seu clitóris. Abaixo a cabeça, passando a mamar com força no seio direito. Maya geme alto, jogando a cabeça para trás. Faço o mesmo com o esquerdo, chupando, mordiscando o bico, lambendo e não demora, minha menina estremece, gozando vocalmente.

— Meu dono... — geme em deleite, voltando a me fitar de perto. Pego meu pau, alinhando-o em suas dobras escorregadias. Maya arfa, segurando em meus ombros, tentando ter algum controle uma vez que suas pernas estão completamente arreganhadas sobre os braços da poltrona. Reúno seus cabelos da nuca numa mão e os puxo. Dou um tapa duro em sua bunda. Ela geme alto, respirando entrecortado, seus olhos implorando para eu entrar nela e eu vou. Puxo sua bunda ao mesmo tempo em que meto, rasgando sua pequena boceta no meu eixo grande e grosso. Ela choraminga, convulsionando.

— Ah, porra... Sim, meu bichinho, me deixa esticar bem essa bocetinha apertada no meu pau grosso — ranjo perversamente. Tremores de prazer lascivo perpassam nossos corpos. Sempre fico ensandecido com essa sensação. É única. Puxo-a para baixo, entrando todo e gritamos os dois, o som reverberando no recinto, rivalizando com a música. Seu canal apertado estrangula meu pau. Ela sibila, choraminga e geme em seguida, mostrando que a dor é o seu combustível para o prazer. Minha metade sombria. — Meu lindo bebê — sussurro, tocando todo o seu rosto, seus lábios inchados por me chupar, seus lindos olhos presos aos meus.

— Meu amor... — geme lindamente. Suas mãos vêm para o meu rosto também, deslizando os dedos, o encantamento brilhando em seus olhos em meio ao tesão.

— Meu amor... — sussurro de volta, arrebatado. — Minha mulher. Minha escolhida — declaro e ela arfa, seus olhos ficando ainda mais brilhantes e verdes. Levanto-a pela bunda e a desço de novo, devagar, empalando-a até o cabo. Nos olhamos de perto, nossas bocas respirando agudamente uma na outra. Eu a fodo devagar a princípio, apreciando cada expressão de prazer em seu rostinho corado. Vou acelerando aos poucos e ela grita quando bato com força, socando profundamente.

— Ahh! And... Assim... — choraminga, convulsionando, tentando rebolar, mas sua mobilidade é precária.

Eu rio malvado, gostando de ter o controle e passo a comer sua boceta com mais força, de baixo para cima, empalando-a bem fundo. O som das minhas estocadas e nossos gemidos ressoam na sala. Maya arqueia as costas novamente e aproveito para mamar esfomeado em seus peitinhos macios. Chupo com força, marcando-a. Sua respiração começa a ficar mais rápida, sua boceta pulsando e molhando mais. Paro o ataque aos seios e enrolo um braço em sua cintura, com a outra mão, enfio o dedo na argola da coleira, trazendo sua boca para perto da minha outra vez. Nos agarramos bem apertado, fodendo e nos olhando, rendidos ao tesão e amor que nos tomou por completo. Ofega, sua boceta me sugando gostoso demais nas paredes apertadas. Gemo guturalmente, comendo-a sem dó. Nossos olhares fixos um no outro, nossas bocas mergulhando uma na outra num beijo molhado e carnal.

— Gostosa demais... Eu vou te encher de porra! — sibilo já sentindo a pressão no saco. — Goza comigo, meu bebê! Vamos! — ordeno e ela berra, gozando no meu eixo, a sensação tão gostosa que me faz bater em sua bunda. Urro, meu corpo inteiro estremecendo quando começo a esporrar dentro dela. Maya geme, choraminga, nossos sons de êxtase absoluto sendo engolidos pela boca do outro. Nos beijamos sôfregos, apaixonados. Seguro-a bem apertado contra mim, nossas bocas nunca se deixam, o beijo ficando mais lento conforme os tremores reverberam em nossos corpos. Quando tudo está mais calmo, ainda assim, nossos lábios não se desgrudam, nossos gemidos lânguidos e saciados são baixos agora.

Maya

O último tremor espirala em meu corpo e gemo baixinho na boca de And. Nossas respirações ainda estão um pouco ofegantes pelo sexo arrebatador que acabamos de fazer. Seus braços fortes me apertam contra seu peito ainda vestido. Na verdade, apenas eu estou nua. Meu corpo arrepia com a sensação gostosa de luxúria que isso evoca. Ele geme rouco, sugando a minha língua lentamente. A posição é bem incômoda para mim, estou arreganhada sobre os braços da poltrona, completamente empalada nele. Minhas paredes estão um pouco doloridas, mas meu canal absurdamente molhado pelo prazer que a dor me proporciona. And me aperta mais um pouco e separa nossas bocas. Nossos olhos se abrem e nossas mãos vão para o rosto um do outro imediatamente, como num movimento ensaiado.

— Minha branquinha linda — murmura com a voz ainda engrossada. Os olhos verdes-musgo me fitando com uma expressão mais terna do que carnal nesse momento. — Meu amor.

— Meu dono — murmuro de volta, minha boca arfando na sua. — Meu amor — adiciono e ele geme em satisfação, seu pau semiereto pulsando dentro de mim. Meu peito está quente, transbordando de amor por esse homem lindo, sombrio, perigoso, mas que agora sei, é a minha outra metade.

— Já está com fome? — pergunta, o brilho lascivo voltando em suas íris.

— Ainda não — respondo e um sorriso lento e perverso curva sua boca deliciosa. Ele se levanta, me amparando pela bunda e faz uma careta, provavelmente sentindo dor no ombro ferido. — O que está fazendo? Me coloque no chão, você ainda está se recuperando, amor.

— Não sou nenhum moribundo, amor. Meu couro é duro. — Faz um som de desdém, começando a atravessar a sala em direção a um divã em estilo vitoriano, perto da parede de vidro. Gemo roucamente ao senti-lo deslizar para fora do meu canal. Em seguida, pela sensação gostosa do estofado de veludo na cor vinho em minhas costas. Me deposita com cuidado no centro do amplo móvel, parece uma cama. And se ergue e seus olhos lindos me fitam com um misto de posse, amor e reverência. Começa a abrir os botões da camisa branca. Ergo-me nos cotovelos para apreciar meu lindo homem ficando nu para mim. — Pulsos cruzados acima da cabeça, bebezinha — ordena com voz engrossada e não discuto, obedeço no mesmo instante.

Seus olhos cintilam pelo prazer sombrio de saber que é o meu dono. Lambo os lábios vendo-o retirar a camisa bem devagar, o arremedo de sorriso malvado curvando sua boca. Em seguida, abre a fivela do cinto e zíper das calças. Seu pau já está completamente duro de novo, erguido para fora da boxer. Salivo, querendo chupá-lo outra vez. Amo o seu gosto, seu cheiro. Ele se livra das calças, cueca e sapatos com gestos lentos e o olhar sacana me prometendo uma noite longa. And sobe de joelhos no divã e abro as pernas para acomodá-lo. Ele senta sobre os tornozelos, o olhar passeando lentamente por cada centímetro do meu corpo. Segura minhas coxas, passando a acariciar e sovar minha carne, sobe pelo ventre, agarrando meus seios. Choramingo, arqueando as costas, oferecendo-me para o toque suave e delicioso. Então, me assusto em seguida ao receber um tapa.

Sua suavidade sempre vem acompanhada de algo duro. Estapeia meus seios e puxa os mamilos, me fazendo gemer de dor, prazer, o desejo obscuro que só sinto com ele. Minha boceta fica toda encharcada, latejante, necessitando de atenção e eu choramingo quando sua boca morna desce sobre a minha carne. And rosna, deslizando o nariz entre minhas dobras, inalando profundamente, então, começa a me lamber e chupar. O som da sua sucção de nossos fluídos combinados, reacende a minha excitação, deixando-me a ponto de gozar em pouco tempo. Ele não me permite, claro. Enfia dois dedos em minha vulva e esfrega o meu ponto G com maestria, a boca sugando meu clitóris com perversão. Eu grito alto, estremecendo. Ele chupa, lambe, mordisca minha carne molhada e latejante. Pega meu clitóris e o puxa da capa, raspando os dentes com suavidade, estou louca para gozar, louca para enfiar minhas mãos em seu cabelo escuro e macio, mas não saio da posição que ordenou porque embora não estejamos numa sessão, eu ainda sou a sua submissa.

Estou quase gozando quando para o ataque sensual, escalando meu corpo, seu peito amplo encostando no meu. Arfo enquanto suas mãos acariciam suavemente a coleira que estou usando. Ele comprou uma variedade obscena delas, tanto para usar em público, como para nossas sessões. Os olhos verdes-musgo cintilam com posse sombria e, então, levanta a minha cabeça, abrindo o fecho, retirando a peça, colocando-a sobre a cabeceira. Fico confusa, mas compreendo quando pega meu pescoço pela frente, apertando-o do jeito perverso que nós dois amamos. Resfolego, lambendo os lábios e ele ri lento e malvado, levantando minha perna direita para seu ombro. Sinto a cabeça gorda deslizando entre meus lábios vaginais, subindo e descendo, procurando espaço em minha vulva e respiro entrecortado, meu corpo inteiro tremendo para ser preenchida de novo. Seus olhos fervem com posse dentro dos meus.

— Por favor... — imploro e And geme rouco, metendo em mim numa única estocada. — Ahh... And... — berro, convulsionando, dor e prazer espiralam em cada célula do meu corpo. Choramingo, minhas paredes ficando mais cremosas, sugando-o inteiro, esfomeadas.

— Gostosa... Gostosa... — sibila com aspereza, puxando quase tudo e voltando numa estocada lenta. Resfolego, abraçando seu quadril com a outra perna, arreganhando-me toda para levá-lo até o punho. Ele ruge como um animal quando as bolas batem na minha bunda, seu eixo grande e grosso esticando meu pequeno canal até o limite. — Minha mulher... — seu tom é cheio de admiração e tesão, os belos olhos dentro dos meus, me possuindo como seu pau entrando em meu corpo. Quero tocar seu rosto, mas sua mão livre vem para meus pulsos, pressionando-os com força sobre o estofado. Minhas entranhas regozijam pelo prazer de ser dominada e gemo, aprovando. And rosna e acelera os golpes, me comendo com força, socando bem fundo, seu rosto abaixa bem perto do meu, seu rugido rouco próximo da minha boca.

— *Si, fottimi forte, mio proprietario*[19] — peço sem vergonha, passando a rebolar, recebendo-o profundamente. — Machuque a minha boceta.

— *La mia cagna...*[20] — ele geme rouco, me olhando possessivamente enquanto me come. — *La mia bella ragazza scura*[21] — murmura e sua boca desce na minha, num beijo exigente. Nossas línguas duelam, se lambendo, chupando gostoso, seu pau rasgando minhas paredes, indo e vindo sem pena. A pressão sobre meus pulsos se vai, assim como a mão que apertava meu pescoço. Passa os braços por baixo dos meus ombros e estoca com tanta força que berro, meu corpo sendo incendiado pelo orgasmo iminente. Saio da posição submissa e o agarro pelos ombros, tomando o cuidado de não tocar o ferimento. Ondas escaldantes espiralam em meu ventre. And geme

19 Sim, me fode com força, meu dono – em italiano.

20 Minha cadela – em italiano.

21 Minha linda menina sombria – em italiano.

guturalmente, descendo a boca pelo meu pescoço, chupando gostoso. Viro o rosto e ele chupa a minha orelha, mordiscando, lambendo. O gozo está por um fio enquanto arquejo, suspensa. Sabendo do meu estado, ele sussurra no meu ouvido: — Isso, meu bichinho, goza no pau do seu dono. Vamos, Maya! — Bate em mim com voracidade e eu me perco de vez, berrando alto, gozando tão forte que fico sem ar.

— Goza em mim, meu lorde... Tire seu prazer do meu corpo... — imploro e ele urra alto e assustador, então, começa a gozar junto comigo. Meu sexo explode em ondas de prazer perverso enquanto seu sêmen se derrama em minhas paredes doloridas. Nossos olhares estão fixos um no outro, os tremores do orgasmo rolando em nós. Toco seu rosto, acariciando sua barba bem aparada, sua boca linda, em completo arrebatamento. Eu o amo demais. Suas mãos vêm para meu rosto também e nossas bocas se encontram de novo, mais sôfregas, apaixonadas. Nossas peles estão escorregadias de suor, nossos gemidos de êxtase reverberando na sala.

Quando toda a loucura passa, permanecemos agarrados e ele enterrado em mim. Nossas bocas se separam e lamentamos baixinho. Abro os olhos encontrando os verdes-musgo já me fitando. Sua expressão é relaxada, feliz. Me dá um selinho e se retira de mim, rolando de costas, puxando-me para o seu peito. Eu ronrono, aconchegando-me em seu corpo grande. Um clarão vem através da parede de vidro, em seguida, pingos batem na vidraça. Suspiro, olhando para fora. Eu amo a chuva, e apreciá-la bem agarradinha com o homem que amo, me faz apreciar ainda mais esse momento. Ficamos em silêncio, sua mão deslizando numa carícia deliciosa em minhas costas e quadris.

— Que tal irmos à São Carlos amanhã, bebezinha? — sua pergunta me faz levantar o rosto para encará-lo. — É hora de conhecer seus padrinhos. Eu quero oficializar, pedindo sua mão para eles.

Meu peito fica todo quente ao ouvi-lo dizendo isso.

— Obrigada, meu amor — murmuro emocionada. — Eles são muito importantes para mim.

— Eu sei, meu amor — assente, tocando meu queixo, na voz terna que estou me acostumando a ouvir. Seus olhos ficam mais sérios ao completar: — Você precisa ter cuidado ao estar perto deles de agora em diante, Maya. Eles não podem saber quem somos.

— Sim, não entenderiam — concordo. — Porém, quero que estejam sempre por perto, And. Eles são a minha família também.

— Eles estarão, eu prometo — garante, então, seu rosto torce e ele rosna: — Agora aquele imbecil apaixonado, está proibido de chegar perto da minha mulher.

Eu me apoio no cotovelo, assustada com sua exigência. Ele bateu em Miguel quando nos viu juntos no clube. Meu amigo me enviou as fotos do nariz e olho roxos. Eu lamentei, mas em seguida lhe disse que tinha voltado com Andreas. Miguel ficou indignado e desligou na minha cara. Isso tem cinco dias e, desde então, não me ligou mais ou atendeu as minhas chamadas.

— And, Miguel é meu amigo. Crescemos juntos — aponto cautelosa. — Seja razoável.

— Razoável? Eu o peguei com as mãos malditas apalpando seu corpo, porra — estala. — Eu não o matei por sua causa, mas não vou tolerar que chegue perto de você de novo, Maya.

Eu bufo, tentando me soltar e me afastar. Ele não deixa, enrolando o braço mais firme em minha cintura.

— Me solta. Você está sendo completamente irracional, Andreas Montanaro — resmungo.

Ele ri, os olhos acendendo com excitação. Ele gosta da minha atitude afrontosa. Rola por cima de mim de novo, forçando-me a abrir as pernas, se colocando entre elas.

— Estou defendendo o que é meu — range bem perto da minha boca. — Vamos ver seus padrinhos amanhã, e no próximo sábado nos casamos.

Mesmo que meu coração acelere ao ouvi-lo mencionar o casamento oficial, eu ainda rolo os olhos para a sua mania de querer ser dominante o tempo todo.

— A noiva está bem aqui, senhor. Que tal decidirmos isso juntos? — alfineto e ele torna a rir, seu charme deliciosamente sombrio me arrebatando.

— Como amo essa sua língua afiada — murmura, sua boca descendo pelo meu queixo e pescoço em beijos e sugadas suaves. Eu gemo, meu corpo acordando de novo. — Marque uma data, então. Uma que seja bem próxima porque estou louco para te chamar de minha esposa para todo mundo ouvir, branquinha.

Meus olhos ardem com sua última sentença. Ah, Deus, também estou louca para chamá-lo de meu marido, publicamente. Deslizo minhas mãos pelo seu peitoral e ombros, meu olhar caindo para a ferida do tiro que tomou em meu lugar. A prova do seu amor por mim. Eu toco os pontos suavemente e levo meus olhos para os seus.

— Eu também não vejo a hora de poder chamá-lo de meu marido — confesso, tocando o belo rosto moreno. Seus olhos cintilam com satisfação. — Sonhei tanto com isso, And. — Meus olhos picam com lágrimas. — Eu pensei que era algo impossível para mim, ser a sua esposa. — Respiro fundo. — Então, faremos do jeito que você quiser, amor. Serei sua oficialmente sua esposa no próximo sábado.

— Branquinha... — murmura, seu olhar percorre todo o meu rosto e ele encosta a testa na minha, seus lábios me dando um beijo suave. Se afasta um instante depois, algo acendendo suas íris verdes. Se levanta e fico intrigada.

— Eu acabei esquecendo de algo que havia preparado para você. Fique aí — anuncia e vira as costas, começando a andar para a outra sala. Eu babo em seu corpo grande e moreno, suas passadas confiantes, não, arrogantes. A naja nas costas amplas parece viva conforme os músculos se movimentam. É assustador e fascinante ao mesmo tempo.

Não demora muito, ele reaparece e meu coração acelera ao ver o que tem nas mãos. O saxofone. É surreal vê-lo com o instrumento. E, bem, ele está nu, então, tudo se torna ainda mais surreal. Eu o vi tocando uma única vez e fiquei ainda mais apaixonada. Ajeito-me no divã, ficando numa posição sentada na cabeceira. O som do *home teather* é interrompido e meus olhos marejam quando o meu lindo e sombrio homem começa a tocar o instrumento clássico. Reconheço a música de Michael Bublé, *Home*. É perfeita para nós, que reencontramos o caminho de volta um para o outro. De certa forma, ele e eu voltamos para casa. Assisto-o, meu coração doendo de amor por ele, as lágrimas transbordando. Seu rosto perfeito, seus olhos intensos nos meus. Os cabelos escuros revoltos pela nossa atividade recente. Magnífico, soberbamente lindo. A melodia penetra em mim e choro, soluçando baixinho, amando-o com tanta força que tenho medo de algo acontecer e nos separar de novo. Sei que Deus não deve estar perto de nós devido a tudo que somos e fazemos, mas ouso pedir a Ele que não permita que isso aconteça. Nunca mais.

Eu limpo as lágrimas e mais caem. Seus olhos ficam mais brilhantes e intensos enquanto toca e me observa. Quando entoa o último verso, eu choro e rio, aplaudindo. Levanto-me, indo até ele e o enlaço pela cintura. Posso ver sua emoção estampada nos olhos verdes-musgo e isso me deixa mais mexida, rendida. Seu braço direito enrola em minha cintura, puxando-me suavemente, colando-me em sua lateral.

— *Ti amo*. Agora e para sempre, bebezinha — declara e arfo, meu peito amolecendo. É ainda um pouco chocante ouvi-lo dizer que me ama. Andreas Montanaro é um criminoso letal, mas tenho visto sua transformação depois que assumiu seu amor por mim. Comigo, quero dizer. And ainda é tão perigoso para os outros quanto antes. Todavia, para mim ele tem mostrado um lado que nunca imaginei que veria algum dia. Suspiro, fascinada demais por tudo que o envolve. Meu homem perfeito em sua imperfeição e eu não o trocaria por nada nessa vida.

— *Ti amo*. Agora e para sempre, meu dono — declaro de volta e ele respira agudamente, a boca mergulhando na minha.

Nos beijamos longamente, namorando sem pressa. Ele tocou mais duas músicas lindas para mim e eu o aplaudi como uma tiete. Nós jantamos depois, nus, andando pela casa como se fosse a coisa mais natural do mundo. E fizemos amor mais uma vez em nossa cama. Bebemos muito champanhe e apaguei, agarradinha com ele enquanto a chuva caía lá fora.

Desperto com o quarto semiescuro, apenas a luz do abajur acesa. Viro-me para o lado de And e toco o travesseiro. Está frio. Meus olhos arregalam e me sento na cama imediatamente. Conheço essa sensação. Nas duas vezes que acordei sem ele na cama, as coisas não foram boas para mim. Arrasto-me para a borda e me levanto. Onde está? Por que não me chamou? As perguntas e o silêncio do quarto começam a me deixar assustada. Pego meu penhoar longo de seda preta e o coloco por cima da camisola curta. Calço as pantufas e ando devagar até o closet.

— And? Está aí? — pergunto, a sensação ruim se intensificando ao ver que não está aqui. Confiro o banheiro e nada. Confiro a sala de estar, a biblioteca, o escritório, as sacadas, a piscina logo abaixo, e nenhum sinal dele.

Tomo o elevador que dá direto no térreo. Talvez tenha ido até a cozinha comer algo. Não se alimentou muito durante o jantar. Bem, não de comida, quero dizer. Estava vigoroso, faminto por mim devido o tempo que ficamos separados emocionalmente. Relembrar seu entusiasmo, sua felicidade mais cedo faz a sensação ruim de acordar sem ele amenizar um pouco. Saio do elevador e os cômodos estão semiescuros aqui embaixo também. Ando devagar e, então, ouço as vozes alteradas.

— Há um traidor entre nós, mano. — O tom de Alvinho é frio e perigoso como nunca ouvi antes.

— E eu vou arrancar a cabeça do rato na frente de toda a família quando descobrirmos, mano. — Vem a voz de And, igualmente fria e letal.

Meu estômago se agita. Eu já ouvi esse tom antes e direcionado a mim. Mesmo sabendo que estamos em outro estágio do nosso relacionamento, o sentimento ruim ainda insiste em borbulhar em meu sistema. Avanço, ajeitando o penhoar, entrando na cozinha e estaco. Luigi e Guto também estão aqui. Os quatro homens intimidantes estão fumando, sentados ao redor da ilha da cozinha. Não faço barulho, mas a cabeça escura de And gira para o meu lado, sentindo a minha presença. Ele puxa uma tragada em seu cigarro e solta a fumaça pelo nariz. Então, seu rosto relaxa, a expressão suave que tenho me acostumado a ver cintila em seus olhos e ele estende a mão, me chamando silenciosamente. Alívio me toma. Acho que o medo de ele não confiar plenamente ainda está dentro de mim. Ando para perto e seu braço enrola em minha cintura, puxando-me possessivamente para seu corpo.

— Ei, meu bebê — murmura, me dando um beijo suave na boca. — Por que acordou?

— Senti sua falta na cama — sussurro, meu peito ficando leve outra vez. Enrolo um braço em seu pescoço.

— Estava prestes a mandar esses *stronzi* embora e voltar para você — garante em tom provocador e seu irmão e primos bufam em resposta.

— O que houve? Por que estão dizendo que há um traidor entre nós? — inquiro e a mesa silencia. Sinto o corpo de And ficar tenso. Encaro-o. — Eu ouvi essa parte, não quis bisbilhotar e...

— Não se desculpe. — Pega meu queixo, fitando-me com intensidade. — Você é a mulher do chefe, Maya. Eu ia lhe contar apenas amanhã, para não estragar nossa noite perfeita. — Faz uma pausa, seu rosto ficando sombrio, então, adiciona: — Valéria Ramazotti foi assassinada dentro de sua cela há uma hora, mais ou menos.

— O-o quê?! — Engasgo estupefata. Todo o meu corpo gelando. Como? Quem ousou entrar em nosso reduto e matar a puta maldita?

— Sim, parece que morreu envenenada. Genaro havia nos cedido uma boa remessa do soro da verdade e íamos usar na vadia amanhã. — And aperta a boca, irritação tomando seu semblante. — Agora ficará mais difícil saber quem está querendo nos foder, além dos malditos Ramazotti.

Encaro-o e engulo em seco, compreendendo aqui, nesse momento, que minha vida do seu lado não será um conto de fadas. Sempre haverá alguma ameaça espreitando por quem ele é, por quem somos.

— Você está repensando sobre o casamento, branquinha? — pergunta, seus olhos intensos me estudando.

Aproximo meu rosto do seu e passo os dedos pelo seu cabelo macio.

— Nunca. Eu estarei com você até o último dia da minha vida, And — asseguro e ele meio que rosna, seu braço apertando-me mais contra seu corpo.

— Porra, assim você me fode todo — resmunga e sua boca se apossa da minha, enquanto seu irmão e primos assoviam e fazem sons de aprovação.

CAPÍTULO TREZE

Eu preciso de um gangster, para me amar mais...
Matar e morrer comigo. É isso que os gangsters fazem...
(GANGSTA – KEHLANI)

MAYA

Eu limpo a ferida no ombro de And, notando que está um pouco avermelhada, provavelmente devido a nossa intensa atividade sexual boa parte da noite e hoje de manhã. Estamos fazendo *baunilha*, contudo, foram muitas vezes. Já acordei com sua cabeça enfiada entre minhas pernas, a língua deliciosa me lançando rapidamente em gemidos indecentes. Fizemos amor lento e apaixonado. Ficamos um tempão na cama, agarradinhos, conversando sobre os planos para os próximos dias. Entraremos no escritório mais tarde, temos uma reunião de tentativa de conciliação com Donizete Magalhães, o imbecil espancador de mulheres, que também é um ídolo no Brasil. Nem mesmo as acusações da ex-mulher e o fato de o maldito tê-la colocado numa cadeira de rodas o fez perder o prestígio. Na verdade, isso não me surpreende, dada a facilidade com que se criam ídolos do nada nesse país.

Voltando a nossos planos, iremos no final da tarde para São Carlos. And já encomendou o jantar para ser organizado na casa de meus padrinhos. Gio e Gian Lucca irão conosco também. Nem preciso dizer que ela me ligou em êxtase depois que And a chamou avisando que tinha feito o pedido ontem e que iria oficializar junto a meus outros padrinhos. Suspiro como uma adolescente. Acho que estou suspirando assim desde ontem quando desci para o nosso jantar e encontrei a linda mensagem escrita em sua letra masculina e elegante, a rosa e o anel mais perfeito, esperando por mim.

— O que foi esse suspiro, branquinha? — Sua voz grossa tem um toque de diversão e meus olhos sobem para os seus. Deus... Eu suspiro de novo. O rosto moreno está bem perto, as íris verdes-musgo aquecidas enquanto me observa também.

— Estou feliz — murmuro, tocando seu rosto. Acho que sempre irei ter essa reação diante do meu homem lindamente sombrio. Sua mão cobre a minha e ele a leva para os lábios sensuais, depositando um beijo suave. — Tão feliz, meu amor.

— Eu também, meu amor — sussurra. Eu amo que agora demonstre claramente o seu sentimento por mim em seu rosto, seus belos olhos. Uma sombra passa em sua face e seu cenho franze um pouco. — Nosso casamento terá que ser realizado aqui em casa e apenas com a presença da família. Você está bem com essa limitação? — sonda, enrolando o braço livre em minha cintura, puxando-me contra seu corpo, recostado à bancada da pia do banheiro. — Não podemos atrair atenção indesejada para esse momento.

A foto de Valéria Ramazotti dentro de um saco preto me vem à mente. O legista na folha de pagamento dos Montanaro enviou muitas fotos para And ainda na madrugada. O rosto da mulher era uma visão pavorosa. A pele ficou muito escura e com rachaduras, os olhos esbugalhados, com vasos completamente dilatados. Um veneno de efeito devastador foi usado na puta, de acordo com os exames realizados. Estremeço um pouco, não por lamentar sua morte, mas pela imagem horrenda. Ela teve o final que merecia. Só lamento que não tenha entregado seu comparsa.

— Estou muito bem com isso. Não, corrigindo: *maravilhosamente bem* porque estou me casando com o homem da minha vida — declaro e um arremedo de sorriso curva sua boca, seus olhos acendendo com admiração e orgulho.

— Esse dia será nosso. Quando tudo isso passar, porque vai passar, eu colocarei São Paulo e o mundo a seus pés, prometo, bebezinha — assegura com seu olhar lindo e intenso preso ao meu.

— Você quer dizer que não será sempre assim, algum inimigo louco querendo nos matar? — pergunto meio brincando, meio séria.

— Não. O mundo do crime tem certa organização e hierarquia — garante com ar de superioridade. — Eu estou no topo da América Latina e ganhando território em outras partes do globo. — Ele dá uma risada sexy, a boca se aproximando da minha. — O *Cobra* está, quero dizer. Para todos os efeitos, Andreas Montanaro é a personificação da lei e quero que continue dessa forma.

Deus, como me excita essa sua vibe criminosa.

— Fico toda molhada quando fala que é o Cobra — confesso num gemido baixo. Ele me dá um tapa na bunda, alisando o local em seguida. Estamos nus após o banho. — Tenho pensando em fazer uma tatoo de cobra em homenagem ao meu lindo amo.

— Ainda não acredito na minha sorte — diz com aspereza, seu olhar intenso e sombrio fixo no meu. — Você parece uma princesa no exterior, mas por dentro é tão obscura quanto eu.

— Também ainda não acredito na minha sorte, ou ousadia — murmuro de volta. — O meu homem é o rei do crime e me vejo querendo ser exatamente como ele.

Um rosnado baixo reverbera em sua garganta e And me dá um olhar ainda mais penetrante e possessivo.

— Você nasceu para ser a minha rainha, comandar tudo ao meu lado. É por isso que meu mundo não te assusta — afirma em tom dominante. — Ainda que tenha vivido por dezoito anos longe, seu sangue prevalece.

Eu derreti logo na primeira frase. Ouvi-lo dizendo que nasci para ser sua rainha deixa meu coração completamente amolecido.

— Sua rainha... — suspiro com um sorriso bobo. — Eu gosto disso.

— Meu lindo bebê — murmura com voz engrossada e esses olhos intensos prendendo nos meus. Seu rosto abaixa, a boca sensual roçando levemente na minha, então, mergulha, nossas línguas se enroscando num beijo gostoso e apaixonado. Felicidade imensa espirala dentro de mim, não importando quão instável seja o momento em que estamos por não sabermos o próximo passo do nosso inimigo. Eu tenho o amor de Andreas Montanaro e isso me faz sentir como se fosse invencível.

— Te amo — geme rouco, como que validando minha afirmação, pegando minha bunda. Posso sentir seu pau acordando entre nós.

— Também te amo.... — gemo de volta e o lembro: — Temos reunião dentro de uma hora, amor. — Minhas mãos correm pelos ombros largos, não oferecendo muita resistência, na verdade, e ele sabe disso. O sorriso perverso se abre lentamente em sua boca e ele me levanta pela bunda, nos girando, me sentando sobre a bancada.

— Aquele filho da puta que espere por nós — resmunga, se enfiando entre minhas coxas, as mãos grandes agarrando meus seios, amassando gostoso demais e quando sua boca desce pelo meu pescoço, chupando, mordendo com sua fome e posse que me enlouquecem, eu gemo, abraçando seu quadril com as pernas, puxando-o mais perto. — Passei muito tempo sem gozar em sua bocetinha gostosa, não ouse racionar sexo agora, branquinha — rosna, pegando minha nuca, arqueando-me e em seguida sua boca morna desce para meus seios. Com um choramingo esfomeado, eu o deixo me consumir em sua intensidade...

Cerca de uma hora depois, nós saímos do elevador privativo de frente para as nossas salas. Noto a entojada da Mônica se aproximando com alguns papéis nas mãos. Ela ainda não me engole, posso ver o cintilar sutil da inveja em seus olhos castanhos. And está com um braço enrolado em minha cintura e isso faz um sorriso vitorioso se abrir em minha boca.

— Bom dia, senhor Andreas, senhorita Maya — cumprimenta educadamente. — A documentação que me pediram sobre o novo processo de Milão já está pronta — avisa prestativa.

Temos um cliente novo chegando hoje à tarde. Indicação de Genaro Valente. O cliente quer realizar aquisição hostil de uma companhia de táxi aéreo brasileira que anda mal das pernas. And me informou que Federico Bianchi, o tal cliente, era para ter vindo ao Brasil há meses, mas acabou atrasando a viagem não se sabe bem o motivo. Já não vou com a cara desse homem por ser indicação do pai da vaca. Não vou com a cara de Genaro. Menos ainda depois que teve a coragem de vir junto com a esposa me pedir para libertar sua filha covarde. Entendo que a senhora esteja numa situação horrível, mas Isabeli é o meu rato, não estou pronta para deixá-la ir. Ela não merece estar livre depois de ter me enterrado viva, a maldita. Ódio mortal me invade sempre que revivo aqueles momentos aterrorizantes. Entretanto, acabei cedendo porque maldade tem limite. Eu jamais deixaria aquela pobre mulher moribunda morrer sem ver a filha de novo.

— Bom dia, Mônica. Obrigado — And agradece. — Coloque em minha mesa. Estamos indo direto para a sala de reunião agora.

— Bom dia, Mônica. Obrigada — uso da boa educação também.

— O senhor Donizete e seu advogado já chegaram e os encaminhei para lá — ela informa e seus olhos ampliam quando focam em minha mão esquerda e no meu lindo anel de noivado. Se a vadia soubesse que já sou esposa de And, o anel é apenas a coroação da nossa volta oficial. Minha vontade é espezinhar essa escrota por ter me tratado tão mal quando cheguei aqui, mas percebo que seu maior castigo é me ver assumir o meu lugar de direito ao lado do chefe e não apenas no âmbito profissional.

And agradece novamente e viramos em direção à sala no fim do corredor. Ele abre a porta, dando-me passagem, como um perfeito cavalheiro. Trocamos um olhar cúmplice de quem passou a noite, e um pouco da manhã, se comendo. Entro na sala, meu sorriso morrendo ao encontrar o astro da seleção brasileira de futebol e seu advogado, Licurgo Ferreira, um idiota com mania de grandeza, que adora jogar todos os seus casos na mídia. Os dois se merecem. Donizete é um homem bonito exteriormente, percebo com desgosto. Loiro, alto, olhos castanho-claros, que no momento estão me analisando de cima a baixo enquanto ando para perto da mesa. Quero vomitar com o olhar de interesse masculino que está me dando. É mesmo um mulherengo, conforme a mídia relata, como se isso fosse uma qualidade. Ele gosta do papel de garanhão.

Ceila me contou tudo o que há para saber sobre essa escória e também estou cavando mais ao seu redor. Não terei escrúpulos em usar cada informação para aniquilá-lo, caso o idiota não aceite nosso acordo e queira ir para o tribunal sobre isso também. Ele foi preso no mesmo dia da surra que deixou a ex-mulher inerte no chão com a coluna destruída. Porém, pagou fiança e saiu no dia seguinte, alegando estar sob efeito do álcool, chorou diante das câmeras, pedindo perdão a Ceila, aos fãs, e todo o Brasil o perdoou. Principalmente porque a Copa do Mundo está se aproximando e, segundo os amantes do futebol, o maldito é a esperança do hexacampeonato. Revoltante. Nesse país tudo é ofuscado pelo futebol e acaba em pizza.

— Senhor Donizete, doutor Licurgo — cumprimento com um leve aceno de cabeça. Os homens se levantam. Os olhos do jogador estão acesos, devorando-me sem cerimônias ou decência.

— Você é? — inquire, estendendo a mão.

— Doutora Maya Siena De Cantábria, a advogada de sua ex-esposa. — Licurgo informa se antecipando, estendendo a mão também. É um homem caucasiano, na casa dos quarenta, e pelo olhar presunçoso em seu rosto, acha que vai me vencer porque sou jovem. Ou o que é pior: porque sou mulher.

Eu aperto a mão dos dois, seguindo a etiqueta profissional.

— Por favor, fiquem à vontade — peço, contornando a mesa e tomando um assento à sua frente. Dizer que não estou um pouco nervosa seria mentira, afinal, esse é o meu primeiro caso como advogada principal. And queria mesmo me paparicar me dando uma responsabilidade tão grande, pondero. Não posso decepcioná-lo.

— Senhor Donizete, Licurgo. — A voz de And soa firme, segura como sempre, e o invejo. Ele se acomoda do meu lado e sua mão morna pousa sobre a minha perna por baixo da mesa. Dá um leve aperto, como se soubesse como me sinto nesse momento. O agradeço mentalmente.

— Andreas — Licurgo responde, não conseguindo dissimular completamente seu desgosto. Embora o exibicionista tenha certo prestígio no meio jurídico, perdeu todos os casos em que atuou contra um Montanaro. Eu pesquisei o homem quando vi que seria o advogado da outra parte. — Faz um tempo que não nos encontramos.

— Sim, eu soube dos seus recentes êxitos nos tribunais. Parabéns! — And ri baixinho e abre os botões do terno escuro e elegante. — Porém, o fato de estar aqui de novo, mostra que ainda não aprendeu a lição. — Sorri com um toque de crueldade ao acrescentar: — Você nunca irá ganhar de nós. Pare de desperdiçar sua energia.

O rosto do advogado fica vermelho e ele lança um olhar mortal para And.

— Os Montanaro não são os únicos advogados bons em São Paulo e eu vou provar isso — tem a audácia de falar.

— Você está certo. De São Paulo não — And concorda e olho de lado, sem entender. — Somos os melhores na porra desse país.

Eu seguro um riso. Aí está, isso é mais a sua cara.

— Vamos logo com isso. Meu tempo vale ouro — Donizete resmunga, sua cara entediada agora. — Tenho um encontro com meus fãs em quarenta minutos.

Eu quero bufar para o ego desse infeliz, mas me seguro e mantenho minha expressão neutra.

— Vamos levar o tempo que for necessário e você ficará aí quietinho, ouvindo tudo. Nosso tempo também vale ouro, seu megalomaníaco de merda — And responde friamente, cruzando as mãos tatuadas sobre o tampo de madeira polida da mesa. Donizete amplia um pouco os olhos, certamente estranhando o tom de meu marido. Ah, Deus, como amo essa expressão. *Meu marido*. Já a repeti internamente um milhão de vezes desde que fizemos as pazes de verdade.

— Que porra de tom é esse, cara? Como ousa? — o homem estala, sua cara de estrela superestimada me dando náuseas.

— O único tom que imbecis como você merecem ouvir. Eu não sou um de seus fãs, portanto, baixe a bola — And adverte, sua voz ainda mais gelada e intimidante. — Na minha opinião, há melhores atacantes atuando em times do Brasil, mas, infelizmente, o técnico é um *paneleiro* sem noção e prefere convocar pernas de pau como você, mas que atuam na Europa. — Se recosta ao espaldar da sua cadeira, o olhar frio e jocoso cravado no homem. — Com essa seleção medíocre não ganhamos nem futebol de botão, imagina o hexa. Todavia, não estamos aqui para discutir sua mediocridade nos gramados, não é mesmo? — zomba e ajeita as abotoaduras do terno. Meu lindo homem vira a cabeça, os olhos verdes-musgo encontrando os meus. — Perdoe a intromissão, doutora Maya. Prossiga.

— Disponha, doutor. — Não evito um pequeno sorriso. Sua mão volta para baixo da mesa, pegando minha perna novamente. Meu coração aquece com seu cuidado e apoio e meu corpo vai junto, sentindo o calor gostoso do seu toque. Recobrando a altivez profissional, encaro os homens à nossa frente. — O doutor Andreas Montanaro é o meu conselheiro neste caso — informo e me ponho a acionar o equipamento de gravação. Quando tudo está certo, respiro devagar, retomando: — Sou Maya Siena De Cantábria, advogada principal de Ceila Batista Magalhães no processo de divórcio de Donizete Magalhães, e esta é a nossa primeira reunião de tentativa de conciliação.

— Não é muito jovem para pegar um caso desses? — Donizete inquire com um sorriso de escárnio, e acrescentaria misógino, curvando sua boca. — Talvez possamos resolver isso em outro lugar, o que me diz, loirinha? — Seu tom é de flerte, mas há algo perigoso cintilando em seus olhos.

A mão de And aperta minha perna e a seguro, passando a mensagem de que estou bem. Sei que quer tomar minhas dores, mas sou a advogada principal, não posso ficar atrás de um homem sempre que for ofendida. Além disso, nunca tive papas na língua.

— Meu diploma tem a mesma validade que o do seu advogado, senhor Donizete. Minha idade, ou gênero, não dizem nada sobre a minha capacidade de exercer a advocacia — respondo em tom incisivo e vejo um brilho surpreso tomando seus olhos. Entrego-lhe a sua cópia da proposta e em seguida a Licurgo. And pega a sua também. Olhando o espancador de uma figa, eu advirto em tom de aço: — Outra ofensa desse teor e o senhor sairá daqui direto para uma delegacia da mulher. Fui clara?

Ele estreita os olhos e bufa. O infeliz realmente se acha acima da lei.

— Meu cliente não irá repetir o insulto, doutora, eu garanto. — Licurgo intervém, num falso tom diplomático. Eu o encaro, acenando.

— Leiam a proposta da senhora Ceila. Pessoalmente, acho bem razoável levando em consideração a situação em que está agora... — opino, tentando agir mais profissional e menos passional. Minha vontade é dar um soco na cara desse covarde.

Donizete não lê, apenas empurra sua folha com ar debochado e aguarda seu advogado fazer a leitura. Quando Licurgo termina, está bufando e meneando a cabeça com veemência. Eles não vão aceitar, como já havia previsto.

— Sessenta por cento de tudo que meu cliente possui e do seu salário bruto, fora as pensões das crianças? Essa proposta é completamente desrespeitosa e, sem ofensas, doutora, bem bairrista — Licurgo cospe. — Ele não vai assinar uma merda dessas nunca!

Não me altero com seu ataque. Congratulo-me por manter a expressão de pôquer em meu rosto.

— É justa, considerando que seu cliente deixou a minha numa cadeira de rodas — objeto, encarando meu oponente de queixo levantado. And aperta minha perna em aprovação, acho. — Assine, senhor Donizete. Se levarmos isso para o litigioso, sua imagem será ainda mais prejudicada e...

— Minha imagem prejudicada? Em que mundo você vive, minha filha? — Ele incha o peito, ajeitando o terno caro. — Eu sou Doni Magalhães, porra! O homem que trará o hexa e fará o povo brasileiro feliz de novo.

Meu Deus, esse cara existe mesmo? Como se os problemas do nosso país pudessem sumir apenas por conquistar uma merda da Copa do Mundo. Rolo os olhos mentalmente. And faz um som de repulsa e me seguro para não fazer o mesmo.

— Eu não vou retirar um só dígito dessa percentagem. Se não aceitar o acordo, iremos a tribunal. Juntarei quantas ações forem necessárias ao processo original de violência doméstica. O senhor irá para trás das grades, isso é um fato — declaro usando o tom calmo e frio que aprendi com meu marido que, por acaso, é o melhor advogado criminalista que conheço, além de outras coisinhas... — Quando eu terminar com você, não sobrará nada do astro que os fãs ovacionam, eu garanto.

— Quem pensa que é para falar comigo desse jeito, vadia? — Donizete se levanta, lançando-me um olhar ameaçador. — O que você quer? Aparecer em cima do meu nome?

Posso sentir a ira emanando na respiração de And e sua mão aperta mais a minha perna. Eu não mostro abalo, apenas encaro o homem idiota, adorando o fato de que se acha o maioral e está cagando pela boca diante de uma câmera ligada.

— Ou talvez só queira a minha atenção. É isso? Quer ser uma de minhas putas, querida? Você sabe pelo menos chupar um pau? — Ofego quando o infeliz pega a virilha de forma obscena.

And emite um rosnado alto e ameaçador, se pondo de pé num instante. Levanto-me também, me colocando em sua frente, impedindo-o de avançar na escória.

— Eu vou te ensinar a respeitar uma mulher, seu monte de merda! — ruge como um animal selvagem, suas narinas fremindo e os olhos completamente escuros pela ira.

— And, não, por favor, não — peço em tom baixo, apenas para nós dois. A câmera está ligada e tenho exatamente o que eu queria: o descontrole do espancador misógino. Meneio a cabeça, lhe passando a mensagem apenas com meus olhos. And entende o meu ponto e acena, apertando a mandíbula. Seus olhos estão com o brilho letal que já vi tantas vezes. Aceno de volta, confiante de que posso me sair bem sozinha. Em silêncio, dirijo-me para o equipamento, desligando-o. Começo a recolher os papéis sobre a mesa, ainda sem dizer nada.

— Deus... — Ouço a voz tensa de Licurgo. Ele já assimilou a minha intenção. — Doutora Maya, vamos nos acalmar e conversar. Meu cliente é impulsivo, não leve a sério as ofensas e...

— Estou muito calma, doutor Licurgo. — Encaro o homem e quero sorrir diante do seu claro desespero. Ele sabe que perdeu, que seu cliente é uma bomba-relógio ambulante. — Não me importa a instabilidade comportamental de seu cliente. Não sou psicóloga e esta não é uma sessão de terapia — declaro friamente. — A gravação irá para uma delegacia da mulher, conforme havia avisado anteriormente.

— Não! Por favor, nos dê uns minutos a sós antes de fazer qualquer coisa — o advogado implora.

Eu rio internamente. Xeque-mate!

— Cinco minutos — concedo em tom implacável e olho para And. A expressão assassina ainda continua em seu rosto, mas o brilho orgulhoso está disputando espaço nos olhos verdes-musgo agora. Ele estende a mão para mim e eu a seguro. Deixamos a sala, confiantes nessa primeira vitória.

— Parabéns, doutora! — And exclama, me prensando contra a porta da minha sala. Acabamos de encerrar a reunião de conciliação. Licurgo conseguiu convencer Donizete a assinar os papéis. — Estou tão orgulhoso de você, branquinha — meu amor completa, as mãos possessivas segurando minha cintura, puxando-me e colando seu corpo delicioso e cheiroso no meu.

— Obrigada, doutor — murmuro de volta, abraçando-o pelo pescoço. O brilho de orgulho em seus olhos faz meu peito vibrar de amor, prazer. Eu amei vencer essa primeira batalha. Também apreciava ganhar esse olhar quando vencíamos os casos nos quais fui sua assistente, no passado. — Aprendi com o melhor.

Seus olhos ficam aquecidos com meu elogio e sua boca linda abaixa, roçando na minha.

— Vamos pedir almoço especial para comemorar? Aqui, só nós dois... — propõe com um indício de sorriso perverso curvando seus lábios.

— Você ainda está se recuperando, vamos com calma — rio, mas gemo em seguida quando a mão grande pega minha bunda, nivelando nossos sexos e ele morde meu lábio inferior. — Não pode fazer muito esforço. Essa ferida precisa curar logo, amor.

Ele rosna e me gira, começando a andar comigo pelo cômodo enorme, em direção à minha mesa. Eu remodelei tudo. Não há nenhum sinal de que a vaca esteve aqui antes. *Minha sala. Meu homem.* Suspiro quando ele me prensa contra a borda da mesa.

— Eu vou sarar rápido, bebezinha, não se preocupe. — Seu tom fica safado ao completar: — Sabia que há estudos sobre a importância de o paciente estar bem emocionalmente para acelerar sua cura? — Estreito meus olhos para sua esperteza e ele abre o sorriso mais lindo, fazendo meu coração dar piruetas dentro do peito.

— Você está mesmo usando pesquisas sérias para barganhar mais sexo, doutor? — Meneio a cabeça, mas estou sorrindo também.

— Advogando em minha própria causa. — Sorri com malícia e aproxima a boca da minha, olhos presos aos meus ao sussurrar em tom engrossado: — Esse caso você não pode ganhar. Estou bem empenhado, amor.

— Não me importo de perder esse caso. — Eu gemo e puxo sua nuca, beijando-o lento e gostoso.

Depois de alguns minutos, somos obrigados a nos separar. Ele tem agenda com outros associados e eu vou dar uma olhada no caso de Federico Bianchi. Me jogo no trabalho e recebo uma ligação de Yuliya nesse meio-tempo. Temos mantido contato desde que estive na Rússia com And há mais de um mês. Eu realmente gosto dessa garota. Ela reclamou que ficou sabendo do meu casamento por Nikolai e acusou-me de não ser uma boa amiga. Eu dei risada de seus hormônios de grávida. Ela gemeu e, depois do drama, ficamos as duas trocando ideias sobre a cerimônia e o destino da lua de mel. E, claro, tive que prometer dar uma passada em sua casa quando estivermos encerrando a viagem.

Perto da hora do almoço, Mônica vem me servir café, o que estranhei, uma vez que não pedi. A vaca desastrada derruba um pouco no meu vestido branco. Escolhi esse hoje, com um terno vermelho-sangue.

— Oh, meu Deus! Me desculpe, senhorita! — ela exclama, colocando a xícara na mesa, sua aflição parecendo genuína. — Sinto muito! Não sou desastrada normalmente.

Respiro fundo e me levanto, esticando o tecido do vestido, a mancha se espalhando rapidamente.

— Está bem, não é para tanto — minto.

— Vamos até a cantina, lá tem água com gás e posso ajudá-la com a mancha. Vou pegar o pequeno secador de cabelos que sempre carrego na bolsa — propõe com uma cara culpada. — É o mínimo que posso fazer.

Expiro e aceno, seguindo-a para fora da sala, atravessando o corredor do outro lado do saguão da recepção. Mônica para em sua mesa, pegando o secador e logo entramos na cantina. Ela compra uma garrafa de água com gás e fico boba ao ver que o líquido dissolve completamente a mancha de café. Em seguida seca o tecido e está perfeito como antes.

— Obrigada. Funciona mesmo — sou compelida a ser educada.

— Imagina, eu fui a culpada. — Ela sorri, parecendo sem jeito, coisa que não combina com essa garota. — Sim, água com gás é perfeita para manchas.

— Com licença? — a voz masculina desconhecida chama e viro a cabeça para a porta. Um homem está lá parado. Alto, moreno e bem bonito, diga-se de passagem. — Álvaro me disse que teria água com gás por aqui — ele esclarece, apontando para o peitoral, abrindo o terno bem cortado. Há uma mancha grande de café em sua camisa branca.

— Ah, por favor, entre, senhor Bianchi! — Mônica o chama, a voz denotando certo respeito e também encantamento pela aparência do recém-chegado.

O homem elegante adentra o recinto e me movo para voltar à minha sala. Em poucos minutos And estará lá para almoçarmos só nós dois. Ele disse que foi bem egoísta ontem, me querendo só para si. Estou nessa vibe hoje, não querendo ficar muito tempo longe dele.

— Obrigada mais uma vez, Mônica. Vou voltar à minha sala — agradeço e encaro o homem já encontrando seus olhos escuros sobre mim. — Senhor — inclino levemente a cabeça.

— Me desculpe mais uma vez, senhorita Maya. — A garota faz uma cara de pesar.

Viro-me para sair, mas a voz do homem me para:

— Maya? Maya De Cantábria?

— Sim, sou eu. — Encaro-o, intrigada.

Em vez de limpar sua mancha, ele vem para perto, estendendo a mão.

— Federico Bianchi, *è un piacere conoscerti finalmente*[22]. — Sua voz abaixou uma nota, ou foi só impressão? E o que o cliente da tarde já está fazendo por aqui? Pergunto-me um tanto aturdida pelo encontro inusitado.

— *Piacere, signore* — respondo em italiano, aceitando o cumprimento. Ele segura a minha mão e seus olhos cintilam fugazmente enquanto me observa. — Creio que houve alguma confusão com o horário, nossa reunião será à tarde — adiciono.

— Sem sotaque — murmura, seus olhos mostrando ainda mais interesse. — Um italiano perfeito.

Eu puxo minha mão do seu domínio e pondero um instante, minha confusão aumentando pela forma como está me olhando.

— Não houve confusão. Álvaro está me auxiliando com outra questão — ele explica. — Minha noiva é herdeira de alguns imóveis aqui no Brasil e estou cuidando da questão burocrática.

Sinto certo alívio ao ouvi-lo mencionar uma noiva. Ele não está flertando comigo, fico feliz ao perceber que me enganei.

— Nossa, estão me bipando, preciso voltar ao meu posto. — Mônica nos interrompe, andando até nós, entregando a garrafa d'água para Federico. — O senhor pode lidar com isso?

— Claro, *signorina*. — O homem abre um riso charmoso que faz a garota corar um pouco. — *Grazie*.

Mônica pede mil desculpas e sai rapidamente para atender sua demanda.

— Bem, eu preciso ir também. Cuide dessa mancha antes que seque. — Aponto sua camisa. — Foi um prazer conhecê-lo. Até a tarde.

— Você leu a papelada? Alguma ideia de como posso conseguir derrotar meu inimigo? — torna a me parar com sua pergunta. Meu cenho franze um pouco estranhando sua escolha de palavras.

— Seu inimigo? — inquiro, minha atenção voltando para ele.

Federico se livra do terno azul-escuro e afrouxa a gravata, abrindo os botões da camisa, uma vez que o café pegou as duas partes da frente. Me incomoda estar sozinha com o homem desconhecido e ele com o abdome todo de fora. Começa a despejar a água sobre a mancha.

— Sim, meus oponentes são tratados como inimigos, *signorina* — afirma e com habilidade, limpa toda a mancha rapidamente.

— Você tem alguma prática nisso — murmuro e uma expressão inescrutável cruza seu rosto.

---

22 É um prazer conhecê-la, finalmente – em italiano.

— Siena me ensinou esse truque quando nos conhecemos — responde e franzo a testa. Seus olhos tornam a cintilar quando esclarece: — Minha noiva, ela se chama Siena.

Não estranho a coincidência porque na Itália esse nome é comum. Ele começa a secar a camisa e estou abrindo a boca para lhe dizer que preciso mesmo sair, quando algo leva a minha atenção para a porta. And está lá, parado, seu cenho levemente franzido me observando, em seguida, cravando os olhos inquiridores no nosso cliente. Ele entra no recinto, os passos confiantes e arrogantes que são a sua marca e enrola um braço na minha cintura.

— Pedi o almoço e estava te procurando, amor — murmura, seu rosto virando para o meu. Não consigo lê-lo corretamente nesse momento, mas sinto algo em seu tom. Está com ciúmes?

— Desculpe, amor. Eu já estava indo. Mônica derrubou café em meu vestido e vim retirar a mancha. — Sinto a necessidade de explicar porque não quero que pense besteira por ter me encontrado com um homem de tórax de fora em plena cantina. Vejo uma centelha sutil de satisfação em seus olhos e ele abaixa a boca na minha, me dando um beijo que é afetuoso, mas não sou tonta, é também uma demarcação de território. Isso me faz ficar enlevada. É bom saber que ele sente ciúmes de mim.

Andreas

Eu beijo a minha menina por duas razões. A primeira, eu já estava louco de saudade dela. A segunda, quero mostrar ao italiano folgado, com a porra do abdome de fora, que ela é minha. Quando termino, abro os olhos, dando um selinho antes de separar nossas bocas. Um pouco do meu ciúme é aplacado ao ver seus lindos olhos de camaleoa me fitando com a expressão apaixonada e suave. Toco sua face macia.

— Senti sua falta — ela murmura e isso termina de me foder de vez. Dou-lhe mais um beijo reverente.

— Eu também, meu bebê — sussurro contra seus lábios, meu braço enrolando ainda mais em sua pequena cintura. — Vamos?

— Vamos. — Abre um pequeno sorriso satisfeito.

Quando olho para Federico Bianchi, o homem está nos observando, muito sério, por sinal. Sua expressão relaxa ao ser flagrado e ele vem para perto, estendendo a mão.

— Andreas. É bom finalmente darmos andamento em nossas questões — cumprimenta com um sorriso amigável.

— Federico — respondo em tom cordial também, apertando sua mão, mas sem sorriso. Não gostei da maneira que estava olhando a minha mulher quando apontei na porta. — Você se confundiu com o horário da reunião?

— Não. Eu tinha uma outra com Álvaro agora — comenta e franzo o cenho. — Minha noiva tem questões de herança aqui no Brasil e aproveitei a oportunidade.

Alvinho não me contou. Não estranho porque não temos o hábito de compartilhar os casos lícitos. Mas sua revelação sobre a existência de uma noiva me deixa um pouco aplacado. Federico tem certa proximidade com a minha família, por intermédio de Genaro. Sempre que o homem precisa resolver alguma questão jurídica aqui no Brasil, nós o ajudamos. Ele esteve, inclusive, em alguns eventos familiares desde que nos conhecemos há três anos. O primeiro, foi o aniversário de quinze anos de nossa saudosa prima Bea.

— Meu irmão fará o melhor, tenha certeza — garanto e puxando a minha menina ainda mais perto, eu incho o peito ao completar: — Vejo que já conheceu a minha esposa e também a advogada assistente no caso da aquisição do táxi aéreo.

Novamente o homem abre um sorriso, a atenção indo para Maya.

— Sim, já tive o prazer. Coincidentemente tivemos nossas roupas manchadas por café e nos encontramos aqui — Federico informa.

Ainda não gosto do brilho de interesse que vejo nos olhos escuros do infeliz. Se precisar lhe dar um aviso claro sobre não ficar babando em cima da minha mulher, não tenha dúvidas de que eu farei. Não é porque está rendendo milhões ao escritório que vou aceitar esse tipo de merda.

— Sua noiva está aqui também? — indago propositalmente.

— Não. Siena está impedida de ficar comigo nesse primeiro momento — esclarece.

A coincidência do nome não me deixa totalmente surpreso. O nome de batismo de Maya é muito comum na Itália.

— Bom, nós estamos indo almoçar — aviso, já pronto para sair. — Nos vemos à tarde.

— Nos vemos à tarde — ele repete com um leve aceno de cabeça.

Deixamos a cantina e rumamos para a sala de Maya. Não estou pronto para dividi-la com mais ninguém ainda. Abraço-a por trás tão logo passamos pela porta e enfio o nariz em seu cabelo perfumado. Sou completamente louco, viciado nessa menina. Ela ri baixinho, inclinando a cabeça em meu ombro. Levo-a para o banheiro e lavamos as mãos, voltando para o recinto. Andamos até a sala de estar, onde nosso almoço já está posto na mesinha de centro sobre o carpete creme. Retiramos nossos sapatos e pisamos sobre as cerdas macias. Nos acomodamos do mesmo lado e minha branquinha suspira.

— Fique quieto, eu vou servir, amor. — Me impede quando começo a mexer nos recipientes.

— Não sou um inválido, branquinha — replico e ela dá uma pequena risada.

— Você está longe disso, estou bem ciente, acredite. — Olha-me de lado, o rostinho de anjo cheio de malícia. — Mas eu quero mimar um pouco o meu dono.

— Na próxima semana terei condições de fazer uma sessão decente, minha cadela. — Eu faço um som engrossado na garganta. — Estou morrendo de fome por você.

— Eu também, meu amo — murmura com o olhar e expressão mansa que me enlouquece. Então, se põe a preparar um prato para mim.

Observo-a em silêncio, babando em cada gesto elegante, no perfil lindo, seu cabelo longo caindo pelas costas. Ela foi magnífica na reunião com o maldito astro do futebol. Minha branquinha simplesmente o esmagou. Meu peito está inflado de tanto orgulho. Todavia, aquele infeliz a ofendeu e, por isso, terá uma surpresinha... Ninguém ofende a minha mulher e sai impune. O deslumbrado terá um encontro indesejado no final da tarde.

— Chegaremos um pouco atrasados para o jantar com seus padrinhos, amor — aviso e ela franze as sobrancelhas, colocando o prato bem montado na minha frente. — Tenho algo a resolver antes.

Seus olhos acendem com interesse sombrio, sua sagacidade ativada.

— Posso ir junto? — pergunta e um riso lento se abre em minha boca. Porra, eu tirei a sorte grande com essa menina.

— Claro que sim. Você pode tudo, bebezinha — declaro e ela se inclina, a boquinha gostosa pousando na minha em um beijo rápido de agradecimento.

— Amo ver meu homem obscuro em ação — sussurra, me fazendo rugir de satisfação.

Maya dá uma risadinha e começa a preparar seu prato, nos serve suco de morango natural e começamos a comer. Olho em volta. Tudo está diferente no recinto, e graças a Deus não há o menor resquício de Isabeli por aqui. O ambiente espaçoso é muito mais aconchegante agora e pedi uma porta de ligação com a minha sala. É muito engraçado como você convive com uma pessoa por tanto tempo e ela não consegue te tocar. Foi assim com Isabeli. De repente, outra entra na sua vida e você se pega tendo arroubos ridículos de sair cantando por aí, por exemplo. É assim que Maya me faz sentir: em completo estado de êxtase. Não quero perder isso nunca. Não quero e não vou perdê-la nunca mais.

— Prometa-me que nunca mais duvidaremos um do outro, branquinha — vejo-me tendo a necessidade de oralizar isso. Ela vira a cabeça, seus lindos olhos ficando verdes. Eles mudam assim quando ela gosta do que está ouvindo, ou está excitada, ou na fraca iluminação. Nesse momento, é porque aprecia o que acabei de dizer.

— Nunca mais, And. Eu prometo — murmura com emoção na voz.

— Se minha vida estiver em risco, ainda assim, não duvidarei de você, meu amor. Nunca — declaro em tom firme.

Ela ofega, seus olhos ficando muito brilhantes.

— Nunca, meu amor. Se minha vida também estiver em risco, não duvidarei de você — repete. Eu pego sua mão esquerda, trazendo-a para a minha boca, depositando um beijo sobre o anel que sela nosso compromisso.

Nós fizemos a refeição conversando sobre temas mais amenos como a nossa cerimônia de casamento e o destino da lua de mel. Ela escolheu as Maldivas e apoiei. Liguei hoje para Nikolai e avisei sobre a nossa decisão de não esperar para uma festa com pompas. Meu amigo ficou contente e garantiu que virá com Yuliya. Maya revela que conversou com a esposa de meu amigo também. Minha menina acaba me convencendo a passar na Rússia quando estivermos encerrando nossa viagem.

Após a sobremesa, um bolo de chocolate que derreteu na boca, tomamos uma taça de vinho. Encerramos a comemoração em grande estilo, fodendo gostoso sobre o carpete mesmo. Tomamos banho juntos em seu banheiro e trocamos de roupa para o expediente da tarde. Eu sempre mantenho dois ternos sobressalentes aqui no escritório para o caso de emergências. Aconselhei-a a fazer o mesmo.

A tarde transcorreu bem. A reunião com Federico foi bem produtiva. Ele quer não só comprar a companhia de táxi aéreo, mas aniquilar o atual dono. Os motivos não me foram revelados, no entanto. Não me recordo desse traço de sua personalidade, mas nunca me debrucei muito sobre o homem. Para mim sempre passou a imagem de riquinho alienado, torrando o dinheiro dos pais em constantes viagens pelo mundo, incluindo o Brasil. Entretanto, a forma como seus olhos ficaram sombrios e cruéis ao afirmar que vai destruir seu inimigo, o colocou sob um novo prisma.

— Eu o quero acabado — ele reforça quando nos colocamos de pé, encerrando a reunião. — Sei que vocês têm meios para fazer isso. — Me dá um olhar incisivo.

— No terreno jurídico o aniquilaremos, esteja certo, Federico — garanto, abotoando meu terno. — Mas se tem um problema pessoal com este homem, resolva-o você mesmo — digo, tentando conter minha irritação. Não sou um maldito assassino de aluguel.

Para a minha surpresa, o homem ri, ajeitando seu terno também. É bem apessoado, o infeliz, trinta e dois anos. Engraçado que não me lembro dessa animosidade toda em relação a ele antes. Talvez seja só o ciúme e posse irracional que sinto sobre Maya. Havia cobiça clara nos olhos dele quando cheguei à cantina antes do almoço. Mesmo estando noivo, estava cobiçando a minha menina. Ele que não se meta a besta ou serei obrigado a lhe dar uma lição também.

— É justo — murmura e seu olhar vai para Maya, que está reunindo a papelada sobre a mesa. Volta a me encarar. — A minha Siena chega no próximo sábado e gostaríamos de recebê-los para uma pequena reunião de casa nova. Genaro está organizando.

A notícia me intriga. Genaro organizando festa de boas-vindas enquanto o câncer está devorando sua esposa? Por outro lado, o velho conhecia os pais adotivos de Federico há muitos anos, pelo que nos contou.

— Não será possível. Nosso casamento será nesse dia — digo e me arrependo imediatamente. Não quero alarde. Maya merece paz, eu também mereço. Até mesmo um vilão merece um momento de felicidade.

— Certo, é realmente uma justificativa e tanto. — Ele acena, o olhar resvalando em Maya novamente. — Como pretendemos ficar por um tempo, haverá outras oportunidades.

— Claro — assinto. Confraternizar com clientes não é contra as normas da empresa.

— *Grazie* por enquanto. Qualquer novidade, me liguem — ele pede e encara Maya. — Suas sugestões foram incríveis, *signorina*. Estou agradavelmente surpreso com tamanha desenvoltura em tão pouca idade.

O monstro do ciúme volta a me rodear ao detectar novamente aquela centelha de interesse no tom e olhar do carcamano.

— *Grazie, signore* Federico — Minha branquinha agradece em tom profissional, levantando e vindo para o meu lado. Eu não perco tempo, enrolando um braço possessivo em sua cintura. — Esperamos concluir a negociação muito em breve.

— Você tem sorte em tê-la como esposa e parceira profissional, Andreas. — O idiota elogia, volta a me encarar. Quero ranger os dentes, mas mantenho a cara de pôquer. — Isso é raro hoje em dia.

— Eu sei. *Grazie* — agradeço, porém, meu tom não suaviza. — Bem, temos outro compromisso agora. Daremos notícias, fique tranquilo — acrescento para ver se o cara se manca e vai embora de vez.

— Certo. Ficarei no aguardo. — Com um aceno para mim e Maya, ele finalmente vai embora.

A limusine desliza pela garagem de um dos prédios abandonados que usamos para intimidar algum cuzão, quando necessário. O veículo para e começo a colocar minhas luvas pretas. Olho de lado, notando que Maya está colocando as suas também. Adrenalina começa a se espalhar em minha corrente sanguínea. Ela vira a cabeça, nossos olhares se encontrando e meu coração transborda contemplando a minha metade sombria. Sua respiração soa um pouco acelerada, seus olhos verdes. Está excitada. Ela gosta de me ver em meu elemento mais obscuro. Estendo a mão enluvada e toco seu rostinho lindo de anjo. Ela geme, abrindo os lábios, pegando meu polegar e sugando-o por cima da luva. É uma imagem sombriamente sexy, a essência da minha menina.

— Paciência, meu bichinho — peço com o cinismo e indulgência que ela gosta. Em seguida, dou um tapa moderado em sua face. Solta um gemido safado que deixa meu pau duro. — Logo estaremos de volta e pode realizar sua fantasia de foder com seu dono depois de vê-lo em ação.

Maya torna a gemer. Sorrio, abrindo a porta do carro. Desço e a ajudo a sair. Ela está magnífica num macacão de seda creme, um casaco vermelho vivo jogado em seus ombros. Sua elegância destoa do lugar. A nossa, na verdade. Também estou vestindo um terno impecável. Isso nos diferencia do resto. Somos a nata da nata. Entrelaço nossas mãos e a conduzo pela escada lateral. Jairo, Gualberto e mais oito homens da segurança, nos seguem de perto. Subimos devagar até o quinto andar, onde o rato que será a nossa diversão de hoje está nos esperando. Bem, na verdade, ele não tem ideia do que está acontecendo e essa é a parte que mais aprecio.

Alcançamos o amplo vão vazio e sujo. Doni Magalhães está amarrado a uma cadeira de escritório, dessas com rodinhas nos pés. Um saco preto sobre sua cabeça. Ouço um ofego de Maya quando percebe quem é o nosso brinquedinho de hoje. O infeliz está com o uniforme da seleção brasileira. Mexi meus pauzinhos e fiquei sabendo da sua agenda para o mês inteiro. Tinha acabado de fotografar para uma sessão publicitária quando foi abordado por um de meus homens disfarçados. Deixado inconsciente e trazido para cá em seguida, tudo muito discreto, do jeito que meus homens sabem que gosto.

— Você quer fazer as honras, meu amor? — pergunto baixinho, tocando o rosto de Maya de novo. Seus olhos ficam lindos, sombrios e ela acena. — Minha menina perfeita — gemo baixo, a adrenalina misturada ao tesão nesse momento.

Andamos mais perto e posso sentir o momento em que nosso astro percebe que não está sozinho. Encaro Jairo e lhe dou o aceno para retirar o saco da cabeça do imbecil. Donizete se agita, olha para Jairo, sua expressão atordoada, em seguida, sua atenção vem para mim e Maya a poucos passos dele. Seus olhos arregalam em completa estupefação. Eu rio friamente, andando devagar para a sua frente, minha mão unida à dela. Então, a realização vai tomando seu rosto, seus olhos arregalam mais e o infeliz começa a grunhir através da fita adesiva tapando sua boca.

— Veja, bebezinha, esse momento é como uma injeção de adrenalina em minhas veias — murmuro com reverência para a minha mulher, mas também com deboche para o idiota que a insultou e achou que ia ficar por isso mesmo porque é um fodido jogadorzinho de futebol. — O grande Doni Magalhães acaba de perceber que não é nada além de um rato.

— Eu consigo sentir, meu amor — Maya murmura, soltando a minha mão e abrindo sua bolsa. Os olhos do cara só falta sair das órbitas quando minha branquinha puxa a sua pistola e destrava, apontando para a sua testa. Ele volta a grunhir, se debatendo na cadeira. Seu corpo inteiro está amarrado, então, sua mobilidade é apenas com a cabeça.

Eu enrolo um braço na cintura de Maya e me inclino, beijando seu rosto, levando minha boca para o seu ouvido.

— Divirta-se, meu bebê — sussurro, mordiscando seu lóbulo e ela estremece contra mim.

— Então, filho da puta, está gostando das acomodações? — ela me enche de orgulho ao rosnar, batendo com o cano da pistola na cara do fodido. Ele grunhe alto, um pequeno corte surge em seu supercílio. O astro de merda sabe que está ferrado, é porque está, mas ainda não tem ideia do quanto. — Ainda acha que quero ser sua puta? — Maya range, lhe dando mais um golpe na outra face. — Vê se te enxerga, seu verme! Vai pagar não só pelas palavras misóginas que me disse, mas pelo que fez com Ceila! Vou acabar com você! — Entrega mais outra pancada, dessa vez no nariz. A cara do infeliz está brotando sangue por vários lugares agora.

— Minha vez, branquinha — eu rosno, puxando-a de perto do homem ou ela vai acabar mesmo com o monte de merda. Me inclino, meu rosto ficando bem perto de Doni. Ele está chorando, aterrorizado, grunhindo de dor. — Bem, bem, bem, parece que no final das contas o valentão é apenas um cagão — zombo friamente. — Eu vou retirar a fita e se ao menos pensar em gritar, minha esposa tem permissão para atirar. — Ele chora mais, a compreensão caindo em seu semblante. — Sim, monte de merda, você ofendeu a minha mulher. Sei que está acostumado a tratar as mulheres dessa maneira repulsiva, mas agora terá a lição que estava merecendo há algum tempo, de acordo com os relatos de sua ex-esposa.

Arranco a fita sem o menor cuidado e ele geme alto. Eu sei que dói e isso é música para meus ouvidos. Eu seguro sua nuca e começo a socar seu rosto com toda a força do braço. Deixo a ira que senti no escritório sair toda. Na verdade, é bem maior porque não pude extravasá-la naquele momento e eu queria muito ter esmagado sua cara na mesa, repetidas vezes.

— And, nós vamos matá-lo? — Maya pergunta, com um toque de preocupação, mas detecto expectativa também. Porra de garota perfeita.

— Não! Por favor, não, eu imploro — o homem patético começa a chorar baixinho, apavorado, mas com medo de fazer alarde e levar uma bala. — Eu sinto muito pelo que disse à sua mulher, cara! Porra, eu sinto muito.

— Não é a mim que deve desculpas, filho da puta — sibilo, lhe dando mais um soco na boca. Posso sentir alguns dentes moles pela força dos meus golpes anteriores. — Quando você ofende uma mulher, suas desculpas precisam ser direcionadas a ela! — Pego seu cabelo, puxando-o com força e viro seu rosto para Maya. — Peça. Agora.

— Eu sinto muito, senhora! Por favor, me perdoe! — o covarde implora. A expressão de Maya não abranda e ela bufa, voltando a mirar a testa do homem, que começa a tremer. — Eu tenho filhos, por favor, tenha piedade! O que eu posso fazer para me desculpar?

Os olhos de minha branquinha acendem com pura maldade e ela sorri.

— Não sabe como gostaria de tirar fotos, gravar sua mendicância e enviar para Ceila — debocha. — Mas não vou por motivos óbvios. Sou advogada do escritório mais respeitado e sério desse país.

Porra. Que linda!

— Você fica maravilhosa sendo irônica, meu amor — bajulo-a e seus lindos olhos vem para mim.

— Você fica maravilhoso de qualquer jeito, meu amor — devolve a bajulação e eu gemo, louco para terminar logo com isso e continuar a diversão de outra maneira...

Sua atenção se desvia para o idiota de novo.

— Pois bem, você vai dar setenta por cento de tudo o que possui e ganha para Ceila e os meninos — ordena em tom implacável, a arma ainda apontada para a testa de Doni.

— Porra! Vou ficar na miséria desse jeito — o infeliz reclama.

Eu rio e dou um chute na cadeira, deixando-a escorregar para a borda do prédio, que não tem nada além de um amplo buraco, nenhuma parede, nenhum parapeito. A cadeira para no meio do salão e rio indo até ele, dando mais um chute.

— O que está fazendo? Não! Meu Deus, vocês são doentes! — Doni berra, olhando para trás, vendo a borda se aproximando.

— Última chance, filho da puta! A queda daqui não é muito bonita, você dificilmente escapará com vida — advirto num rosnado, e para reforçar, torno a chutar sua cadeira, deixando-a ir mais rápido. Meus homens gargalham e o astro metido a valentão se desespera.

— Não! Oh, meu Deus! Não me deixe cair! — ele berra novamente, a borda se aproximando. Jairo e Gualberto o seguem esperando meu comando para salvá-lo ou dar o último empurrão. — Peça a eles para pararem essa merda! Eu assino! Eu passo tudo, porra!

Troco um olhar triunfante com Maya e dou a ordem:

— Parem-no. — Jairo o alcança, estabilizando-o e Doni respira tremulamente. Eu ando devagar para perto e apoio meu sapato italiano sobre o pé da cadeira. Estamos há menos de um metro da borda. Abaixo meu rosto, ficando bem próximo do homem, que está se borrando nesse momento. — Você nunca falará sobre isso com ninguém ou eu vou arrancar sua língua e quebrar suas pernas para que nunca mais possa jogar futebol.

Seus olhos arregalam mais. Ele treme, batendo os dentes, negando com a cabeça.

— Vou cortar todos os seus dedos também, filho da puta. Esteja avisado — ranjo e ele torna a negar com a cabeça.

— Não vou, tem a minha palavra — engasga, completamente aterrorizado.

Enfio a mão no bolso do meu terno e retiro meu cortador de charutos. Giro-o por entre meus dedos, encarando-o friamente.

— Eu sei que não o fará. — Pego sua mão esquerda, presa em seu lado e ele se agita novamente, percebendo minha intenção. — Mas uma coisa que deve saber sobre mim é que não dou uma viagem perdida. — Então, eu corto seu indicador. Ele se debate, grita, Jairo tapa sua boca. Olhando bem dentro dos seus olhos aterrorizados, eu corto mais um dedo. Pego os membros decepados e os jogo sobre seu colo. Limpo meu cortador com um lenço branco e torno a guardá-lo no bolso. — Os documentos serão enviados para aquele palhaço que chama de advogado na segunda. Dirá a ele que está arrependido de tudo de ruim que fez para sua ex-esposa e filhos e essa é a sua maneira de se redimir, está entendendo?

Ele acena, o rosto contorcido de dor.

— Devolvam o lixo para a sua casa — ordeno e me viro para Maya. Ainda está segurando sua pistola, as mãos enluvadas a deixando com cara de perversa e isso volta a me excitar. Me aproximo e ela guarda a arma na bolsa. — Vem, bebezinha. Temos um jato para pegar dentro de alguns minutos. — Pego sua mão, nos encaminhando para a escada.

Em poucos minutos, entramos na limusine. Maya senta-se no banco à minha frente. Estranho no começo, mas entendo tudo quando começa a arrancar as luvas, puxando as pontas com os dentes. Caralho. O veículo começa a se movimentar e mais do que depressa, aperto o botão da divisória, nos isolando de Jairo e Gualberto.

Aviso pelo interfone que só parem quando eu mandar. Minha menina retira o casaco, em seguida desce as alças do macacão. Meu pau fica como uma rocha, enquanto babo em seus peitinhos lindos e já todo marcados pela minha fome insaciável desde ontem. Ela sorri, seus lindos olhos completamente verdes, brilhantes, cheios de amor, tesão e algo sombrio que me complementa. Arfo quando fica toda nua, a pele de porcelana destacando na luz suave do veículo. Abro meu zíper, libertando meu pau furioso da boxer e estendo a mão em sua direção.

— Vem sentar no meu colo, meu bebê — ordeno baixo e perverso. Maya geme, me deixando puxá-la para o meu colo. Envolve meu pescoço com uma mão e a outra desce pelo meu estômago até pegar meu pau pulsante. Ela esfrega a cabeça em sua bocetinha toda melada, me fazendo ranger os dentes. Seguro sua nuca e sua bunda gostosa. — Toma o meu pau bem fundo. Fode bem gostoso com seu dono, porra.

— Meu dono... Ahh, and... — Ela geme e se empala devagar, levando meu eixo até o cabo. Nossos corpos estremecem, nossos olhares presos enquanto extravasamos o tesão e a adrenalina do nosso lado obscuro. Não falamos muito, apenas nos devoramos. Eu seguro sua bunda com as duas mãos, comendo-a com força, profundamente. Quando gozamos, urramos, nossas bocas esmagando uma na outra. A única certeza que eu tenho agora é que eu morro por essa menina se preciso for. Eu morro.

CAPÍTULO QUATORZE

Os fantasmas causam maior medo de longe do que de perto.
(NICOLAU MAQUIAVEL)

MAYA

Eu avanço pelo corredor do Voraz. And está segurando minha mão, nossos dedos entrelaçados. Olho de lado, meu coração explodindo de felicidade ao ver o meu homem sexy todo lindo trajando calça e camisa pretas. Paramos na frente da cela da vaca e um dos guardas abre a porta para nós. Vou finalmente esfregar minha felicidade na cara da nojenta. And me sonda um instante antes de entrar na frente, sua mão nunca deixando a minha. Avançamos pelo pequeno recinto escuro e deprimente. Vasculho o local, encontrando Isabeli em um canto. Dei ordens para que a tirassem da jaula. Suas costas expandem e ela vira devagar, sua cara não é das melhores. Os olhos estão muito inchados, indicando que esteve chorando.

— O que você quer aqui, maldita? — ataca, sua voz tensa, o medo tomando seu rosto. — Minha mãe está morrendo!

Percebo que está receosa de eu ter mudado de ideia.

— Não abuse da porra da sua sorte, Isabeli — And range em advertência e a infeliz o encara. Seu olhar cai para nossas mãos unidas e sobe para o rosto de And de novo. Há amor, despeito, ódio, uma gama de emoções passando pelo semblante da mulher.

— Como pode confiar nela depois de tudo que fez, And? Ela te traiu, porra! — chora e eu rio, me congratulando por cada segundo do seu sofrimento.

— Você sabe a resposta para isso, querida. — Sorrio, enlaçando meu homem pela cintura e encostando a cabeça em seu peito. Encaro a minha inimiga com triunfo. Finalmente. Isabeli fecha os punhos, os olhos me atirando punhais. — Ele me ama. Você sabia disso, já tinha percebido, mas queria que eu pensasse o contrário. E conseguiu por um tempo — digo tentando manter minha ira por essa mulher sob controle. — Mas esse tempo já era. Estamos juntos e não vamos nos separar nunca mais. Nunca mais, sua puta covarde — ranjo os dentes.

— Vagabunda maldita! — ela range de volta, os olhos cheios de ódio.

— Cuidado, eu ainda posso desistir e te trancar na jaula de novo — ameaço em tom baixo, porém, duro. — Não vou tolerar mais nenhum xingamento ou afronta da sua parte, puta estúpida. Sua mãe está morrendo, como bem lembrou há pouco.

Mas não terá a chance de estar perto dela se continuar achando que está livre para me insultar.

Seus olhos ficam mais escuros e maléficos e ela os fecha em seguida, respirando profundamente. Posso ver que está tentando se controlar. Quando volta a me encarar, parece mais calma.

— Você está certa. Minha mãe está acima de tudo — afirma com voz tensa. — Não vou mais insultá-la.

Estudo-a em silêncio antes de responder:

— Você não está livre. Continua sendo a minha prisioneira — declaro e ela aperta a mandíbula em claro descontentamento, mas não diz nada. — Dois de nossos homens a vigiarão vinte e quatro horas por dia enquanto estiver com sua família.

— Você aprendeu rápido, não é? — retorque com escárnio.

— Não aprendi, apenas deixei meu DNA aflorar — replico. — Estou no meu lugar de direito, junto do homem para o qual fui concebida. — Ela volta a apertar o maxilar. — And é meu. Sempre foi meu — espezinho-a. — Você foi uma mera substituta, Isabeli. Uma bem medíocre, diga-se de passagem.

— Posso ir agora? — pergunta, fazendo um claro esforço para se manter calma.

— Pode. Seus novos seguranças estão te esperando lá fora — informo e acrescento triunfante: — Nosso casamento no religioso será no sábado. Esteja lá. — Estendo minha mão esquerda na sua cara. — Meu anel é maravilhoso, não é?

Ela torna a respirar fundo e acena.

— Apenas estar com a minha mãe me importa nesse momento — garante. Se eu não a conhecesse bem, sentiria até pena pela sua aparência desgrenhada, seus olhos inchados de chorar pela mãe. Mas não, ela não merece a minha compaixão.

— Se ousar pensar em agir contra Maya ou qualquer um de nós nesse período em que estará fora, vai morrer sumariamente, Isabeli — And a avisa em tom frio.

Isabeli o encara. Algo passa fugazmente em seus olhos escuros, mas ela pisca e espanta a emoção.

— Eu não vou fazer nada, juro — torna a garantir. — Espero que esteja certo em relação a ela, And.

Estou abrindo a boca para replicar quando ele se antecipa:

— Eu nunca estive tão certo em toda a minha vida.

Aquela emoção torna a passar no rosto da vaca, mas engole em seco e acena. And chama os homens que serão sua nova escolta e eles entram na cela em seguida. A nojenta sai e expiro, não contendo a minha insatisfação ao vê-la livre, ainda que seja por pouco tempo. Ao menos esfreguei minha vitória em sua cara. Vê-la derrotada, tendo que testemunhar minha felicidade com And, ameniza um pouco da minha ira. Devia tê-la matado antes, mas aí não teria sentido esse gostinho da vitória. Ela vai morrer sabendo que And e eu estamos casados, que suas tramas covardes não conseguiram nos separar.

Nós deixamos a cela horrenda em seguida e tomamos a direção contrária, indo para a garagem subterrânea. Passamos na frente do seu calabouço e encaro a porta.

Um misto de receio e saudade me toma. Aqui foi a minha prisão, mas também onde And me fez mulher.

— Vai me trazer aqui quando você estiver recuperado? — pergunto, virando a cabeça para encará-lo. Seu rosto está um pouco franzido e seus olhos intensos me sondando, como gosta de fazer.

— Eu pensei que nunca mais iria querer entrar aí depois de tudo, bebezinha... — confessa com desgosto e constrangimento em seu semblante. — Por isso, montei o novo calabouço lá em casa. Aquele está à sua altura, feito exclusivamente para você — murmura. Me viro, enlaçando-o pela cintura, meu rosto levantando para o seu.

— Eu sou a sua submissa, And — declaro em tom mais baixo, fitando-o nos olhos. — Preciso da dor, humilhação e o prazer inenarrável de ser usada e dominada pelo meu amo.

Suas narinas fremem e seus olhos adquirem o brilho predador familiar. Pega minha cintura, me puxando firmemente contra seu corpo grande.

— Depois do nosso casamento, meu bichinho — garante com voz engrossada. — Estarei em forma para usar e degradar a minha cadela por horas.

Gemo baixinho e o brilho perverso tinge suas íris.

— Vou contar os dias, meu lorde — sussurro e sua mão livre sobe para o meu pescoço. Ele o segura, apertando suavemente.

— Porra, eu também — range, abaixando a boca para o meu ouvido e morde o lóbulo, sussurrando com aspereza: — Vou acabar com você, menina petulante.

Torno a gemer, meu centro pulsando e umedecendo com sua ameaça escura. Ele sorri perverso e se afasta, entrelaçando nossas mãos, retomando nosso caminho.

Em poucos minutos saímos na garagem. Jairo e Gualberto estão nos esperando do lado de fora do elevador e nos ladeiam em nosso percurso para o meu carro. Um dos cinco que And me presenteou. Sim! Ele é louco! Todos modelos esportivos potentes. Esse é um Bugatti igual ao seu e que é a sua paixão. O meu é cinza-chumbo e o dele, preto reluzente. Essa é a segunda vez que o dirijo e estou ainda parecendo uma adolescente, suspirando a cada vez que vejo a máquina. Pego a chave em minha bolsa, destravando o veículo. And anda comigo até a porta do motorista, abrindo-a para mim. Eu gosto desse lado cavalheiro do meu homem durão. Ele sempre fez isso mesmo quando nossa relação era apenas Dom/sub. Estendo a mão para o seu rosto e me inclino, lhe dando um beijo suave na boca.

— Você está mesmo segura disso? Soltar a cadela? — murmura, parecendo preocupado. — Se mudar de ideia, ficarei do seu lado — garante, segurando meu rosto, os polegares fazendo uma carícia suave em minhas faces.

Eu suspiro, meu coração aquecendo com sua preocupação. Ele sabe o quanto odeio essa mulher.

— Estou certa. Estou fazendo pela senhora doente, não por ela — afirmo, ainda que minha vontade seja recuar e não liberar a vaca, sob hipótese nenhuma.

Os olhos verdes-musgo acendem com um brilho mais brando.

— Parece que você tem um bom coração, no fim das contas, branquinha — murmura, abrindo um pequeno sorriso.

— Parece que sim. — Retribuo o sorriso. — Isso te decepciona, senhor Cobra?

Seus olhos ficam mais brilhantes.

— Não, meu amor — garante. — Minha mãe também é assim e eu a amo e admiro.

— Ela é maravilhosa — murmuro com encantamento pela minha madrinha.

— Sim, como você — declara, o polegar vindo para a minha boca, esfregando meus lábios. — Deixe a tarefa de ser completamente cruel para mim.

Eu meneio a cabeça, subindo minhas mãos pelo seu peitoral e ombros, até enlaçá-lo pelo pescoço.

— Você não é totalmente cruel, amor — replico baixinho, aproximando minha boca da sua. — Eu pensei que não fosse capaz de amar, mas você me ama.

Ele ri baixo e irônico, enrolando um braço em minha cintura.

— Te amar não me faz ter um bom coração, branquinha — aponta. — Além da minha família, quero ser bom, fiel, leal e cuidar apenas de você, Maya. Eu não sou uma boa pessoa. Nunca serei.

O brilho em seus olhos é sombrio agora, confirmando que é exatamente o que está me dizendo.

— *Perfetto per me* — sussurro. — Gosto de saber que sou a sua única exceção.

Ele me prensa contra o carro. A mão pegando minha nuca, a outra apertando minha cintura.

— Você é minha exceção, minha obsessão — range perto da minha boca. — Se eu pudesse, te deixava trancada em casa para nenhum filho da puta olhar para você, bebezinha — ofego com a forma possessiva que está falando e me olhando.

— A parte feminista em mim quer chutar suas bolas por pensar em algo tão ultrajante para a sua mulher — murmuro, pegando sua bunda firme e puxando sua virilha para a minha. Seus olhos acendem com perversão escura.

— Mas? — pergunta com um meio sorriso cínico e indolente.

— A submissa ama ouvir o seu dono falar de maneira tão possessiva.

Seus olhos fervem e ele dá um tapa na minha bunda.

— Entre no carro, minha cadela. Em breve terá o que precisa.

Eu rio baixinho.

— Vamos — suspiro. — Quero passar o domingo inteiro grudadinha em meu lindo marido.

As íris verdes-musgo cintilam em apreciação, a expressão sexual escura indo embora aos poucos e ele me dá mais um tapa suave.

— Isso eu posso providenciar com prazer, meu bebê — sussurra, me dando vários selinhos antes de aprofundar o beijo sem se importar com nossos seguranças nas proximidades.]

Três dias depois...

Eu atravesso o ambiente do restaurante chique no centro. Jairo me trouxe de helicóptero e descemos no heliponto. O local está vazio, reservado apenas para mim e meu padrinho. Meu padrinho. Ainda é um tanto estranho me referir a ele dessa forma, mas é isso que é. And e eu almoçamos com ele e minha madrinha no domingo, em sua ala da mansão. Mas eu e ele precisávamos desse momento a sós, para zerar de vez nossas diferenças do passado. Avisto-o numa mesa perto da parede de vidro. Ele se levanta imediatamente quando me vê. É incrível, mas parece um pouco nervoso, sem jeito. Também estou. Espero que consigamos vencer esse desconforto no futuro.

— *Figlia mia* — murmura, vindo me encontrar. Fico sem jeito, mas o deixo me abraçar e não é de todo estranho quando me dá um beijo em cada lado do rosto.

— Padrinho. — Sorrio sem graça, mas tentando parecer natural porque é isso que quero, deixar todo o ressentimento para trás.

— Venha sentar-se. A estranheza irá embora logo — convida com um meio sorriso que me lembra And. Seus olhos escuros estão suaves e acolhedores e eu retribuo sorrindo e acenando. Ele puxa a cadeira para mim e contorna a mesa acomodando-se à minha frente. — *Grazie* por isso. Eu precisava me desculpar com você adequadamente, *figlia*.

— Por nada. Eu também preciso me desculpar com o senhor — comento, pegando a taça com água e tomando um gole.

— Você não me ofendeu em nenhuma vez, *carissima*. Eu sim, disse coisas das quais me envergonho muito — meneia a cabeça, sua expressão desgostosa.

— Refiro-me aos pensamentos ruins que tive em relação ao senhor. Devo dizer que foram muitos — confesso, torcendo o nariz e para meu espanto, Gian Lucca ri. E a exemplo de And, seu rosto se transforma, quase parecendo um senhor inofensivo. Quase.

— *Bambina*... — meneia a cabeça. — Esse seu jeito topetudo sempre me impressionou.

— Mas o senhor disse que ao contrário de Gio, não apreciava minha petulância — lembro-o, arqueando minhas sobrancelhas.

— Eu menti — confessa, tomando um gole da sua taça de vinho. — Aprecio força e coragem, *figlia*. E você sempre demonstrou isso mesmo quando estava em desvantagem.

Abro um pequeno sorriso.

— *Grazie* por me deixar saber — murmuro.

O garçom se aproxima com o cardápio. Percebo que só tem frutos do mar e abro um sorrisão. Aposto que And lhe deu algumas dicas. Nós fazemos os pedidos e saboreamos a entrada com um delicioso vinho rosé. Ele bebe pouco. And também é assim, nunca exagera nos drinks. Acho que é uma coisa de seu gene dominante. A embriaguez faz a pessoa perder o controle de si própria. Gian Lucca pergunta sobre os casos do escritório. Ele ainda advoga, mas tem seus clientes seletos. Conto-lhe tudo sobre o caso Magalhães e ele fica feliz com a prensa que And e eu demos no tal jogador arrogante.

— Você se sente bem com isso — afirma, seus olhos escuros me sondando com orgulho. — Nasceu para isso. — Seu rosto cai um pouco. — Uma pena que seus pais não estejam mais aqui para vê-la assumindo o seu lugar de direito, *bambina*.

— Sim, realmente uma pena — murmuro, tomando mais um gole do vinho. O prato principal é servido e comemos em silêncio pelos próximos minutos.

— Você tem alguma lembrança deles? — indaga ao engolir sua última garfada.

— Antes não. Depois da visita a Palermo, algumas memórias surgiram — compartilho. — Ainda são poucas e meio nebulosas, mas sei que são eles. Agora consigo senti-los. Antes a conexão não existia — declaro.

— Faz sentido. Esteve onde conviveu com eles em seus primeiros anos de vida — comenta em tom ameno.

— Me conte como era meu pai. A madrinha já me falou um pouco, mas gostaria da sua versão também — peço, enfiando uma garfada na boca. Gian Lucca aprecia a minha demanda.

Ele se põe a falar sobre como conheceu meu pai. Do forte vínculo de amizade e dos negócios que os dois mantinham, lícitos e ilícitos. No final, seus olhos estão um pouco marejados. Ainda é meio estranho ver esse outro lado de meu padrinho, um homem que se mostrou tão impiedoso e inflexível quando nos reencontramos. Terminamos o almoço e pedimos a sobremesa. Me afundo no bolo de chocolate porque sou viciada, assumo. Seu celular toca e ele faz uma careta.

— É Genaro. Desculpe, *bambina*, preciso atender — avisa já se levantando.

Assinto e o observo se distanciar na direção dos banheiros. Seus seguranças querem segui-lo, mas ele os detém. Não há necessidade, visto que o restaurante está fechado para nós. Jairo me olha de onde está, perto da parede de vidro do meu lado direito. Ele dá um leve aceno. Está tudo tranquilo, a música italiana tocando em som agradável. Suspiro, terminando de comer a última fatia do bolo. Tomo um pequeno gole do vinho. Aproveito a ausência de meu padrinho para abrir os arquivos das fotos do meu vestido de noiva. Tive a primeira prova hoje de manhã. Bianca foi comigo e chorou como uma manteiga derretida. Ela ainda acha que a esposa de Alvinho vai acordar do coma a qualquer momento e ele nunca irá assumi-la. Eu sei que é horrível desejar que a mulher continue em coma, mas é isso que desejo. Prometi a minha amiga que farei meu padrinho aceitá-la como segunda esposa de Alvinho. Ele ainda não deu a bênção para meu cunhado pelo motivo óbvio: o ódio pelo sobrenome de Bianca. Para Gian Lucca não interessa se ela é uma bastarda. Ele pode ser turrão, sei por experiência própria, mas estou começando a ver o seu coração por trás da cara ameaçadora de patriarca do crime.

Eu me perco olhando o modelo Dolce e Gabana. É tradicional como exigem os casamentos sicilianos, porém, com elementos joviais que pedi ao estilista. Em seguida, olho as fotos que tirei de And e com ele, em minha casa, em Palermo. Deus, como é bonito. Ainda me custa acreditar que esse homem é meu marido e vamos oficializar tudo dentro de apenas quatro dias. Levanto a vista notando que meu padrinho ainda não retornou e decido ir ao banheiro, escovar os dentes e dar uma retocada na maquiagem antes de voltar ao escritório. Jairo faz menção de me seguir, mas abano a cabeça. Está tudo tranquilo, não vejo necessidade. Sigo na direção que Gian Lucca foi. Entro na área ampla que leva aos corredores e escuto um barulho, parecido com soco. Outro soa, então, o som de algo sendo arrastado. Franzo a testa e rumo na direção de acesso ao banheiro masculino.

— Chegou a sua hora, carcamano — a voz sussurrada me faz estacar no mesmo instante. Meu corpo gela e abro minha bolsa, pegando a minha pistola. Gian Lucca? O pegaram? Volto a andar com cautela para não fazer barulho. Ainda bem que o chão é acarpetado, como tudo nesse lugar chique. Me esgueiro na esquina, meu coração quase saindo pela boca. — Há poucos seguranças no salão. Eles acharam que estariam protegidos num restaurante fechado. — A voz continua baixa, mas em tom frio e zombador.

Eu pego um espelho dentro da bolsa e o coloco devagar para fora da esquina, tentando ter uma ideia do que está acontecendo. Prendo a respiração ao ver a cena. Três homens vestidos de garçons estão mantendo Gian Lucca debruçado no chão, parecendo desacordado. Deus, preciso pedir ajuda aos outros. Então, o maior deles ordena, fazendo meu sangue gelar completamente:

— Estrangule o velho. Não podemos fazer alarde ou não vamos conseguir pegar a garota. O chefe a quer sem nenhum arranhão, entenderam?

E não penso em mais nada, apenas invado o corredor, contando com o elemento surpresa a meu favor. Eu rolo no chão e atiro nos joelhos dos três, numa sequência rápida e fulminante. Eles gritam alto, as cabeças virando em minha direção.

— Porra! Peguem a vadia! — o falante ordena e se debruça sobre Gian Lucca, que está atordoado, não desacordado. Percebo uma fita adesiva cobrindo sua boca, por isso ele não chamou ajuda.

— Não ouse tocar nele, infeliz! — advirto, atirando no ombro do grandalhão. Porém, enquanto minha atenção está nele, os dois dão o bote sobre mim. A mão que está com a arma é levantada e não consigo mirar neles. Tento chutar seus joelhos feridos, mas eles rosnam e me viram de bruços no chão, como estavam fazendo com Gian Lucca.

Meu padrinho grunhe, seu rosto vermelho de ira. Os olhos escuros estão com uma expressão assassina. Vou gritar, mas antes que o faça, uma mão grande tapa a minha boca.

— Coloque-a para dormir, porra. A cadela sabe lutar e atirar — o que deve ser o chefe ordena e é com horror que vejo um deles pegar uma seringa do bolso do colete. Debato-me, grunhindo, tentando gritar, mas não adianta, o infeliz enfia a agulha em meu pescoço. A única certeza que tenho é que não é veneno. Eles disseram que seu chefe me quer viva. Quem diabos é esse chefe? Sinto o líquido sendo injetado e de repente, os covardes são arrancados de cima de mim, os rosnados da nossa segurança reverberando no ambiente. A agulha permanece em meu pescoço e a puxo com rapidez, lançando-a longe. Massageio o local dolorido. Não recebi a carga completa da substância, mas o maldito conseguiu injetar um pouco.

— Não se atrevam nem mesmo a respirar, filhos da puta! — A voz de Jairo me faz soltar um suspiro aliviado, me sentando no chão. Em instantes, os falsos garçons estão contidos, as mãos algemadas para trás.

— Senhora Maya, deixe-me ajudá-la. — Jairo me estende a mão, me içando para levantar. — A senhora não pode enfrentar esse tipo de situação sozinha. O chefe vai arrancar o meu couro quando souber.

— Seu chefe ficará grato. A *bambina* me salvou de ser morto aqui, dentro de um banheiro *maledeto*, num ataque covarde. — A voz estrondosa de Gian Lucca me faz olhá-lo. Seus homens o estão amparando e ele se solta, ajeitando o terno elegante. Há um corte em sua têmpora, mas isso surpreendentemente não o faz parecer vulnerável. A expressão em seus olhos escuros é assassina. Ele retira uma arma do coldre e anda devagar até os três homens. Suas caras não parecem amedrontadas. Parecem resignados.

— De qual esgoto saíram? Quem os mandou? — meu padrinho sibila, apontando para a testa de um. Ninguém responde e ele atira, sem hesitar, sem piedade. — Quem. Os. Mandou? — repete pausada e friamente. De novo sem reposta. Ele atira no segundo. — Sobrou um passarinho — zomba. Porra, tal pai, tais filhos. — Você vai contar tudo. Do contrário, iremos matar toda e qualquer merda de pessoa que te importa, entendeu?

— Você não sabe o que espera, velho. Os Montanaro estão com os dias contados — o imbecil cospe. Meu padrinho lhe dá uma coronhada na cara, o sangue descendo imediatamente do seu supercílio aberto. Em seguida outra e mais outra.

Eu fico um pouco tonta e me amparo em Jairo. Minha visão começa a turvar.

— Eles injetaram alguma coisa em mim... — aviso, tentando me segurar na manga do seu terno.

— Senhora! — ele chama alarmado, me firmando pelos braços. Minhas pernas vão ficando moles também e começo a escorregar.

— Avise o And... — balbucio e ele me levanta nos braços. Meus olhos se fecham, minhas forças indo embora. — And...

Andreas

Quatro horas depois...

Eu olho para Maya ainda desacordada na cama. Jairo a trouxe inconsciente para casa. O médico que a examinou acabou de ligar com o resultado do exame de sangue. Aplicaram uma droga para tirá-la do ar por um tempo. Por sorte, foi uma dose pequena. Ela não deve demorar a despertar. Quando meu pai me ligou contando como fora emboscado dentro do banheiro do fodido restaurante que havíamos fechado, acreditando que estariam seguros, fiquei possesso. Exigi falar com Maya e quando me disse que ela estava desacordada eu enlouqueci. Pensei que a tinham machucado. Foi só um sedativo potente, graças a Deus.

Contudo, esse infeliz episódio serviu para nos mostrar que há realmente um traidor entre nós. Apenas nós sabíamos que meu pai e Maya estariam naquele restaurante. Quem diabos está tentando nos foder? Ando até a borda da cama e me inclino, tocando seu rostinho de anjo. Está pacífico. Meu olhar cai para a marca da agulha em seu pescoço alvo e a fúria assassina volta a vibrar em meu corpo.

— Acorde, branquinha — peço angustiado.

— Ela vai acordar logo, *tesoro*. Não ouviu o médico? — mamãe diz em tom baixo, andando para perto da cama. Embora pareça controlada, posso sentir sua angústia também.

— Papai está bem? — pergunto, virando a cabeça para olhá-la.

— *Si*, mas se recusa a descansar — resmunga. — Está lá embaixo com os outros, já planejando tudo para descobrir o rato entre nós.

— Estou preocupado, *mamma* — confesso, minha voz abaixando mais. — O casamento. Quero que esse dia seja perfeito para Maya.

— E será, And. Vamos triplicar a segurança. Tudo dará certo, *figlio* — garante.

— And...

A voz baixa de minha menina me faz procurá-la de novo. Seus olhos estão abrindo e ela pisca, lambendo os lábios. Me sento na borda da cama, pegando uma garrafa d'água na cômoda. A droga drena boa parte do líquido do corpo e vai precisar se hidratar para expulsá-la do seu sistema.

— Estou aqui, bebezinha — murmuro e seus olhos focam em mim. As pupilas ainda estão dilatadas, indicando que a substância está em seu organismo. Levo a garrafa até seus lábios. — Beba.

Ela bebe avidamente, drenando a garrafa quase toda.

— Madrinha... — Maya leva a atenção para a minha mãe, que se aproxima da cama. — O padrinho... Ele está bem?

Minha mãe abre um sorriso suave, seus olhos verdes ficando brilhantes pela preocupação de Maya com meu pai.

— Está ótimo — responde, vindo para perto, se inclinando e beijando o topo da cabeça da afilhada. — Estou completamente aliviada agora que você acordou, *amore mio*.

— Me sinto tonta e sonolenta ainda. — Minha menina boceja para confirmar suas palavras.

Expiro, aliviado também. Embora o médico tenha garantido que foi sedativo, tive medo de que fosse algum veneno.

— Deite aqui comigo, amor — ela pede e meu peito fica amolecido. Porra, eu estou me tornando um fodido molenga com essa menina.

— Claro — retiro os sapatos e me deito do seu lado. Minha mãe nos lança um olhar satisfeito e amoroso antes de deixar o quarto. Eu puxo a minha menina para o meu peito. Ela me abraça, se aconchegando, suspirando. — Durma mais. Estou aqui velando o seu sono.

— Te amo — murmura já sendo vencida pela droga de novo.

— Também te amo — murmuro, beijando o topo da cabeça loira.

Não sei dizer quanto tempo fico com ela nos braços, ouvindo-a ressonar, pensando nas merdas que estão acontecendo, mas também contando a porra dos minutos para chegar sábado e nos casarmos no religioso. Quero descer e discutir com a família sobre o rato, mas não vou deixá-la sozinha. Então, a seguro, cuidando do seu sono até que desperta novamente. Maya se espreguiça e geme ao perceber que está apoiada em meu peito. Inala minha camisa e suspira. Porra, esse é o motivo de eu estar tão amolecido por essa menina. Gosto de ser o foco do seu encantamento. Seu rosto levanta para o meu e já não vejo as pupilas dilatadas. A droga foi extirpada. Respiro aliviado.

— Você ficou — sussurra com voz enrouquecida do sono.

— Você pediu — murmuro, deslizando meus dedos pela face macia. — Não há nada que eu não faça por você, meu bebê. Nada.

Ela engole em seco e toca meu rosto também.

— *Grazie, amore mio* — sussurra e me inclino, beijando-a suavemente na boca.

— Estou com muita fome, e sede — reclama.

— É o efeito colateral da droga — explico. — Vou pedir a Meire que prepare alguma coisa para você.

— Estou ótima agora, And — afirma com um pequeno bocejo. — Vou tomar um banho e desço para prepararmos algo.

— Na verdade, Meire já está preparando o jantar. A casa está cheia de Montanaro, preciso avisar — informo em tom de desculpas. — Estão todos reunidos e discutindo estratégias para encontrar o traidor.

Seus olhos ficam escuros e apreensivos.

— Eles não queriam apenas matar seu pai, And, queriam me levar. Alguém está querendo me sequestrar — revela, apertando os dentes.

Sim, papai também me disse que mesmo atordoado pelas pancadas que recebeu na cabeça quando foi atacado pelos três defuntos, conseguiu ouvir o que estavam falando. Queriam levar a garota, sem arranhões, para seu chefe. Eu vou arrancar as tripas desse infeliz com as minhas próprias mãos quando descobrir quem é.

— Esse fodido será descoberto. — Seguro seu queixo, fitando-a dentro dos olhos. — Ninguém a levará de mim, bebezinha, eu garanto. Ninguém. — Ela acena e lhe dou um beijo nos lábios antes de sair da cama. — Vem, eu vou tomar banho com você.

Em alguns minutos estamos nos vestindo no closet. Pego uma calça jeans preta e camiseta cinza-chumbo de mangas compridas. Maya escolhe um macacão verde de malha. Esse é mais soltinho, ainda assim suas curvas ficam perfeitas no modelo. Vira as costas para mim e a ajudo com o zíper. Não me contenho e enfio os dedos em seus cabelos, começando a trançá-lo. Minha menina dá uma risadinha baixa. Ela adora quando faço isso. Levanto a vista para a grande porta de espelho encontrando seus olhos lindos e verdes já me admirando. Enrolo os braços em sua cinturinha, puxando suas costas contra meu peito. Cheiro seu cabelo, meus olhos presos aos seus.

— Você está bem mesmo? — pergunto com apreensão.

— Sim — responde, seus olhos ainda mais brilhantes pela minha preocupação.

— Obrigado por aparecer na hora certa e salvar meu velho — agradeço com seriedade.

— Os malditos se disfarçaram de garçons. — Seu rosto fica sério. — Quem quer que seja, possui artimanhas. Temos que ficar muito alertas com mais esse episódio, And.

Eu a giro em meus braços e ela me enlaça pelo pescoço.

— Nós vamos descobrir quem é, eu garanto — murmuro em tom mais brando para não alarmá-la. — Agora vamos descer. Você verá toda a família reunida de novo antes do casamento. Olha que privilégio — ironizo e ela bufa.

— Pare de brincar com coisa séria, amor — repreende e eu rio.

— Não podemos deixar de viver porque algum fodido cismou conosco — objeto, levantando seu queixo e aproximando minha boca da sua. — Relaxe. Em breve esse imbecil será estrume em nosso jardim. — Seus olhos acendem com aquela centelha sombria que tanto me atrai. — Gosta de me ouvir falando assim, não é, meu lindo bebê sombrio? — Roço meus lábios nos seus.

— Eu amo, amo — geme colando o corpo gostoso ao meu.

— *La perfezione* — bajulo-a antes de mergulhar a boca na sua. Nos beijamos sem pressa, nos agarrando bem apertado. Em instantes as coisas esquentam e estamos gemendo, nossa paixão desperta. Rio e ela também, então, separamos nossas bocas, nossos olhos se abrindo novamente. — Vem, meu amor.

Nós descemos do elevador e rumamos para a cozinha. Dá para ouvir um Montanaro em cada parte da casa. Pelo visto vieram todos. Isso é bom. Precisamos acertar nosso curso e lançar ações efetivas para pegar esse rato e, consequentemente, seu chefe, que ainda não sei de que buraco saiu, porra. A ilha da cozinha está lotada. A área de churrasco também, observo através da parede de vidro. As duas salas. Sinto Maya um tanto tensa do meu lado.

— Relaxa, bebezinha, eles são a sua família agora — sussurro em seu ouvido.

Não vejo meu pai ou minha mãe, mas localizo Alvinho, Bianca, Luigi e sua namorada, uma ex-agente da PF e Guto, rodeando a ilha da cozinha.

— Ei, maninha, como você está? — Alvinho se levanta do seu banco, aproximando-se de nós com sua garota.

— Estou ótima, Alvinho. Foi só um susto — Maya responde em seu tom firme e um tanto arrogante. Essa menina...

Meu irmão ri, meneando a cabeça.

— Foda-se. Você é durona, garota.

— Oi, amiga, fiquei tão preocupada. — Bianca, se adianta, envolvendo a amiga num abraço apertado. A garota gosta mesmo de Maya. Isso é nítido.

— Está tudo bem, Bi. — Minha branquinha sorri, dando um beijo no rosto da ruiva. — Você está aqui, com a família? — encara meu irmão.

— Vou aproveitar e apresentar Bianca como minha segunda escolha — Alvinho explica e puxa sua garota pela cintura com possessividade.

— Uau. Já falou com papai, mano? — indago. Até onde sei nosso velho não quis nem ouvir a proposta de Alvinho sobre ter uma Ramazotti como segunda esposa.

Ele encara Maya e sorri diabolicamente.

— Estou contando com a ajuda da sua mulher, mano — declara. — O velho fará tudo que ela quiser, como era há dezoito anos, lembra?

— Se minha amiga não estivesse em jogo, eu o deixaria lutar sozinho. — Maya bufa, mas ri em seguida. — Contem comigo, os dois.

Completamos o percurso até a ilha, onde estão Luigi, Mariana e Guto. É a primeira vez da ex agente em minha casa. Ainda tenho um pé atrás com ela, para ser sincero. Não sou de me abrir fácil, então, vai levar um tempo para que a considere da família.

— Ei, Maya, como está se sentindo? — Luigi se adianta, trazendo a mulher pela mão.

— Ei, garota, você nos deu um susto. — Guto também se levanta.

— Oi, Luigi, Guto. Estou ótima, obrigada. — Maya sorri para meus primos.

— Essa é a Mariana, minha namorada — Luigi apresenta a garota. — Esta é Maya, amor, a esposa do Andreas.

— É um prazer conhecê-la, Mariana. Bem-vinda à nossa casa. — Maya se adianta, abraçando e beijando a outra.

Ainda é surreal essa história. A garota estava numa operação secreta para desmascarar os Montanaro como chefes do narcotráfico na América Latina. Se infiltrou no Voraz como submissa, inclusive. Luigi tinha ordens expressas para matá-la. Todavia, o improvável aconteceu: ele se apaixonou por ela. Na verdade, minha história com Maya, a de Alvinho com Bianca, não fogem desse padrão fodido.

— Ei, *stronzi* — resmungo para Luigi e Guto e encaro Mariana. — Olá, Mariana — cumprimento.

A barriga de Maya emite um ronco alto e eu a olho.

— Estou realmente com fome. — Dá de ombros.

— Vem, vamos alimentá-la. — Levo-a até um dos bancos e a ajudo se acomodar. — O que você quer, amor?

— O que Meire está preparando? Qualquer coisa serve nesse momento. — Ela sorri e os outros vão junto.

Contorno a ilha indo para a área onde Meire está organizando travessas com a comida.

— Eu fiz sopa de camarão com legumes para a senhora Maya, senhor — minha governanta informa e abro um sorriso satisfeito.

— Obrigado, Meire. Ela vai gostar — agradeço e eu mesmo sirvo uma tigela, colocando-a sobre um prato e levo para Maya.

— Obrigada, amor — ela sussurra e sem mais delongas, começa a saciar sua fome.

Sento-me do seu lado e converso com os outros. A reunião geral está marcada para depois do jantar. Mas o assunto não sai da mesa. Embora não queira deixar

Maya assustada, a situação é preocupante por não termos ideia de quem é esse inimigo. Sempre temos conflitos com algum chefe de outras organizações, mas isso é às claras. A briga por território é aberta. Esse não parece interessado apenas em nos afrontar. Há algo mais que ainda não conseguimos entender. O assunto acabou caindo na recente morte de Valéria Ramazotti.

— Isso foi queima de arquivo. — A voz de Mariana, cheia de autoridade, me faz levar a atenção para ela.

— Elabore — solicito.

— Alguém avisou o comparsa da Ramazotti dos planos de vocês de usarem o soro naquela ocasião. — Mariana cogita. Seus olhos escuros cintilam com astúcia. É uma negra bonita e estilosa, os cabelos em cachos volumosos estão soltos, caindo sobre os ombros. Luigi a está admirando com a expressão possessiva, orgulhosa e um tanto pateta, que costumo usar com a minha branquinha. Estamos todos bem fodidos com essas garotas. Ironizo. — Tem ideia de quem possa ser o traidor?

— Se soubéssemos, meu pai e Maya não teriam sofrido novo ataque, acredite. — Meu tom sai um pouco contundente.

— Ei, *stronzo*, a Mari só quer ajudar. — Luigi toma a defesa da namorada.

— And só externou a nossa frustração, primo. Relaxa. — Alvinho entra na conversa e meus olhos vão para ele e Bianca. Para a minha surpresa, a porra da garota chorou ao ver o fim da sua maldita tia. Bianca não é como Maya, ou Mariana. Parece...Sensível demais. Teremos algum trabalho para deixá-la durona, mas, Alvinho está se encarregando de treiná-la. Em nosso mundo, é preciso saber nos virar. Não podemos depender exclusivamente da proteção dos seguranças. É preciso estarmos prontos para lutar corpo a corpo com o inimigo, se necessário for.

— Entendo sua frustração, primo. Porra, como saberemos quem é o rato entre nós? — Guto resmunga, roubando uma das torradas do prato de Maya.

— Deixe-a comer, *stronzo*. — Bato na mão do ladrão de comida.

— Cara, você conferiu seu pau ultimamente? Ele ainda está aí ou tem uma boceta no lugar? — o idiota debocha e os outros gargalham.

— *Ritardato mentale*[23] — Atiro uma carranca de volta. — Vou quebrar sua cara *maledeta* no próximo treino.

— Você pode tentar, primo — zomba, mastigando a torrada.

— Falei com Luigi e lhe disse minha opinião — Mariana retoma, sua mão entrelaçando na do namorado em cima da bancada. Eles trocam um olhar apaixonado e cúmplice. Uh. — Não façam alarde sobre as suspeitas de traição. Isso pode deixar o traidor mais cuidadoso, portanto, dificultando a sua descoberta.

— Sua mulher tem um ponto, primo — reconheço, acenando. — Ainda não espere fogos da minha parte, mas você foi uma ótima adição para a *famiglia*. Acho que nunca lhe disse isso, então, bem-vinda — acrescento e a garota amplia um pouco os olhos. Na verdade, todos ficam surpresos em volta.

23 Retardado mental – em italiano.

— Viu, primo, você consegue não ser tão idiota o tempo todo — Luigi comenta ironicamente, me fazendo bufar. O *stronzo* apaixonado encara sua garota, que o fita encantada. — Sim, ela foi uma excelente adição à *famiglia*, sem qualquer dúvida.

Os dois se beijam em seguida. Aplausos soam em volta e eu resmungo, mas acabo me juntando ao grupo.

— Obrigada, Andreas — Mariana agradece com o rosto corado quando fica livre do assédio de meu primo.

— Sim, Mariana tem razão, mas como vamos lidar com essa morte dentro do nosso maldito clube? A *famiglia* está exigindo uma explicação — Alvinho range com irritação.

Silenciamos um instante. Franzo o cenho, tentando usar a cabeça e nos antecipar a esse defunto ambulante.

— Daremos créditos para o inimigo, maninho — respondo com calma fria. — Na reunião com a *famiglia*, daqui a pouco, diremos que fomos surpreendidos e que isso não voltará a acontecer. — Dou de ombros. — Nada de suspeitas de ratos, Mariana está certa. Para pegá-lo mais rápido, precisamos dissimular nossas ações a partir de agora.

Todos assentem e passamos os próximos minutos trocando sugestões de como proceder até pegarmos o infeliz, que nos levará ao mandante principal.

— Merda, esqueci de falar sobre o resultado do exame de balística dos mercenários na garagem de Maya — Alvinho comenta e todos o encaramos. — Isso me deixou cabreiro como o inferno, mano.

— Desembucha — exijo.

— Eram balas de festim, And — revela e confusão se instala em mim.

— Festim? Não, mano, a ferida sarando em meu ombro é bem real — rosno.

Os olhos escuros de meu irmão ficam ainda mais sombrios ao dizer:

— Alguém mais estava à espreita, mano. A bala que atingiu seu ombro não veio das armas dos ocupantes do furgão — afirma e abano a cabeça, muito intrigado com essa porra.

— Que diabos está acontecendo? — pergunto retoricamente. — Por que usaram balas de festim?

Ninguém responde, mas com base no ataque de hoje, consigo imaginar a razão. Alguém está realmente atrás de Maya. A porra de terceira guerra mundial virá sobre a cabeça desse maldito. Eu vou arrancar cada órgão de seu corpo com ele ainda vivo!

CAPÍTULO QUINZE

O ser busca outro ser, e ao conhecê-lo acha a razão de ser,
já dividido. São dois em um: amor,
sublime selo que à vida impõe cor, graça e sentido.
(Carlos Drummond de Andrade)

ANDREAS

Eu entro na sala imensa, projetada para as pautas formais da *famiglia*. Todos já estão acomodados ao redor da grande mesa oval e em cadeiras próximas às paredes, formando um semicírculo. Somos muitos. Tios e primos de primeiro, segundo e terceiro grau, cada um com sua função bem delineada dentro da organização. Além das mulheres, que puderam participar, graças à minha mãe. Dona Gioconda enfrentou os costumes arcaicos em defesa da participação feminina nas tomadas de decisões tão logo se casou com meu pai e foi deixada de fora da primeira reunião de negócios, simplesmente por ser mulher. Desde então, se as filhas e esposas querem participar, são bem-vindas. Posso sentir a tensão novamente emanando do corpo de Maya. É a primeira vez que estará diante de todos, visto que na festa de meu aniversário não deu tempo de apresentá-la, e nas bodas de meus pais, alguns não puderam estar presentes.

Alcançamos a cabeceira da mesa e puxo uma cadeira para ela, como manda a etiqueta. Papai e mamãe estão sentados à minha direita. Tio Ângelo e tia Antonieta à minha esquerda. Acomodo-me ao lado de Maya e a conversa cessa no ambiente.

— Gostaria que a apresentação oficial da minha escolhida fosse em um momento diferente, livre da apreensão que estamos vivendo — dou início. Não é necessário a formalidade do cumprimento, pois, acabamos de jantar todos juntos e, inclusive, já adiantamos muita coisa. Tomo a mão de Maya na minha por cima do tampo de mogno reluzente. — Nos casamos há quase três semanas num arranjo inusitado, fora do país, e vamos completar o laço com a cerimônia religiosa no sábado. — Meu tom suaviza naturalmente. Isso sempre acontece quando envolve a minha branquinha. Olho de lado e ela está me fitando com esses lindos olhos de camaleoa, cintilando com amor e felicidade. — Maya é uma de nós, herdou de seu pai a participação em nossos ramos de negócios. Como minha esposa, declaro-a tão capaz de decidir quanto eu.

Ela me fita com uma expressão meio incrédula agora. Quero que se sinta parte de tudo, não apenas sendo a mulher do chefe, como uma espécie de adorno no meu braço. Maya tem capacidade para ser muito mais do que isso.

— Ela já provou o seu valor em duas ocasiões recentes. Me salvou no hospital e hoje salvou meu pai — escuto algumas exclamações baixas. A família nem sempre é unida. Somos bem coesos e leais nos negócios e não deixamos nada interferir na nossa dinâmica, contudo, sei que ainda tem membro que não aceitou Maya de volta depois de ter nos traído. Todavia, como seu chefe a perdoou, eles não terão outra opção senão acatar a minha decisão. — Recebam-na como a minha única escolhida.

Maya ofega baixinho, então um sorriso lindo se espalha em seu rostinho de anjo. Seu olhar cai para a minha boca. Sei que quer me beijar, mas aqui sou o chefe e gosto de manter o decoro e seriedade que a função exige. Ela sabe disso, então, seus olhos me prometem muito prazer para mais tarde, a sós. Volta sua atenção para os presentes.

— É um prazer conhecer toda a família, finalmente — saúda na voz firme, mas gentil, que usa no escritório com um cliente difícil. — Gostaria de aproveitar a oportunidade para pedir perdão a todos, por ter tentado lhes prejudicar nos negócios.

— Não foi apenas nos negócios, *cara*. Minha mãe ainda sente dores na perna direita depois da explosão daquela bomba *maledeta*. — Giacomo, um primo de terceiro grau, a interrompe de onde está sentado, quase na ponta oposta. Eu lhe atiro um olhar de morte, mandando-o calar a boca e ele aperta os lábios, em claro descontentamento.

— Eu não sabia sobre a bomba, sinto muito. — Maya defende-se, a tensão voltando em seu corpo. — Também fui enganada por Valéria Ramazotti.

— Seu pai deve estar se revirando no túmulo, garota. — Outra voz descontente soa. E meu sangue esquenta ao reconhecê-la, o fodido tio Antônio. Conversei com ele e Osvaldo quando fizeram insinuações estúpidas sobre Maya em nossa última reunião. Eles prometeram deixar os erros de minha esposa no passado e eu lhes concedi crédito. Mas estou vendo que Antônio ainda não está disposto a perdoar.

— Eu não vou admitir outra frase desrespeitosa com a minha mulher — advirto em tom baixo, porém, intimidante. — Primo, tio, agradeceria se guardassem seus comentários *maledetos* para si mesmos. Maya tem o meu perdão e a minha confiança, portanto, não vou tolerar afrontas.

O salão se enche de burburinhos.

— *Va bene, figlio* — tio Antônio capitula, mas o brilho insatisfeito ainda permanece em seus olhos escuros.

— Se sua noiva realmente quer se redimir conosco, deve começar aceitando que você tome uma segunda esposa, de preferência de uma família influente, que possa nos ajudar a descobrir quem é o rato.

Tia Gertrude, esposa de tio Antônio, propõe e trinco os dentes. Ouço um arfar de Maya e a encaro. Aperto sua mão, entrelaçando nossos dedos, lhe dando a garantia silenciosa de que nunca farei isso com ela.

— Eu nunca faria isso com Maya, tia Gertrude — afirmo com veemência, não desviando meus olhos do rosto de minha menina.

— Mas queria fazer com Isabeli. O que é diferente, sobrinho? — A voz da mulher já está começando a me irritar. Encaro-a. Ela é muito amiga da mãe de Isabeli. É claro que deve estar insatisfeita que a minha ex-noiva cadela tenha perdido todo o prestígio comigo.

— Eu nunca cogitei uma segunda esposa antes de Maya voltar para a minha vida — declaro em tom ríspido. — Se cogitei naquela ocasião, foi para não a perder. É importante que saibam — observo meus familiares e assumo: — Eu a amo. Estou me casando com ela por amor, não por conveniência. Portanto, não quero uma merda de segunda escolha. Eu tenho a mulher que amo comigo e ela será suficiente para mim. Sempre.

Novo burburinho.

— Alianças nunca são demais, sobrinho — Tio Antônio endossa. — O ideal seria Isabeli Valente, dada a importância de seu pai e seus contatos dentro da indústria farmacêutica e...

— Com todo o respeito, senhor, senhora. — A voz de Maya sai fria, indicando que está puta. — Essa decisão não cabe ao And, mas a mim. Eu não vou dividir meu marido, em hipótese alguma, é bom que fique claro. — Porra. Tenho vontade de rir dada a veemência e raiva estampados no rosto de minha menina. — Isabeli Valente é uma *puttana* covarde. — Sua voz treme um pouco e se altera: — Ela me enterrou viva! Eu a odeio mais que tudo nesse mundo! Aquela vadia jamais chegará perto do meu marido! — Pausa e complementa em um tom decisivo: — Nenhuma mulher chegará perto do meu marido, isso não é negociável agora e nem nunca.

Novamente tenho que segurar o riso bobo querendo abrir em minha boca. Todos ficam espantados com a sua firmeza e ousadia.

— Será a esposa do chefe, menina. Precisa fazer o que for melhor para a família, como Isabeli fez ao aceitar você como segunda escolha — Gertrude insiste.

— Tia, a senhora está passando dos limites — lhe dou nova advertência.

— Senhora Gertrude, não é? — Maya indaga, apertando a minha mão num pedido silencioso para que deixe com ela. — Por que não pede a seu marido para arrumar uma segunda esposa? Tenho certeza de que podemos encontrar uma família influente e que vai nos ajudar a descobrir o rato.

Caralho. Eu quase engasgo com a petulância da menina. Exclamações ressoam ao redor da mesa. Alguns querendo rir, outros fazendo carrancas pelo atrevimento de Maya.

— Como ousa? And, ela está desrespeitando sua família na sua frente e não vai fazer nada? — tio Antônio resmunga.

— Bem, chegamos ao ponto, senhor Antônio: desrespeito. — Maya retoma com voz mais firme e dura ao completar: — O senhor e sua esposa me desrespeitam com sua proposta. E, por favor, meu nome não é *ela*, *menina,* ou *garota*. É Maya Siena. Usem-no.

— Minha esposa tem razão — endosso, com a autoridade a mim conferida. — Sua proposta, no momento em que a estou apresentando a toda a família, às vésperas do nosso enlace oficial, é um desrespeito, tio, tia.

— Eu também não vou permitir que desrespeitem a minha afilhada no seio da sua própria família. — Meu pai entra na conversa, seu tom irritado e contrariado. — Estão insultando a filha de Adriano e Caterina, lembrem-se disso.

— Ela viveu por dezoito anos afastada e quando voltou foi para se vingar, Lucca. — Tio Antônio faz cara feia.

— Ela não sabia quem éramos, *caspita!* — papai range, sua paciência por um fio também.

— *Va bene, va bene* — tia Gertrude diz em tom conciliador, porém acrescenta com veneno: — Espero sinceramente que não sejam surpreendidos outra vez, meu sobrinho, Lucca...

— Já chega, Gertrude! — minha mãe também toma parte na contenda. — A pauta desta reunião é sobre os últimos acontecimentos que nos deixaram apreensivos, e de certa forma, vulneráveis. Agradeceria se guardasse suas propostas inconvenientes para si mesma. — Seu tom é incisivo. — Minha afilhada voltou para casa depois de dezoito anos e não vou deixar que ninguém a faça se sentir indesejada. Essa é sua casa, a sua família. Ajam como tal.

— Isso mesmo. *Grazie, mamma, papà* — retomo. — Sobre a pauta que nos trouxe aqui, sei que nossa primeira suspeita sobre os ataques sofridos em poucos dias foi a de que existia um traidor entre nós — digo, levando meu olhar para cada um em volta da mesa. — Mas Danilo me fez considerar a possibilidade de o nosso inimigo ter plantado algum dispositivo de escuta no corpo de Valéria Ramazotti. Um chip, por exemplo — minto. Danilo teve uma conversa conosco sobre os avanços da espionagem tecnológica, todavia, foi bem antes da morte da vadia em nosso calabouço.

Nesse momento, estou seguindo o conselho de Mariana sobre não abrir nossas suspeitas para o rato ser atraído despreocupadamente para a ratoeira.

— Isso é mesmo possível? — tio Afrânio pergunta com desconfiança.

— De acordo com Danilo, os artifícios de espionagem estão cada vez mais sofisticados, tio, e acredito nele — asseguro. — Estou inclinado a descartar a suspeita de que um dos nossos tenha permitido a infiltração de inimigos no Voraz. O próprio comparsa de Valéria Ramazotti ouviu nossos planos de usar o soro da verdade na *maledeta* e se antecipou, matando-a.

— *Caspita.* Isso é meio fantasioso, And — outro tio, Adamastor, objeta da ponta da mesa.

— É perfeitamente possível, tio — Alvinho endossa, me fazendo encará-lo. Trocamos um olhar e meu irmãozinho embarca na minha. — Inclusive, o chip deve ter abrigado o veneno que matou a infeliz. Danilo esclareceu que alguns desses dispositivos sofisticados podem até mesmo se desintegrar dentro do corpo, se for acionado por quem o controla.

Todos soltam exclamações surpresas no salão. Mas ninguém mais contesta a nossa suposição. E, de repente, eu mesmo já não acho a alternativa tão fantasiosa assim. Danilo é um hacker excepcionalmente bom, mas não é só isso, ele manja de tecnologia científica e outras coisas estranhas que jamais irei compreender. Contudo, o mais importante, é leal a mim. Há cinco anos, mais ou menos, livrei sua família de ameaças de um traficante do Morro do Alemão, no Rio. Matei o infeliz e todo o seu staff e, desde então, Danilo não mede esforços para obter o melhor para servir à nossa organização.

Ao final da reunião, todos parecem mais calmos e morderam a isca. Não há mais alarde sobre um rato entre nós e isso deixará o infeliz livre para continuar nos traindo. Espero sinceramente que não seja nenhum Montanaro. Odiaria ter que derramar meu próprio sangue. Meus pais são os últimos a saírem e os acompanhamos até a porta.

— Não fique chateada com os comentários de Antônio e Gertrude, *tesoro* — mamãe pede em tom suave, se inclinando e beijando Maya em ambos os lados do rosto. Ela devolve o carinho. — Eles não são más pessoas, apenas muito ranzinzas e amigos de Genaro e Elza.

— Isso mesmo, *figlia*. Não se preocupe com o que disseram. Irão mudar de opinião conforme forem convivendo com você — papai endossa, vindo beijar sua afilhada também. Satisfação me enche ao ver como os dois estão se dando bem agora.

— Eu não vou, fiquem tranquilos — Maya garante, beijando meu pai na bochecha. O velho fica com uma cara de pateta. Acho que é a primeira vez que ela deixa cair completamente a guarda. — O senhor está bem mesmo? — pergunta com preocupação marcando seu rostinho.

— Estou ótimo, *bambina mia*. Apesar de termos todo aquele contratempo, *grazie* por tudo, *figlia* — papai agradece com suavidade.

— *Grazie* também, padrinho — minha menina responde e meu velho sorri. Maya leva a atenção para a minha mãe. — Meus padrinhos chegam na sexta. Eu gostaria de jantar com vocês quatro aqui em casa.

— *Perfetto, bambina mia.* — Minha mãe olha a afilhada com verdadeira adoração. — Jantaremos os quatro com a nossa menina.

— Só vocês e a sua menina? E eu? — finjo-me de ofendido e mamãe sorri, vindo me abraçar e bajular um pouco.

— Não seja ciumento, *amore mio.* — Meneia a cabeça e acabo rindo também, beijando-a na têmpora. — Ah, *Dio*, nem acredito que faltam apenas quatro dias para vê-los unidos para sempre, *figli*.[24]

Apenas quatro dias. Porra, eu quero suspirar como uma mocinha a cada dia que passa e o sábado se aproxima.

Meus pais não demoram a sair e fecho a porta, me recostando a ela, puxando a cintura de Maya, trazendo-a para mim. Seus braços cingem meu pescoço e nos encaramos, nossos rostos ficando bem próximos. Posso ver uma sombra no fundo das íris azuis nesse momento. Embora tenha assegurado a meus velhos que não está triste com os comentários idiotas de tio Antônio e tia Gertrude, eu sei que está.

— Você está chateada. Não tiro a sua razão — murmuro, tocando seu rosto, deslizando meus dedos pela face macia. — Eu jamais tomarei uma segunda esposa, Maya, tenha certeza disso.

Seus olhos cintilam, seu rosto relaxando um pouco com a minha promessa.

24 Filhos – em italiano.

— Prometa-me — pede, trazendo uma mão para o meu rosto, tocando-me com seus dedos delicados como plumas. — Eu nunca farei nada contra você ou sua família de novo, And. Prefiro morrer a trair o amor que sinto por você, tenha certeza disso também.

— Eu prometo, meu bebê — asseguro, aproximando nossas bocas. — Confio plenamente em você e no nosso amor.

Seus olhos ficam ainda mais cintilantes.

— Eu também confio plenamente em você e no nosso amor — repete.

Respiro fundo e decido mudar o tema.

— Apenas quatro dias para completarmos o nosso laço, branquinha — lembro-a num tom reverente.

Seu rostinho de anjo se ilumina lindamente.

— Sim. Quatro dias, amor — murmura, abrindo um sorriso lindo. — Poucas horas para sermos completamente um do outro. — Seu polegar toca a minha boca, esfregando o lábio inferior. — Use-me como submissa em nossa noite de núpcias, meu lorde — pede, seus olhos fixos nos meus. Eu rosno baixo, pegando sua nuca. — Meu corpo sente falta de ser dominado pelo meu dono. — Torno a rosnar e ela puxa a minha nuca também, roçando a boca na minha. — Preciso que me use e machuque como quiser.

— Caralho — sibilo, girando a mão pegando seu pescoço pela frente. — Era para eu ser pateticamente romântico nessa noite, branquinha.

— Não somos tradicionais. Teremos inúmeras outras para fazer baunilha — replica. — No sábado, quero ser usada, degradada sem pena pelo meu lindo marido e amo.

— Eu tenho tanta sorte. — Sorrio lento e indolente, levando minha boca para o seu ouvido e ameaço em tom áspero: — Vou acabar com você, menina.

— Por favor — ela ousa gemer e a giro, empurrando-a contra a porta. Começo a abrir o zíper do seu macacão e Maya respira entrecortado.

— Enquanto nossa sessão não vem, me contento em comer sua boceta gostosa de qualquer jeito que eu puder — resmungo, acariciando suas costas nuas, a tatuagem, sua pele linda, com apenas marcas das minhas mordidas e chupadas. Toco cada uma, tesão feral tomando conta de mim. A necessidade de marcá-la com meu chicote está quase insuportável. A minha menina sabe disso. Ela também anseia, precisa do sexo escuro e primal que fazemos. Enfio a mão entre suas pernas por trás, encontrando-a já molhada para mim. — Eu tenho a melhor cadela — zombo perverso.

Então, passamos os próximos minutos saciando um pouco da nossa fome...

Maya

Quatro dias depois...

A equipe contratada para me arrumar, termina de ajeitar meu véu e a delicada, mas imponente tiara sobre a minha cabeça. Pertenceu a minha mãe biológica. É toda em diamantes brancos, uma das inúmeras peças caríssimas que estavam sob a tutela de meus padrinhos Henrique e Madalena. Assim como eu, eles nunca tinham visto as joias, apenas guardavam a chave do cofre no qual meus pais adotivos mantinham no banco de São Carlos. Meus olhos marejam, emoção sem tamanho tomando conta de mim. Meu vestido é maravilhoso, do jeito que sonhei. De repente, a imagem de Breno surge em minha mente. Eu o amei. Ele foi o meu primeiro amor, não dá para negar. Mas tenho certeza de que essa emoção que estou sentindo agora não sentiria com ele e nenhum outro. Essa sensação, esse completo arrebatamento, tem nome e sobrenome: Andreas Montanaro. O homem da minha vida. Levanto o braço direito, a tatuagem de naja sinuosa pegando todo o interior do meu antebraço e a metade do coração em vermelho escuro, me saúda. A renda fina do casaco que uso por cima do vestido sem mangas, me permite vê-la totalmente. And fez uma igual. Suspiro, meu coração tão cheio de amor que tenho medo de enfartar de tanta felicidade.

A cerimônia será na beira do lago artificial no jardim sul. Meu homem sombrio está se desdobrando para fazer desse dia especial para mim, para nós. Estive o dia inteiro me preparando para o enlace final e não tive tempo para ver nada ainda. Alvinho e os primos Luigi e Guto já passaram por aqui, me surpreendendo com sua delicadeza. Senti esses últimos um tanto emocionados e depois entendi sua angústia.

— Perdemos nossa Bea e nunca a veremos vestida assim, a caminho de formar a sua família — Guto disse e naquele momento percebi a sua dor, tão bem guardada até então. Forçando um sorriso animado, se inclinou e me beijou na testa, acrescentando: — Bem-vinda oficialmente à família, prima!

Luigi estava igualmente mexido.

— Bem-vinda, prima! — Me beijou na têmpora. — Desculpe o stronzo ali, é que nossa Bea sonhava em se casar e toda essa merda cor-de-rosa das meninas, você sabe.

Embora tenha tentado soar irônico, também não conseguia disfarçar sua dor pela brutal perda da irmã.

— Obrigada, primos — sussurrei, meu coração apertando por eles, sem saber o que dizer porque realmente não há nada que fará sua dor diminuir.

Alvinho se aproximou, seu rosto bonito iluminado. Ele está feliz por mim, mas acredito que esse sorriso é por seu irmão também.

— Bem-vinda, irmãzinha! — murmura, me dando um beijo na bochecha. — Faça aquele *stronzo* lá fora feliz.

Eu ri, assentindo.

— Obrigada, irmãozinho — murmurei e seu sorriso satisfeito se ampliou. — Eu farei, prometo.

Volto da introspecção no momento em que os profissionais me liberam para finalmente me olhar no espelho. Eu engasgo, arfando com a imagem da garota refletida lá. Meus olhos voltam a turvar, emoção me tomando por inteiro. É real. O momento que pensei que nunca chegaria para mim, finalmente veio. Vou me casar com o homem que me possui por inteiro. Levanto a mão e toco a coleira em meu pescoço. Para os outros, apenas uma gargantilha grossa em pequenos brilhantes e diamantes brancos. Porém, quis ser ousada e escolhi um modelo com argola prateada na frente. Meu dono irá apreciar. Meu coração salta enlouquecido com a expectativa de vê-lo dentro de poucos minutos. Nos privamos de sexo por quatro dias, deixando nosso tesão acumular para a noite de núpcias. Suspiro, meu peito a ponto de explodir de emoção. O homem de coração duro e impenetrável me deixou entrar e está se entregando para mim, sem reservas, como eu a ele. Seremos um do outro, para sempre.

Foi um percurso cheio de equívocos que nos fez ser ruins para ambos em muitos momentos. Ele não é um mocinho, tampouco sou uma princesa de conto de fadas, mas merecemos a nossa quota de felicidade. Um soluço me escapa, não contendo minha emoção. Alguns fungados soam atrás de mim. Minhas duas madrinhas Gio e Madalena estão comigo no amplo closet. Bianca também chegou cedo junto com a irmã mais nova, Rafaela. Eu e Alvinho combinamos de lhe fazer essa surpresa. Em seguida, Mariana também se juntou a nós. Ontem jantamos todos juntos, Alvinho, os primos e suas mulheres. Na verdade, Guto está solteiro, mas não esconde seu encantamento por Rafa, a menina que sequestrou para ajudar Alvinho ameaçar Bianca. Deus, eles são tão escrotos. Bufo, mas acabo rindo, deslumbrada com a beleza aristocrática do meu vestido, de caimento impecável. É sem mangas, justo no busto e torso, com um casaquinho de renda delicada e mangas compridas, todo bordado com delicados fios de ouro. A saia é ampla, com uma cauda que se harmoniza com os três metros do véu. And está chateado por não poder me dar o casamento de pompas em algum clube de luxo com muitos convidados da alta sociedade. Eu não consigo sentir falta de nada nesse momento. Ele será meu completamente, é só isso que me importa. Os delicados fios de ouro estão espalhados pela saia de seda e tafetá egípcios. Meus cabelos estão presos em um coque baixo e sofisticado, o franjão penteado com esmero para o lado direito.

— Você está maravilhosa, amiga — Bianca murmura com voz chorosa, me fazendo virar suavemente para fitá-la. Está lindíssima num longo verde-água, a cor escolhida para a madrinha. Yuliya também usaria um se pudesse viajar para cá. Em virtude de sua gravidez avançada, Niko não quis arriscar. Ela pega minhas mãos nas suas, seus olhos azuis cheios de lágrimas. — Seja feliz, Maya, muito feliz!

Eu aceno, minha garganta tampando. Gostaria desse desfecho para a minha amiga também, mas ela não terá isso. Ainda que meu padrinho a aceite como segunda escolha de Alvinho, mesmo que Celine morra, meu cunhado precisará se casar com uma siciliana legítima. Esse é o costume arcaico dos Montanaro, infelizmente. Abraço-a com delicadeza, meu coração doendo porque sei exatamente como se sente ao ser a segunda. Fungamos as duas e me afasto, limpando suas lágrimas com meus polegares.

— Obrigada, Bi — agradeço, afastando-me um pouco. — Por tudo, por ser minha amiga apesar de as circunstâncias nos colocar de lados opostos no primeiro momento. — Ela soluça mais e enxuga os olhos com cuidado. — Eu amo você. Você é a pessoa mais doce que conheci, a minha irmã do coração.

— Ah, meu Deus, pare com isso — reclama, rindo em meio ao choro. — Eu também te amo, amiga — murmura, com o rosto bonito marcado pela comoção. — Estaremos sempre perto. Alv não vai me deixar, eu sei que não. Ainda que precise se casar oficialmente com uma siciliana legítima, sempre estarei na vida do meu amor.

Meu peito aquece um pouco e torno a acenar.

— Ele não é tolo de perder uma garota especial como você, amiga — garanto em tom mais baixo para ninguém ouvir. Seus olhos azuis se iluminam e nos abraçamos uma vez mais antes de ela ceder a vez para Gio.

— *Mia piccola duchessa* — murmura, seus olhos verdes cheios de lágrimas emocionadas. Toma minhas mãos trêmulas nas suas também. Ela está linda num longo creme, um chapéu no mesmo tom, coberto por uma renda delicada. — Sempre irei agradecer a *Dio* por esse milagre, *tesoro*. Estou tão feliz, querida. Tão feliz que a minha menininha amada voltou para nós, para o meu And. — Sua voz embarga e sua mão enluvada toca meu rosto delicadamente. — Seja feliz, *figlia*, e faça o *mio bambino* feliz também.

— Ah, minha *madrina* querida — murmuro, tocando seu rosto bonito, minha voz embargando também. — Estar aqui de novo, com a senhora, o padrinho, o Alvinho, e me casando com o homem que amo mais que tudo nesse mundo, é a coisa mais maravilhosa que me aconteceu. — Respiro tremulamente, meus olhos turvando de emoção. — Seremos felizes, me empenharei nisso todos os dias de minha vida, prometo.

— Minha menina linda. — Ela chora e eu limpo suas lágrimas com cuidado para não borrar a maquiagem. — Queria tanto que sua mãe e seu pai a vissem agora, *figlia mia*.

Meus pais. Suspiro, a imagem do sonho que tive com eles em nossa casa em Palermo, vindo nitidamente em minha cabeça.

— Eu também, *madrina* — digo com o peito apertado por Adriano e Caterina e também por Marieta e Leonardo. — Mas eles estão aqui. Os quatro. Eu os sinto comigo.

Ela funga assentindo e me abraça com ternura e cuidado. Quando se afasta, minha madrinha Madalena se aproxima. Está muito emocionada também, usando um vestido de seda verde-água, com um chapéu elegantíssimo no mesmo tom. Presenteei-a e ao padrinho com as roupas para a cerimônia. Eles ainda estão um pouco ressabiados com a opulência dos Montanaro, vejo em seus semblantes. Contudo, estão felizes porque estou feliz e eu os amo ainda mais por isso.

— Tão linda, a minha menina. — Suas mãos enluvadas seguram meus ombros e ela as desliza pelos braços, seus belos olhos azuis cheios de lágrimas. Meu coração aquece, repleto de amor por ela. Puxo uma respiração aguda, temendo precisar fazer retoques na maquiagem ainda que seja à prova d'água. Segura meu rosto dos lados e sorri em meio à emoção. — Você está feliz, não é, filha? Você está brilhando — sussurra e aceno.

— Esse era o meu destino, madrinha — afirmo, não conseguindo evitar o aperto no peito. Ela me queria com seu filho e não deve ser fácil estar aqui, me vendo casar com outro.

— Eu sei, querida. Henrique e eu estamos bem com isso, fique tranquila — assegura.

— Obrigada — sussurro emocionada. — Eu amo tanto vocês — declaro e ela soluça. Eu limpo seus olhos bem maquiados com carinho. Respiro tremulamente, meus olhos turvando de emoção.

— Ah, querida. Nós amamos você também — chora mais.

Nos abraçamos com cuidado e ela se afasta. Mariana e Rafa vem para perto.

— Você está linda, Maya. — A ex policial federal sorri cordialmente. Pressinto que seremos boas amigas. Ela é corajosa e um tanto petulante, como eu. — Seja feliz.

— Obrigada, Mariana. Desejo o mesmo a você — devolvo e me arrependo imediatamente. Ela também não será a primeira esposa. A família autorizou Luigi a assumi-la, mas futuramente ele terá que se casar com uma siciliana. Terei que convencer And como chefe da *famiglia* a mudar esse costume ridículo.

Rafa se aproxima, seu sorriso tímido parecido com o de sua irmã. Ela é loira, um pouco mais alta que eu. Os olhos são do mesmo tom de azul de Bianca também. Dá para entender o fascínio de Guto pela garota. É linda.

— Você realmente está linda, Maya — elogia meio sem jeito. — Felicidades para você e o senhor Andreas. Obrigada por me convidar.

— Você é bem-vinda, Rafa. — Eu rio suavemente do seu decoro em relação a And. — Sinta-se em casa.

— Chegou a hora, senhora. — A voz da organizadora do casamento faz minha barriga esfriar.

A equipe volta a me rodear, conferindo a maquiagem e vestido, ajeitando o véu. Bianca me entrega o buquê de lindas rosas vermelhas. Me dou uma última olhada no espelho e respiro fundo, meu coração parecendo um tambor. É a hora. Deixamos o quarto e saímos para o corredor em direção ao elevador. Entro com minhas madrinhas, Bianca, Mariana e Rafa. Saímos no térreo e seguimos pela sala, passando pela varanda em direção ao jardim frontal. Minha respiração trava quando vejo uma carruagem toda decorada com flores. Meus olhos marejam com a linda surpresa de meu lindo homem obscuro. Desço os degraus da escadaria, as mulheres segurando meu véu. Padrinho Henrique está me esperando lá embaixo, todo bonito e elegante em seu terno escuro. Ele me recebe, seus olhos estão muito brilhantes, denunciando sua emoção.

— Você está linda, menina. — Sua voz sai emocionada enquanto estende o antebraço. — Seja feliz, filha. O único pedido meu e de sua madrinha é que nos deixe ficar por perto.

Levanto a mão e toco seu rosto.

— Sempre, padrinho — garanto emocionada. — Vocês são o mais próximo de pais que tenho. Eu os amo e nunca me distanciarei de vocês.

Seus olhos escuros ficam mais brilhantes e ele engole em seco, acenando. Como para minha madrinha, deve ser difícil para ele me ver casando com outro que não seja seu filho. Todavia, me leva até o meio de transporte romântico, me ajudando a subir e tomar assento. Senta do meu lado e o condutor faz os cavalos se movimentarem. As mulheres já estão tomando um carro no outro pátio. Os cavalos começam um trote pomposo e não contenho um suspiro de deslumbramento. And tem se desdobrado para fazer coisas doces para mim desde que nos reconciliamos, ainda que sua natureza seja mais dura e cínica. A carruagem toma a estrada de blocos ladeada pelo bosque de pinheiros. Passamos pela ponte sobre o pequeno riacho que corta a propriedade e logo avisto o lago, bem como a faixa de grama que o circunda. É uma visão magnífica, para dizer o mínimo.

As águas plácidas refletem os raios do sol do fim de tarde, e mais à frente, muitas cadeiras brancas dispostas na grama bem cuidada. Todas lotadas, percebo. Além da família de And, ele convidou alguns poucos amigos e parceiros do ramo jurídico. Dobramos a segurança para podermos respirar tranquilos em nosso dia. Há uma enorme tenda montada mais à frente e uma pista de dança em assoalho. Cenário digno de conto de fadas. Estamos longe de ser esse tipo de casal *florzinha*, mas é agradável aos olhos e ao coração testemunhar os esforços do meu amor para fazer esse momento ainda mais especial. Estou perdida na paisagem e decoração maravilhosas diante de mim e tentando conseguir uma visão do altar e do homem me esperando lá. Mas ainda não entrou em meu campo de visão. Alguns instantes depois, a condução para e meu padrinho Gian Lucca se aproxima, imediatamente. Está muito bonito e elegante num terno escuro. Estende a mão e me ajuda a descer.

— *Bambina mia*... — Sua voz soa emocionada, seu olhar escuro cintilando com o amor paternal que agora sei, ele sente por mim. — Você está magnífica. Seja muito feliz e faça *mio* primogênito feliz também.

— *Grazie, padrino* — murmuro e seu rosto bonito fica mais emocionado. — Nós seremos felizes, vou me empenhar nisso todos os dias, prometo.

Ele segura meu rosto e se inclina me beijando na testa.

— Seja bem-vinda de volta à *famiglia* oficialmente, *figlia* — diz quando se afasta. — Vou me juntar ao And no altar. — Faz menção de se virar, mas seguro sua mão. Ele me fita sem entender.

— O senhor gostaria de dividir a caminhada até o altar com o padrinho Henrique?

Ele ofega, seus olhos se enchendo de lágrimas. Posso dizer que o peguei de surpresa. Eu já havia pensado nisso, e encontrá-lo aqui me esperando, só mostra que estava certa.

— Ah, *figlia mia*, você me honra — assente, levemente embargado.

— A honra é minha — murmuro, me sentindo emotiva com ele também. — Padrinho Henrique me levará até metade do caminho e o senhor nos aguarda lá, tudo bem? — ele assente e com um sorriso feliz, se afasta para tomar o seu lugar no percurso.

Puxo uma respiração calmante e enlaço o braço de meu padrinho Henrique. Nos viramos de frente para o tapete vermelho e o ar sai de meus pulmões ao ver And na frente do altar. Está soberbamente lindo trajando um terno escuro, abraçando seu corpo grande. Nossos olhares se encontram e mesmo à distância e através do véu, sinto o baque familiar em minhas entranhas ao ser o foco de seu olhar intenso. Os olhos verdes-musgo estão brilhantes, me percorrendo por inteiro. Ele não disfarça seu amor por mim e me sinto como se fosse a única mulher a povoar o planeta, pela forma reverente que está me fitando. Seus cabelos densos e escuros estão molhados e bem penteados para trás, deixando seu rosto perfeito mais anguloso, lindo demais. Meus olhos turvam e transbordam de lágrimas felizes enquanto admiro o homem da minha vida. A marcha nupcial inicia ao som de piano e violinos.

Meu corpo inteiro treme, minhas mãos suadas e geladas pela emoção. Então, começo a andar para ele. Seu olhar nunca me abandona, ficando mais intenso e penetrante à medida que avanço pelo tapete vermelho. Quando chega no meio do percurso, padrinho Henrique me entrega para Gian Lucca, que me recebe com um sorriso amplo e realizado. Volto a andar, minhas lágrimas caindo incontroláveis pelas faces. Ouço elogios a mim, ao vestido, conforme avanço. Minhas pernas estão trementes, mas me esforço para seguir o passo. Deus, eu sonhei tanto com esse momento. Soluço e And percebe que estou chorando. Posso ver como sua expressão suaviza ao testemunhar a minha emoção. Quando chegamos ao altar, os olhos verdes-musgo ficam mais intensos e aquecidos dentro dos meus. Respiro trêmula, em completo arrebatamento. Eu rio em meio às lágrimas e meu lindo homem do crime sorri de volta.

Meu coração estronda contra as costelas quando chega mais perto e seu pai me entrega a ele. Bianca pega meu buquê e arfo, sem conseguir desviar o olhar de And. Seus belos olhos estão brilhantes de lágrimas não derramadas. Pega minhas mãos e as leva à boca, seus lábios mornos e sensuais depositando dois beijos suaves em meus dedos. Então, enrola os braços em minha cintura, colando nossos corpos. Aproxima o rosto do meu, nossos olhares fixos através do véu de renda fina.

— Além da perfeição. Te ver andando para mim foi a maior e mais bonita emoção que senti na minha vida, branquinha — sussurra com voz áspera. Sua mão treme um pouco quando levanta o véu e limpa delicadamente o meu rosto. — Você é o ar que respiro, Maya. Saiba disso, meu amor — declara só para os meus ouvidos. Ah, Deus. Eu soluço, mais lágrimas enchendo meus olhos. Levanto minhas mãos trementes para seu peitoral e o fito tão apaixonada que meu peito dói. Seus olhos ficam mais quentes e ele murmura: — *sei tutto per me. Asssolamente tutto.*

— And... — Inalo o ar rudemente e levanto o rosto. Ele me encontra no meio do caminho, nossas bocas se tocando com reverência. — *Amore della mia vita. Proprietario assoluto del mio cuore.*[25]

Suas narinas expandem e ele encosta a testa na minha.

— Eu vou te amar para sempre, meu bebê — me diz de volta, seu tom suave e possessivo ao mesmo tempo.

25 Dono absoluto do meu coração – em italiano.

— Eu também, meu amor. Você e eu, para sempre — garanto com voz embargada.

Ele me dá mais um beijo breve, seus belos olhos dando a certeza de que irá cumprir a sua promessa. Nos viramos para o altar e o padre está com um leve sorriso observando nossa interação, então, dá início à cerimônia. É tanta felicidade que não cabe no meu peito, estou quase explodindo aqui. Meus olhos voltam para And e já o encontro me fitando. Meu dono. Tudo de mim pertence a ele. Parecia tudo tão feio no começo. Mas este homem me ama de verdade e eu o amo. Eu acredito. Eu sinto seu amor em cada olhar, cada toque, cada palavra desde que fizemos as pazes. Dessa vez é pra valer. Confiamos plenamente um no outro. Nada irá nos separar.

Eu mal percebo a celebração. Quando me dou conta é o momento de fazermos os juramentos e dizer o *sim*. Eu tento controlar o choro, mas perco a batalha. And consegue conter as lágrimas por causa da plateia, eu sei. É o chefe, não pode demonstrar abalo com nada, mas posso ver nas íris verdes-musgo que ele me pertence agora e isso me amolece. Trocamos as alianças e quando o padre autoriza o beijo, And levanta meu véu. Um braço enrola em minha cintura e a outra mão sobe, em vez de tocar meu rosto, ele toca a coleira/gargantilha primeiro. Enfia o indicador na argola e arfo, o brilho em seus olhos vai ficando possessivo. Com um arremedo de sorriso perverso e cheio de promessas obscuras, sobe mais e toca minha face com delicadeza, os olhos percorrendo todo o meu rosto banhado de lágrimas. Sua expressão suaviza.

— Agora sim, minha esposa — murmura com o sorriso mais bonito iluminando seu rosto.

Enrolo os braços em seu pescoço e ofereço meus lábios.

— Meu esposo. Meu dono — declaro e ele geme quase inaudível, abaixando a boca na minha.

Assovios, saudações, palmas e congratulações ecoam no jardim enquanto nossos lábios se sugam mútua e calidamente. And sorri na minha boca e aprofunda o contato, sua língua entrelaçando na minha. Mais assovios, exclamações entusiasmadas. Abrimos nossos olhos e paramos o beijo, mas ainda continuamos nos fitando apaixonados. Então, ele nos vira para os convidados e levanta nossas mãos unidas. Sorrio, largo, feliz, meu olhar percorrendo os convidados, todos de pé, aplaudindo. Bem, nem todos. Tenho o desprazer de localizar a covarde nojenta sentada na segunda fileira, claro que não está aplaudindo. Pelo contrário, seu rosto e olhar mostram o despeito e ira que nunca conseguiu dissimular. Deve ser o cúmulo da humilhação para ela estar aqui, tendo que ver a minha felicidade com o meu homem. Meu sorriso não escorrega em nenhum momento. Sustento seu olhar, lhe dizendo que venci. *Você já era, puta dos infernos!*

Descemos do altar e recebemos os cumprimentos da família, bem como dos poucos convidados. Surpreendo-me ao ver Federico se aproximando de nós com uma morena lindíssima em seu braço. Genaro deve tê-lo trazido. And me informou que nosso cliente tem certa proximidade com a sua família por intermédio do pai da vaca.

— A melhor dupla de advogados do Brasil! — Federico abre um sorriso bajulador quando nos alcança. Estende a mão para And. — Parabéns, Andreas! Não é preciso desejar-lhe felicidades, basta olhar para a sua cara.

— Obrigado, Federico — And acena, aceitando o cumprimento do outro. — Que bom que pôde vir.

O olhar escuro e penetrante de Federico se desloca para mim e, como na primeira vez que o vi, sinto algo estranho em suas íris. É fugaz, mas está lá. O homem sorri estendendo o cumprimento:

— Parabéns, Maya!

— Obrigada — agradeço ao mesmo tempo em que o braço de And enrola possessivamente na minha cintura.

— Essa é Siena, minha noiva — o homem apresenta e sinto o corpo de meu marido relaxando com essa notícia. *Meu marido*. Ah, Deus, vou repetir isso mil, milhões de vezes até me acostumar. — Dentro de dois meses será a nossa vez de subir ao altar — revela com um sorriso satisfeito.

Nós cumprimentamos a moça simpática. Ela nos parabeniza também.

— Parabéns aos dois também — And oferece, seu tom menos arisco, percebo.

— Parabéns e felicidades aos dois — endosso.

— A cerimônia será aqui no Brasil. Gostaríamos de tê-los conosco. — Os olhos escuros do homem cintilam ao adicionar: — Serão nossos convidados de honra.

Conversamos por alguns instantes e nos despedimos para ir à mesa do bolo.

— É impressão ou esse sujeito está forçando uma aproximação conosco? — And diz só para meus ouvidos, franzindo a testa.

— Estou pensando o mesmo desde que o vi semana passada no escritório — compartilho. — Mas agora não tem importância. Esse é o nosso dia.

Ele assente, o brilho predador acendendo em suas íris, me prometendo prazeres sombrios e cruéis para mais tarde. Cortamos o bolo, posamos para fotos. Bebemos champanhe e fomos para a pista de dança. Escolhemos três músicas para esse momento: *Queen Of Rain* de Roxete, *You Gotta Love Someone* de Elton John, e *Home*, Michael Bublé. Andamos e bebemos com seu irmão e primos, meus padrinhos. Miguel não veio, como já esperava. Meu amigo ainda não aceita que tenha me envolvido seriamente com Andreas. Em dado momento, uma sensação ruim percorre meu corpo e olho ao redor, o medo de algo acontecer e estragar nosso dia perfeito me acometendo. Não vejo nada suspeito, todavia, encontro Federico me encarando fixamente da mesa de Genaro Valente. Sua noiva está conversando com Isabeli, percebo e volto a olhar o homem, que continua me intrigando. Ele ri, levantando sua taça num brinde. Parece despretensioso uma vez que, em seguida, envolve os ombros da noiva e se inclina, beijando-a na têmpora. Por que continuo com a sensação de que esse homem tem um interesse velado em mim? Estou sendo convencida? Pergunto-me.

Confraternizamos por cerca de duas horas com a família e convidados e quando And cravou seus olhos verdes-musgo em mim, eu soube sem palavras, que era hora da nossa comemoração particular. Trocamos um olhar cúmplice e seguimos pelo gramado em direção a uma das limusines e fizemos o caminho de volta para a casa. No percurso, vimos Guto conversando com Rafa numa parte bem remota do jardim. Bianca está preocupada com a irmã mais nova, pois, a menina também parece encantada pelo criminoso que a sequestrou. Sim, os Montanaro são fodidos, mas não dá para ficar imune ao charme desses homens. Eu que o diga. Suspiro, virando o rosto de lado, bebendo da beleza morena e imponente do chefe.

— Quer mesmo se submeter em sua noite de núpcias, bebezinha? — pergunta em tom baixo e áspero. O veículo para e percebo que meu belo dominador tem uma venda de seda vermelha na mão direita. Arfo, apenas a visão do tecido me deixando excitada, ansiando pela sua posse corruptora.

— Sim, meu lorde. Use-me como e o quanto quiser esta noite — respondo na voz submissa que vem de dentro da minha alma. — É o meu presente para o meu dono — acrescento e seus olhos cintilam com ferocidade, posse, amor. Uma mistura de emoções completamente visíveis agora que estamos sozinhos. Sua mão levanta, tocando meu rosto. Tesão e luxúria sombrios cintilam em seus olhos, porém, seu toque é reverente.

— Minha — sussurra asperamente, esfregando o polegar em meus lábios, pintados em batom rosa clarinho. — Minha linda menina sombria. Para sempre minha.

— Sim, sua — assinto, inebriada de amor e verdadeira loucura por esse homem. — Sempre sua, meu amor.

Ele emite um som engrossado na garganta e cobre meus olhos. Em instantes sai do carro e me ajuda a descer, me levantando nos braços. Seguro em seus ombros e ativo meus outros sentidos. Subimos degraus. Andamos pelo piso plano. Subimos pelo elevador. E não demora muito, sinto o clima diferente do calabouço, o cheiro parece de... Rosas? Rosas e velas, acho. Me coloca no chão delicadamente e meu coração começa a saltar em expectativa. Estava louca para voltar aqui, no espaço que montou exclusivamente para mim. Levo meus pulsos para trás das costas, cruzando-os e abaixo a cabeça. And sibila pela minha submissão e espero seu toque, mas não vem. Pelo contrário, sinto o calor do seu corpo indo embora. Lambo os lábios, expectante, atenta a qualquer som e movimento. Os acordes de *Angel*, Massive Atack iniciam e arfo, meus olhos enchendo de lágrimas. Nossa primeira sessão foi ao som dessa música. Ele me fez sua mulher ao som dessa banda. Os minutos passam e ele não volta. Embora saiba que faz parte do seu jogo, ainda fico ansiosa, sequiosa pelo momento em que me fará sua da forma primal, suja e obscura que me corrompeu desde o começo.

Não sei quanto tempo passa até que escuto um barulho de algo arrastando no chão, em seguida, seus passos. Meu coração dispara freneticamente, seu cheiro maravilhoso penetrando em meu olfato. Os passos param. Torno a lamber os lábios, posso sentir seu olhar me percorrendo inteira. Me livrei da tiara, véu e casaco, mas ainda estou com o vestido de noiva. Arrepios deliciosos descem pela minha coluna, antecipando suas mãos sobre mim. Meus seios ficam pesados, os mamilos túrgidos. Os minutos se passam e ele não diz nada, então, as mãos grandes seguram minha cintura por trás, sua respiração soprando em minha nuca. Minhas costas são puxadas contra seu peito e seu nariz desliza para meu ombro, subindo lentamente pelo pescoço. Seus dentes raspam na minha pele e morde na junção do ombro. Eu choramingo, minha boceta pulsando, o creme se reunindo no canal. Sua risada perversa e indolente soa no meu ouvido e ele suga o lóbulo me fazendo latejar com necessidade.

Suas mãos passeiam pelo meu ventre e sobem, pulando os seios, acariciando minha clavícula. Arrepios eclodem em minha pele.

— Meu lindo bichinho de estimação. — O tom zombador e dominante me faz arquejar, molhando e latejando mais. — Esperei tanto por esse momento, branquinha. Tanto. — Seu tom é ligeiramente emocionado agora, as mãos mornas descem pelos meus ombros e braços. Sobe e desce bem devagar, acariciando no toque suave que antecede ao sexo sombrio que o satisfaz. Sem dizer mais nada, começa a abrir o zíper do vestido, lentamente. As mãos mornas e deliciosas, empurrando o tecido pelo meu torso, quadris. Estremeço inteira pelo toque sensual. Fico completamente nua na ilha de tecidos e ele rosna ao ver que não estou usando calcinha. — Minha boa cadela — sussurra e dá um tapa duro em minha bunda. Grito de susto, dor e tesão espiralando em minha corrente sanguínea. Quase salto ao senti-lo pegando minha garganta... — Minha putinha perfeita e obediente — debocha. — Usando a coleira do seu dono em plena cerimônia de casamento. — Ele fecha os dedos por cima dela.

Gemo, meu centro pulsando em descontrole, a excitação vazando por entre os lábios vaginais. Ele mexe na argola e ouço o barulho da corrente sendo encaixada. Meu corpo estremece, arrepia inteiro com a sensação degradante de ser, nesse momento, o seu bichinho de estimação, a sua boa cadela. And torna a sorrir baixo e malvado, testemunhando minha excitação em ser a sua posse. Dá um puxão grosseiro na corrente, forçando-me a levantar o rosto e seu hálito gostoso de champanhe e uísque caros sopra em minha face.

— De joelhos. — A ordem vem baixa, assumindo o tom duro do dominador. Me coloco na posição imediatamente. Ouço o som de um zíper sendo aberto e lambo os lábios, antecipando o prazer que é chupar meu dono. Seu polegar corre pela minha boca e lambo-o com audácia, sugando-o inteiro. And sibila e recebo um tapa duro na face direita. Sempre me assusto, mas o prazer obscuro vibra em minhas veias e gemo em seguida, o ardor faz minha boceta latejar com força, ficando mais e mais cremosa. Seu sorriso soa complacente e perverso antes de me dar outro tapa do lado esquerdo.

— Ahh, Deus... Sim, meu amo — choramingo, perdida em sensações degradantes e lascivas.

— A putinha perfeita — And resmunga e sinto a cabeça grossa esfregando em meus lábios. Inalo seu cheiro masculino profundamente e ele rosna. — Pulsos atrás das costas. Mama meu pau bem gostoso, cadela abusada.

Mais creme grosso encharca minhas paredes e abro a boca, engolindo a ponta gorda. Sugo delicadamente, rodando a língua no orifício. Sua respiração altera um pouco e suas mãos pegam meu cabelo, agarrando o coque com firmeza. Deslizo a língua no eixo longo e groso, meu núcleo pulsando em desespero para tê-lo todo enterrado em meu corpo. Engulo boa parte e chupo com pressão, arrancando um gemido gutural de meu lindo marido. Ele puxa a corrente, subjugando-me e sempre fico louca de tesão por chupá-lo assim, ajoelhada como uma escrava, usando a sua coleira. Gemo gananciosa e relaxo a mandíbula, levando seu eixo quase inteiro para a minha garganta.

— Porra... — sibila, me dando mais um tapa na cara e empurra o pau todo. Resfolego, mas não parando de mamar bem gostoso. Sinto o cheiro másculo da sua pélvis e inspiro mais e mais, embriagando-me, morrendo de amor por esse homem, lambo as veias, sugando a cabeça, arreganhando meus lábios. And geme guturalmente e continua fodendo minha boca, empurrando-se com força. Minha garganta dói ao ser esticada além do limite. Sua carne pulsa e fica mais inchada, indicando que está perto de gozar. Puxa meu cabelo, fazendo-me choramingar entalada em seu eixo. Chupo-o mais forte, raspando os dentes levemente sobre as veias dilatadas. Geme rouco, começando a jorrar seu sêmen. Engasgo, ele ri perverso ao resmungar: — Bebe a minha porra, meu bebê. Toma tudo.

Eu gemo também, tudo em mim latejando, implorando para ser dele com urgência. Engulo cada gota com avidez, não deixando de mamar gulosamente. Limpo-o todo. Seu eixo ainda sofrendo espasmos, ainda duro, e choramingo, querendo implorar que o enfie profundamente em mim. Mas sei que não fará agora. Primeiro irá me dominar e degradar como bem quiser porque foi isso que pedi esta noite.

— Meu delicioso brinquedo de foda. — Sua voz é cheia de zombaria e puxa o pau da minha boca. Minha mandíbula dói pela ganância em levá-lo inteiro. Lambo os lábios, saboreando os últimos resquícios do seu gozo. Ele ri ainda mais zombador e ordena: — Fique de quatro. Vamos passear, minha cadela.

— Como queira, meu lorde — aceno mansamente, ficando na posição. — Amo passear com o meu dono — instigo meu dominador sádico. Ouço sua risada jocosa e a corrente é esticada, forçando-me a andar de quatro, seguindo-o cegamente pelo salão. Meus joelhos e mãos sofrem com a aspereza do piso.

— Levante-se — ordena com rispidez. Fico de pé, minhas sandálias altíssimas fazendo barulho no piso. Gemo em deleite ao senti-lo me pegando nos braços. Está todo vestido ainda e provavelmente continuará por um bom tempo, para mostrar quem é que manda em seu reduto. Me coloca no chão e me gira de costas para ele. — Erga os braços acima da cabeça, bebezinha. — Seu tom é muito suave perto do meu ouvido, causando-me arrepios de antecipação luxuriosa. Obedeço e ele prende meus pulsos com firmeza. Suas mãos descem pelas minhas costas, fazendo-me arquejar pelo prazer do seu toque. Alcança meus cabelos e desfaz o coque, bem devagar. Massageia meu couro cabeludo e gemo, completamente entregue, meu corpo inteiro implorando para ser possuído. Se inclina, cheira as mechas, em seguida, começa a trançá-lo em duas partes.

Suas unhas raspam suavemente em minhas costas e então, ele rosna, apalpando meu corpo inteiro, coxas, bunda, barriga, descendo bem perto da minha boceta. Minhas paredes pulsam, estou pingando de tanto tesão. Ele sabe onde preciso do seu toque e ri cínico, desviando a rota, voltando pela minha bunda, sovando a carne com força. Me dá um tapa duro e eu grito pela ardência. Meu dominador escuro enfia a mão livre entre minhas pernas por trás, sovando minha carne necessitada. Arfo, respirando entrecortado com a carícia em meus lábios melados e afasto as pernas conforme vai metendo dois dedos em minha vulva latejante. Estremeço inteira, tesão sujo e lascivo vibrando em minha pele, deixando-me em chamas. And passa a me comer com os dedos, penetrando fundo, indo e vindo gostosamente. Desfere outro golpe malvado em minha bunda. Me penduro nas algemas de couro e me empino para receber mais. Ele rosna e resmunga algo sobre eu ser o seu sonho sombrio e me surra com uma mão, não parando de me foder com a outra. Minhas bochechas estão ardendo, a pele pegando fogo. Estou quase gozando, gemidos saindo da minha garganta, lágrimas de dor e prazer enchendo meus olhos.

— Não tem permissão para gozar ainda, meu bichinho. — Sua voz soa dura, parando o ataque perverso. — Você abriu mão de ser tratada como a duquesa que é, para ser a minha puta submissa esta noite, não é isso?

— Sim, eu precisava do meu dominador — choramingo. — Mas, por favor, me deixa gozar, meu dono — imploro. Ele ri no meu ouvido e morde a minha orelha, sugando o lóbulo depois. As mãos se infiltram pela minha frente e acariciam minha barriga, subindo para os seios, pegando-os com força. — Ah, Deus... And... Sim... — Arquejo, convulsionando pelo toque absurdamente gostoso. Amassa a minha carne do jeito firme e possessivo que tanto amo. Pega os mamilos entre os polegares e os aperta dolorosamente, a virilha encostando em meu traseiro. Seu pau duro através do tecido da calça esfrega em minha pele e estremeço, a excitação escorrendo pelas minhas coxas, de forma humilhante. O escroto fodido ri malvado e morde meu ombro, descendo uma mão para o meu monte, passando a esfregar meu clitóris. Minha respiração trava, o orgasmo querendo vir, mas sei que se gozar ele vai fazer coisas ainda mais perversas comigo esta noite. — Por favor, meu lorde — imploro.

Ele para as carícias malvadas e puxa minhas tranças bem rente à nuca, forçando minha cabeça para trás, como uma rédea.

— Acha que essa mendicância vai te ajudar, cadela? — debocha em meu ouvido. —Você é minha puta, em meu calabouço, fará o que eu quiser. — Dá um puxão forte para enfatizar seu ponto. — Seu corpo me pertence. Se eu quiser te comer por horas e não te deixar gozar, eu farei porque sou a porra do seu dono. Se eu quiser te prender aqui como uma escrava para meu bel prazer, eu farei.

Ah, porra. Convulsiono com suas palavras degradantes. Mais líquidos descem em minhas pernas ao imaginá-lo me usando assim, como uma escrava realmente. Meu lado feminista sempre fica fora do calabouço porque, acredito, isso é demais para assimilar racionalmente. Deus do céu, esse é o nível de corrupção e loucura sensual que esse homem me viciou.

— Sim, meu senhor. Prenda-me, use o meu corpo como bem quiser — ofereço-me com voz rouca de luxúria.

— Meu lindo bichinho adestrado — zomba. — Estou louco para ver as marcas do meu chicote nessa pele magnífica de novo.

— Faça, meu dono. Açoita-me — peço, já mergulhada em nossa névoa sensual sombria. Ele rosna, se afastando por alguns instantes e gemo ao sentir seus dedos cavando em minha boceta. Abre meu traseiro ardido e a língua macia desliza em meus lábios vaginais. Ele me lambe e chupa minha excitação tão gostoso que rolo os olhos de prazer. Em seguida, sobe um pouco, lambendo meu ânus com um gemido lascivo. Volta a me excitar, me chupando com fome, revezando as pinceladas em minha vulva e traseiro, levando-me perto do gozo. Empurra algo em minha boceta e vou relaxando, gemendo pela invasão do pequeno dildo. A carícia em meu ponto G inicia imediatamente e resfolego, deixando-o encaixar tudo, a ponta de fora, passando a massagear meu clitóris, esfregando-o perversamente. — Ahh, Deus... — balbucio, meu corpo vibrando de prazer. And ri, adorando me torturar, e empurra outro objeto liso e lubrificado em minha bunda.

Relaxo, deixando-o meter todo. Arde e dói um pouco, mas o prazer sujo e obsceno do sexo anal sempre me arrebata. Amo a sensação de estar preenchida nos dois canais. A vibração começa e ronrono, sendo a sua boa cadela de fato. Se afasta e em um instante ouço o estalar do chicote. Meu corpo retesa para em seguida enlouquecer, ansiando pelo primeiro açoite.

— Conte, minha cadela treinada — ordena zombeteiro e eu grito ao receber a primeira lapada nas costas. Lágrimas picam meus olhos enquanto meu corpo inteiro arrepia, convulsiona, sendo arrebatado pelo prazer sombrio de pertencer a Andreas Montanaro.

— Um — digo com voz arquejante. Ele solta mais um açoite, dessa vez na bunda, já ardida dos tapas. Arqueio, dor irradiando na pele. Meu marido sádico não tem pena, soltando o braço outra vez. Eu choro, contando cada uma, amando pertencer a ele da forma mais primal e obscura que existe. As vibrações dos dildos em minha vulva e traseiro ficam mais intensas e gemo de puro regozijo. And continua chicoteando-me. Nas costas, na bunda, coxas. Do meio para o fim, minha voz quase não sai, estou rouca, sobrecarregada pela adrenalina e necessidade de gozar. As vibrações aumentam ainda mais, minhas paredes sendo perversamente esfregadas nos pontos certos. O braço do meu dominador não para, açoitando-me sem dó. As sensações escuras e corruptoras me abraçam e não consigo mais aguentar. — Eu vou gozar... Meu amor... And... — choramingo em desespero. Ele rosna e me bate mais e não consigo segurar. Ondas escaldantes varrem meu baixo ventre, lançando-me num gozo tão impiedoso quanto meu marido dominador. — Deus, sim... Sim... — gemo em lamento enquanto líquidos abundantes escorrem pelas minhas coxas.

Minhas pernas ficam bambas pela força do orgasmo e desabo, ofegando, pendendo nas algemas, meus pulsos machucando pelo peso. Seus braços me rodeiam, me amparando. Meus olhos reviram e continuo em êxtase, estremecendo sem controle. Sempre gozo com loucura quando sou açoitada assim.

— Amor da minha vida. Minha linda menina escura — sussurra no meu ouvido. Seu tom é ao mesmo tempo sombrio e reverente. Seus lábios mornos e macios depositam beijos suaves em minha pele agredida. Meu amor me segura até passar os tremores violentos. Me solta das restrições e me pega nos braços e gemo, momentaneamente sem forças. Seu riso indolente e arrogante soa em meu ouvido. — Deite-se de barriga para baixo — ordena com voz mais dura. Imagino que pela vontade de entrar em mim. Ele me ajuda a deitar sobre uma superfície acolchoada e minhas pernas ficam escarranchadas, uma de cada lado. Não prende meus pulsos nem os tornozelos. — Empine bem a bunda e segure dos lados, deixe-me ver a minha boceta e rabinho lindos — ordena, enfiando a mão entre minhas pernas. Gemo, obedecendo, abrindo minhas bochechas. Ele faz um som animalesco e eu choramingo alto quando retira o dildo, liberando meu canal vaginal.

Se debruça sobre as minhas costas e confirmo que está todo vestido ainda. Todavia, seu pau duro começa a deslizar entre meus lábios melados, procurando minha entrada. And segura minha cintura e mete em minha vulva, com força, rasgando-me até o fundo. Um urro de prazer cai da sua garganta e um berro da minha. Meu corpo todo estremece, meu canal vibrando, ardendo pela invasão brusca, palpitando ao ser penetrada sem pena. Com o dildo ainda enfiado na bunda, a sensação é que vou ser rasgada a qualquer momento, mas é gostoso demais tê-lo me comendo assim. Sua respiração está errática, indicando o quanto aprecia me penetrar dessa maneira.

— Maya... — geme rouco e apaixonadamente, parando todo enterrado em meu pequeno canal. Puxa um pouco e torna a estocar, se enterrando profundamente, colando a pelve na minha bunda ardida. Eu berro de novo, convulsiono, gemendo em abandono. — Isso, meu bebê... Mantenha essa bocetinha aberta para levar meu pau todo — rosna, começando a me comer mais devagar, um alívio depois da penetração dura. Meu clitóris já sensível, arrasta sobre o couro a cada vez que entra bem fundo em mim. Ele vai e vem tão gostoso que não paro de gemer, a necessidade de gozar voltando a espiralar em meu ventre. Empino minha bunda e ele sorri. — Minha menina ama me dar essa boceta apertada, não é? — zomba e sobe as mãos pelas minhas costas, seus dedos traçando os vergões do seu chicote, provavelmente. Pega minhas mãos e as leva para a frente do móvel. — Segure-se aqui, bebezinha — ordena e obedeço. Suas mãos acariciam meus ombros enquanto me come devagar, mas cada socada é profunda, me fazendo arfar de boca aberta.

Minha vulva pequena dói, completamente esticada em seu pau grande e grosso. Todavia, molho mais e mais, amando ser usada pelo meu dominador. Suas mãos se fecham em meu pescoço por cima da coleira e aperta, me puxando para trás, numa posição desconfortável. Puxa quase tudo e estoca com mais força, me esticando com a crueldade que tanto amo e preciso. Eu berro alto e ele não para. Me castiga, me comendo esfomeado. As coxas vestidas me escarrancham por cima do meu quadril e me penetra com mais força, mais fundo. Sua mão vem para a minha boca e a tapa, obrigando-me a tomá-lo em silêncio. Meu clitóris é esmagado no couro, deslizando com as estocadas bruscas. Respiro pelo nariz, minhas entranhas sendo tomadas por novas ondas de calor perversas. Eu tento gritar, respirando com dificuldade, meu orgasmo querendo vir. Ele tira a mão da minha boca e arquejo em busca de ar, minhas tranças são puxadas com uma rédea, uma mão grande apertando minha cintura, enquanto me come com tanta força que tenho medo de ficar sem conseguir andar amanhã. Isso é rapidamente jogado para segundo plano quando o orgasmo vem furioso e denso, labaredas de prazer absoluto lavando minhas paredes. Grito, gemo, choramingo, digo que o amo. And xinga um palavrão e em seguida se desfaz em mim. Os jatos de esperma inundam minha vulva dolorida.

Gozamos os dois, nossos corpos espiralando juntos. Ele me puxa para trás, enrolando os braços em minha cintura pela frente e morde meu ombro. Prendo a respiração, palpitando à sua volta, recebendo seu sêmen bem fundo. Seu coração bate forte contra minhas costas e seus gemidos guturais me deixam enlevada por dar tanto prazer ao meu homem sombrio. Suas mãos enchem em meus seios e os amassa gostoso. Os sons que que rompem da minha garganta baixinho, são quase um ronronar ao sentir seus beijos reverentes em minha pele, as estocadas diminuindo o ritmo.

— Gostosa... *Perfetta...* — range em meu ouvido e se retira devagar, me empurrando de bruços sobre o móvel novamente. Estou completamente sem forças agora. Minhas pálpebras caem atrás da venda. Ele se afasta e fico esparramada, gemendo baixinho. Em instantes está de volta. Suspiro com um pano úmido e morno pousando suavemente em minha carne dolorida.

— *Grazie, mio proprietario* — balbucio em italiano e ele geme em apreciação.

— Vire de costas, branquinha. — Seu tom é novamente muito suave e sei que ainda tem planos malvados para mim. Termina de me limpar e me ajuda virando-me contra o couro macio. Se afasta outra vez e quando volta, pega minha cabeça, levantando um pouco. — Beba um pouco, meu bichinho, afinal essa é sua noite de núpcias — seu tom é indulgente, debochado e me seguro para não bufar. Ele já mostrou que não terá problemas em ser duro comigo hoje. Abro a boca na borda do que parece ser uma taça e tomo o líquido borbulhante. Champanhe. Ouço-o tomando também. Me deixa um instante e meu corpo fica em alerta com o cheiro forte de velas. Engulo em seco desconfiando de que fará *wax play*. Começo a respirar rápido, é involuntário. Essa prática dói pra caralho.

— Surpresa, meu bichinho adestrado — o sádico escroto murmura e quero dar um tapa nele. Rindo baixinho, como se soubesse o que estou pensando, ele começa a tirar minhas sandálias, passando a massagear meus pés. Eu ronrono. Suas mãos firmes e deliciosas sobem pelas minhas pernas, massageando gostoso. — Abra as pernas, bebezinha — ordena e o faço, arfando quando o sinto abrindo meus lábios vaginais e enfiando dois dedos até o fundo. Fecho meus punhos, tentando refrear a vontade de estender as mãos e tocá-lo.

— Me deixe tocá-lo, meu amo, por favor — imploro.

— Você não tem direito algum em meu calabouço, cadela. — Sua voz soa dura, mas a massagem em minhas paredes é suave. Gemo entre frustrada e excitada.

— Então, me deixe ao menos vê-lo, meu dono — ouso insistir. Ele não responde e fico suspensa por alguns instantes. Falto pular da posição quando arreganha meu clitóris e passa algo que me faz arrepiar inteira. A faca. Meu núcleo pulsa descontroladamente. Meu coração dispara, meu corpo enlouquecendo pela necessidade sombria de tê-lo usando-a em mim. Roça o metal em meu clitóris de novo e desce, abrindo meus lábios vaginais. Está passando o lado sem corte e embora seja inquietante estar vendada e à sua mercê com um objeto cortante, meu centro lateja, ansiando pelo prazer obscuro que só o meu marido dominador sabe dar. Prendo a respiração ao sentir a lâmina ir para o meu monte, a ponta riscando minha carne. Arde um pouco, mas ele não para de me comer com os dedos, esfregando meu ponto G de forma perversa. Deus, estou me encaminhando para outro orgasmo, sua escuridão sempre me arrebata.

— Vai ver seu dono na hora certa. Paciência, bebezinha — diz com voz engrossada e, em seguida, o objeto se vai. Suas mãos sobem pela minha barriga e começa a amassar meus seios. Aperta meus montes, torcendo os mamilos. Dá tapas na carne e solto um ganido ao sentir a boca morna e gostosa engolindo meu mamilo direito. Arqueio-me, oferecendo-me descarada. Ele range e mama com força, sacudindo o bico com a língua, mordendo depois. Dispensa o mesmo tratamento ao outro seio. Estou absurdamente excitada, mas o ataque sensual cessa. O cheiro forte de velas flutua em minhas narinas de novo e quase corro com o primeiro pingo de cera caindo sobre meu seio esquerdo.

Sibilo, meus dentes trincando. And não se faz de rogado, pingando no outro seio. A mão livre torna a cavar em minha boceta e empurra dois dedos de volta. Profundo, duro. Eu gemo de boca aberta, meu cérebro trabalhando para transformar a dor em prazer. And me come gostosamente, esfregando meu clitóris com o polegar e vai pingando mais cera, rodeando meus montes, cobrindo-os. A dor não vai embora, todavia, seus dedos indo e vindo em minha vulva, esfregando minhas paredes, me fazem choramingar em completa entrega. Sua risada soa alta e indolente, sabendo que me corrompeu além da reparação. Ele desce e cobre minha barriga inteira de cera, indo em frente e pingando em toda a minha pelve. O gozo novamente está vibrando em meu baixo ventre, querendo vir de todo jeito.

O sádico para antes que eu goze e se vai. Sinto o móvel se movimentando, como se ficasse suspenso. Em seguida, suas mãos firmes levantam minhas pernas, abrindo-as, amplamente esticadas. Ofego quando uma algema prende meu tornozelo direito, em instantes o outro. Fico arreganhada ao limite e sei que está olhando minhas partes íntimas pelo seu gemido rouco. Puxa o dildo da minha bunda e arfo.

— *Meravigliosa...* — sussurra, as mãos correndo pelo interior de minhas coxas. Acaricia meu corpo inteiro antes de subir para o meu rosto, puxando a venda devagar. Pisco, meus olhos se ajustando ao recinto e minha respiração trava ao vê-lo. O rosto perfeito está bem perto. Os olhos verdes-musgo quentes e cheios de amor, dentro dos meus. — Será que um dia vou me acostumar com tanta beleza, minha esposa? — sua declaração reverente faz meus olhos turvarem, meu peito comprimindo de tanto amor por esse belo homem.

— Ah, And... — murmuro embargada. — *Mio amato e perfetto marito.* — Ele geme satisfeito e abaixa a cabeça e os lábios sensuais roçando nos meus, sugando calidamente. Arfo, querendo abraçá-lo, mas não tenho a sua permissão ainda. Isso é recompensado com sua língua mergulhando em minha boca. Recebo-a com avidez, lambendo, chupando-a. And aprofunda o beijo, sugando, mordendo a minha língua e lábios juntos. Nos devoramos mutuamente, gemendo em deleite.

Meu sexo pulsa ao sentir a cabeça grossa empurrando em minha vulva novamente. Ele enfia bem devagar agora, a posição me deixando a sua mercê para meter o quão profundo quiser, e ele enfia até o punho. Gemo arrebatada pelo belo exemplar masculino que é meu marido. Meu olhar corre por todo o corpo grande e firme. Os braços, ombros e peitoral amplo. O abdome bem definido. Quando foco no seu rosto percebo que está olhando de lado e arfo encontrando uma parede espelhada. E novamente meus olhos se enchem de lágrimas ao ver todo o recinto pela primeira vez na noite. Há pétalas de rosas jogadas por todo o piso e velas coloridas espalhadas estrategicamente pelo chão. Mesmo me dando o dominador sombrio, ele ainda conseguiu dar à nossa nada convencional noite de núpcias, um toque de romantismo. Seu gemido me faz observá-lo através do espelho. Meu coração expande com sua beleza morena enquanto estoca com força em mim. A visão do eixo longo e grosso saindo e entrando todo em minha vulva me deixa insana de luxúria.

— *La perfezione, mio proprietario* — murmuro perdida em nosso mundo de prazer perverso e ele se retira de mim, descendo a ponta macia e grossa para o meu traseiro. Leva as mãos para a minha cintura e me segura apertado enquanto vai empurrando em meu ânus. Mesmo tendo sido esticado um pouco pelo dildo, dói e arde porque And é muito maior e mais grosso. Ele rasga o meu esfíncter, metendo tudo, até o fundo e eu berro, convulsionando inteira pelo prazer doloroso e sujo. Amo ser dele dessa maneira.

— Ahh, And... — lamento. Ele sorri, seu polegar começando a massagear meu clitóris. Minha boca escancara, respirando rápido. Tremores lascivos me tomam e meu marido perverso ri mais, começando a me comer com golpes lentos e gostosos. — Meu dono... Sim, come a minha bunda — o instigo, além da luxúria. — Mete tudo, vem, me machuque! — Ele rosna, deitando em cima de mim, passando a chupar e mordiscar meu seio direito, apenas o mamilo limpo da cera vermelha. Seu pau grosso se enterra profundamente e gemo alto, recebendo-o todo, minhas coxas inertes, arreganhadas, enquanto sou usada por ele. Segura meu pescoço pela frente e bate em mim, com força, até o fundo. Eu berro, estremecendo inteira e ele não tem pena, me comendo com voracidade. Segura meu ombro com a mão livre e me fode, o tempo todo me fitando com seus belos olhos intensos e sombriamente apaixonados, seu rosto abaixando para perto do meu. Me come, gruindo rouco, socando tudo, a mão apertando meu pescoço, me subjugando.

Sibila, mexendo em algum lugar no cavalete e o móvel inclina levemente, me fazendo escorregar direto para ser empalada em seu pau. And aprecia a posição, metendo sem pena, mais duro. Eu grito, mantendo-me imóvel, recebendo-o todo. Seus olhos são possessivos sobre mim, bem próximos, sua boca ofegando diretamente na minha.

— Maya... Meu lindo bebê — sussurra enrouquecido e segura meu rosto dos lados, a boca faminta se apossando da minha num beijo apaixonado e reverente.

Choramingo de prazer e o recebo, deixando-o chupar minha língua. Nos lambemos, sugamos, devoramos num beijo ardente, sôfrego. Não consigo aguentar mais e o abraço pelos ombros largos, gemendo pela sensação perfeita de me colar ainda mais a meu homem. Sua pele quente e gostosa deslizando na minha. Ele me come cada vez mais fundo, minha bunda ardendo pela sua posse brutal. Quando estamos chegando perto do gozo, separa nossas bocas e o vejo pegar a faca novamente. Continua estocando, devagar agora e é com pura necessidade sombria que o observo raspar a cera da minha barriga, subindo com gestos lentos para os seios.

— Corte a minha pele, meu dono — imploro e seus olhos levantam para os meus. A expressão escura que já conheço bem, se espalha por todo o lindo rosto, fazendo-me palpitar à sua volta: — Machuque-me. Use-me, sem pena, esse é o seu presente.

— Tire a coleira, cadela — ordena e o faço no mesmo instante, lhe entregando a peça. Ele a coloca sobre uma superfície atrás de si e rosna, se debruçando sobre mim de novo. Arfo, quando coloca a lâmina na minha garganta. Sei que não vai me ferir de outra forma que não seja sexual e isso me excita. Ele mete em mim com força, mantendo-me completamente submissa a seus desejos. Nossos olhares fixos um no outro, nossas sombras se fundindo de vez. — Porra, como pode ser tão perfeita, bebezinha? — geme guturalmente, me comendo mais e mais forte e profundo, a faca pressionando meu pescoço. Então, a lâmina desce para o seio direito, cortando a carne macia abaixo da aréola. Ensaio um grito, que se transforma em gemido com sua boca gostosa descendo sobre a ferida, sugando-a, a língua deslizando em pinceladas sensuais. Meus olhos reviram pelo prazer abissal e inenarrável.

— And... — choramingo, perdida em sensações.

— Corte-me também, meu amor. Vamos nos fundir completamente esta noite. — Sua voz grossa reverbera em meu corpo e eu pego a faca, levando-a para seu peito direito, fazendo um pequeno corte acima do mamilo. A pequena gota de sangue brota e mergulho a boca, sugando-a delicadamente como fez comigo, sacudindo a língua no local. Sentir o sabor do seu sangue é como experimentar uma droga poderosa. Sinto-me tão sua, como se fôssemos um só. Ele geme guturalmente e volta a estocar em meu canal já ardente. Sugamos o sangue um do outro na espécie de ritual sombrio e perfeito que é só nosso. And me fode, esfregando a pelve na minha, pegando meu clitóris a cada estocada, nossos olhares presos, seu pau esticando-me bem fundo e gostoso. O prazer obscuro me toma por completo.

— *Ti amo! Dio, ti amo così tanto, And* — murmuro em italiano, perdida de tanto amor, gozando com força, e ele urra animalesco, me acompanhando. Ondas impiedosas do orgasmo me arrebatam e soluço, chorando, meu coração explodindo de tanto prazer e felicidade. Sua boca exigente toma a minha de novo e me beija duro. Me agarra pelos ombros, me apertando com força enquanto goza em mim. Me agarro a ele também, querendo ficar assim pelo resto de nossas vidas. Quando os últimos espasmos se vão, nossas bocas se negam a se deixar, apaixonadas, reverentes, arquejantes. Depois de algum tempo, ele para o beijo e respiramos entrecortado. Eu abro os olhos, encontrando os verdes-musgo já me fitando com intensidade. Toca meu rosto, o toque tão suave, amoroso, que me aquece por inteiro.

— O ar que respiro, meu bebê — sussurra e meus olhos tornam a marejar pela milésima vez hoje. — *Tutto per me.*

Me dá mais um selinho e sai com cuidado do meu traseiro. Em seguida libera meus tornozelos e os massageia deliciosamente. Me levanta nos braços e me carrega para o fundo do salão, entrando num banheiro luxuoso. Meu coração aquece ao ver a banheira de espumas cheia de pétalas de rosas vermelhas. Um balde com champanhe ao gelo sobre a borda. And entra comigo ainda no colo e se abaixa, sentando-se e recostando à borda. Suspiro, meu corpo castigado dá as boas-vindas à água morna quando afundamos, ficando apenas nossos ombros de fora. Eu me encolho em seu colo e ele ri baixinho, sabendo que vou precisar de um tempinho para me recuperar. Apoio a cabeça em seu ombro e fecho os olhos, sentindo suas mãos acariciarem minhas costas vagarosamente. Levanto o rosto para olhá-lo e ele abaixa o seu.

— Você é meu mesmo? Estou sonhando? — murmuro e um sorriso lindo curva sua boca sensual, seus belos olhos cintilando, intensos.

— Completamente seu, minha linda e deliciosa esposa — sussurra, roçando a boca na minha.

Meus olhos marejam, a emoção e importância desse dia voltando a me engolfar depois que a névoa sexual passou. Levanto a mão, tocando seu rosto perfeito, seu cabelo desalinhado da nossa atividade intensa.

— Eu vou te amar para sempre — declaro emocionada.

Seus olhos brilham muito.

— E eu a você, bebezinha — devolve com voz engrossada, a mão deslizando pelo meu rosto. Seus lábios macios descem nos meus num beijo possessivo e apaixonado.

CAPÍTULO DEZESSEIS

O destino baralha as cartas e nós jogamos.
(Arthur Schopenhauer)

Andreas

Vinte dias depois... Ilhas Maldivas.

Arfamos, nossas bocas se devorando enquanto gozamos gostoso dentro da parte rasa da piscina. Aperto a minha branquinha nos braços, tão apaixonado que meu peito comprime pelo sentimento poderoso que abriga por essa menina que se tornou a minha mulher. Estou embevecido de amor desde o momento em que a vi na caminhada nupcial, para se dar a mim pelo resto de nossas vidas. Foi a emoção mais bonita e arrebatadora que já senti na vida e disse isso a ela. Daquele momento em diante nos tornamos um só. Nos completamos, nos amamos. Eu morro por ela e ela por mim, tenho plena certeza disso.

— Ah, Deus, você vai me matar de tanto foder — Maya choraminga, suas mãos delicadas correndo pelos meus ombros, não parando de me beijar.

— Você sempre pode recusar, branquinha — eu zombo, mordiscando seus lábios inchados da minha fome. Abro os olhos já encontrando os seus de camaleoa me fitando com paixão, amor, uma suavidade que amo ver em seu rostinho de anjo.

— Até parece que vou recusar meu amado e delicioso lorde — sussurra com um brilho safado nas íris verdes. Me retiro dela devagar, mas suas pernas continuam enroladas em minha cintura.

Eu rio, feliz como nunca estive em trinta e cinco anos. Giro com ela nos braços, a água espirrando em ondas suaves. Dá uma risadinha igualmente feliz. Beijo-a de novo antes de mergulhar para o fundo. Ficamos submersos e nos devorando até que não conseguimos mais respirar e nos impulsiono de volta à superfície. Maya tosse levemente. Eu rio e ando com ela agarrada em mim através da enorme piscina do nosso bangalô. A borda oposta dá direto no Oceano Índico, de águas turquesas em algumas partes e transparentes em outras. O sol está se pondo em nosso último dia aqui na ilha. Reservei todos os bangalôs, num raio de trinta quilômetros, para ter privacidade com a minha mulher. Se fôssemos um casal convencional, poderíamos ir para qualquer destino e curtir despreocupados. Todavia, não somos. Não somos os mocinhos desta história, não se iludam. Somos bandidos, isso nunca irá mudar.

Assim, é preciso ter planejamento e cautela sempre que um de nós precisa viajar. Nosso primeiro destino de lua de mel foi a nossa ilha em Ubatuba. Quis criar novas memórias para ela, visto que foi lá que tudo desandou a segunda vez. Passamos dois dias na ilha e dois no iate. Em todas as noites dormimos sob o céu estrelado, só que dessa vez eu lhe declarei meu amor também. Maya amou a surpresa. No quinto dia pegamos o jato vindo direto para cá e estamos aqui, isolados do mundo, desde então. Gostaria de dizer que conseguimos nos desligar completamente do trabalho, mas seria mentira. Tiramos uma hora todo dia para discutir os principais casos, bem como ligar para casa e nos inteirarmos das coisas. Alvinho ficou em meu lugar tanto no escritório como na organização. Ele está decidindo tudo que não seja grave e exija a minha atenção.

Em nossa conversa ontem, meu irmãozinho contou que o velho Claudio Ramazotti o contatou, insistindo que tem um dossiê que nos interessa. O carcamano está blefando. Sei disso. É muito esperto e desesperado porque sua maldita família está reduzindo drasticamente desde o estupro e morte de Bea. E vai zerar, no que depender de mim. Vou tê-los todos mortos, em breve. Porém, primeiro preciso descobrir quem é o infeliz que estava com a vadia Ramazotti. Ninguém brinca comigo e minha família e sai vivo. Subo os degraus, pisando fora da piscina e ando direto para a ducha no canto do pátio. Maya escorrega para o chão e nos banhamos ao ar livre mesmo. Nus e despreocupados. Lavo seu cabelo e esfrego seu corpo com sabonete. Ela faz o mesmo comigo. Já está escurecendo quando entramos no bangalô.

Eu visto uma calça de pijama preta e ela apenas uma camiseta minha. Ontem cozinhou para mim e hoje é a minha vez. Optamos por preparar nossas refeições três dias na semana, para fortalecer o nosso vínculo de casal. Tivemos alguns momentos assim na cobertura e nos poucos dias em que foi morar comigo depois que fizemos as pazes. Todavia, agora tudo tem novo significado. Somos oficialmente marido e mulher. Porra, eu quero suspirar como uma mocinha toda vez que isso me bate, a minha branquinha linda é a minha esposa. Penteio o meu cabelo e me recosto ao batente da porta, observando-a secar sua longa cortina loira.

— Quer ajuda? — murmuro e ela me oferece um sorriso luminoso. Eu gosto de ajudá-la com tudo que envolve seu magnífico cabelo. Sou obcecado na cor, no cheiro, na maciez.

— Você está me mimando demais, amor — sussurra com os belos olhos azuis mudando para o verde.

Me aproximo, pegando o secador e uma mecha macia.

— Eu vou mimar você todos os dias — garanto, depositando um beijo no topo da sua cabeça. — Para a minha mulher sempre serei maleável. Todas as exceções para você, Maya. — Ela arfa baixinho. — Sempre, branquinha.

— E eu farei o mesmo por você, meu amor — declara, seu rostinho cintilante. — Promete que sempre será assim, And? Prometa-me nunca esconder suas emoções de mim. — Franze o nariz ligeiramente. — Sei que é o chefe da organização e da *famiglia*, mas quando estivermos a sós, eu quero ver apenas o meu marido, o homem que amo mais que tudo nesse mundo e sei que me ama de volta.

Meu peito aquece inteiro com suas palavras bonitas e sorrio para a sua perspicácia. Ela sabe que tenho uma imagem fria e, por vezes, cruel, a zelar.

— Prometo — murmuro. — Sempre serei de verdade para você, amor. — Me inclino, aproximando minha boca da sua. — Sempre mostrarei como me faz feliz, como meu coração bate apenas por você.

— *Ti amo* — ela sussurra com voz doce e amolecida.

— *Ti amo* — murmuro de volta e lhe dou vários selinhos antes de começar a secar a cascata dourada.

Cerca de quarenta minutos depois, termino o peixe grelhado ao molho de maracujá. Para acompanhamento fiz arroz branco. Maya insistiu em fazer uma de suas saladas bem sortidas e gostosas e jantamos na varanda, a brisa marítima soprando em nós. Sentamos bem perto, dando comida na boca um do outro. Tomamos uma garrafa de vinho acomodados numa das espreguiçadeiras do terraço. Ela entre minhas pernas e meu braço enrolado em sua cintura. Meu nariz abaixando de vez em quando e cheirando seu cabelo sedoso. Estou ainda mais louco, apaixonado pela minha menina. Preciso desse contato próximo como preciso do ar para respirar. Correção: ela é o meu ar. Conversamos sobre nossos amigos Niko e Yuliya, que tiveram seu bebê há quatro dias. Mãe e filha estão bem, Niko avisou hoje pela manhã quando liguei dizendo que estaríamos saindo daqui amanhã à noite com destino a Moscou.

— Quantos filhos você quer? — A voz de Maya é suave, seu rosto virando para me encarar de perto.

— Quantos você quiser me dar — respondo, minha mão espalmando sua barriga plana. — Eu vou ficar muito possessivo com a minha menina carregando meus filhos aqui dentro. — Mordisco seu queixo de leve.

Ela abre um sorriso lindo.

— Vou ficar igualmente possessiva por ter o homem mais bonito que já vi na vida sendo o pai dos meus filhos — murmura. Ela me desmancha todo quando diz essas merdas patéticas e românticas. Porra, tão linda.

— Eu acho que devemos retomar o treinamento nesse exato momento, amor. Para ficarmos afinados, você sabe — proponho com um sorriso perverso.

— Praticar é tudo que temos feito por vinte dias inteiros, seu safado — aponta, dando uma risadinha linda, seus olhos cintilando. — Mas não posso negar que amo todo o processo, meu dono.

Eu levanto com ela nos braços e volto para dentro, direto para a suíte. Nos amamos sem pressa, nos despedindo das duas semanas mágicas que passamos por aqui. Tivemos sessão pesada há quatro noites, suas costas e bunda estão marcadas pelo meu chicote ainda. Estou fazendo baunilha para equilibrar e dar tempo de recuperação para a minha branquinha.

Observo o bebê nos braços de Niko, que ostenta o sorriso mais luminoso que já vi em sua cara. Olho o pequeno pacote, apenas o rostinho do lado de fora. Embora seja cedo para dizer com quem se parece, pelo tom rosado da pele, os genes de Yuliya prevaleceram.

— Veja um de seus padrinhos, meu floquinho de neve — Niko murmura, surpreendendo-me pra caralho. Encaro meu amigo de longa data. Ele não havia me falado sobre eu ser padrinho de sua filha.

— Pensei que um de seus irmãos seria o padrinho — comento, entre surpreso e honrado. Para mim e minha família, ser padrinho de uma criança nos dá responsabilidades para com ela para a vida toda.

— Eles também serão — revela e franzo as sobrancelhas. Ele rola os olhos. — Sim, todos, porque estavam disputando como idiotas. Tive que acalmá-los — me sonda detidamente. — Então, você aceita ser padrinho da minha Yelena?

— Você me honra, amigo. É claro que aceito — respondo, estendendo a mão, tocando a penugem loira da cabecinha da bebê. — Oi, Yelena. Aqui é seu padrinho, pequena. De hoje até o fim dos meus dias, você contará com o meu amor e proteção, saiba disso — murmuro e ouço um suspiro suave do meu lado.

— Posso pegá-la, Niko? — Maya pergunta, seus olhos verdes, seu semblante nitidamente amolecido pela visão do bebê. Niko entrega o pequeno pacote com cuidado e, porra, é a minha vez de suspirar. Ela fica linda segurando a neném.

— Ah, Deus, ela é tão linda, amiga — exclama, olhando para Yuliya. O carinho entre as duas é visível desde o primeiro encontro há quase três meses.

— Obrigada, amiga. — A voz emocionada de Yuliya vem da enorme cama dossel, onde está descansando, recostada contra os travesseiros. Acabou de amamentar a filha. — Eu escolhi você para madrinha, Maya. Você aceita?

Maya ofega, olhando incrédula para a garota sorridente na cama.

— Yuliya, você... — Sorri, meneando a cabeça e abaixa o olhar para a pequena em seus braços. Seus belos olhos se enchem de lágrimas. Ela é durona, mas tão sensível às vezes. Esse traço da sua personalidade sempre me fascinou. — Sim, claro que aceito, amiga — murmura sem desviar a atenção de Yelena. Se inclina beijando ternamente a cabecinha loira de nossa afilhada. Eu gosto de ter mais esse vínculo com ela. — Ei, meu amor, sou a sua madrinha e estarei sempre aqui para você, eu prometo.

Yuliya se remexe, procurando uma posição melhor e geme baixinho. No mesmo instante, Niko está do lado da cama, ajeitando um travesseiro, que por sinal, não precisava de ajuste.

— Está sentindo dor, floco de neve? Eu vou pegar os remédios. — Seu tom é cheio de amor e preocupação.

— Amor, eu praticamente acabei de dar à luz, vou ficar dolorida por mais alguns dias. — A garota ri, estendendo a mão para o rosto do marido. Seus olhos azuis pálidos amolecem completamente, denunciando seu amor. — Mas estou bem, fique tranquilo — assegura.

Niko se debruça e dá um beijo na boca da esposa. Eles sussurram coisas inaudíveis para nós, mas tenho certeza de que são declarações de amor, pela emoção que seus rostos denotam.

Nós passamos o dia inteiro com nossos amigos. À noite os Demidov invadiram o palacete de Niko para o jantar de celebração à chegada de Yelena. Após o jantar, segui com Maya para um dos cassinos da família, que providencialmente, é conjugado com o clube BDSM que tivemos quando a trouxe para visitar a cidade a primeira vez. Quero outra sessão no mesmo calabouço onde pensei que estava me despedindo dela. Agora tudo é diferente. É a minha esposa, meu amor. Vou degradá-la como o predador que sou, contudo, mesmo quando a estou submetendo, machucando-a, o amor está borbulhando dentro de mim. É o sentimento mais intenso, louco, possessivo que já senti na vida.

Observo-a através da parede espelhada do elevador enquanto subimos para o salão vip, localizado numa enorme cobertura. Jairo e Gualberto estão subindo em outro para nos dar privacidade. Eles, e mais quinze seguranças, fazem parte da equipe que nos acompanha em nossa lua de mel. Não vou dar mancada enquanto meu inimigo não mostra a cara. Sobretudo, porque no último ataque, queriam levar Maya. Usaram balas de festim na primeira tentativa e isso ainda está me intrigando. Parece que estão tentando nos confundir. Os idiotas que foram interrogados morreram antes de recebermos a remessa de soro da verdade. Abano a cabeça expulsando os problemas para longe e me permito apreciar a minha menina-mulher. Está linda, deliciosa demais num vestido de seda vermelho berrante. É longo, sem mangas, justo, delineando o corpo escultural, com uma abertura sobre a perna direita, muito grande para o meu gosto, todavia, deixando meu ciúme possessivo de lado, aprecio vê-la tão linda e sexy, sabendo que é toda minha. Só minha, pelo resto de nossas vidas.

Seu longo e magnífico cabelo está solto, jogado para o lado direito. A pequena tiara de brilhantes e rubis em sua cabeça, a torna altiva, uma perfeição etérea que sempre me deixa embasbacado. O que lhe disse em nossa noite de núpcias era a mais pura verdade, eu não sei se algum dia irei me acostumar com tanta beleza. Estou tão perdido e enfeitiçado de amor por essa menina. Ninguém diria olhando a imagem e beleza delicada, que a minha branquinha ama ser submetida e judiada em nosso sexo obsceno e sombrio. Um sorriso arrogante curva a minha boca. Eu tenho tanta sorte.

— Amor, tem certeza de que é mesmo seguro? — pergunta me tirando do devaneio apaixonado. Há uma sombra apreensiva nos belos olhos maquiados com lápis preto e sombra marrom-escuro sobre as pálpebras.

— Sim. Ninguém sabe que estamos na cidade, e além disso, nossa equipe ficará próxima o tempo todo — asseguro com confiança arrogante, pegando sua cintura, virando-a de frente para mim e me inclinando para dar um beijo suave em sua boca pintada com batom no mesmo tom do vestido. — Estou louco para desfilar a minha linda esposa publicamente. Fazer todos se roerem de inveja. Não me tire esse prazer, bebezinha.

Ela sorri, a excitação voltando em seus olhos. Levanta a mão para o meu rosto. Minha visão pousa na tatuagem em seu antebraço direito. Uma naja sinuosa e a metade de um coração vermelho logo acima da cabeça da cobra. Tenho uma igual, só que no esquerdo. Levanto-o e minha menina suspira quando junto as metades do coração formando um só.

— Eu amo nossa tatoo. — murmura reverente. — Estou um pouco nervosa porque essa é a primeira vez que estarei num local público como sua esposa — confessa. — Você não tem ideia de como amo ser sua mulher, And.

Amoleço completamente. Eu sei. Ela sonhou com isso por muito tempo enquanto era relegada ao papel de segredinho sujo em minha vida. Mas agora é a oficial. Para sempre a única.

— Eu sei, meu bebê. — Levanto seu queixo, fitando-a com o amor imenso e louco que sinto por ela. — Essa é apenas a primeira de muitas. Você sempre estará comigo de agora em diante, Maya. — Meu tom abaixa, em completa reverência. — Só você, meu amor. Sempre você, a única que possui tudo de mim.

— Amor da minha vida... — murmura com olhos enternecidos.

Envolvo sua cintura com mais firmeza, minha boca se apossa da sua num beijo cálido e gostoso. Quando as portas se abrem, ainda estamos entretidos em nossa névoa apaixonada. Rimos e abrimos os olhos, a felicidade estampada em seu rosto é um reflexo da minha. Deixamos a caixa e pisamos no carpete do luxuoso salão. Jairo, Gualberto e os outros homens se aproximam imediatamente. Estão vestidos de smokings pretos, para passar despercebidos como clientes. Eu uso um branco porque minha branquinha adora me ver nessa cor. Entrelaço nossos braços e a conduzo pelo recinto. Está bem movimentado com os filhos da puta mais ricos do leste europeu. Vejo caras conhecidas aqui e ali. Parceiros, clientes antigos, e clientes novos como Malik Al-Nassir, o príncipe árabe com quem estou formando uma parceria promissora. O cara pediu três carregamentos especiais no começo do mês, pagando o dobro do que geralmente cobro, e claro, não reclamei. Ele quer tomar o poder no emirado vizinho, com o qual está em tensão mortal desde que seu pedido de casamento para a princesa e filha do Emir, foi recusado.

Acredito que Malik quer tomar muito mais do que o poder naquele país. Penso ironicamente. Se há uma coisa que deixa um homem insano é quando tem mulher na parada. Cumprimento-o com um leve aceno de cabeça e sigo ostentando a minha linda esposa pelo salão até alcançarmos a primeira roleta. Nenhum jogador em volta porque reservei apenas para ela. Quero que se divirta em nossa primeira noite fora como um casal. Um de meus homens surge do nosso lado carregando uma bandeja com uma garrafa de Bourbon lacrada e champanhe dentro de um pequeno balde. Meu protocolo para lugares públicos está ainda mais rígido e não vamos ingerir bebidas transitando pelo salão, em copos e taças que podem ser adulterados. Jairo abre a garrafa e despeja uma dose generosa do Bourbon para mim. Impeço-o de servir outro copo, quero compartilhar esse com Maya. Minha menina aprova quando o aproximo de sua boca deliciosa. Ela toma um pequeno gole, os olhos lindos presos aos meus. Bebo o meu e, em seguida, apoio o copo na bandeja sobre a borda da roleta.

— Vem jogar, branquinha. Quero que se divirta nessa noite. — Enrolo sua cintura e me coloco atrás dela, minha virilha prensando sua bunda linda e gostosa.

— Eu me diverti em todas as outras noites também — murmura, com um misto de malícia e ternura em seu rostinho de anjo, olhando-me por cima do ombro. — Em cada hora, minuto, segundo que passo ao seu lado, *mio bello marito.*

— Amo ouvir essas merdas sentimentais, bebezinha — resmungo e ela rola os olhos. Dou uma risada da sua carranca linda e abaixo a boca, depositando um beijo suave em seu ombro nu. — Vamos, amor, eu quero ver como anda a sua sorte.

Ela ri, excitação tomando seu semblante e vira para o crupiê, que abre um sorriso receptivo. Maya inicia apostando dez mil dólares no preto. Sopra os dados e os joga. Fico torcendo para ela ganhar, mas a porra da roleta para no vermelho.

— Ah... — Ela emite um som desapontado. Vira o rosto para me encarar. — Parece que o ditado popular faz sentido, afinal. — Um sorriso sensual e provocante se espalha em sua boca carnuda e sussurra: — Azar no jogo, sorte no amor.

Eu ranjo, segurando sua cinturinha com mais possessividade, colando suas costas em meu peito e aproximo minha boca do seu ouvido.

— Eu vou rasgar a sua bocetinha gostosa e apertada daqui a pouco, de tão forte que vou te comer — ameaço perversamente. Ela geme baixinho, estremecendo inteira contra mim. — Ainda acha que tem sorte?

— Muita sorte, meu lorde — geme, esfregando a bunda em minha virilha com sutileza. Meu pau começa a acordar, louco para começar nossa diversão sombria no calabouço. — Estou contando os minutos para ter as marcas do meu dono renovadas em minha pele.

— Minha cadela deliciosa... — murmuro em seu ouvido e rio malvado quando ela morde o lábio para conter o novo gemido diante do crupiê e nossos seguranças.

Ela joga mais algumas rodadas e ganha duas. Bebemos a dose do uísque e passamos para o champanhe. Jogamos sinuca, onde aproveitei para assediá-la ainda mais, ensinando-a a acertar as bolas. Ficamos num jogo gostoso de provocação até que nosso tesão exigiu que fôssemos para o calabouço. Eu a usei e degradei por duas horas seguidas e quando enfim a levei para a banheira, ficamos lá de molho, namorando por mais algum tempo. Deixamos todas as preocupações longe da mente, focando apenas na nossa felicidade por estarmos iniciando oficialmente nossa vida juntos, como estávamos destinados.

Maya

Duas semanas depois... São Paulo, Brasil

Eu olho para o juiz, tentando manter minha pose de advogada fodona, mas minha vontade é pular e gritar, tamanha a euforia me invadindo. Eu venci! O júri votou na condenação de Donizete Magalhães por ter chutado, repetidamente, as costas de sua ex-mulher, causando uma lesão em sua coluna que dificilmente será revertida. Ceila ainda não tem prognósticos animadores por parte dos médicos. Olho para o meu lado e encontro meu marido sorrindo para mim. Meu marido, meu parceiro da vida, dos negócios, o responsável pelas batidas do meu coração. Os olhos verdes-musgo estão quentes, intensos, preenchidos com orgulho e posse. Os meus ardem de alegria, júbilo, por vencer o meu primeiro caso como advogada principal, e, claro, amor sem medidas pelo homem que me orientou e guiou em cada etapa do processo.

— Parabéns, doutora! — exclama se aproximando, mas não tanto, para mantermos o decoro no tribunal. — Você venceu, meu amor — acrescenta apenas para meus ouvidos.

— *Nós* vencemos, meu amor — sussurro, me contendo para não pular em seus braços. — Obrigada por me guiar ao longo do caminho.

Seus olhos cintilam, ficando mais intensos, correndo por todo o meu rosto e sei que está se contendo também para não me tocar.

— Você foi a minha melhor aquisição na década, branquinha. Orientá-la é a tarefa mais fácil que já executei — declara e rolo os olhos, rindo em seguida.

— Aquisição? Não sou uma coisa, doutor Andreas Montanaro. Faça o favor de elaborar melhor — aponto e ele ri, sexy, perverso, lindo demais em sua pose de advogado sério. Nós simplesmente aniquilamos o jogadorzinho metido a celebridade. O covarde irá pegar oito anos de prisão. Para mim foi pouco pelos danos físicos e emocionais que causou na ex-mulher. Porém, será um castigo grande para o infeliz ficar fora da copa do mundo. Quando sair já estará velho e dificilmente terá a expressão e mídia que tem agora.

— Vem, doutora. Quero parabenizar minha mulher adequadamente e essa gente toda está me irritando — intima, pegando sua pasta. Eu coloco os papéis dentro da minha e seguro sua mão. Isso pode. Atravessamos a sala de audiência, recebendo cumprimentos aqui e ali.

Passamos para o corredor e seguimos de mãos entrelaçadas. Não perco os olhares de admiração que recebemos por onde passamos. Nossos seguranças nos seguem de perto. Descemos a escadaria frontal do fórum e And abre a porta traseira da limusine. Me acomodo e ele senta do meu lado.

— Parabéns, senhora! — Jairo ecoa atrás da direção.

— Obrigada, Jairo — respondo encabulada e um tanto boba. Eu ganhei meu primeiro caso! E um de peso.

— Parabéns, senhora! — Gualberto também parabeniza.

Agradeço igualmente e, então, vejo a divisória subindo. Olho de lado para meu marido que está me encarando possessivo e predador. O carro começa a se movimentar devagar pela avenida. São pouco mais das quatro da tarde, o sol claro, o trânsito intenso lá fora, mas sei o que ele quer. É o que quero também. Nós amamos foder em bancos traseiros, especialmente depois de passar por alguma adrenalina.

— Você está bem para foder, bebezinha? — pergunta com voz engrossada, fazendo meu centro palpitar e minha calcinha umedecer.

— Perfeitamente, meu lindo amo — murmuro. Vomitei hoje de manhã e depois do almoço. Acho que a tensão de enfrentar um tribunal como advogada principal pela primeira vez cobrou seu preço. And ficou preocupado, querendo chamar o nosso médico imediatamente, porém, acabou se acalmando quando lhe disse que era provável ser apenas o estresse da audiência.

— Tão bem treinada, não é? — zomba e molho mais, amando nosso jogo sujo e perverso. — Tire a calcinha e vem sentar no meu colo, meu bebê. — Sua ordem rouca, engrossada, causa tremores pelo meu corpo inteiro.

Rio, meu coração disparado de tesão, alegria e amor, amor imensurável pelo meu lindo marido. Levanto meu vestido comportado de linho azul-marinho e engancho os dedos nas laterais da calcinha, puxando-a bem devagar pelas coxas e panturrilhas.

— Me entregue — exige quando a tiro. Obedeço e ele a enfia no nariz, inalando profundamente, seus olhos queimando nos meus. Sem delongas, abre o zíper, puxando seu pau para fora e gemo, minha boceta molhando e latejando com ganância. — Vem, minha cadela. Vem dar prazer para o seu dono.

Eu choramingo e subo em seu colo, seus braços enrolam possessivamente em minha cintura e nossos rostos ficam bem próximos. Pego seu eixo morno e deliciosamente longo e grosso, esfregando-o em minhas dobras e clitóris.

— Eu dou tudo que meu dono quiser. Sempre.

Então, desço em seu grande volume, bem devagar. Gememos os dois, completamente perdidos em nossa paixão e fome um pelo outro.

— Ahh, Deus... — ele urra quando o levo inteiro, nossas pélvis se colando. Convulsiono pelo prazer dolorido e viciante e me penduro em seus ombros. Sua mão grande segura minha nuca e range bem perto da minha boca: — Todo o ar que respiro, porra. Você é tudo para mim, Maya. Tudo.

— E você controla as batidas do meu coração — declaro, arfando, puxando seus cabelos da nuca. Seus olhos fervem com minha declaração e seu braço enrola mais firme em minha cintura. — Eu morro se te perder um dia. Morro, And.

— Não! Você nunca irá me perder — garante, ferozmente. — Você terá os meus filhos. Viverei para amar e proteger vocês por cada dia da minha vida.

— *Tutto per me. Tutto, amore mio* — sussurro e então, começo a montá-lo com ganância...

Uma semana depois...

Eu torno a olhar a linha escura no teste de gravidez e lágrimas enchem meus olhos. Estou grávida. Oh, meu Deus! Estou grávida! Me encaro no espelho e sorrio, largo, meu coração saltando de tanta felicidade. And vai ficar tão feliz com essa notícia. Continuei sentindo o mal-estar todas as manhãs dessa semana e decidi comprar o teste hoje. Tenho apenas vinte e um, mas estou feliz por estar gerando o filho do homem que amo mais que tudo nesse mundo. Eu, apenas eu, serei a mãe de seus filhos. Meu coração parece que vai explodir no peito. Jogo o teste no cesto de lixo e olho minha barriga no espelho da pia. Ainda está reta, mas a toco mesmo assim.

— Ah, bebê, você será tão amado por mim e seu pai — murmuro, um novo tipo de amor invadindo-me por completo. Um puro, desinteressado, o amor materno. — Bem-vindo, meu amor.

— Maya... — A voz baixa e o misto de surpresa e alegria em seu tom me dão a certeza de que And ouviu a minha primeira conversa com o nosso bebê. Eu viro o rosto, encontrando-o em pé na porta do banheiro. Os olhos verdes-musgo passeiam pelo meu corpo nu e se detém em meu ventre onde minhas mãos ainda estão. Suas narinas fremem e a possessividade toma seu rosto moreno e perfeito. — Bebezinha... — Seu tom é tão reverente que traz mais lágrimas em meus olhos. Aceno, emocionada. Ele sorri, os olhos muito brilhantes, e encurta a distância entre nós. Suas mãos cobrem as minhas e eu soluço.

— Nosso primeiro filho está aqui, meu amor — murmuro embargada.

— Ah, porra, eu não sabia que era possível sentir tanta felicidade — expira, visivelmente emocionado. Suas mãos sobem e ele acaricia toda a minha barriga, seus belos olhos turvos de emoção. Eu amo que não se esconde mais, que me mostra tudo que está sentindo. — A minha menina linda vai me dar um filho.

— Sim, sim, amor — choro e ele me puxa pelos ombros. Eu o abraço pelo meio, meu rosto levantando para o seu. — Essa era a razão dos meus enjoos matinais. — Eu rio em meio às lágrimas. — Nosso menino ou menina está aqui dentro, And.

— Eu te amo demais, Maya Siena Montanaro. — Sua voz treme um pouco, seus olhos intensos nos meus. — Meu coração, corpo, alma, tudo é seu, espero que saiba disso.

— É exatamente assim que te amo, And. Espero que saiba disso também — declaro e gemo quando desce os lábios mornos nos meus.

— Eu sei, meu amor. Eu sei — murmura e, então, aprofunda o beijo. Gemo, me pendurando em seus ombros largos e nus. Nossas línguas entrelaçam e nos sugamos gostosamente. Um beijo apaixonado e reverente. Quando separa nossas bocas, ainda ficamos perto nos olhando, presos nesse encantamento só nosso. Sua mão sobe para o meu rosto e ele faz o contorno, seu olhar brilhando como se nunca tivesse visto nada mais interessante. — Meu lindo bebê.

Eu derreto sempre que me chama assim. É a expressão máxima do seu amor e carinho.

— Queria não ter esse jantar estúpido para irmos — resmunga. — Vamos dar o cano e ficar aqui, só nós doi..., três. — Seu sorriso é lindo ao corrigir. Eu rio bobamente também. Somos três agora.

— É o que quero também, amor. Mas não é um simples jantar. É o casamento de Federico e Siena — lembro-o e ele torna a resmungar. Rio, meneando a cabeça. Minha cisma com Federico foi embora. Depois que sua noiva chegou, nos encontramos várias vezes em jantares de negócios e percebi que o cara não estava dando em cima de mim como supus a princípio. Siena também é muito simpática, resumindo, a cisma se foi. Nós finalizamos a aquisição hostil do seu táxi aéreo há três dias e o homem está soltando fogos de tanta alegria.

— Está bem. Iremos, mas não vamos demorar muito porque quero mimar minha mulherzinha grávida. — Ele cede e me levanta pela bunda. Eu rio, enrolando as pernas em sua cintura enquanto nos leva para o closet.

Cerca de duas horas depois, nos encontramos rindo das piadas de Federico. A cerimônia foi linda na ampla sacada decorada. Eles convidaram poucas pessoas. Notei que o casal é reservado. And gostou disso também, chegamos a comentar uma vez. Para mim é sempre maravilhoso sair com o meu marido. Amo ver os olhares de admiração que recebemos. Amo saber que ele é só meu, e agora, amo estar carregando o seu filho em meu ventre. Genaro Valente compareceu também, dentre uma dúzia de convidados dos altos círculos sociais. Graças a Deus a vaca da Isabeli não veio. Soube que sua mãe está muito mal e sinto muito pela senhora. Realmente sinto, mas ela ainda será minha rata quando tudo terminar.

Observo And conversando com um casal na casa dos quarenta. É um senador e sua esposa. Certeza que estão pedindo apoio para as próximas eleições. Meu marido gosta de ajudar os políticos e, na hora certa, cobrar os favores. Suspiro, bebendo em sua beleza soberbamente morena. Sombria, imponente. Na sala, ele claramente é o macho alfa, o ar de autoridade que o envolve salta aos olhos. Está lindo num terno azul-marinho, camisa branca e gravata vermelho-vinho que comprei para ele na semana passada. Sua cabeça vira de lado e os olhos verdes-musgo encontram, sabendo pela nossa conexão inexplicável, que estou aqui babando nele. Um arremedo de sorriso arrogante curva sua boca sensual e isso mexe com meu corpo inteiro. *Eu te amo*. Declaro com meus olhos. Já os seus, sempre famintos percorrem meu corpo numa leitura lenta. Uso um vestido verde de alças e saia rodada um pouco acima dos joelhos. Sandálias gladiadora Saint Laurent. Meu cabelo preso num rabo de cavalo elegante.

— O amor de vocês é tão bonito. — A voz de Siena, agora esposa de Federico, me tira da hipnose que meu marido sempre me lança. Sorrio para And e volto a atenção para a garota à minha frente. É realmente muito bonita, faz um par harmonioso com nosso cliente. Está usando o vestido de noiva simples, mas elegante, com o qual acabou de se casar.

— Sim, andamos por caminhos tortuosos, mas no fim nos encontramos — digo me segurando para não suspirar a cada cinco segundos pelo bebê dentro da minha barriga. Amanhã farei um jantar especial para o meu amor e comemoraremos adequadamente. Precisamos rever as sessões pesadas durante a gestação também. Sei que And não vai se incomodar, temos feito muito baunilha e tem sido delicioso.

O jantar é servido e a conversa continua agradável. Eu tomo apenas água e And toma da garrafa de Bourbon que nosso cliente comprou especialmente para ele. Federico disse que está aproveitando para nos agradecer por ter lhe rendido milhões com a aquisição. Meu marido também baixou a guarda com nosso cliente. O fato de a noiva do homem ter aparecido logo, influenciou bastante. E agora com o casamento, And está aplacado. Rio internamente, gostando do lado possessivo e ciumento do meu dominador.

— Acredito que estamos nos encaminhando para uma boa e sólida amizade, Andreas, Maya — Federico diz, seu rosto ficando sério. Levanta seu copo num brinde pomposo. — Serão sempre bem-vindos na nossa casa, não é, *amore mio*? — Lança um olhar apaixonado para a esposa.

— Claro, *caríssimo* — a garota endossa e recebe o beijo do marido.

A sobremesa é servida e como sem qualquer culpa. And sorri baixinho do meu lado. Olho-o com cumplicidade. Não vamos falar sobre o bebê para ninguém fora do núcleo familiar próximo, ou seja, apenas Gio, Gian Lucca, Alvinho, Luigi e Guto saberão, por enquanto. And ainda está desconfiando de um rato entre nós, portanto, não é seguro revelar a gravidez.

Solto um bocejo e imediatamente levo a mão à boca, rindo da gafe.

— Amor, vou ao toalete — cochicho em seu ouvido. Ele assente e se levanta, puxando a minha cadeira como o perfeito cavalheiro que é. Bem, pelo menos quando o assunto é etiqueta. Penso levianamente.

— Vou com você — declara e não discuto. Amo ser o foco da sua preocupação e proteção.

Saímos da sala e seguimos pelo corredor em direção ao banheiro social. Federico e Siena nos deram um tour da cobertura quando jantamos com eles na semana passada.

— And? Pode vir comigo ao escritório de Federico, *figlio?*

A voz conhecida vem atrás de nós. Genaro. And fica tenso imediatamente. Ele também não está em bons termos com o homem.

— O que tiver para falar, diga aqui mesmo. Não vou sair de perto da minha mulher — And afirma em um tom beirando a rispidez.

— *Va bene*. Você está certo em cuidar do que é seu — Genaro diz e é impressão ou seu tom soou como um aviso, ou o que é pior, ameaça?

And me olha de lado.

— Vá, amor. Estarei bem aqui esperando por você. — Me inclino, beijando seus lábios de leve.

Eu me viro e abro a porta do banheiro. É imenso. Faço xixi, bocejando alto, meu corpo estranhamente mole. Sinto-me sonolenta de repente. Franzo o cenho e volto para lavar as mãos na pia. Meu celular toca dentro da bolsa de mão, na qual também carrego a minha pequena pistola. Eu o pego e noto que o número é desconhecido. Sei que And me proibiu de atender, mas meu impulso vence, aceito a chamada.

— Alô? — saúdo apreensiva, meu coração começando a saltar, um pressentimento ruim me fazendo estremecer de leve. Escuto uma respiração alterada do outro lado. — Quem é? — insisto.

— Sou eu, Lizandra. — Soa a voz conhecida e meu cenho franze no mesmo instante. — Ouça, sei que tem todos os motivos para duvidar do que vou dizer, mas por favor, me escute. — Seu tom está parecendo genuinamente exasperado. — Você e Andreas precisam sair da casa de Federico Bianchi. Agora!

— O que está dizendo, sua louca? — inquiro. — Se isso é outra tramoia de sua irmã estúpida, vão se ver com...

Mais um bocejo sai da minha boca e minhas pernas ficam moles. Apoio-me à pia, tentando me manter de pé a todo custo. Contudo, perco as forças, escorregando devagar para o chão. Sono, muito sono.

— É uma armadilha! Sai daí, Maya! Fale com Andreas e saiam daí!

A voz se altera, mas não posso responder, não tenho mais forças. Meus olhos pesam. Eu tento gritar por And, porém, não consigo, minha língua está pesada também. Oh, meu Deus... Arfo com meu último resquício de consciência. Eu fui drogada. Deito-me completamente no chão do banheiro e, então, um sapato italiano lustroso para do lado da minha cabeça. Em seguida, um rosto está abaixando bem perto do meu. Torno a ofegar. *Ele*. Então, meus instintos estavam certos desde que o conheci. Federico Bianchi. Ele me drogou.

— Durma, querida Siena. — Seu sorriso é o mais sinistro que já vi. Ganha até mesmo da vaca da Isabeli. Sua mão estende e toca meu rosto. — Tão bonita. Desde o dia que descobri que estava viva, eu soube que o nosso sobrenome não iria morrer comigo. — Meus olhos tremulam, a droga me vencendo. — Uma duquesa de sangue e de direito. Você vai me ajudar a dominar o mundo, prima.

— And... — engasgo, minha língua muito pesada. Ele torna a rir.

— Você nunca mais o verá. Tenho um avião nos esperando agora mesmo. — Esfrega o polegar sobre a minha boca, os olhos escuros cheios de luxúria. — Você é minha. Pertence a mim, não àquele *infelice.*

— Não... — balbucio, tão baixinho, rouco. Quero gritar, mas nada sai. Parece um daqueles pesadelos que não conseguimos fazer nada. Luto para não apagar, mas sei que é em vão. — And... — eu grito na minha mente.

— Ele vai te odiar depois que receber as provas de que somos amantes e planejamos tudo para destruí-lo — o homem diz e gelo, pavor desliza em minha coluna. — Sim, meu amor, eu sou o verdadeiro inimigo. Não os Ramazotti.

Oh, meu Deus! Não, não... Me desespero, me perdendo entre a realidade e a inconsciência. Antes de ser vencida, eu ainda chamo pelo meu amor em pensamentos: *Não acredite em nenhuma mentira. Por favor, não duvide de mim de novo. Procure por mim, And. Procure por mim, meu amor.*

CAPÍTULO DEZESSETE

Mate, se preciso for, mas alcance seus objetivos.
(Nicolau Maquiavel)

Andreas

— O que é tão urgente, Genaro? — inquiro impaciente por ter sido abordado pelo homem. Não quero perder Maya de vista, ainda que Federico tenha convidado pouquíssimas pessoas. Agora que está carregando o nosso bebê em seu ventre, sinto-me ainda mais protetor e possessivo. Porra, n*osso bebê*. Meu coração está explodindo no peito de tanta felicidade e orgulho desde o momento em que me contou. A minha linda menina vai me dar o primeiro filho.

Um bocejo me escapa e franzo o cenho. É o terceiro na noite. Minha visão embaça um pouco e fico tonto. Estico o braço, apoiando-me na porta do banheiro onde minha mulher acabou de entrar.

— Eu sei que está muito puto com tudo que Beli fez com a sua escolhida, com toda razão, mas quero barganhar a segunda posição para minha filha — o infeliz tem a audácia de dizer. Nunca, porra! Nunca! Jamais trairei Maya. Rosno, encarando-o, sacudindo a cabeça para ver se minha visão melhora. Mais um bocejo me escapa e minhas pernas amolecem. — And? Você está bem? Está sentindo alguma coisa, *figlio*? — inquire, pegando meu cotovelo, sua voz soando preocupada.

Minha garganta fica seca, a língua pesada e é com horror que a realização cai sobre mim como uma parede de concreto. Fui drogado! *Maya*. Meu coração acelera vertiginosamente e começo a esmurrar a madeira da porta.

— Porra, eu fui drogado! — grito em minha mente, mas sei que isso na realidade sai embolado. Meus olhos reviram e tento mantê-los abertos. — Maya! Saia daí, meu amor! Caímos numa armadilha! Saia! — Minhas pernas não me sustentam mais e caio ao pé da porta, continuo esmurrando com as poucas forças que me restam. — Maya... Bebezinha...

Meus olhos pesam absurdamente. Meu coração está saltando e doendo pelo pavor. Meu inimigo vai levar a minha menina. Ele finalmente irá conseguir porque não conseguirei protegê-la. Luto contra a inconsciência e cavo o bolso do terno em busca do meu celular. Antes que consiga acionar Jairo, que está do lado de fora da cobertura com Gualberto, o aparelho é arrancado da minha mão, caindo no chão. Fazendo um esforço do caralho, tento alcançá-lo. Vejo uma figura alta vindo pelo corredor.

Me alegro, pensando ser Jairo, mas minhas esperanças são desfeitas ao receber um chute forte na lateral do rosto. Porra! Uivo de dor, meus olhos fechando pesadamente. Meu cabelo é puxado, minha cabeça sendo forçada para cima.

— Bem, bem, vejam se não é o Cobra... — A voz fria e debochada, soa em meu ouvido e mesmo em meu estado alterado pela droga, meu corpo inteiro retesa. Federico Bianchi... Ele é o meu inimigo? — *Si, mio caro amico*. Eu sou o verdadeiro inimigo. Os Ramazotti foram apenas bucha do meu canhão — debocha com um riso frio. — Acredito que agora posso me apresentar. — Seu sorriso alarga, vitorioso ao completar: — Muito prazer, Federico De Cantábria, codinome, Escorpião Negro.

Porra... Era esse fodido na nossa cola o tempo todo? Como?! Pergunto-me atordoado. Chocado como o inferno.

— O chefe da maior organização da América Latina caiu. — Vem a voz de Genaro. Sua voz está diferente, livre da deferência que usou comigo desde que assumi o comando da organização. Tento manter meus olhos abertos a todo custo, mas sei que é uma batalha perdida. Eles vão me matar e levar Maya. Meu coração dói em absoluta agonia, meus olhos ardendo com esse último pensamento. Não lamento por mim, lamento não ter conseguido proteger a mulher que amo e a nosso filho.

— Siena é minha. Juntos manteremos vivo o sobrenome De Cantábria — o infeliz diz e rosno, querendo alcançá-lo para estrangulá-lo, mas meus braços estão pesados, não consigo me mover. Ele sorri, se levantando, ajeitando o terno. — Você nunca mais a verá. Ela terá os meus filhos. Estamos juntos há meses! Chegou o momento de você saber que foi corno esse tempo todo!

Não! Não! Porra, não! Me desespero, tentando me movimentar. É em vão. Aplicaram alguma merda paralisante e está me vencendo.

— Eu vou te matar, filho da puta! — berro, embora saiba que não deve ter saído quase nada. — Faça o que quiser comigo, mas a deixe em paz, porra! Deixe-a em paz!

Ele ri dos meus esforços vãos e vira as costas. Em minha mente estou gritando ameaças de morte, todavia, minha situação é patética, aqui caído no chão, imobilizado enquanto minha mulher está sendo raptada. Observo-o passando pelas portas do terraço e a última visão que tenho é de um helicóptero levantando voo. Não! Não. Não... Antes de apagar, só tenho tempo de pedir perdão a Maya. *Me perdoe, meu amor. Não consegui proteger vocês.*

— Maya! Não! — eu grito angustiado, abrindo os olhos, sentando-me imediatamente na cama. Viro para o seu lado e meu coração sofre um baque ruim ao vê-lo vazio, então, os acontecimentos voltam com tudo. Federico Bianchi é o meu inimigo! O maldito conseguiu me enredar direitinho, porra! — Bebezinha... — ofego, meu corpo inteiro esfriando, meu coração sendo tomado pela dor e pavor de saber que ela foi levada bem diante do meu maldito nariz. Pulo da cama, minha visão fica turva. Quase caio, mas dois pares de mãos me amparam, me ajudando a me equilibrar.

— Ah, querido, você acordou. — A voz um tanto embargada de minha mãe me faz virar o rosto para olhá-la do lado esquerdo.

— Como se sente, *figlio*? — meu velho pergunta do meu lado direito, sua expressão tão atormentada quanto.

Fico ereto, respirando fundo, forçando a mente a funcionar. O Bourbon que tomei foi presente do fodido Federico. Estava lacrado. Mas agora sei que de alguma forma o *infelice* conseguiu adulterar a bebida. Sua alegria com a noiva, sua cordialidade e o quão próximo foi se tornando de mim e de Maya nesses últimos meses me fizeram baixar a guarda. Tive ciúmes quando o maldito a viu a primeira vez, mas daí a suspeitar que era ele por trás dos ataques, nunca me ocorreu. Genaro Valente é o rato, constato. Ira sem medida invadindo meu sistema. Agora faz todo sentido a insistência do imbecil em enfiar Federico entre nós. A maneira como me distraiu na porta do banheiro. Eles levaram Maya. Meu peito aperta como se uma faca estivesse encravada profundamente. Dói respirar, o terror ameaça me dominar. Eu vou esfolar os dois e quem mais estiver envolvido nessa traição! Lentamente!

— *Mamma, papà* — minha voz é apenas um gemido enquanto passo as mãos pelo rosto. Minha boca está seca como o inferno e pego a jarra d'água sobre a cômoda, dispensando o copo, despejo-a direto na garganta. O líquido é bem-vindo para limpar de vez a droga do meu sistema. Me livro da jarra quase vazia e encaro meus pais. — Genaro é o traidor, pai. Ele me distraiu para meu inimigo levar Maya — declaro, meus olhos marejam, entregando meu verdadeiro estado. — Ela está grávida. A levaram e ela está esperando o nosso filho! Eles a levaram! Deus, eles a levaram. — Minha voz treme, meu peito comprimindo de dor e enfio as mãos pelo cabelo.

Meus pais ofegam em uníssono.

— Oh, *Dio mio*... — mamãe murmura, seus olhos inchados indicando que esteve chorando por algum tempo. Provavelmente desde o momento em que cheguei em casa sem Maya e drogado.

— Nós vamos encontrá-la, And — meu pai garante. Seus olhos estão vermelhos também.

— Sim, nós vamos, *papà* — afirmo, tentando manter a cabeça no lugar mesmo que esteja morrendo por dentro. — Eu não me importo se terei que queimar a porra da Itália inteira, o couro de Federico Bianchi será esticado em minha sala.

— Mano, porra, que bom que já acordou!

Viro a cabeça para as portas da sacada. Alvinho está andando para dentro, seu rosto tem certo alívio, mas a tensão é visível também. Luigi e Guto estão do seu lado.

— Genaro, aquele infeliz, já está em nosso calabouço? — inquiro, irado.

Meu mano e primos se entreolham.

— Ele foi encontrado, aparentemente drogado junto com você, primo — Guto informa, deixando-me intrigado.

— Aparentemente? — questiono, intrigado.

— Conferimos as pupilas do infeliz e não estavam dilatadas como as suas, And — Luigi revela.

— Então, ele é mesmo o traidor. Digam que o prenderam, porra! — ranjo, encarando meu irmão, que meneia a cabeça.

— Não, And. Achamos melhor fingirmos que acreditamos em sua encenação barata de que foi pego junto com você — Alvinho informa com um brilho frio nos olhos.

Expiro alto, odiando isso, mas concordando. Preciso da minha calma fria para descobrir o paradeiro de Maya. Não posso deixar o desespero me tomar, isso vai atrapalhar raciocinar com clareza. Mas, Deus, como posso estar calmo quando minha mulher grávida foi raptada com a ajuda de um infeliz que estava dentro da nossa maldita casa?

— Algum sinal do paradeiro de Maya? Ativaram o rastreamento do chip? Quanto tempo fiquei apagado? Como me encontram na cobertura? — lanço as perguntas ansiosas.

— Ficou fora do ar a noite inteira praticamente. Ativamos o rastreamento, mas não a localizamos... — meu mano informa, seu olhar furioso. Isso só quer dizer uma coisa, o infeliz arrancou o chip que implantei no ombro de Maya. Todos nós implantamos um sob orientação de Danilo, para potencializar nossa segurança. — Fomos alertados por Lizandra de que você e Maya estavam em uma armadilha — informa. — Quando chegamos, encontramos muita gente drogada e jogada no chão, incluindo a tal Siena, que obviamente estava apenas encenando um papel, visto que foi deixada para trás pelo suposto *noivo*.

Maldito! Me enganou de todas as formas! Ranjo os dentes. Então, foco na parte que Lizandra Valente os avisou. A garota me ligou hoje de manhã, pedindo uma reunião, alegando que tinha algo do meu interesse para compartilhar. Minha vontade foi negar, mas me lembrei que mostrou alguma compaixão por Maya quando foi sequestrada pela louca da sua irmã, impedindo que minha menina fosse estuprada. Marquei de recebê-la amanhã.

— Então, ela realmente tinha algo que me interessava — exalo, me sentindo drenado, faminto e ainda com sede. — Havia combinado de recebê-la amanhã.

— A vadia da Isabeli compartilhou com a irmã quando a farsa do casamento já estava em andamento, se vangloriando por conseguir pegar Maya de novo e afirmando que depois de tudo iria se casar com você — Alvinho esclarece.

É como um soco no plexo solar, meu peito dói absurdamente com essa informação. Aquela maldita não pode colocar as mãos sobre Maya outra vez. Deus, não pode! Torno a franzir a testa analisando o final da sentença.

— Se casar comigo? Por que a puta estúpida acha que lhe daria uma chance? — pergunto enfurecido, crispando os punhos. Não vejo a hora de esfolar todos que estão por trás disso. Alvinho não responde. Olho para Luigi, Guto, que também não falam nada. Olho para meus pais, que parecem um tanto desconfortáveis agora.

— Estão escondendo algo de mim? — pergunto desconfiado.

Eles se entreolham e suas expressões ficam ainda mais estranhas.

— Nós não acreditamos em nada do que aquele *infelice* está dizendo, And. Você não pode duvidar da nossa menina outra vez — minha mãe soluça. — É uma armação!

— Do que está falando, *mamma*? — inquiro, beirando a exasperação.

— Olhe as últimas mensagens em seu celular, *figlio* — papai instrui e aperta a boca, completando: — Toda a *famiglia* recebeu esse conteúdo *maledeto*.

Fico ainda mais intrigado e pego meu aparelho sobre a cômoda perto da cama. Desbloqueio a tela, abro as mensagens recentes e então, minha respiração trava ao ver a primeira foto. Maya e... Federico. Eles estão próximos, muitos próximos. As mãos do infeliz estão no rosto dela, os dois rindo. Não, não. Exalo com força. Isso é montagem, porra! Minhas mãos ficam frias, suor brotando em minha testa. Abro outra e eles estão se beijando em um corredor familiar... A cobertura dele. Não, não. Dou zoom, meu coração saltando dolorosamente mesmo sabendo que só pode ser armação. Ela me ama. Tenho absoluta certeza disso. Abro uma por uma e por último tem um vídeo. Estão numa cama, ele fodendo a mulher duramente. Não consigo ver o rosto dela, mas o corpo parece o de Maya, e meu coração para de bater com mais força ao ver a nossa tatuagem em seu antebraço. Eu puxo o ar bruscamente e paro o maldito vídeo. Olho para Alvinho, que parece tenso enquanto observa a minha reação.

— Não é ela, mano! Não é a minha Maya! — garanto com voz tremente. Abano a cabeça, enchendo-me de convicção. — Eu nunca mais irei duvidar dela e do seu amor. Nunca, porra!

Fecho os olhos acessando suas declarações de amor, o jeito apaixonado, completamente devotado com que seus belos olhos de camaleoa me fitavam ainda ontem quando me contou da gravidez. *Eu nunca mais irei duvidar do seu amor e lealdade. Nunca, bebezinha, eu prometo.* Repito para mim mesmo porque dói ver essas fotos e vídeo, ainda que saiba que não são verídicos.

— Nós também achamos que é montagem, And — ele assegura, todavia, seu rosto torce em seguida. — Porém, há alguns *stronzi* da *famiglia* que estão duvidando da lealdade de sua mulher, mano.

Eu fecho os punhos com mais força, querendo destroçar quem ousar duvidar de Maya.

— Convoque uma reunião, Alvinho — rosno. — Vou tomar um banho rápido e já estarei de volta. Preciso sair em busca da minha mulher o quanto antes!

Poucos minutos depois, após a higiene matinal, minha mente está mais clara, o atordoamento da droga foi embora. Saio do closet e encontro todos ainda no mesmo lugar. Minha mãe está chorando sendo amparada pelo meu velho. Eu ando até eles e me forço a ser duro para não a alarmar ainda mais. Puxo-a para um abraço e beijo sua têmpora.

— Traga-a para casa, *amore mio* — ela implora entre soluços e levanta o rosto banhado de lágrimas. — Não deixe Isabeli a pegar novamente, não deixe, And. Ela odeia a minha menina. Ela...

— Eu vou trazer, *mamma* — garanto com meus olhos ardendo de ira, medo e impotência nesse momento. — Não vou deixar ninguém fazer mal à nossa menina, eu prometo.

— Eu quero Genaro vivo, *Figlio*. — A voz fria de meu velho me faz levantar a vista para ele. — Eu mesmo irei arrancar seu couro diante da *famiglia*.

Aceno. Eu lhe darei isso. Sei o quanto deve estar sendo difícil para meu pai saber que seu amigo de longa data era de fato um traidor.

— Tio Antônio e tia Gertrude estão com os Valente, And. — A voz desgostosa de Alvinho leva minha atenção para ele. — Os comentários infelizes sobre você considerar Isabeli para segunda esposa não eram aleatórios.

Ira mortal invade minhas veias. Eu vou matar os dois malditos!

— Vamos agir como se não soubéssemos de nada na reunião, mano — oriento friamente. — Nossos *queridos* tio e tia irão para o calabouço depois que encerrarmos com os outros — meu mano acena. É nosso sangue, mas o mal deve ser cortado pela raiz.

Expiro e ando até a cômoda perto da cama, pegando a minha cigarreira de ouro. Acendo um cigarro, puxando uma tragada longa. Solto a fumaça pelo nariz, tentando enviar mensagem de controle para meu fodido cérebro. Não quero pensar nos cenários, no que aquele covarde possa fazer com a minha menina. Só quero encontrá-la viva e o quanto antes. Deve estar aterrorizada por ter sido sequestrada de novo. *Fique firme, meu amor. Por favor, seja corajosa como sei que é, aguente firme. Eu vou te encontrar e trazer de volta, eu prometo a vocês.*

Viro-me para meu irmão de novo.

— Diga a Lizandra que venha nos encontrar lá pelas dez.

Ele assente, seu rosto torcido com apreensão.

— Nós vamos encontrá-la, And — murmura e ameaço desmoronar. Meu coração em completa agonia por estar nessa situação outra vez.

Observo a irmã mais nova de Isabeli andando até um dos sofás e se acomodar. Não consigo sentar. A reunião com a *famiglia* não foi tão ruim. Mas, como já era de se esperar, Antônio e Gertrude destilaram seu veneno, tentando influenciar os outros a acreditarem nas mensagens falsas. Decidi me manter neutro. Foi difícil me sentar lá e ouvir as asneiras dos traidores, porém, aguentei estoicamente. Não defendi Maya porque meu plano inclui fingir estar averiguando a veracidade das mensagens. A ideia de Alvinho de não confrontar Genaro de imediato se provou excelente e estou adicionando algumas coisas. Vou atuar para ele e a vagabunda maldita da minha ex. Serei a porra de um ator profissional para pegar os dois infelizes e descobrir o paradeiro da minha mulher.

— Obrigada por me receber, And — a garota diz, seu olhar correndo desconfiado pela sala. Meus pais continuaram aqui depois da reunião. Guto e Luigi também. — Sinto muito que meu aviso não tenha chegado antes de sua esposa ser levada.

Permaneço de pé atrás do sofá à sua frente. Ela não é tão cadela quanto à irmã mais velha, isso já ficou provado na ocasião do primeiro sequestro de Maya.

— Conte-nos tudo que sabe sobre Federico Bianc... De Cantábria — ranjo os dentes no final, ainda custando acreditar que o infeliz é primo de Maya. Como sobreviveu ao extermínio que meu pai fizera há dezoito anos?

Lizandra respira pesadamente e noto suas mãos tremendo sobre o colo.

— Ele e meu pai se encontraram a primeira vez há mais de dez anos na Sicília — revela. — Pelo que Beli me contou, o primo de Maya queria vingança contra os Montanaro já naquele momento, mas meu pai foi cozinhando-o em banho-maria porque queria que você se casasse com a minha irmã primeiro. — Aperto os dentes, acompanhando seu raciocínio. — Ele queria ser o novo chefe quando deixasse Federico destruir a todos vocês.

— Eu vou matá-lo — meu pai rosna e Lizandra se assusta, os olhos ampliando. — Sinto muito, *figlia*, você terá a nossa proteção, mas *tuo padre* e tua irmã irão para o inferno.

Os olhos da garota inundam de lágrimas e ela assente.

— Eu ainda os amo. Mas amo mais a minha mãe. Por isso, estou aqui me arriscando ao lhes contar tudo que sei. É por ela que estou lutando. Por favor, me ajudem a salvá-la. — Um soluço lhe escapa e fico intrigado. Sua mãe está morrendo, não podemos fazer nada sobre isso.

— Não entendi essa última parte. Sua mãe tem câncer terminal, como podemos salvá-la? — mamãe entra na conversa.

— Não, ela não tem. — Lizandra fica ainda mais emocionada, meneando a cabeça. — Mamãe não está doente. Tudo faz parte de uma armação visando sensibilizar o And e a Maya para que libertassem Beli.

Porra, o quê?! Nós ofegamos em uníssono. Que merda de história é essa?

— Quando descobri fiquei feliz por mamãe não ter uma doença terminal, porém, ouvi uma conversa de papai com a sua secretária, Mônica. Descobri que ele a mantém como amante por cinco anos. — Ela respira fundo, a decepção se espalhando em seu semblante. Porra! A minha secretária? Fico estupefato e enfurecido. — Infelizmente, não foi só isso que descobri. Desconfiei dos remédios que ele insiste para minha mãe tomar todas as noites. Levei a um laboratório e pedi para investigarem a composição. É um coquetel de drogas poderosas que deteriora a pessoa e mata em poucos meses. Os sintomas e aparência são semelhantes aos de um paciente com câncer.

— Filho da puta! — rosno, irritado como o inferno por ter caído na armadilha do infeliz.

— Sim, meu pai é um monstro — a garota chora copiosamente. — Está tendo um caso de anos com uma vagabunda que tem idade para ser sua filha e agora encontrou a maneira perfeita de se livrar de minha mãe.

— *Dio*... Isso é... Sórdido demais — mamãe diz em tom de lamento. — Pobre Elza.

— Beli sabe de tudo, mas não se importa. — Seu olhar vem para mim. — Ela é um monstro, como meu pai.

Um arrepio agourento me percorre. Eu já sei o quanto sua fodida irmã pode ser cruel.

— Eles a levaram para uma clínica particular, mas não querem me revelar o local. — Seu tom é desesperado agora. — Por favor, me ajudem a descobrir onde a colocaram, antes que a matem de vez, eu imploro.

— Nós a ajudaremos, Lizandra. Faremos tudo para salvar a sua mãe. Daremos dinheiro, novas identidades, tudo o que precisarem, tem a minha palavra. — Apoio as mãos sobre o encosto do sofá e a encaro bem dentro dos olhos. — Agora, diga-me, para onde levaram a minha mulher?

Ela respira entrecortado, fungando.

— Para o castelo de Federico, na Sardenha — revela e é a minha vez de respirar entrecortado, um pouco de alívio me enchendo. — Beli foi com eles também, And.

Eu gelo dos pés à cabeça. Não... Deus, não. Meu coração começa a saltar vertiginosamente. *Não deixe aquela louca conseguir seu intento dessa vez. Eu imploro, não deixe.*

— Federico quer Maya para continuarem a linhagem De Cantábria, ou seja, viva. Minha irmã, por outro lado, quer a sua rival morta — a garota completa e minha pele termina de gelar.

Minha mãe recomeça a chorar. Meus olhos tornam a picar com lágrimas, o sentimento aterrador que senti naquela mata, voltando a se infiltrar em mim. Ira, impotência, e o amor imensurável que sinto por aquela menina. Não há qualquer sentido na vida sem Maya. Eu morro sem ela.

— Nem que eu precise desencadear a Terceira Guerra Mundial, a minha mulher voltará comigo para casa. — Soco o encosto do sofá. — Mano, primos, reúnam todos os homens. Vou pedir força militar para o general Rodolfo. — Respiro fundo e completo a contragosto: — Nunca apreciei me misturar com a máfia, mas Vlad também pode ser útil para nos indicar os melhores mercenários da Europa.

Alvinho assente e seu cenho franze.

— Mano, tem uma coisa que ainda está me intrigando — comenta e fico atento. — Por que Federico o deixou vivo quando teve a chance de matá-lo? Isso não bate.

Sim, isso está me intrigando também.

— Eu não sei, mano. Tudo que sei é que qualquer que tenha sido o motivo, ele cometeu um grande erro — afirmo com calma letal.

— Vamos lidar com Genaro antes de irmos? — Guto inquire.

— Acho que devemos sair sem alarde, inclusive para a *famiglia*, primo — Luigi opina.

— Vou conversar com Genaro antes de sairmos — informo e todos me olham curiosos. — Direi que pedi a anulação do meu casamento e que estou arrependido por acreditar numa traidora outra vez. — Minha mãe arfa, mas papai, Alvinho e meus primos, abrem os sorrisos mais frios em seus rostos. Eles me conhecem bem e sabem que não terei piedade de quem atravessar meu caminho nesse momento.

— Vou pedir a mão da *puttana* da sua filha de novo, enquanto isso, estarei trabalhando na sua ruína.

— Isso é uma merda, primo, mas numa guerra, os fins justificam os meios. — Guto aperta a boca descontente.

Sim, justificam. Odeio ter que ao menos pronunciar algo tão desrespeitoso com a minha branquinha, todavia, preciso me manter frio por fora ou não serei capaz de neutralizar Genaro em seu plano traiçoeiro.

— A cadela miserável da Mônica deve ter conseguido o acesso as rotas dos carregamentos e repassado a seu amante, que as deu ao maldito Federico. — Ranjo os dentes querendo esfolar a puta agora mesmo, mas terei de fingir muito bem. Ela terá seu castigo junto com seu amante, em breve.

Saco o celular, chamando Danilo. Eu quero todas as redes, telefones, senhas bancárias, toda a vida do infeliz que levou Maya, de Genaro e de sua puta invadidas. Ainda não consigo imaginar que tipo de morte darei a Federico. A única certeza que tenho é que o enviarei para o inferno de uma maneira bem cruel.

Maya

Três dias antes... Em algum lugar da Sardenha...

Eu abro os olhos, firmando a vista no teto cheio de afrescos requintados. Tento me mexer e percebo que estou amarrada à cama. Meu ombro direito dói. Olho-o da minha posição precária, notando um pequeno corte aberto. Meu chip. Danilo aconselhou And a colocar em todos nós depois do casamento. Meu coração começa a saltar freneticamente, pavor deslizando em minha coluna quando as imagens embaralhadas espocam em minha cabeça. Federico... Oh, meu Deus! Ele me drogou e sequestrou em seu próprio casamento! Talvez tudo tenha sido apenas uma farsa, dadas as circunstâncias. Viro a cabeça, notando uma grande janela de vidro, de onde dá para ver a claridade lá fora. É dia. Que dia? Quanto tempo se passou? Onde estou? Levanto o pescoço, olhando em volta. É um quarto luxuoso, percebo. Escuto o som de uma porta se abrindo e minha respiração fica presa na garganta, sem saber quem vai passar por ela. Não consigo mexer nenhum membro e imagino que o rato maldito saiba que sei me defender, portanto, não me deixará livre. Penso que vou encontrar a cara odiosa de Federico, mas quem passa pelo batente consegue me aterrorizar ainda mais. Isabeli.

A vaca maldita abre seu sorriso doente e sinistro e anda devagar para perto da cama. Oh, meu Deus, ela vai me matar! Minha inimiga finalmente vai conseguir se livrar de mim. Meus olhos turvam de lágrimas por me encontrar novamente em poder da pessoa que mais me odeia no mundo. *And, meu amor, você não conseguiu me encontrar?* Ela chega bem perto e me encara.

— Nada me agradaria mais do que te matar de uma vez por todas, prostituta infeliz — range os dentes, os olhos vítreos de pura maldade. — Mas o idiota do Federico quer te foder, tomá-la como dele e, para ser sincera, gosto do fato de que terá esse fim. — Meu corpo esfria, bile subindo à minha garganta. Seu sorriso aumenta, triunfante. — Sim, querida, como a cadela que é, você está mudando de dono. — Se debruça, puxando um punhado do meu cabelo, quase me escalpelando, a maldita. — Vai ser a puta de Federico pelo resto da sua vidinha infeliz! Vai ter que abrir as pernas para um homem que não ama noite após noite!

— Vaca miserável! Me solta e vamos ver se tem essa coragem toda, puta! — Eu jogo uma cusparada em sua cara. Suas narinas inflam e um tapa forte acerta meu rosto. — Maldita covarde! — sibilo, o ódio obliterando o meu medo pelo que me espera.

— Prefiro morrer a ter aquele infeliz tocando meu corpo! — ranjo os dentes. — Vou matá-lo na primeira oportunidade que tiver!

A vadia sorri, os olhos tomados pela satisfação cruel quando diz:

— Querida, você não tem ideia do que te espera. — Meu corpo inteiro é tomado pelo pavor quando puxa uma seringa do bolso traseiro do seu jeans.

— O que vai fazer? Covarde! Eu vou te matar, covarde maldita! — grito, tentando em vão me mexer. As cordas estão bem apertadas, deixando-me à mercê da minha maior inimiga.

— Não vai matar porra nenhuma, sua putinha estúpida! — rosna, me dando outro tapa na cara. — Vai ficar aqui quietinha, esperando seu destino, que, diga-se de passagem, não é nada bonito.

— Vá para o inferno, puta despeitada! — rosno.

— Vê essa seringa? — Traz a coisa para a minha frente e prendo a respiração por não saber o conteúdo. — Dentro de alguns minutos suas memórias com And serão adulteradas. — Seu rosto odioso se aproxima do meu. — Você vai esquecer o meu homem, sua ordinária. Tudo que viveu com ele será apagado progressivamente do seu cérebro, graças a essa nova droga que meu pai pagou para desenvolver.

— Não... — murmuro, pavor absoluto percorrendo minhas veias. — Isso não existe, está mentindo!

— Amanhã suas lembranças já estarão corrompidas. Dentro de poucos dias, Andreas Montanaro será um nome desconhecido, seu cérebro será atingido completamente — garante com satisfação doentia. — Suas memórias serão dizimadas como num passe de mágica. Puf! — Faz um gesto com a mão, sorrindo demoníaca.

Abano a cabeça, meus olhos se enchendo de lágrimas pavorosas. Enjoo, ânsia forte de vômito me acomete e seus olhos ficam mais frios, descendo como lasers para a minha barriga.

— Sei que está grávida. — Sua voz é apenas um sibilar sinistro. — Você ousou engravidar do meu And, vagabunda maldita! — Fecha a mão e levanta para me dar um soco no ventre.

— Não! Oh, meu Deus, não! — grito aterrorizada. Meu bebê. Então, uma mão grande segura o pulso da vaca, a centímetros da minha barriga. Eu choro de pavor, mas também alívio momentâneo.

— Eu disse para não a machucar, sua estúpida — Federico repreende numa voz gélida e sinistra. — Quis participar desse momento e eu permiti. Mas não cometa o erro de esquecer que a prisioneira é minha. Só *eu* posso machucá-la.

Ofego baixinho. O que esse louco tem preparado para mim? Seus olhos escuros e maléficos encontram os meus e ele empurra Isabeli para o lado.

— O que Isabeli estava dizendo é a verdade, querida prima. — Sua voz abaixa, mas ainda é fria, como sua expressão. — Meu pai queria que eu fosse o escolhido para seu marido, mas não, o seu pai preferiu dá-la aos malditos Montanaro! — Sua expressão é completamente diferente do cliente charmoso que encenou nos últimos meses. Ele é frio e calculista. — Estou corrigindo o erro, Siena. Você é minha agora. Juntos vamos manter vivo o nosso sobrenome. E, de quebra, irei me vingar do meu tio. Ter sido torrado naquele incêndio ainda foi pouco para aquele imbecil!

Minhas entranhas revolvem pela forma como fala da morte do meu pai biológico.

— Lave a boca para falar do meu pai, verme asqueroso! — brado, levantando meu pescoço, mostrando que nunca irei me render facilmente. — Você é um morto falante, sabia disso? — Junto cuspe e lanço em sua cara também. — And virá me buscar e vai arrancar o seu couro bem devagar, acredite!

O tapa que recebo é tão forte que vejo estrelas, sentindo gosto de sangue na boca. Ofego. Ira sem tamanho tomando conta de mim.

— Esqueça o que acabei de dizer, eu mesma vou te esfolar, filho da puta! — torno a bradar, rangendo os dentes. — Sua cabeça irá secar numa estaca no meu jardim!

Ele ri friamente, limpando a saliva da cara de psicopata.

— Você é corajosa, uma verdadeira De Cantábria — murmura, mas a maldade em seu rosto é ainda mais latente. Pega meu queixo, apertando-o até me fazer assobiar pelo desconforto. — No entanto, isso não te servirá de nada. Será minha puta, minha incubadora particular. Irá parir os meus filhos para dar sequência à linhagem. E eu quero muitos, devo avisar. Sua principal tarefa na vida será trepar comigo e ter todos os filhos que eu quiser, sua vagabunda!

— Nunca, infeliz! Prefiro morrer a ser sua, seu porco! — rosno baixo e ameaçador. — And irá invadir esse lugar a qualquer momento. — Minha voz treme um pouco, pânico ameaçando me dominar. Rogo para estar certa e meu amor me encontre o quanto antes. — Meu marido virá me buscar!

— Veja, meu amor, é por isso que a quero comigo. Preciso de uma mulher forte do meu lado agora que vou tomar tudo do Cobra — diz com calma doentia. — Vou tirar cada uma das rotas da sua organização. Os Montanaro ficarão sem nada, sem poder, sem dinheiro. Acabados. — O brilho em seus olhos fica mais maléfico.

— Conte a ela, Isabeli — ordena.

A cadela vem para perto outra vez, o olhar e sorriso vitoriosos.

— And pediu a anulação do seu casamento, prostituta imunda — cantarola e meu coração para de bater por um instante. — Sim, ele acreditou que é amante de seu primo e tramaram sua vingança juntos.

— Não... — arfo, meus olhos se enchendo de lágrimas quentes. — Está mentindo, puta! Ele nunca duvidaria de mim de novo! Eu sei disso!

Então, a maldita procura algo em seu celular e em seguida ouço a voz de seu pai:

— Eu sabia que iria voltar a si, figlio. Esqueça a prostituta golpista. Minha Beli sempre foi a escolha mais adequada.

— Sim, estou aceitando e minha decisão é definitiva, Genaro. Beli será a minha esposa. Já pedi a anulação do meu casamento com a vagabunda.

Meu coração torna a parar. É a voz do And. Não, Deus... Não é verdade. Isso é alguma montagem. Ele nunca diria isso. Eu choro, apavorada, não querendo duvidar do meu amor, mas, ao mesmo tempo, é a sua voz. Agora entendo como foi difícil para ele quando mandaram os áudios falsos. É uma sensação horrível. Fecho os olhos, tentando a todo custo não me deixar ser envenenada por essa mentira. Soluço ao lembrar a maneira como os olhos verdes-musgo me fitavam nesses últimos meses. Nosso casamento, nossa lua de mel. O amor estava lá em suas íris sempre que me olhava, me prometia lealdade, fidelidade. Sua alegria quando contei sobre o nosso bebê.

— Ele nunca faria isso comigo, vaca ridícula! Ele me ama! — asseguro, irada.

— Ama mesmo, querida? Tem certeza disso? — Solta uma gargalhada zombadora. — And não virá resgatá-la. Seu destino será parir os filhos de Federico e ele já avisou que quer muitos. Cinco, sete, dez? Deus, nem quero ver a casca que se transformará depois de parir tanto — tripudia. — Enquanto isso, eu estarei casada com o meu amor, carregando seus filhos em meu ventre. Dois no máximo, porque preciso me manter bonita para o meu marido. — Sorri como a psicopata que é. — Do que lhe adianta o título de duquesa agora, se será a escrava sexual e parideira particular de seu primo? Não adiantou tanta luta da sua parte, vadia. Eu, apenas *eu,* serei a senhora absoluta e terei a honra de ser mãe dos filhos de Andreas Montanaro.

Meu coração recomeça a bater de forma dolorosa. Não, não, é tudo mentira! Tem que ser. And me ama! Ele me ama. Soluço, minhas lágrimas escorrendo pelos cantos dos olhos. Deus, *por favor, não o deixe acreditar nas mentiras dessa vez. Eu imploro, não permita que ele me abandone em mãos inimigas outra vez. Eu não vou suportar.*

— Aplique a primeira dose da droga — o infeliz ordena e a maldita pega meu braço direito, imobilizado pelas cordas. Me desespero, chorando, gritando que vou matar cada um deles. Meus algozes riem. E quando sinto a agulha penetrando minha veia e em seguida o líquido entrando, rasgando tudo em seu caminho, eu ranjo os dentes.

— Amanhã venho conversar com você, querida. Já que vai esquecer o meu And, podemos ser grandes amigas, que tal? Posso até mesmo ser madrinha de uma criança dessa penca que te aguarda. — Minha inimiga termina de me drogar e sorri triunfante para mim. — Eu vou amar olhar para essa sua cara de puta metida a esperta, sabendo que eu venci no final.

A mulher maléfica vai embora e levo minha atenção para o psicopata, que por infelicidade, é meu único parente vivo por parte de pai. Respiro fundo, tentando acessar uma calma que não existe nesse momento, mas é preciso. Tenho que usar a cabeça para escapar daqui antes que a promessa dessa droga que injetaram em minha corrente sanguínea faça seu efeito pavoroso.

— Você deve ter sofrido achando que estava sozinho no mundo, não é? Imagino o quanto deve ter sido doloroso crescer sozinho, mas não está mais, Federico. — Abrando meu tom, rezando para que eu consiga chegar a ele de alguma forma. Seus olhos cintilam, me observando detidamente. — Podemos ser família de hoje em diante. Me deixe ir, por favor. Você é sangue do meu sangue. And nunca o machucará se eu pedir, eu garanto.

Ele me olha em silêncio e me assusta ao soltar uma risada baixa, os olhos adquirindo um brilho que me dá calafrios.

— Acha mesmo que essa baboseira de *sangue do meu sangue* irá me comover, sua putinha? — debocha. — E ao contrário do que pensa, nunca me senti sozinho. Meus padrinhos, donos de uma das maiores fortunas da Sicília, me adotaram. Eles não tinham filhos, então, eu apreciei ser sempre o centro das atenções. Herdei tudo quando eles morreram *tragicamente*. — Sorri jocoso dando ênfase na última palavra e arfo ao perceber que o psicopata matou seus pais adotivos. — Sim, matei os velhos irritantes — confirma. — Como vou matar cada Montanaro quando os tiver lançado na mais completa ruína. — Meus olhos voltam a turvar. Ele quer matá-los, não apenas tomar território. A infeliz da Isabeli está sendo enganada também. — Então, *grazie* pela preocupação e oferta, priminha, mas os Montanaro jamais me perdoariam pelo que fiz com a linda Beatrice.

Novamente vem a ânsia de vômito. Meu coração sempre dói quando ouço algo sobre Bea, a prima adolescente de And e seu fim cruel e desumano.

— Foi você o mandante? — pergunto, com ódio mortal desse infeliz.

Algo fugaz cintila em seus olhos escuros e ele me vira as costas, sem mais uma palavra, caminha para a saída.

— Maldito! Vamos te matar, monte de merda doente! — brado, minha boca espumando e percebo que a droga está fazendo efeito. Minha cabeça roda e fecho os olhos, tentando me acalmar pelo bem do meu filho. Ah, Deus, meu bebê. *Permita que saiamos vivos daqui, eu imploro. And, meu amor, mesmo que não me lembre de você quando me encontrar, me leve para casa. Por favor, me leve para casa.*

Eu abro os olhos para um teto bonito e desconhecido. Me mexo na cama macia, sentindo uma brisa suave soprando em meu rosto. Viro a cabeça, notando uma sacada enorme do meu lado direito. Levanto-me, me sentando na borda do colchão e olho além da balaustrada, a paisagem bonita. Onde estou? Minha cabeça dói um pouco. Toco-a, confusa. O som de uma porta se abrindo me faz olhar na direção. Um homem moreno e muito bonito está se aproximando da cama. Ele parece familiar, mas não lembro de onde o conheço.

— Você acordou, meu amor? Como se sente? — pergunta com voz aveludada, se inclinando e beijando a minha testa.

Meu amor? Quem é ele? Forço a minha mente, mas nada vem. Rostos, imagens embaralhadas é o que há no meu cérebro. Quem são essas pessoas rodando como um carrossel?

— Quem é você? — pergunto, confusa. Então, ofego, ao perceber que também não sei quem sou eu. — Oh, meu Deus, quem sou eu?

Algo cintila em seus olhos escuros e ele toca meu rosto suavemente.

— Sou Federico De Cantábria, e você é Siena De Cantábria, a minha linda e amada esposa — murmura.

— S-sua esposa? Por que não me lembro de nada? — Franzo a testa, a dor na cabeça intensificando pelo esforço em lembrar.

— Você foi sequestrada pelo meu maior inimigo, meu amor. — Aperta a boca com desgosto. — Sequestrada e estuprada — completa e resfolego, pavor me invadindo. — Shhh, calma — ele afaga meu cabelo —, já passou, *carissima*. Eu a encontrei e trouxe para casa há dois dias.

— Por que não consigo lembrar? — questiono, apavorada.

— Porque o maldito injetou drogas em seu sistema. Drogas muito poderosas, que podem, inclusive, causar danos em certas áreas do cérebro.

— Não... Deus... — sussurro horrorizada.

— Shhh, acabou, *amore mio*. Você está em casa agora, com o seu marido. — Encaro-o tentando lembrar, confirmar que está dizendo a verdade, mas nada vem além da familiaridade do seu rosto. — Está segura. Eu a protegerei.

— Por que esse homem me sequestrou e... Abusou de mim? — ouso perguntar.

— Porque nós fazemos coisas ruins, *cara*. Somos os duques De Cantábria, mas também somos os chefes de uma organização criminosa bem-sucedida na Europa e Oriente Médio. O infeliz queria me ferir machucando você.

Ele pega seu celular e procura algo, então, vira a tela para mim. Meu fôlego fica preso na garganta ao ver o homem na foto. Moreno, vestido em um terno preto impecável. Engasgo ao me deparar com os olhos. Nem a expressão de aço contida neles é capaz de ofuscar a beleza das íris verdes-musgo. Na verdade, a beleza do rosto inteiro. Ele me parece familiar também. Seus penetrantes e belos olhos parecem olhar diretamente para mim e me sinto fraca, uma leve tontura me acometendo. Meu corpo inteiro fica em alerta ao ver o homem.

— Esse é o bandido que te fez mal, meu amor. — Meu suposto marido continua usando um tom muito brando. Talvez para que eu não entre em pânico, já que fui estuprada por esse homem da foto. — Nós a encontramos muito machucada. As costas, bumbum e coxas com marcas de chicote. Mordidas em seus seios e pescoço. — Arfo, levando a mão à boca pelas coisas brutais que estou ouvindo. — Ele a manteve em cárcere privado por quase dois meses. — Seus olhos ficam duros ao informar: — Teve a audácia de engravidar a minha esposa amada. — Meu coração acelera. Estou grávida? — Mas não se preocupe com isso também, nosso médico de confiança irá retirar esse bastardo do seu útero, meu amor.

Deus. Minhas mãos pousam instintivamente sobre o meu ventre.

— Eu não a culpo por nada, fique tranquila — garante, dando-me um beijo leve na boca. Não sinto nada. Nenhuma centelha de reconhecimento desse, que assegura ser o meu marido. — Está com dor de cabeça?

— Sim — assinto, sentindo-me um tanto estranha perto desse homem. Se é meu marido e me protege como falou, por que estou com essa sensação estranha de repulsa quando me toca? Por que parece que está faltando uma parte essencial minha?

— Uma de nossas funcionárias da casa virá trazer seu analgésico. Depois, virei buscá-la para jantar comigo — avisa, se afastando e o observo ir embora.

De fato, não demora nada, uma garota entra em meu campo de visão. Parece muito jovem, não mais que dezoito, arrisco. Morena, cabelos escuros e expressivos olhos azuis.

— Que bom que está acordada — ela sussurra, seu rosto se abrindo num sorriso acolhedor enquanto senta-se do meu lado no colchão. Entrega-me um pequeno comprimido e um copo d'água. Jogo o remédio na boca e tomo todo o conteúdo, minha garganta estranhamente seca. Seus grandes olhos azuis me escrutinam e percebo que a menina é linda. De repente, algo acende em meu cérebro e seu rosto também parece familiar. Quase bufo para mim mesma, pois é óbvio que devo conhecê-la, se é uma das funcionárias da casa.

— Você sabe da história? — pergunto com vergonha por ter sido estuprada. Mas estranhamente não sinto raiva do bebê. Volto a tocar a minha barriga. Federico quer tirá-lo porque é um bastardo. Esfrego meu ventre suavemente, a ideia revolvendo minhas entranhas.

— Sim, seu marido me contou — assente em voz muito baixa agora. Por que está cochichando? Me pergunto, confusa. — Eu também fui sequestrada e abusada por um bandido *infelice*. — Seus olhos antes doces ficam incisivos nesse momento. — Minha família pensa que estou morta. Se meus irmãos e primos soubessem que estou viva já teriam vindo me resgatar, mas eles não sabem. — Lágrimas brilham em seus olhos, mas ela parece uma garota durona, não curva os ombros, mantém-se ereta, seu rosto cheio de determinação. — Eu mesma terei que me salvar. Não sei quanto tempo irá levar, mas voltarei para casa.

— Está presa aqui? Como? — inquiro, comovida e aturdida pela revelação da menina.

— Não conte nada a seu marido. Falaremos mais em breve, prometo — garante com uma expressão resoluta e corajosa.

Aceno, ainda que estranhe sua abordagem.

— Quem é você? — inquiro também em tom baixo.

A menina ergue o queixo, orgulho tomando seu rosto.

— Beatrice Montanaro. Pode me chamar de Bea.

CAPÍTULO DEZOITO

Quem lhe oferecer segurança, será o traidor.
(Don Corleone – O Poderoso Chefão)

Andreas

Dois dias antes... Espaço aéreo da Costa da Sardenha.

Alvinho, Guto, Luigi e eu pegamos o jato na madrugada, com destino à Costa da Sardenha, onde se localiza o endereço fornecido por Lizandra. Estarei eternamente em dívida com aquela garota. Ela está sendo determinante para encontramos Maya. Sem suas informações, levaríamos mais tempo, procurando no escuro, até ter alguma pista sólida. Emendamos o dia na noite, junto com Danilo. Ele montou acampamento a bordo com sua parafernália tecnológica e se lançou na tarefa de colher toda e qualquer informação sobre o nosso inimigo, digo, nossos inimigos. Pedi que revirasse a vida de Genaro e Mônica pelo avesso também. Enquanto isso, entrei em contado com o general Rodolfo e ele me cedeu força militar, quarenta dos seus melhores e confiáveis homens. Eles partiram em um avião da Força Aérea, sob algum pretexto de operação, que o general é mestre em inventar. Liguei para Vlad também e, mesmo receoso, expus a situação. Para a minha surpresa, o chefe do clã sérvio se mostrou bastante solidário e garantiu que enviaria duas de suas melhores equipes de mercenários para nos esperar nas cercanias do vilarejo, onde fica o castelo do miserável do Federico. Vlad ainda acredita estar em débito comigo porque facilitei a entrada da sua *mercadoria* no Brasil. A gratidão é um sentimento poderoso, e depois que estiver com a minha menina de volta em casa, irei estudar uma forma de aliança com seu clã, desde que o meu nome público seja preservado.

Solto uma baforada do meu cigarro, olhando os papéis sobre a mesa. Danilo conseguiu puxar tudo sobre o infeliz que levou Maya. Não foi nenhuma surpresa encontrar conversas e operações de tráfico, não só de substâncias entorpecentes, mas de mulheres. O Escorpião Negro opera em parte da Europa e estava entrando no Oriente Médio, inclusive em territórios que são meus, porra. Seus planos incluíam vir para a América Latina também. Sim, o maldito tinha tudo orquestrado. Pego um por um, conferindo tudo. A necessidade de matar e me banhar em seu sangue é imperiosa. Contas telefônicas, saldos bancários. Ele tem uma fortuna considerável, mas não chega aos pés da nossa, o que justifica seu interesse em se unir à Maya. Aposto que quer acessar a herança de seus pais para ter condições de lutar de igual para igual conosco. Já são quase dois dias desse martírio. Dois dias em que tive que fingir me separar da mulher que amo e prometer casamento para a vadia que mais odeio.

Preciso continuar com a mentira até pegarmos o inimigo. Novamente me vejo rogando e implorando a Deus para que consigamos encontrar a minha menina o quanto antes. Tenho medo pelo bebê também. A gravidez está bem no começo, nosso filho ainda está frágil. Puxo mais uma tragada, tudo em mim se revolvendo pelo medo de perder os dois. Eu não posso perder nenhum deles. Eu morro também. Estávamos em alerta desde o começo dos ataques em Zurique, porém, não tinha como evitar esse desfecho sendo que o maldito esteve o tempo todo infiltrado, tornando-se cada vez mais próximo de nós, ficando acima do radar.

Ouço as ligações telefônicas da vagabunda da Mônica com Genaro e descubro que a puta colocou uma escuta numa planta oriental que havia me presenteado em meu aniversário. Achei muito gentil e a coloquei sobre a minha mesa. Meu sangue ferve de vontade de esfolar a maldita. Descubro também que ela e Genaro entraram no Voraz e deram cabo de Valéria Ramazotti e os bandidos que estávamos torturando. Na condição de nosso aliado, Genaro tinha completo acesso ao clube e aos calabouços. Nunca desconfiamos do infeliz e ele transitava livremente.

— Quando quiser pousar, estou preparado, chefe — vem a voz do meu comandante pelos alto-falantes, me tirando da introspecção.

— Estamos repassando os últimos detalhes, Jacinto. Dentro de vinte minutos, no máximo, vamos descer — aviso, concentrado.

Pego o balancete dos bens de Genaro e fico estupefato com o seu patrimônio. É muito maior do que eu imaginava. Também, não se compara ao nosso, todavia, ainda é impressionante e agora sei que estava mancomunado em muitas operações com farmacêuticas e laboratórios, em processos de licitações fraudulentas com governos estaduais e municipais em algumas regiões no país. Ouço suas conversas telefônicas atentamente. Suas tramas com Federico desde que apareceu no Brasil. Eles escancaram seu desejo de nos destruir. Genaro planejava assumir o meu lugar quando estivéssemos todos mortos. Então, meu intestino termina de torcer quando surgem as ligações para Claudio Ramazotti. Essas começaram há quase dois anos.

— Há alguém que gostaria de lhe apresentar, amico — o infeliz traidor diz e ranjo os dentes.

— De amigos como você, quero distância — Claudio ri com sarcasmo.

— Eu e ele estamos juntos para destruir os Montanaro. Imaginei que gostaria de se juntar a nós — Genaro insiste.

Depois de uma pausa significativa, o velho concorda em encontrar Federico.

As próximas conversas me enchem de cólera e o sentimento conhecido e amargo de impotência. Tramam o sequestro de Bea. Nossa linda menina tinha apenas dezessete anos, mas não foi poupada do fim brutal. Ela era muito esperta e a treinamos desde os doze. Falava inúmeras línguas com desenvoltura. Apesar de sua natureza aparentemente doce, dizia que queria *trabalhar* na organização. Nunca pensamos que seria apanhada. E vamos levar essa culpa e dor para o túmulo. Guto e Luigi enfiam seus rostos entre as mãos e meu coração aperta por eles, porque nunca terão sua irmãzinha de volta.

— Que porra de história é essa de estuprar e matar a menina de dezessete anos, Genaro? — A voz contrariada de Claudio me faz franzir o cenho. Como assim... Ele não sabia? — Ninguém odeia mais os maledetos Montanaro do que eu, mas não sou um monstro. Jamais permitiria que meus filhos fizessem tamanha atrocidade.

— Que merda é essa?! O velho não concordou? — Guto range, seus olhos injetados de sangue. Esse assunto é doloroso como o inferno.

Aceno para Danilo continuar com a reprodução da conversa:

— Tarde demais, amico. Seus rapazes já estão com a putinha nesse exato momento — Genaro zomba e meu sangue ferve pela forma como chama Bea, uma menina que o rato de esgoto viu nascer.

— Os Montanaro virão atrás da minha família, porra! — Claudio rosna, então, para um instante e dá para ouvir sua respiração entrecortada. — Dio, era esse o plano, não era? Você, monte de merda, quer não apenas a destruição daqueles maledetos, mas dos Ramazotti também.

— Não é nada pessoal, amico, mas você sabe o que dizem sobre apanhar dois coelhos numa armadilha só.

O sorriso vitorioso de Genaro revolve meu estômago.

— Eu vou estripar esse filho da puta!

— Vou trucidar essa escória, porra!

Luigi e Guto rangem respectivamente, socando a mesa com força, os equipamentos de Danilo sacodindo com violência. Papai pediu exclusividade, mas dadas as novas circunstâncias, é justo que tio Ângelo, meus primos, Alvinho e eu também fiquemos com uma parte do couro do homem demoníaco.

Aceno novamente para Danilo prosseguir e ouvimos tudo, cada conversa que antecedeu aos últimos dias de vida de Bea. Quando o infeliz diz que os Ramazotti pegaram a nossa menina, meu irmão, primos e eu revivemos todos aqueles momentos de tristeza e angústia excruciantes. O terror de quando recebemos a notícia de que ela tinha sido levada, as horas que se passaram até que seu corpo foi jogado na viela atrás do clube, completamente machucado, desfigurado.

— Mudança de planos, Genaro. — Agora é a voz fria de Federico. — Eu quero a menina para mim. Acabei me apegando de tanto que a vi nas reuniões de família — debocha e meu sangue gela, fico ereto no estofado. O que diabos ele... — Encontre uma garota parecida com a doce Bea e a envie para os Montanaro. Sua princesinha irá comigo para a Sardenha. Tenho um castelo esperando por ela — completa com ironia.

Todas as respirações em volta da mesa travam ao ouvir isso. Meu coração acelera com força. O que...

— Oh, meu Deus... — Luigi diz numa voz rouca e sofrida, encarando seu irmão, que está pálido como um fantasma. — Mano... Deus...

— Nossa Bea não morreu, mano — Guto murmura, incrédulo, seus olhos brilhando com lágrimas. — Ela não...

— Deus... Primos... — Alvinho balbucia, sua expressão um misto de raiva, alívio e apreensão. Vira o rosto para mim. Será que ainda está viva e nesse mesmo castelo que estamos a ponto de invadir? Leio meus pensamentos em seus olhos. Também estou com esse misto de sentimentos, todavia, já se passou mais de um ano do suposto assassinato. O estuprador maldito ainda a mantém cativa? Eu rogo para que sim. Que as merdas doentias que porventura o infeliz tenha feito com ela não a tenha quebrado. Que possamos resgatá-la e, finalmente, levá-la para casa.

— Agora temos duas mulheres Montanaro para resgatar — declaro, tentando não deixar meus primos pensarem no pior. — Sim, porque duvido que a nossa Bea tenha sucumbido. — Minha voz treme um pouco. Deus, eu serei grato pelo resto da minha maldita vida se me permitir encontrar as duas vivas.

Danilo coloca as últimas conversas de Genaro e Federico no começo da noite.

— Amanhã estamos deixando o castelo, por uma temporada. Embora saiba que é quase impossível de os Montanaro me encontrarem aqui, vou levar meus troféus para minha casa subterrânea.

A informação me faz ofegar. O infeliz está saindo amanhã. Precisamos atacar imediatamente!

— Andreas está puto com a vagabunda De Cantábria, fique tranquilo. O imbecil se acha tão esperto, mas está sendo manipulado e de novo acreditando que a vadia o traiu.

Genaro zomba e ranjo os dentes, necessidade escura de dançar sobre o seu cadáver me deixando além da insanidade.

— Dê-me o novo endereço para o caso de...

— Não leve a mal, mas não confio em você tanto assim, Genaro. — Federico ri sarcástico. — Apenas eu e poucos membros da minha equipe sabem a localização da toca.

Genaro bufa, mas não insiste e em seguida encerram a ligação.

— Vamos descer — aviso com pânico querendo me dominar. Precisamos agir logo ou as perderemos. Levanto-me e meu irmão e primos fazem o mesmo. Trocamos um olhar significativo. Nós morreremos nessa missão, se for preciso, é isso que estamos dizendo, mas nossos inimigos cairão. Encaro Danilo e ele assente. Ainda tem uma tarefa, entrar na *firewall* do castelo, que protege as câmeras, sistema de guarita e radar do tráfego aéreo. Danilo não conseguiu decifrar a rede ainda. Estou apostando todas as fichas para que consiga, isso irá facilitar nossa invasão sem que sejamos percebidos de imediato, o que nos dará tempo para encontrar Maya e Bea. Saio com meu irmão e primos para o compartimento onde estão nossos homens. Temos um grande contingente aqui. Cinquenta homens da nossa segurança e alguns primos de segundo e terceiro grau que quiseram se juntar à missão. Somando-se aos mercenários de Vlad, temos cento e cinquenta homens mobilizados nessa operação.

— Chegou a hora! — Ergo a voz imponente. Eles já estão preparados, armados até os dentes. Seus gritos de guerra enchem o vão da aeronave. — Há mais uma coisa. — Faço sinal com as mãos, pedindo silêncio. Eles se calam imediatamente.

— Beatrice Montanaro também deve estar naquele maldito castelo — revelo e os sons de estupefação tomam o ambiente. — Sim, acabamos de saber que sua morte foi uma encenação diabólica por parte de Federico. Portanto, se algum de vocês o encontrarem primeiro, não atirem para matar — aviso com o meu coração cheio de ódio. — Tragam-no para mim, entenderam?

Eles acatam e expiro, começando a me equipar também, sendo seguido por Alvinho, Luigi e Guto. Visto o colete à prova de balas, ajusto meus coldres com pistolas e facas. Já estive em ação tantas vezes que perdi a conta, mas um frio desconfortável está rondando a boca do meu estômago agora. Temos que pegar o infeliz no pulo. Só de pensar em Maya, e agora Bea, perdidas para sempre, meu peito comprime em agonia.

Aproximadamente uma hora depois, estamos subindo a encosta da montanha do lado leste da propriedade onde fica o castelo. O Contingente se dividiu em pequenos grupos se acercando do local para invadirmos ao mesmo tempo. Nossa equipe de segurança e os outros primos seguem conosco, enquanto os mercenários de Vlad e os agentes enviados pelo general Rodolfo estão em seus respectivos grupos. Usamos comunicadores para alinhar cada passo dado desde que aterrissamos numa pista de pouso clandestina, há dois quilômetros, vale abaixo. Danilo conseguiu invadir a rede de segurança e ocultou nossas aeronaves do radar. Há helicópteros prontos para nos resgatar, tão logo consigamos encontrar Maya e Bea. Claro que o infeliz utiliza radar. Seria muito amador se não se precavesse de invasões, todavia, eu tenho o melhor homem nessa merda tecnológica e isso fez a diferença. Meu hacker está interferindo em seus sinais, mostrando tudo normal, revezando as mesmas imagens, tanto no radar como no sistema de câmeras por toda a propriedade. Danilo também está usando a nova tecnologia que evidencia pontos de calor.

— Treze homens divididos entre os cantos, extensão desse lado da muralha, e a entrada lateral do castelo, chefe — vem a sua voz baixa no ponto no meu ouvido. Observo a tela presa no meu colete. Ela mostra os pontos de calor nos cantos e ao longo da muralha de pedra.

— Certo. Avise aos outros — ordeno em tom ainda mais baixo e aviso para todos: — Se posicionem. Vamos invadir! — Olho a minha tela novamente e me preparo para pular bem em cima do filho da puta do lado de dentro. Puxo a máscara que cobre toda a cabeça, deixando apenas os olhos, nariz e boca de fora. Coloco o equipamento emborrachado nas mãos e pulo, pegando impulsão, começando a escalada. Isso é brincadeira de criança para mim e meus homens. Nós treinamos pesado simulando todo tipo de situação adversa.

Atinjo o topo e me deito, olhando furtivamente para dentro, sem hesitar, me arrasto, ficando agachado, então, pulo sobre o meu alvo. Sem lhe dar qualquer chance de defesa, corto sua garganta. Gosto de maneiras silenciosas de matar, como as serpentes. Vejo Alvinho e nossos primos, executando seus alvos também e rolo na grama, esgueirando-me atrás das plantas. Continuo com a faca na mão e puxo a pistola com a outra, correndo até a primeira coluna que encontro, me escondendo atrás. Espreito a cabeça e arma, apontando em quem localizar. Tem dois perto da escada para um amplo terraço e mais três lá em cima. Noto Alvinho e Guto escalando a parede de pedra para surpreendê-los. Luigi funga bem do meu lado, trocando um olhar cúmplice, nós avançamos rapidamente sobre os dois que estavam embaixo, cortando suas gargantas em segundos. Nos esgueiramos mais uma vez, subindo os degraus e encontramos Alvinho terminando de executar o terceiro homem. Olho as portas abertas da varanda e meu coração acelera com força. Temos que nos apressar, pois na primeira ronda os infelizes vão descobrir as baixas em sua segurança.

Puxo uma respiração profunda, enviando a mensagem de controle para meu cérebro, afoito nesse momento. Maya está lá dentro, em alguma parte dessa porra de lugar enorme. Bea também. Embora estejamos todos angustiados para encontrá-las, estamos lidando com pessoas do submundo. Podemos morrer se não nos obrigarmos a agir com um mínimo de frieza. Olho para Alvinho, Guto e Luigi. Jairo, Gualberto e mais alguns seguranças estão no telhado, avisto ao levantar a cabeça. Eles pulam rapidamente para o chão, se juntando a nós.

— Alvinho e eu iremos atrás de Maya. Estão livres para procurar por Bea, primos — aviso. Eles acenam. — Cuidem-se, *stronzi* — resmungo, tentando aliviar o ar pesado.

Eles respondem com um xingamento e se esgueiram, entrando na construção antiga. Entramos também, tomando a direção oposta. Temos a planta do lugar. Mais um serviço prestado por Lizandra. Ela fez a descoberta, revistando o escritório do seu fodido pai. O homem é sorrateiro como o inferno. Imagino que deve ter as plantas de nossas propriedades também, o rato de esgoto. Os aposentos principais ficam no terceiro andar e vamos conferir por lá primeiro. Atravessamos um corredor luxuoso e espaçoso, sem avistar ninguém, mas ao dobrar a esquina, damos de cara com quatro brutamontes. Não há tempo para pensar, apenas agimos, rápido, letal. Pulamos com pernas abertas, chutando e derrubando dois de cada vez. No momento em que aterrissamos em cima deles, nossas facas já estão cortando suas gargantas.

Adrenalina e sede de sangue inflamam minhas veias mais e mais. Acenamos um para o outro e voltamos a nos esgueirar até a escadaria no centro da sala ampla. Empunhamos nossas armas e facas, atentos a todo e qualquer movimento, enquanto subimos. Alcançamos o terceiro andar e colocamos nossas cabeças para fora da esquina, notando os dois corredores vazios. O infeliz realmente está se sentindo seguro, achando que não virei atrás, que estou acreditando em suas mentiras sobre a minha mulher.

— Vamos nos separar, mano. O relógio não está a nosso favor, o *maledeto* não deve demorar a notar a invasão — Alvinho alerta num tom baixo e tenso.

Aceno e ele rola no chão, indo para o corredor da direita. Eu sigo pelo da esquerda, atento, apreensivo e pronto para rasgar ao meio quem atravessar meu caminho.

Me aproximo da primeira porta e colo o ouvido na madeira, tentando escutar algum movimento no interior do cômodo. Nada. Giro a maçaneta e empurro a porta devagar, passando para dentro. Está tudo escuro, vindo apenas os raios da lua através da sacada. Não parece haver ninguém, mesmo assim, procuro no banheiro, closet, debaixo da cama e por último, na varanda. Nada. Me esgueiro para o próximo e repito a revista, sem sucesso. Dirijo-me para o outro, mais outro, muitos e, nada. Parece que não há ninguém nesse andar. Uma sensação aterradora se infiltra em mim. E se o maldito já tiver deixado o local? Não, não. Corro para conferir o último desse lado, meu coração doendo, meus olhos ardendo com a possibilidade. Não, Deus, por favor, não. Imploro, girando a maçaneta, empurrando a porta com o mesmo cuidado.

O quarto está pouco iluminado, como os outros, e eu esquadrinho em volta, não vendo nada a princípio, então, meu coração acelera ao avistar a silhueta familiar vindo da sacada. O cabelo dourado brilhando sob a luz da lua faz meu corpo inteiro estremecer de alivio. Maya. Eu a encontrei. Deus, encontrei a minha menina!

— Branquinha! Oh, Deus... Obrigado! — ofego, meu coração saltando com a força do amor que sinto por ela. Puxo a máscara para cima, revelando meu rosto. — Eu te encontrei, meu amor. Te encontrei. — Um soluço de puro alívio me escapa porque evitei pensar no pior, mas a verdade é que o medo de nunca mais vê-la esteve me assombrando a cada minuto após seu sequestro. Avanço, louco para tomá-la em meus braços e levá-la embora. Todavia, ela me choca ao dar dois passos de volta à sacada. Eu corro, encurtando a distância e estaco quando puxa uma pistola de trás das costas.

— Não se aproxime, ou atiro! — ameaça e novo soluço irrompe da minha garganta ao ouvir sua voz, ver seu rostinho de anjo. A minha linda menina. Corro meus olhos por toda ela, notando que não parece estar ferida. Tive medo de encontrá-la machucada, como na outra vez. Mas quando foco meus olhos nos seus, não vejo o que esperava encontrar: amor, alegria por eu ter vindo resgatá-la. Na verdade, seus olhos estão vítreos, muito azuis e denotam... Medo? — Você não vai me machucar de novo. Afaste-se! Meu marido não vai deixar que me leve de novo!

Suas palavras me paralisam. O que diabos fizeram com ela? Observo suas pupilas e noto alteração, estão dilatadas. Droga. Injetaram alguma merda alucinógena na minha mulher grávida. Eu vou mandar essa porra de lugar pelos ares!

— Eu sou seu marido, bebezinha. Injetaram alguma merda para lhe causar confusão mental — declaro com cautela, guardando a minha arma, levantando as mãos para lhe passar segurança. É uma excelente atiradora, não posso dar mole em seu momento de confusão. Estendo a mão e ela se afasta, isso faz meu coração comprimir.

— Fique longe, já disse. Meu marido me deu essa arma para evitar que eu fosse surpreendida novamente. — Estreita os olhos completamente desfocados sobre mim. — Você me estuprou, chicoteou e mordeu.

Deus. Arfo, meu peito doendo pela confusão e angústia em seu lindo rosto.

— Somos praticantes de BDSM. Tudo que faço com você é consensual — explico em tom brando, mantendo as mãos levantadas. — Eu sou o seu marido, meu amor. Você foi sequestrada há três dias, na noite em que me contou que está esperando nosso primeiro filho. — Minha voz treme, meus olhos queimando de amor e ódio pelo que fizeram com ela. — Te amo, meu bebê. Você é o ar que respiro. — Tento acessá-la de alguma forma e seus olhos azuis cintilam fugazmente, como joias na semiescuridão do quarto. — Federico mentiu para você. Ele é o fodido Escorpião Negro! Precisamos sair daqui agora!

Mal termino a frase, recebo uma pancada forte na nuca. Meu estômago revolve, desespero me tomando, meu único pensamento é que minha menina será levada de novo. Sua confusão me distraiu e baixei a guarda.

— Filho da puta! Vai se arrepender da ousadia em invadir minha casa! — Federico rosna, recebo um chute forte nos rins e caio de joelho. Me recuso a perder os sentidos, mas um novo chute, dessa vez no meu maxilar, me leva à lona.

Maya

Eu mantenho o homem sobre a minha mira. Pensei que tinha desmaiado, mas não, ele rola agilmente, lançando duas facas, acertando ambas as coxas de Federico. Ofego, vendo meu marido caindo de joelhos e miro a cabeça do homem quando dá um chute na cara de Federico, levando-o ao chão pesadamente para trás.

— Bem, bem, vejam só como as coisas são diferentes quando não estou drogado — o homem range zombador, montando no dorso de Federico, dando um soco tão potente em seu nariz que ouço os ossos estalando. — Eu vou te matar lentamente! — Outro soco. Mais outro. — Talvez te deixe preso e vá arrancar um pedaço seu todo dia até que não sobre mais nada, monte de merda! Vai entender que o veneno da cobra é muito mais letal do que do fodido escorpião!

— Não vai fazer nada porque vai morrer agora! Siena me pertence, vai gerar os meus filhos! — Federico brada e seu oponente parece ensandecido, esmagando o rosto do meu marido com pancadas iradas.

— Ela é a minha mulher! Se você colocou suas patas nojentas sobre ela, eu vou te colocar numa máquina de triturar cascalho, maldito! — o moreno ameaça.

— Atire nele, Siena! Vamos, mate o nosso inimigo! — Federico range de dor, apanhando, tentando acertar algum soco no seu oponente, mas consegue apenas de raspão porque o outro é muito rápido e habilidoso. Eu miro, minha mão tremendo, contudo, por alguma razão, não consigo puxar o gatilho. Uma sensação inexplicável espirala em minhas entranhas ao ver o homem grande, bonito, imponente, espancando meu marido. Ofego, sem entender o sentimento sombrio buscando espaço dentro de mim. Me sinto quase orgulhosa e... Meu corpo se agita vendo o moreno letal em ação. — Atire, porra! Ele vai me matar!

— Ela não vai atirar porque nem a merda que injetou em seu sistema é maior do que o seu amor por mim — o moreno rosna e gira a cabeça para mim, os olhos verdes-musgo me hipnotizam, não consigo puxar o gatilho. Esse homem me faz fraca de alguma forma, como se tivesse poder sobre mim. — Você é minha, branquinha. Meu amor, meu lindo bebê.

— Mate-o, porra! Mate-o! — Federico torna a berrar.

Lágrimas quentes enchem meus olhos. Meu coração salta, não consigo quebrar meu olhar do seu oponente. Não consigo atirar. Não quero, não posso. Eu sinto algo muito poderoso por ele, minha mão treme mais enquanto reluto em atender os apelos de meu suposto marido.

— Maya, eu te amo — o moreno letal murmura, os olhos verdes-musgo mexendo comigo de uma maneira tão profunda que me faz abaixar a arma. Federico alertou que poderia me sentir assim. Síndrome de Estocolmo é bem comum em casos como o meu. Esse homem ficou comigo por dois meses. Muito tempo. Então, ele é surpreendido com a chegada dos homens da segurança. Meu coração dá um solavanco ao vê-lo levar um chute forte no rosto bonito, cortando seu supercílio. Eles se juntam em cima dele como um enxame de abelhas. Os sons de socos, pontapés, fazem meu estômago revirar.

— Parem! Parem! — choro, tapando meus ouvidos, a confusão ainda presente em meu cérebro. Os seguranças se afastam e ofego ao ver o invasor abatido, os machucados em seu rosto. Seus olhos se fecham, mas reabrem em seguida, presos nos meus, como se se negasse a sucumbir.

— Eu te amo, bebezinha. Lembre-se de nós, meu amor. Por favor, lembre-se de nós.

Então, ele apaga. Um sentimento ruim espirala em minha barriga. Ele disse que me ama. Hoje as imagens estão menos embaralhadas, mas consegui lembrar dele me açoitando até tirar sangue de minhas costas. Me fodendo com força, de maneiras sujas e degradantes. De outro lado, as lembranças de Federico são sempre dele sorrindo para mim.

— É normal sua confusão, meu amor. Lembra o que falei ontem? — Federico se arrasta até mim, as coxas sangrando pelo ferimento das facas. Seu rosto está machucado e o nariz torto, escorrendo muito sangue também. Seus ferimentos não me comovem como os do meu suposto estuprador, o que me lança em mais confusão e dúvidas. — Amanhã nos livraremos desse bastardo em sua barriga, já está marcado com o nosso médico de confiança.

Não. Eu levo a mão ao ventre institivamente. Eu pisco, meu corpo esfriando com rejeição a essa ideia. Não vou deixar ninguém tirar o meu bebê. Nem que eu tenha que fugir deste que se diz meu marido.

— Síndrome de Estocolmo. Lute contra isso, Siena. Não deixe esse estuprador continuar entrando em sua mente. Liberte-se! — Sua voz é um tom mais duro e retira a pistola da minha mão. — Você não precisa mais disso, meu amor. Eu vou te proteger — fala já pegando meu cotovelo — vem, vamos acabar com esse miserável de uma vez por todas.

— O que vai fazer com ele? — me vejo perguntando, meu coração insiste nesse aperto incompreensível pelo invasor, que, nesse momento, está sendo arrastado inconsciente através do quarto.

— Você verá, querida. — Federico olha de lado e o sorriso que me oferece é um tanto estranho. Sua cara ensanguentada me dá calafrios nesse momento.

Deixo-me ser conduzida pelo corredor atrás dos seguranças levando meu suposto agressor, que se arriscou muito na tentativa de me sequestrar de novo. Por que alguém se arriscaria tanto? Me pergunto, aturdida. Descemos um lance de escadas, outro e mais outro, então, entramos numa espécie de masmorra. O salão é enorme e cheio de parafernálias que me fazem ofegar. São instrumentos de tortura. Meu estômago revolve ao perceber que vão machucar ainda mais o invasor.

— Federico... — murmuro, alarmada.

Ele me olha novamente com um brilho frio nos olhos escuros.

— Fique tranquila, meu amor, eu não gosto de sangue. — Toca meu rosto. — Gosto de matar de formas dolorosas e lentas, mas não suporto sangue.

Minhas entranhas tornam a revolver com a certeza de que vai mesmo matar o homem. Vejo-o sendo acordado com tapas no rosto. Ele ainda é bonito, mesmo com hematomas se formando no queixo e têmpora e sangue escorrendo da boca e supercílio. Parece atordoado, mas seus olhos me procuram imediatamente. Fita adesiva é colocada em sua boca, calando o que ia me dizer. Ele parece recuperar as forças porque chuta com agilidade, dois dos seguranças em seus peitos, derrubando-os. Os restantes voam em cima dele com socos e pontapés, levando-o ao chão outra vez e, então, eles amarram seus pulsos para trás com uma braçadeira.

— Coloque-o no tanque. — A voz enraivecida vem de trás de nós. Viro a cabeça, vendo a prima de Federico, Isabeli. Ela me contou que nem sempre nos demos bem, mas que está igualmente revoltada por tudo que passei em meu cativeiro. Bem, eu ainda não gosto da mulher. Há algo nela que não me deixa à vontade quando está por perto. Também me lembro dela me dizendo coisas desagradáveis, até mesmo de uma briga entre nós. Seus olhos escuros encontram os meus e ela sorri. — Você verá o seu algoz morrer, querida, não está feliz?

Feliz? Franzo o cenho. Não, não estou feliz. Por alguma razão incompreensível, estou tentada a lutar com esses seguranças e libertar o moreno bonito. Ele começa a ser arrastado para uma espécie de tanque de vidro em formato de cilindro, a poucos metros de onde estamos. Seus pés e mãos estão atados, sua boca selada com fita. Ele não terá a menor chance quando for jogado lá dentro. Sua cabeça gira para trás, seus belos olhos procurando por mim. Meu coração comprime dolorosamente. Eles sobem os degraus da espécie de plataforma em volta do tanque e o empurram dentro da água. Um som involuntário sai da minha garganta. Ele começa a se debater, completamente submerso, tentando pegar impulso para subir, mas não vai conseguir porque seus membros estão contidos e a profundidade é suficiente para afogá-lo. Uma agonia inexplicável invade meu peito, minhas mãos suam, tremendo enquanto observo o homem se debater. Olho para Federico, que sorri sombriamente. Isabeli faz o mesmo.

— Vá para o inferno, mentiroso filho da puta! Está morrendo porque preferiu a ela! — A mulher range os dentes com ira nítida em seu rosto.

— Morra, miserável! Eu vou cuidar bem dela pra você! — meu suposto marido zomba.

Me incomoda absurdamente seu deboche para o homem e seu triste fim. Sinto uma náusea forte e olho para baixo, notando um fuzil Ak-47 descansando na perna da mesa de madeira. A vontade de pegá-lo e atirar no tanque me acomete. A necessidade de ajudar esse homem é tão urgente que me sufoca. Meus olhos turvam vendo seu sofrimento para não se afogar. Ele gira, se debatendo, ficando de costas para nós as mangas compridas da camisa sobem, devido a seus movimentos agitados. Meus olhos são atraídos para a tatuagem em seu antebraço esquerdo. Meu coração para... É igual à minha. Uma cobra e a metade de um coração vermelho. Oh, Deus, por que ele teria uma tatuagem igual à minha se é apenas um bandido que me estuprou? E se esse homem está dizendo a verdade? Ele é o meu verdadeiro marido?

Sacudo a cabeça e uma lembrança nova espoca na minha mente confusa:

— Oh, Deus... — A voz grossa soa em completo alívio e braços fortes me levantam, amparando minhas costas. — Sim, meu amor! Vamos, respire! — É a voz do moreno que está lá no tanque, lutando pela vida. — Respire, branquinha. Volte para mim — suplica, massageando meu peito. Consigo respirar e ouço-o soluçar. — É isso. Faça de novo, vamos, Maya — ele me chama de Maya, chorando, puxando-me para o seu peito, aconchegando-me. Eu puxo mais respirações e abro os olhos diretamente para os verdes-musgo. Toca meu rosto com as mãos trêmulas. — Você voltou para mim, meu bebê — murmura entrecortado... — *Ti amo così tanto, branquinha. Tanto, amore mio* — torna a sussurrar, encostando sua testa na minha. — Sei tutto per me.

Minha respiração trava completamente. Ele me ama! Me ama e me salvou de uma situação de quase morte, é isso que meu cérebro recuperou agora. E eu congelo, as próximas lembranças são as cenas que antecederam a essa. Vejo claramente quem me colocou no caixão. Arfo baixinho, mais e mais imagens voltando. O homem bonito fazendo amor comigo sob as estrelas num iate, num lugar paradisíaco. As chicotadas surgem, mas surpreendentemente, estou gostando. Ele me segura em seus braços enquanto gozo, dizendo que o amo. *Você controla as batidas do meu coração, And. Amore dela mia vita.* As frases e os respectivos momentos vêm com força e olho para ele ainda lutando no tanque. Eu vestida de noiva, caminhando para ele. Minhas lágrimas banham as faces. And. O sentimento de empatia não é a porra da Síndrome de Estocolmo. É amor. Lindo, intenso, imenso. Eu engulo um soluço de desespero. *Oh, meu Deus! And... Você veio me buscar, meu amor. Veio me buscar e está morrendo bem na minha frente.*

Sem pensar em mais nada, eu caio, rolando no chão e pegando o fuzil na perna da mesa.

— And! Salve-se, meu amor! — eu grito a plenos pulmões, já atirando nas laterais do tanque, para não o ferir. O vidro estoura nos cantos, a água explodindo com força para fora. Sei que provavelmente vamos morrer os dois. Eu ouço xingamentos e tiros, mas não ligo, mando bala nos seguranças próximos ao tanque antes que avancem para completar o serviço. Seus membros se estilhaçam, numa visão pavorosa, mostrando a potência da arma.

— Seu monte de merda! — Ouço a voz irada de Alvinho e som de ossos estalando.

Meu peito se enche de alívio ao lembrar dele. Vejo Guto, Luigi e a menina bonita que conversou comigo ontem. Bea. Oh, meu Deus... Resfolego ao perceber quem ela é. Beatrice Montanaro, a menina que todos pensavam estar morta. Ela está apontando uma pistola para a vaca maldita da Isabeli.

— Eu nunca fui com a sua cara, *puttana* — Bea range. — Não imagina a minha alegria por saber que meu amado primo não se casou com você.

A postura altiva da menina continua a me surpreender. Contudo, lhes dou as costas, vou cuidar de minha inimiga, mas agora preciso ajudar meu marido. Meu verdadeiro amor, que por pouco não morreu bem na minha frente. Eu choro, correndo em direção ao tanque. Água está escorrendo por todo o salão. Meus tênis e calça jeans molham, conforme corro sem cuidado. Sorrio em meio às lágrimas ao ver que And já libertou os pés nas pontas do vidro quebrado. É com fascínio que o vejo inchar os músculos e forçar a braçadeira nos pulsos. Com um rugido feral, consegue se libertar e pula para fora do cilindro quebrado. Seu rosto está todo machucado, mas nada tira a sua beleza para mim. Ele desce os degraus, arrancando a fita da boca com impaciência. Geme baixinho, segurando as costelas do lado direito, onde levou os chutes, estou supondo.

— And... Meu amor... — choro, me jogando em seus braços tão logo me alcança.

— Maya... Você lembrou, branquinha — ele está chorando também, suas mãos trêmulas segurando meu rosto dos lados.

— Ainda estou um pouco confusa, me perdoe, eles me drogaram e... — lamento e sua boca corta minhas palavras. Puxo-o pelo meio, ainda segurando o fuzil com a outra mão e choro mais, recebendo o beijo urgente e apaixonado do meu marido. — eu te amo, não é? Sinto em meu coração. Eu sinto... — sussurro sendo arrebatada de uma maneira incontestável. Sim, ele é o meu marido, meu amor. Ia morrer por mim. Recomeço a chorar ao relembrar o horror de minutos antes.

— Shh, meu bebê. Acabou, estou aqui — respira entrecortado, seus olhos brilhantes de lágrimas. Seu olhar fica aflito e desce as mãos para a minha barriga. — O nosso filho... Eles a drogaram... — Sua expressão endurece em seguida, os olhos adquirindo um expressão sanguinária que me parece familiar agora.

— Eu acho que nosso bebê está bem, apesar de toda a tensão. Não senti nada estranho. — Tento acalmá-lo. No entanto, também estou preocupada. Não tenho ideia de quanta droga injetaram em mim. Vou precisar passar por algum processo de desintoxicação e fazer exames para confirmar o seu estado.

— Ele ou ela já é resistente, como sua mãe — murmura, sua voz e olhar cheios de orgulho. — Deus, eu encontrei a garota mais perfeita.

Eu ainda estou confusa, mas gosto de ouvi-lo dizendo isso. Eu sinto que é verdadeiro. Sei que estou ligada a esse homem pelo amor.

— Eu tenho contas para acertar agora — rosna, olhando por cima do ombro, onde Federico está sendo espancado por Alvinho, Luigi e Guto.

— Vá, eu também tenho as minhas, já protelei demais — digo, minha voz endurecendo, o ódio por minha inimiga voltando a me dominar, dela me enfiando em um caixão eu lembro nitidamente.

Ele acena, me dando mais um beijo cálido na boca e vira as costas. Eu vou em direção à Isabeli Valente, mais lembranças espocam em minha mente. Ela me hostilizando, me humilhando, me surrando, me enforcando. Arfo, ainda confusa, mas uma coisa está clara, ela é a minha inimiga, eu sinto minhas entranhas revolvendo apenas olhando-a. Isso vai acabar agora. A covarde está quase mijando nas calças, sabe que não haverá clemência. Não contente em tentar me matar, desta vez tentou matar And na minha frente.

— Vá tirar seu pedaço daquele monte de estrume, garota — digo a Bea. — Você merece.

Ela acena, me entregando a pistola. Pego-a, ainda segurando o fuzil e encaro Isabeli. Minhas memórias confusas vão chegando. Sim, eu odeio essa mulher com todas as minhas forças. Essa certeza me bate, como tenho certeza do meu amor por And. Minha vontade é explodir essa infeliz inteira. Mas seria muito rápido e ela merece dor. Sem contar história, atiro em seus joelhos. Ela berra, caindo pesadamente no chão.

— Maldita vagabunda! — range os dentes, tentando se arrastar para trás. Eu a acompanho devagar.

— Você tentou matá-lo na minha frente, sua doente — sibilo, mirando seus braços e disparo três tiros em cada. Ela berra alto e assustador, sua cara odiosa salpicada de sangue. Me regozijo. — Você morreu no momento em que decidiu me enterrar viva e falhou, sua puta infeliz — ranjo os dentes. — Estava tirando hora extra, mas agora esgotou tudo! É hora de ir para o inferno! — Atiro em seu estômago e ela engasga, os olhos mostrando o terror de saber que está morrendo pelas mãos da sua maior inimiga. Piso em seu pescoço, ela engasga mais ainda. Me debruço, encostando o cano da pistola em sua testa. A expressão de absoluto pavor em seus olhos me faz exultante e inspiro, deixando as sombras me engolirem. — Mas vá sabendo que eu venci. Eu sou a única a ter o coração do homem que você queria tanto. Você sempre foi a segunda. Morra sabendo disso, vadia!

Então, disparo, o buraco em sua testa me causa uma sensação bem satisfatória, não tenho vergonha de admitir. Eu nunca teria paz com ela viva. Seus olhos ficam esbugalhados, a vida escoando rapidamente deles. Respiro fundo ao encerrar esse capítulo, finalmente, e me viro para onde estão torturando Federico. And está socando a cara do infeliz que já é uma polpa sangrenta. O maldito está deitado sobre a mesa, suas mãos presas à madeira por duas facas. As facas de And, reconheço.

— Você não gosta de sangue, mas, para seu azar, nós gostamos, filho da puta! E muito! — range, segurando a cabeça do prisioneiro dos lados. Noto a virilha do infeliz ensopada de sangue e sei que Luigi e Guto já devem ter vingado a irmã.

— Me deixe arrancar os olhos desse verme, And. — A voz dura de Bea me faz olhá-la. Sua postura ereta e destemida não nega sua linhagem. É uma Montanaro dos pés à cabeça. — Sonhei com esse momento cada dia que passei longe da minha família por causa desse covarde maldito!

Range os dentes. Luigi lhe entrega uma faca. Ele está com a cara toda machucada, os olhos vermelhos, provavelmente deve ter chorado ao reencontrar a irmã, que acreditou ter sido brutalmente assassinada. Guto está do mesmo jeito, esbaforido, a boca sangrando, os olhos vermelhos e parece um tanto incrédulo, observando a irmã mais nova. Desvio o olhar para Alvinho e meu cunhado parece esgotado também, alguns hematomas no rosto, está segurando seu torso no lado direito, mas seus olhos trazem a alegria por esse momento inesperado. Minhas lembranças estão bem mais nítidas, acho que a adrenalina ajudou a expelir a droga e limpar minha mente.

— Essa é a nossa garota. — A voz de And treme um pouco, os olhos brilhantes de emoção ao fitar a prima. — Venha, *cara mia*.

E ela vai. Sem qualquer hesitação, mergulha a faca no globo ocular do fodido. Meu querido primo berra. É um som maravilhoso aos meus ouvidos. Claro que não é uma cena bonita de se ver, todavia, continuo observando porque ele cavou esse fim tenebroso.

— Isso é por ter colocado esses olhos malditos sobre mim, seu verme de privada! — Bea cospe friamente, girando a lâmina sem piedade. O barulho do globo sendo arrancado rivaliza com os gritos de Federico. Nesse momento, está implorando pela vida. Bufo em desdém. Patético. Nem parece um De Cantábria. Porém, tal como sua comparsa, ele não terá nenhuma compaixão.

Bea arranca a bola de carne e abre um sorriso sombrio em apreciação. Seus irmãos e primos aplaudem, sons orgulhosos deixando suas gargantas. Eu me vejo rindo também. Pode parecer obscuro demais para o resto das pessoas, mas para mim eles são perfeitos. São a minha família. Meu olhar vai para ele, o meu lindo homem sombrio, e bebo da sua presença imponente. Estou ainda sensível e abalada, a confusão dando lugar para a exaustão, tê-lo visto quase morrer na minha frente foi demais. Bea termina de arrancar o outro globo ocular. Federico perdeu os sentidos pela dor. And pega a faca da mão da prima e arfo com a visão ainda mais pavorosa... Ele corta a garganta do infeliz, mas não para aí. A expressão em seu rosto é a mais brutal que já vi até agora, enquanto vai separando a cabeça do pescoço. Com um rugido assustador e animalesco, And segura a cabeça pelos cabelos e se vira, levantando-a como um troféu. A gritaria no salão me faz perceber que está lotado de homens. Alguns com expressões esbaforidas, feridos, mas rosnando como cães raivosos.

Minha atenção volta para And. Ele parece um guerreiro antigo, sujo de sangue, machucado, mas belo. Soberba e sombriamente belo. Eu pertenço a este homem cru, selvagem, e que por algum milagre, deu seu coração para mim. Alguém retira a cabeça decepada da sua mão. Nesse momento, ele vira o rosto e me flagra observando-o. A expressão assassina em seu rosto e olhos vai suavizando, me dando a confirmação do que acabei de pensar. Ele pode ser brutal com os inimigos, mas eu possuo seu coração. And estende a mão para mim. Eu ando para perto e ele envolve um braço em minha cintura, me puxando firmemente para seu corpo grande.

— Acabou, branquinha — murmura tão suave, destoando do rugido de segundos antes. Seus dedos sujos de sangue seguram meu queixo, mas não me importo. — Você me salvou.

— Vê-lo me salvou também — sussurro, embargando, minhas mãos alisando seus ombros. — Você tinha razão, meu amor por você foi maior do que os efeitos da droga. — Os olhos verdes-musgo amolecem mais um pouco. — Meu amor por você sempre será maior do que tudo, And.

Ele ofega, as narinas expandindo, os belos olhos cintilantes de amor, orgulho, um misto de emoções que o deixam ainda mais lindo, mesmo sujo de sangue e machucado.

— O ar que respiro, bebezinha — diz com voz mais engrossada, encostando a testa na minha. — Sem você, eu morro.

Eu soluço e levanto minha boca para receber seu beijo urgente e possessivo. Suspiro, ouvindo o barulho, as conversas ao redor em segundo plano. Acabou.

— *Tutto per me, amore mio* — sussurro e ele enrola o outro braço à minha volta, aprofundando o beijo.

— Finalmente iremos curtir nossa vida de casados, agora com nosso bebê a caminho — sussurra em minha boca depois de alguns instantes. — Não me iludo de pensar que teremos paz completamente. Todavia, podemos respirar aliviados em relação a esses malditos que chegaram tão perto de nos derrotar.

— Sim, sim, meu amor. Teremos paz relativa, pelo menos — concordo e ele torna a me beijar de novo.

Meus olhos se enchem de lágrimas felizes. Haja o que houver, meu coração sempre baterá por este homem. Tudo de mim pertence a este homem. Enquanto o beijo, rogo a Deus para que ainda que vivamos na contramão dos seus ensinamentos, nos permita viver plenamente o nosso amor. Que possamos nos amar, cuidar um do outro e envelhecer juntos. Sempre juntos.

CAPÍTULO DEZENOVE

Todos os profetas armados venceram,
e os desarmados foram destruídos.
(Nicolau Maquiavel)

Andreas

O helicóptero sobe e olho para baixo, vendo o rastro de destruição que deixamos para trás. Muitos homens mortos, corpos dilacerados, membros espalhados na grama e pátio ao redor da construção imponente. Pode parecer uma visão aterrorizante para muitos, mas, para mim, é o melhor cenário possível. Não tivemos nenhuma baixa nos nossos. Alguns machucados, sim, contudo, nada sério. A cabeça de Federico está numa caixa térmica aos meus pés. Vou entregá-la a Genaro antes da sua execução e de sua puta diante da *famiglia.* Meus queridos tios também serão executados junto com seu comparsa. É preciso dar o exemplo, ainda que tenhamos que derramar nosso próprio sangue. Olho de lado, meu coração aquecendo ao ver a minha menina. Ela tem a mesma expressão de satisfação obscura em seu rostinho lindo, observando o cenário de guerra lá embaixo. Meu peito transborda de orgulho pela maneira como lidou com tudo. Sua coragem. Sua força. Perfeita para mim, em todos os sentidos. Minha. Irrevogavelmente minha.

Eu a amo tanto que já desisti de tentar mensurar. Sua cabeça loira gira e um pequeno sorriso curva seus lábios rosados, gostando de me pegar babando nela. Levanto nossas mãos unidas e beijo seu dedo anular. Sua aliança de casamento foi retirada pelo maldito. Vou pedir ao nosso joalheiro que providencie outra igual, imediatamente. O anel que pertenceu à minha ancestral está em nossa casa. Maya não o usava no fodido jantar. Expiramos os dois, cansados, mas felizes pela vitória. Sua cabeça pende em meu ombro e beijo seus cabelos.

Minutos depois, desembarcamos e subimos no jato. Eu entro com Maya nos braços. Ela protestou, dizendo que não é uma inválida porque está grávida, típico da minha menina durona, mas me deixou carregá-la até o compartimento privativo. A acomodo gentilmente em um dos bancos ao redor da mesa de reuniões. Ela suspira e estico a mão, delineando seu rostinho perfeito. Antes que falemos alguma coisa, Alvinho, Guto, Luigi e Bea estão se aproximando. Observo minha prima, a menina por quem chorei e me senti tão culpado por ter falhado na proteção. O sentimento de felicidade em meu peito é ainda mais completo do que supunha ao planejar o resgate de Maya. É inacreditável que esteja viva e, aparentemente, bem.

Observo-a atentamente, conferindo que não possui nenhum machucado. Não externamente, quero dizer.

— Ei, garota, venha aqui — chamo-a e ela se aproxima. Ainda é a nossa Bea, mas a expressão em seus olhos não é mais inocente. Ela deve ter visto e vivido coisas que me recuso a imaginar. Seguro seus ombros delicados e meus olhos ardem de emoção. Meus primos são como irmãos e a perda dessa menina tinha nos devastado. — Porra, você está aqui mesmo. — Puxo-a para mim e a envolvo num abraço apertado.

— Você está me esmagando, And — reclama, mas sua voz está embargada. Eu a embalo, beijando o topo de sua cabeça escura.

— Nós nunca desconfiamos da verdade, *carissima*. — Fecho os olhos com força e os reabro, me afastando um pouco para olhá-la. Continua linda, mesmo depois de tanta merda. Seus grandes olhos azuis cristalinos carregam sombras agora, mas vamos ajudá-la com tudo. Toco seu rostinho ainda juvenil. — Teríamos ido até o fim do mundo atrás de você.

— Eu sei, primo. Eu sei — assente, suas lágrimas caindo e eu as limpo. — Acabou. Isso que importa agora.

Alvinho e seus irmãos estão nos observando, fazendo grande esforço para permanecerem durões, mas seus olhos cheios de lágrimas os entregam. Eu rio e estendo a mão para Maya. Ela está fungando, emocionada também enquanto se levanta e vem até nós. Envolvo sua cintura com o braço livre.

— Essa é Maya, a minha esposa — apresento com um sorriso orgulhoso. — Branquinha, essa é a nossa Bea. — Não precisa dizer mais nada. Maya sabe da história fodida, da dor e culpa que carregamos por mais de um ano.

As duas riem se inclinando e se abraçando.

— Olá, Bea. Bem-vinda de volta, querida — Maya murmura com os olhos brilhantes quando se afastam.

— Oi, Maya. Bem-vinda você também. — Minha prima sorri, igualmente emocionada. — É tão bom saber que é a esposa do meu primo querido — emenda e eu sorrio, lhe dando mais um beijo na têmpora.

— Ei, ele é o seu primo querido? E eu? Nada para mim, pelo visto — Alvinho reclama, vindo para perto, puxando Bea para si num abraço de urso.

— Ah, *Dio*, você continua ciumento, primo? — Ela ri, recebendo um beijo na bochecha. Embora esteja rindo e claramente se esforçando para parecer bem, eu sei que vai precisar de ajuda profissional para lidar com a merda que passou ao longo de mais de um ano no cárcere. Por enquanto, não tocarei no assunto. Vamos comemorar sua volta primeiro.

— Ei, cara, já chega.

— A irmã é nossa, *stronzo*.

Luigi e Guto resmungam, se aproximando também, puxando sua irmã para eles. A menina ri e chora, sendo abraçada pelos irmãos mais velhos. Meus olhos ardem de emoção e felicidade por vê-los reunidos outra vez. Jamais serei íntimo de

Deus, pelas sombras que habitam a minha alma, pelas mortes que tenho nas costas, mas em momentos como este, não há como não reconhecer a sua existência e supremacia. Exalo e olho para baixo, encontrando Maya me observando.

— A viagem é longa. Vamos tomar um banho e descansar um pouco no quarto principal? — chamo-a e ela acena.

Conduzo-a até os fundos da aeronave e empurro a porta da suíte confortável. Já a usamos muitas vezes desde que nos casamos. A viagem de volta a São Paulo leva aproximadamente quatorze horas. Peço uma ceia ao serviço de bordo e desligo o interfone, começando a retirar meu colete à prova de balas. Minha menina não faz cerimônia, se livrando dos tênis sem cadarços e, em seguida, começa a abrir o jeans, empurrando-o pelos quadris. Porra, meu pau engrossa dentro do meu jeans, a visão de suas lindas curvas e pele de porcelana me deixa louco de tesão. Em instantes estou nu também. Os olhos de camaleoa estão verdes nesse momento, cintilantes, percorrendo-me por inteiro. A maneira como me olha me deixa envaidecido. É apaixonada, faminta, mas também reverente. Um reflexo do meu olhar para ela. Se aproxima, as mãos delicadas tocando meu peitoral e descem para o abdome.

— Eles o machucaram muito — Maya rosna, uma mão pousando no local da contusão se formando do meu lado direito. — Me perdoe, meu amor. Eu estava tão confusa, demorei a lembrar. — Sua voz fica urgente, os olhos se enchendo de lágrimas de novo.

— Ei, não, bebezinha, a culpa não foi sua. — Puxo-a pela cintura. — Se estamos aqui, vivos e bem, é porque você não puxou aquele gatilho quando o infeliz mandou, e depois me salvou de morrer naquele maldito tanque.

— Mesmo confusa, eu sentia em meu coração que você era importante para mim — sussurra com o rosto angustiado. — Deus, nunca mais quero passar por algo assim, And.

— Consegue se lembrar de tudo agora? — pergunto suavemente.

— Sim — afirma, apertando a boca. — As partes boas e ruins.

Expiro e levanto a mão, tocando seu rosto também sujo de poeira e sangue.

— Fizemos muita merda um com o outro, mas nos perdoamos — murmuro, olhando-a fixamente. — Nos perdoamos porque o nosso amor é maior que tudo, Maya. — Minha mão desce até sua barriguinha plana e a acaricio, reverenciando o serzinho que concebemos juntos. — E tem o nosso bebê agora. Porra, eu mal tive tempo de curtir a notícia — resmungo e ela ri levemente, seu semblante voltando a se iluminar. Continuo acariciando seu ventre, encarando-a com devoção. — Seremos felizes, meu amor. Vamos rever todo o nosso sistema de segurança. Usaremos nossos parceiros na polícia para puxar informações de tudo e todos que se aproximarem de nós.

— Sim, nós faremos dar certo — ela sussurra, os olhos voltando a acender com desejo. Sobe uma mão pelo meu peitoral, alisando, tocando deslumbrada e a outra desce para a minha pelve, pegando meu pau em cheio. — Agora, eu preciso do meu moreno letal. O meu Cobra.

Caralho. Eu sibilo, meu eixo já duro e pronto para a sua dona.

— Meu bebê quer foder? — pergunto, subindo a mão para seu pescoço delicado, acariciando-o antes de abarcá-lo. Ela ofega, gemendo baixinho. Meu corpo inteiro inflama, mas, de repente, o que estive evitando pensar espoca na minha mente: o maldito se aproveitou dela? — Ele se aproveitou de você? — pergunto angustiado. Maya estaca em meus braços, fazendo meu coração saltar de uma maneira ruim, temendo sua resposta. — Eu não me importo, bebezinha — me apresso para deixá-la tranquila. — Eu te amo mais que tudo nesse mundo. Sei que não teve escolha e...

— Não, ele não me estuprou — responde e no primeiro momento, duvido, mas seu semblante e olhar não mostram hesitação. Deus... Eu respiro aliviado. Nunca a culparia, todavia, odiaria que o infeliz a tivesse humilhado dessa maneira. — Tive muito medo quando acordei toda amarrada a uma cama, ainda consciente. Ele e a vaca maldita me contaram seus planos demoníacos, injetaram a droga em mim e depois, fiquei confusa. — Acaricio seu pescoço, relaxando a pressão. — Para a nossa sorte, o plano do infeliz incluía me fazer acreditar que era você o sequestrador e estuprador, então, seria contraditório que tentasse me forçar, pelo menos nesses primeiros dias. — Uma sombra passa em seus olhos e completa com horror: — Mas ele queria tirar nosso filho do meu ventre, And. Já tinha marcado com um médico.

— Porra, devia ter feito aquela escória sentir ainda mais dor antes de cortar sua maldita cabeça. — Ira me invade, querendo ressuscitar o maldito só para matá-lo de novo.

— Acabou — ela afirma e volta a movimentar a mão em meu pau. — Eu preciso de você agora.

— E eu de você — gemo rouco, pegando-a pela bunda. Então, a dúvida me acomete. Ela está grávida e passou por muita coisa. — você está bem mesmo, bebezinha? Será que podemos foder? Você está grávida e...

— Estou ótima agora que estou com o meu marido. — Me abraça com as pernas, aproximando a boca da minha. — Eu preciso que me faça esquecer toda a merda desses dias sem você, meu amor, por favor — murmura, seus lindos olhos me dizendo o quanto precisa de mim. Eu gemo arrebatado e nossas bocas se encontram num beijo urgente.

Nos beijamos com paixão sôfrega, nossas línguas se entrelaçando, se lambendo em pinceladas sensuais. Aperto-a, esfregando sua bocetinha quente sobre o meu eixo. Ela choraminga e eu mordo a sua boca inteira, chupando em seguida. Meus lábios estão cortados e o interior de minhas bochechas machucados pela surra que levei dos malditos, porém, o incômodo é suplantado pelo prazer absoluto de ter a minha mulher de volta em meus braços. Carrego-a para o banheiro, não parando de devorar sua boca. Em instantes, estamos sob o jato morno do chuveiro. Prenso-a contra a parede e desço a boca faminta para seus peitinhos cheios e durinhos. Mamo gostoso em cada um, mordiscando e sugando os biquinhos com força. Maya choraminga, a mão delicada escorregando entre nós, pegando meu pau e levando-o para sua vulva melada. Suas pernas enroladas firmemente em minha cintura.

Levo minha boca para a sua novamente, nossos olhares fixos, enquanto vou metendo devagar. Estremeço, um gemido gutural e possessivo sai da minha garganta, pelo prazer que é sentir sua boceta pequena se esticando toda para receber seu dono, seu único dono. Sou doente por essa menina. Ela me possui de todas as formas que alguém pode possuir outro. Ela grita quando entro todo. Eu rosno, olhando-a de perto, maravilhado com tudo que me faz sentir. Pelo simples fato de ela existir e ser minha. Puxo quase tudo e volto numa estocada mais firme, penetrando-a com cuidado. Maya estremece, respirando entrecortado contra meus lábios. Eu rio perverso e a como devagar a princípio, saboreando cada reentrância em seu canal apertado sugando meu pau tão gostoso que quero judiar dela por ser tão perfeita. Mas isso terá que ficar para depois que der à luz.

Chega o momento que não aguento mais e acelero um pouco mais. Ela grita, convulsiona, pendurada em meus ombros, nos beijamos apaixonados, fodendo gostoso e barulhento. Não me importo que nos ouçam. Não vou me privar disso, nunca! Seguro sua bunda, devorando-a, mas ainda tendo cuidado com o nosso bebê. Sibilo, retardando o gozo porque quero morar dentro de sua boceta. É sempre uma batalha comigo mesmo. Percebo que vou perder, minhas bolas doendo para esporrar bem fundo. Maya continua choramingando e convulsionando ao meu redor, suas paredes tremulando no orgasmo e não aguento mais. Eu urro, mergulhando a boca em seu ombro, mordendo-a e deixo o gozo vir. Minha menina geme alto, o som de prazer pela minha mordida potencializa seu êxtase. Nos agarramos gozando juntos, nos apertando, arrebatados de tanta paixão e tesão. Urro como um animal, possessivo, feral, jorrando minha porra dentro da minha fêmea.

— Eu não posso viver sem você. — Ela soluça entrecortado, arfante.

— E nem eu sem você, meu amor — declaro com a mesma urgência, arfando, minha boca nunca deixando a sua, sugando, devorando. Depois que os espasmos do clímax se vão, ainda continuamos nos beijando, agora mais lento. Nossos gemidos saciados preenchem o recinto. Suas mãos deslizam suavemente pelos meus ombros, as unhas raspando minha pele. Eu gemo longo e rouco. Meu pau ainda duro dentro dela, exigindo mais e mais do prazer absurdo que só ela pode me dar. — Me dê mais — exijo, voltando a estocar devagar em seu canal cremoso, meus olhos abrindo direto para os seus.

— É tudo seu, meu dono — ela sussurra, seus olhos cheios de amor e submissão.

— Meu lindo bebê... — gemo, rendido. — *Tutto per me.* — Minha boca se apossa da sua mais uma vez e então, continuo saciando a minha fome pela minha mulher.

Dezesseis horas depois... São Paulo/Brasil

Eu entro na sala de reuniões ordinárias do Voraz. Fica no subterrâneo, no mesmo andar das celas que usamos para torturas. A *famiglia* está toda aqui, em peso, para assistir à execução dos traidores. Olho de lado para sondar o estado de espírito de Maya. Está linda num macacão vermelho-vinho e um casaco creme. O cabelo preso num rabo de cavalo no alto da cabeça. O queixo erguido, a postura altiva que me enche de orgulho. Conseguimos descansar no jato depois de fodermos no chuveiro. Ela adormeceu logo após a ceia e eu fui fazer as ligações para Vlad e o general Rodolfo, informando o sucesso da missão e agradecendo pela ajuda. Saí, conversei com Alvinho, Guto e Luigi sobre esta reunião e o que caberia a cada um de nós. Bea estava descansando em uma das outras suítes, eles avisaram. Depois de fumarmos e tomarmos algumas doses de Bourbon, voltei para o quarto e me juntei à minha menina na cama. Ela se agarrou a mim, apoiando a cabeça em meu peito, um arremedo de sorriso em sua boca, mesmo no sono. Eu mergulhei o nariz em seu cabelo e a rodeei com meus braços, sentindo a paz se apossando de mim. Consegui dormir após dois dias sem pregar o olho.

Aterrissamos há duas horas e fomos para casa nos preparar para esse momento. O encontro de Maya com mamãe e papai foi emocionante. O de Bea com tio Ângelo e tia Antonieta fez todos nós chorar como crianças. Bianca e Mariana também estavam lá, esperando por seus homens, o que me fez pensar que estou em dívida com meu mano e Luigi. Vou aproveitar a família reunida e liberá-los para se casarem com as garotas que os *stronzi* obviamente amam. Meus pais andam à frente, acomodando-se à cabeceira da mesa, onde se encontram quatro cadeiras. Maya e eu nos acomodamos nas nossas. Alvinho e Bianca tomam assento do meu lado direito. Ouço o burburinho no recinto. *Ramazotti*. Eles cochicham entre si, obviamente menosprezando a escolhida de meu mano. Luigi entra com Mariana e novo burburinho por ela ser uma ex-agente federal. Guto entra com Bea e os cochichos se tornam uma onda de exclamações e, até mesmo choros, por partes de parentes mais próximos.

Não demora, ouço nova comoção e olho para a entrada. O amigo de longa data da minha família está lá, parado, pálido como um fantasma. Jairo e Gualberto se acercam do homem, imediatamente revistando-o e tomando suas armas.

— Que diabos está acontecendo, Andreas, Lucca? — o infeliz pergunta, sua voz tem a tensão de um rato temendo ter sido descoberto. Porém, não tinha como ele desconfiar de nada. Federico o havia avisado que iria para um acampamento subterrâneo e não lhe deu mais detalhes, o traidor infeliz deve estar pensando que não há sinal nessa tal toca. Danilo continua monitorando suas ligações e a última foi para a amante, avisando que iria vê-la hoje quando saísse da reunião com os Montanaro *maledetos*. Assim a escória nos chamou. Não sabe que a puta da Mônica acaba de receber uma bala na cabeça. Um dos nossos esteve em seu apartamento e filmou a execução. Terei muito prazer de mostrá-la a esse verme rastejante. O infeliz ainda se vangloriou sobre eu ter retomado o meu compromisso com a miserável da Isabeli. Ele também não desconfia que Lizandra localizou Elza com a nossa ajuda e que, nesse exato momento, as duas estão em minha casa, seguras, até que o mandemos para o inferno, se juntar à sua querida filha mais velha e à amante.

— Tragam-no — meu pai ordena e os seguranças o empurram rudemente. A expressão no rosto de Genaro é um misto de confusão e medo. Engole em seco, seu olhar desviando para Maya, sentada do meu lado. Mas, quando sua atenção cai em Bea, sentada do lado de Guto, os olhos faltam saltar das órbitas.

— Lucca... Não sei o que... — o rato balbucia e Jairo lhe dá um chute por atrás, forçando-o a se ajoelhar. Em seguida, outro homem da segurança abre a caixa térmica no canto. Genaro ofega agudamente ao ver a cabeça de seu comparsa rolando todo o caminho em sua direção. O terror é claro em sua cara de traidor nesse momento. Eu ajeito meu terno, me levantando e papai e tio Ângelo fazem o mesmo. Em seguida, Alvinho, Guto e Luigi também se acercam da escória, que começa a tremer.

— Lucca, eu não sei o que está havendo, *amico*. Eu...

— Mas nós sabemos, *amico* — meu velho diz friamente e, sem contar história, dá um soco potente no meio da cara do antigo amigo. A cabeça de Genaro tomba para trás com o impacto. Então, as gravações telefônicas sobre o sequestro e assassinato de Bea soam na sala. Danilo está sentado na outra extremidade da grande mesa, cuidando dessa parte.

— Não! Isso é montagem! *Dio*, eu nunca faria nada para machucar sua menina, Ângelo! — ousa contestar e meu tio rosna, mandando um soco igualmente potente no nariz do imbecil.

— Acha mesmo que vai continuar nos enganando, rato maldito? — meu tio range, seu corpo tremendo de ira.

— É a verdade! Eu nunca trairia você, Lucca! Nenhum de vocês!

— *Tutto* mentira! Você nunca foi digno da minha amizade, *maledeto*! — papai vocifera, seu rosto vermelho de cólera. — Mas agora tudo está às claras. Você irá para o inferno!

— Finalmente foi apanhado, *infelice*. — A voz baixa e sinistra de Claudio Ramazotti faz Genaro ofegar, sua respiração travando na hora.

Nosso antigo inimigo entra na sala, escoltado por quatro dos seus. O permiti vir escoltado, mas meus homens estão dirigindo e os trouxeram vendados, depois de rodar pela cidade, despistando-os. Conversei com meu pai quando cheguei e discutimos a possibilidade de uma trégua, visto que os Ramazotti não assassinaram a nossa Bea. Meu velho aceitou e liguei para Claudio, colocando-o a par da tramoia contra seus filhos. Não aprecio retroceder, mas o *maledeto* e os seus caíram como patinhos estúpidos na armação de Genaro. Sei que minhas desculpas não os trarão de volta, todavia, lhe ofereci a trégua que tanto estava pedindo, e, de quebra, o convidei para participar da execução do homem que matou sua família indiretamente.

— Você e sua trama diabólica me custou quatro filhos, *maledeto*! — Claudio torna a dizer, sua voz tremendo. Então, bate com sua bengala na cara do traidor.

— Arranquem suas roupas e o prendam no gancho — ordeno e os olhos aterrorizados de meu ex futuro sogro vem para mim. Eu rio friamente e pego meu celular, mostrando o vídeo da sua puta tomando uma bala na testa. Ele faz um som agoniado, dolorido. — Como já deve ter percebido, você foi enganado, infeliz. Descobri tudo e decidi enganá-lo para ganhar tempo e resgatar a minha mulher. Te derrotei usando sua arma preferida: a mentira e manipulação.

Seus olhos cheios de ira vão para Maya.

— Essa prostituta nunca estará à altura da minha filha! Nunca! — rosna e é a minha vez de socar sua boca imunda. Ele me encara e ri com os dentes sangrentos. Torna a olhar para Maya. — Eu ajudei a matar seus pais, sua putinha maldita! Eu ajudei a mandá-los para o inferno!

Ele mal termina a frase, Maya já está do meu lado, sua pistola em punho. Me preocupo com o bebê e todas as tensões as quais tem sido submetida nesses últimos dias. Minha menina aponta a arma para a testa de Genaro. O sorriso do homem vacila um pouco.

— Já que estamos trocando confidências, saiba que eu matei a sua preciosa filha — ela diz baixo, sem alarde, fria e calculista, como a sua posição exige.

— Não! *Dio mio*! Minha Beli não! — Genaro chora, seu desespero e dor reais nesse momento. Maya ri, os olhos totalmente azuis e cruéis.

— Sim, eu a enchi de balas, com essa mesma arma — minha menina tripudia. Mas posso sentir a dor em sua voz pela revelação de que esse monte de merda também estava por trás da morte de Adriano e Caterina. — Aquela vadia deve estar sendo devorada por abutres enquanto falamos. — Sua voz fica mais dura, lágrimas brilhando em seus olhos bonitos. — Joguei-a ao relento. Morreu sem nenhuma honra, como você, verme asqueroso! — rosna e não me surpreende ao atirar na orelha de Genaro, arrancando-a inteira.

— Maldita! Você nunca terá paz! Essa criança que carrega na barriga não chegará a nascer!

Dessa vez, eu atiro em sua outra orelha. O homem berra de dor.

— Acha mesmo que suas pragas tem poder para nos amedrontar, escória? — rio da sua miséria. — Nosso filho vai nascer forte e saudável. Teremos esse e mais quantos quisermos, sabe por quê? — Me abaixo, olhando-o nos olhos. — Somos os Montanaro. Os donos da porra do poder desse lado do continente. Estamos no topo da cadeia alimentar. Quem tentar nos derrubar, cedo ou tarde acaba exatamente onde está agora. — Cuspo em sua cara machucada. — Levem-no e pendurem-no! Hora de esfolar o rato!

Genaro se debate, roga praga em todos, mas é brutalmente arrastado para o fundo da sala. Em instantes suas roupas são arrancadas e ele pendurado pelos pulsos nas algemas dos ganchos do teto. Pedi para ajustarem e seus pés não estão tocando o chão. Papai, tio Ângelo, Guto, Luigi e Claudio Ramazotti se acercam dele. Cada um empunhando facas de aparência brutal. Então, o trabalho começa, os gritos horripilantes me fazendo sorrir como uma hiena. Eu enlaço a cintura de Maya, procurando seu rosto, preocupado com seu estado delicado, mas ao mesmo tempo, não comprometendo sua pose durona.

— Eu estou bem — murmura só para os meus ouvidos.

Aceno e volto a olhar a execução. Quando tudo termina e Genaro está sem vida, sangue por todos os lados, a pele toda arrancada, a *famiglia* se levanta, aplaudindo.

Estendo a mão depois de um tempo e o barulho cessa. Antônio e Gertrude são trazidos da sua cela. Eles não tentam argumentar sua defesa, seu sigilo telefônico foi quebrado também e o maldito Genaro e Isabeli eram assíduos, compartilhando seus planos, tendo a sua aceitação covarde em vez de delatar a traição à *famiglia*. Infelizmente, eles sabiam tudo sobre o plano de estuprar e assassinar Bea, além do sequestro de Maya. Jairo e Gualberto os forçam a ficarem de joelhos na minha frente e lhes dou a sentença:

— Antônio e Gertrude Montanaro, por trair e tramar a destruição do seu próprio sangue, sua punição é a morte! — digo em alto e bom tom. Sem mais, disparo um tiro seco na testa de cada um. Eles tombam para trás. Ainda bem que seu único filho morreu há muito tempo. A convivência com ele seria comprometida depois de executar seus pais.

Faço o sinal da cruz, pedindo perdão por derramar meu próprio sangue, mas é assim em nosso mundo. Eles escolheram esse fim ao nos trair. Os outros familiares seguem o meu gesto.

Maya

Eu enfio minha mão na de And e aperto, entrelaçando nossos dedos. Não posso dizer muita coisa que coloque em xeque sua autoridade diante da *famiglia*. Aqui ele é o chefe. Meu amor reconhece meu gesto quando devolve o aperto, entrelaçando ainda mais nossos dedos. Olho de lado e meu peito incha de orgulho do meu homem. Ele mantém a cabeça erguida, encarando cada um dos presentes.

— Há mais duas coisas que ainda precisamos discutir, sentem-se. — Sua voz é de aço e todos retomam seus lugares. Os mortos são retirados do recinto pelos seguranças. Evito olhar o infeliz do Genaro esfolado. Não por lamentar seu fim, mas por me causar náuseas ver tanto sangue. — Sente-se conosco, Claudio. — And convida o patriarca Ramazotti.

O velho ainda está meio ressabiado, é visível. Eu também não ficaria à vontade em território inimigo. Ele se senta numa cadeira vaga quase na extremidade da grande mesa, seus seguranças ficam de pé, ladeando-o, atentos a toda movimentação.

— Meu pai e eu discutimos um acordo de paz com os Ramazotti. — And continua no tom solene e incontestável de chefe. — Claudio não rompeu nosso pacto anterior e muito menos concordou com a trama diabólica para a nossa Bea. Ele foi contra, como todos constataram nas conversas com o infeliz do Genaro. — Ele encara um a um. — Estão de acordo?

Há um silêncio no primeiro momento, contudo, um a um vão assentindo.

— Então, está feito. — And faz um sinal para Bianca, que retira duas folhas de papel de dentro de uma pasta, que só agora percebo com minha amiga. — Vamos assinar as duas cópias e deixá-las expostas em nossos quartéis-generais. — Encara Claudio, que pega uma caneta do bolso do terno, mostrando boa vontade em cooperar. — Nenhum Ramazotti será perseguido por um Montanaro, a não ser que o acordo seja quebrado por vocês. Eu, Andreas Montanaro, chefe da *famiglia*, garanto. Você garante em nome dos seus? — inquire a Claudio.

— Nenhum Montanaro será perseguido por um Ramazotti, a não ser que o acordo seja quebrado por vocês. Eu, Claudio Ramazotti, garanto. — O chefe da outra família usa o mesmo tom solene de And.

Eles assinam e em seguida fazem pequenos cortes em seus polegares, pressionando o sangue sobre a assinatura. Um verdadeiro pacto de sangue. É um passo e tanto rumo a uma trégua da rixa secular entres as duas famílias. Claudio parece satisfeito, uma vez que precisa de paz para que seu caçula, de apenas treze anos, cresça e tenha condições de assumir a sua organização. Quando ele se levanta para ir embora, seu olhar escuro procura por Bianca. O homem parece um tanto desconfortável.

— Como você está, *bambina*? Apareça de vez em quando para ver sua avó — pede e de repente percebo que pode haver alguma afeição do homem duro pela neta.

— Estou bem, vovô. — Bianca engole em seco, recebendo todos os olhares da sala. — Eu irei sim, agora que sei que estarei segura.

— Você é uma Ramazotti. — O velho a lembra com uma carranca.

— E, em breve, uma Montanaro também. — A voz dura de Alvinho me faz olhá-lo rapidamente. O quê?! Meu cunhado entrelaça a mão de Bianca sobre a mesa e encara sua família. — Vou me separar oficialmente da Celine e comunico a todos que Bianca Ramazotti será a minha esposa. — Ouço um ofegar e olho minha amiga. Ela está tentando, em vão, não chorar. Acho que foi pega de surpresa também pela sua reação. Alvinho a encara, como que lhe transmitindo força em silêncio e completa: — Minha única esposa.

— Como chefe da *famiglia*, endosso o pedido de meu irmão, Álvaro Montanaro. — And usa novamente o tom incontestável. — Alguma objeção? — indaga aos presentes. Alguns torcem os narizes, mas acabam aceitando. Ninguém contesta diante do novo acordo de paz entre as duas famílias. — Pedido aprovado!

A sala irrompe em aplausos e Alvinho não conta história, plantando um beijo na boca de Bianca, que sorri sem jeito diante do assédio. Meus olhos marejam, meu coração transbordando de amor por essa garota. Ela também está conseguindo o seu final feliz.

— Bem, aproveitando todos reunidos, quero reformular o pedido que fiz sobre Mariana. — Luigi eleva a voz sobre os últimos comentários empolgados da família. Todos o encaram. — Eu a quero como minha esposa, não segunda escolha. — Mari engasga, estupefata, a exemplo de Bianca. — Minha única esposa.

— Ela sequer tem sangue italiano. A Ramazotti pelo menos tem. — A voz de uma senhora rechonchuda me faz olhá-la. Parece que todos a estão encarando porque ela expira e levanta as mãos em rendição. — *Vá bene, vá bene.*

— Eu endosso o pedido de meu primo, Luigi Montanaro, também — And se pronuncia, terminando de calar o protesto solitário da senhora. — Algum voto contra?

Prendo a respiração enquanto espero pacientemente todos assentirem. Eles concordam e novamente a sala se enche de aplausos e sons entusiasmados. Luigi beija a sua noiva. Torno a me emocionar vendo a sua felicidade. Espero que, aos poucos, And consiga eliminar essa tradição arcaica. A reunião é encerrada e os parentes começam a deixar a sala. And é chamado para uma discussão particular com alguns de seus tios, que não recordo os nomes agora. Eles são muitos! Os homens, de repente, estão todos lá e aproveito para me aproximar de Bianca. Ela ainda tem lágrimas nos olhos quando me olha e abre o sorriso mais feliz que já vi em seu rosto bonito.

— Parece que vamos ser oficialmente irmãs, amiga — digo, abraçando-a quando a alcanço. Ela se agarra a mim, sorrindo chorando. Já sou naturalmente emotiva, mas agora com a gravidez, estou percebendo que isso está mais aflorado. Não falamos mais nada por alguns momentos, apenas nos segurando, compartilhando muito mais do que um abraço. Ela se afasta e sorri, rolando os olhos.

— Deus, estou lhe dando um banho de lágrimas — debocha de si mesma. Eu rio da sua besteira. — O impossível aconteceu, amiga. Vou ser a esposa, a única esposa.

— Estou tão feliz por você, Bi — sussurro, embargando levemente, tocando seu rosto resplandecente. — Tão feliz.

Nos beijamos e trocamos mais um abraço apertado antes de nos afastar. Minha atenção vai para Mari, que está se aproximando de nós, limpando a face, obviamente também esteve chorando.

— Parabéns, Mari! — Puxo-a para um abraço afetuoso também. Está visivelmente emocionada, seus olhos escuros estão brilhantes de lágrimas. — Fico tão feliz que Luigi tenha lhe feito a única.

— Obrigada, Maya — ela agradece um pouco embargada. — Eu quis tanto isso.

— Eu sei — murmuro com cumplicidade feminina. — Ser a segunda é agridoce. Ao mesmo tempo em que tentamos entender os costumes retrógrados da *famiglia*, não há como evitar a dor de não estar em primeiro na vida de nosso homem. — Abano a cabeça, expulsando as lembranças de quando precisava dividir o meu And com a psicopata dos infernos. — Mas agora somos as únicas, só isso importa — completo, compartilhando essa vitória com elas. — Que tal jantarmos lá em casa, amanhã? O vínculo entre nossos Montanaros é muito forte, precisamos nos aproximar ainda mais para fortalecê-los. Juntos ficaremos mais protegidos.

Os olhos de Mari e Bianca brilham em aprovação.

— Luigi sempre diz que você é muito arguta e corajosa para tão pouca idade — ela assente. — Sim, nós precisamos nos unir para que nossos homens permaneçam intocáveis.

— Eu concordo, desde que as duas me ensinem a ser durona — Bianca nos faz rir quando resmunga. — Vocês me fazem sentir um zero à esquerda.

— Exagerada — eu rio, meneando a cabeça. — Mas, fique tranquila, amiga. Tudo pode ser aprendido e executado, basta que você queira e dedique tempo a isso. Alvinho não está te treinando?

— Sim, está. Mas ainda estou longe de ter a habilidade e destreza de vocês. Quero que Alv tenha orgulho de mim como Andreas tem de você — minha amiga diz e só agora percebo que deve estar se sentindo um tanto intimidada por mim e Mariana, devido a nossas habilidades com lutas e tiro.

— Quem disse que ele já não tem orgulho de você, Bi? — pergunto, abaixando um pouco o tom para os homens não nos ouvir. — Alvinho te escolheu acima do ódio pelo seu sobrenome. Para um Montanaro, isso quer dizer muita coisa, amiga.

Seu rosto se ilumina e ela acena.

— Sim, estou sendo uma cadela. Acho que é a TPM — geme, rindo de si mesma.

Eu e Mari rimos dela.

— Mas você está certa em querer aprender a se defender. É necessário e urgente — aponto. — Mari pode te ajudar, por enquanto. — Toco meu ventre, meu coração se enchendo de amor pelo meu bebê. — Nos próximos meses serei desse serzinho aqui dentro.

— E do pai dele também. Não se esqueça disso, bebezinha.

A voz grossa bem no meu ouvido me faz arrepiar inteira. Em seguida, um braço forte enrola em minha cintura. Sorrio, meu coração terminando de ser preenchido de amor. Viro o rosto para meu marido e ele sorri, abaixando a boca na minha num beijo suave.

— Agora sim, teremos paz — sussurra contra meus lábios. — Estou louco para ter minha esposinha só para mim.

— E eu para ter o meu marido todo para mim — choramingo. Ele ri, os olhos verdes-musgo adquirindo o brilho sexual e condescendente que me excita demais.

— *Bambina*, o jantar com Henrique e Madalena está de pé? Acabei de lembrar agora.

Desvio a atenção para Gio e Gian Lucca, que acabam de chegar do meu lado direito. Os dois ainda têm esses olhares de preocupação em seus rostos. Mesmo que tenha garantido que estou bem, meus padrinhos estão me cercando de atenção desde que desembarcamos, há mais ou menos duas horas. Esqueci completamente que tinha marcado um jantar com meus padrinhos para hoje à noite. Os quatro. Íamos contar sobre o bebê. Mas, com o sequestro e toda a tensão que se seguiu, não tinha como lembrar. Eu comprei um complexo inteiro de lojas no centro de São Carlos para padrinho Henrique montar sua oficina e o que mais lhe apetecer no ramo automobilístico. Não foi fácil convencê-lo a aceitar, mas acabei conseguindo. Para madrinha Madalena também comprei o prédio onde ela alugava a pequena sala onde funcionava a sua empresa de festas. Dei a eles todas a condições de tornarem seus negócios gigantescos.

— Continua de pé, *mamma* — And responde, agora são dois braços me puxando para seu peito. — Vai ser bom para Maya vê-los depois da tensão dos últimos dias.

Eu o fito, maravilhada que este homem tenha acabado de condenar, matar, mostrando poder para sua organização, mas ao mesmo tempo seja tão sensível e atento ao que me faz feliz. Digo-lhe isso silenciosamente e seus olhos sorriem para mim.

— Sim, vai ser maravilhoso vê-los depois de tudo... — concordo, para Gio e Gian Lucca e emendo: — Eu amo estar com meus queridos padrinhos. Amo os quatro.

— Ah, *figlia mia.* — Gian Lucca me olha com total surpresa, mas a felicidade se espalhando em seu rosto bonito. O rosto que reaprendi a amar. — *Grazie* por dar outra chance a esse velho turrão.

Eu rio levemente e And também.

Cerca de três horas depois, estamos apreciando a sobremesa, um *tiramisu* delicioso. And encomendou em um de meus restaurantes preferidos, já que havíamos esquecido e não pedimos à Meire para cozinhar. A governanta apenas organizou tudo e nos serviu quando padrinho Henrique e Madalena chegaram de São Carlos, por volta das 19h:30. Estavam alegres como sempre, alheios a todo o terror que passamos nos últimos três dias. Esse lado obscuro da minha nova família, jamais revelarei a eles. São pessoas simples, com princípios morais que levam muito a sério. Não quero perder o carinho e admiração deles. Os dois me colocaram a par do trabalho com as aquisições que fiz para expansão de seus ramos de negócio.

— Eu e Gian Lucca ficaremos felizes em participar das reinaugurações, nos avisem, por favor. — Gio sorri para madrinha Madalena, que parece prestes a desmaiar. Ela olha para a matriarca Montanaro como para uma estrela de cinema. Eu a entendo perfeitamente. Minha outra madrinha é a beleza e elegância em pessoa.

— Nós que ficaremos felizes em recebê-los em nossa cidade, senhor, senhora — Madrinha Madalena afirma.

— Ótimo! Vamos combinar e iremos todos com And e a nossa menina. — Gio sorri amplamente. — Mas, por favor, parem de nos tratar por senhor e senhora. Somos da mesma família agora.

— Tem razão. Será um prazer tê-los por lá, Gian Lucca, Gioconda — padrinho Henrique entra na conversa.

— Muito melhor. — Gian Lucca abre um de seus raros sorrisos, levantando a sua taça de vinho. — Um brinde às suas conquistas, Henrique e Madalena! E acho que nunca lhes disse claramente isso. — Meu padrinho os encara com uma expressão desarmada e relaxada no rosto. — *Grazie* por cuidar tão bem da *nostra bambina.*

Meus outros padrinhos sorriem encabulados, seus olhos me procurando, repletos do amor que sempre esteve lá para mim.

— Não nos agradeça. Tudo o que fizemos é porque amamos essa menina — madrinha Madalena declara e estendo a mão, tocando a sua por cima da mesa.

— Sim, Maya é a filha que não tivemos — padrinho Henrique endossa. Estendo a mão esquerda, tocando a sua também. Seus olhos ficam mais emocionados ao completar: — Agora é a nossa única filha.

Engulo em seco pela lembrança sutil de Breno. Meus olhos ardem e sorrio-lhes, sabendo que é o momento certo de dizer a eles sobre o bebê.

— Eu amo vocês — murmuro e olho para And, que me fita com um brilho intenso em suas íris. Ele acena e volto a encarar meus padrinhos. — Padrinho, madrinha, estou grávida. And e eu vamos ter um bebê!

Eles ofegam, seus rostos sendo tomados pela surpresa e depois pela expressão feliz. Se levantam, esquecendo-se da etiqueta que tentam manter sempre que estão na presença de Gian Lucca e Gioconda. Levanto também e me deixo ser envolvida por eles. Murmuram exclamações felizes, me cobrem de beijos. And observa tudo com um sorriso suave. Ele sabe o quanto amo esses dois.

— Sempre estaremos aqui para você, esse bebê, e quantos mais vierem, filha — madrinha Madalena garante com voz embargada.

— Eu sei, madrinha — murmuro, beijando seu rosto e de padrinho Henrique em seguida. — Meus filhos crescerão sabendo quão importantes vocês são para a mãe deles.

Eles ficam ainda mais emocionados. Deixamos a mesa de jantar e seguimos para a sala de estar. Tomei um suco de morango enquanto eles tomavam vinho. Conversamos mais, rimos. Um temporal começa a se formar ao norte. Dá para ver as nuvens carregadas através da parede de vidro. Padrinho Henrique e Madalena sobem para seu quarto. Eles sempre passam a noite quando vêm nos visitar. Conversamos com Gio e Gian Lucca sobre os preparativos para o Natal, dentro de duas semanas, e Ano Novo. Nem acredito que podemos fazer grandes festas sem a ameaça iminente de algo ruim nos acontecer. Estamos livres! Livres com cautela, claro. Em nossa posição, não se pode relaxar nunca. Contudo, é um sopro de ar fresco saber que não tem um inimigo fungando em nosso pescoço.

Eles secam suas taças de vinho e se levantam, indicando que estão de saída. Me levanto junto com And e andamos devagar, acompanhando-os até a porta. Gio se vira, pegando meu rosto entre as mãos, seus olhos verdes cheios de felicidade por me ter de volta. Ela e Gian Lucca já disseram isso mil vezes desde que cheguei em casa. Imagino o quanto tenha sido doloroso para eles me ver correndo risco de vida, e de novo nas mãos de alguém da minha própria família.

— Minha menina vai ser mãe — ela sussurra, seus olhos enchendo de lágrimas. — Eu e *tuo padrino* estamos tão felizes com essa notícia, *tesoro mio*. — Coloca a mão sobre o meu ventre através do vestido de malha confortável.

— *Grazie* por me amar tanto, *madrina* — murmuro, meus olhos se enchendo de lágrimas também. — *Grazie* por cuidar tão bem de mim mesmo quando não sabia quem eu era.

— Ah, minha menininha amada — embarga e me puxa, envolvendo os braços à minha volta. Eu faço o mesmo, meu peito enlevado de tanto amor por ela. Beija minha bochecha e devolvo o carinho. — Como é bom saber que o meu And está com a melhor mulher.

— *Perdona questi vecchi*,[26] por ficarem repetindo a mesma coisa — meu padrinho ri, depreciando a si mesmo. Rio, desviando a vista para ele. Seus olhos estão

26 Perdoa esses velhos – em italiano.

marejados. Sua mão estende, tocando o meu ventre também. — Você carrega a nova geração Montanaro aqui, *figlia mia*. — Seus olhos escuros brilham com emoção e os meus voltam a turvar. — Tudo está em seu devido lugar agora. Vê-la onde pertence é mais do que esse velho aqui merece, *tesoro*.

— *Grazie, padrino* — murmuro, me inclinando e beijando seu rosto. Ele segura o meu, os olhos suaves não escondendo seu amor. — Como é bom estar aqui, com a minha família, onde pertenço — adiciono, virando o rosto para And. Seus olhos estão intensos, cravados sobre mim. Sinto o beijo de Gian Lucca em minha testa e sorrio, voltando a fitar meus padrinhos.

— Você me enche de orgulho, *figlio mio* — padrinho diz em tom grave, sua mão pousando no ombro de seu primogênito. — Teremos paz agora para receber todos os *bambini* que eu e *tua madre* esperamos.

— *Vita mia*, não comece a pressionar por mais *bambini*. — Gio sorri, limpando os olhos e vai para And também. É a minha vez de vê-lo cercado de amor pelos pais. Ela toca o rosto do filho. — Ah, *amore mio*, como é bom ver esse brilho em seus olhos. — And engole em seco, as íris verdes-musgo ficando um tom mais claras enquanto fita sua mãe. — Seu coração sabia que era ela. Naquela manhã, quando os flagrei em sua cobertura — esclarece e me olha. — O seu também, *bambina*. Os dois se recusavam a romper, porque já se amavam. — Eu aceno. Sim, meu coração reconheceu o dele. Por isso, tanto conflito entre a razão e o que And me fez sentir. — Era o destino se cumprindo.

— *Si, mamma*. Meu coração reconheceu o dela — And murmura, olhando para mim, fazendo meu coração aquecer. Leva a atenção de volta para seus pais. — *Grazie di tutto, papà, mamma*. Eu raramente menciono como me sinto honrado por ser seu filho. — Sua voz é firme, porém, emocionada. Meu belo homem sombrio também consegue amar os seus. — E ainda mais raro falo sobre amor. Todavia, mesmo que não o faça com frequência, saibam disso: eu os amo.

Gio soluça e eu também. Gian Lucca está tentando se manter durão, mas seus olhos transbordando o denunciam.

— *Mio* primogênito amado — Gio embarga, abraçando o filho. — *Ti amo così tanto, figlio*.

— *Also, mamma* — And murmura, beijando o topo da sua cabeça escura.

— Só homens fortes conseguem demonstrar sentimentos para os seus. Amar os nossos não é sinal de fraqueza. Quem menospreza o amor é um fraco por si só — Gian Lucca declara e limpa a garganta, abraçando o filho também. — Você demonstra, ainda que não fale com frequência. Você cuida da *tua famiglia* e isso é amar, And. — Meu padrinho durão se inclina e beija suas bochechas. — *Ti amo, figlio mio*.

And engasga, acenando e beija ambas as faces de seu pai. Seu olhar encontra o meu e ele estende a mão para mim. Eu me junto a eles. Sim, estou onde pertenço e é a melhor sensação do mundo.

Eles se despendem minutos depois e And me conduz para o elevador. Subimos direto para o nosso quarto. Os trovões começam a soar mais perto, avisando que a chuva está chegando. Meu celular vibra na bolsa. Eu o pego, parando no meio da sala de estar. And anda até o sistema de som. Olho meu aparelho e o nome de Miguel me causa surpresa e alegria. Tem um tempo que não falamos. Ele obviamente não aceitou bem meu casamento. Abro a mensagem em áudio:

Miguel: Não sei como começar isso depois de tanto tempo agindo como um idiota... Me desculpe, garota. Minha tia acabou de compartilhar a novidade com a minha mãe, que repassou para mim... Porra, você vai ter um bebê... Acho que essa é a deixa para eu parar de ser otário e voltar a falar com você... Eu vou canalizar esse amor que sinto para algo fraternal, eu prometo, Maya... Se quiser ficar uns dias sem responder, eu vou entender e é o que mereço... (ri sarcástico e faz longo silêncio). Seja feliz, menina. Se ainda me quiser por perto como amigo, estarei aqui. Eu te amo, garota. Você sempre terá o meu amor, de uma maneira ou de outra.

Meus olhos transbordam, sua mensagem me tocando fundo. Eu o amo também. And vai bancar o machão, eu sei, mas manterei contato com meu amigo de infância. Ele é parte importante da minha vida. Ando até as enormes janelas de vidro, vendo os raios cortarem o céu de São Paulo. Penso em responder com uma mensagem de áudio, mas resolvo ligar e expulsar o mal-estar entre nós de uma vez por todas.

— Maya... — ele atende no primeiro toque. — Desculpe, eu fui imbecil.

— Oi, Miguel, Deus, eu senti a sua falta — murmuro embargada. — Sim, você foi um idiota, mas eu sabia que o meu amigo especial iria voltar.

Ele sorri do outro lado. É um som aliviado, percebo.

— Convença seu marido a não me bater quando eu for te ver e ao bebê — diz e rio levemente. Faz um breve silêncio. — Parte da minha ausência foi em razão de estar concorrendo para uma vaga numa grande agência financeira de Nova Iorque.

— Nova Iorque?! Uau! — exclamo. — Você conseguiu?

— Sim! — Sua voz ganha uma nota de orgulho e alegria. — Porra, ainda não acredito!

— Isso é maravilhoso, Miguel. Estou tão feliz por você, meu amigo. — Novamente as lágrimas enchem meus olhos. Deus, esses hormônios de grávida estão acabando comigo.

— Obrigado. Eu sabia que ficaria — ele murmura e adiciona: — Vou precisar passar um ano na sede participando de treinamento para abrir uma filial em São Paulo.

Fico triste que não possa vê-lo por um ano inteiro. Contudo, esse tempo afastado será bom para ele rever e canalizar seus sentimentos por mim.

— Vai dar tudo certo. Já deu — garanto com voz suave. — E saiba que sempre terá o meu amor também. Você é parte importante da minha vida. Por favor, permaneça nela.

Ouço-o engolindo audivelmente.

— Eu vou. — Faz novo silêncio. — Seja feliz, garota.

Eu fungo.

— Seja feliz também, Miguel.

Desligamos e os pingos de chuva começam a bater na vidraça. Eu limpo meus olhos e me viro, andando de volta para o homem e a vida aos quais pertenço. And está virado para a outra parede de vidro, observando o temporal começando a cair lá fora, enquanto se livra do terno, gravata e começa a abrir os botões da camisa branca. Suspiro, acompanhando seus gestos elegantes. A naja em suas costas aparece, mostrando que o homem que a ostenta possui uma natureza obscura. Olhando-o assim, é intimidante. Sua pele cor de oliva, sua altura, seus músculos talhados com precisão de uma arma bonita e letal. Ele pega o controle do *home teather* e o liga. Se vira para mim e meu coração canta junto com os acordes introdutórios de *You Gotta Love Someone*. Eu já amava essa música antes, por me recordar de meus pais adotivos. Agora ela tem um significado novo e especial para mim e And também. Quando nossos olhares se encontram, meus olhos marejam com o amor estampado no rosto moreno. Suas íris queimam, me fitando intensamente.

Eu ando devagar, parando à sua frente. Ele geme, pegando-me pela cintura, as mãos acariciando-me preguiçosamente, enquanto seus belos olhos me devoram e veneram. O sentimento de pertencimento é esmagador, arrebatador. Meus olhos se enchem de lágrimas, de amor, devoção absoluta por ele. Levanto minhas mãos, segurando seu rosto dos lados. Seu olhar amolece vendo a minha emoção.

— Minha branquinha linda — sussurra, uma mão subindo pelas minhas costas até segurar minha nuca. As íris verdes-musgo cintilam mais. Abaixa a boca, roçando os lábios sensuais nos meus. Me embriago em seu hálito de uísque caro. — Dance comigo — pede baixinho, a mão da minha cintura, deslizando suavemente, esquentando minha pele por cima do vestido branco de malha fina.

— Você está se tornando um romântico, Andreas Montanaro? — pergunto, um sorriso bobo rivalizando com as lágrimas descendo em minhas faces. Meus hormônios de grávida e o amor imenso que sinto por este homem, me nocauteando. Enlaço seu pescoço e começo a me movimentar. Ele sorri, lento, um misto de amor e safadeza.

— Para a mulher da minha vida, sempre — responde, me fazendo derreter a seus pés.

— Soldado abatido. — Eu brinco e seu sorriso se amplia, o rosto se iluminando completamente. Lindo. Perfeito. Meu. Nos olhamos fixamente, bem de perto. Ofego quando sua boca morna e gostosa encosta na minha, me degustando com amor e sensualidade.

Você pode... Pegar um pedaço do céu
Você pode quebrar as regras
Mas antes de tentar
Você tem que amar alguém
Você tem que amar alguém

Mais lágrimas se reúnem em meus olhos, ouvindo o refrão porque é a mais pura verdade. Nós precisamos de amor. Precisamos amar alguém.

— Eu vou te amar para sempre, saiba disso — murmuro embargada, minhas mãos correndo pelos ombros largos. Seus olhos ficam mais intensos, cheios de posse e amor. Sua testa encosta na minha.

— E eu vou te amar da mesma maneira, saiba disso, meu bebê — declara, sua mão descendo entre nós, pousando sobre o meu ventre. — Quando ele ou ela nascer, vamos dançar a três, como seus velhos faziam com você — murmura e eu soluço, inebriada de tanto amor pelo lindo homem.

— *Amore dela mia vita* — declaro, meu rosto sendo banhado pela emoção.

— *Tutto per me* — ele sussurra, seu braço voltando a enrolar em minha cintura, me puxando mais perto, colando-nos, não deixando nenhum espaço entre nossos corpos. Então, sua boca desce na minha outra vez, beijando-me com pura reverência enquanto ouvimos a música tão importante para nós.

Você pode enganar o demônio, e cortar um pedaço do sol.

Queimar a estrada.

Mas antes de correr, você precisa amar alguém.

Você tem que amar alguém.

Meu coração está tão leve que é como se estivesse levitando em seus braços. O que sinto por ele está muito além do encontro meramente carnal, é um encontro perfeito de almas. Almas gêmeas. Nos perdemos por um tempo, mas encontramos o caminho de volta um para o outro. Como Gio disse ainda há pouco: o nosso destino está se cumprindo. Finalmente.

Andreas

Dez meses depois...

Eu paro na porta do quarto, encostando o ombro ao batente. A cena à minha frente sempre me amolece por completo: Maya amamentando nossa filha. Nossa linda menina. Ela é uma mistura minha e de sua mãe. A pele não é tão escura como a minha, mas não é branquinha também. Os cabelos são castanho-claro, os olhinhos azuis, que mudam de cor, como os de Maya. Minha pequenina camaleoa. Meu peito quase explodiu de tanto amor quando a vi nascer, há dois meses. Maya levanta a cabeça e seus olhos se iluminam ao me ver babando aqui. Seu sorriso acerta meu coração apaixonado, como sempre. Minha parceira para todas as horas. Minha linda menina-mulher. Ando devagar para dentro, ajoelhando-me aos pés delas. Me debruço, dando um beijo terno na cabecinha de minha filha. Ela está ressonando, mas a boquinha suga avidamente o leite materno. Minha atenção sobe para a mãe.

— Oi, bebezinha — murmuro, me inclinando e beijando sua boca. Ela suspira, beijando-me gostosamente de volta.

— Oi, amor — sussurra e me afasto para olhá-la. Seu rostinho de anjo ganhou um ar mais experiente depois da maternidade. — Sentimos sua falta — diz com esses lindos olhos de camaleoa mudando de cor.

— E eu a de vocês — confesso com devoção.

— Leve Cate para o berço e me traga Adriano, amor — pede e meu peito termina de expandir. Nós tivemos gêmeos. Nossa família tem alguns casos, mesmo assim, eu quase tive um enfarte quando os vi na ultrassonografia. Deus, essa garota não podia me fazer mais feliz. Ela me deu tudo. Absolutamente tudo que um homem pode querer. — Vai com o papai, *tesoro mio* — sussurra, beijando a testinha de Caterina. Ela quis homenagear os pais biológicos e não fiz objeção.

Pego a minha pequena princesa nos braços e a levo com cuidado para o berço. Ela abre a boquinha, esticando os bracinhos quando a deito, mas não acorda.

— Minha menininha linda. — Sorrio como um bobo, amando cada coisa nova que a vejo fazer desde o dia em que veio ao mundo. Meus olhos vão para o meu meninão. Meu peito é novamente atingido. Como um reloginho, ele está acordado, o punho enfiado na boca, à espera de ser alimentado. Meu sorriso bobo amplia e o pego, meu coração aquecido de tanto amor por ele, por eles. Adriano se parece quase que completamente comigo. Meu tom de pele e olhos. Acho que só a boca lembra a de sua mãe. Eles são gêmeos bivitelinos. Carregam caraterísticas diferentes.

— Ei, filhão. Sua hora preferida chegou — sussurro para não acordar sua irmã. Ele ensaia um sorriso, como se entendesse perfeitamente a corujice de seu pai.

Levo-o para Maya e ela o recebe com os olhos brilhantes. Beija sua testinha também e o acomoda no seio esquerdo. Nosso menino ataca sua refeição favorita com tanta ânsia que chega a engasgar um pouco. Eu e sua mãe rimos, lambendo nossa cria.

— Vá com calma, meu amor — Maya ri, alisando sua cabecinha de cabelos escuros.

Observo-os com o mesmo encantamento. Minha mulher, meus filhos. O sentimento de posse vem feroz junto com o amor incondicional que sinto por eles. Eu desabo a porra do mundo na cabeça de quem tentar fazer mal a um deles.

Depois de tanta merda e armações contra nós, estamos atravessando um período de paz nos últimos meses. Eu perco a noção do tempo, observando meu menino se alimentando da mãe. Quando dou por mim, ele está ressonando, uma expressão satisfeita no rostinho redondo. Maya se levanta, indo devagar até o berço, colocando-o suavemente junto da irmã. Eu a sigo, admirando as curvas lindas e um pouco mais pronunciadas por causa da gestação. Maravilhosa. Completamos um ano de casados no próximo sábado e renovaremos nossos votos diante da família e convidados. Suspiro, observando-a dizer para nossos filhos o quanto os ama.

Ando devagar e a abraço por trás, enfiando o rosto em seu cabelo lindo e perfumado. Deus, como amo esse cheiro. Meu corpo inteiro inflama, meu pau acordando ao sentir a bundinha gostosa e firme. Temos fodido como loucos desde que seu resguardo acabou. Ainda não tivemos sessão pesada, pois minha menina fez cesariana. Mas já deu para fazer algumas de nossas fodas sujas e obscuras. Levo a boca para seu pescoço e mordo devagar. Maya estremece contra mim, gemendo baixinho.

— Vem relaxar na banheira com seu marido, meu bebê — peço, com voz engrossada, louco de saudade dela, e só ficamos longe quatro dias. Tive que ir à

Argentina numa viagem improvisada, que acabei por estender à Colômbia. Eu, não, o Cobra. Rio cinicamente. Estou acabando de chegar e como sempre acontece quando ficamos longe, eu preciso estar dentro dela. Estar sem ela é como se um membro do meu corpo faltasse. É uma sensação louca, insana. Quanto mais a possuo, mais a quero, mais necessito.

— Eu já ia pedir isso, meu dono. — Ela gira em meus braços, enlaçando meu pescoço. Eu rosno baixo antes de mergulhar minha boca na sua, agora sim, sentindo-me verdadeiramente em casa. Nossas línguas se entrelaçam com paixão sôfrega. Gememos, nos devorando gostoso. Levanto-a pela bunda e ela enrola as pernas em meu quadril. Não paro de beijá-la e a carrego para fora do quarto dos pequenos.

— *Ti amo così tanto*, And — murmura arfante, seus belos olhos atestando suas palavras. — Estava morrendo de saudade, meu amor.

— *Ti amo così tanto*, branquinha — respondo devotado. — Estou aqui, meu amor. Sempre darei o meu melhor para voltar para você e os meninos.

Ela geme satisfeita com a minha promessa. Um som feliz e realizado sai da minha garganta, por estar em casa, com eles. Tenho agradecido a Deus a cada vez que Ele me permite retornar para casa. Depois dessa menina, meu coração escuro recebeu alguns feixes de luz.

Não se enganem, porém. Eu ainda sou um vilão. Eu sempre serei um vilão. Mas até mesmo os vilões precisam sentir essa emoção incomensurável no peito. O amor. Sim, sou um completo escroto, mas preciso de amor.

Não qualquer um, apenas o dela.

EPÍLOGO

Um príncipe sábio deve observar modos similares e nunca, em tempo de paz, ficar ocioso.
(O Príncipe – Nicolau Maquiavel)

Maya

Três anos depois... São Paulo/Brasil

Eu levanto do meu lugar e aplaudo a vitória do meu marido. Na verdade, a nossa vitória, mas como And é o advogado principal, estou lhe dando os créditos. O tribunal está em êxtase completo com a reviravolta que ele conseguiu com as testemunhas da defesa e o júri. Meus olhos estão sobre ele, meu homem implacável, apenas nele. Todo elegante em seu terno azul-escuro. Ninguém diria que esta pessoa de aparência sofisticada e aristocrática é o chefe do submundo na América Latina, com influência crescente em outras partes do globo. Os cabelos escuros estão penteados para trás, o rosto de advogado durão não suaviza enquanto recebe os cumprimentos eufóricos de nosso cliente e do colega derrotado. O caso era complicado, sociedade de banco privado, que rendeu bilhões em trinta anos, mas os amigos se desentenderam e o outro roubou tudo do nosso cliente. A contenda se tornou pública e, dias depois, o sócio desonesto foi assassinado. A suspeita, obviamente, recaiu em cima do homem que fora roubado. Se perdêssemos, ele não teria como pagar os honorários da Montanaro, uma vez que fora deixado na mais completa miséria pelo sócio. Todavia, meu marido é o melhor criminalista desse país. Eu? Bem, sem falsa modéstia, consegui estabelecer meu nome entre os primeiros nesses quatro anos. Mas, And, suspiro como uma adolescente deslumbrada, meu amor sempre será o excepcional e mais fodão para mim.

Sua cabeça gira, e como sempre acontece, a expressão antes dura e fria, suaviza enquanto me observa. Eu amo que apenas eu consiga ter o privilégio de receber essa reverência nos olhos verdes-musgo. Bem, eu e nossos filhos. Ah, Deus, sim! Nós tivemos gêmeos. Um menino e uma menina, que são a nossa razão de viver. Estão com três anos e três meses agora. Já se passaram quatro anos desde que me casei com And. Uau! Foi tão rápido, não é? Vivemos tanta coisa nesse período. Algumas tensões em nosso outro ramo de negócios... Porém, nada que ameaçasse nossas vidas. Temos experimentado um período de paz relativa. Isso não nos fez relaxar com a segurança, no entanto. Ficamos ainda mais cuidadosos depois que nossos meninos chegaram. Não somos uma família convencional e nunca seremos, mas duvido que fosse feliz de outra forma. Eu amo esse homem da maneira mais intensa, louca e devotada que existe.

E não posso colocar em palavras como amo ser a mãe de seus filhos. Nós temos sido felizes. Temos tido momentos maravilhosos entre nós como casal e como pais de Adriano e Caterina. Achei justo fazer uma homenagem a meus pais biológicos, que embora não me lembre muito deles, posso sentir sua presença e amor comigo. Como sou louca pelos meus pequenos voluntariosos. Não posso explicar com palavras como é ser sua mãe. É o sentimento mais puro que há. Desinteressado, abnegado, amo--os gratuita e incondicionalmente e se pegam uma gripezinha sequer, já entro em pânico, desejando estar doente no lugar deles. Eu morro por eles, como o faria pelo seu pai também. Eles três são o mundo para mim. Torno a suspirar, olhando o meu lindo e imponente marido. Quem diria que meu plano de vingança me traria de volta para o homem da minha vida? Quem diria que um assassino cruel também podia ser um marido e pai amoroso? Quem diria que eu também teria o sangue da corrupção correndo nas veias? Quem diria que eu e And seríamos capazes de matar para defender nossos interesses, mas ao mesmo tempo nos amar e aos nossos filhos, tão profundamente?

— Parabéns, doutor! — murmuro e um arremedo de sorriso curva a boca sensual. Estende o braço enrolando em minha cintura, me puxando para a sua frente. Sorrio, olhando a sala de audiência. — Amor, olha o decoro.

— Foda-se, todos sabem que a advogada talentosa e, muito gostosa, que esteve me auxiliando nesse caso é a minha esposa. — Sua voz abaixa apenas para os meus ouvidos, o rosto lindo se iluminando ao me observar de perto.

— Muito gostosa? — Minha voz também abaixa, sedutoramente.

As íris verdes-musgo acendem com a perversão que é própria dele.

— Na verdade, falta advérbio de intensidade que faça justiça à minha linda esposa — sussurra com voz engrossada. Eu derreto em seus braços.

— Não há nenhum que faça jus a meu lindo marido também — afirmo com encantamento.

— Porra, quem diria que eu iria apreciar dizer e ouvir essas merdas patéticas? — zomba, mas o brilho em seus olhos é de puro deleite. Eu bato em seu ombro, de brincadeira.

— Você continua fodão, implacável. Sua reputação está mais do que intacta, senhor machão — é a minha vez de zombar.

Sua risada soa divertida e gostosa. Então, seu rosto vai ficando sério.

— Obrigado, bebezinha. Você foi incrível também, para variar — aponta, a mão livre levantando para o meu rosto e o delineia suavemente. O toque contrasta com a posse em suas íris.

— Obrigada — sussurro, derretida. São apenas três da tarde, mas estou excitada pela vitória complicada, e por isso mesmo, ainda mais especial. — Amo trabalhar com o melhor. — Subo as mãos pelos ombros largos, alisando meu homem. Tenho certeza de que meus olhos estão cheios de possessividade também ao acrescentar: — Amo trabalhar com o meu marido e dono.

Suas narinas fremem e o brilho predador acende em seus olhos.

— E eu amo fazer tudo com você, branquinha. — Seu polegar sobe, acariciando o canto da minha boca e minha respiração trava. Meu dominador sorri perverso e se inclina, beijando meus lábios brevemente. — Você sabe o quanto tenho tesão em vencer. — Se afasta apenas um pouco, a boca ainda roçando na minha. Meu corpo se agita, exigindo sexo em pleno expediente. O brilho cínico e malvado se intensifica em suas íris e leva a boca para o meu ouvido: — E, claro, como gosto de comemorar as vitórias comendo a minha cadela particular... — Seu hálito quente, os termos chulos, degradantes e a insinuação de que vamos foder agora fazem minha boceta latejar e molhar vergonhosamente. Sua risada é escura, depravada em meu ouvido e ele volta sussurrar malvado: — Vem, meu bichinho. Eu mal posso esperar para me enterrar todo em você.

Estremeço inteira, segurando-me para não gemer em plena sala de audiência.

— Para onde vamos? — Minha voz sai muito rouca, quase um choramingo. Ele torna a rir e se afasta, me deixando trêmula, arquejante, doida para chegar logo ao carro.

— Paciência, meu amor — murmura, começando a juntar sua papelada e guardando em sua pasta. Eu solto um som frustrado e faço o mesmo. Meu marido sádico me olha de esguelha, obviamente se divertindo com a minha ansiedade para saber seus planos.

Ele segura a minha mão e deixamos o recinto. Somos parados várias vezes em nosso percurso para fora do prédio. Todos querem nos cumprimentar. Um enxame de repórteres nos cerca no meio da escadaria, lançando perguntas, todos sedentos por nos entrevistar. Jairo, Gualberto e mais quatro seguranças nos ladeiam, enquanto vamos respondendo as perguntas. Nesses momentos, entendo perfeitamente a razão de os Montanaro trabalharem com empenho para manter sua imagem pública ilibada. Temos o melhor dos dois mundos. Somos temidos e respeitados tanto nos tribunais como no submundo e isso não é para qualquer um. Apenas quem tem competência e muita coragem.

— É verdade que irá concorrer para o senado, doutor Andreas?

— A senhora irá defender Mirella Fontes, doutora Maya?

Não respondemos a essas últimas por não terem nada a ver com o caso que acabamos de ganhar. And foi convidado pelo presidente de um dos partidos que a *famiglia* apoia, mas, meu marido não é tolo de se colocar na mira de pessoas mal-intencionadas. E, deixe-me dizer, é preferível ter um inimigo no submundo do que na política. Os políticos conseguem ser ainda mais baixos e brutais quando se sentem ameaçados e precisam manter o poder. Então, um Montanaro nunca irá para a política. Isso é consenso. Sobre a segunda pergunta, irei defender a cantora de funk que fora espancada covardemente pelo ex-namorado, também cantor famoso. Eu, Bianca e Bea vamos pisotear aquele palhaço com nossos saltos quinze. Bianca se graduou no ano passado e começou como associada de Alvinho. Eles se casaram dois meses depois do pedido. Celine acabou falecendo uma semana após aquela reunião onde os traidores foram executados e meu cunhado enfrentou a *famiglia* para poder tornar a minha amiga a primeira escolha. Eles têm um menino de três anos. Como eu, Bianca engravidou na lua de mel.

Bea está na faculdade ainda e faz estágio comigo. Acabamos criando uma proximidade porque me coloquei à sua disposição quando voltou para casa. Embora a menina seja osso duro de roer, em seu íntimo, havia uma adolescente triste e envergonhada por ter sido estuprada e mantida em cativeiro por mais de um ano. A garota é forte, mas precisava de ajuda, cuidado, carinho. Fez terapia por dois anos e está bem agora. Teve apoio de todos, seus pais, irmãos, primos, da minha parte, de Bianca e sua cunhada Mariana. Ah, e, pasmem, de sua outra cunhada, Rafaella. Pois é, Guto se envolveu com a irmã de Bianca logo depois que fui resgatada. Do nada a menina transferiu a faculdade para São Paulo. Só entendemos a razão quando Luigi descobriu que ela era a nova submissa do irmão mais velho. A coisa rendeu muita tensão porque uma noiva siciliana estava sendo sondada para Guto. No final, ele nos surpreendeu assumindo-a e pedindo autorização da família para se casar com ela.

É isso, o quarteto Montanaro está todo fora do mercado. Rio possessiva, olhando o meu homem Montanaro enquanto retomamos a caminhada para o nosso carro estacionado na frente do Fórum. Jairo e Gualberto se adiantam e entram, tomando seus lugares nos bancos dianteiros.

— Entre, bebezinha. — And abre a porta da limusine parada no meio-fio. Seu tom carrega a indulgência dominante que conheço bem. Há algo em seus olhos que me diz que não vai ser uma foda rápida no banco traseiro. Embora eu aprecie bastante essas pequenas travessuras em pleno trânsito.

— Como queira, meu senhor — murmuro mansamente e a expressão sombria se espalha em seu rosto moreno. Acomodo-me, obediente. Meu lado submissa já pronto para atender a todo e qualquer desejo do meu dono.

Ele se junta a mim e senta ao meu lado. Jairo e Gualberto nos cumprimentam pela vitória e os agradecemos. Em seguida, a divisória sobe, fazendo minha excitação aumentar.

— Feche os olhos, meu bichinho. — Sua voz é áspera ao ordenar, me fazendo ofegar, meu coração salta com o conhecimento de que teremos uma sessão. Lambo os lábios e obedeço no mesmo instante, sem qualquer objeção. Ele geme rouco, seu polegar tocando minha boca, esfregando-o lascivamente. Eu abro os lábios, engolindo o dedo, sugando-o com vontade. — Porra, morro de tesão na minha menina — range e gemo satisfeita. Sua boca vem para o meu ouvido, sussurrando: — A minha melhor putinha. — Morde meu lóbulo em seguida.

— Ah, Deus... And... — Convulsiono inteira pelo prazer escuro e lascivo de ouvir os termos humilhantes. Fui completamente corrompida pelo jogo perverso do meu marido. — Leve-me. Use-me o quanto quiser, meu lorde.

Me dá um tapa na cara. Me assusto, mas não abro os olhos.

— Minha cadela é tão adestrada, não é? — zomba, me fazendo gemer e chupar seu dedo com mais força. — Chega — ordena, puxando o polegar para fora e, em seguida, sinto o tecido macio cobrindo meus olhos. — Vai passar o resto da tarde sendo açoitada, usada sem dó pelo seu dono. É isso que quer, meu bebê? — Seu tom é um misto de rudeza e indolência.

— *Si, mio proprietario* — choramingo, loucamente excitada. — Tudo de mim pertence ao meu amo. Nasci para servi-lo, meu senhor.

Um som animalesco sai da sua garganta. O carro começa a se movimentar. Ele não diz para onde vamos, e como saímos do Fórum, não tenho ideia do percurso que estamos fazendo, ou para onde estamos indo. Para casa? Para o Voraz?

Minutos depois, essa pergunta é respondida quando ele me conduz para fora de um elevador para um corredor cujo cheiro conheço bem. Estamos no Voraz. Meu corpo termina de inflamar. Amo quando me traz para cá. É onde tudo começou. Não importa se fiquei presa aqui quando duvidava de mim, o lugar não deixa de ser importante para nós. Como a cobertura, que também mantemos e vamos dormir por lá pelo menos uma noite na semana. Eu amo que ao longo desses quatro anos temos criado tantas memórias perfeitas. Não só aqui no Brasil, mas em várias partes ao redor do mundo. Ele disse que quando nos livrássemos do nosso inimigo declarado, iria colocar o mundo aos meus pés, e meu amor cumpriu. Somos tratados como rei e rainha no submundo e fora dele, e o mais importante é que Andreas me trata como a sua rainha. Tenho certeza absoluta de que sou a única mulher em sua vida. O tipo de amor e paixão, verdadeira obsessão, que temos um pelo outro não admite terceiros. Não há espaço para intrusos. Somos completamente devotados um ao outro.

O som da porta sendo aberta me tira da introspecção. Sou empurrada para dentro e a música instrumental sinistra que adora ouvir enquanto me submente aos seus mais obscuros desejos, me saúda. And não diz nada, apenas continua me puxando pelo cotovelo. Minha boceta pulsa, já toda molhada. Minha respiração ofegante. Paramos e as mãos grandes empurram o terno preto, que uso sobre o vestido de linho verde-escuro. É bem comportado. Nada de decotes, o comprimento bate nos joelhos, como exige o decoro das audiências. Ouço o farfalhar da peça caindo no chão e gemo quando me puxa pela cintura, colando minhas costas em sua frente. Seu pau está duro, empurrando em minha bunda. Sua boca morna suga delicadamente meu ombro direito e, então, morde com força na junção com o pescoço. Eu grito, convulsionando em seus braços, minha calcinha completamente grudada em meus lábios vaginais. Ele ri baixinho e sacode a língua gentilmente onde agrediu. Deus do céu, eu quase gozo com o prazer combinado à dor.

— Minha menina perfeita... — sussurra, a mão descendo e cavando entre minhas coxas por cima do vestido. Seus lábios subindo em beijos e sugadas delicadas em meu pescoço. A mão livre puxa meu queixo, fazendo-me virar o rosto para trás e choramingo sentindo sua boca gostosa se apossar da minha. Arquejo, deixando-o chupar a minha língua. É urgente, cálido e me entrego, pendendo a cabeça em seu ombro, permitindo-me ser devorada pelo meu homem intenso. Morde a minha língua, chupa, morde de novo, enquanto massageia minha boceta por cima dos tecidos. Eu pulso, latejo sem controle, louca para gozar. Ele range e dá um tapa forte em meu monte.

— Ah! — grito em lamento, meu corpo inteiro exigindo a satisfação. — Por favor, meu dono.

And geme rouco e me dá mais um tapa antes de se afastar. Fico insana, coração batendo descompassado, tentando ativar meus outros sentidos para ouvi-lo se movimentando. Não funciona muito porque me assusto, suas mãos tocando meu cabelo. Ele o trança habilmente, me cheira, rosnando como uma fera demarcando seu território. Então, o metal frio toca minhas costas. Prendo a respiração com a lâmina se enfiando entre o vestido e minha pele, indo de um lado a outro. Noto que se movimenta, vindo para a minha frente. A ponta da faca faz espirais em minha clavícula, descendo mais e se enfiando entre meus seios. Sem contar história, meu marido perverso começa a cortar o tecido. Fico parada, como a boa submissa que sou, apenas arfando e me deixando ser usada para o que ele quiser. Vai descendo, o frio do ar condicionado soprando em minha pele nua, conforme o vestido vai sendo cortado até a barra. Uma mão morna empurra as alças grossas, puxando pelos meus ombros e braços e logo estou só de sutiã e calcinha de seda branca.

Arfo quando a lâmina sobe pela minha barriga, arranhando suavemente. Faz o contorno dos meus seios e logo as alças do sutiã estão sendo cortadas. Em seguida a estreita faixa entre os seios e o tecido escorrega pelo corpo. As mãos grandes seguram meus montes e gemo em deleite quando a boca deliciosa engole a aréola direita. Ele chupa forte, mordiscando e lambendo o bico. Sinto o sangue subir à superfície pela forma gananciosa como está sugando. Passa para o outro, devorando-me da mesma maneira. Eu sinto a faca de novo, descendo pelo meu monte, esfregando meu clitóris por cima da calcinha. Choramingo alto, novamente a ponto de gozar. A sensação sombria da lâmina pressionando meu sexo e as chupadas gananciosas que me dá, revezando em meios seios, me deixam louca. Ele ri da minha miséria e para de chupar e massagear.

— Se incline para frente — ordena. — Você vai gozar em breve, prometo. — Seu tom é cínico e zombeteiro. Me inclino e ele segura meu torso, levando-me mais alguns passos, até meu pescoço ser encaixado numa espécie de borda acolchoada. Em seguida, meus pulsos em duas cavidades semelhantes. Resfolego sem reconhecer essa coisa. Quando sinto as cavidades se fechando em volta do meu pescoço e pulsos, fico aflita. Ainda que tenha plena confiança em meu marido, o fato de estar vendada mexe com o meu psicológico. — Shhh, respire, meu lindo bichinho. — Sua voz e toque em meus ombros são suaves, o que me deixa ainda mais alerta. — É uma berlinda. Comprei semana passada e esperei para usá-la hoje, comemorando a nossa vitória. Agradeça pelo presente, minha cadela. — Mal termina a frase, um tapa duro cai na minha bunda.

— Ai, Deus... — lamento, ofegando. Ele me estapeia a outra bochecha. — Obrigada pelo presente, meu lorde — agradeço, sendo surrada, presa, meus saltos altos e a posição incomodam pra caramba. Em seguida, passa a usar chicote de montaria, as lapadas reverberando no ambiente. Minhas costas, bunda, coxas. Ele dá uma entre minhas pernas, pegando minha boceta em cheio. Grito pela ardência.

— Afaste bem as pernas — exige na voz escura que termina de me enlouquecer. Eu faço, ansiosa, desejosa por tudo que virá. Corta a minha calcinha dos lados e puxa o tecido grudado em meus lábios vaginais. Arfo sem controle ao sentir a lâmina do lado plano, esfregando em minhas dobras. Estremeço inteira, minha pele arrepiando e ele dá batidinhas em meu montículo. — Porra, amo ver essa bocetinha pingando para receber meu pau — range e se afasta. Ouço o farfalhar das roupas e meu coração canta, sabendo que está se despindo para mim. Nem sempre ele o faz no calabouço, como também não é em toda sessão que usa a faca. Isso mantém a excitação e expectativa sempre em alta.

Sinto o calor do seu corpo atrás do meu e, em seguida, uma lambida deliciosa em minhas dobras molhadas, indo até o ânus. Gemo, arquejando, enquanto me chupa com a mesma ganância que mamou em meus seios. Enfia dois dedos em minha vulva e meu orgasmo explode, rápido, furioso. And rosna e pega minha cintura com uma mão, enquanto se alinha em minha vulva. Não tenho tempo para me preparar, ele mete em mim. Grito, recebendo-o até o fundo. Entra fácil porque estou absurdamente molhada e ainda sob o efeito do orgasmo. Ele rosna, pegando minha cintura com as duas mãos e se retira quase todo, estocando de volta, forte, profundo.

— Ah, porra... Maya... — geme guturalmente, me comendo com força. Deliro na sensação dolorosa e gostosa de ser esticada à volta do seu eixo grande grosso.

— Sim, meu dono... — balbucio, recebendo suas estocadas profundas, meus ombros batendo na madeira da berlinda. Sei que vão ficar roxos, mas não me importo, passo a rebolar, deixando-o meter até o punho. Ele aprova, rosnando, me dando mais tapas na bunda. And me come por um longo tempo, alternando entre socadas duras e penetração bem lenta. Ele adora me usar, desgastar ao seu bel prazer. Imagino que esteja retardando seu gozo porque a posição é gostosa para ele. Para provocar meu dominador, eu aperto minhas paredes em volta do seu pau, sugando, mamando com força. O urro que sai da sua garganta me assusta e ele se debruça, mordendo minhas costas já ardidas. Segura minha trança e a puxa como uma rédea, o braço enrolando em minha cintura e então, volta a me comer com força. Os tapas da sua pelve em minha bunda são brutais. Berro, gemo, choramingo, suando, meus saltos a ponto de me derrubar. Meu pescoço e pulsos doendo pelo incômodo de estarem restritos. Sinto-o se debruçar sobre minhas costas e expiro aliviada ao perceber a parte de cima da berlinda sendo aberta.

— Vem aqui, meu bebê, estava muito incômodo, não é? — Sua voz é zombadora, mas tensa em meu ouvido. Ele está se segurando para não gozar. Sinto-o me levantar pelo meio, seu pau bem enterrado em mim e anda comigo suspensa. Meus pés tocam o chão outra vez e a venda é puxada. Ofego, diante da parede espelhada. Pisco para ajustar a visão. And está me fitando com olhos famintos e sombrios. Deus, como é lindo. — Apoie as mãos no espelho — ordena, segurando meu pescoço pela frente, voltando a meter bem fundo em mim. Eu faço, obediente e ele ri, me comendo com força, meu rosto por pouco não batendo contra a parede espelhada. — Segure-se, porra! E empine mais essa bunda, eu quero ir mais fundo, machucar essa bocetinha apertada! — range e eu mais uma vez obedeço, empinando-me, levando-o tão profundo quanto consigo. O gemido gutural que ressoa em meu ouvido me faz orgulhosa e envaidecida.

Ofego, as ondas quentes do orgasmo espiralando em meu baixo ventre de novo. Ele empurra tudo, me olhando através do espelho. Noto pela visão periférica sua mão livre indo até o aparador do lado direito. Pega uma faca do requintado conjunto de ouro, que comprou especialmente para mim quando me tornei sua sub. A serpenteia pela minha barriga, seios, passando o lado sem corte pelos bicos. Meu corpo incendeia ainda mais, nosso fetiche sombrio me arrebatando. Ele a desce devagar, riscando meu ventre até o monte e encontra meu clitóris, começando a esfregá-lo perversamente.

— Ah, Deus... And... — Respiro entrecortado, minha vista caindo para a sua ação obscura entre minhas coxas. Ele me encara, me comendo com força, esfregando a faca, expondo meu feixe de nervos e não consigo mais aguentar a pressão. — Eu vou gozar... — aviso e ele rosna, levando a faca para o meu ombro, onde passa o lado do corte, rasgando a pele no mesmo instante em que o gozo explode, fazendo-me gritar. Sua boca imediatamente suga a ferida. Seu pulso esquerdo vem para a minha frente e vejo o sangue minando do pequeno corte. Deslizo a língua na ferida e ele urra, seu sêmen começando a jorrar dentro de mim. Nos sugamos, nossos olhares presos no espelho e sou lançada na zona paralela de dor e prazer indizíveis. Meus olhos rolam, meu corpo inteiro convulsionando. Ele continua me comendo com força, urrando alto.

— Caralho, que gostosa... — geme longo e rouco, diminuindo a força das estocadas. Puxa o meu queixo e nossas bocas respiram uma na outra, se sugando arfantes. O gosto metálico do sangue do outro nos faz gemer de satisfação e devoção escura. — Meu lindo bebê. — Torna a gemer, não parando o beijo.

Eram quase sete quando chegamos em casa. Ele não estava brincando quando disse que iria me usar a tarde inteira. Cada passo que dou, sinto minhas partes íntimas deliciosamente doloridas. Meu dominador preparou duas cenas e depois, fizemos amor lento e gostoso na cama dentro da jaula. Tomamos champanhe, namorando sem pressa, comemos morangos e alguns petiscos. Depois que cuidou de mim numa banheira morna, viemos embora. Nós merecíamos, foram meses dando o melhor para ganhar esse caso. O som das risadinhas infantis avisa que nossos meninos estão nas proximidades. Dobramos a esquina do living e meu dia termina de ficar perfeito. Cate e Adriano estão brincando no carpete na frente da parede de vidro. As babás próximas, atentas a cada movimento deles. Suspiro e ouço o mesmo som feliz vindo de seu pai. Nos aproximamos, devagar, esperando o momento em que irão nos notar e fazer a algazarra que nos deixa como dois bobos. Adriano percebe a nossa presença primeiro.

— Mamãe! Papai! — exclama, já começando a correr para nós.

— *Espela*! Papai! Mamãe! — sua irmã, grita, o seguindo.

Ah, meu Deus, esse é o som mais bonito do mundo. Nossos meninos nos chamando e correndo para nós. Eu me abaixo, estendendo os braços para Adriano, que se joga em cima de mim.

— Oi, meu menino! — Levanto-o, abraçando o pequeno corpo rechonchudo. Ele ri, os bracinhos rodeando meu pescoço. Me cobre de beijos por todo o rosto. — Sentiu falta da mamãe, meu amor? Foi isso? — converso com ele, cobrindo seu rostinho lindo de beijos. Ele é a cara do pai.

— Vem com o papai, menininha linda. — And está com Cate nos braços quando os procuro. Me aproximo, meu coração derretendo pela nossa menininha perfeita. Ele a beija nos cabelos castanho-claros e ela o cobre de beijos, na euforia infantil, própria da idade deles. — O que andaram aprontando? Conta pro papai, *tesoro mio.*

— Ei, menininha da mamãe! Você brincou muito hoje? — converso com ela, me inclinando e dando beijos em seu rostinho. Ela, por sua vez, se parece mais comigo. Apenas a pele é um tom mais escuro e o cabelo também. O resto sou eu, inclusive o gênio. Ela é possessiva com seu pai. Sorrio cúmplice. Exatamente como sua mãe.

— E você, meninão? Brincou com a sua maninha? — And se inclina, beijando a cabeça escura de Adriano, que se derrete para o pai, cobrindo-o de beijos. — Sim? Agora vamos tomar um banho e jantar com o papai e a mamãe, que tal, *tesoro mio*?

Eu aceno para as babás tirarem algumas horas de folga. Nós gostamos de cuidar dos nossos meninos sempre que podemos. E quando estamos em casa, apreciamos um tempo de qualidade com eles. Subimos para o quarto das crianças, conversando e ouvindo sua interação barulhenta e ainda confusa. Eu amo ouvir suas palavras incompletas, sua forma genuína de nos contar seu dia. Damos banho nos dois e eles adoram esses momentos porque aproveitamos para brincar também. Os enxugamos, vestimos seus pijaminhas e descemos para preparar seu jantar. And é craque nisso. Ele cozinha enquanto brinco com os pequenos, cantando o repertório dos vídeos do *Mundo Bita*. And entoa alguns versos de vez em quando e os meninos riem. Eles adoram o timbre grosso da voz de seu pai.

— Aqui, meus pequenos cantores — ele brinca, colocando os pratos da sopinha de legumes e frango sobre a mesinha deles. Agora temos uma mesinha colorida bem no meio da nossa cozinha.

And senta no chão à minha frente, colocando pratinhos coloridos para nós também.

— Chega de brincadeira. É hora de papar! — seu pai diz e enfia a colher em seu prato, levando-a até a boca em seguida.

— *Hola* de papar!

— *Hola* de papar!

Nossos pequenos exclamam e imitam seu pai, cavando em seus pratinhos. Eu faço o mesmo, meu coração transbordando de amor ao observar as três pessoas mais importantes para mim. Meus olhos marejam, felicidade sem tamanho pulsando em meu peito.

And me observa e sua expressão enternece. Estende a mão por cima da mesa e estico a minha. Ele entrelaça nossos dedos, os olhos verdes-musgo me dizendo sem palavras o quanto me ama. Aqui dentro ele é todo meu e de nossos filhos. E o meu belo homem sombrio é o melhor marido e pai que eu poderia sonhar em encontrar. Digo-lhe isso com meus olhos também.

Eu posso viver por apenas mais um segundo, um minuto, cem anos. Contudo, se for ao lado deste homem e de nossos meninos, morrerei feliz. Estarei realizada por ter sentido o seu amor. Por ter sido a sua mulher.

— O ar que eu respiro, *amore mio* — murmuro com devoção, usando sua declaração preferida para mim.

Seus belos olhos cintilam.

— *Tutto per me, amore mio* — sussurra a minha para ele, levando minha mão à sua boca, depositando um beijo reverente.

Andreas

Eu acordo cedo e deixo a minha branquinha dormir até mais tarde. É sábado e daqui a pouco nossa família chega para o almoço mensal que realizamos em conjunto. Foi ideia de Maya esse momento pessoal para unir a *famiglia*. Todos apreciaram passar esse tempo juntos todo mês, para além das obrigações. Nossos laços estão muito mais fortes desde que iniciamos a prática, há quase quatro anos. Minha menina é astuta como poucos. Precisávamos disso mesmo, mais proximidade. Após a traição de Antônio e Gertrude, corrompidos pelo Genaro *maledeto*, ficamos mais atentos nos cuidados uns com os outros. Não haverá traição novamente. A paz tem perdurado em nossas vidas. O pacto com os Ramazotti continua firme, sobretudo, depois que meu mano se casou com Bianca. Ainda me sinto em dívida com Claudio. Sou um assassino frio, mas não gosto de cometer injustiças. Seus filhos morreram por causa das armações do infeliz do Genaro.

Depois que os meus nasceram, me tornei um pouco mais comedido, eu diria. Antes, me arriscava gratuitamente. Maya também. Minha bebezinha é durona, destemida demais para seu próprio bem. Todavia, há mais cautela em nossas ações agora. Nós dois queremos viver para ver nossos meninos crescerem e se tornarem o que nasceram para ser: profissionais ilibados aos olhos do público e chefes do submundo nas sombras. Embora estejamos atravessando um, muito bem-vindo, período de paz, não fechamos os olhos para tudo que acontece à nossa volta. Danilo montou um esquema através do qual tenho acesso a uma rede de informações privilegiadas sobre os criminosos mais perigosos da América Latina e de outras regiões importantes do globo. Os *Federicos* e *Genaros* da vida jamais nos pegarão de calças curtas de novo. Claro que, nesse ramo, estamos expostos a conflitos com gente tão sanguinária quanto nós, mas, temos nos preparado para não sermos alvos fáceis.

Nenhum Montanaro usa redes sociais. Apenas a Montanaro Advocacia possui páginas no Facebook, Instagram e outras redes com perfil comercial. Entrevistas, só concedemos a veículos sérios e consolidados na mídia brasileira. Pensando bem, *sérios* talvez não seja uma boa palavra para se referir a canais midiáticos no país. Ironizo. Depois da higiene matinal, visto uma calça de moletom cinza e saio do closet. Minha atenção pousa na cama, onde a minha linda e desgastada esposa está ressonando. Peguei pesado em nossa sessão ontem. O tesão por termos ganhado o caso, complicado como o inferno, me deixou louco para usar a minha cadela numa sessão pesada, e, como sempre, a minha menina perfeita me deu tudo que exigi. Eu ando para perto, hipnotizado pela visão do corpo nu, a pele leitosa, as curvas ainda mais deliciosas depois que gerou meus filhos. Magnífica. Meu peito se enche de amor e posse, observando-a em seu sono.

Eu faço muito isso. Nunca vou me acostumar com tanta beleza. Eu venero essa menina. Só tenho olhos para ela. Ando devagar, colocando-me à beira da cama e estendo a mão na cascata loira caindo pelas costas nuas e marcadas pelo meu chicote. Acaricio as mechas macias e as afasto, a fera insaciável ruge dentro de mim ao tocar as minhas marcas em sua pele. Maya geme o meu nome, abraçada ao meu travesseiro, enterrando o nariz na fronha. Um sorriso bobo curva a minha boca. Ela sempre se agarra ao meu travesseiro quando deixo a cama primeiro. Diz que ama o meu cheiro. Sem conseguir me conter, debruço-me e beijo cada vergão.

— Minha menina escura e perfeita — murmuro, apaixonado.

— Meu dono... — ela torna a gemer baixinho.

Meu corpo inflama com sua resposta sonolenta. Debruço-me mais e dou um beijo em sua têmpora.

— Durma mais, meu amor. Vou dar o café dos meninos — aviso e um pequeno sorriso curva sua boca, ainda que não abra os olhos.

Me viro e deixo o quarto saindo pelo corredor, para ver meus pequenos. Quando abro a porta, constato que já estão acordados, pulando em suas caminhas. As babás em polvorosa, tentando pegá-los para que não caiam e se machuquem. Suas cabecinhas giram e me encontram ao mesmo tempo.

— O papai chegou!

— Meu papai!

Adriano e Cate exclamam respectivamente. Eu sou completamente apaixonado por esses pequenos barulhentos. Eles me arrebatam, como sua mãe. De formas diferentes, porém, igualmente intensas. Dou a minha vida por eles. Me aproximo e eles pulam para o chão, correndo descalços ainda vestindo seus pijaminhas. Me abaixo, abrindo os braços.

— Bom dia, *i tesori di papà!*[27] — Pego-os, levantando um em cada braço e eles fazem festa, babando meu rosto todo. Rio mais, como um bobalhão. Mas não me

27 Tesouros do papai – em italiano.

importo. Em nossa casa, posso encher meus meninos e sua mãe de amor. Eles sempre terão a minha melhor versão. — Vamos tomar café? Os *bambini* do papai querem panquecas de morango?

— *Bambini di papà* — Adriano diz, como que me corrigindo. Eu dou risada da esperteza do meu menino. Estamos ensinando-os o italiano desde cedo para que falem como eu e sua mãe, sem sotaque.

— *Amole mio*. — Minha menininha entra na brincadeira. É isso que é para eles, por enquanto.

— Ah, *Dio,* assim vocês derrubam seu velho — rio, beijando seus rostinhos entusiasmados.

Saio do quarto e quando passamos diante do meu e de sua mãe, eles fazem bico, apontando para a porta fechada.

— *Quelo* mamãe!

— *Bucar* mamãe!

Cate e Adriano exigem.

— A mamãe já vai descer, meus meninos. Está dormindo só mais um pouquinho — explico com toda a paciência do mundo, dirigindo-me para o elevador. — Mamãe cansada.

— Mamãe cansada — Adriano repete.

— *Domindo* um pouquinho. — Cate também entra na onda.

Seus rostinhos ainda são de choro. Eu beijo um e outro, nos virando para a parede espelhada quando a caixa começa a descer.

— Perdoem o papai. Ele foi muito egoísta e deu uma canseira na mamãe ontem — peço com um sorriso nada arrependido.

— *Cansela* na mamãe.

Meus filhos repetem, fazendo-me dar risada. Tomara que não repitam isso na frente dos outros mais tarde. Saio com eles, indo direto para a cozinha. Meire abre um sorrisão, nos recepcionando. Ela é apaixonada pelos meninos. Eu os coloco no chão, deixando-os aos seus cuidados enquanto preparo o café para eles e sua mãe. Me lanço no trabalho, preparando panquecas de morango para os meninos, ovos Benedict para mim e Maya. Café, suco de morango e laranja. Monto as bandejinhas e Meire traz os pequenos, que estão cantando uma de suas músicas infantis preferidas. Eu os pego um em cada braço e entro na onda, cantando também. Eu e sua mãe sabemos todas a letras. Nós apreciamos cuidar e brincar com nossos meninos. A música termina e beijo suas cabecinhas perfumadas. Quando levanto a vista, minha outra razão de viver está parada na entrada da cozinha. A expressão em seu rostinho lindo é suave e apaixonada. Ela diz que ama me ver com nossos filhos nos braços.

Maya sorri e anda devagar para nós. Meus olhos a percorrem inteira. Usa um conjunto de baby doll verde-água e um penhoar no mesmo tom. O cabelo preso em um nó no alto da cabeça. Meu corpo esquenta, animado para ter a minha menina de novo, e de novo. Possuí-la é o meu maior prazer.

— Mamãe chegou!

— *Mia* mamãe!

Adriano e Cate gritam entusiasmados. Eu rio, sabendo que minha fome pela sua mãe terá que esperar um pouco.

— Bom dia, bebês lindos da mamãe! — Maya exclama, seus olhos cheios de amor enquanto se debruça, envolvendo os braços em volta de nós três. Beija-os nos rostinhos e eles riem, os olhinhos brilhantes de amor pela sua mãe. Eles babam sua face inteira e ela sorri, um som lindo e feliz que faz meu peito expandir enquanto observo os três maiores amores da minha vida. Seus olhos de camaleoa encontram os meus e um leve suspiro deixa sua boquinha rosada. — Bom dia, meu amor — murmura, a mão direita vindo para o meu rosto, deslizando para a nuca. Me puxa suavemente e abaixo o rosto, aproximando nossas bocas.

— Bom dia, branquinha — respondo, roçando meus lábios nos seus. — Era para você dormir mais. — Um sorriso arrogante curva minha boca. — Te degastei muito ontem.

— Mmmm... — geme desavergonhadamente, falando bem baixinho para os meninos não ouvirem. — Ontem foi delicioso, perfeito, meu lindo amo. Obrigada por cuidar tão bem da sua cadela. — Porra, sua voz rouca e expressão safada acabam comigo.

Eu mergulho minha boca na sua. Mordo, sugo, querendo devorá-la, mas tendo que manter certo decoro na frente de nossos pequenos.

— Os outros devem chegar em duas ou três horas... — rio cínico e indulgente. — Quero você de volta ao quarto quando terminarmos de alimentar os bebês.

— Aqui você não é o TOP, Andreas Montanaro — ela tem a ousadia de provocar.

— Tente não obedecer, franguinha abusada — eu rosno e mordo sua boca inteira. — Vou te arrastar por esse lindo cabelo na frente dos funcionários. É isso que quer?

— Ah, Deus... Você joga tão pesado, amor — ela geme, os olhos acendendo com luxúria. Eu rio arrogante. Para a minha sorte, minha menina ama um jogo safado e pesado.

— *Besando* mamãe e papai! — Adriano ri, batendo palmas.

— *Besando!* — sua irmã repete como um papagaio.

Nós rimos e somos obrigados a parar o beijo para dar atenção aos pequenos cheios de energia.

— Vem com a mamãe, meu amor. — Maya pega Cate, que abre um sorriso feliz nos braços da mãe. — Vamos papar? Mmm, o papai fez panquecas de morango! — Os olhos brilhantes vêm para mim. — Ele é maravilhoso, o melhor pai do mundo.

Porra. Ela me fode todo quando diz isso.

— Papai *malaviloso*! — minha menininha linda exclama.

— Papai *malaviloso*! — meu meninão a segue.

Meus olhos ardem de emoção. Eu vivo para esses momentos. Eu vivo para eles e sua mãe.

Nós alimentamos nossos filhos e depois os entregamos para Meire. Ela gosta de passear com eles pelo jardim nas primeiras horas da manhã. Levamos uma bandeja com nosso café para o quarto. Fodemos gostoso embaixo do chuveiro. Nos vestimos e tomamos café na sacada. Maya sentada no meu colo, enquanto damos comida na boca um do outro. Quando terminamos, ela muda de posição, escarranchando-me. Eu seguro sua bunda no short jeans curto que está usando.

— Eu não quero tomar a injeção contraceptiva nesse mês, And — confidencia e meu coração salta com a revelação. — Vamos ter mais um filho, amor?

Eu arfo, subindo uma mão para seu rostinho de anjo.

— Você me faz tão feliz, bebezinha. — Minha voz sai mais grossa pela emoção. — Sim, meu amor, vamos ter mais um filho.

Ela sorri, feliz, tão linda que meu peito aperta.

— Isso significa que precisamos intensificar os treinos... — Sorrio sacana, lhe dando um beijo suave na boca. Ela dá uma risadinha safada.

— Totalmente de acordo, senhor — ronrona, mordiscando meus lábios.

— Vamos descer, meu bebê. Os Montanaro não devem demorar a chegar — chamo-a.

— Vamos — assente. — Amor, você está lembrado do casamento do Miguel no próximo sábado, não é?

Eu faço uma carranca com a menção do amiguinho apaixonado. Bem, ex amiguinho apaixonado, visto que o garoto está se casando. Finalmente, porra! Aceitei sua presença na vida de Maya porque sei que o *stronzo* é importante para ela. Mas ainda tenho ciúmes. Ele queria a minha mulher. Isso não dá para esquecer. Podem me chamar de possessivo, louco, obsessivo, o caralho, não estou nem aí! Maya é minha. Qualquer um que tente levá-la de mim irá comer capim pela porra do raiz.

— Amor, não faça essa cara quando estivermos na cerimônia, pelo amor de Deus! — A menina abusada ousa debochar do meu ciúme. Dou um tapa em sua bundinha firme.

— Menina petulante — ranjo, abaixando a cabeça e abocanho seu seio direito por cima da regata de tecido fino. Ela ri e geme. Acabo rindo também. — Está bem, vou me comportar, prometo.

Seus olhos de camaleoa cintilam em agradecimento.

— *Ti amo* — murmura, segurando meu rosto dos lados, voltando a roçar os lábios rosados nos meus.

— *Ti amo* — declaro de volta e seguro sua nuca, aprofundando o beijo.

Eu sempre irei fazer tudo para deixá-la feliz. Mesmo que isso envolva aturar um idiota que já foi apaixonado por ela.

Nós descemos em seguida, pegamos os meninos e nos preparamos para receber a *famiglia*.

Dois meses depois... Bahamas/Caribe

Eu tomo um gole do meu Bourbon, encostando-me à balaustrada da varanda da sala e observo a movimentação no jardim à frente. A grama bem cuidada faz limite com as areias branquinhas da praia, e as ondas quebrando rivalizam com o som do jazz trazido pelo vento. O palco e as mesas foram colocados ao ar livre. Compramos essa ilha recentemente e esta é a inauguração. Uma festa privada, só para os nossos aliados e clientes mais influentes do submundo. Não é permitido aparelhos celulares, máquinas fotográficas ou quaisquer outros dispositivos. Nenhum tipo de registro pode vazar porque Vlad está aqui também. Temos nos encontrado em eventos sigilosos como esse ao redor do mundo, ao longo dos três anos em que fechamos uma aliança. O chefe do clã Sérvio foi uma grata surpresa nesse meio brutalmente competitivo. Vlad é um vilão, como eu e os outros presentes nesta noite, mas ele tem princípios parecidos com os meus. Posso dizer que estamos avançando na construção de uma amizade para além dos negócios.

A nossa organização, Vlad, Nikolai e Malik, o príncipe árabe para o qual ofereci munição para tomar o poder dos emirados vizinhos ao seu país, formamos uma aliança na qual nos ajudamos mutuamente. Construímos um cinturão protetor impenetrável à nossa volta. Estou muito satisfeito em expandir os horizontes nesse sentido. Até porque tenho informações atualizadas de todos e cada um deles. Apenas Niko está livre de investigação. Ele está aqui também com Yuliya.

— É bom poder respirar esse ar por uns dias, mano. — Alvinho se debruça do meu lado direito, tomando um gole da sua bebida também.

— Sim, muito bom, mano. — Viro a cabeça, olhando meu irmãozinho. Ele está com uma expressão feliz e realizada no rosto. Um espelho da minha. Se casou com a mulher que ama, tiveram Nicolo, que está com três anos, e estão planejando mais um. Estendo o braço, passando por cima de seus ombros, puxando-o para perto. Ele vem meio que rolando os olhos. — Eu sei que nem sempre expresso meus sentimentos, mas saiba que te amo, irmãozinho. — Ele engole em seco, os olhos escuros brilhando, apreciando minhas palavras. — É uma honra ser seu irmão e saber que posso confiar minha vida a você.

— Porra, você está emotivo hoje — tenta zombar, mas o sorriso se abrindo em seu rosto o denuncia. Ele passa seu braço sobre meus ombros também. — Eu te amo, irmão mais velho. E me sinto honrado em ser seu irmão, ter a sua proteção e saber que posso confiar a minha vida a você também.

Eu me inclino e o beijo em ambas as faces. Ele devolve o carinho fraternal e continuamos abraçados, bebericando nossas bebidas.

— Vocês vão chorar e toda essa merda patética, primos? — A voz debochada de Guto nos faz olhar para trás. Ele está parado no limiar das portas da varanda. Luigi está do seu lado, ambos segurando copos com uísque e sorrisos provocadores em suas caras.

— Que bom que ouviram, primos. Vai nos salvar de repetir para vocês, *stronzi* — resmungo e me viro de frente para os dois.

Eles bufam, mas suas caras suavizam e andam para perto.

— Vocês têm razão, no entanto — Luigi pondera. — É bom estar desfrutando de um período de paz.

Meu primo mais novo se casou com a sua ex-agente federal e estão felizes. Têm uma menina de dois anos e sua mulher trabalha conosco nos dois ramos de negócios. Seus conhecimentos e habilidades de agente da lei tem sido de grande ajuda.

— Brindem conosco, primos — chamo-os e eles chegam mais perto. Passamos um braço por cima dos ombros do mais próximo e formamos o quarteto do qual nossas mulheres falam com frequência. Encaro-os, o mesmo amor fraternal que sinto por Alvinho, preenchendo meu peito. — Bufem, sejam idiotas sobre isso, mas saibam que amo vocês, Guto, Luigi. Vocês são meus irmãos também. — Eles engolem audivelmente. — Vocês e Bea. Obrigado por fecharem comigo e Alvinho e tocar o terror nos inimigos.

Eles riem, os olhos escuros brilhantes de emoção.

— Amo você também, And — Guto resmunga e olha para Alvinho. — E você, *stronzo*. Somos irmãos.

Guto se casou com Rafaella, irmã mais nova de Bianca. Pois é, o *stronzo* tanto cercou que acabou levando para casa. Ironizo. Sua jovem esposa está terminando o curso de Medicina, o que virá a calhar quando precisarmos de cuidados médicos urgentes devido às nossas outras atividades. Eles têm um menino de dois anos.

— Vamos falar baixo, porra — Luigi zomba, mas uma expressão terna cruza seu rosto e ele acena. — Te amo também, primo mais velho. E você, Alvinho. — Um sorriso livre de provocação se abre em seu rosto. — Somos irmãos.

— Amo vocês também, *stronzi*, Guto, Luigi — Alvinho declara. — E nossa Bea. Sempre cuidaremos uns dos outros. Sim, somos irmãos.

Eu acho que estou ficando velho porque estou emotivo pra caralho esta noite.

— Sangue e *famiglia* acima de tudo! — recito nosso lema, levantando meu copo.

— Sangue e *famiglia* acima de tudo! — eles repetem, tocando seus copos no meu.

Bebemos em seguida. Em público somos sempre comedidos, mas nós sabemos que o nosso laço é o mais forte e inquebrável. Um vulto chama a minha atenção nas portas da sacada e meu coração é atingido. Minha linda esposa está lá, parada, arrebatando o meu fôlego. Maravilhosa num longo de seda prata, uma capa de tecido fino e delicado, presa às alças finas do vestido por broches de esmeraldas. O cabelo longo solto, apenas uma presilha também de esmeraldas segurando o lado esquerdo. Quando meu olhar sobe para o seu, já a encontro me fitando com o mesmo encantamento. Há um brilho intenso em seus olhos bem maquiados. Seu corpo ainda está esguio, todavia, seus seios estão mais voluptuosos. Meu peito incha de amor, tesão, verdadeira adoração por essa menina-mulher. Está grávida de novo. Vamos ter outro filho. Tomamos conhecimento há uma semana e apenas a nossa família sabe.

Bianca, Rafa, Mariana e Bea também param, ladeando-a. Elas formam um belo quinteto. Um belo e letal quinteto, não se enganem com suas aparências. Meus olhos vão para a ponta, a caçula da família, a nossa Bea. Ela tem sido atuante em nossos dois ramos de negócios. Está no quarto ano de Direito e estagiando com Maya, por afinidade com os casos que minha branquinha tem se dedicado ao longo desses quatro anos. Ela defende mulheres em situações de abuso. Embora minha atuação seja fria e calculista também na advocacia, sinto orgulho pelo sucesso que minha menina arrojada tem conseguido. Mesmo com tão pouca idade, seu nome já possui força no meio jurídico. Voltando à minha prima, toda a família a apoiou para que conseguisse superar o período que foi obrigada a passar com seu captor. Ela fez terapia por algum tempo e agora parece ter se livrado do fardo.

— Quem convidou aquele palhaço? — A voz desdenhosa de Bea me faz olhá-la. — Malik. — Rola os olhos. — Se ele ao menos olhar para mim, dou um tiro no *infelice.*

Nós rimos. O príncipe parece estar encantado por minha prima desde que a encontrou em nosso escritório, no começo do ano, em São Paulo. Bea ainda não se abriu para relacionamentos, mas não a estamos pressionando devido à merda a que foi submetida. Se ela resolver ficar para titia, terá o nosso apoio.

— Malik é um aliado, maninha. Comporte-se — Guto observa, sorrindo.

— Além disso, não é permitido armas nessas reuniões, maninha. — Luigi ri da birra da irmã.

— Uma pena — a menina ri também com um brilho maquiavélico nos olhos azuis. Está linda num longo que realça suas íris.

— Deixe para dar um tiro em nosso aliado fora daqui, prima — digo em tom de brincadeira.

— Fechado, primo!

Meu olhar vai para a minha mulher de novo. Um sorriso brinca em sua boquinha pintada de vermelho e ela começa a vir para mim. Coloco o copo sobre o topo do parapeito e enrolo os braços em sua pequena cintura quando a alcanço. Suas mãos delicadas pousam em meu peitoral por cima do smoking branco. Pela minha visão periférica percebo meu irmão e primos receberem suas mulheres e se dirigirem para a escadaria que leva à área do jardim onde nossos convidados já estão nos aguardando. Eu não tenho pressa. Minhas mãos passeiam vagarosamente pelas costas de Maya, meus olhos presos aos seus numa conversa que só nós entendemos.

— Você está linda, branquinha — murmuro, minha voz terna e apaixonada. Seus olhos de camaleoa brilham mais, ficando mais verdes. Levanto a mão direita para seu rosto, tocando, reverenciando-a. Nunca haverá outra para mim. Serei fiel a ela até o fim dos meus dias. Amo-a com total devoção. Nunca irei tocar outra mulher. A ideia me causa repulsa. — E agora, me sinto um tanto egoísta. Estou tentado a fugir com o meu lindo bebê para o nosso iate e ficarmos por lá. — Ela dá uma risadinha, gostando da minha possessividade. Suas mãos correm pelos meus ombros, subindo para o rosto. — Só nós do... Só nós três — corrijo e ela torna a sorrir, os olhos ficando um pouco lacrimosos pela lembrança do nosso bebê.

Depois de amanhã voltaremos ao Brasil, temos duas semanas de férias e vamos passá-las com nossos meninos, começando pela ilha em Ubatuba. Meu peito incha ainda mais. Eu os amo além da razão. Amo a família que essa menina-mulher está construindo junto comigo.

— Você também está lindo, amor — sussurra, inclinando-se mais para mim. Seu semblante enternece, os belos olhos correndo por todo o meu rosto. — E sim, também quero fugir com você para ficarmos a sós. Odeio dividir sua atenção com o resto do mundo. — É a minha vez de rir, bobo com sua possessividade também.

— Ficamos por uma hora, mais ou menos, depois vamos para a nossa festa particular, prometo, meu bebê — sussurro, aproximando nossas bocas. — Dança comigo, minha esposa? — peço suavemente.

— Aqui?

— Sim, meu egoísmo é incontrolável quando se trata de você — digo e seu semblante amolece ainda mais, o sorriso mais apaixonado e reverente se abre em sua boca.

— Tudo para agradar meu amado lorde. — Sua voz sai enrouquecida.

Eu gemo, tomando sua mão delicada e beijo o dorso. Seus olhos turvam. Enlaço sua cintura e num gesto lento e suave a inclino para o lado esquerdo, um passo elegante e romântico, que me sinto à vontade para fazer com ela, apenas ela. Minha menina sorri, pendurada em meus braços, seus belos olhos cheios de lágrimas. Ela sabe que não tinha um osso sensível antes dela, mas me esforço para dar tudo que merece. Cada merda patética que sei, a faz feliz. Abaixo a cabeça e a beijo suavemente na boca. Nos coloco eretos e começo a balançar.

— Amor da minha vida — murmuro, completamente rendido, devotado a ela.

— *Tutto per me* — ela responde embargada. Seus braços rodeiam meu pescoço e abaixo a boca na sua, nossas línguas se encontrando e se sugando com paixão lenta. Balançamos devagar enquanto nos beijamos apaixonados. Dou um selinho e separo nossos lábios, empurrando-a para a fora dos meus braços, minha mão ainda a segurando. Sua risada surpresa e alegre ressoa em toda a varanda. Rio também, bobo, tão feliz quanto, e a giro duas vezes. Puxo-a para meus braços outra vez, suas costas colando em meu peito e envolvo meus braços em sua cintura, meu nariz enfiando em seu cabelo lindo e perfumado. Inspiro, fechando os olhos por um momento, absorvendo tudo dessa menina que possui tudo de mim.

Ficamos assim um tempo, balançando, minhas mãos caem para seu ventre e o acaricio, agradecendo a Deus por nosso terceiro filho. Giro-a e a puxo de frente, nossos corpos se encaixando gostosamente de novo. Seu rosto levanta para o meu e nos olhamos, nos aconchegando bem juntinhos.

— Eu vou te amar para sempre — sussurra, os olhos transbordando. — Saiba que você me faz a mais feliz das mulheres, And.

Eu ofego, meus olhos picando com lágrimas que sempre acho patéticas. Mas não as contenho porque são a expressão do profundo amor que sinto por essa menina.

— Eu também vou te amar para sempre — murmuro de volta, segurando seu queixo, olhando-a fixamente. — Meu amor, minha lealdade, sempre serão seus.

— *Ti amo così tanto* — ela soluça, as faces sendo banhadas.

— *Ti amo così tanto* — repito, meu peito tão cheio de amor que dói. — Para sempre você e eu, bebezinha.

— Para sempre você e eu, meu amor.

Ela ri e chora. Linda demais. Eu quero congelar essa imagem, para acessar daqui a muitos anos, quando estivermos velhinhos. Nosso mundo é volátil e instável, mas eu e ela lutaremos para viver plenamente esse amor, para vermos nossos meninos crescidos e formando suas próprias famílias. Limpo suas lágrimas delicadamente e ela respira fundo. É hora de colocar nossas máscaras de chefões do crime. Trocamos mais um olhar apaixonado e nos beijamos gostoso.

— Vamos dar àqueles reles mortais a honra da nossa presença? — Minha menina atrevida debocha e dou uma risada alta em resposta.

— Vamos, branquinha. Vamos mostrar quem é que manda — murmuro, um misto de orgulho, arrogância, e amor borbulhando dentro de mim.

Maya engancha o braço no meu e andamos para a grande escadaria. Começamos a descer os degraus. As mesas espalhadas pela grama estão ocupadas com os parceiros e clientes em volta do globo. Temos realizado esses eventos sempre fora do Brasil. Nosso bom nome permanece intacto por mais de dois séculos, e continuará assim. Os presentes observam nossa descida e a sensação de poder que isso traz é como um afrodisíaco. O poder é isso, sedutor, avassalador. Nós temos isso: poder. Estamos no topo do mundo e submundo.

Eu olho de lado, roubando mais um olhar apaixonado para a minha mulher. Maya me olha de volta.

— *Ti amo* — diz baixinho.

— *Ti amo* — declaro no mesmo tom.

Sim, eu definitivamente me sinto no topo do mundo. Sorrimos cúmplices e, então, as máscaras de traficantes descem em nossos rostos. Ainda tinham esperanças de nos ver andando para a luz? Debocho internamente.

Novamente, não somos os mocinhos dessa história. Nós somos os vilões, porra.

FIM